四川博物院 主编

共和之光

——辛亥秋四川保路死事百年祭

四川出版集团
四川教育出版社
·成都·

图书在版编目（CIP）数据

共和之光：辛亥秋四川保路死事百年祭／四川博物院主编；袁庭栋撰.—成都：四川教育出版社，2011.10
ISBN 978-7-5408-5607-6

Ⅰ.①共⋯　Ⅱ.①四⋯②袁⋯　Ⅲ.①保路运动–史料　Ⅳ.①K257.26

中国版本图书馆CIP数据核字（2011）第201888号

封面题签	何应辉
章题书写	易　风
责任编辑	苟世建
封面设计	何一兵
版式设计	王　凌
责任校对	左倚丽
责任印制	黄　萍
出版发行	四川出版集团　四川教育出版社
地　　　址	成都市槐树街2号
邮政编码	610031
网　　　址	www.chuanjiaoshe.com
印　　刷	四川联翔印务有限公司
制　　作	四川胜翔数码印务设计有限公司
版　　次	2011年10月第1版
印　　次	2011年10月第1次印刷
成品规格	190mm×260mm
印　　张	23.5　插页　4
定　　价	80.00元

如发现印装质量问题，请与本社调换。电话：（028）86259359
营销电话：（028）86259477　邮购电话：（028）86259694
编辑部电话：（028）86259381

谨以此书纪念辛亥革命一百周年
保路运动一百周年

《共和之光——辛亥秋四川保路死事百年祭》
编 委 会

主 任：王 琼
副 主 任：盛建武 雷 华
委 员：（以姓氏笔画为序）
　　　　张纪亮 陈志学 苟世建 胡宇红 袁庭栋
　　　　谢志成 魏学峰

执行主编：盛建武
正文撰稿：袁庭栋
插图说明文字撰写：
　　　　张 蓉 彭代群 辛 艳 郭军涛 刘 敏
　　　　李 媛 巫雨静 蔡 琦 成 吟
配图及文字编辑：
　　　　袁庭栋 辛 艳
文物摄影：余 波

CONTENTS 目录

沉疴　001～056

风雨飘摇 003

多元的新潮 008

新政还是新衣 012

革命与立宪的比拼 018

四川，又一次成为矛盾的焦点 024

铁路　057～080

铁路这件新鲜事 059

冲突与融合 062

"官督商办"模式的形成 073

微澜　081～154

川汉铁路公司的成立 083

留学生提出全面方案 097

从官办到商办 102

利涉全川的"民股" 113

收归"国有" 126

四川保路同志会的成立 140

大波　155～238

同志会的迅猛发展 157

宣传浪潮涌城乡 175

"和平保路"的路不通 181

向同志会背后杀来的几刀 190

转折关头的特别股东大会 200

从罢市罢课到抗粮抗捐 217

底层的"暴动"和上层的《川人自保之商榷书》............ 227

首义　239～354

同盟会的革命活动与罗泉井会议 241

"成都血案"点燃燎原烈火 256

全川处处同志军 265

荣县独立 282

岑春煊与端方奉命入川 288

重庆军政府的成立 301

四川军政府的成立 318

重庆蜀军政府和四川军政府的合并 346

尾声 355

后记 367

共和之光
辛亥秋四川保路死事百年祭

沉疴

风雨飘摇

公元1903年，大清光绪二十九年，农历岁次癸卯。

这是清王朝的第259年，距清王朝垮台只有8个年头，也是中国两千多年帝王专制政体结束之前的最后8个年头。

这一年，50岁的蒙古镶蓝旗人锡良受清皇室的重托，从热河都统任上调任四川总督，到达成都，接替曾一度被赞誉为"能臣"的岑春煊，企图安靖地方，推行新政，挽王朝之危难，扶大厦之将倾。

锡良眼前的四川，不再是一方物阜年丰、丝管纷纷的天府之国，而是一个危机四伏、处处烦心的荆棘之地。别的不说，只说眼前的一件大事：1902年9月14日晚，出身于今天四川金堂刺笆店的四川义和团起义军最高首领、年方16岁的女英雄廖九妹（当时被尊称叫"廖观音"）率领一支小分队攻入成都，直扑督院街。可惜小分队兵力太少，未能攻入总督衙门，否则很可能就会刀劈总督奎俊。奎俊保住了一条命，但总督可当不成了。清王朝任命的新任四川总督岑春煊在9月25日即飞速上任，三天之后就在成都北门外的昭觉寺摆开刑场，一次诛杀义和团官兵百余人。然后在全川进行疯狂镇压，使用保甲连坐制大肆屠杀，并在1903年1月15日将"廖观音"杀害于成都。但是他的屠刀并未能使四川的社会安定，反而激起了更大的不满，一年之后即被调离四川，这才有了锡良的入川。岑春煊在蜀中一年，间接留给后人的最有名的遗物在今天成都武侯祠中，这是他昔年的老师赵藩送给他的。因为赵藩对他的屠杀实在看不下去了，认为在民怨沸腾的年月中无异于扬汤止沸，于是就在武侯祠诸葛亮殿前写下如下一副对联请他观看，用以劝诫。这副对联就是如今名满中华的《攻心联》：

> 能攻心则反侧自消，从古知兵非好战；不审势即宽严皆误，后来治蜀要深思。

也就在这一年，25岁的四川荣县青年吴玉章告别了妻贤子幼的故园，怀抱救国图强之志，东出夔门，去日本学习救国本领，结识天下豪俊，准备改天换地，再造中华。他说：

"我需要找寻一条救亡图存的道路。"船过三峡时，他写的《东游述志》有如下的诗句："不辞艰险出夔门，救国图强一片心。莫谓东方皆落后，亚洲崛起有黄人。"

赴日留学以寻求救国救民之路是当时的一股全国性潮流，一方面因为与我国相邻的日本在明治维新之后迅速走上了资本主义的政治经济发展之路，国力日益增强，特别是甲午战争之中以大约只有中国人口十分之一的一个蕞尔小国而大败中国，对中国的各阶层人士都有着很大的影响与吸引力，毛泽东就曾经说过，"日本人向西方学习有成效，中国人也想向日本人学习"，吴玉章在回忆中也说，"总觉得中国应该学习日本"。故而有大量的有志青年前往日本留学。另一方面也因为清王朝为了推行废科举、兴学校的"新政"，鼓励留学日本，不仅有具体的奖励措施，还有一定的官费名额。

▲青年吴玉章
四川博物院提供

▲川籍留日学生读书的学校之一——日本大阪工业学校旧址　四川博物院提供

连清末最著名的大臣张之洞都认为"入外国学堂一年，胜于中国学堂三年"，"事半功倍，无过于此"。中外的研究者几乎都认为，"在20世纪的最初10年中，中国学生前往日本留学的活动很可能是到此时为止的世界史上最大规模的学生出洋运动，它产生了民国时期中国的第一代领袖。"这其中当然包括四川。

正是因为上述原因，先后赴日留学的四川青年愈来愈多。中国政府向日本派出留学生最早是在1896年。四川的官派留学生最早是在1901年，当年共派出了22人，其中有6人进入日本士官学校学习军事，包括日后在四川的风云人物胡景伊、周道刚和徐孝刚。这以后留学日本的人数逐年增多，1903年为57名，1904年为332名，1905年为393名，1906年为800多名，据吴玉章的回忆，在日本的四川留学生"最多的时候，达二三千人"。在全国各省留学日本的学生人数中，位居西部的四川仅次于湖北、湖南、江苏、直隶、浙江之后，名列第六。在这段时期，四川还向美、英、法、德、比等国派出了少量的留学生。如此之多的四川学子"联翩东游"，于"川省朴茂之区，一时顿演此奇观"。在这"奇观"之中，甚至还有少数女性。四川历史上第一批学习与运用西方近代文明的人才主要从这个群体之中产生，清末民初四川政治舞台上的风云人物大多数都出现于这个群体。这其中，有比吴玉章早一年赴日的邹容，和吴玉章同年赴日的张澜与熊克武，还有比吴玉章晚一年赴日的蒲殿俊与尹昌衡。他的这几位同道，正是辛亥前后蜀中风云中最重要的历史人物。

面对眼前的清王朝专制政权这个庞然大物，以入川的锡良为代表的人群想挽救，以出川的吴玉章为代表的人群想推翻。

是不是能挽救？用什么办法挽救？

是不是能推翻？用什么办法推翻？

这就是当年摆在四川各阶层人士面前最为紧迫的大问题。

放眼国中，几近垂暮之年的大清王朝已经是风雨飘摇、百孔千疮。

1840~1842年的鸦片战争彻底地摧毁了清王朝"天朝上国"的狂妄与自尊，在西方列强的坚船利炮之下，不得不订立了丧权辱国的《南京条约》，以后又沿战败者之颓势，被迫签订了《中英虎门条约》、《中美望厦条约》、《中法黄埔条约》和《中俄伊犁通商章程》。从此开始，乾隆时期的"十全武功"之类的陶醉一去不返，社会上层的皇族高官们怡然自得的美梦做不下去了，社会底层士农工商们安然自乐的小梦也做不下去了。

1851~1864年的太平军和与之相伴而起的捻军，还有贵州张秀眉领导的苗族起义，云南杜文秀领导的回族起义，四川的李永和、蓝朝鼎起义，西北的陕、甘、宁、青四省的回族起义，将清王朝的统治秩序打得七零八落，摇摇欲坠，让清王朝的上层官员完全失去了昔日的自信，让满蒙八旗军队的威力在人们心目中荡然无存。

▲《马关条约》签订之情景　四川博物院提供

▲1901年2月14日清廷关于"量中华之物力，
结与国之欢心"的上谕　四川博物院提供

1856~1860年的第二次鸦片战争，清王朝在战败之后与英、法、俄、美4国分别签订了《天津条约》，与英、法、美3国分别签订了《通商章程善后条约》。紧接着，就为一个换约的地点问题，英法联军竟然攻入北京（火烧圆明园的惨剧就是在这时发生的），逼迫清王朝分别与英、法两国签订了《北京条约》。与此同时，俄国还逼迫清王朝承认了《瑷珲条约》，签订中俄《北京条约》。

从此以后，清王朝在所有外交事务中几乎是无一例外地屈膝于帝国主义列强，帝国主义列强要其赔款就赔款，要其让权就让权，要驻兵就驻兵，要割地就割地。1860年俄国政府在未打一枪的情况下，只是趁英法联军攻入北京的有利时机，就以"兵端不难屡兴"相威胁，逼迫清政府签订由俄国政府单方面炮制文本、单方面绘制边界地图的中俄《北京条约》，而且规定"一字不能更易"。

1894年，日本帝国主义蓄谋已久、精心策划的"甲午战争"爆发，虽然有很多将士英勇杀敌，血洒疆场，但是清王朝的军队在陆上与海上双双大败，北洋海军全军覆没。"甲午战争"的结果，是签订了历史上罕见的、《南京条约》以来最丧权辱国的《马关条约》。这个名副其实的卖国条约不仅条条款项有如利刃毒针，甚至连中方派出的谈判签约代表也得由日本指定。

在清代后期，单是清王朝如何卑躬屈膝地与各个帝国主义国家签订一个又一个丧权辱国的不平等条约，就可以写一本大书。什么叫"弱国无外交"，这一时期的中国就是最好的例子。

对于帝国主义国家入侵我国的严重后果，四川的舆论界有着十分清醒的认识。1898年出版于重庆的《渝报》第三册就曾经说过这样一段很概括的话："英专我利权，俄执我兵枢，法管我船政，德据我铁路，中国脂膏，若辈所饮啄也，天下郡县，外人之传舍也。"

面对着各个帝国主义国家的军队一次次地入侵我国的领土，逼迫着清政府割地赔款；面对着帝国主义的势力一步步地渗透我国的内地，控制与掠夺经济资源，从鸦片战争开始，不甘受宰割与奴役的中国人民进行着一次又一次的英勇斗争，反侵略、反控制、反瓜分、反掠夺，这其中最主要的是各地多次发生的以反"洋教"为中心的焚教堂、驱教士、打教民的"教案"。这些"教案"的主要力量是各地的掌握了一定武装力量的民间会党，如长江流域的哥老会、山东的大刀会、热河的金丹道、广西的天地会等，最后发展为1898年在山东大爆发的以"扶清灭洋"为号召与目的的义和团运动。结果造成了八国联军入侵中国，企图利用义和团以火中取栗的慈禧太后仓皇出逃，八国联军攻陷北京并劫掠京津地区，俄国侵略军攻占东北各主要城市。结果是11个帝国主义国家迫使清政府签订了清代历史上可谓丧权辱国之最的《辛丑条约》，单赔款就是45000万两白银。

历史证明，用中国古代社会民间会党的联络组织形式与斗争方式，既不能"扶清"，也不能"灭洋"。

历史也再一次证明，清王朝已经抱定"量中华之物力，结与国之欢心"的信条并彻底沦为帝国主义的走狗，虽然还保留了皇帝与朝廷，但是已沦为帝国主义的"儿皇帝"和"洋人的朝廷"。

一个又一个不平等条约的签订，将清王朝"太平盛世"的外衣一层层地被剥了个精光，妄自尊大的呓语一次次地被粉碎，处处痈疽的肉身愈来愈清楚地表露无遗。

此时此刻，无论朝野，无论官民，对于所有头脑清醒的人士来说，其结论是惊人的相似：清王朝已经病入膏肓，沉疴难起，危在旦夕！

多元的新潮

自鸦片战争以来，西方文化的思想学说与物化成果逐渐传入中国。在经过了反复的抗拒、抵制、接触、比较之后，一件一件不能不承认的事实改变了大多数中国人对于西方的态度：洋枪比人刀利害，机器比牛马力大，火车比骡车舒适，电报比驿传快速，西医比中医有效，照相比画像逼真，染料比蓝靛经久，火柴比火镰方便，洋布比土布细密，钟表比日晷准确，铅印比刻版便捷……过去被视为"奇技淫巧"的西洋玩意儿渐渐被上至慈禧太后、下至平民百姓的国人所接受，所欢迎。抱着不同目的来到中国的外国人之所以能够在中国生活下去，上述的这些现实情况是对他们重要的支撑。

这是中西文化在长期冲突、碰撞、交融之后的必然结果，这是西方近代文明在中国逐步传播之后的必然结果。

经济基础决定上层建筑，物质世界影响精神世界，长期被儒家政治思想统治并禁锢的中国思想界不能不发生变化，一缕缕清新之风不断从九州大地吹过，一道道划破长空的闪电不时将仰望星空的人们惊醒。

正是在上述这种背景之下，举国上下都从各自不同的角度认识到，旧秩序无法再维持了，旧套路无法再使用了，旧观念无法不改变了，旧事物无法不革新了。这时的中国成了一个"新"字满天飞的时代，一个"除旧布新"风潮处处可见的时代。

"新"是一个相对于"旧"的概念，内涵十分宽泛，"除旧布新"是一个古老的成语，最早见于先秦经典《左传·昭公十七年》。在清代后期，中国有着各种各样的"除旧布新"。

首先是对于新生事物最为敏感的一批知识分子中间的有识之士在说"新"。

生活在清王朝由盛转衰时期的诗人龚自珍（1792—1841年）将当时的社会称为"日之将夕，悲风骤至"的"衰世"，他明确指出："各省大局，岌岌乎皆不可以支月日，奚暇问年岁！"他在著名的《己亥杂诗》中大声疾呼："九州生气恃风雷，万马齐喑究可哀。我劝天公重抖擞，不拘一格降人才。"提出了"更法"、"改图"的革新主张。

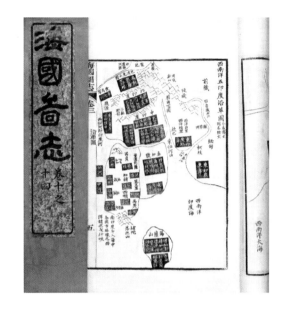

▶ 魏源的《海国图志》

较之龚自珍稍晚的思想家魏源（1794—1857年）提出了进一步的变法维新主张，特别是他在《海国图志》中提出的"师夷长技以制夷"的著名论点，介绍了有关蒸汽机、火轮船等西方科技成果的原理与制造方法，对于当时还相当闭塞的中国知识分子有着十分重要的影响。

较之魏源稍晚的地理学家徐继畬（1795—1873年）第一次提出了关于学习西方民主政体的大问题，他说："米利坚合众国以为国，幅员万里，不设王侯之号，不循世及之规，公器付之公论，创古今未有之局，一何奇也。泰西古今人物，能不以华盛顿为称首哉！"

继龚自珍、魏源、徐继畬等早期革新派人士之后，一批支持或参与洋务运动的有识之士成为了中国最早的有影响的维新思想家，在政治制度的改革上提出了若干具体的、令国人耳目一新的主张。这其中，曾遍游法国、英国、日本并在英国与香港长期居住的王韬（1828—1897年），向国人介绍并比较了西方国家的"君主"、"民主"、"君民共主"三种制度之后，认为"君民共主"的制度是最好的制度。掌握了英、法、希腊、拉丁语，曾出使法国、周游欧洲并在巴黎取得了博士学位的马建忠（1844—1900年），向国人介绍了西方的"三权分立"的学说与制度。曾经出使英国、法国、意大利、比利时的薛福成（1838—1894年），向国人介绍了英国的议会、两党制。曾长期任英商公司高级职员后又担任过多家洋务派实业负责人的郑观应（1842—1921年），则明确地认为中国应当实行议会制度。虽然他们都未能走出"中学为体，西学为用"的框框，虽然他们都未能走出"卫吾尧、舜、禹、汤、文、武、周、孔之道"的传统，但是他们这些令人振聋发聩的新说，他们对于保守顽固派种种"泥古不化"的言行的批判，对之后的政治局面的变化有着深刻的影响，在历史上的进步作用并不亚于洋务派所建立的新式工厂。

一次次的割地赔款，一年年的瓜分狂潮，对每个稍有良知的中国人都是一种民族觉醒的强刺激，洋务运动为中国的有识之士了解西方的近代文明提供了更多的机会，早期维新思想家的著作为中国更多的有识之士提供了学习与思考的空间。正是在王韬等人介绍了西方与日本的政治、经济、文教各方面情况，并公开提出"变法"思想的基础上，中国近代历史上最大的一次"维新"运动以"变法"为中心而展开了，这就是在新的条件下更进一步地谈"新"求"新"的"维新"运动和"戊戌变法"运动。以康有为（1858—1927年）、梁启超（1873—1929年）、谭嗣同（1863—1898年）为代表的维新志士们用了10年的时间，造舆论、写著作、办报纸、组学会、上书皇帝、提出改革方案……虽然有康有为的理论建设，有梁启超的如椽巨笔，有谭嗣同的慷慨激昂，甚至得到了清王朝权力中枢两派之一的光绪皇帝和"帝党"的一定支持而有过"百日维新"的变法实践。但是，在执掌朝廷大权的以慈禧太后为首的顽固派的坚决反对与强力镇压之下，强学会被强行解散，报纸被强行查封，一直到光绪皇帝被囚禁，维新派被搜捕，康有为、梁启超亡命海外，谭嗣同等"六君子"全部被杀，"百日维新"中推行的"新政"措施除了开办京师大学堂这一项被保留之外，全部被取消。作为一次近代中国最有名的政治改革运动，"戊戌变法"既是"维新"浪潮的一个高峰，又标志着"维新"运动的彻底的失败，它以慷慨悲歌而告终，只是在当时的思想解放进程中产生过一定的推进作用。

清王朝的一些高官大吏也在说"新"，这就是在中国近代史上推行"自强新政"的"洋务运动"。"洋务运动"的最早倡导者中地位最高的是恭亲王奕䜣，参与者与实践者中有军机大臣文祥、桂良，地方权臣曾国藩、李鸿章、左宗棠、张之洞、沈葆桢、丁日昌、郭嵩焘等。其目的是以"师夷长技"为中心，购买洋枪洋炮，制造洋枪洋炮，剿灭"内乱"，抵御外侮。经过30多年的努力，建立起了一批军事工业，培养了一批新式军队。但是，策划与实践"洋务运动"的洋务派的根本目的是在维护清王朝的长治久安，故而连最顽固的慈禧太后都会给予一定的支持。洋务派们不会想到，正如给一个病入膏肓的病人配备最好的药物也绝不能挽救其性命一样，腐朽的清王朝也绝对不会通过建新厂、练新军就能"除旧布新"的。最佳的例证就是甲午海战：可谓集举国之力建立起来的北洋海军共有大小战舰20多艘（这还不包括鱼雷艇与辅助船只），论装备水平是当时全世界相当先进的近代舰队之一，其实力绝不在日本海军之下。可是由于清政府在体制与管理上的腐败无能，结果是被日本海军打得全军覆没。甲午海战的惨败，从一个侧面宣告了洋务运动的"新政"完全不可能使中国"自强"。

不能忽视的是，帝国主义列强在中国的代表人物也在说"新"求"新"，如英国驻华使馆参赞威妥玛早在1866年就提出了一篇著名的《新议略论》。他所说的"新"，是要求

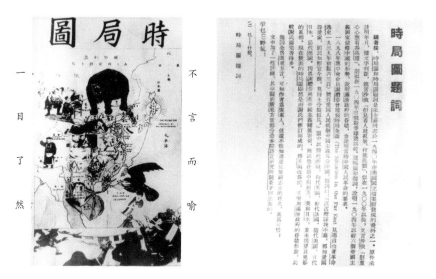

▲反映各列强入侵瓜分中国和清政府出卖主权的"时局图"及"时局图"题词　四川博物院提供

清政府完全按照他们的旨意行事，否则，"一国干预，诸国从之，试问将来中华天下，仍能一统自主，抑或不免分属诸邦，此不待言而可知"。很明显，这种"新议"其实质就是变主权国为殖民地。虽然各国列强为此而作了很大努力，但是因为受到了中国人民的坚决抵制，又得不到清政府的有力响应，故而其变中国为殖民地的"新议"未能成功。但是，各国列强要想置中国于"分属诸邦"的"新议"是不可能自行消失的，俄国资产阶级的喉舌《新闻报》就公开在甲午中日战争期间大肆叫嚣利用中国战败的"大好时机"，"干净利落地解决中国问题，由欧洲有关的几个主要国家加以瓜分"。在经过了若干次步步进逼之后，各国列强迫使无力抗拒的清王朝将中国多数疆域划入了各自的势力范围，使中国沦落为一个半殖民地国家。俄国控制了东北，法国控制了云南、广西、广东三省，德国控制了山东，英国控制了长江流域，日本强占了台湾并控制了福建，美国则以"门户开放"、"机会均等"的要求获得了较大程度的自由权益。到1911年，"通商口岸"已经有了82个，开设的外国商行已经有2328家（按，此为1912年数字），享有统治权的"租界"已经建立在16个城市之中，清政府欠各帝国主义国家的外债已经达到12亿两的天文数字。这就是帝国主义国家在中国所梦寐以求的"新"天地。

在清末的说"新"求"新"巨浪之中，影响最大的是"新政"。因为这是由清王朝决策之后通过一项项政令发布的，由各级政府用政治权力推行的。

新政还是新衣

　　清王朝的执政者，无论是谨守成法、顽固保守的后党，还是头脑稍为清醒、愿意有所改良的帝党，都是由一个个活生生的人所组成的，他们并未生活在真空之中，中国大地上所发生的一件件大事，无不关系着他们的利益与命运，刺激着他们的眼目神经，一个天大的问号摆在面前：国事日非，何以为救？

　　天下乱事如麻，仅举三件：

　　按照1895年签订的《马关条约》的致命条款，要向日本赔偿"军费"20000万两白银，这接近于清王朝全年财政总收入的三倍，且不说还有其他的多项外债。为了苟延残喘，清政府别无他法，只有增加借债的数额和加大增捐增税的力度，这样做的后果无异于饮鸩止渴，只要不是傻瓜，谁都心知肚明。时间刚刚过去6年，又签订了更为致命的《辛丑条约》，赔款数额比《马关条约》高出一倍以上，达到45000万两白银。帝国主义者是极有经济头脑的，他们知道就是把北京紫禁城全部卖了清王朝也拿不出来45000万两白银，所以规定以关税、盐税和常关税作为担保，分39年还清。既然是分期就得加上年息4厘，故而总计为98200多万两（另有各省地方赔款2000万两未计入中央政府赔款的总额之内），平均每年仍然高达2518万两，这真是如同一顶扣在中国人头上的紧箍咒。说实话，清王朝的皇亲贵戚们在虎视眈眈的帝国主义者提出的各项苛如利刃的条件面前，他们不怕割地，赤县神州还大着哩；也不怕开埠设租界，只要把紫禁城、颐和园等地保住就成；更不怕治外法权，反正治的都是下民老百姓。最怕的是什么？就是赔款。因为清代的货币制度是以白银来结算的，那白花花的银子是要一两一两地兑现的。所以，单是这一件事，就足以把清政府逼垮。

　　刚刚平息的义和团"拳匪"和与义和团相关的其他武装斗争有如燎原之火，以山东、河北为中心，北起今黑龙江、吉林，南到广东、广西，西到四川、甘肃，东到江苏、浙江，燃遍全国，连北京城内都有10万之众。如果不是受到了清王朝和八国联军的共同镇

▲隆宗门上残留的箭镞

▲成都将军绰哈布、四川总督奎俊镇压义和拳的布告
四川博物院提供

压，清代后期的历史很可能会是不同的一番景象。在这些年的风风雨雨之中，还有两件突发事件让王公大臣们一想起来就浑身冷汗：一件事是在嘉庆十八年（1813年），出身于今天北京大兴区宋庄的天理教首领林清得到了紫禁城中信教的太监的内应，率领一支小分队，突然攻进东华门和西华门，在隆宗门外与宫中护卫激战（直到今天，在隆宗门的匾额上还可见到当年留下的箭镞，是不少到故宫的旅游者的必观之处），部分精锐甚至冲到了清代多数皇帝居住与办公的养心殿，差一点就把钢刀插进了大清天子的心窝。另一件事就是我们在前面提到过的，光绪二十八年（1902年），四川义和团首领廖九妹率领一支小分队趁着雨雾翻进了成都南城墙，突袭督院街的四川总督府，然后又顺利地越墙出城。虽然没有要了四川总督奎俊的小命，但是也让他因为"剿匪无能"而丢官下台。谁能保证这类突发事件不再发生？清王朝的王公大臣们怎么能不一想起来就心惊胆战？

无论是保性命还是保江山，必须要有能打仗的军队。可是自从鸦片战争以来，大清军队对付外来的"洋兵"是屡战屡败，昔年不可一世的满蒙八旗早已是不堪一击。在镇压太平天国期间由曾国藩、李鸿章、左宗棠等人建立起来的绿营和在洋务运动中建立起来的北洋舰队和新式的"练军"等也不经打，在甲午战争中几乎是全军覆没。特别是最近的八国联军，真是一点面子都不给，不仅攻占了北京城，更是把慈禧太后和光绪皇帝一窝蜂从北京经山西给赶到了西安才停住脚，让食尽天下珍肴的贵人们不得不在路上啃了几天窝窝头。全靠在洋人面前俯首帖耳、屈膝投降，签订了丧权辱国的《辛丑条约》，才得以回到北京，苟延残喘。

严酷的现实，逼着包括慈禧太后在内的最顽固不化的清王朝的掌权者必须考虑，为了清王朝的"江山社稷"得以延续，"天潢贵胄"们的锦衣玉食得以保存，他们必须出点招数，玩点花活，否则真正就要"国将不国"了。他们的招数与花活当然也有一个"新"字，就是"新政"。

如果考察得仔细一点，清末时期先后有过三次"新政"。第一次是同治、光绪年间的"同光新政"，也称"自强新政"，是当时的洋务派大臣如曾国藩、李鸿章、左宗棠、张之洞等在恭亲王和慈禧太后的有限支持之下开展的练兵、通商、造船、开矿等自强措施，时间比日本的"明治维新"稍早一点。最大的成果是建立了当时亚洲规模最大的北洋海军。但是，由于封建传统的阻力太大、干扰太多，最后也正是以北洋海军在中日"甲午战争"中的惨败而告终。第二次是以"戊戌变法"为中心的"戊戌新政"，中心是变法维新，但是只推行了103天，就被以慈禧太后为首的保守势力所扼杀，给后人留下了"戊戌六君子"在北京菜市口被杀的血腥记忆。

最重要的"新政"，是被称为"清末新政"的第三次新政。

这次"新政"是在慈禧太后和光绪皇帝逃亡西安期间以下"罪己诏"和几道谕旨开始的，要求各级官员"各就现在情弊，参酌中西政治，举凡朝章国故，吏治民生，学校科举，军政财政"等情，考虑"当因当革，当省当并"，提出方案，上奏进行。1901年4月，清政府宣布成立督办政务处，作为规划推行"新政"的机构，命奕劻、李鸿章、荣禄等6人为督办政务大臣。从此，逐步推出了各项"新政"的具体措施。

在政治方面，"新政"主要是学习外国的设置改革官制，也就是将传统的吏、户、礼、兵、刑、工六部改招牌，改设农工商部、陆军部、民政部、学部之类，但是有一个重要的规定，就是以专门为洋人服务的外务部位列所有诸部之首。单是这一条全世界罕见的规定，就充分说明了这个"新政"不仅是一种换汤不换药的新招牌，而且完全是以洋主子的马首是瞻。

在军事方面，主要是采用外国的洋枪、洋炮、洋操、洋制度来建立与训练新军。从1902年开始直至清王朝覆亡，共练成新军14镇（相当于后来的师）和18混成协（相当于后来的旅）、4标（相当于后来的团）以及禁卫军一镇，共约7万人，其中的主力是袁世凯的"北洋陆军"6镇。所有的新军仍然听命于清廷，由陆军部管理，陆军部不设部长而仍然是设尚书，第一任尚书是出身于满洲镶白旗的铁良，此前曾任军机大臣与兵部尚书。第二任尚书（后改称陆军大臣）是出身于满洲正白旗的荫昌。1911年10月武昌起义爆发后，清王朝派往湖北进行镇压的军队，就是由荫昌率领的北洋新军。

在文教方面，主要是"停科举"，"设学堂"、"奖游学"。科举制度废除之后，仿照日本制度，在全国设立初等小学堂、高等小学堂、中学堂、高等学堂等学校，其课程设置也与过去的书院不同。到1909年，全国已有各级学堂52346所，在校学生156万人。当然，对于各级学堂，清政府仍然是以"中学为体，西学为用"为目标，规定"当以四书五经、纲常大义为主，以历代史鉴及中外政治艺学为辅"，"均以忠孝为本，以经史之学为基，俾学生心术壹归于纯正，而后以西学瀹其智识，练其艺府"。

在经济方面，主要是奖励振兴工商，仍然是仿照日本制度，制订并公布了诸如《商律》、《公司注册试行办法》、《商会简明章程》等一系列的相关法规。在这一系列的相关法规的支持与鼓励之下，全国各地纷纷建立起了各种各样的民营企业，各地出现了商会和总商会，涌现了一批与传统的"士绅"不同的"商绅"。我国近代的民族工商业第一次在政府法规的支持下得以发展。

在其他方面的"新政"，还有禁鸦片、禁缠脚、允许满汉通婚等。

上述的"新政"是在方方面面的新形势之下由中国千百年来封建专制王朝所采取的第一次，当然会产生一些对于社会发展有利的推动作用。就以四川为例，在"同光新政"中创办了著名的、开一代新风的尊经书院，建立了四川第一个使用机器生产的近代工厂四川机器局，架设了从成都通往汉口的电报线路。在"戊戌新政"中，四川涌现出了刘光第、杨锐和宋育仁等一批具有重大影响的维新人士，创办了四川最早的报纸《渝报》和《蜀学报》，大量的西方近代文化书籍第一次集中进入四川，给四川吹进了一股股前所未有的新风，让四川的读书人有了近代文化的启蒙。正如《蜀学报》第一期所说，他们要在当时的四川传播"外国史学、公法律例、水陆军学、政教农商各务"以及"语言、文字、天文、地舆、化、重、声、光、电、气、力、水、火、汽、地质、金体、动、植、算、医、测量、牧畜、机器制造、营建、矿学等"。很明显，这些西方的新知识是在四川历史上第一次较大规模地传播，对于四川的民智新开、思潮涌动具有极为重要的作用。而当时的很多知识分子也就在这股新风的吹拂之下"吐弃科举之学，取时务典籍而研求之"。从而一步一步走向了时代的前列。黄英在《筹蜀篇》中的一句话可以视为这批知识分子的心声："求新者日以昌，守旧者日以削，此万国公理，五洲公言"，故而坚信"新必胜旧"。

在"清末新政"中，四川大量编练新军，试办警察，开办新式学堂，派遣青年赴日留学，设立劝工总局、农政总局和矿务调查局，创办《四川官报》，设立了成都自治局和宪

▶《四川官报》　四川博物院提供

政研究所。甚至，还成立了咨议局冀图"预备立宪"。所有这些，都为即将到来的社会大变革启迪了民智、培养了人才、增加了动力。特别是派遣留学生到日本留学、开办新式学堂、编练新军这三项措施让一代青年知识分子接受了新思想，走上了维新路，结成了团体，其中很多人成为推翻清王朝的生力军。在一定程度上说，这些举措都为清王朝的垮台不断创造条件，甚至在直接培养掘墓人。虽然这并不是清王朝统治者的初衷，而是背离其本意的客观效果，是社会发展中不可避免的必然进程。

　　但是，这种对于社会发展有利的推动作用是在一个十分明确的、铁定的范围之内，即有利于清王朝的继续统治，否则就必须刹车乃至复辟。在清王朝统治者的眼中，要想继续保持其江山社稷就必须坚持"祖宗成法"的三大铁则，一是要继续把统治权牢牢地掌握在以满蒙贵族为主体的王公大臣手中；二是继续以丧权辱国的依附身份换取帝国主义列强对清王朝的支持；三是继续镇压一切不利于清朝统治的反抗行为。用清王朝王公大臣们自己的话说，如镇国公载泽在率五大臣出国考察宪政回国之后的总结《奏请宣布立宪密折》中所分析的，君主立宪的好处就是三条："皇位永固"、"外患渐轻"、"内乱可弥"。在这三大铁则的基础之上，对于文教与经济上的"新政"还真的有点"新"意，允许各地有较多的实质性的进展。而在政治与军事方面，则是不折不扣的"旧瓶装新酒"、"换皮不换芯"、"新鞋走老路"。从实质上说，这种"新政"就好比是把祖宗传下来的刀枪棍棒换上了西方传入的洋枪洋炮，武器的持有者仍然是决心维护清王朝的统治者，武器的指向仍然是打算反抗乃至推翻清王朝的反抗者，那结果就十分明显："新政"是给武器的持有者增加了更加有利的武器，是清王朝"穿新鞋走老路"时披在体外的一件炫人眼目的新衣。这种表面上五彩斑斓的新衣与内体上铁质坚硬的守旧，注定了一场更为激烈的暴风骤雨不久必将到来。

预示着这场暴风骤雨的最为明显的表现和最重要的标志，就是官府对民众的搜刮与压榨不是随着"新政"而有所减轻，而是愈益严酷。除了由于《马关条约》与《辛丑条约》而大量加收捐税之外，各项"新政"几乎都要增加开支，而这些开支则全部都要转嫁到民众身上，于是清王朝于1901年在财政制度上开了一个大口子，宣布"各该督抚均有理财之责，自可因地制宜，量力交通，并准就地设法，另行筹措"。按照这样的政策，不仅是各省督抚，就是各府、州、县都可以自定税法、自立名目，想收什么捐税就收什么捐税，想收多少捐税就收多少捐税，只要能够收得上来。正如民国《荣县志》卷15所说，是"无者新设，有者加重，加至四倍、五倍乃至十倍不止"。1906年，一位留日的四川学生撰文揭露道："四川虽以殷富闻，自咸同以来，地丁而外，津捐各款，名目繁多。近年来，兴学、练兵、办警察、筹赔款，竭泽而渔，势已不支。而外洋货物充塞内地，工徒失业，农商亦因此受亏。生计艰难，迥异昔日，疮痍满道，乞丐成群。节衣缩食，卖儿鬻女，而不足以图生活供丁赋者，比比然也。"试想，当统治者的"新政"给贫苦大众带来的是这样的后果，这种"新政"还能继续下去吗？

革命与立宪的比拼

　　新衣虽然炫人眼目，但毕竟只是外表。在经过了甲午战争的惨败与八国联军的欺凌之后，掩盖在新衣里面的清王朝的"龙体"已经是病入膏肓，则几乎是天下尽知了。

　　一年又一年外强军队的入侵，一个又一个卖国条约的签订，一处又一处大好河山的割让，一次又一次民间暴动的失败，一群又一群东游学子的归来，一声又一声世界新潮的传播，一本又一本启智书籍的印行，一批又一批有志之士的奋起，终于在风雨如晦的清代后期激发并传播着前所未有的革命热情，产生并汇集了新兴的革命力量，其代表就是以孙中山先生为首的同盟会。

　　孙中山（1866—1925年）出生在广东香山县（今中山市）一个贫苦农民家庭，自幼深受清王朝对贫苦百姓的压榨剥削之苦。他的家乡广东是鸦片战争的爆发地，又与中法战争的爆发地邻近，外国列强入侵的灾难使他自幼就产生了强烈的抵御外侮的民族情绪。他的家乡广东又是太平天国运动的起源地，所以他既对洪秀全等人的失败深为惋惜，又称赞洪秀全为"反清第一英雄"，想当"洪秀全第二"。他的家乡广东和海外的联系密切，他12岁就前往檀香山读书，以后毕业于香港西医学院，接受了大量的西方文明。从1892年开始，他在澳门、广州等地行医，革命的志向加上医生职业的特点，使他广泛地结交了各方面的有志之士，建立了广泛的社会联系。他和当时大多数的有志之士一样，也曾经将救国救民的理想寄希望于清王朝的改良与新政，甚至专门北上京、津，上书当时最为开明的朝中大员李鸿章，陈述"人能尽其才，地能尽其利，物能尽其用，货能畅其流"的治国之策，结果是石沉大海，遭人白眼，使他认清了所谓开明派官员的本来面目，决心舍改良而求革命。1894年，他在檀香山建立了兴中会，以"驱除鞑虏，恢复中华，创立合众政府"为革命纲领，走了一条武装起义的革命道路。1895年，筹划了第一次武装起义——广州起义。

　　孙中山是清代后期所产生的革命力量的典型而杰出的代表，他所走过的探索成长之路，正是很多革命志士所走过的共同之路。他和他的同志们清楚地认识到，在救国救民的

▶孙中山
四川博物院提供

道路上，拜上帝的太平天国不行，结义和拳以反洋教的义和团不行，只走上层路线以求变法的维新运动不行，只搞实业而不反列强的洋务运动不行，只求政治革新而不解决天下百姓的民生问题不行，在多方考察、多方比较之后，他们提出了"三民主义"救中国的目标。用孙中山到欧美各国考察之后的话说，"两年（按：1896至1897年）之中，所见所闻，殊多心得。始知徒致国家富强、民权发达如欧洲列强者，犹未能登斯民于极乐之乡也，是以欧洲志士，犹有社会革命之运动也。予欲为一劳永逸之计，乃采取民生主义，以与民族、民权问题同时解决：此三民主义之主张所由完成也。"

兴中会成立之后，各地的革命者分别在长沙成立了华兴会，在上海成立了光复会，在武昌成立了日知会。1905年8月20日，全国各地拥护孙中山的革命者会聚日本东京，共同成立了中国同盟会，决定以孙中山提出的"驱除鞑虏，恢复中华，创立民国，平均地权"为纲领，时称"四纲"，从此以后，"四纲"与"三民主义"就成为了同盟会在宣传之中的重要纲领与奋斗目标。同盟会设立了中央领导机构和各地的支部与分会，创办了机关刊物《民报》。同盟会成为了当时中国最具规模的、具有近代革命政党性质的组织，成为了当时领导全国革命运动的中心。

同盟会成立之后，推动了全国各地革命运动向前发展。1906年12月，在湖南、江西交界的浏阳、醴陵、萍乡地区爆发了号称"革命军"的大规模会党起义，起义群众高达3万多人。从1907年5月至1908年4月，在孙中山的直接领导下，同盟会在华南沿海和沿边地区连续发动了饶平、惠州、防城、镇南关、钦州、河口等六次起义。1907至1908年，光复会在浙江、安徽发动了两次起义。同一时期，四川革命党人联络会党在江安、泸州、成

▲黄花岗七十二烈士墓　四川博物院提供

都、叙府多次发动起义。1910年2月，同盟会领导了广州新军起义。1911年4月，同盟会领导了再一次广州起义，这次起义因为事后将牺牲的革命烈士遗骸72具合葬于广州黄花岗，故而被称为"黄花岗起义"。虽然这一系列起义都未能成功，但是极大地振奋了全国人民的斗争意志，正如孙中山对"黄花岗起义"的总结："是役也，集各省革命党之精英，与彼虏为最后之一搏。事虽不成，而黄花岗七十二烈士轰轰烈烈之慨已震动全球，而国内革命之时势实以之造成矣。"

以孙中山为代表的革命党人不仅要展开推翻清王朝的武装斗争，在另一条战线上还要同形形色色的改良派、立宪派进行思想上与理论上的斗争。

清代后期的社会矛盾错综复杂，社会危机此起彼伏，必然会导致各种各样的政治主张竞相驰逐，竭力争取各自的同情者与支持者，故而在舆论与宣传上的冲突几乎是无处不在。

"戊戌变法"运动失败后，除了慷慨就义的六君子之外，其主要首领康有为与梁启超逃亡海外，继续鼓吹他们的改良主义政治主张，反对同盟会的所有革命主张，包括反对推翻清王朝的统治，反对使用暴力手段，反对平均地权，他们的基本主张是在拥护清王朝政权的基础之上推行君主立宪，然后对国事进行适度的改良。由于康有为与梁启超在全国知识分子心中曾经有过很大的知名度，更重要的是他们也反对专制制度，主张建立民主政治制度，所以他们的言论在当时有着很大的影响和迷惑性。为此，以同盟会的《民报》和以改良派的《新民丛报》相互之间的论战为中心，双方展开了一场大规模的有深度的大辩论。按吴玉章的回忆，是"在《民报》坚决有力的进攻下，《新民丛报》终于弃甲曳兵，完全失败，最后不得不宣告停刊"。这场影响深远的大辩论是

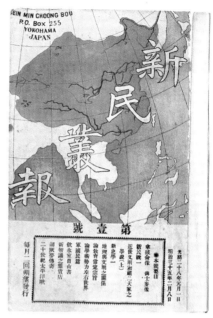

▲《新民丛报》创刊号

▲《民报》第一号封面及孙中山所撰的"发刊词"　四川博物院提供

1905年8月20日，同盟会在东京成立。同年11月26日同盟会的机关报《民报》创刊。

以革命派的胜利而基本结束，加快了革命理论的建设与普及，廓清了若干糊涂观念，使"反满—革命—建立共和国"的民主革命思想得到了广泛的传播，教育与鼓舞了全国的革命者，推动了全国革命高潮的总爆发，为清王朝的覆亡敲响了丧钟。

这场论战表明，中国的政治舞台上，因为种种原因而形成了明显对立的两翼：以孙中山为代表的左翼革命派主张以暴力推翻清王朝，建立一个以"三民主义"为纲领的民主共和国；以康、梁为代表的右翼改良派主张以和平的手段对清王朝的统治加以改良，让自己参与国家的治理，获得一定的政治地位。

改良派之所以在这场大辩论中以失败告终，关键不在于他们理论上的不成熟，而在于他们对中国国情的了解与判断上的严重失误。这种失误又表现在两个方面：一方面是因为他们不能理解广大的挣扎在生死线上的贫苦大众对于推翻清王朝的暴政以结束长期以来被敲骨吸髓般盘剥的迫切愿望，不能真正代表广大的下层群众的政治与经济利益，故而不能被广大的下层群众所接受。另一方面是因为他们把清政府推行"新政"的目标估计得过于理想，结果却是被严酷的现实打了一记响亮的耳光，不仅使自己置身于清王朝的帮凶的地位，更使得关注着这场大辩论的广大群众抛弃了他们而投身革命。这记响亮的耳光就是他们日夜宣传、朝思暮想的清王朝的"君主立宪"。

清王朝的王公大臣们面对着革命派在全国各地不断发动的武装起义和暗杀行动，面对着立宪派在全国各地不断发出的强大的民意压力，为了维护其专制统治，连清王朝的保守顽固派头目慈禧太后也不得不为了掩人耳目，苟延残喘，也为了拉拢改良派，让他们在"君主立宪"的名义下加强对清王朝的拥戴，于是在1906年9月1日正式宣布"预备仿行宪政"，其原则是"大权统于朝廷，庶政公诸舆论"，时人称之为"预备立宪"。在"预备立宪"时期的主要改革是改革官制，在保留军机处的同时设立内阁，原来的军机大臣就是内阁总理大臣，各部尚书就是内阁政务大臣，在所谓的"不分满汉"的掩饰下，总共13个大臣中汉族官员只有4人，故而被称为"满族内阁"。鼓吹了好几年君主立宪的改良派在改革官制的"新政"中是连一星半点位置也没有。1908年11月，慈禧太后和光绪皇帝在20个小时中相继病死，由不满3岁的娃娃溥仪即位为宣统皇帝，由溥仪的父亲载沣摄政监国。载沣摄政监国之后，将军机处正式改变为所谓的"责任内阁"，"责任内阁"13名国务大臣中，满族的皇亲国戚仍然占有9人，总理大臣由庆亲王奕劻担任，又是一届"皇族内阁"，连手握北洋六镇新军大权的袁世凯都被罢斥，被强迫回家疗养"足疾"。铁的事实证明，无论是上一届"满族内阁"，还是这一届"皇族内阁"，都是换皮不换芯的昔日军机处，甚至是在一步一步地倒退，连清代自开国以来实行了两百多年的在部院大臣的安排上满汉平分的潜规则都不要了。在最重要的掌握军权的大臣中，陆军大臣是荫昌，海军

▶溥仪（左）和载沣
四川博物院提供

大臣是载洵，军咨大臣是载涛和毓朗，连一个汉族大臣都没有，这在过去类似的军机大臣的安排中都是从来没有过的。正如时人所评说的那样："今颁发新官制，庆邸居然新内阁总理大臣矣。不宁惟是，若海陆军为全国之军政，必以亲贵为之，未闻有汉人之贤者为之也。心有所私，贤者裹足，智者养晦，求国之不亡，不可得也。"要想依靠这样的"内阁"来立宪行宪，走西方议会制度之路，无异于与虎谋皮。正是从这种意义上说，大多数梦想以君主立宪的方式救中国的改良派是被他们心目中的可望开明的君主打了一记响亮的耳光，才不得不抛弃被清王朝击得粉碎的梦想，不再请求君主实行立宪，而是改弦易辙，或者与革命派结盟，或者转而加入了革命派，决意以革命手段推翻清王朝，成为同盟会的同盟者，甚至直接参加同盟会。

四川，又一次成为矛盾的焦点

清咸丰元年（1851年），四川人口数达到4475万，占全国总数的10.36%，位居全国第一，成为名副其实的全国第一大省，而且这个全国第一一直保持到1997年重庆市分治直辖为止。

作为全国的第一大省，当然会受到方方面面的关注，而方方面面所关注的，却不仅仅是人口。

作为全国的第一大省，当然也会是方方面面矛盾冲突的会聚之所。而到了清代后期，这些矛盾冲突更是风云激荡。

四川是人口第一大省，但并不是经济第一大省，可是却负担着很高的赋税。清代后期的赋税本来就不低，可是只要国有大事，就会向百姓增收捐税。例如镇压太平天国与捻军、左宗棠西征新疆等军国大事的开支动辄几千万两白银，都要增收捐税，甚至连前面谈到的推行"新政"时，几乎每一项大的"新政"都要增收捐税。早在同治年间，四川总督骆秉章为了镇压李永和、蓝朝鼎起义和入川的太平天国石达开部，就在奏报朝廷之后实行高额的田赋附加，各州县按原来的田赋加征"捐输"，有的州县按原来一两加征捐银二两至三两，有的州县甚至加征到四两。光绪朝以来，由于需要新增的项目太多，清王朝放任各省可以自由筹款，不再需要奏报朝廷批准。在这些新增项目之中，数额最大的是赔款。清政府不断签订割地赔款的条约，王公大臣们是不会为这一次又一次的巨额赔款从自己的口袋中掏出一个铜板，而全部都是转嫁到老百姓身上，增加捐税搜刮。赔款愈多，名目愈多，单是田赋中因新增赔款的摊派，就有"着赔"、"分赔"、"摊赔"、"代赔"等名目。订立《辛丑条约》之后为了向洋大人赔偿"庚款"（八国联军入侵是在庚子年，因为此事而发生的赔款被称为"庚子赔款"，简称"庚款"）而向各省摊派税银，四川被摊派260多万两，仅次于全国首富之省江苏。单此一项，就约占四川省常年税入的十分之一。据民国《巴县志》卷四载："至光绪中叶，中日之战，庚子之变，拨款日增，摊派各省名曰新捐输。于是四川于常捐输外，又有新捐输。……视正赋几十倍矣。" 这里所说的"几十倍"是"几乎十倍"的意思，绝非夸大其词，而有确切的数据。日本学者西川正夫在他的《四川保路运动前夜的社会状况》一文中曾经仔细计算了蜀中14县的捐税征收情况，结果是，各县的新征捐税均大大超过常年的正税，其中最高的合川县是14.3倍，最低的大竹县是5倍。14县平均是9.04倍。另据胡钧的统计，四川全省的田赋在清代中叶是69万两，到同治元年增至180多万两，到光绪二十七年（1901年）竟然达到350多万两，增加了5倍。

田土仍是一亩，田赋增加五倍，还要不要人活命！

有一点需要解释，就是在清代一谈到财政就可以见到"捐"，这不是现代汉语中的捐赠之义，而是国家征收的一种重要税收，所以古代的整个税收也称为"捐税"。"捐"有两大特点：一是只收现银钱，不收实物；二是官府可以以任何名义新增设置。在清代后期，四川除正税之外曾经有过各种名目的新增捐税。据时人记载："四川朘削过各行省，除盐、油、糖、烟、丝、麻、布帛、煤、铁、彩票、土行大宗敛钱外，茶桌捐、床铺捐，一鸡一猫入城莫不有捐。如米店带油盐纸烛，先捐米底金五十两方准卖米，又捐五十两方准卖油，加卖一货必加一种底捐。提篮卖鲜花月捐千钱，叫街卖熟豆岁捐十金，污秽至尿屎，微贱至土优土娼皆有常捐。苦工宿店每夜八钱亦加四钱，他可知也。"。

这里所说的"污秽至尿屎"也收捐，说的是当年四川的一大丑闻，始于四川总督奎俊督川之时："见农民入城担粪，即抽粪税，每担取数文，每厕月取数百文。税至于粪，真无微不至"。这一捐税一直延续到民国时期。成都文坛怪杰刘师亮曾以此事撰成一副流传很广的名联："自古未闻粪有税；而今只剩屁无捐。"

一鸡一猫入城莫不有捐，捐税至于屎尿，这是什么世道！

如此世道将会是何后果？只要不是傻瓜，谁都明白，就连后来被砍了脑袋的清王朝最后一任四川总督赵尔丰自己都承认："川省虽夙称繁富，然年来拨款日增，举办新政所需又复多方搜刮。凡可提可筹之款均经悉索无余。……势将如渔之竭泽，恐泽竭而尚难必得其鱼"。值得注意的是最后一句："恐泽竭而尚难必得其鱼"。

统治者欲竭泽而渔，而竭泽之后却难得其鱼？为什么？因为清末的四川已经不是过去的四川，广大的人民群众已经不是昔年的人民群众，他们在新的历史时期逐渐有了新的觉醒，不愿再作砧板上的肉任人宰割了。清王朝与广大被统治的人民群众之间的尖锐矛盾已经到了剑拔弩张、一触即发的程度，而且历史的天平也已经开始向人民群众一边倾斜了。

以下的一些反抗竭泽而渔的苛政的行动，是历史天平倾斜了的具体证明：

1902年，因为抗议超收厘金，灌县群众捣毁厘金关卡，全城罢市；

1904年，重庆群众反对厘金苛索而全城罢市；

1905年，成都群众为反对征收房捐，部分市民罢市；

1909年，资州和威远群众为反对征收门牌捐，"掳掠"了罗泉镇的票厘局；

1910年，铜梁和大足等地一千多家造纸作坊为抗议加收纸捐，相约罢市，并捣毁票厘局。

还有几次在当时还人数不多的工人所开展的罢工斗争，也是历史天平倾斜了的具体证明：

1904年，官办的成都兵工厂——四川机器局的600多名工人为抗议厂方克扣工资，全体罢工，坚持了半个月以上。

1908年，四川最大的井盐生产中心富顺、荣县盐场工人为要求增加工资而举行罢工，卷入的群众超过万人。

清王朝与广大被统治的人民群众之间的矛盾是四川社会矛盾的一条主线，当时极其尖锐的社会矛盾还有一条主线，就是侵入中国的帝国主义者与反侵略的广大四川人民之间的民族矛盾。

四川地处内陆，但是其大西南中心的地理位置十分重要，对于一心想掠夺全中国进而霸占全中国的各帝国主义国家来说，从来就把四川看作他们入侵中国的战略要地。正如当时的有识之士分析说："川省据西陲之上，腴民殷阜，上通藏印，下达江海，左抱滇黔，右带陕湘（按：应为甘），因四通商战之地，而外人所亟欲驰逐争竞者也。"有一个自称"久游支那之四川"的四川军医学堂法国教习叫得酿德勒，他回到法国之后竟然写下了直

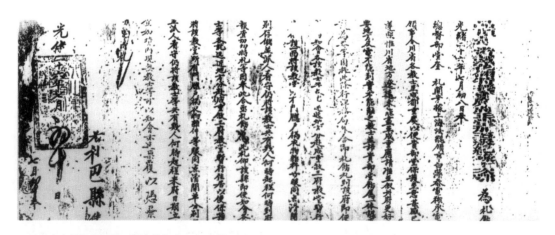

▲ 巴县发布的保护教民及教堂的饬令　四川博物院提供

竖排本。第一竖排字样模糊，第二竖排有"光绪二十六年七月初八日奉"字样。该饬令主要是为保护领事令川省各教士至成都、重庆而发布的。内容涉及该县应知晓教士启程来府日期、到府时间、人数，以及教士将分赴成都、重庆、叙永三府教堂暂行居住，该县应保护好教堂等。

言不讳的《吞灭四川策》一书。他在书中羡慕中国"江山何其伟秀，田野何其辽阔，土地何其肥饶，地下产物何其丰富，地面产物何其繁多"，他认为要占领这"理财经济之大战争场"的"第一注意之地"、"印度支那之繁盛"的"最有关系之地"，就是四川，所以才写下了他的《吞灭四川策》。这篇帝国主义侵略者的力作的全书现在已经失传，当年的《云南杂志》也只选载了它的"序文"。但是译述此书的《云南杂志》编者所写的"识文"中明确指出，得酿德勒"游历中国二十余年，以活人之术，行灭国之策"，"著此书之目的，在扩张越南殖民地，进云南而吞灭四川"，故而"今日列强于世界竞争之中心点在中国，而于中国竞争之中心点在四川。英、俄出西藏，法出云南，无不欲先发制人，夺取此天府之区、霸主之资之四川，居高驭下，逐鹿中原，以为席卷神州、囊括亚洲计"。

四川虽然是一个地处内陆的盆地，但并不是一个封闭运行的社会，早在著名的三星堆、金沙文化时期就与外部世界有着密切的经济文化交流。根据目前所见的比较确切的文献资料，能够确知其生平事迹并在文化交流上有过贡献的外来人士中，四川有过国外的移民，例如五代时的李珣，在成都写成了我国最早的专门介绍海外药物的《海药本草》，他的祖上就是唐代从波斯移民中原并于唐末定居于梓州（今三台）的；四川有过外来的旅行者，例如元代来自意大利的著名旅行家马可·波罗，在他的《马可·波罗游记》中专门有一章《成都府》。至于无名的外来商贾当然就更多，例如杜甫在四川所作的《滟滪》一诗中就有"估客胡商泪满襟"之句。但是，真正把西方文明最早传入四川的西方人是传教士，时间在明末的崇祯十三年（1640年）。当年有一位意大利的天主教耶稣会神父利类思，在北京时因为听了出生于四川绵竹的东阁大学士刘宇亮对于家乡四川的介绍是"天府之国，田肥美，民殷富"，就想入川传教。刘宇亮不仅"致函川督及各当道，游扬利君之贤"，还特地派人护送利类思入川，并另函嘱家人，"饬在成都省垣本府第内，另备馆舍，招待利君"。利类思到成都之后即开始传教，八个月后就修建了教堂和圣堂。第二年，利类思又邀请另一位耶稣会神父、葡萄牙人安文思从杭州来到四川。他们不仅在成都，还到重庆、阆中等地传教。1644年，张献忠率军入川，在成都建立"大西"政权。利类思和安文思进入张献忠军中，一边继续传教，一边向张介绍西方各国情况，并修订历法、制造天文仪器，二人均被张献忠封为"天学国师"。1644年，张献忠战死，利类思和安文思又进入清军，以后离川去了陕西。他们两人在四川的活动，有《圣教入川记》一书记载其事。

从此时起，虽然清政府有过多次的禁教，到鸦片战争爆发的1840年，四川已有天主教徒64912人（其中有中国神父30人），分布于成都、重庆、南充、广安、阆中、蓬安、安岳、三台、平武、达州、奉节、涪陵、忠县、泸州、乐山、宜宾、彭山、夹江、长寿、璧

▲重庆正在集会的传教士　四川博物院提供　　　　　▲四川彭县的白鹿上书院　四川博物院提供

山、江津、合川、铜梁、大足、荣昌、永川、雅安、天全、名山、新都、新津、邛崃、广
汉、崇州、金堂、大邑、蒲江、西昌、汶川、茂县等地。

　　继天主教传教士大量入川之后，西方的基督教传教士也在鸦片战争之后陆续入川。
同治七年（1868年），英国伦敦会牧师杨格非和大英圣书公会的伟力二人遍游全川，写出
了一份考察报告，为各国差会（差会是基督教会负责集资、派遣传教士到世界各地传教的
机构）派人入川作了准备。光绪三年（1877年），英国内地会的牧师在重庆九块桥建立了
全省第一个布道点。从此以后，基督教各国差会的人员大量入川，足迹遍布全川（包括康
定、理塘、巴塘等少数民族地区）。1899年在重庆召开首次宣教师大会时，已有到会代表
80人，而先后进入四川的外国传教士与医生已有245人，进入城镇26个，建立教堂38个，其
发展速度位居全国第三，仅次于沿海的广东与江苏。

　　天主教会和基督教会进入四川以后，一方面通过办学校、办医院、办慈善机构、出版
书报等种种方式，将西方的宗教文化与科学知识向四川城乡传播，让四川各地开始点点
滴滴地接触到了西方的近代文明。另一方面也在不少地方发生了倚恃不平等条约而干的
一些作威作福、掠取资财、庇护教民的不法之事，引爆了一桩桩的严重冲突以至成为"教
案"。在一般情况下，传教士就是传教士，可是在见洋人头低一等的清政府官员眼中，竟
然把外国传教士当做官员对待。例如天主教川西北教区的主教杜昂被"赏戴花翎"，地位
与四川的最高军政长官成都将军、四川总督同级。天主教川南教区的主教光若望被赏"二
品顶戴"，其地位仅次于将军和总督。这些事在今天听来几乎是天方夜谭，可是在清末的
四川却是千真万确的事实。

一批一批的传教士是手捧着《圣经》入川的，各种活动基本上都带着慈善的面孔，以文化的面目与形式展开的。而在传教士之后进入的西方势力，则基本上都是带着历次入侵战争的硝烟，以控制者与掠夺者的狰狞面目入川的。

两次鸦片战争之后，作为中国内陆的第一大省、长江上游的经济文化中心，四川省很自然地成了各帝国主义国家争相觊觎与蚕食的目标。

1876年签订的中英《烟台条约》规定，四川东大门外的宜昌开为通商口岸。条约还规定："四川重庆府可由英国派员驻寓，查看川省英商事宜。轮船未抵重庆以前，英国商民不得在彼居住，开设行栈。俟轮船能上驶后，再行议办。"第二年，英国政府即派贝德禄为入驻重庆的"驻寓官"。1882年，英国正式派遣贺西到重庆担任领事。按照当时的有关规定，各国只能在开辟为通商口岸的城市设立领事，重庆此时还不是通商口岸，但是英国政府已经迫不及待，不顾规矩了。而清政府官员对此也睁一只眼闭一只眼，承认了英国政府在重庆设立的这个不规不矩、不明不白的领事官。

为了能够尽早利用《烟台条约》中"俟轮船能上驶后，再行议办"的这一未设定范围的"议办"，曾经参加上海"洋枪队"进攻太平天国的英国人立德乐乘固陵号轮船从宜昌上航重庆，闯开川江航线，迫使清政府与英国于1890年签订了《烟台条约续增专条》。这个所谓的"专条"其关键就是一条：辟重庆为通商口岸，让外商外轮自由来往。

通商口岸必设海关，1891年3月1日，重庆海关设立于朝天门的顺城街。

通商口岸必设领事馆。一个月以后的1891年4月1日，英国驻重庆领事馆正式设立于重庆方家什字麦家院。

1896年3月26日，法国在重庆设立领事馆于二仙庵。

1896年5月22日，日本在重庆设立领事馆于小梁山。

1896年12月1日，美国在重庆设立领事馆于五福宫。

在入川设领事方面，各帝国主义国家可谓是争分夺秒，表现出了惊人的高速度、高效率与一致性。

从此，四川的大门洞开，各帝国主义列强通过各种渠道大举进入四川。

1904年德国在重庆设立领事馆于蜈蚣岭。

不久，英、法、德三国还在成都设立了"领事行馆"。"行馆"是一个非正式的中国式称呼。按当时的有关规定，成都不是通商口岸就不能设立领事馆，而各帝国主义国家又急欲派遣外交官及相关人员正式入驻成都，就以驻渝领事代表处、驻渝领事临时办公处之类的非正式名义设馆，故而被称为"行馆"。在我国古代官制中，兼任比原职务级别稍低的官职或临时兼任某个职务都叫"行"。

▲重庆海关旧址　四川博物院提供

　　日本政府在重庆设立了领事馆之后，竟然得寸进尺，逼迫清政府在重庆设立"租界"。1901年9月24日，日本政府的强权勒索得逞，重庆南岸王家沱的一块长400丈、宽105.2丈的"租界"划定。

　　今天的青年人对于"租界"已经知之甚少，甚至毫无所知。所谓"租界"就是帝国主义国家在中国版图之中霸占的、具有法律效力的、享有其中的全部统治权的国中之国，就是半殖民化的中国国土之中的殖民地。用重庆人的话说，王家沱就是"一个四川内地的小日本国"。

　　日本人获得了王家沱租界，其他帝国主义国家也不甘示弱。在驻重庆各国领事馆的共同支持下，由重庆海关的英籍税务司华特森（清王朝的海关大权完全拱手让给了外强，由英国人赫德担任总税

▲ 重庆日本领事馆旧址　四川博物院提供

◀重庆的法国水师兵营旧址
四川博物院提供

务司，各个海关的税务司均由赫德派遣，所以多由英国人担任）出面，逼迫清王朝在重庆的最高官员川东道道员贺元彬签订了《永租打枪坝约》，把重庆城的一个制高点、驻重庆清兵的练兵场打枪坝"永远租借"给重庆海关，每年仅给象征性的租金200两白银。明眼人一看就明白，这哪里是什么租借，完全就是抢劫与霸占。

一个主权国家最为重要的资源就是领土。如果领土（而且是城市制高点的领土）都可以明目张胆地抢劫与霸占，这个国家还有多少主权可言？这个国家的财富还有多少可望被保护？

1900年5月7日，英国军舰"山鸡"号和"山莺"号驶入重庆，然后再上行到泸州和乐山。

紧跟着，法国的军舰、德国的军舰、美国的军舰、日本的军舰相继入川，至于商船当然就更多了。而最多的还是受外商雇佣的中国船只，因为挂上外国旗帜就能享受特殊待遇，故而被称为"挂旗船"。据统计，1899年进出重庆港的"挂旗船"高达2909只。

大量的船只带来的是大量商品与人员之间的交流，入川的主要是各种"洋货"，出川的主要是各种"土货"。在这一入一出之间，就是各国洋行所最想获得的各种物资，诸如西方所亟需的桐油、猪鬃、肠衣、皮毛、矿石等等，当然，更有通过不平等条约所获得的非正常贸易所能取得的巨额利润。在这一"洋"一"土"之间，则是两种文化的碰撞与冲突。

从深层次上说，西方列强进入四川之后所必然发生的愈来愈多的两种商品和两种经营方式之间的摩擦与碰撞，让四川市场一步步地与世界市场产生了愈来愈多的联系，而在这种商品与市场的愈来愈多的联系的背后，则是地处中国内陆的四川文化与西方文化的愈来愈多的接触、冲突、了解与最初的融合。从这一角度观察问题，我们认为这种摩擦与碰撞对于地处中国内陆的四川逐渐接受西方的近代文明曾经产生过一定的促进作用，对四川的改良派与革命派逐步增强的和专制制度的冲突与斗争的进程也曾经产生过一定的促进作用。但是，这种促进不是在和风细雨的渐进之中形成的，而是在充满了强权、掠夺、欺诈与血腥的进程之中形成的，这种促进的作用也绝不是帝国主义列强的本意，而只能是在长期的充满了强权、掠夺、欺凌与血腥的进程之中产生的附产物。

帝国主义列强进入四川之后的第一个重要后果是四川人民权利的丧失。除了上述的领土主权的丧失之外，还有矿山的开采权。早在清同治四年（1865年），就有一支法国的地质勘察队从云南入川探矿，写成了《四川矿说》等勘探报告，为掠夺四川的矿产资源作了准备。中日甲午战争以后，帝国主义列强就开始了在各地占地开矿采矿的进程。仅英国的东方开矿公司一家，就通过迫使清政府于1899年签订《四川矿务华洋合办章程》，获得了四川全省范围内开采金、银、铁、煤、石油等多种矿藏的权利。虽然由于四川义和团运动的爆发而让这个章程未能真正实现，但是，清政府在这以后又分别与法商的和成公司、英商的普济公司等公司签订了类似的条约，让这些公司享有了长达50年的对若干州县的采矿权。1904年发布的《四川留日学生为川汉铁路事敬告全蜀父老书》中曾经这样写道："今吾蜀矿务落于他人手者已过半矣。"

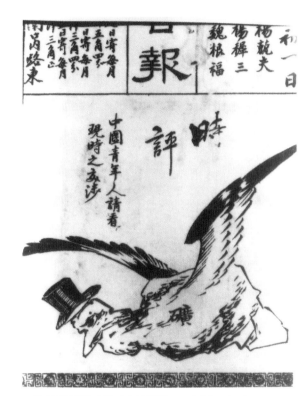

▲ 反映列强攫取中国矿产的漫画　四川博物院提供

帝国主义列强进入四川之后的第二个重要后果是让四川的对外贸易出现极大的入超。据重庆海关的统计，1892年的入超为231万海关两，1900年就上升为832万海关两。大量入超的直接后果是使四川的白银大量外流，造成银贵钱贱，而银贵钱贱的后果又是物价的飞涨。大量入超的间接后果是让洋商通过掌握大量的硬通货而控制了四川经济的命脉，在整个社会生活中掌握了更大的控制权。

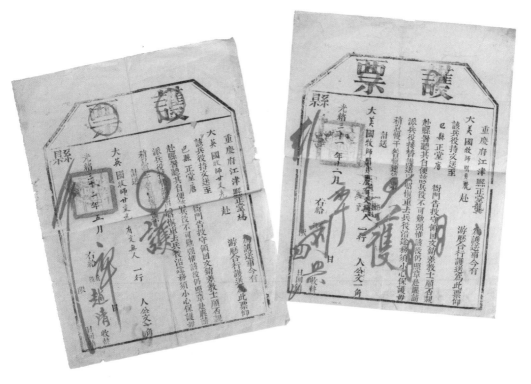

▲护票 四川博物院藏

（右）纸质石印，长42.5厘米，宽33.5厘米，黑墨印、书，竖排本。内容："重庆府江津县正堂龚为护送事今有大美国牧师明贝丽赴 游历合行护送为此票仰 该兵役持文送至巴县正堂唐……"后盖有红色方形篆书印章，印文模糊。

（左）竖排本，长42.5厘米，宽33.5厘米。内容："重庆府江津县正堂杨为护送事今有大英国牧师甘文光赴 游历合行护送为此票仰 该兵役持文送至巴县正堂唐……"后盖有红色方形篆书印章，印文模糊。

　　帝国主义列强进入四川之后的第三个重要后果是用优质的进口商品压制甚至摧残了四川的手工业。朱德元帅曾经这样回忆说："我记得，就是四川的小村庄，那时都充斥着美、英、日本的棉织品，此外，甚至绸缎、绒布、食糖、洋伞、厨房用具都运来了，就连洋钉也把中国钉子压得站不住脚，进口货煤油比自己家的菜油还便宜。中国农村的手工业原来是农村经济的重要部分，弄得没神没气。"郭沫若在他的自传《少年时代》中也说"帝国主义的恶浪不消说是早冲到我们那样偏僻的乡陲。譬如洋烟的上瘾，洋缎的使用，其他沾着洋字的日常用品，实在已不计其数"。笔者是四川绵竹人，直到新中国成立之后，我家乡仍然人人都还在说"洋钉"、"洋碱"、"洋火"、"洋油"，仍然把点煤油的玻璃灯叫做"美孚灯"。直到我读中学时才知道，"美孚"不是油，而是专门在中国销售煤油的美商"美孚洋行"的名字。到了读大学时我又才知道，清代末年，"美孚洋行"就在四川设有80多个分销处，而另一家销售煤油的英商"亚细亚洋行"则设有90多个分销处。这两家洋行用来装煤油的铁皮桶四川人都叫"洋油桶"。"洋油桶"散落在城乡各地的数量多得惊人，大号的是圆的，小号的是方的，至今在民间仍然时有所见。例如，在成都街头卖烤红苕的小贩用的烤炉，就有用当年的大号圆形"洋油桶"改装的；在普及天然气之前很多人家烧煤的小炉子则是用小号方形"洋油桶"改装的。

　　一方面是清王朝的横征暴敛，一方面是帝国主义的巧取豪夺，其结果只能是广大贫苦百姓的绝对贫困化与相对贫困化的极度加剧，是四川城乡各地普遍的民不聊生、生路无继。当时的有关记载比比皆是，这里只举两则：

　　一则记载写于1904年，作者是四川的总督锡良："贫而乞丐者至众，省城每际冬令，裂肤露体者十百载道，号呼哀怜者充衢盈耳，偶遇风雪，死者枕藉，相沿有年，匪伊朝夕，南北各省皆所未见。"

　　一则记载写于1906年，作者是四川的留日学生："四川虽以殷富闻，自咸同以来，地丁而外，津捐各款，名目繁多。近年来，兴学、练兵、办警察、筹赔款，竭泽而渔，势已不支。而外洋货物充塞内地，工徒失业，农商亦因此受亏。生计艰难，迥异昔日，疮痍满道，乞丐成群。节衣缩食，卖儿鬻女，而不足以图生活供丁赋者，比比然也。"

▲流落街头的小乞丐　四川博物院提供

　　两则记载，一则出于留学东洋的青年才俊，一则出于清王朝在四川的最高官员，所写所记，竟是如此惊人地相似。

　　当社会矛盾达到如此尖锐的时候，当统治者不可能维持正常的统治、被统治者也不可能继续接受这种统治的时候，社会的冲突、反抗必然不可避免，原来的统治秩序必然不可能继续维持，改变旧秩序与旧制度、建立新秩序与新制度的浪潮必然洪波涌起。

　　正如前文所述，如何改变旧秩序与旧制度，如何建立新秩序与新制度，这是清代末期摆在全国有识之士面前的大问题，这其中，最主要的两大政治派别是以同盟会为代表的革命派和以立宪派人士为首的改良派。两大政治派别的分歧、辩论、斗争的结果，在全国各省都有鲜活的体现，而四川乃是全国的一个焦点。

和全国总的政治形势相近，在以同盟会为代表的革命派，和以立宪派人士为首的改良派登上政治舞台之前，四川的各种变法维新运动与反抗清王朝的尖锐冲突甚至武装斗争就一直不曾间断。

太平天国运动后期，出现了使太平天国领导集团严重分裂的"天京事变"。翼王石达开于1857年离开洪秀全，率军10万出走，于1862年从川东杀入四川，经过在今涪陵、宜宾横江镇与清军的大战，在1863年6月败于石棉的大渡河边，最后牺牲于成都。一年多的时间内，石达开从川东打到川西，给了清军很大的打击。与此同时，四川还有历时6年，转战6省，兵力最多时超过30万，曾经在青神、犍为之间的铁山建立根据地，在罗江擒杀四川提督占泰，打得清王朝四换四川总督（有凤、曾望颜、崇实、骆秉章）的李永和、蓝朝鼎起义。

戊戌变法运动时期，北京"公车上书"的列名者中有四川的杨锐、张联芳，参加"强学会"的有四川的宋育仁、杨锐等，参加变法新政并成为著名的"戊戌六君子"的有四川的杨锐与刘光第。

义和团运动时期，1895年爆发了将斗争矛头直指帝国主义势力的"成都教案"（这次教案中捣毁了成都以及川西各县的70座教堂），1890—1898年爆发了两次余栋臣起义（余栋臣起义明确提出了"顺清、灭洋"的口号）。在此基础之上，1902年爆发了大规模的四川义和团运动，提出了"灭清、剿洋、兴汉"的口号，起义武装遍及数十州县，两次围攻成都。从此之后，全川各地反抗帝国主义入侵的浪潮就没有停歇过，一直是"人心浮动，各处堪虞，仇教、仇洋之广告，几乎无地无之。"

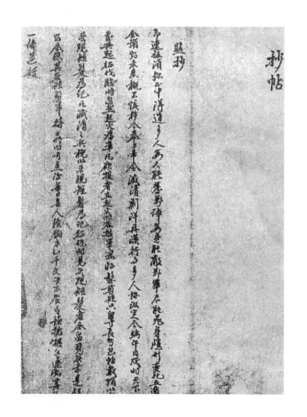

◀四川义和拳提出的"灭清、剿洋、兴汉"抄贴
四川博物院提供
　　竖排本。该帖最右边竖式写有"抄帖"二字，次排竖式排有"照抄"字样。

▲邹容

太平天国失败了，李、蓝起义失败了，"戊戌变法"失败了，四川义和团运动也失败了。

无尽的鲜血化成了一波胜过一波的大潮，形成了一个又一个的政治群体，都企望以各自的方式去改造、变革这个已经无法继续维持的统治秩序。

就在这个如何分析形势与如何开辟道路的关键历史时刻，四川青年革命家邹容有如划破长空的闪电横空出世，不仅给四川也给全国带来了巨大的影响。

邹容（1885—1905年）生长在四川全省新旧矛盾冲突最为激烈的重庆（巴县）。虽然出生于富商之家，但是在社会矛盾日益加深、国难危机日益加重的年月里，他自幼忧国忧民、倾心新学，敬慕明末清初的抗清志士郑成功、张煌言、夏完淳，宣称"仁义所在，虽粉身碎骨不计"。13岁参加科举考试时就大胆与考官辩论并愤然罢考，平时"与人言，指天画地，非尧舜，薄周孔，无所避"，以至被就读的重庆经学书院视作"狂人"而开除。戊戌变法失败之后，他敬慕谭嗣同的慷慨悲壮，以"后来者"自居，决心"继起志勿灰"。他16岁即走出夔门，到上海学习英语。17岁即自费到日本求学（他本来参加了官费留学的考试，虽被录取，可是因当局认为他思想激进而被取消资格），加入了向外寻求救国救民之路的留学生队伍。

邹容在东京结识了大量的英雄豪杰，阅读了大量的西方宣传"天赋人权"、"自由平等"的书籍，眼界大开、思路大振，积极参加了当时的各种爱国活动和革命活动，正如国

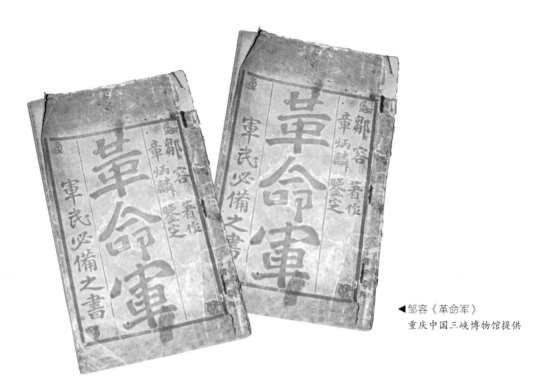

▲邹容《革命军》
重庆中国三峡博物馆提供

民党元老邹鲁在《邹容略传》中所记："容在蜀时即有所感触，及来东，日受外界刺激，胸怀愤懑，愈难默弭矣。凡留学生开会，容必争先演说，犀利悲壮，鲜与伦比。"1903年3月，邹容与同学陈独秀等为反对清政府派到日本的留日学生监督姚文甫的胡作非为，不仅将其痛打，还一剪刀剪掉了姚文甫头上那根标志着效忠清王朝的辫子，将这条辫子悬挂在中国留学生会馆的屋梁上示众。也正是因为这一剪刀，他被清政府视为"祸首"而以"犯上作乱"的罪名治罪，被迫回国，居住在革命派在上海的一个据点"爱国学社"里，与当时的著名革命宣传家章太炎、章士钊等人为友。这期间，他将郁积于心的一腔革命豪情化为文字，奋笔疾书，写成了震惊全国的《革命军》，章太炎欣然作序，1903年5月，以"革命军中马前卒"的署名在上海公开出版，时年19岁。

《革命军》虽然只有约两万字，但是巨声若洪钟，醒世如闪电，锋利如钢刃，呕心如啼鹃。邹容明确指出，中国已经处于"内患外侮，两相刺激，十年灭国，百年灭种"的危亡时刻。他将目标直指自秦始皇以来的"私其国，奴其民"的"专制政体"，高呼"至尊极高，独一无二，伟大绝伦之一目的：曰革命。巍巍哉！革命也。皇皇哉！革命也。"他剖析了清王朝对内残酷压榨百姓，"敲吾同胞之肤，吸吾同胞之髓"，"务使其鬻妻典子而后已"；对外则"量中华之物力，结友邦之欢心"（按，这是光绪二十六年十二月二十六日"上谕"中的文字，原文是"量中华之物力，结与国之欢心"），"以我之土地送人"，将中国变成"地球上数重之奴隶"。他号召全国人民起来推翻清政权，以"洗尽二百六十年残惨虐酷之大耻辱"，"扫除数千年种种之专制政体，脱去数千年之种种奴隶性质"，使"中国大陆成干净土，黄帝子孙皆华盛顿"。他还指出，帝国主义侵略势力有如"外来之恶魔"，正"张牙舞爪以蚕食瓜分于我"，造成了"我祖国今日病矣！死矣"的危亡局势。故而他要"呼天吁地，破嗓裂喉"般高呼："我中国欲独立，不可不革命；我中国欲与世界列强并雄，不可不革命；我中国欲长存于二十世纪新世界，不可不革命；我中国欲为地球上名国、地球上主人翁不可不革命。"他还从思想根源上加以剖析，认为千百年来封建统治阶级所宣扬的"柔顺也，安分也，韬晦也，服从也，做官也，发财也"等等说教都是"造奴隶之教科书也"，"中国之所谓二十四朝之史，实一部大奴隶史也"。故而"革命必先去奴隶之根性"。他为人们指出了革命的任务，就是要"诛杀满洲人中之皇帝，以儆万世不复有专制之君主"，"对敌干预我国革命独立之外国及本国人"，建立"中华共和国"，制定"自治之法律"。他认为应当明确"各人不可夺之权利，皆由天授"，故而在此后"无论何时，政府所为有干犯人民权利之事，人民即可革命，推倒旧日之政府，而求遂其安全康乐之心"。他在书中针锋相对地驳斥了改良派"君主立宪"的政治路线，具体地提出了一个独立、自由、民主的共和国的八条政纲，并告诫国人："革命！革命！得之则生，不得则死。毋退步，毋中立，毋徘徊，此其时也！此其时也！"在全书结尾他再次振臂高呼："中华共和国万岁！""中华共和国四万万同胞自由万岁！"

邹容是在那特定的历史时期涌现出来的古今罕见的天才宣传家，他用如炬的眼光和如椽的巨笔洞察剖析了清末社会危机之深重，写下了至今读来犹令人热血沸腾的文字，成为当时全国激进派的最强音，成为中国反对帝国主义和反对帝王专制的民主革命的战斗檄文和进军号角，立即受到了全国所有爱国者的热烈欢迎与高度评价，短期之内翻印20多次，总印数超过110万册，高踞当时所有出版物印数的第一位。为了避免清政府的迫害，《革命军》还曾经化名为《救世真言》在上海出版，化名为《革命先锋》在香港出版，化名为《图存篇》在新加坡出版。章士钊评说是"卓哉！邹氏之《革命军》也……趋以犀利之笔，达以浅直之词。虽顽懦之夫，目睹其字，耳闻其语，则罔不面赤耳热，心跳肺张，作拔剑砍地、奋身入海之状。呜呼！此诚今日国民教育之第一教科书也。"鲁迅先生也有过这样的评价："便是悲壮淋漓的诗文，也不过是纸片上的东西，于后来的武昌起义怕没有什么大关系。倘说影响，则别的千言万语，大概都抵不过浅近直截的'革命军马前卒'邹容所做的《革命军》。"

由于《革命军》在社会上造成的巨大影响，清政府遂与上海的帝国主义势力相勾结，逮捕了大力宣传《革命军》的《苏报》负责人章太炎。邹容闻知此事，立即挺身而出，投身租界监狱与章太炎同生死、共命运。1905年4月3日，被多方折磨虐待的邹容郁死狱中，年仅21岁。1912年，孙中山先生特地以大总统的名义追赠邹容为大将军。吴玉章专门写有《纪念邹容烈士》诗："少年壮志扫胡尘，叱咤风云革命军。号角一声惊睡梦，英雄四起挽沉沦。剪刀除辫人称快，铁槛捐躯世不平。风雨巴山遗恨远，至今人念大将军。"后人为永远纪念邹容，在重庆与上海命名有邹容路，在重庆南区公园有邹容纪念碑，在上海徐汇区华泾镇有邹容墓。

"号角一声惊睡梦，英雄四起挽沉沦。"这绝不是停留在笔下的诗句。《革命军》中"革命者，天演之公例也。革命者，世界之公理也。革命者，争存争亡过渡时代之要义也。革命者，顺乎天而应乎

▲章太炎
四川博物院提供

▲重庆的邹容纪念碑

▲上海的邹容墓

人者也。革命者，去腐败而存良善者也。革命者，由野蛮而进文明者也。革命者，除奴隶而为主人者也"这样的激动人心的言词的确在当时产生了难以估量的作用，让全国也让四川的一代热血青年愤然而起，投身到以同盟会为代表的革命派的阵营之中。吴玉章就是具代表性的一位，他在《辛亥革命》一书中回忆说，"邹容的《革命军》出版，革命的旗帜就更为鲜明了。邹容以无比的热情歌颂了革命，他那犀利沉痛的文章，一时脍炙人口……对人们从资产阶级改良主义思想跃进到资产阶级革命思想，却起了很大的推动作用。……当我读了邹容的《革命军》等文章以后，我在思想上便完全和改良主义决裂了"。辛亥革命中四川叙州起义的领导人佘英也是1904年在泸州读到了《革命军》和陈天华的《警世钟》之后"大受感动……因而忘却一切，日持《革命军》和《警世钟》两书，街头巷尾，穷乡小店，逢人宣传，无所顾忌"。辛亥革命前夕牺牲于成都的烈士卞鼒曾经在上海三次入狱探访邹容，共商革命方略，以后又变卖家产，从上海购买了几百本《革命军》，回重庆"密结同志"，"将书遍给之"，"大为鼓吹，佐以演说，不数月，革命事业大有一日千里之势"。

四川既与全国的革命潮流同步，又得邹容这样的播火者的导引，以留日学生为主体的革命队伍迅速团结在孙中山先生的周围，并通过各种渠道将同盟会的革命主张以各种方式向全省传播，将赞同同盟会革命主张的各方面革命力量集结起来。

熊克武曾经在回忆录中明确说过，当时在日本的很多四川留学生都是"随时可以听候号召，放弃学业，投身革命"。

同盟会于1905年8月成立之时，很多四川留学生踊跃入会，熊克武、但懋辛、吴玉章、黄复生、董修武、吴鼎昌等被选为同盟会总部评议员，李肇甫被选为执行部书记，淡春旸、丁厚扶、张治祥、黄复生、董修武、李肇甫、吴玉章等先后被委任为四川主盟人。同盟会在1905—1906年间的早期会员共有960人，四川籍的有127人，占总数的13%，仅次于广东和湖南。同盟会成立之后，即派童宪章等人回川发展组织。重庆的杨庶堪与朱之洪等立即响应，于1906年初成立了同盟会重庆支部。1906年春，同盟会总部又派黄复生、熊克武回川，设立了同盟会四川分会，由黄复生担任会长。他们又联络秦炳、张培爵等人成立了同盟会成都支部。稍后，谢持在富顺，李安宅在西昌，张从简在大竹，师至馨在开江陆陆续续建立起了同盟会的分支机构。

同盟会机关报是在日本出版的、在海内外影响很大的《民报》，四川的早期同盟会员于1906年3月通过《民报》出版了临时增刊《天讨》，发表了著名的《四川革命书》和《四川讨满洲檄文》。在省内出版了《广益丛报》与《重庆日报》，在日本出版了《鹃声》和《四川》。所有这些，都为在四川发动反清革命而大造舆论，起到了难以估量的作用。

▶ 同盟会机关增刊"天讨"专号
四川博物院藏

　　纸质石印本，8开，封面文字从右至左竖式排列，中"天讨"二字为手写行楷，右侧为"日本明治三十八年十一月二十五日第三种邮便物认可　日本明治四十年四月二十五日　初版发行　日本明治四十一年七月二十五日再版发行"，左侧为"民报临时增刊"。

　　由于四川的社会矛盾日益尖锐，处处分布着反抗清王朝残暴统治的社会基础，所以同盟会在四川的发展相当迅速。这其中，尤以归国留日学生为教师的各学校的青年学生，和同样是以归国留日学生为教官的新军中的青年军人最为踊跃。由于同盟会员的主动宣传与联络，各地哥老会中的有志之士也纷纷加入了同盟会。

　　四川位于长江上游，在任何一个有大局观的政治家与军事家眼中都具有极为重要的战略地位，而我国历史上多次统一全国的军事行动也都是先据四川，然后以四川为后方基地发兵向东，以高屋建瓴之势沿江而下。秦国兼并六国是如此，西晋统一天下是如此，就连刘邦之所以能在楚汉相争之中取得胜利，也是因为先得了四川，才有了他的后方基地。所以古人早就对此有所分析：秦国"灭六雄而一天下，岂偶然哉？由得蜀故也"。司马迁在《史记·六国年表序》中也说："汉之兴自蜀汉"。孙中山先生敏锐地看到这一点，特地对四川的同盟会员说"吾国革命用兵，当在长江流域，四川其上游也，宜急图之"。根据孙中山先生的部署，革命党人在四川策划并发动了多次武装起义，如1905年冬天由革命志士余切等领导的彭县大同军起义，1906年9月由同盟会员李实领导的江油起义，1907年11月由同盟会员佘英、熊克武等领导的江安、泸州起义，1907年11月由同盟会员张培爵、谢持等领导的成都起义，1909年3月由佘英、熊克武等领导的广安起义，1910年1月由同盟会员佘英、秦炳等领导的嘉定（今乐山）起义，1910年12月由同盟会员温朝宗、王克明等领导的彭水、黔江起义。由于力量不足、经验不够、时机不成熟等多方面的原因，这些起义都未能成功，李实、温朝宗、王克明等人阵亡，谢奉琦、佘英等被捕后英勇就义。但是，"丁未、己酉间（按，即1907—1909年间），同盟会各省党人之起事者，莫如蜀激"。这一系列起义有力地动摇了清王朝在四川的统治，扩大了革命党人的影响，启发了广大群众的觉悟，为下一步的革命行动奠定了很好的基础。

四川的同盟会员除了在省内积极发动群众、组织起义之外，还在全国各地乃至海外的其他战线上参与了若干次重大的革命行动，在辛亥革命的历史篇章中写下了光辉的一页。例如，赵铁桥在天津创办了著名的《民意报》，雷铁崖在马来亚(今马来西亚)的槟榔屿主持《光华日报》，喻培棣等人参加了1908年的云南河口起义，熊克武、吴玉章、但懋辛等多人在1911年4月27日参加了著名的广州起义的准备工作。在这次起义中，四川的喻培伦、饶国梁、秦炳、熊克武、但懋辛等负责攻打总督衙门的后门，喻培伦、饶国梁、秦炳三人光荣牺牲，后入葬于黄花岗。这大起义中牺牲的烈士就是中国近代史上著名的"黄花岗七十二烈士"。

在这里，有必要介绍几位在这一时期牺牲的著名的川籍同盟会员。四川人不应当忘记他们。

卞莆（1872—1908年），字小吾，江津人，1900年在重庆与杨庶堪等人组织"游想会"，谋划反清大业，决心投身革命。以后到北京、上海等地考察形势，结交同志。1903年，三次探望狱中的邹容与章太炎，共商革命大计，决意反清。他变卖家产，从上海购买《革命军》、《警世钟》、《苏报案纪事》等革命书刊数百册运回四川散发。1904年10月，在重庆主持创办《重庆日报》（这也是重庆的第一份日报），"专事鼓吹革命"。以后又陆续开办东文学堂、女工讲习所，为革命培养人才。因为《重庆日报》转载了《苏报》上激烈攻击慈禧太后的《老妓颐和园之淫行》一文，卞莆于1905年6月1日在重庆被官府逮捕，关押于成都。三年之后，于1908年6月13日夜在狱中被害，其尸体上有伤73处，他也被称为"吾川新闻记者以文字杀身之第一人"。他在成都监狱之中还笺注了《救危血》、《应世南针》等书，"皆救亡图存警钟"。

▲ 卞莆 四川博物院提供

▲谢奉琦名片　四川博物院藏

　　左为谢奉琦在日本时所用的名片，长7.5厘米，宽3.9厘米。白纸地，黑字，印有"谢玮颎次郎"字样。右为谢奉琦在国内所用名片，长8.2厘米，宽4.7厘米。白纸地，黑字，印有"谢奉琦　玮俯四川荣县"。

◀谢奉琦　四川博物院提供

　　谢奉琦（1884—1908年），自贡人，1904年赴日本留学，1905年8月，他在同盟会成立数日之后即由黄兴主盟入会，是加入同盟会最早的川籍会员，曾任同盟会总部负责联络各地革命志士的调查科书记。1906年，奉孙中山先生之命，与熊克武、黄复生三人回川，主持同盟会工作，发展革命力量。1907年夏，他们约集同盟会员30余人在成都草堂寺开会，策划在全川发动武装起义。谢奉琦本人负责策动叙府（今宜宾）的起义，但因事泄被捕。清政府的官吏惨无人道地对他"穿项下骨，贯以铁索，锁系而行。而烈士处之泰然，复沿途演说，鼓吹革命，闻者感动，间有泣下者"。1908年3月被害之日，他索取纸笔写下了如下的绝命诗："中原多故祸燃眉，草泽人怀复国思。我志未酬民益愤，还将万弩射胡儿。"武昌起义之后，孙中山先生于1912年颁行恤典，追赠谢奉琦为陆军中将，谥左将军，宜宾人民在谢奉琦就义之处的水洞口街原清朝的千总衙门建立了谢将军祠（原址在今宜宾中医院院内）。可惜这座谢将军祠现已不存，但宜宾市至今还保存了这条纪念谢将军的将军街。

　　佘英（1874—1910年），泸州人，武秀才出身，哥老会首领，曾任团练大队长。在目睹国事日非、政府无能的日子里，阅读了《革命军》等革命书籍之后，接受了反清思想，决心参加反清革命活动。1906年，接受同盟会四川分会会长黄复生之邀去日本，与孙中山先生晤谈之后，加入了同盟会，孙中山先生"深契重之"，委派他为西南大都督，付以联络西南三省哥老会并沟通长江流域会党力量的重任。佘英回川后，经多方活动，托名"万

国青年会"将川南哥老会各山堂力量联合起来，积极
准备武装起义。他和其他同志所策划的江安、泸州起
义因为泄密而中止，广安起义虽举事也未成功。1910
年1月，发动嘉定（今乐山）起义后，在豆沙关断蛇坡
被围，他因为迷信"佘""蛇"二字同音，以为这一
地名犯了忌讳而必死，遂慨然束手被缚，2月被害。临
刑时，高吟绝命诗："牡丹初放却先残，未捣黄龙死
不甘。我本为民兼为国，拼将热血洒红毡。"（按，
这首诗曾经在四川广泛流传，影响很大，但是在流
传中有不同版本，此据佘良弼《佘英烈士就义时遗
诗》，载《四川文史资料选辑》第1辑）1919年，孙中
山先生追赠他为陆军中将。1947年，家乡人民在泸州
中城公园为他和另一位辛亥革命烈士黄方合建了一座
纪念碑，至今仍存。

喻培伦（1886—1911年），内江人，1905年留学日
本，1908年加入同盟会。在国内一系列武装起义均未
成功的日子里，从同盟会领袖孙中山、黄兴到很多热
血青年都力主使用暗杀手段杀掉清王朝的权贵，以迎
接革命高潮的到来，包括陈独秀、蔡元培、章士钊、
鲁迅等都有过热衷于制造炸弹、准备暗杀的经历。喻

▲佘英　四川博物院提供

▲泸州市内的佘英、黄方纪念碑
四川博物院提供

◀喻培伦　四川博物院提供

培伦不仅是其中的积极分子，而且因为长期学习化学，更以研究制造烈性炸弹为己任。1908年，他在试制炸弹时曾经全身受伤，一手致残。最后，不仅将炸弹研制成功，还写出了《安全炸药制造法》印发给各地同志，他也由此获得了"炸弹大王"的美誉。1909年夏，他在汉口暗杀两江总督端方，因为端方改变了行程而未成功。然后他又与另一位四川同志黄复生到北京，以开设照相馆为掩护，先后策划暗杀庆亲王奕劻、海军大臣载洵、训练禁卫军大臣载涛、摄政王载沣，但是都未成功。1911年初，到广州准备武装起义，为敢死队制造了300多枚炸弹。4月27日，广州起义打响，喻培伦作为敢死队的一员，胸挂一筐炸弹，攻入了总督衙门之后，再攻督练公所，与清军恶战3个多小时，在全身多处负伤、弹尽力竭之时被俘。5月1日在被敌人杀害之时，他高呼"头可断，学说不可绝！""党人可

▲张善孖画喻培伦夫妇像
四川博物院提供

▲喻培伦纪念碑　四川博物院提供

杀，学理不可灭！"他的遗体入葬黄花岗，是著名的"黄花岗七十二烈士"之一。1912年，孙中山下令追赠喻培伦为大将军，并指令在他的家乡修建"喻大将军祠"（现已不存，原址在内江中央路19号，即今城南街市中区政协处）。1981年，内江市在人民公园修建了喻培伦大将军纪念碑。1985年，又在碑后修建了"喻培伦大将军纪念馆"。资中县还在1984年将喻培伦幼时读书的五里店小学命名为培伦小学（此小学已经停办，但是在附近的沱江畔立有由张爱萍同志题写的"喻培伦将军青年读书处"纪念碑）。吴玉章同志是喻培伦加入同盟会的介绍人，1961年他在喻培伦牺牲50周年之际，写下了纪念喻培伦的诗句："当年年少正翩翩，慷慨悲歌直入燕。几尺电丝难再续，一筐炸弹奋当先。成仁烈迹惊寰宇，起义欢声壮故园。五十年来天下变，神州春色遍人间。"

▲饶国梁　四川博物院提供

饶国梁（1888—1911年），大足人，1907年到成都考入四川陆军弁目队学习军事，接受革命思潮，当年就参加了熊克武等人领导的叙府起义，次年正式加入同盟会。1909年，他从四川陆军速成学堂毕业后，辗转各地展开革命活动，先后奔走于云南、东北、上海、香港等地。1910年，他按照同盟会领袖黄兴的安排，参加了广州起义的准备工作，从香港向广州运送武器弹药。1911年4月27日，他作为敢死队员之一参加了广州起义，与喻培伦、熊克武、但懋辛、秦炳等川籍同盟会员一道进攻总督衙门。在莲塘口街与清军激战后撤退时，他在最后断后，因不识道路而迷失方向，终至负伤被俘。在接受敌人审讯时，他说："吾辈不死，国民不生，牛马奴隶，生何荣焉；求仁得仁，死何憾焉！"1911年4月30日被害，年仅23岁。饶国梁的遗体入葬黄花岗烈士墓。饶国梁的家乡大足县云路镇已经命名为国梁镇，镇上保存了烈士故居，建有国梁小学，在大足北山还修建有"饶

▲大足的饶国梁纪念碑

国梁烈士纪念碑"。

　　还有一件事不能不提：重庆的红岩村是著名的革命纪念地，是抗日战争国共合作时期中国共产党南方局和十八集团军重庆办事处的所在地。这座楼房及其他的附属建筑物是重庆大有农场的主人主动提供土地并于1939年修建完工的，对外说是出租给办事处使用，其实从来没有收取过一分房租。这位主人就是中国共产党的真心朋友，饶国梁烈士的胞妹饶国模，她一家有5个中共地下党员，她曾经被邓小平同志称为"红岩村的革命妈妈"。

　　彭家珍（1888—1912年），金堂人，1903年入四川武备学堂读书，从此走上了从军的道路。毕业后被派往日本考察军事，并加入了同盟会。回国后到成都新军中任排长，并以此为掩护积极进行反清斗争，参与了原定于1907年11月14日举事的成都起义。在起义计划被奸细告密以后，他为营救可能被捕的同志而做出了很大的贡献。此后，他以新军军官的身份先后辗转云南、沈阳、天津等地从事革命活动，联络起义，组织军火，制造炸弹。武昌起义爆发后，孙中山先生曾任命他为四川同盟会旅沪支部军事部副部长、蜀军副总司令。他考虑到自己在北方各地已经有了相当好的基础，更便于开展革命工作，所以没有回川，而是担任了京津同盟会军事部长。1912年初，他参加了京津同盟会决定诛锄袁世凯、良弼、载泽"三大敌酋"的行动计划。当川籍同盟会员杨禹昌等三人于1月16日刺杀袁世凯失败并被捕牺牲以后，他于1月27日独自一人在北京红罗厂良弼家大门外炸死清宗室顽固派代表人物、宗社党首领良弼，使北京满蒙贵族中的顽固派胆战心惊，无人再敢坚持与革命力量对抗。2月12日，清帝即宣布退位。孙中山先生评其功绩为"我老彭收功弹丸"。但是，他在炸良弼之时，因为一块弹片从下马石上弹回被击中

▶彭家珍纪念碑
四川博物院提供

▲彭家珍烈士遗像　四川博物院藏

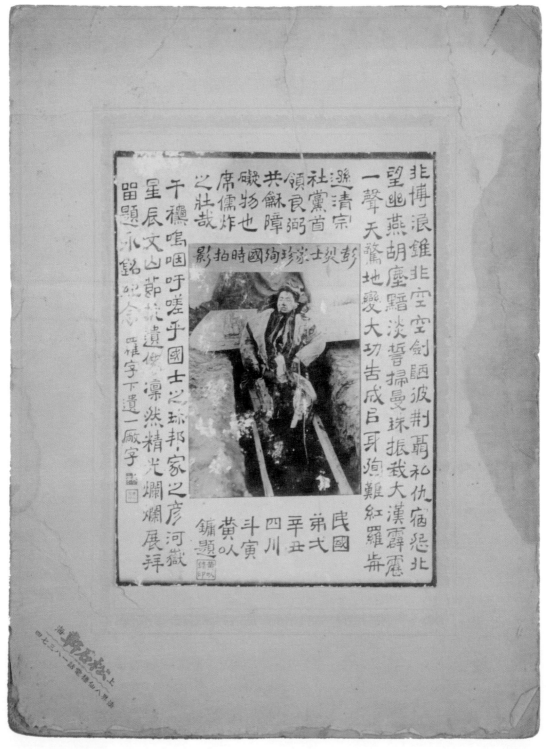

▲彭家珍牺牲时的照片　四川博物院藏

▶ 《铁血斑斓志》　四川博物院藏

　　《铁血斑斓志》，海内孤本。纵44.8厘米，横34.7厘米。成都有名的革命家、书法家杜关为《铁血斑斓志》写题签。厚重的册页中用照片、文字记录了辛亥革命前后为资产阶级民主共和的建立而甘洒热血、舍身赴义的烈士的英雄行为。重点介绍了谋炸袁世凯、良弼的彭家珍、杨禹昌、张先培、黄之萌四烈士以身殉志、以命酬国的壮举。国家一级文物。

后脑，当场牺牲。孙中山先生追赠他为大将军，崇祀忠烈祠。新中国成立之后，中央人民政府为他的家属颁发了烈士证书。他的家乡建有彭大将军祠（在今青白江区城厢镇），已经被列为四川省文物保护单位。

　　以同盟会为代表的革命派的力量在四川各地不断发展壮大的同时，另一支民主力量也在发展壮大，这就是奉行改良主义的立宪派。

　　立宪派是清末政治舞台上一个重要的政治派别，他们是在原来的维新派的基础上演变和发展起来的，当年维新运动的领导人康有为、梁启超仍然是这一派别的领导人物。1894年的甲午战争，日本打败了中国；1904年主要发生在中国东北的日俄战争，日本又打败了俄国。一个不大的小国能够打败两个很大的大国，这就让很多抱着富国强兵愿望的中国知识分子愈来愈认为日本的明治维新是最成功的改革，愈来愈认为日本的君主立宪政治制度是最先进的政治制度。所以当年在日本留学的青年学生中，不少人都是立宪派的支持者。在要求结束专制政体、保卫国家主权、发展民族经济、改善国计民生等方面，立宪派与革命派有着基本一致的立场，最大的区别就是要不要用暴力推翻清王朝的统治。立宪派主张不用暴力，而是用改良的方法实行君主立宪，而革命派主张用暴力推翻清政权，建立一个共和国。

同盟会在日本成立之后，对立宪派的理论与主张进行了猛烈的批判，立宪派在这场论战中应当是失败者。清王朝为了苟延残喘，在1906年宣布要"预备立宪"，也搞了一个皇族内阁，这种假宪政、真皇权的把戏既让立宪派在全国人民面前丢了脸面，更让立宪派中若干真正的爱国志士从中惊醒过来，或是对清王朝加以更大的压力，或是以不同方式与同盟会合作，或是加入了革命的队伍而成为革命派中的温和派。这种变化，在四川表现得尤为明显。

四川立宪派的早期力量与中坚力量是在留日学生中逐渐形成的，时间与形成过程同革命派的情况大致相近。1906年在日本创刊的《鹃声》杂志、1907年在日本创刊的《四川》杂志，是四川革命派力量聚集的主要标志，集中地表达了四川革命派的声音。1907年成立的共进会，是川籍同盟会员团结广大革命力量的最早的组织。四川立宪派最早成立的组织是1906年在日本以蒲殿俊为正干事的川汉铁路改进会，川汉铁路改进会出版的《川汉铁路改进会报告书》反映了立宪派当时的呼声。

▲川汉铁路改进会部分成员合影　四川博物院提供

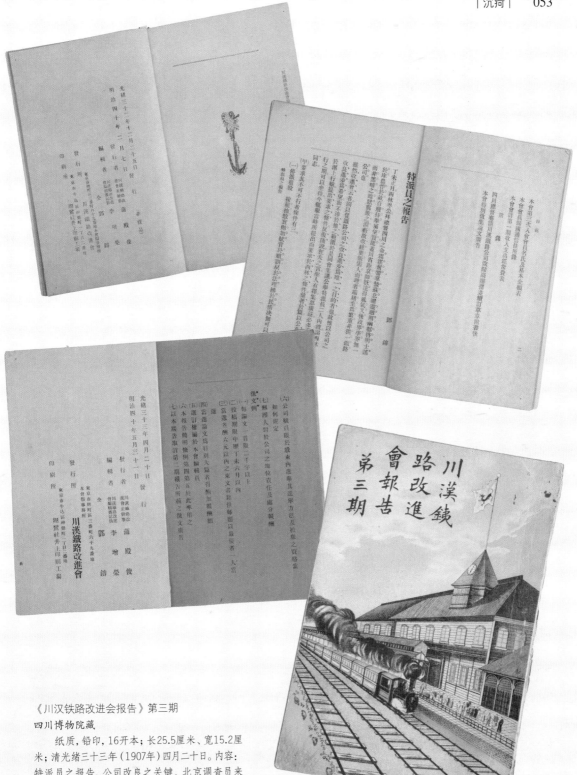

《川汉铁路改进会报告》第三期

四川博物院藏

　　纸质，铅印，16开本；长25.5厘米、宽15.2厘米；清光绪三十三年（1907年）四月二十日。内容：特派员之报告、公司改良之关键、北京调查员来函……酬国的壮举。

▲《蜀报》 四川博物院提供

　　由于四川立宪派核心力量的形成较其他一些省份稍晚，所以走上政治舞台也较其他一些省份为迟。当清政府在1906年宣布实行"预备立宪"的时候，上海、广东、湖北、湖南等省的立宪派人士都立即在本省成立了与之呼应的社团，诸如"宪政公会"、"宪政筹备会"之类，可是由于四川省内的力量太小，所以竟未有任何行动。一直到1909年10月，按照清政府在各省成立咨议局的统一安排，四川省咨议局成立以后，立宪派人士才公开走上了政治舞台，展开了他们的政治活动。四川省咨议局是以立宪派成员为主体组成的，议长是蒲殿俊，副议长是萧湘和罗纶。四川省咨议局虽然也在开年会时通过了一些决议案，也派代表去北京参加了两次全国各省咨议局联合要求尽快召开国会的请愿。但是，这些行动都没有产生什么效果，决议案完全是一纸空文，请愿也只是请清王朝允诺将召开国会的时期从9年后提前到5年后。四川省咨议局从成立到清王朝垮台的两年中的所有活动，在当时唯一有过较多影响、为后来留下较多记忆的，是出版了一份颇有影响的《蜀报》。《蜀报》的社长是蒲殿俊，总编辑是朱山，主笔先后是吴虞和邓孝可，报上刊载了不少启发民智、提倡文教、鼓吹实业的好文章。

　　川籍同盟会员为代表的四川革命派的主体是留学日本的青年学生，他们血气方刚，思想激进，行动果断，以武装斗争为主要的斗争手段，寄希望于用暴力夺取政权，所以他们把发动起义、刺杀权贵作为自己的主要任务而多所行动。但是以川汉铁路改进会成员为代表的四川立宪派的情况不同，他们的主要成员虽然也在日本留学，但大多不是青年学生，而是已经入仕、在社会上有一定身份的知识分子，去日本留学大都是专门去学习法政准备回国从政的，所以大多年近中年、熟悉政务、行事稳健，主张通过非暴力手段解决问题，寄希望于立宪救国。由于他们的这些主张较之革命派的暴力革命主张更容易被广大群众所接受，再加上他们在社会上都有一定的地位与号召力，所以在四川城乡有着较为广泛的影响。这其中的代表人物有：

　　蒲殿俊（1875—1934年），广安人，进士出身，曾任法部主事，官费留学日本学习法政；

　　颜楷（1877—1927年），成都人，进士出身，官至翰林院编修加侍讲衔，官费留学日本学习法政；

　　邵从恩（1871—1949年），青神人，进士出身，曾授知县未就，又曾任法部主事，留学日本学习法政；

　　罗纶（1876—1930年），西充人，举人出身，曾任四川省城绅班法政学堂斋务长；

　　萧湘（1871—1940年），涪陵人，进士出身，曾任法部员外郎，留学日本学习法政。

　　有一点值得注意的是，四川立宪派最早成立的组织是川汉铁路改进会，最早发出的声音是《川汉铁路改进会报告书》。所以可以这样认为，四川立宪派的政治活动从一开始就与川汉铁路密不可分，就与四川的保路运动密不可分。

　　四川的革命派人士与立宪派人士虽然政治主张各异，分歧与争论不绝，但是有一个重要的共通点，就是他们相互之间都比较包容，关系也比较融洽，无论是在日本留学期间，还是回到家乡从事政治活动之时，少有指责，更少有针对对方的过激行为，在很多情况之下还能合作共事。例如同盟会员胡峻曾担任四川立宪派大本营四川省咨议局的筹办处协理，而在四川省咨议局的议员中则有同盟会员刘声元、程莹度、江潘、龙鸣剑，著名的革命党人朱山还长期担任了四川省咨议局机关报《蜀报》的总编辑，是公推的四川全省立宪请愿的起草人。所以会出现这种情况，最主要的原因是对当时四川所面临的各种主要问题的认识上双方的共同之处超过了分歧，而这时四川所有矛盾的焦点全在一件事——铁路。

　　当历史的脚步跨进20世纪初的时候，以革命手段推翻清王朝的趋势逐渐成为了全中国的政治大潮，作为当时全国人口最多的第一大省，四川的政治形势不仅是与全国一致，而且其矛盾冲突较之他省更加尖锐，更加激烈，直至成为辛亥革命时期全国最先采取暴力行动、并在全国最先推翻清王朝反动统治、建立第一个新生政权的省份。

　　与其他省份情况不同的是，辛亥革命大潮在四川的发展演变，四川的反抗与推翻清王朝的斗争，其矛盾之纠结、导火之绪端、群体之分合、力量之聚集、风云之激荡，都是围绕着一件事——铁路。

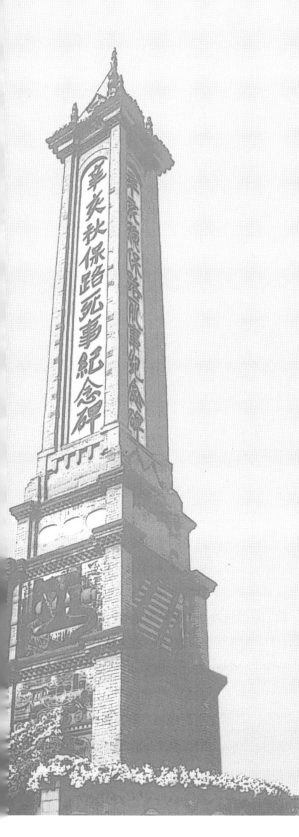

共和之光

辛亥秋四川保路死事百年祭

铁路

铁路这件新鲜事

世界上第一次在特制的铁轨上开行铁轮车辆出现在1760年的英国，这条"铁路"总长有30公里，车辆动力只有三"马力"，不过这不是机器的动力，而是真正的三匹大马，而且只行驶在亚伯拉罕·达彼开设的自家铸铁厂的范围之中。

我国第一位出使西方的外交使节，也是我国第一批考察西方文明的官员之一的郭嵩焘，在出任驻英国公使（清王朝所以决定要派出这位外交官，是因为在处理发生在云南中缅边境的"马嘉理事件"之后在签订《中英烟台条约》时，英国政府要求清王朝必须派一位钦差大臣到伦敦去向英国政府"道歉"，郭嵩焘在完成了钦差大臣的"道歉"任务后即改任为第一任驻英公使）时写的《郭嵩焘日记》中，在1877年4月15日这样写道："英国马车用铁路，一千七百六十年有约翰者，创行于西非尔地方。"指的就是这样的马拉铁轮车的"铁路"。这是中国人笔下第一次记载的"铁路"，也是"铁路"一词在我国使用的开始。《郭嵩焘日记》在1877年12月22日又有《略考英国政教原流》一文，其中说"英人名瓦的者，始创火轮舟车之利"，则记载了英国发明家瓦特发明的可以作为车船动力的蒸汽机。

1814年，英国著名发明家斯蒂芬森造出了世界上

▲郭嵩焘 四川博物院提供

▲斯蒂芬森 四川博物院提供

第一台具有实用价值的蒸汽机车"布鲁克"号，拉着8节运煤车以每小时6.4公里的速度在14公里的铁轨上蠕动（因为"布鲁克"号的烟囱要向外喷火，故而被人们称为"火车"，这一名称一直流传到全世界）。这应当是铁路建设与火车运行的一次里程碑式的成功。1825年，经英国国会批准，英国第一条商用铁路通车，斯蒂芬森驾驶着"布鲁克"号的改进型"旅行者"号，拉着33节车厢以每小时38公里的速度，从达林顿驶向斯托克顿。世界上第一条现代意义上的铁路终于诞生。1829年，世界上第一条完全使用蒸汽机车的铁路线利物浦——曼彻斯特铁路完全建成，正式运营，所使用的轨道仍然是用铁铸造的名副其实的"铁轨"。1846年，英国以法令的形式规定铁路的标准轨距为1435毫米（这是按英国通行的英制4英尺8英寸半折合的）。1857年，英国铺设了世界上第一条钢轨铁路，以后逐渐以钢轨代替了铁轨。

自此以后，这种世界上运输量最大、速度最快的陆上交通工具在全世界迅速发展，成为世界工业化与现代化浪潮的重要组成部分。关于铁路的出现与发展在世界文明史上的作用，世界著名的历史学家霍布斯鲍姆的以下一段话可能是具有代表性的："铁路的到来本身就是一场革命的象征和成就，因为将整个地球铸成一个相互作用的经济体，从许多方面来说都是工业化最深远且当然是最壮观的一面。"

如果按铁路通车的时间排出顺序的话，中国占世界的第18位，时间是在1876年。排在中国前面的国家是：英国、美国、法国、比利时、德国、加拿大、俄国、奥地利、荷兰、意大利、瑞士、西班牙、巴西、印度、澳大利亚、埃及、日本。

最早将过去闻所未闻的新鲜玩意儿铁路和火车介绍到中国来，是在清道光十五年（1835年）刊印的《东西洋考每月统记传》中的《火蒸车》条。这以后，我国早期渴望向西方寻求新知的代表人物，如林则徐在他托人编译的《四洲志》中，魏源在他编撰的《海国图志》中，徐继畲在其撰写的《瀛环志略》中都多次写到了铁路和火车。例如编入《海国图志》卷八十三的《贸易通志》对铁路和火车是这样记载的：

"且火机所施不独舟也，又有火轮车。车旁插铁管煮水，压蒸动轮，其一竖缚数十车，皆被火车拉动，每一时走四十余里，无马无驴，如翼自飞。欲施此车，先平其险路，铺以铁辙，无坑坎，无纡曲，然后轮行无滞。道光十年，英吉利国都两大城间，造辙路九十余里，费银四百万元，其费甚巨，故非京都繁盛之地不能用。近日西洋各国都多效之。此外又有火轮机，凡布帛不假人力而自成织，巧夺天工矣。然地有纡曲高下，不可行火轮者，惟在填平道路，将碎石墁地，使其平坦；两旁轨辙，以铁为槽，行时溜转如飞，则一马之力牵六马之重。"

应当说，将西方工业化的最新成果铁路和火车的有关知识介绍到中国来的时间并不算晚。可是，由于当时的中国完全不具备修建铁路的能力，所以在一个时期之内，无论朝野，都没有人敢提出在中国修建铁路这种大胆的设想。最早提出这一计划的不是清政府的官员，而是太平天国领袖之中最具有新视野的干王洪仁玕。他于1859年写成了著名的《资政新篇》，在其中提出了这样的计划："兴车马之利，以利便轻捷为妙。倘有能造如外邦火轮车一日夜能行七八千里者，准自专其利……先于二十一省通二十一条大路，以为全国之脉络，通则国家无病焉。"天王洪秀全在上面的批语是"此策是也"，给予完全的肯定。虽然太平天国运动不久就遭受了惨重的失败，从洪仁玕的建议和洪秀全的批语中见到的是太平天国对建设铁路昙花一现式的梦想，但这却是中国人第一次所做的铁路之梦。

冲突与融合

19世纪末期，在中国围绕着修不修铁路，明显地存在着以下三种态度甚至三股力量：

各帝国主义国家从他们自身的利益考虑，一直很想修，态度一直未变；

清政府的各级官员们从维护统治秩序的角度考虑，一直不愿修，态度也是基本未变；

中国的一些具有新思想的人士从加快经济发展的大计与维护自身主权的角度考虑，逐步主张修，态度有一个从不太了解到逐步了解的发展演变过程。

这三种态度甚至三股力量，出于不同的价值取向而产生了多方面的冲突与碰撞。这些冲突与碰撞不仅存在于舆论与文书之中，还体现在若干真抓实干的具体行动上。

当个别的中国人在做铁路梦的时候，一心要在中国扩大各自的势力、夺取更大利权的帝国主义国家却紧锣密鼓地想把修建铁路的梦想在中国变成现实，真可谓是反应敏捷，行动具体。

1847年和1854年，英国海军军官戈登和美国海军军官裴理先后在台湾勘测从基隆煤矿到基隆港口的铁路，其目的是解决海上舰船的燃料补给。此计划未能实现。

1858年，英国退休军官斯普莱建议英国政府修建从缅甸仰光通过中国云南直到长江的铁路，虽然未能获得支持，但是他写的《英国与中国铁路》的小册子却已在英国商界散发。

1859年，美国商人何德向清政府提出了修建上海到苏州的铁路的计划，未获批准。

由上述几件史实即可清楚地看出，当铁路刚刚在英国开始运营的时候，当中国无论朝野都还没有任何人有过修建铁路的想法的时候，西方人士就在进行有关的谋划了。

他们为什么这样积极？因为他们有一个深谋远虑的、带有战略性的、长远而巨大的计划。

两次鸦片战争之后，西方列强强迫清政府签订了一系列不平等条约，通过开放通商口岸、建立租界、取得治外法权等方式在中国若干城市建立了自己的据点，取得了对若干城市的局部控制权。下一步，就是如何由点到线，再由线到面地逐步扩张，取得对整个中国的控制权。为了实现这一目的，通过修建铁路而达到两点连一线、一线扩两面的方式取得铁路沿线的控制权，是最佳的途径。除了这个核心的大目标之外，还有若干重要的子目标，例如，单是向中国供应铁路建设与铁路运营的器材物资这一项，就会给西方的工业与航运业带来数不清的订单，因为这些物资中国基本上都不能生产，几乎全部需要从西方进口。

为了尽快实现上述目的，英商怡和洋行在1863年就制定了在中国修建一个"四干三支"铁路网的方案。这4条干线是：1.上海沿长江至汉口；2.汉口至广州；3.汉口经四川、云南外通缅甸；4.上海经镇江至天津、北京。3条支线是：1.上海经杭州、宁波至福州；2.从福州进入内地茶叶产区；3.从广州起与上述第三条干线上某站相接。为了通过实验以取得各界的认可与支持，这个方案还建议首先修建几条短的线路，如在北方修建北京至天津的铁路，在中部修建上海至苏州的铁路，在南方修建广州至佛山的铁路。这个方案由怡和洋行呈送给了清王朝主管外交事务的最高官衙总理各国事务衙门，其结果仍然是被束之高阁，不予理会，而这个方案于1864年以《中国铁路》的书名在英国出版。

必须指出的是，在西方列强眼中，所有关于在中国修建与管理铁路的方案从来都不可能是平等的合资修建或商品贸易的关系，每一个项目的背后都会有在当时已成惯例的不平等的强权。就以上面提到的上海至苏州铁路的修建方案来说，策划者何德是上海美商琼记洋行的老板，他提出的修建方案中最关键的是以下几条：1.铁路由美方勘测、修建与管理；2.清政府补助修建成本的6%—12%；3.美方享有铁路管理的专利不少于100年；4.清政府保护美方财产不受侵犯。

西方列强有了计划就想尽快地付诸实施。一方面是派出技术人员进行实地勘测，编制他们的方案；另一方面就是游说各地官员接受他们的方案。就在1864年这一年之中，上海道应宝时、两广总督毛鸿宾、福建巡抚徐宗干都先后接到了英国与法国方面关于修建铁路的方案。而几位大人的态度也都是一样的：一概拒绝。

尽管是处处碰壁，但是清政府并未下令严禁，于是一些外国公司就在未得到任何允诺的情况下抢先干了起来。

1865年，铁路这件新鲜事第一次出现在了中国的土地上。英国商人杜兰德从海外运来器材在北京宣武门外修建了一小段铁路，当时记载说是有"里许"，估计就是有几百米。没有运来火车头，车厢是用人力推动前进的。尽管是用人力推动的，但是这样的用铁轨造成的路有如一个活广告，仍然引起了不小的轰动。几天轰动之后，这一小段只是供人参观的铁路样品的命运可想而知，就在朝中权贵们"诧所未闻，骇为怪物"之后，被当时主管北京治安的最高官衙步军统领衙门"饬令拆除"。

也是在1865年，一家名为"中国铁路公司"的英国公司在上海与伦敦同时成立，目的是修建上海到苏州和广州到佛山的铁路。虽然英国驻华公使为此事八方活动，但是仍然未获清政府批准，修建计划胎死腹中。

游说不成，申请不批。各国力图尽快在中国修建铁路的行动主体逐渐从在华公司升级为政府官员，从商业行为升级为外交行动。

1865年秋，英国籍的总税务司赫德写了《局外旁观论》。1866年，英国驻华公使馆参赞威妥玛写了《新议论略》，英国驻华公使阿礼国写了《铁路节略》。这三篇文章都送给了总理各国事务衙门，其主要内容都是希望在中国修建铁路。

第二次鸦片战争之后的不平等条约《天津条约》是在1858年签订的，其中有10年之后得以"酌量更改"的条文。从1867年开始，英国驻华公使阿礼国就联络各国外交官向总理各国事务衙门施压，宣称如果中国不修铁路，就会使各不平等条约中允许各国来华贸易的有关条约形同空文，因此有必要将允许修建铁路作为修改《天津条约》的内容之一。但是，这一要求仍然未能得到清王朝的同意。

自从两次鸦片战争以来，清王朝各级官员在各帝国主义国家面前基本上都是唯命是从的，为什么会一而再、再而三地拒绝修建铁路呢？

铁路的运量大、速度快，较之中国千百年来的人挑、马驮、骡车拉不知要好多少倍，这是任何人都承认的。清王朝的大小官员们并不是连这一点都看不到的傻子。可是，他们所想的不是这本经济账，而是一本更为重要的政治账。这本账应当如何算，清王朝的大臣们曾经有过认真的讨论，并且得出了几乎是完全一致的结论。

如何回答各国有关修建铁路的要求？如何对待《天津条约》的修约？清王朝后期长期主管外事的李鸿章的态度是至关重要的。李鸿章第一次就此事的表态是在1863年，他明确回答说："力持定见，多方禁阻，并函致通商各口岸，一体防范"。

1865年，主管外交事务的最高官衙总理各国事务衙门专门行文给滨海与沿江的各地驻防将军、总督、巡抚16人，明确要求各地一律对这类要求"力为设法阻止，以弭衅端而杜后患"。1866年，清王朝又以"上谕"的形式再次要求滨海与沿江的各地驻防将军、总督、巡抚18人"详慎筹划"。当时政坛上的实权人物，包括对于引进洋枪洋炮十分热衷而被后人称为"洋务派"的权臣如曾国藩、李鸿章、左宗棠、刘坤一、沈葆桢等人纷纷表态，其意见是高度地一致。他们心中所念念不忘的"衅端"与"后患"，主要是指刚刚平息下去的太平天国运动（太平天国的天京在1864年才被攻陷，其余部与其同盟军捻军在1868年才停止战斗）和鸦片战争不能再次出现。如果再来一次太平天国，再打一次鸦片战争，清王朝就没救了。关于这一点，当时的有关言论很多。1867年6月3日载于美国《纽约时报》的一篇文章应当是当时的综合性的评述："在大清国内，关于在这个帝国的领土上筹建铁路和铺设电报设施的事情正闹得沸沸扬扬。时至今日，清廷尚未批准任何一项已上呈的希望在北京或其他省份筹建这类现代化设施的规划或建议。大清国政府对其他外国新技术也采取退缩的态度，就像他们现在对待电报线路和铁路路轨的态度一样。人们推测，大清国政府害怕如果铁路真修建起来的话，铁路沿线的人们可能会发生反清起义。这是可以理解的。铁路的兴建，可能导致众多苦力、车夫和船夫的失业，一场反抗、叛乱乃至起义的发生或者就迫在眉睫了。同时，如果正式同意并支持修建任何一条铁路的话，一俟铁路建设成功，甚至抑或是还未成功完成，清廷都担心外国人的势力会因而在清国国境内变得过于强大，并担心因此同外国人之间的交往会变得令人讨厌地复杂化。"

正是出于上述的考虑，长期以来清王朝一直拒绝各国要求在中国修建铁路的请求。

但是，铁路与电报等先进技术毕竟是近代文明的重要成果，它对全社会带来的巨大的物质利益必将冲破非物质因素所设立的森严壁垒，这是历史的必然。在当时，除了极个别的中国人在欧洲亲眼见过铁路与火车，绝大多数的中国人还没有机会体验铁路与火车的先进性，对于铁路与火车的拒绝与反对是完全可以理解的。随着对铁路与火车的了解愈来愈多之后，当太平天国的战火已经熄灭一段时期之后，"以弭衅端而杜后患"的担心就逐渐退居其次了，哪怕就是有一座冰山也会被火车头的灼热蒸汽所逐渐消融。

1866年，应总税务司赫德的建议，清王朝派出的第一个赴欧洲参观访问的代表团由斌椿率领到达英国。虽然清王朝有意降低这个参观访问团的级别，率团的官员仅仅是山西襄陵县的一个七品知县，团员是3名同文馆的学生。但是，参观访问团的全体成员都亲身体验到了火车的优越性，以至这位自称"中土西来第一人"的63岁的斌椿在乘坐火车时有感而发，写下了这样的诗篇："宛然筑室在中途，行止随心妙转枢。列子御风形有似，长房缩地事非诬。六轮自具千牛力，百乘何劳八骏驱。若使穆王知此法，定教车辙遍寰宇。"代表团中的年轻人、同文馆学生张德彝更是坚持认为："此举洵乃一劳永逸，不但无害于商农，且裨益于家国。西国之富强日盛，良有以也。"

我国近代史上著名的维新派思想家王韬对于铁路与火车的看法具有一定的代表性。王韬原来也是坚决地反对，他曾经明确地表示"轮车之道，必熔铁为衢，取径贵直，高者平，卑者增，遇河则填，遇山则凿，不独工费浩繁，即地利亦有所未能"，故而"我中国决不能行"。可是当他于1867年去了欧洲之后，见解大变，不仅明确表示"泰西利捷之制，莫如舟车"。他还进一步作了更深的分析与展望："今日欧洲诸国日臻强盛，智慧之士造火轮舟车以通同洲异洲诸国，东西两半球足迹几无不遍，穷岛异民几无不至，合一之机将兆于此。夫民既由分而合，则道亦将由异而同。形而上之者曰道，形而下之者曰器，道不通则先假器以通之，火轮舟车皆所以载道而行者也。""天时人事，皆由西北以至东南，故水必以轮舟，陆必以火车，捷必以电线，然后全地球可合为一家。中国一变之道，盖有不得不然者焉。不信吾言，请验诸百年之后。"与王韬同时代的维新派学者如郑观应、薛福成、马建忠、陈炽等在这一问题上也都有类似的论述。

先进技术的出现与使用总是由生产实践的迫切需要所促成的。目前所能见到我国最早出现的由官方发出的要求修建铁路的呼声，是从我国第一家大型的官办近代兵工厂江南制造总局发出的。1869年初，江南制造总局为了解决厂区内的运输困难，特地给当时的顶头上司曾国藩打报告，请求在厂区内修建铁路。曾国藩的批示是"此事决不可行"。理由很简单，各国要求修铁路都不能批准，自己怎么能修？"岂可反自作俑"！但是，曾国藩在这里再也没有使用过去所使用的那些反对修铁路的理由了，似乎对于铁路本身的作用已经认可了，没有反感了，这应当是一个重要的信号。

在谈到曾国藩的态度时，有必要介绍一下当时在地位与权力上和曾国藩比肩的另一权臣李鸿章的态度。前面曾经说到，总理各国事务衙门曾经专门行文给滨海与沿江的各地驻防将军、总督、巡抚，要他们就洋人要求修建铁路与电报线路一事表态。李鸿章时任湖广总督，他在1861年1月上奏朝廷的奏折中认为，此事"有大利于彼，有大害于我，而铁路比铜线尤甚。"为什么呢？因为"凿我山川，害我田庐，碍我风水，占我商民生计，百姓必群起抗争拆毁，致激民变"。应当怎么办呢？"与其任洋人在内地开设铁路、电线，又不若中国自行仿办，权自我操"，修建技术可以"用洋法雇洋人"。只是"自行仿办"铁路的事，"须待承平数十年"。李鸿章的态度比曾国藩的态度更值得注意，因为他并不完全反对，他怕的是因此而"致激民变"，他要等待天下太平以后"自行仿办，权自我操"。这说明他与其他的顽固不化的权贵们有所不同，已经为在中国修建铁路的可能性打开了一个不小的口子，而且是很重要的口子。

对于广大的中国民众（初期阶段主要是知识分子群体，其中也包括绝大多数的各级官员）来说，如何从不了解铁路与火车到逐步了解铁路与火车，这有一个渐进的过程。在这个过程中，产生在上海的一场辩论曾经发生过很大的作用。

1872年由英商集资创办于上海的《申报》是清末时期全国影响力最大的一家报纸，虽然它代表了英国商人的利益，但是它是在中国最早介绍铁路与火车的种种知识、宣传铁路与火车的种种好处、报导铁路与火车的种种信息的一家报纸。1873年5月6日，它刊登了《上海至吴淞将造火轮车铁路》的文章。1873年9月29日，它刊登了《论英国拟由印度、西藏造铁路以通云南事》的文章，其中指出"英人既通云南之后，亦必通四川"。1874年7月

▲吴淞铁路使用的火车头

25日，它刊登了《火轮车为福国之举》的文章。1874年12月28日，它刊登了《俄国将开火车路以达中国边界》的文章。《申报》的这各种力主在中国修建铁路的主张引起了另一家由中国人主办的报纸《汇报》的反驳，《汇报》在一系列文章中对于在中国修建铁路列出了若干"弊端"，诸如"失事（按，指容易出现安全事故）"、"太捷（按，指速度太快而使商家的经营不便）"、"失业"等等，于是两家报纸展开了一场论战。

关于可能出现安全事故的问题，《申报》介绍了铁路除"旷野无人居住之处""尚无栅栏以藩篱"之外，凡有行人之处"必护以栅栏而不准入"，凡有交叉路径之处则"或以桥跨之，或在桥穿其下"。至于因为其他原因而出现的事故，《申报》用有关统计材料予以说明："西人亦经用心将所搭马车及乘船楫受伤者与搭火车受伤者互相考较，而火车受伤者实少七倍。此事系国家考究入册，有凭可据。"

关于可能导致传统运输业的从业者失业问题，《申报》认为："此事尚有两端之论，若造火车路必用多人，失此业者可就彼佣，故境有火车路造成后，而所经各处之贸易顿然广大数倍，昔之就业于大路之人皆可行业于火车各分路，其势实无失业之患也。"

关于对国计民生的作用，《申报》以华北大旱之时在救灾中出现的诸多难题指出："一逢歉岁，即使邻省丰收，骡马车辆可以转运，而道途既迁，运费太重，迁延日久，饥民嗷嗷，其不致以生乱者，鲜矣。《书》曰：'民为邦本，本固邦宁'，百姓不得足食安居，国家焉能久享升平哉？"。至于军事方面的作用，《申报》指出："此不但利商贾，运货物，转输粮食，拯救饥荒，而于用兵之际其用尤大，既捷而速，军行若神，使敌国几疑兵卒从天而下，如遇一方有事，则三方之兵可以咸集，轮车之利，不其溥哉？"

▲清末成都平原主要交通工具鸡公车

▲李鸿章

关于铁路是否有伤风水的问题，《申报》以运河的开凿为例进行反驳说："独不观运河之始辟乎？当其初开之时，凡坟墓之有碍河路者，未尝不移之他所，而中国人从未闻议其坏风水、伤地脉也。移骨迁冢，亦未闻有鬼神作祟也。知此则虚诞之词可以一扫而空之。"

毋庸讳言，《申报》所以要展开这场论战，有着英国商人自身的巨大的利益目的。但是从另一方面来看，在那个中国广大群众对于西方文明知之甚少甚至一无所知的时代，这次论战对于在中国普及有关铁路与火车的知识，宣传修建铁路的必要性与必然性，解答各方所提出的种种疑难，起到了十分重要的科学普及的作用。

就在舆论界还在多方辩论之时，英国商人又一次在中国大地上进行了具体的试验。1872年9月，英国商人在天津修建了一段不长的试验性铁路，引进了蒸汽机车和车厢，进行了三天的试运行，邀请包括李鸿章在内的很多官绅代表参观与试坐，据《申报》1872年9月30日载，李鸿章试坐之后认为："此火车之来中国，可谓创观，其制作亦可谓精美之至。"并为试行的火车命名为"利用"号。

这次实实在在的铁路试建与火车试坐对于在中国修建铁路产生了很大的推动作用。10月12日，李鸿章在给丁日昌的信中第一次表示了对修建铁路（还有架设电线）的赞同，这以后他又派人到日本进行了详细的考察。1874年12月10日，他在给朝廷的奏折中，从国防用兵与货物运输两个方面的需要出发，明确提出了"改习西洋兵法，仿造铁路火车，添置电报、煤、铁矿，自铸洋钱，于国计民生不无利益"的主张。1875年初，同治皇帝病逝，李鸿章在吊唁期间先后向恭亲王和慈禧太后陈述了修建铁路的好处。虽然未得到明确的支持，但是也未受到明确的反对。从此以后，李鸿章在各种场合一直是修建铁路的鼓吹者、支持者甚至主事者（李鸿章所以有此态度还有一个重要原因，是因为他将当时著名的"海归"——维新派知识分子薛福成、马建忠等召入府中做幕僚，这些文人都是修建铁路的坚决提倡者，李鸿章的一些有关铁路的奏折都是这些文人代拟的），故而有不少人称他是清政府高官中倡议修建铁路的第一人。清末大臣张之洞称他为"铁路总裁"，研究中国铁路史的元老曾鲲化称誉他为"铁路元勋"。

和任何有较大影响的新生事物的出现一样，总是要受到多方阻拦，总是要经过多方磨难。要在中国修建一条铁路并使其正常运营，一开始也显得困难重重。

1874年，在美国驻华公使的支持下，由美国驻上海副领事布拉特福出面组织，成立了以英商怡和洋行为主的英美合资公司吴淞道路公司，有意含糊其辞地申请修建上海至吴淞的"一条寻常马路"，向上海地方当局购买地皮，用偷梁换柱的手段开工修建铁路。因为资金不足，曾经一度停工。到1876年初，工程已经铺轨大半。2月14日，机车开始牵引运料车在约1公里长的线路上运行（虽然是使用小型机车的窄轨铁路，但这一天仍然是中国大地上第一次正式行驶火车的日子），每天的参观者不下数千人。这件大事引起了上海地方当局的注意，要求工程立即停工，可是公司置若罔闻，上海地方当局只好上报中央。总理各国事务衙门照会英国公使威妥玛，要求停工。英国公使馆派出参赞梅辉出面与多方交涉，力求保全。清政府又由李鸿章负责调停。在李鸿章看来，"上海火车路已成定局"，但却是"由欺伪强勉而成"，"实为有心欺藐"，故而提出了一个"两全之妙法"，就是由中国政府按原价购买之后由中国自办。就在围绕这"购回自办"的往复交涉谈判之时，吴淞铁路的上海至江湾段于7月3日正式通车营业。12月1日，上海至吴淞的铁路全部建成并开通营运。上海地方当局派人阻挠，扬言要卧轨拦车，甚至出动了身着便衣的士兵，更大的冲突似乎一触即发。

在政府就吴淞铁路与美国交涉的日子里，云南又暴出了与铁路有关的、事态更为严重的"滇案"。

为了修筑从缅甸进入云南再至长江沿岸的铁路，英国政府于1874年派军官柏郎率领近200人的"远征队"从缅甸出发勘测路线，英国驻北京使馆派翻译马嘉理从云南入缅甸与之会合。1875年2月，"远征队"进入云南，在今腾冲被曼允山寨的景颇族群众所力阻。2月21日，马嘉理开枪击杀群众多名，群众在回击之中也将马嘉理打死。在云南各族群众的一致阻击之下，"远征队"被迫退回缅甸。这就是在当时著名的"滇案"。清王朝在英国政府的压力之下，不仅屠杀了23名景颇族同胞，还签订了中英《烟台条约》和《入藏探路专款》。从此，英国取得了包括西藏在内的西部各省区"探路"和"游历"的特权。

在那个几乎将所有棘手的外交事务全部交给李鸿章处理的特殊年代，清王朝派出的处理"滇案"的最高官员自然是李鸿章。英国政府就要求把吴淞铁路问题与"滇案"并为一案处理。这一无理要求遭到李鸿章的坚决拒绝，因为这两件事虽然都与铁路有关，但是在性质上完全不同。然而，吴淞铁路问题又不能不受正在处理的"滇案"的影响。所以李鸿章将处理吴淞铁路问题的原则确定为"务在保我中国自主之权，期于中国有益而洋商亦不至受损"，一直坚持"购回自办"的方针。1877年10月21日，"购回自办"的方案成功，清政府付清赎价银28.5万两，正式收回了吴淞铁路。

这次与英方的谈判交涉分为几个阶段，中方在最后阶段的谈判代表，也是在《收赎吴淞条款》上代表中方签字的官员，是李鸿章派出的清末洋务派干员、时任轮船招商局会办（相当于副总经理）的盛宣怀，他也是1876年12月1日吴淞铁路试运营仪式上乘车体验的中方官员之一。本书所论述的川汉铁路风云，与朝中的主要官员发生关系的，正是这位盛宣怀。

令人意想不到的是，李鸿章的职责只是外交谈判，只负责"购回"。而购回之后的"自办"之权，则在两江总督兼南洋通商大臣的沈葆桢。沈葆桢原本对修铁路有很多疑虑，如今面对这个烫手山芋就害怕会有更多的麻烦，特别是害怕今后外商再修其他铁路可能带来的更多的麻烦，所以在接收之后竟然采取了令今人难以想象的一了百了的简单办法，下令将其全部拆除。

就这样，中国土地上修建起来的第一条正式营业的长约14.5公里的上海至吴淞的铁路就这样消失了。这条短命铁路自全线通车以来营运不到9个月，共运送旅客16万人次。2005年3月22日，上海市宝山区政府在原吴淞铁路吴淞镇车站旧址拆建之后，树立了一座金字塔状的石质吴淞铁路纪念碑。

我们说吴淞铁路是"中国土地上修建起来的第一条正式营业的铁路"，是因为在稍早前还有一条已经建成的专门用于运煤的轻便铁路，这就是1876年在台湾建成的基隆煤矿从矿井到海岸的轻便铁路，长度约有1.6公里，矿井高，海岸低，运煤车利用坡度载煤炭从铁轨上下滑，卸煤后再用人力或畜力将运煤车拉回矿井。虽然这还不能算是真正意义上的铁路，但却是我国第一条利用铁轨运载大量货物的铁路。

虽然这条铁路很短而又简易轻便，但却与拆掉的吴淞铁路有一定的关系。

吴淞铁路拆除之时，时任福建巡抚的丁日昌是个著名的洋务派官员，他不但一直主张修建铁路，而且于1877年1月正式向清王朝奏请在台湾修建铁路（当时的台湾属福建管辖），理由是在大陆存在的诸如影响风水、破坏墓园等等疑虑在台湾都不存在，因为"台湾海岛孤悬，庐墓无几，不致为轮路所伤"。丁日昌的奏请得到了李鸿章的支持。但是因为经费还没有解决，所以只能是一纸空文。正在这时，沈葆桢拆了吴淞铁路，丁日昌遂请求把拆下的铁轨等器材和机车等一道运往台湾供台湾修建铁路之用。这一请求得到了批准。虽然由于种种原因这批器材并未能运到台湾，但是丁日昌关于修建从台北到台南的铁路的奏请却得到了清王朝的批准。这一次批准具有重要的指标意义，因为这是清王朝第一次正式批准可以在中国的土地上修建铁路，时间在1877年3月。

从允许台湾修建铁路这事表明，由于二十来年国内形势的发展变化，又通过二十来年的争论与磨合，几处虽未正式运营但已可见实物的铁路与火车的展示，无论朝野，对于中国应不应当修铁路、可不可以修铁路这一分歧，一步一步有了较为相近的认同。包括一些当时很有影响的、原来持反对态度的代表性人物也逐渐成为了有限度的支持者，如王公贵族中的恭亲王、醇亲王，以及全国著名的保守派学者王先谦等都开始发表支持修建铁路的言论。

1878年，在李鸿章的批准与支持之下，为了开采煤铁矿产而设立的开平矿务总局正式成立。为了运煤，开平矿务总局筹划修建自唐山至胥各庄的铁路（胥各庄以南可以利用运河的水路运输），由于醇亲王已经表示"煤铁之矿"可以"试办"铁路，故而这一计划顺利地得到批准。1881年6月9日动工，11月8日完成。开始时是用马拉，1882年使用机车（开始是使用由英国工程师金达在唐山制造的"特殊设计"的简易机车，10月以后是使用从英国进口的两台机车）。这就是中国自行修建的第一条铁路——唐胥铁路，虽然长度仅有9.7公里，但却是中国铁路建筑史上"零的突破"。

▶用马拉车的铁路

◀唐山至胥各庄铁路通车情形

1884年6月8日，慈禧太后在一道上谕中说："铁路一事，前经李鸿章等会议，以需费至巨，未即兴办。惟此等创举之事，或可因地制宜，酌量试办。着总理各国事务衙门会商李鸿章详加酌复，妥筹具奏。"应当说，这标志着在中国修建铁路的阻碍已基本排除，中国进入了官方正式允许修建铁路的时期。

1883年12月，中法战争爆发。1884年8月，法国海军攻陷福建马尾军港。1885年5月，李鸿章代表清政府与法国进行停战议和谈判。由于包括法国在内的各西方列强一直觊觎着中国的铁路，一直希望通过修建铁路与控制铁路来扩大他们在中国的特殊权益，所以法国政府总理茹费理（此人在法国最著名的政绩是镇压巴黎公社，恩格斯说他是"镇压公社的可耻的刽子手中最可耻的一个"）在中法战争爆发时就公开宣称要通过战争向中国索取"铁路利益"。故而当中法双方在议和谈判时，法方竟然向李鸿章提出了三大要求逼迫清政府从中选择：割地、赔款和铁路修建权。李鸿章打算来点折中，将法国所一心索取的铁路修建权改为由中国政府向法国借银修路，但是受到朝中很多大臣的反对。1885年6月，在中法签订的又一个不平等条约《中法新约》中，专门有这样的第7款："彼此言明，日后若中国酌拟创造铁路时，中国自向法国业此之人商办，其招募人工，法国无不尽力襄助。惟彼此言明，不得视此条约为法国一国独受之利益"。这就为今后的中国铁路建设埋下了一颗大大的定时炸弹。值得留意的是这一条的最后一句话，今天读起来总觉得语句有点别扭，在两国签订的条约中，怎么会出现这样的语句呢？原来这是英国政府出面多方干涉的结果，英国政府就是要强迫清政府在正式的外交文本中承诺，今后只要中国修建铁路，有关的利益不能让法国独吞，包括英国在内的西方列强都有权来插上一腿，都应当来发铁路财，都有权来通过修建与控制铁路以获取自己最大的利益。

▢ "官督商办"模式的形成

中国可以修铁路了。可是，怎么修？谁来修？又是一个大问题，一个大难题。

与二十多年前的情况一样，想在中国官方允许修建铁路之时尽快在中国修建铁路的，仍然是以西方列强最为积极。

就在1885年这一年之中：

按照刚签订的《中法新约》取得了"若中国酌拟创造铁路时，中国自向法国业此之人商办，其招募人工，法国无不尽力襄助"优先权的法国，在天津开设了法兰西银行办事处和法国工业界联合会办事处，准备在中国修建铁路。同时又在巴黎成立了"东方铁路建设筹备处"，筹备修建从越南到中国云南的铁路。

德国公使巴兰德主动向李鸿章表态，德国政府愿意借银2000万两给中国修建铁路。第二年，德国狄士康银行在柏林开设了一家公司，专门从事在中国修建铁路的资金与勘测筹备。

英国组织了考察团进入西藏，到达拉萨，完成了从印度到西藏的铁路线的初步勘测。英国的曼彻斯特商会非常热心于这一计划，专门通过了一项决议案，要求英国政府以缅甸行政费的结余款100万英镑来支付修建这条铁路的费用。

俄国虽然与中国接壤，但是其经济中心距中国太远，为了能够将俄国的火车开进中国，就必须要有一条接近中俄边界的铁路。俄国的官方与商界为此而积极行动起来，在1885年研究了具体的方案，并于1886年春以伊尔库茨克总督伊格纳提耶夫和科尔夫男爵的名义，向俄国沙皇亚历山大三世提出了修建一条横贯西伯利亚、直达符拉迪沃斯托克（即海参崴）的铁路的计划。亚历山大三世赞同并批准了这个计划，并命令交通大臣着手安排测量与勘察。著名的西伯利亚大铁路就是这样开始策划的。由于西伯利亚的自然条件恶劣，全年温度差异从零上40度到零下50度，工程难度太大，所以这条长达7416公里的铁路一直到1890年才动工，1904年才建成通车，收尾工程一直延续到1916年。在修建过程中，

▲中东铁路昂昂溪火车站

俄国政府诱迫清政府在1896年与之签订了《中俄密约》，在中国境内修建了西伯利亚大铁路的支线——长达2489公里的中东铁路。

美国驻华公使田贝则组织工程师从美国运来了全套能够运转的铁路模型在天津和北京相继举办展览，模型包括长约10丈的铁路干线、侧线、转辙器、机车、客车、煤水车等一应俱全。先是请来了李鸿章参观，李鸿章又将其送入了光绪皇帝的父亲醇亲王的王府内请醇亲王参观，醇亲王更是把模型送进了皇宫给光绪皇帝和慈禧、慈安两宫皇太后参观。这是光绪皇帝和慈禧、慈安两宫皇太后第一次观察到了谈论已久的铁路与火车的详细模型，时间是1885年10月19日。参观的结果是"很感兴趣"，而且就留在了宫里。

由于美国的铁路模型展览取得了成功，法国决定来一次更大规模的展览。

1886年，法国转托怡和洋行具体承办，先后在香港、广州、天津三地兴办完全真实的铁路与火车的展示。据当时《申报》的记载，"长约三里许，下垫碎石，高八寸"，而"车二丈余，阔七尺，铁路宽不及三尺，车以纯铁为之。前置机器，后载煤斤，中有余地可坐数人。"因为希望乘坐的人很多，"经理铁路之人因之收取价银，计分四等：上等客取洋三角，二等客取洋二角，三等一角，四等五分。又另择日专载妇女、小孩，俾知铁路之灵妙。"在广州展示时，张之洞专门派人仔细进行了查验。在天津展示时，李鸿章带着伍廷芳等僚属"驾临试验"，"会驶一周"。

在实物展示的同时，围绕着修建铁路的各种形式的建议书、计划书、邀请书、备忘录纷纷送进了醇亲王、李鸿章等权臣高官的府中。德国政府甚至专门邀请中国驻英公使曾纪泽到德国生产钢轨与火车的克虏伯工厂参观考察，德国皇帝与太子还分别接见了曾纪泽。

与西方各国的过度积极相比，包括李鸿章、左宗棠在内的手握实权的朝中大臣们在考虑铁路的修建时还有着某些顾虑，但是都比过去更为积极地进行着一些尝试和谋划。例如李鸿章出于抵制日本与俄国势力的考虑，主张修建北京至山海关的铁路；曾纪泽出于"外侮环生"的焦虑，建议修建北京至镇江的铁路；此外，当时在日本任外交官的著名教育家马相伯出于抵制英国在香港的发展的考虑，建议修建九龙至广州的铁路。

时任军机大臣、大学士、督办福建军务的左宗棠，1885年7月在关于海防建设的奏折中，不仅提出了修建清江浦至通州的铁路的具体建议，还发表了一通颇有见地的议论："铁路宜仿造也。外洋以经商为本，与中国情形原有不同。然因商造路，因路治兵，转运灵通，无往不利。其未建以前，阻挠固甚，一经告成，民因而富，国因而强，人物因而倍盛，有利无害，固有明征。天下俗论纷纷，究不必与之辩白，所谓民可由，不可使知也。如电报、轮船，中国所素无者，一旦有之，则为断不可少之物。倘铁路造成，其利尤溥。臣查清江浦至通州，宜先设立铁路，以通南北之枢，一便于转漕，而商务必有起色；一便于征调，而额兵即可多裁。且为费仅数百万，由官招商股试办，即可举行。且与地方民生并无妨碍。迨至办有成效，再行添设分支。"

左宗棠在这里提出了一个修建铁路的具体办法，即"由官招商股试办"。在今天看来，是很平常，但在当时却是一件大事。因为，在清末的中国，牵动朝野的第一个大问题就是中国可不可以修铁路？能不能够跑火车？这其中有主权问题，有利益问题，有认识问题，有技术问题，但是更重要的是，在经过了二十来年的争论之后意见逐渐趋于一致，而另一个重要问题又摆在了朝野各方的面前：谁来修铁路？如何修铁路？

最早提出解决方案、最有经济与技术实力来修铁路的是西方各国列强的政府与商家。但是中国无论朝野都不主张把修建与经营铁路之权交与外国政府与商家。以朝中主管外事而又手握重权的李鸿章为例，无论西方各国提出什么样的修路请求，他的态度很明确，"皆严却之"。因为他认为："诚以铁路关系国家利权甚大，一与洋人牵涉，易滋流弊。"

左宗棠所说的"由官招商股试办"包括了两层含义：一是官商合办，二是先行试办。他的这种设想代表了当时大多数官员的想法，而且与在这方面最有话语权的李鸿章的想法完全一致。李鸿章所搞的开平铁路就算得上是官商合办的第一个试点。

我们在前面已经谈到的中国自行修建的第一条铁路唐胥铁路，虽然是短短的煤矿专用铁路，但自1882年开始运营以来，为开平矿务局的煤炭运输发挥了很大的作用。1886年，开平矿务局向李鸿章提出申请，要求将铁路延伸续建22.5公里至阎庄（今芦台）。李鸿章不仅批准了这一申请，而且将唐胥铁路从矿务局独立出来，组建开平铁路公司专门负责铁路的续建，还任命了一位在当时罕见的"海归"人才伍廷芳担任总办。开平铁路公司遂成为中国第一家铁路公司，而且是李鸿章心目中的"官督商办"铁路公司。

可是，"官督商办"在当时只是一个模糊的概念，官如何"督"，商又如何"办"，并没有一个明确的运作方式。此外，所有设备与技术都必须来自外商，又应当如何与外国公司合作，既无经验，更无成法，有的多是官民各方的种种疑虑与责难。所以，这条铁路就成为了一条"试办"的铁路。由于有李鸿章与醇亲王的支持，铁路的"试办"相当顺利，1887年春天就完工通车，还在货车车厢之外加挂上了客车车厢。运营以来，月月赢利。清政府遂顺从不少商人的意愿，决定将铁路再行延伸续建，成为直达大沽与天津的津沽铁路，而且把公司更名为中国铁路公司，仍然以伍廷芳为总办。

中国铁路公司要修建的津沽铁路怎么修？这时的"官督商办"模式已经基本明确而且取得了一定的成功经验，归纳起来大致就是：修建铁路的方案必须上报官方批准，有如今天的立项；资金由公司招募商股（计划募集股银100万两，每股100两），如果募集不够可以向外国洋行借款；公司自行拟订章程并成立董事会，董事由股东选举；公司主要负责人由官府任命，必要时官府派出督办人员（中国铁路公司就有官方派出的原福建布政使沈葆靖、原长芦盐运使周馥二人，其责任是"督率官商"）；修建铁路所需的器材由公司向欧洲国家公司购买，总工程师由英国人金达担任；铁路建成之后的运营仍由修建的公司继续负责。

1887年5月26日，李鸿章以文华殿大学士、直隶总督兼北洋通商大臣的身份，以奉旨回复海军事务衙门（当时具体受理修建津沽铁路的申报与管理的衙门）的咨文的形式，在上海的《申报》上刊载了《中国铁路公司招股开路示略》的公文（1888年1月22日又重新刊载过一次）。这篇公文可以视为自铁路这一新事物传入中国之后所"能不能修"这一争论的结束，更可以视为当时官方对于修建铁路最重要的政策性的公开表态：

"案准钦命总理海军事务衙门咨：光绪十三年二月二十二日具奏，天津等处拟试办铁路，并筹利益商贾一折。本日钦奉懿旨：依议。钦此。咨行钦遵等因。查直隶开平创造铁路，现接至天津，共二百数十里，诚属益国便民之举。此铁路公司与开平煤矿，另是一事，并非合伙。当经饬该铁路公司总办伍道廷芳等邀集众商，妥议章程，即由督办沈藩司、周道等转禀到本阁爵大臣。查所议章程，载明该公司所办之事，全照生意规矩，官但维持保护，随时督饬该公司认真筹办，必令取信商民，经久无弊。据禀现拟招股一百万两，刊印章程，分送各处，诚恐远近未及周知，怀疑观望。为此示仰官绅商民人等，须知铁路为东西洋各国通行之事，各省出洋商民，皆曾亲见其利益，凡遇有铁路地方，生意格外兴旺。外洋绅富，莫不分执铁路股票为子孙永远产业。中国依照办法，事事皆从节省信实做去，所有运载余利，入股者照章均分，断不容其稍有含混。此举有关国家要政，官必力为扶持，行诸久远。该公司应办各事，悉令照西国公司通例，由众商董等公议，官只防其弊，不侵其权。凡欲附股者，切勿迟延，致失机会。切切特示。"

1888年10月，从唐山到天津的津沽铁路全部建成，全长约130公里。10月9日，李鸿章率官商要员在火车上来回往返地乘坐检验，"甚为喜悦"。乘客赞为"路平如砥，轮捷如风"。10月17日，每天往返两班的客货混装列车正式运营。

就这样，在清代末年的中国大地上，终于由中国人自己的公司通过"试办"建成了一条可供商业运营的津沽铁路，并通过这条铁路的试办，让"官督商办"的修建模式得以形成，"公司"、"股东"、"股票"、"董事会"这类千百年闻所未闻的新事物随着"铁路"与"火车"一道逐渐为广大的中国人民所知，逐渐走进中国人的生活。

作为一种典型的西方文明的新事物，铁路在中国的建成绝不可能是一帆风顺。津沽铁路的修建也经过了若干磨难才得以成功。令今人难以想象的是，为了让慈禧太后能够体会到铁路的优越性从而改变对于修建铁路的反复摇摆的态度，进而能够支持修建铁路，在筹划修建津沽铁路的同时，李鸿章决定在北京城郊御苑颐和园的昆明湖畔，和皇城中海的西侧各修建一条短短的游玩铁路，专供慈禧及其他皇室亲贵享用与体验。从1887年3月开始筹办，1888年5月20日颐和园游玩铁路建成，长约7里，行驶的是法国制造的小型机车与车厢。由于中国的司机在操作中出了事故，慈禧下令撤去机车，改用人力推行。中海的游玩铁路从紫光阁经中南海北的福华门（今已拆）、北海的阳泽门，沿北海西岸，经极乐世界、禅福寺到镜清斋（今静心斋）为止，长度也是7里，当时称为紫光阁铁路或西苑铁路，在1889年3月建成，也是用的法国机车与车厢。慈禧在中南海居住时，很喜欢乘坐，

▲西苑铁路位置示意图

也正是为了满足她的需要，很快就把起点从紫光阁延至怀仁堂附近的瀛秀园，可是她认为机车的轰隆声有损紫禁城中的气脉，又害怕万一出了事故会破坏皇家的吉祥，遂下令不用机车，而由太监们拉着车厢行走。上述两条用人力推拉车厢的游玩铁路虽然在1900年被入侵的八国联军拆毁，但是它的确起到了让慈禧太后等皇族亲贵了解铁路、支持铁路的重要作用。

就在津沽铁路通车运营之后，中国铁路公司就着手将津沽铁路继续延长、修建经过通州直达山海关的津通铁路，并于1888年12月开始进行召股、勘测与订料。但是因为这条铁路要经过京畿之地，因其敏感性而受到了京中一直对洋务派耿耿于怀的保守派官僚的反对，诸如大学士恩承、光绪帝师翁同龢、尚书徐桐等都在其中。李鸿章只得让步，下令停工。

就在很多官员就是否应当修建津通铁路争论不休时，洋务派官员两广总督张之洞向朝廷上了一个著名的奏折《请缓建津通改建腹省干路折》，建议缓建津通铁路，改建从北京近郊的芦沟桥至汉口的芦汉铁路，其理由是"宜先择四达之通衢，首建干路，以为经营全局之计，以立循序渐进之基。"慈禧太后允准，并将不主张修建芦汉铁路的湖广总督裕禄调往东北，特地将张之洞从两广调任湖广总督，让其与李鸿章一道筹建芦汉铁路。1889年12月，张之洞赴武昌就任，开始筹建事宜。可是，就在这时传来了沙俄将修建西伯利亚大铁路的消息，这使清王朝的"龙兴"之地东北地区受到极大的威胁。李鸿章本来对张之洞的《请缓建津通改建腹省干路折》就极为不满，这时就趁机向朝廷建议缓建芦汉铁路而先建关东铁路。这一建议当然立即得到批准，这一变化发生在1890年4月，芦汉铁路就这样在短期内胎死腹中。

由于朝廷的决定是"缓建"而不是"停建"，张之洞仍然修路之心不止，他成立了湖北铁政局，于1891年9月动工兴建了汉阳炼铁厂，准备利用湖北大冶出产的铁矿、江西萍

▲汉阳钢铁厂　四川博物院提供

乡出产的煤矿，建立一个采煤、炼铁、炼钢的联合企业，生产铁路所需的钢轨（张之洞修建芦汉铁路的方案中有很重要又很独特的一条是"不借洋债，不买洋铁"）。这就是我国第一个钢铁厂汉冶萍公司的由来。为了运输之需，特地修建了从大冶至长江边的大冶铁路，干支线共长28公里。这也是我国内陆省份的第一条铁路。由于种种难题的掣肘，汉阳铁厂一直到1894年才建成点火，但是它仍然是当时全亚洲最大的钢铁联合企业，下面有炼铁厂、熟铁厂、平炉钢厂、转炉钢厂、钢轨厂、钢材厂等6个大厂，和机器、铸铁、打铁、鱼尾板等4个小厂，日产铁200多吨，日产钢60多吨。未来的川汉铁路，计划中所用的钢轨就由它来轧制。

张之洞一心想要修芦汉铁路而未能成功，其中一个主要原因是李鸿章要集中力量修建关东铁路。修建关东铁路的主要目的是要对付沙俄觊觎东北的野心，故而得到了慈禧太后和朝中大臣的支持。到1894年，这条铁路的关内部分（即天津至山海关段）已经基本完成，关外部分也已动工，但是由于中日甲午战争的爆发而停工。

甲午战争的失败与《马关条约》的签订，使清王朝的统治陷入了空前的危机。为了使自己的统治得以继续，清王朝统治者不得不推行若干"新政"，以图苟延残喘。在这些"新政"中重要的一条，就是修铁路。因为朝野上下谁都不能不承认：无论是运军队还是运物资，已经建成的少许铁路所表现出来的效率的确要比原来的骑马或行船不知要高多少倍。1898年，清王朝在一道上谕中正式将修建铁路列为"自强要策"，决定要统筹全局，"次第推行"。这是清王朝在修建铁路这一大事上的关键性转变。1903年11月，商部奏准颁行了《铁路简明章程》24条，成为当时推行"新政"的重要措施之一。

就这样，我国的铁路建设从此进入了一个快速增长时期，几十年来修与不修的争论不复存在，试办阶段也已结束。新时期的争论从修与不修，转化为如何修，谁来修。

据统计，甲午战争之前全国（含台湾在内）修建铁路只有490公里，而在甲午战争之后直到武昌起义爆发时，全国的铁路总长度已经达到9100公里。这段时期，可以认为是中国铁路建设的起步时期。

由于甲午战败之后，清政府在外事上基本上只能是俯首听命，在经济上必须要偿还巨额的战争赔款而财力拮据，修建铁路基本上只能听命于列强，受制于列强。这期间建成的铁路如芦汉铁路、正太铁路、胶济铁路、沪宁铁路、汴洛铁路、津浦铁路、东清铁路、滇越铁路等，不是由外商直接修建而俨如外路，就是借外债修建而路权旁落。据严中平在《中国近代经济史统计资料选辑》中的统计，迄止到1911年底，在全国共有的9618.1公里铁路中，为帝国主义国家所控制的就高达8952.48公里，占了93.1%。国内的众多有识之士也愈来愈看清了铁路主权全面丧失给国家主权带来的严重损害，和造成的深重灾难。例如在1906年的《东方杂志》上就有文章这样写道："最先起者，俄之东清铁路，而其祸之发特早，今之东三省人民，蹂躏糜烂于硝烟弹雨之中，室庐被其震焚，身首膏于原野者，此铁道阶之厉而肆其锋也。其次则德之胶济铁路继之，而各报载其沿路屯兵数千，贮火药于要害处，此其意何为者，则岌岌又继东三省之覆辙矣！京汉铁道，俄、法、比同盟筑之，而大陆之中干失矣。津镇铁路，英、德联合取之，而南部之通衢阻矣。英人经营滇缅铁路，所以持云南之后顾也。粤汉、萍醴等铁路归于美，则合众花旗，且自菲律宾飞跃而翻扬于江西、两广间矣！沪宁、苏沪、粤港等铁路归于英，则水陆犄角而扬子江流域必悉归英国占领圈内矣！"

面对列强的如此扩张，全国各种各样的民族自强自立的呼声也随之高涨，都不甘心眼睁睁地看着中国的路权以及由路权而产生的沿路经济控制权的不断丧失。自1902年以后，全国各省先后创设了15个民营铁路公司，或与地方政府协商实行官商合办，或是完全自办，也建成或开工建设了一批铁路，这其中有1902—1903年的新易铁路（河南新城——河北易县），1903-1905年的株萍铁路（株洲——萍乡），1906年的潮汕铁路（潮州——汕头），1906年的新宁铁路（广东台山——新会），1907—1916年的南浔铁路（南昌——九江），还有两段粤汉铁路（广州——三水段和广州——黎洞段）等。这其中，完全由中国人自己设计的第一条官办铁路是詹天佑主持的京张铁路，第一条民办铁路是陈宜禧主持的新宁铁路。

在风云激荡的清末，各种矛盾都在剧烈地发生、发展、汇集。在中国国土之上修建与管理铁路的路权之争就是其中重要而又集中的一个焦点，一个事关国家利益的战场。

从四川到湖北的川汉铁路，就是这时期拟议修建的铁路之一。

微澜

川汉铁路公司的成立

在四川与湖北之间修建一条川汉铁路的计划诞生很早，不过订计划的都是西方列强。

早在1863年，英国商人所制订的中国"四干三支"铁路网方案中，就有从汉口入四川再转云南进而到缅甸的铁路线。这以后，无论是英国还是法国，又无论是以商家的名义还是以官方的名义，有过多次修建川汉铁路的计划。在英国人眼中，甚至有着一条从埃及的开罗出发，经过中东与印度、缅甸进入云南，再经过四川往东直达上海的洲际铁路的宏伟计划，川汉铁路就是其中的一段。1877年，当时的驻英国公使郭嵩焘在一封致李鸿章的信函中说，他早在10年以前就在上海看到了一份外国人绘制

▲20世纪初川江边上的纤夫 四川博物院提供

的《火轮车道图》，上面清清楚楚地有一条铁路就由印度入云南，再"出楚雄以北趋四川以达汉江"。

所有的帝国主义国家都不讳言他们如此积极地在中国修建铁路的目的，就是为了更深入、更全面地征服中国。英国《泰晤士报》在1898年6月1日刊登了一篇文章，名字就叫《中国的铁路》，文章赤裸裸地说，掌握在欧洲国家手中的中国铁路"是一个通商的工具，也是一个征服的工具"。日本的《朝日新闻》所刊载的一篇文章说得更为露骨："铁路所布，即权力所及。凡其他之兵权、商权、矿权、交通权，左之右之，存之亡之，操纵于铁路两轨，莫敢谁何。故夫铁路者，犹人之血管机关也，死生存亡系之。有铁路权即有一切权，有一切权则凡其地官吏皆吾颐使之奴，其地人民皆我刀俎之肉。"

真正将川汉铁路的修建提上日程，是在1898年。英国人为了赶在法国人的前面而开始了铁路线路的勘测。英国上尉达威斯在一份测量报告中说，他们的计划是由云南向北，"可达出产富庶之四川，将来可能与汉口、成都线相连接，而为印度、上海之联络线"。1900年，英国的"武职大员"周尼思又手持海关与重庆府的公文，带领一队人马"赴川踏勘铁路"，"周览形势"，得到了沿途官员"护送前进"，"毫无禁阻"。

1901年，清王朝在八国联军的逼迫下与11个帝国主义国家签订了比过去所有的不平等条约更加丧权辱国的《辛丑条约》。根据这个条约，各帝国主义国家可以比过去更进一步地对清王朝各级政府颐指气使，甚至是发号施令。这其中很重要的一条，就是要控制路权，让他们在中国各地修建并管理铁路。作为中国大西南政治、经济、文化中心的四川，作为虽然谋划多时但是还没有一条铁路的四川，就成了各帝国主义国家争夺路权的重点。而这个重点之中的重点，就是策划与勘测已久的川汉铁路。

▲川东道关于保护英人勘路的饬令　四川博物院提供

　1900年英国派出使者周尼思赴川实地勘测铁路，其勘测重点是长江沿途路线。

1903年，清政府外务部在一份奏折中说："川省物产充盈，必达之汉口，销路始畅。惟其间山峡崎岖，滩流冲突，水陆转运，皆有节节阻滞之虞，非修铁路以利转输，恐商务难期畅旺。现在重庆业已通商，万县亦将开埠。外人经营商务，每以川江运道不便为言，必将设法开通，舍轮舶以就火车之利。本年英、美两国使臣，均以借款造路为请。"其实不止是英、美两国由驻华公使出面，也不是什么"请"，而是凭势要挟。到了1905年，又有德国驻华公使和法国驻重庆领事出面要挟清政府，提出或是由外商来直接修建并经营管理，或是向外国借款、向外国聘请工程师、购买外国器材来修建铁路。他们想修建与控制的铁路，远不只是川汉铁路，还提出了川滇、川藏，以及成都至宜宾、成都至泸州的铁路。

为了这条川汉铁路，英国、美国、德国、法国，都来了。

我们在前面说过，真正将川汉铁路的修建提上日程的，是1898年英国人开始了从成都到重庆段铁路线路的勘测。四川人民对于西方列强掠夺我路权的抵制，也正是从这时开始。据《北华捷报》1899年1月11日所载，这支英国勘测队的领队白若定上尉自己所说的话："到达重庆以前，测量人员在船上曾遭到袭击"，还"收到一些恫吓信"，警告英国勘测队"不要在他们的小村里用帐篷露营，否则写信人就要把我们这一队人全部杀死"，"我们总是带着五名护卫人员，可是有一个测量员却遭到一个持刀人的公然袭击"；"每天都看到山顶上有一群一群的手持武器的人。他们不断射击……他们约有一百人，一半人持土枪，其余分持梭镖、刀剑和旗帜等等"。白若定坦白承认：中国人"说我们在自掘坟墓，还说暴徒甚至已经在夜间为我们掘下了坟墓"。

白若定所以会在四川迎来如此的遭遇，连白若定自己也清楚，有一个重要原因就是："这一切都发生在四川境内，由于余蛮子造反的结果，全境法纪废弛，官府无权，无能为力"。

这里所说的"余蛮子造反"，就是指的1899年刚刚被镇压下去的余栋臣起义。

余栋臣（1851—1912年），大足县龙水镇人，哥老会首领。他出身贫苦，以挑炭为生，为人行侠仗义，练有一身武功，故而绰号"余蛮子"。由于龙水镇天主教堂传教士仗恃有官府保护，长期在当地仗势欺人，强占田产，部分教民更是狐假虎威，胡作非为。余栋臣激于义愤，以哥老会首领的身份率领当地群众与教堂进行对抗，每当外国传教士或不法教民与群众发生冲突时，他总是针锋相对地与之抗争，曾经在1886年7月、1887年8月和1890年8月三次捣毁教堂，成为当时所称的"教案"。第三次捣毁教堂的斗争发展成为与前来镇压的官军作战的武装起义，余栋臣率领的起义队伍从300多人发展到2000多人。起义被镇压下去以后，余栋臣一直在暗中准备再起。1898年，起义再次爆发，两天之内参加起义的人数就高达5000多人，余栋臣正式发布了檄文，声讨外国侵略者"煽惑我民心，侮谩我朝廷，把持我官府，占据我地都，奸淫我妇女，巧取我银钱"，"焚我行宫，灭我属国。既占上海，又割台湾，胶莱强立埠，国土欲瓜分。自古夷狄之横，未有若今日者"。因此，"爰起义师，誓雪国耻"，"脱目前之水火，逐异域之犬羊"。檄文还指责官府与洋人沆瀣一气，"纵海外之虎狼，戮中国之赤子"，并明确宣布，如果官吏兵役对义军"视若雠仇，反戈相向，则兵丁官役，皆是洋人，并非我朝臣子，于国家法在必诛，于义民理难束手"。余栋臣率领义军与清政府派来镇压的官兵转战蜀中十多个州县，到1899年1月才被镇压下去。从他们的斗争目标与战斗檄文可以清楚看出，这是四川近代历史上第一次正式提出"灭洋"口号，目标非常明确的反抗外国侵略势力及其走狗的武装起义。

白若定所率领的勘测队的亲身经历正好说明，他们在四川所受到的抵制乃至攻击，正是四川人民长期以来对外国侵略者的侵略行径所进行的反抗的一部分。日后爆发的保路保权的斗争，也是四川人民长期以来对外国侵略者的侵略行径进行反抗的一部分。

四川铁路建设史上最早、最重要的行动，是在1904年1月于成都岳府街成立川汉铁路公司（川汉铁路公司是哪一天成立的？具体时间目前尚未见到准确记载。锡良为川汉铁路公司成立而上的奏折是

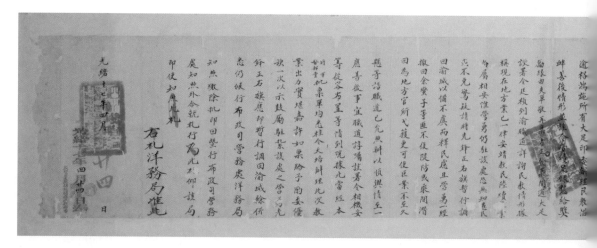

▲清政府缉拿余栋臣的公文　重庆中国三峡博物馆提供

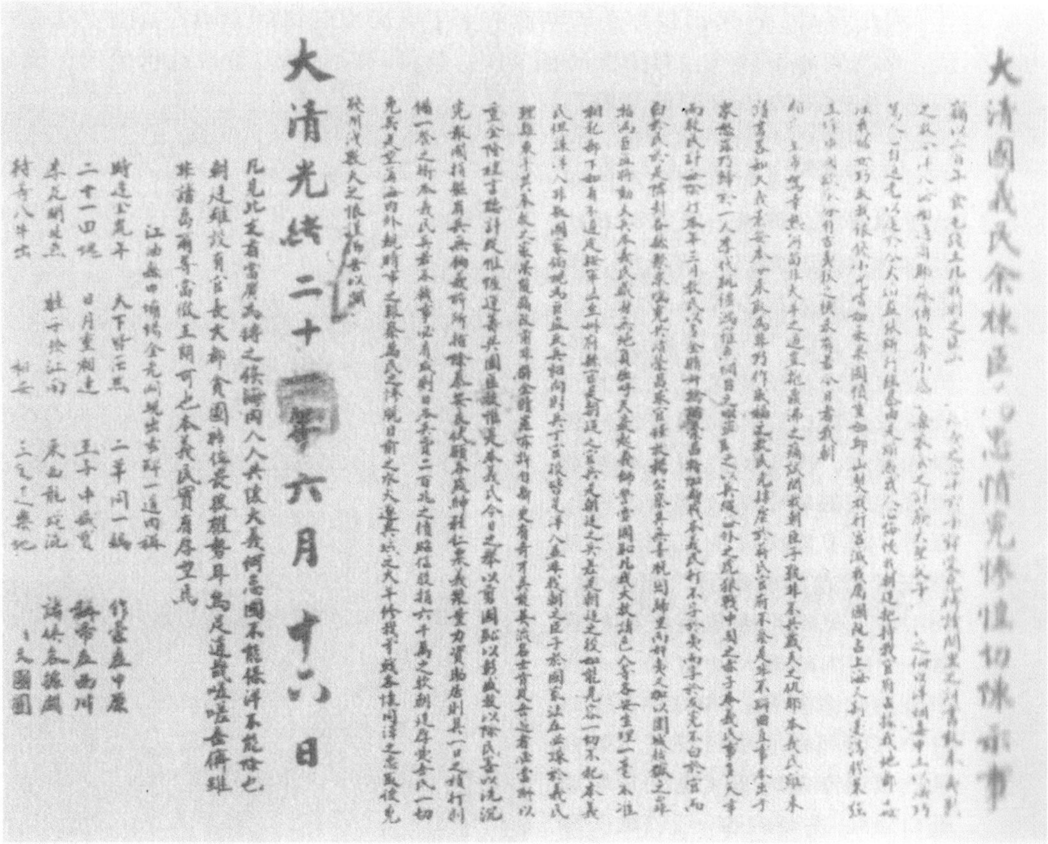

▲余栋臣发布的布告

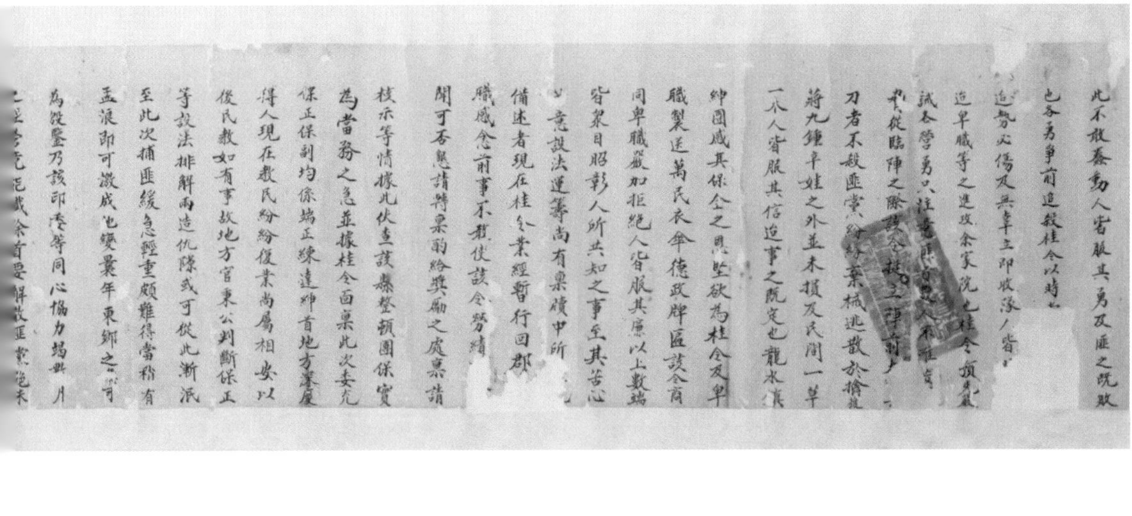

在1904年1月6日，其中说"现已在川设立川汉铁路公司"，所以川汉铁路公司很可能是在1904年1月6日或前一两天正式成立的），决定修筑的是从汉口到成都的川汉铁路。由于这条铁路要经过湖北与四川两省，理应由两省分别负责修建。考虑到全路的主要部分是在四川境内，湖北已有修建粤汉铁路的重担，而从湖北西部到四川东部的峡江地区又是全路工程难度最大、工程投资最多的地段，是一个重要而特别的特殊路段，不宜分为两段，所以经四川总督锡良与湖广总督张之洞商定，川汉铁路公司负责修建从湖北宜昌到成都路段，而从汉口到宜昌路段则由湖北负责修建。全路的勘测与选线则由两省各自派员"通勘"，各自提出方案之后，"应如何勘定路线，及兴工先后次第，两省公商酌定"。

川汉铁路公司（在当时的原始文献中，有时也称为"总公司"）是当时在全国成立的第一家省级铁路公司。

川汉铁路公司所以得以成立，从全国的大环境上看，是由于各地有关路权问题的议论与冲突已久，力争路权已经成为了当时全国舆论的一个焦点（与修路权相近的还有采矿权，所以当时国内舆论多把路权与矿权并提），引起了朝野上下的重视，清王朝遂在推行"新政"的重要举措之中于1903年成立了商部（这是清王朝在推行"新政"的重要举措之中成立的第二个中央政府部门，第一个是1901年成立的外务部。商部于1906年与新成立的工部合并，改名为农工商部），统一管理全国各地的铁路与开矿事务，允许各地在地方政府的筹措之下建立公司，修建铁路；并于1903年12月2日颁布了《奏定重订铁路简明章程》，明确规定"无论华洋官商"均可"禀请开办铁路"，"地方官均应一体保护，惟不得干预公司办事之权"（这个由光绪皇帝批准颁布的《铁路简明章程》后来被四川保路同志会作为重要武器，来与窃夺路权的清政府作斗争）。从四川内部来说，一个很重要的原因是在1903年来了一个新上任的总督锡良。

锡良的前任是在官场中有"清末三屠"称号之一的岑春煊，岑春煊在四川无论是以血腥手段镇压四川义和团，还是以严厉手段整肃各级官员，在那遍布干柴烈火的巴山蜀水都未能收到意想的结果，1903年上任，1904年去职，任职不到一年就被调离而去了广东。岑春煊在四川不到一年，留给后人的最广为人知的话题是本书开篇提到的他的老师赵藩在武侯祠中给他写下的《攻心联》。他是否从中有所"深思"，未见到他自己的明确表示。但是，从他在1904年就上书请求立宪，1905年上书请求废科举，1906年组织预备立宪公会，成为举国注目的立宪派领袖人物的经历来看，他应当是有所思的。还有一件事也值得一提，正是他在两广总督任上，于1906年奏准朝廷将粤汉铁路交归商办。

锡良（1853—1917年），蒙古镶蓝旗人，进士出身，在清末官场之中从知县起步一直升任到封疆大吏，素有清正廉洁、勤政务实的佳评。作为岑春煊的继任者，他到成都上任

▲锡良　　　　　　　　　　▲张之洞
四川博物院提供　　　　　　四川博物院提供

之后是否对岑春煊的治蜀方略有所反省，是否体味过赵藩的"不审势即宽严皆误后来治蜀要深思"的名言，他自己也没有明说，但是他在四川任职的4年中的所作所为，的确可以算是清末四川几位总督中头脑比较清醒，行事比较开明，一直积极推行新政的一位。他在1904年成立了劝工总局用以促进工商，在1905年成立了矿务调查局主持矿务。特别是他大力选派青年学生官费留学日本，为四川培养了一大批传播新文化、新技术的专门人材（锡良上任的1903年，四川官派留日学生只有57人，可是锡良上任之后的第二年就增至322人，1905年为393人，1906年超过了800人，占了全国留日学生的十分之一。1907年锡良调离四川，官派留日基本停止，以后在1911年又才派出了300人）单就这一件事，应当承认是他对四川人民所作的一个重大贡献。

锡良在成都成立川汉铁路公司和成立矿务调查局，是他顺应时代潮流，尽己之力与西方列强进行抗争的两件大事。因为在当时，路权与矿权，正是中外双方争夺经济权益的重中之重。锡良之所以能在上任伊始就果断地采取这一措施，又与张之洞有关。

1903年4月，锡良从热河都统任上调任四川总督。他在赴川途中经过北京时，特地拜访了时任湖广总督的张之洞，听取张对川事的意见。

作为当时著名的洋务派大臣，张之洞不但主张修建铁路，而且一直有着自己的见解，他于1889年在两广总督任上写出的《请缓造津通改建腹省干路折》长期被后人认为是中国铁路建设史上的著名篇章。也正是在1889年，张之洞接任湖广总督，从此就竭尽全力筹建芦汉铁路，开办汉阳铁厂，经过几起几落，备尝艰辛，用他自己的话说是"督工筹款，事事艰难，夙夜焦急，不可名状"。本来决心"不借洋债"，但是因为中央政府不支持，向巨商集资又不成功，不得不大举外债。在举债过程中，又经历了与美国、英国、德国、法国、比利时等国的多次谈判，最后是在高利息、高折扣、以路抵债的几大条件之下，向比利时（背后是法国与俄国）借款订约，芦汉铁路于1897年开工，1906年通车运营。芦汉铁路在通车之后改名为京汉铁路，至今已经运营了一百多年。张之洞为这条铁路苦心经营了17年。在这一时期，他还主持了有关粤汉铁路修建事宜与美国的长期谈判，从美方收回了路权。作为当时比较清醒的朝中重臣，他在多年亲身与外方的经历交往之中，不仅认识到了"铁路一事，虽系便商之要策，生财之大宗，然与别项商业不同，实关系全国之脉络，政令之迟速，兵机之利钝，民食之盈虚，官民知识之通塞，故筹款招股无妨藉资商力，而其总持大纲，考核利弊之权，则必操之于国家"。他又说："看此时势，中国危矣，各国急欲吞裂分噬，不我待矣。要政甚多，俱恐起办不及，惟有练兵、修铁路两事是救死急着，须刻定程限，必以四年内办成（按，此指芦汉铁路的修建），或可稍支危局，可以做到'弱而不亡'四字。……当此危急存亡之秋，惟有放胆大举拼命相争，或可于死中求生，亡中求存。若再安步徐行，虑周藻密，恐路未成而土地已非我有矣。"时过百年，回头望去，我们仍然不得不佩服这位曾经力倡"中学为体，西学为用"的名臣张之洞的上述言论。张之洞曾经于1873—1876年间担任四川学政，在成都开办了著名的尊经书院，对于四川在清末转变文风、开启民智，有过很重要的贡献。他病逝于1909年，1910年葬于祖籍河北南皮（他出生于他父亲任职的贵州安龙），1966年被掘墓抛尸，2008年被南皮人民重新安葬。2010年7月，武汉的紫阳路重新恢复成1936年命名的张之洞路的旧名。

无论是年龄还是官历（锡良比张之洞小17岁），锡良都是张之洞的晚辈，他特地去拜见张之洞，当然是执礼请教。而他俩于1903年见面时，正值芦汉铁路整个工程中最为关键的黄河大桥修建之时，也正值张之洞与美国谈判粤汉铁路路权事宜处于焦头烂额之时。锡良在听取了张之洞修建铁路多年的甘苦得失之言后，采纳了张之洞的意见，在往四川上任的途中，行经河北正定县时，借用正定府的印信，发出了给朝廷的奏折，十分鲜明地奏请立即修建川汉铁路。

锡良在这份四川铁路史上的重要文件《四川总督部堂锡奏请自设川汉铁路公司折》中，一开头就开宗明义地说要"自设川汉铁路公司，以辟利源而保主权"。他指出了在四川修建铁路的重要性："铁路所至之地，即势力所及之地。……中国处此时局，欲变法自强，政固多端，而铁路尤不可缓。四川天府奥区，物产殷富，只以艰于转运，百货不能畅通。外人久已垂涎，群思揽办；中人亦多假名集股，而暗勾外人，计取强求，百端纷扰。若不及早主张官设公司，招集华股，自保利权，迟之日久，势不容已。或息借洋款，或许人修筑，必至喧宾夺主，退处无权。尤恐各国因此稍起争端，转多饶舌。况川省西通卫藏，南接滇黔，高踞长江上游。倘路权属之他人，藩篱尽撤，且将建瓴而下，沿江数省，顿失险要。是川汉铁路关系川省犹小，关系全局实大。为今之计，非速筹自办不可。……再三思维，拟仿京张铁路章程，由川省设立川汉铁路公司，先尽华股召集试办。"

在这里，锡良的头脑十分清醒，他提出了几个在四川修建铁路的关键词：全局、自主、官办、华股、保权、从速、试办。

锡良是全国第一个向朝廷提出成立地方铁路公司的封疆大吏，他的奏请也很快就得到了朝廷的批准。按当时的交通条件，从汉口入川者几乎都是坐船沿江而上。可是锡良为了考察川汉铁路的"由鄂入川之路"，竟然在宜昌下船，"舍舟而陆"，有意走了一条至今依然极为艰险的小道从陆路入川，对未来的铁路走向进行了亲身的考察。单从这一件事，锡良这位清王朝的封疆大吏就很值得后人夸奖和学习。

此时的锡良当然不会想到，正是他为清王朝的延续与稳固而成立的川汉铁路公司，在几年后敲响了清王朝的丧钟。

1903年9月9日，锡良抵达成都接任四川总督。只用了三个多月筹建，就在成都设立了官办的川汉铁路公司。从这里可以清楚地看出，他真是听取了张之洞的两条十分关键的意见，一是抓紧，二是官办。

锡良所以要如此急迫地成立川汉铁路公司，是他已经清楚地看出了这件大事于四川全省，于全国全局之重要，他入川之后曾经在上奏朝廷的奏折中这样说过："川汉铁路其关系之大，不独川省。……入川以来，体察地方情形，深悉民情骚动，士习浮嚣，拳匪虽属就平，而伏莽滋多，动辄借端思逞，倘不自为举办，不惟利权坐失，抑更防护难周。且局外垂涎，相争相妒，徇此拒彼，势必枝节横生，设非自为主张，断不能靖边陲而消衅隙。"

在这里，有几个问题特别值得注意：第一，川汉铁路如何修建是当时全国铁路建设乃至中外摩擦之中的一部分，事关全局，绝非一地，"关系之大，不独川省"。第二，全川已经聚集了强大的反抗外来侵略的潜伏力量，"借端思逞"，很容易引起大规模反抗的爆发。第三，西方列强不仅是"垂涎"于川路，而且又是相互争夺，钩心斗角，矛盾复杂。第四，只有"自为主张"，自主自办，才能消除隐患，"靖边陲而消衅隙"。锡良说得很明白，他是在入川"体察地方"，"深悉民情"之后，才上了这样的奏折。可以这样认为，他是在进行了一定的调查研究，听取了若干的社会舆论之后才得出了这样的结论，在一定程度上他是代表着全川的民意向清王朝提出了自己的方案，这就是"及早主张，官设公司，招集华股，自保利权"。他又对"自办"作出了明确的解释："自办者，即不招外股，不借外债之谓也。"

作为全川的最高长官，锡良在成立川汉铁路公司之始就明确作出了上述的有关自办川汉铁路的主张，应当是一件极其重要的大事，因为它反映了绝大多数四川官民对于修建铁路的基本态度，它是日后发生的若干大事所依据的基本原则：第一，坚持"自办"，坚决"不招外股，不借外债"。第二，所以要坚持"自办"，是因为要在"互争雄长"的"各国"面前"自保利权"，这不仅是保"利"，更是保"权"。可以这样说，日后爆发的轰轰烈烈的保路运动、保路同志军的武装起义，皆缘于"自保利权"四个大字。

有了正确的主张，不等于就有正确的行动，不等于就有正确的结果。因为在帝国主义步步入侵的半殖民地的中国，在清王朝步步屈膝投降的无力无权的岁月，任何一件抵御外侮的行动都会受到帝国主义势力以及他们在中国的代理人的千方百计抵制乃至镇压。

川汉铁路公司成立的消息一经公布，立即招至各帝国主义国家的压力。英国公使萨道义于1904年5月直接以外交手段向清王朝的外务部发出照会，提出川汉铁路将来如果要向外国借债，只能向英国和美国借。英国驻重庆总领事谢立山则于1905年7月致函锡良，重申上述要求。法国则由驻重庆领事安迪于1904年7月向锡良发出外交照会，要求包揽川汉铁路所需款项和工程机械，要求必须聘用法国工程师。美国公使康格更是从1903年8月起几次照会外务部和庆亲王，提出或由美国公司修筑，或由美国公司借款的具体要求，甚至推荐了具体的经办人选。此外，法国公使穆默，日本驻汉口领事水野也向清政府提出了类似的要求。

对于这些有如熊家婆式的入门要求，虽然刚成立的川汉铁路公司均以"一切均系自办，尚无须借助于人"、"川省办川省之事"的理由加以拒绝，虽然清政府的外务部也按锡良的决定以"专集华股自办"、"决定不借洋款"的理由加以拒绝。但是，各帝国主义国家的心急火燎与咄咄逼人，预示着在熊家婆式的入门要求之后，不知还会有多少凶猛的虎豹或阴险的狐狸正立在川汉铁路公司的大门之外。

这段历史是沉重的。由于清末极为尖锐的社会矛盾，决定了我们的先辈在谋划四川第一条铁路时，第一件事并不是如何勘测，如何设计，如何施工，而是如何"保路"，如何"保权"。也就是说，从一开始就决定了这一条铁路的修建绝不仅仅是一个工程建设，而更是一场政治斗争。

1904年1月，川汉铁路公司就在这样的时代氛围之中成立，这也就决定了川汉铁路公司自诞生起必然要走一条崎岖的道路，必然会经历坎坷的命运。

Lettre de M. Goffe, Consul Général d'Angleterre à Chengtu,
au Vice-Roi de la Province du Szechwan, Chine.

Aujourd'hui même, je me suis rendu en personne
à votre Yamen pour vous entretenir d'une affaire relative
au chemin de fer du Chwan-Han, (à savoir votre récente)
proclamation où je relève certains passages de nature à
gêner nos bonnes relations. J'ai en l'honneur de m'enten-
dre avec vous au sujet de la construction du chemin de
fer, à cette occasion, et mon consulat général doit vous
en écrire afin d'enregistrer ces arrangements dans nos
archives.

Vous avez donc bien voulu me faire connaître
qu'en cas d'insuffisance du capital, la compagnie générale
si elle doit ainsi faire appel aux capitaux étrangers,
devra s'adresser à l'Angleterre et aux Etats-Unis pour se
les procurer, conformément à l'accord conclu entre le
Ministère des Affaires Etrangères chinois et les Ministres
d'Angleterre en Chine, M.M. Satow et Townley, arrangement
dûment enregistré et auquel (aucune partie) ne peut se
dérober.

J'ai donc l'honneur de vous adresser cette
communication en vous priant d'en prendre connaissance et
de me faire une réponse./.
Le 5 de la VIe lune
(7 Juillet 1905).

Lettre du Vice-Roi du Szechwan, Chine au Consul Général
d'Angleterre à Chengtu.
======Réponse======

Pour la construction et les capitaux du chemin
de fer du Chwan-Han, toute l'autorité est entre les mains
de mon Yamen et de la compagnie générale et personne d'au-
tre n'a le droit de s'occuper de ces questions, je vous
l'ai déjà dit de vive voix avant-hier.
Pour ce qui est de la mention que vous faites
de notre Ministère des Affaires Etrangères dans votre let-
tre, la réponse adressée par ce Ministère à votre Ministre
M. Satow dont j'ai vu le texte, explique clairement qu'on
s'efforcera d'abord de réunir les sommes nécessaires sur
le marché chinois et d'entreprendre la construction par
nos propres moyens; que dans le cas où par la suite, on
développe l'entreprise et que nous soyons obligés en con-
séquence de demander de l'argent à l'étranger, alors on
pourra s'adresser d'abord à l'Angleterre et aux Etats-Unis
etc. - Mais cette affaire d'emprunt vise spécialement une
extension future (de l'entreprise) et il n'en a été parlé
que comme un expédient auquel on pourrait être en fin de
compte absolument forcé de recourir. (Or), à l'heure ac-
tuelle, la compagnie générale réunit les capitaux et entre-
prend directement (l'oeuvre); elle en a informé notre Mi-
nistère des Affaires Etrangères qui a porté à la connais-
sance de tous ce principe de la construction directe..../.
Le 7 de la VIe lune
(9 Juillet 1905).

◀《成都英总领事为川汉铁路事给四川
总督函》及《四川总督为川汉铁路事复
成都英总领事函》 四川博物院藏

二者形制相同，均为纸质，长19.8厘
米、宽15.4厘米，公函内容分为中英文两部
分，英文从左至右横式，中文从右至左竖
式，英总领事就川汉铁路事给四川总督函中
认为筑路一事应报英总领事备函在案，并对
筑路未向其借款等事宜提出了问询。就英国
方面的问询，四川总督进行了回复，在复函中
明确指出有关铁路之事乃铁路公司和本部堂
主权之事，与其他人无关。如将来有推广修
造铁路需要向外国借款，可先向英美二国借
款。可见当时的四川总督也是拒绝将筑路权
卖给帝国主义，积极保护地方利益的。

　　川汉铁路公司的地址选在岳府街一所旧宅之中，这所旧宅原来的主人是清代四川著名武将岳钟琪。新中国成立以后，这个大院长期由成都军区后勤部门使用。1990年，院内的老旧房屋被拆除而改建楼房，部分可用的建筑材料被用于修建成都人民公园内辛亥秋保路死事纪念碑侧的四川保路运动陈列室。

　　川汉铁路公司刚成立时，严格来说还是在筹备阶段，所以它的领导成员在成立之初完全是一个临时性与兼职性的安排。为了开办时各方事务的方便，锡良任命四川布政使冯煦为公司督办，相当于今天的总经理；任命成绵龙茂道道员沈秉坤为公司会办，相当于今天的副总经理；因为冯煦很快离任，又任命新上任的四川布政使许涵度为公司督办。从公司人事安排就可以看出，这是一个绝对的官办公司，而且还是一个与四川地方政府的权力基本重合的公司。

　　清代的四川不设巡抚，布政使又称藩司，是全省行政官员系列中仅次于总督的地方行政官员，主管全省的行政与财政。清代的四川，地方行政是分设为7个道，一个道相当于改革开放以前的专区或州，比今天的地级市要大得多。成绵龙茂道又称川西道，所辖区域大约相当于今天四川的成都市、德阳市、绵阳市和阿坝州，成绵龙茂道道员一般称为道台，就是以上这一大片地区的行政长官。川汉铁路公司在成立之初由全省财务主官和成都地区行政长官来兼任正副主官，与四川省官方权力重合的特征是显而易见的。锡良自己也明确指示，川汉铁路公司在人事权上，"凡属股东，如果确有见地，不妨条陈，听候选择，惟不得干预本公司用人行政之权"。在财政大权上，锡良也明确规定"财政隶于藩司"。正因为有这样的特征，故而当时人记载说：川汉铁路公司诸事"纯以官厅命令行之"，只是由于公司事务繁多，督办由藩司兼任并非良法，锡良才在1904年11月改派四川另一位道员专任，这位川汉铁路公司第一位专任督办不是别人，正是日后因为镇压保路运动而名声大噪的赵尔丰。

▲川汉铁路公司旧址　四川博物院提供

▲赵尔丰 四川博物院提供

　　赵尔丰（1845—1911年），清代汉军正蓝旗人（清代八旗分为满洲八旗、蒙古八旗和汉军八旗三大部分，汉军八旗由满洲入关以前即已归顺满洲的辽东汉族人于1642年正式组建），是锡良在山西任巡抚时最赏识的县级官员，以后一直跟随锡良在河南、热河等地为官，锡良入川时又随之入川，任官永宁道员，此时刚从永宁道调任建昌道（清代的永宁道又称下川南道，辖区大约相当于今天四川的泸州市、宜宾市和资阳市，清代的建昌道又称上川南道，辖区大约相当于今天四川的雅安市、乐山市、眉山市和凉山州），是当时全川地方官中以能力强悍和精力旺盛著称的"干员"。只不过他这一次担任川汉铁路公司督办的时间只有几个月，就因为巴塘地区藏族同胞起义杀死了驻藏帮办大臣凤全，而被锡良紧急派往藏区稳定川边局势，到巴塘以军务督办的名义接办川边军政事务，一年后正式升任新设的川滇边务大臣。川汉铁路公司督办暂由会办沈秉坤代理。

　　川汉铁路公司成立之后的第一件大事是如何筹得修路的资金，摆在众人面前最大的一个字是——钱。

留学生提出全面方案

自从铁路这个新生事物传入中国以来，除了"能不能修"这个大问题之外，第二个大问题就是"如何修"，也就是钱从何来？在经过了一番摸索之后，早在1885年，在当时的中国具有很大影响的朝中重臣左宗棠就提出了"官招商股"的办法。1888年，在另一位朝中重臣李鸿章的直接指挥之下，我国第一条由中国人自己修建的津沽铁路通过"官招商股"的办法建成通车。这种"官招商股"的适用筹资方式当然会被各地所仿效，锡良在筹划川汉铁路时，自然也不会作其他的考虑，一开始就决定采用这一办法。这就是他在给朝廷的奏折中所说的"官设公司，招集华股，自保利权"，也就是"官招商股"的模式。

但是，当川汉铁路公司的经办人把招股的方案加以具体落实时，很快就发现一个大问题：四川可以募集的"商股"很少，官方所能投入的更少，较之修建铁路所需的资金缺口巨大。

早在1898年，英国人就初步完成了川汉铁路的勘测，从起点汉口到终点成都，初步勘测的线路是经今天的宜昌、奉节、万州、重庆、永川、内江、资阳、成都，全长1980公里，主要部分都在四川境内，估计所需资金在5000万两白银以上。

而此时的四川，早已没有了昔日天府之国的繁荣，经济萧条，财政困难，连天府之国命脉所系的都江堰都因为财力不济而连年失修，就在川汉铁路公司成立的1904年，发生了"人字堤冲裂数十丈"的重大灾难。为了编练新军这样的头等军政要事，锡良甚至不得不于1906年在成都、重庆两地卖彩票来筹措军费。在这样的财政危机之下，官方根本就拿不出钱来投资修建铁路。至于商界，由于地处内陆的四川商业本身就不如沿海地区发达，加之政府早已在本来就不低的税金、捐输、津贴、厘金等等原定数额之上加征了因为《马关条约》和《辛丑条约》的巨额赔款而新增捐税的巨额负担，加征了因为推行"新政"而新增捐税的巨额负担，所以要让四川商界自动认购如此庞大的股份，几乎是不可能的。

正是因为上述原因，川汉铁路公司虽然已正式成立，但是因为资金难以解决，"有公司而无资本"，所以在大半年内基本上无所作为。

就在这上下焦虑、议论纷纷之时，在当时各阶层民众之中对世界大势了解最多、对家国大事关心最切、对商务经营思维最敏锐的四川留日学生们走到了四川社会各阶层的最前列。谁也不能否认，这一群年轻人，正是当时四川人中的一代精英。著名学者季羡林先生曾经说过："对中国的近代化来说，留学生可以比作报春鸟，比作普罗米修斯，他们的功绩是永存的。"

四川留日学生组织有同乡会，活动中心设在东京的锦辉馆，当时的官派学生监督周紫庭对学生们的爱国活动比较支持，也就是说，他让四川的留学生们有了一个比较宽松的舆论环境。

1904年9月24日，留日学生吴达泉得到来自家乡的书信，得知英国已派技术人员进行川汉铁路的勘测，法国公司也已经得到重庆与万县的煤矿开采权，下一步就会是对修建铁路的介入，而"苟铁路为他人所办，则川省必蹈东三省覆辙，川人即为英人奴隶矣"。于是他和他的同学们立即邀集更多的同学前来研究对策， 10月2日这一天，到锦辉馆议事的就有230多人。他们既是集资，又是认股，并在当天向锡良发出电报，表示在"闻英、法要求益急"的时刻，愿以"誓毁身家"的决心为修建川汉铁路而努力。在几经讨论之后，他们向全川、全国提出了有关如何修建川汉铁路的全面策划方案和宣传资料，这包括以下十分重要的文件：第一是于10月22日向锡良发出的《开办川汉铁路意见书》，全文约8000多字；第二是11月27日发出的《四川留日学生为川汉铁路事敬告全蜀父老书》，全文约12000字；第三是大约同时发出的《四川留日学生急修四川铁路白话广告》和《四川留日学生铁道利害详告》这两份宣传品，共约8000字。百年之后，当我们再次细读这几份既充满激情和责任，又贯注思考与企划的热血文字，仍然会被前辈们爱国爱乡的满腔热血所深深感动。前两份文件的执笔者未能留下名字，在两份宣传品结尾处，写着作者或是发布者的名字："日本留学生萧执中、刘德麟、闵鸿洲、黄煦昌、傅畅和、胡鸿熙、郭廷芳、周炽、庞元熙、吴申商、卢承绪、莫与京"。有回忆录说这次大会的核心人物是蒲殿俊，但是在署名中未见记载。

留学生们提出了以下一些十分重要的意见，实际上是提出一个初期铁路建设的全面方案。

第一，川汉铁路必须自办，"以蜀人之力，办蜀中之路"，绝不能落入外强之手。他们反复痛切陈词："吾侪不忍复为文饰忌讳之言，敢痛哭流涕以敬报我父母曰：四川铁路入他国手之日，即四川全省土地人民永服属于他国之日也。"

《为川汉铁路事敬告全蜀父老书》
四川博物院藏

　　石印，竖排本，32开本；长23.1厘米，宽14.5厘米。1904年11月27日四川留日学生发出。指出铁路权对于国家主权的重要性，号召全川人民奋力相争。列强若控制了中国铁路修筑权，那么中国将面临亡国的危险。

第二，川汉铁路必须尽快上马。他们认为："数年以来，国中数大干路已分入列强之手，惟余巴蜀一隅，天险天府，蚕食未及。而英法眈眈，垂涎相视，危亡之机，间不容发。"但是，由于"资本久未鸠集，工程久未兴行"，故而是"川汉公司之议虽立，而川汉公司之实无闻。倘使迁延蹉跎，更阅岁月，恐威逼日至，将有并此虚名而不容久尸者"。

第三，目前的关键是资金。他们认为，"今日急务，不在空言，而在实行。而实行之资，必藉实力，有公司而无资本，则等于无公司而已。"

第四，解决资金问题，要想依靠清廷是根本无望的，即"欲户部、商部之拨款开办，殆非可望"，只能依靠本省。本省财力又应当分为三个部分，即"官款"、"地方公款"和"民款"。

"官款"的来源是将全省的财务"益加整顿，涓滴归公"，估计"以三年之所入，当可得全路工程所需之半额有余"。

"地方公款"又分为两种。一是筹集各府、州、县原来用于"存储生息之款项"，让其"移购铁路股债票，岁得利息，仍为其地方之所需，度州县父老未有不争先奉令者"。二是沿用多年来"历久相习"的老路子，各州县凡有大事即可向下摊派，现在如果一方面整顿过去扰民的陋习，"厘去前弊"，一方面"为陈利害，人人知取地方之财，还以办地方之事，稍有明大义者，只有感慨，更无抵抗"。所集之资就用来"作为各州县公购铁路股份票，日后所得股息，以备各地方兴办公益事业之用"。这样也可以"积壤而成丘陵"。"以此两项三年之所入，得全路工程所需三分之一额，当亦非难"。

"民款"就是向全川民众集股。但是，由于目前"规则不立，经验尚少，故相与裹足而观望"。故而他们着重于民间集股问题进行了更为详细的筹划。其主要建议有以下几项：一是由官方保证年息5厘（按，这是当时以银两为主要货币结算方式而言的，白银是以两为单位，10厘为一钱，10钱为一两，5厘即5%），用以扫除疑虑；二是"悉遵外国有限公司之格式"，公布股东的权利与义务，扫除"旧式之官督商办各业弊窦滋事多，不为民信"的官场积弊；三是责成全省各州县、各团体、各行业分配认购数额，"发给股票，令其自认"。

所以，他们认为，"今欲举此大业，必非徒藉商股之所能成，抑非徒仰官款之所可集，故必出于官商合办，殆事实之所不能避也。"

第五，为了解决资金困难，还可以发行"公司债"，即"以公司之主名发出债券，募民间购买"。这是一种与发行股票相辅相成的集资方式，因为"购股票者略含冒险之性，购债券者纯取保守之道，故必兼用两者，然后举两种性质之人之资本而悉招徕之"。在必要时，还可以考虑"颁数百万金之债券售诸外国，以应工程一时之急，则亦无害也"。当然，这仅是指的债券，而不是股票。

第六，修路与筹款的关键是人才。"故既自办，则必宜用本国人办之。以今日中国之乏才，能胜此任者殆寥寥，此众所共知者。"因此提出了选用在美国学习铁路专业的留学生、在成都开办速成铁路学堂、派出留学生到欧美与日本学习铁路工程等具体建议。

第七，由于四川地处内地，风气未开，少数人对于各种新生事物少有了解，故而应当大造舆论，广为宣传。他们建议政府"派遣长于语言之员，派各州县演说，将此事关系之重大，及其永远钜利之所存，剀切敷陈，广为劝导，则目前之募股当倍加踊跃，而日后之阻挠亦永复无虞"。他们"尤愿吾乡志士，演为俗言，刻印百千万张，处处传布，逢人演说，以期铁路之必成"。

为了率先做一次"演为俗言"的"剀切敷陈，广为劝导"式的宣传，留日学生用一口四川方言的白话写下了他们的《四川留日学生急修四川铁路白话广告》，这是四川文化史中最早、最好的白话宣传精品，不仅有其史料价值，更有其文学与语言学的价值。《白话广告》在最后是这样结尾的："望我们四川的人，个个晓得灭种惨祸，毁家破产，争修铁路。一面兴教育，办学堂，人人发奋，个个图强，打起精神，保我们四川，四川能保，以外各省更容易了。呜呼！我们的四川人，生死存亡，即在眼前。富的、贫的、老的、少的、男的、女的、大的、小的、贵的、贱的、智的、愚的、强的、弱的，七千九百四十九万三千零五十八人，其未睡醒耶？其睡醒耶！"

留日学生的几份文件，是当时四川各界人士中对川汉铁路建设所提出的最详细而具体的方案，从公司章程的制订到各种资金的招募，从对外国工程师的聘用到对城乡各地的宣传，内容十分详尽。而在这几万字中，最关键之点则在于体制的大事：即把川汉铁路公司改官办为商办。

从官办到商办

　　年青的留日学生是思维最活跃、眼光最前瞻的先行者。在他们的引领之下，蜀中一些开明之士陆续跟进，从不同场合提出了将川汉铁路改官办为商办的请求。例如，1905年5月，四川举人张罗澄等人呈文都察院，提出"此路宜正名为民办"，并具体建议说，官方可以委任一位川汉铁路大臣来督办，而不能由四川总督锡良来直接管理。也就是说，希望回到已有经验的官督商办的体制。还有王荃善等几位川籍京官也公开指责官办公司毫无成效，建议"不如民款民办，为势较顺"。

　　锡良在筹划开办川汉铁路公司时，多方面的筹划都颇有见地，我们在前面总结了他在筹划中的7个关键词："全局、自主、官办、华股、保权、从速、试办"。他看到了全局的形势，为了不让路权落入洋人之手而决心自办，依靠华股，都是正确的，只是因为当时他还未入四川，对四川真情实况了解太少，把各种困难估计得太小，故而提出了官办的主张。可是，当真正要一件件地落实具体事务时他才发现，他这个"官"真的"办"不了川汉铁路这件事。第一是因为清王朝多年来的种种劣迹，各级官员多年来的种种恶行，官方根本无法取得广大民众的充分信任。用《四川留日学生为川汉铁路事敬告全蜀父老书》中所作的分析，就是"法律不善，惧官吏之择肥讹索也"，"不敢信人，恐当事者之舞弊也"。第二是因为帝国主义力量的步步进逼，他没有什么力量来对付，亦如上引《告全蜀父老书》所指出的，"英、法坐索，制军（按，指锡良，制军或制台是清代对于总督的别称）无以拒之，乃至辞以疾"。可是，装病不见只装得了一时，又怎能装得了许久呢！

　　面对四川省内外要求将川汉铁路改官办为商办的呼声，锡良不能不心有所动。于是他在1905年上奏朝廷，"奏请改派川汉铁路公司官绅合办"，也就是把原来任命的实职官员即成绵龙茂道沈秉坤担任的会办（代理督办）改任为官总办，任命胡峻为绅总办，任命乔树楠为驻京总理。这样，就从原来的官办改成了"官绅合办"。只不过这完全是一个走过场的表面文章，前人说是换汤不换药，其实连汤都没有换。因为体制完全未变，实权仍然完全操纵在各级官员手中，所任命的三个负责人中，沈秉坤与乔树楠都是现职官员（乔树楠一直在北京为官，曾任刑部主事、监察御史，现任学部左丞），只有胡峻不是现职。虽然胡峻为人很值得称道，但是他也是翰林院编修，只是因为此时回家为已故父亲守孝而暂时退出了现职而已。所以，这次的所谓"官绅合办"完全没有任何实质性的改变，川汉铁路公司仍然是一个官办公司。

但是，这样的因循守旧毕竟不是办法。因为要求改官办为商办的强烈呼声不仅发于四川，在四川省外的湖南、湖北与广东还有更为强烈的呼声，甚至已经有了更为激烈的行动，这特别反映在与川汉铁路唇齿相依的粤汉铁路的修建上。

西方列强企图霸占中国铁路的控制权已有几十年的计划与行动，他们心中第一看重的是从当时的国都北京到第一对外口岸广州的南北大动脉。清王朝的王公大臣们也很明白这条铁路的重要性。曾经先后担任两广总督与湖广总督的张之洞在当时应当算是一个头脑清醒、视野开阔的洋务派大臣，他就曾经明确指出，这条铁路是中国"铁路之枢纽，干路之始基"，在他的大力坚持与百般努力下，从1889年开始，花了17年的时间，终于在1906年修成了这条大动脉的北半段芦汉铁路即今天的京汉铁路。这条大动脉的南半段粤汉铁路的路权则经过了多年的反复争夺。英美各国早就在处心积虑地谋取路权，当地士绅也在八方奔走，力争自办。1897年，在著名维新派官员湖南巡抚陈宝箴支持下，湖南成立了湘粤铁路公司，由著名维新派诗人与思想家黄遵宪任总办，宣布要"集股开办"，修建粤汉铁路。张之洞认为湖南"未知铁路甘苦曲折"，缺乏实力，未予批准，而改为由湖北、湖南、广东三省联合承办，也就是三省联合官办。由于官方无钱可办，所以资金全部向外商借款。1898年4月，由著名洋务派实业家盛宣怀担任督办

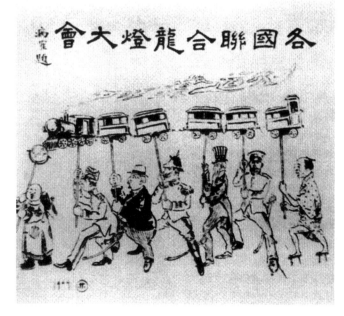

▶反映列强掠夺中国路权的漫画
四川博物院提供

的铁路总公司出面，经驻美公使伍廷芳与美国美华合兴公司谈判，签订了《粤汉铁路的借款合同》草案。按合同草案规定，清政府借到了一大笔银子，同时丧失了一系列主权。由于这个合同草案过于苛刻，不少大臣的反对之声十分强烈。在几经反复之后，一直到1900年7月，也就是八国联军打进北京的前一个月，在洋人的枪炮声中，最后签订了《粤汉铁路借款续约》。

这个续约的主要内容是：美方借款4000万美元，修建粤汉铁路及其萍乡、岳州、湘潭三条支线，借期50年，利息5厘，9折实付；设立总办管理处管理修路与运营，管理处由5人组成，其中美方3人，中方2人；铁路由美国公司修建，计划5年建成；建成运营之后，美方分取20%的利润，直至50年期满；美方可在沿线开矿、办厂、经营航运、仓储，并可修建其他支线；总办管理处可组织护路巡捕队；干线与支线区域内不能再修建其他铁路；以上各项目所需器材免交关税厘金。

十分明显，这是一个丧权辱国的借款条约。湖南著名学者杨度曾经把整个条约详加分析，认为美方获得了20几项权利而只承担8项义务，是清政府签订的丧权最多的借款条约。所以自公布之日起就受到了湖北、湖南、广东这沿线三省广大绅商士民的强烈反对。

更严重的危机却还在后面。

与中方签约的这个合兴公司并不是一个实力强大的公司，原始资本只有60万美元，根本拿不出4000万美元出借，签约之后是用四处出售股票的办法来集资修路。当以法国资本为背景的比利时商人知道这一底细之后，一下子买进了6000底股之中的4000股，一心想将这块又大又香的蛋糕吞下去。当伍廷芳得知这一消息时，八国联军已经打进了北京。清王朝的王公大臣们这时的全部心思只在保命，哪里还顾得上什么粤汉铁路。

八国联军撤回了，《辛丑条约》签订了，可是粤汉铁路仍然没有开工。一直到了1902年工程才上马，却不是修的粤汉铁路，而是从广州到三水的支线。1903年10月，全长48.9公里的广三铁路建成，立即投入运营收钱，粤汉铁路却一尺未成。到1904年10月20日，粤汉铁路已开展的一些勘测与路基工程全面停工。这时，距离原定的5年完工的日期只有几个月了。

美国公司的无赖，法国和比利时公司的图谋，引起了沿线三省官民的更大的抗议，沿线三省的留日学生组织了"鄂湘粤铁路联合会"，坚决主张"废约自办"。湖北士绅代表向张之洞上书："美商违约，全楚受害，众愤莫遏，公恳挽回，以泯巨患。"在广大民众的强大压力和各方面舆论的影响下，一直关注着粤汉铁路进展的张之洞也怒不可遏，决定要向美国公司问责，要废约，清政府也确定由张之洞负责进行交涉。可是无赖的美国公司却说，废约可以，但是在前期的勘测设计、路基工程、海外订货等等事项中已经开支了若干若干银子，要废约，先赔钱。美国政府也完全站在美国公司一边，声称若中方提出废约就要向清政府提出抗议。清政府一说到钱就束手无策，更怕美国政府提出抗议。张之洞在无奈之下，只有把"废约"改为"赎约"，即另外设法借款来赎回路权。"赎约"的谈判是"相持累月，翻复无常，波澜迭起"。1905年8月，终于签订了《收回粤汉铁路美国合兴公司售让合同》，中方向美方赔偿"公道偿费"675万美元。代表中方签字的是"湖南湖北广东三省代表人、湖广总督张之洞"。

五年时间过去了，粤汉铁路干线一寸未修，反而付出了675万美元。

这就是向外国公司借钱、请外国公司修路的真实结果。这个结果给四川的官绅民众上了极为深刻的一课。

675万美元在当时折合白银1012万两。四年后，詹天佑主持修建工程难度极大的、全长201公里的京张铁路，才花了693万两白银。

为了赔付这675万美元，债台高筑的清政府只能是拆东墙补西墙，于是又向英国政府借款110万英镑。英国的条件很明确：日后如果再修粤汉铁路，如果在湖南、湖北境内修建其他铁路，必须先向英国借款和购买物资，工程技术人员至少一半由英人担任。很明显，这是英国政府为了确立他在中国南方和长江流域的势力范围的一记杀手铜。

粤汉铁路路权收回的道路十分艰难，可是，就因为它的艰难而引起了全国各方的深度关注，张之洞在收回路权之后所说的"偿费虽巨，就此收回三省地权、利权，保全实大"，也得到了舆论的广泛认同，例如著名学者与政论家杨度就这样大加赞扬："以此区区数百万之资本而得此至长、至巨、至有关系、至有利益之铁路，收回于强国之手自造而自管之，得以保国权，得以保身家性命，事岂有便易愉快于此者。"所以，在收回粤汉铁路路权的鼓舞下，浙江、江苏、山东、直隶各省也掀起了类似的废除与外国的借款条约、收回路权的斗争，商办铁路的呼声此起彼伏。到1907年，全国有15个省共建成了18家商办铁路公司。

粤汉铁路原定是要在汉口与川汉铁路接轨的，这两条铁路有如筋骨相连。修建粤汉铁路几年来的曲折反复与惨痛教训对于所有关注着川汉铁路的人们来说，无异于上了十分生动而又深刻一堂大课。用一句古人常用的成语，就是唇亡齿寒。收回粤汉铁路路权的结果又引发了四川民众深度的思考，给了四川民众以极大的鼓舞。结论有三，非常清楚：

官办是不可能的，因为官方没有资金，只有向外商借款；

外商是绝对不可信的，因为他们不可能真心为中国修铁路；

四川要修铁路，只有自办，也就是商办。

四川在这方面最为集中、最具代表性的声音，是由留日学生于1906年组建的川汉铁路改进会所提出的《改良川汉铁路公司议》。川汉铁路改进会的会员共有300多人，其骨干都是留日学生中的立宪派，其领袖人物是蒲殿俊和已经出任川汉铁路总办的维新派官员胡峻，其他骨干成员有萧湘、张智远、李大钧等。他们于1906年出版了每月一册的《川汉铁路改进会报告书》，在日本与四川产生着愈来愈大的影响。

《改良川汉铁路公司议》全文约9000字，出于蒲殿俊之笔。由邓熔领衔，共有蒲殿俊、胡峻、萧湘、吴虞、邵从恩等44人署名，这是继两年前留学生们发出《开办川汉铁路意见书》等四份文件之后，又一个全面而详细的具体操作方案。

《川汉铁路改进会报告书》第四期
四川博物院藏

　　纸质，铅印，16开本；长25.5厘米、宽15.2厘米；清光绪三十三年（1907年）五月二十日。内容包括四川省川汉铁路公司争议、说明法律上之查账人、股东在法律上所占之地位……

《改良川汉铁路公司议》认为，川汉铁路办与不办的问题已经过去，现在的问题是"成与不成"和"如何而后可以成"。那么要"如何而后可以成"呢？川汉铁路改进会提出了他们的具体建议：

首先分析了川汉铁路公司现状，他们十分尖锐地指出，川汉铁路公司说是官办而官方不是主要投资者，说是商办而又完全是官员管理，说是公司却又无董事会，所以是"似公司非公司"，"公司已完全失去法人之资格"。"现在之公司，无完全之组织，无正当之办法，公司之性质不明，职员之权限不定，牵掣敷衍，一事难成"。于是就出现了必然的几大弊端：股票滞销、股本挪用、租股无限、官绅混杂且权限不明。与此同时，还有一个极为难堪的事实是"股东不爱公司"，其原因是多年来"官民隔阂，情义不相联属，官屡失信于民，民亦遂不信官。故一切官办之公司募集民股，无论章程之规定如何完备，利益之分配如何公允，而民总疑惧不敢应"。

他们认为，为了改变公司现状，必须按公司应有之章法进行体制上的改革，"公司若不改良，铁路必无成效，则可断言"。为此，必须召开股东会议，明确以下组织原则与运作规则：公司正名为"商办"的"股份有限公司"；计算建路总投资以确定公司募股之总额；明确股东权利。

这样做，不是说官方与公司就完全没有关系。官方的责任在于"公司而加危害于人，官有监督权；人加危害于公司，官有保护权。其所不能干涉者，惟公司内部之事耳，非谓与官脱离关系也。且官吏者，国家机关之代表也，公司对于国家有报效，则官吏对于公司有责成"。

最后的结论很明确：要按各国之经验与清政府已经公布的《商律》办事，"依据商部《公司律》及川督奏案，以辨明川汉铁路公司之性质，确为商办之公司"。

《改良川汉铁路公司议》发布至今已经104年了，那还是在清王朝统治的年代，可是由于留学生们对于近代商业文明的理解颇深，所以能将一个在四川历史上从未有过的大型股份有限公司的结构与运作进行条分缕析，说得来头头是道，很多词语与理念，放在今天也显得并不过时。

留学生们从日本发回的这些重要建议在四川广为散发，产生了广泛的影响。根据目前所见到的实物资料，在上面介绍过的《开办川汉铁路意见书》曾经以《留学东京四川学生为川汉铁路事上川督锡制军书》的名称刊载于发行量很大的《新民丛报》，前述的《四川留日学生急修四川铁路白话广告》和《四川留日学生铁道利害详告》也曾经在全川广为散发。现在还能见到的一份实物，就是由当时的叙州府邮政局翻印散发的，该邮局负责人还加有以下附言："此说关系全蜀存亡，余忝司川南邮政，应尽速于传命之责，诚恐偏僻之地未能家喻户晓，愿急捐资排印，邮寄宣告，以广传闻"。这些重要信息如果说"家喻户晓"可能有所夸大，但是说已经广为传闻，应当是符合实际的。

在留学生们的宣传与引导之下，省内很快就有不少人积极响应。就在《改良川汉铁路公司议》发出的1906年，在北京的川籍人士中成立了一个"川汉铁路研究会"，发布了《川汉铁路研究会规则》，认为"各省路事多归绅商自办，由官办者惟川路而已"，故而他们提出"本会主张绅商自办"，号召川人"保全铁路，即以捍卫桑梓，利害切身，吾乡人断不致甘为冷血，放弃责任。"

也是在1906年，成都还出现了署名为"四川人"的态度更加激烈的《建议川汉铁路商办公司劝告书》，这一批"四川人"用具煽动性的语言说："今日之川汉铁道……就公家言之，则仅利于一般豺狼之官吏；就私人言之，则仅利于少数牛马之缙绅。反此而受其害者百姓，盖川汉铁道公司之最大目的，因欲绞尽七千万之膏血，而填少数豺狼牛马之欲壑而已，岂有他哉！"他们认为，这样的公司来修建，"铁道万万不能成"，因此，必须"破坏野蛮官立之旧公司，建设文明商办之新公司"。

▲川省川汉铁路同志研究会成员合影　四川博物院提供

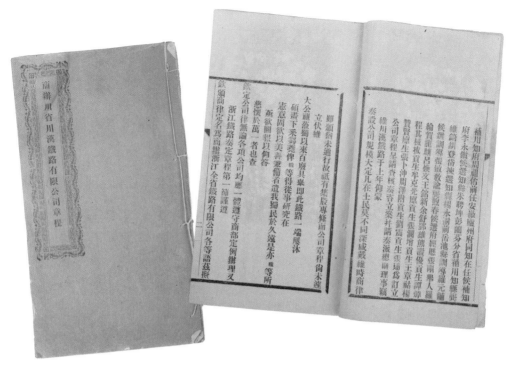

▲《商办川省川汉铁路有限公司章程》 四川博物院藏

铅印，24开本；长26.0厘米、宽15.0厘米。封面竖式排有"商办川省川汉铁路有限公司章程"
字样。其内容为罗纶、牟克光、张澜等为订立川汉铁路有限公司章程的呈请。

在上述舆论的气氛之中，1907年3月9日，蜀中一大批在社会上有很大影响的官员、士
绅与知识分子，联合向锡良呈文，明确要求"改川路公司为商办有限公司并修改章程及
派正副总理"，并呈上了他们研究制定的《商办川省川汉铁路有限公司章程》。在这份呈
文上签名的有维新派官员以及候选官员伍肇龄、陆慎言、林思进、刘咸荥、马长卿、傅崇
榘、彭兰芬、龚煦春，留学归国的邵从恩、周道刚、徐孝刚、胡景伊，获得功名的举贡生
员罗纶、张澜等共52人。

对于四川近代历史稍有了解的人对这些名字都很熟悉，他们都是不久即将爆发的四川
保路运动的领袖人物或重要成员，他们在要求改组川汉铁路公司的行动中，已走上了群众
性斗争的舞台，虽然目前还仅仅是这台史诗性大戏的序幕。

在这种情况下，锡良既是为了顺应时情，也是为了给自己卸下包袱，遂于1907年3
月，来了一个顺水推舟，在给朝廷的奏折中将上述的伍肇龄等人的呈文以及所拟的公司
章程一并转呈朝廷，建议将川汉铁路公司"遵照《商律》定名为商办川省川汉铁路有限公

司，另刻关防，以昭信守，所有重大事件，由该公司禀承督臣办理。原设官总办一员，即予裁撤"。同时，举荐乔树楠为公司总理，胡峻为公司副理，建议以伍肇龄等人拟订的公司章程59条为公司章程，因为他也认为这个章程"经众谋允洽，应请照办，以顺舆情而裨路政"。

从目前所能见到的文献资料加以分析，我怀疑锡良上呈给朝廷的这个重要奏折是锡良与伍肇龄等人商议之后有意安排的。因为锡良上这个奏折是在"光绪三十三年正月二十日"，其中已经附上了伍肇龄等人的呈文与公司章程，而且说他已经"覆加查核"。可是目前所见的伍肇龄等人的呈文所署的时间却是"光绪三十三年正月二十五日"，时间反而在锡良所上的这个奏折之后，这肯定不合逻辑。所以很有可能的是，伍肇龄等人的呈文在公布之前就已经送交锡良，而且得到了锡良的首肯。锡良所以在这时未对这个重要的呈文作什么仔细的研究，也未对这件全川的头等大事作出更具体的安排，就以一字不改、完全同意的态度火速上奏朝廷，请求允准，这除了形势所迫之外，还有一个重要原因，就是清政府在光绪三十三年正月就已下令要将他调离四川去云南任云贵总督，而调云贵总督岑春煊来任四川总督，只是因为岑春煊一时未能到任（这年三月，清政府又改派岑春煊任邮传部尚书，所以他一直未到四川上任），他要在任上不多的时间内尽快将这件大事作出一个全面而妥善的安排。伍肇龄等人的呈文与章程既是一个完整的方案，又有若干知名人士的共同署名，正是他下台阶的最佳选择，何乐而不用呢？

就这样，官办的川汉铁路公司，很顺利地就转变成了商办的川汉铁路有限公司。严格来说，公司的体制应当是当时颇为流行的官督商办，因为在公司章程的第一条就有"本公司由四川总督奏请，谨遵钦颁《商律》，定名为商办川省川汉铁路有限公司，呈部注册，奏给关防。至重大事件，仍禀承总督办理"。很明显，虽然没有明言"官督商办"，实际上在"商办"之时官方仍然是有权来"官督"的。

新公司的总理是乔树楠，副理是胡峻。

乔树楠（1849—1917年），成都人，曾官居刑部主事、监察御史、学部左丞，具有维新思想，1905年任川汉铁路公司驻京总理，1907年任川汉铁路公司总理，仍然长驻北京。他长期负责与京中诸衙门联络，疏通关节，少有在川工作，所以以后的保路运动中，在四川基本上没有看到他的身影。1911年的保路运动高潮时期，清政府曾经任命他为四川宣慰使，让他回四川进行"安抚"。他不能拒绝任命，又不愿回川"安抚"，就采取了泡蘑菇的办法来拖。当他慢吞吞地走到青岛时，清帝已经下诏退位了。从此他退隐于北京法源寺，再也不问政事。乔树楠的名字今天已被大多数人遗忘，但是他有一个幼年丧父的孙子由他抚育成人，精心培养，这就是后来名满天下的诗词大家和篆刻大家乔大壮。

胡峻（1869—1909年），成都人，进士出身，曾任翰林院编修，富有维新思想。1899年因父丧返乡"守制"（按当时制度，父母或祖父母去世之时，作为儿子和长孙的现职官员必须离职回家为父母守孝27个月，在守孝时期不能任官，但是可以从事地方公益事业，这一规矩就叫做守制），在家设塾授徒。1902年受众人之请筹办四川第一所改制以后的高等学校四川省城高等学堂，出任第一任总理，从此退出官场。1906年又任全省学务公所议长，主持全省新学事务。川汉铁路公司自1904年成立之日，他就被锡良任命为总董，并为之付出了大量心血。1905年又改任绅总办兼铁路学堂监督（即校长）。公司改商办后，继续以

▲驻川总理胡峻像　四川博物院提供

多病之身任副理、驻川总理。1907年秋，四川同盟会员熊克武、黄方等密谋成都起义，因事泄而遭到逮捕和通缉，他挺身而出，邀集伍肇龄等人尽力说服了赵尔丰，使被捕者免遭杀害。1909年2月21日，因积劳过度，咯血而死，年仅40岁。有不少前辈曾说，他是为川汉铁路活活累死的。

锡良离职之后，清政府正式任命的四川总督赵尔巽远在东北，一时未能到任，暂时由川滇边务大臣赵尔丰代理，当时称之为护理四川总督。

根据1907年公布的《商办川省川汉铁路有限公司续订章程》（有的资料上无"续订"二字，这应当就是伍肇龄等人上给锡良的《公呈》中所附的《商办川省川汉铁路有限公司章程》），公司将设立定期与临时的股东会，由股东会选举董事13人组成董事会，选举查账人3人行施"监察"，有如后来的监事会。公司总理与副理由"公司呈请四川总督奏派"，但是又要以"执行董事议决之事件为任务"，表明了公司"官督商办"的体制特征。公司总工程师的选择则规定要优先从国人中延聘。根据章程中的以上规定，公司的人事安排较快地得到确定。总理与副理的人选是锡良与各方商议之后决定的，也能得到各方的支持。但是因为川汉铁路的施工是从湖北宜昌开始的，所以在1908年1月就根据邮传部的意见，将原定的总理与副理制改为三总理制，即设驻川总理、驻京总理与驻宜总理。首任驻川总理是胡峻，1909年胡峻病逝后由曾培接任；首任驻京总理是乔树楠；首任驻宜总

理是费道纯，1908年费道纯病逝后先由乔树楠代理，后由李稷勋接任。至于股东会则一直
到1909年11月才第一次召开，12月才选举出董事13人组成了董事会，由刘紫骥任主席董事
兼铁道学堂监督。同时也选举出郭成书等3人为查账员。至于总工程师人选则因为当时国
人之中只有詹天佑一人，所以只能聘请他出任总工程师，另有颜德庆为副总工程师。

　　1909年12月10日，川汉铁路在宜昌举行了开工典礼。在从宜昌到归州（今秭归）的300
多里线路上，近万名民工们艰难地开始了路基工程的修筑。而这一天，距川汉铁路公司成
立，已经过去了将近6年。

▲宣统元年十月二十八日四川铁路开工礼成宾主临别留影

利涉全川的"民股"

川汉铁路公司转制了，也开工了，但是这种从"官办"向"商办"的转制在实质上只是"办"事者，即高层管理者有所变化，而其管理团队与运作机制基本仍旧，并无大的变化，原来官办时期的若干难题，或者说若干麻烦，改为商办之后仍然如旧，并无改变。在若干难题之中最大的难题，仍然是钱。正如锡良在1905年1月的一份奏折中所说"铁路兴筑固难，筹费尤难"。

早在锡良筹办川汉铁路之初，就已决心要自办，定下了"官设公司，招集华股，自保利权"的模式。所谓"华股"，就是"官民合股"、"官绅合办"，但是官方能够拿得出来的资金非常有限，在公司筹办之时，锡良只能拿出28万两银子，"即作为官本之股"。用今天的话说，这只能作为公司的开办筹备费。更多的资金只能依靠"民股"，但是锡良却在"民股"的募集上遇到了极大的困难。在最初筹划时，他曾经相当自信，认为"按租出谷，百分取三，意在轻而易举，积微成巨"，可是他很快就明白了，这绝对不是"轻而易举"之事，"中国召集民股，最为难事……骤欲集数百万股之多，此诚难之又难者也"。

根据1905年制订并公布的《川汉铁路总公司章程》，川汉铁路公司的股本以50两为一股，股票也以50两为一张。所有集股收入全部用于铁路建设，但是每年按4厘即4%的标准付给利息，即每股每年的利息为白银2两（川汉铁路改为商办后，于1908年10月公布了《改订商办川汉铁路公司租购各股草章》，规定"股东息银周年六厘，五两周年取息三钱，五十两周年取息三两"）。铁路建成通车之后，利息继续每年发放，同时将扣除公积金之后的所得利润分为10份，3份"报效国家"，1份作为花红奖励员工，其余6份作为红利分配给全体股东。

《川汉铁路总公司章程》同时还规定，公司所集之股分为四种：

1.认购之股，就是直接投资购买的股份，其中主要的认购者是数量不多的工商业者；

2.抽租之股，这是最主要的，详情见下面的专门介绍；

3.官本之股，就是由官方银库直接拨付银两所购买的股份，数量很少，起不到什么作用；

4.公利之股，就是由公司想法进行各种经营所得的收入，数量也很少，也起不到什么作用。

在上述4种集股方式或者说股本来源中，最主要是前两种"民股"。而"民股"的核心，又是"抽租之股"，也就是所谓的"租股"。

清末的四川，从经济结构上说，完全还是一个沿袭千年的以小农经济为主体的社会，工商业在整个经济总量之中的比例不高，不可能像西方国家那样在修建铁路时以工商业者投资的商股为主，只能面向广大的农村。正如张之洞与锡良于1906年为川汉铁路的开办而共同向朝廷所上的

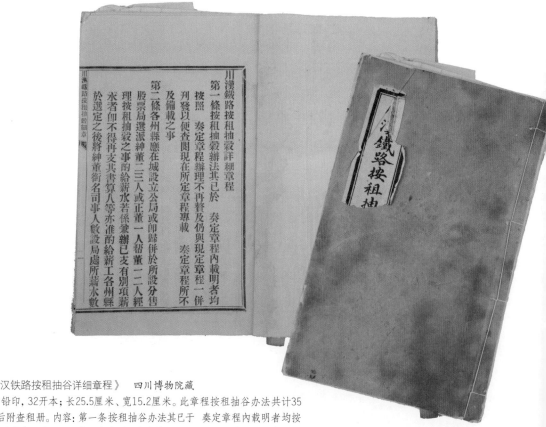

《川汉铁路按租抽谷详细章程》 四川博物院藏

　　铅印，32开本；长25.5厘米、宽15.2厘米。此章程按租抽谷办法共计35条，后附查租册。内容：第一条按租抽谷办法其已于 奏定章程内载明者均按照 奏定章程办理……第二条各州县应在城设立公局或即归并于所设分售股票局选派绅董二三人或正董一人帮董一二人经理按租抽谷之事酌给薪水……

一份奏折中所分析的 "川民富在于农"，虽然这个 "富" 字的本义只是相对而言的。而农村中的广大农民无论贫富，对于修建铁路、购买股票的认识是不高的，积极性是不大的，这也正如锡良自己所说："川省地居僻远，耳目拘隘，昔为邻省办矿等股，寸效未睹，至今人多畏之"，不可能让多数的农民自觉自愿地购买股票，就只能是按多年来的老办法由官方进行收取，即锡良所说的 "按租出谷，百分取三"，其实也就是一种强制性的摊派。

按照《川汉铁路总公司章程》和更为详细的《川汉铁路公司按租抽谷详细章程》制订的办法，是向全川农村中每年收取租谷10石（过去四川农村收租的标准是以稻谷计算。石是过去通行的粮食计量单位，每石为10斗，每斗为10升。清末民初时期的斗在四川民间称为老斗，每斗稻谷相当于今天的33斤，每石稻谷相当于今天的330斤）以上的农户抽取租股，"按租出谷，百分取三"。每年收租不到10石的农户免抽，不收取租谷的自耕农与佃农一律不抽。抽取时不收实物，一律按市价收取银钱。凡是抽够了白银50两的，就可换得一张川汉铁路公司的股票，不够50两白银的可将抽股的收取凭单保留着，今后付息时也可按照比例获取利息。

为了能够抽取到应当抽取的租股，在全川所有州县设立专职的股票局，先行按乡、保、甲逐层核查田亩与租谷数量，登记造册，若有徇私舞弊者，"即禀请州县官将经查董保（按，董即乡董，相当于后来的乡长；保即保长）人等提案分别就罚"。每年秋收之后，"由各乡董、保长、牌甲（按，即甲长）人等，于奉到州县榜示定期开收后，催令各户上紧赴城完纳。收成较早之处以十一月底为限，收成较晚之处以十二月底为限，一律完清。若有延欠之户，即由城局绅董开单送请州县官催追。"

只从上面的文字规定就可以明显看出，租股不是募集的而是抽取的，对于大多数农户来说不是主动的、自愿的，而是被动的甚至被迫的。故而在当时的农村之中，很多人都把这种租股的抽取称为 "铁路捐"，将其归入了官府新增的一种捐税。

有一种现象曾经在我国多次出现，就是民间所称的 "歪嘴子和尚念经"。本来是一部好经，可是经过那些歪嘴子和尚来念，就成了一部歪经。修铁路本来是一件好事，铁路公司制定的章程也比较合理，可是在经过某些执行人的增减或歪曲之后，好事就会变成坏事。川汉铁路的集股过程中，这种现象就相当严重地存在。募集股金从自愿变为强制，已经是变了味的股份制了，而将 "租股" 变为无租之股，就更加变味了。

按照《章程》，"此项租股，均抽自收租之家。其有佃户押重租轻、及债户以租抵利者，但有租谷可收，数在十石以上，均一律照抽。不专抽自业主，以昭平允"。这应当是十分重要的一条，也就是说，凡是不收租的自耕小农和租种别人田地的贫苦佃农就应当是免抽租股，所以说叫做 "以昭平允"。可是，很多州县的州县官和铁路股票局的负责人一是为了省事，二是为了多抽，根本就没有按照《章程》的规定，先行核查田亩与田租，然后按所收田租多少核定应抽租的农户名单，再核定各农户应抽租的租股数额，而是采取简便而又多收的办法来抽。

第一种既简便而又多收的办法是按原定的地丁银加收。

地丁银是清代税收制度中最重要的也是最大额的税收来源。清代初年，是沿用明代的税收制度，既征收田赋，也收丁银。所谓田赋，也叫地税，就是国家向田地所有者征收的土地税，是按田地面积多少来计征的。所谓丁银，就是国家向成年男子征收的人头税，按当时规定凡是年满16岁至60岁的成年男子即称为男丁，每人都得征税，是按男丁多少来计征的。田赋和丁银分别统计，即所谓"地自地，丁自丁"。由于这种税收制度不利于人口繁殖增长，而且很不公平，清康熙年间进行了我国历史上著名的"摊丁入亩"的改革，废除了沿袭多年的人头税，将原来的田赋和丁银合二为一，分摊入田亩之中，按亩征收，此后人口增多也不再加征。因为这种赋税是包括了传统的地税与丁银在内，而且是以银两为计算单位，主要是征收银两，所以并称为"地丁银"，在清代中后期，就相当于国家征收的土地税或农业税。

为了更多更快地完成租股的抽取，四川很多州县都沿用多年来收税的老办法，采取按地丁银的一定比例强行抽取租股，这就完全背离了《川汉铁路公司按租抽谷详细章程》中的原定办法，不再是向收租者收取租股，而是向几乎所有农民，即除很少数的纯佃农之外的农民收取铁路捐税了。所以当时就有一位在北京任职度支部（按，度支部是清末新政中将原来的户部改制以后的设置，有如后来的财政部）主事的杜德舆一针见血地指出："四川筹款以抽谷为大宗"，"各州县嫌抽谷之烦琐，每加入正粮同征，谓之铁路捐，而其实与加赋无异。凡纳粮者均勒令先上铁路捐，而后准其纳粮。"例如温江县，"光绪三十年，制府（按，指总督府）为民奏设川汉铁路公司，其股按粮收谷，由地丁粮一钱四分起，捐名租股捐。邑岁集租谷一万零六十五石一升五合，每石折价二两三钱，岁共解公司银二万三千一百四十九两九钱九分。宣统三年，至路事起，国变，民始罢捐。"又如渠县，"川督锡良锐意兴办川汉铁路，令人民纳正粮外，有粮满五升者，另征铁路粮银，每斗九钱零，于三局公所设柜开收，名为铁路租股捐，至宣统三年始停股银。纳满五两给小股票一张，满五十两银给大股票一张。吾渠大股票共一千八百张，小股票计二万五千六百五十九张……共计银二十一万六千二百九十五两。"像这类被当时老百姓称之为"租股捐"、"铁路租股捐"的收取办法，就不再是原来意义上的川汉铁路公司募集的"租股"了。用原四川咨议局副议长、后来的保路运动重要领导人萧湘的话说："租股依全川粮额为标准加征，号为租股捐。"这种"租股"或者说"铁路租股捐"是整个"民

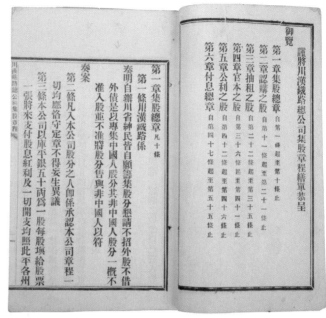

《川汉铁路总公司集股章程》 四川博物院藏

　　纸质，石印，竖排本；长23.5厘米，宽14.5厘米。章程规定川省绅民皆自愿筹集股份，不招外股，不借外债。凡入本公司股份之人应恪守本章程等。

股"中的主要来源，连当时的邮传部（按，邮传部是清末新政时成立的新机构，相当于后来的交通部加邮电部，全国铁路的修建与营运即由邮传部主管）也承认，川汉铁路公司股本"独恃人民租股为大宗"，"除租股外，集股殊属寥寥"。

　　关于将租股称为"租股捐"或"铁路租股捐"，还有一段并非笑话的笑话。1908年，当时担任护理四川总督的赵尔丰曾经专门向全省下发了一个词语严厉的公文，叫《通饬严禁目租股为捐不给利息札》，其中说，"无论何项股本一律给息，路成后复与分红，自非津捐杂派、征收入官者比。以川人之财筑川省之路，众擎共举，保我权利，谓之曰'捐'，何其悖耶！"可是不少地方"竟将此项租股概目为'捐'，各州县文告中亦有称'租捐'者，此等不经之词出于无知小民犹可也，乃竟出于官吏，可谓谬妄极矣！"与此同时，还有若干州县"民间缴股后，有未得收单者，有虽得收单而不得利息者，并闻巴县一属有全不给息之说，种种弊窦，不一而足，实非意料所及"。所以，他要各地从严整顿，"昭大信而释群疑"，"如再阳奉阴违，定行严加参处，毋谓言之不谓也。切切毋违！"

赵尔丰是否消除了"谬妄","昭大信而释群疑",没有看到记载。但是从这一份公文，就可以充分看出当年的"租股"到底是怎么回事。

与租股相似的还有商股。

按照川汉铁路公司原定的章程，商股应当是工商业者自愿认购的，即"凡官绅商民自愿入股，冀获铁路利益者，即作为认购之股"，是要"向本公司总售股票处及各州县所设代售股票处购取，或交纹银，或交银元，均听其便"。但是这种自愿去交银购买股票者为数很少，由四川的工商业者集资修建川汉铁路的商股主要的仍然是由官方出面强行征收的，与农村中征收"铁路租股"的办法基本相似。这其中最主要的有三项，一是"土药股"，二是"盐茶股"，三是其他各行业的商股。

所谓"土药股"就是在各种土特产和药材交易中增加捐税。在清末四川与外省的贸易中，桐油、猪鬃、生丝、蔗糖、茶叶、皮革等各种土特产和黄连、厚朴、川芎、附子等药材交易是其大宗，锡良在筹办川汉铁路公司之初就想到了这一财源，于1905年向朝廷上奏《川汉铁路总公司集股章程》时，就特地附上了一个《拟抽土药捐作公司经费片》（按，"片"是清代臣下向朝廷上奏时一种附属性质的奏折的称呼），其中说"铁路需款浩大，必积累而后成。然须不苦商民者，始可行之。兹采官绅条陈，咸称川省土药出产颇丰。本省有此巨工，况建轨更为商货畅通之用，应将土药量加抽捐，于事较顺。"这一建议很快就得到了朝廷的批准。锡良奏折中的"土药捐"，其中还包括对鸦片税的加征在内。由于过去已经对土药征收了较重的捐税，所以为修建铁路加征的"土药捐"的征收办法是在按原有的"落地厘"再加收一倍，即每百斤"土药"收银五两二钱八分。

与"土药捐"有关的，是在鸦片生产与贸易中的税收。四川吸食鸦片始于清雍正年间，开始时是由印度、缅甸经云南传入的。鸦片战争之后，吸食者愈来愈多，并逐渐开始种植鸦片。清政府为了控制外贸逆差，阻止白银外流，采取了臭名昭著的"寓禁于征"的政策，就是允许种植贩运鸦片并征收高额捐税，想用这种自欺欺人的办法来达到禁烟的目的，其结果无异于放虎归山、养痈遗患。四川在鸦片战争不久后的咸丰九年（1859年）正式执行"寓禁于征"政策，征收的鸦片税名叫"洋药税厘"。不到40年，川内州县普遍种植鸦片，而巴县（今重庆市市中区）、长寿、涪州（今涪陵）、永川、荣昌、大足、垫江、丰都、梁山（今梁平）、万县（今万州）、开县、云阳、奉节、巫山、大竹、东乡（今宣汉）、达州、新宁（今开江）、邻水、宜宾、隆昌、富顺，遂宁、内江、简州（今简阳）、雅安、松潘等地则是当时广为人知的重要产地，有研究者甚至断言"川省百四十余州县除边厅数处（按，"厅"是清代四川在边境地区设置的行政区划，如松潘厅、理番厅、懋功厅、石柱厅、城口厅、里化厅、雷波厅、马边厅、三坝厅等，清末时，全省共有直隶厅6个、府辖厅8个），几无一地不种鸦片者。"据统计，清末时整个四川鸦片种植面积达300~400万亩，年产量约2亿两，约占全国总产量的40.7%。由于有这样大的产量与销量，所以在全省的商税中，鸦片是仅次于盐税的第二大税源，锡良所加征的"土药捐"，就包括鸦片的贸易在内。

除了在贩运过程中加征的"土药捐"之外，在鸦片贸易中还专门征收了"烟灯捐"。

鸦片俗称"烟土"，也简称为"土"，四川出产的叫"川土"，云南出产的叫"云土"。"云土"的质量要高于"川土"，所以虽然四川大量出产"川土"，但是仍然有不少的"云土"从云南运入四川，这也是四川沿途各地一项重要税收来源。所有长途贩运的"土"都是"生土"，必须要熬制成为"熟土（也称为烟膏）"之后才能吸食。吸烟者多是购买一定量的"生土"回去熬制成为"熟土"，需要吸食时再裹成一个个的小"烟泡"，躺在家中的"烟榻"之上或是床上，用特制的"烟枪"在特制的"烟灯"之上吸食。但是，有很多吸食者或是行旅在外，或是不敢在家中吸食，或是贫穷而无钱购买生土来熬制，或是穷得来连"烟枪"和"烟灯"都买不起，这就出现了一种在当时应运而生的"烟馆"，其中备有床榻、"烟枪"和"烟灯"，出售一个一个的"烟泡"，让有烟瘾者躺下来过瘾。这种"烟馆"有如今天的小饭馆一般，遍布在当时的大街小巷、码头路边，一直到新中国成立之后才作为旧中国的污泥浊水而加以扫除。"烟灯捐"就是向这些烟馆所征收的捐税。锡良在筹办川汉铁路之始，就有意于此，并特地通令全省："以川省现在开办铁路，经费浩繁，土壤细流皆资裨助。如烟馆之有害无益，利重本微，欲为吾民去毒痛，因为妨以征为禁，欲为地方清奸宄，亦正可寓稽为征。拟将通省烟馆一律查明收捐。其收捐之数，凡先已抽捐者，即照每月原抽之数加抽一倍，解缴铁路总公司，原抽款项，仍准留用。统限于三十一年（按，即1905年）二月初一日为始，饬令起捐，毋许延缓。"

"盐茶股"包括盐与茶两大类。

四川是我国也是全世界井盐生产的中心，所产的井盐运销西南三省，少量的还要外销到湖北、湖南等相邻省份，盐税从来是财政收入的大宗，在清末已经超过了农村的地丁银而成为了财政收入的首位。四川又是我国最重要的产茶省份之一，川西的雅安、邛州、灌县、名山、荥经等州县所产的边茶是汉族地区与藏族地区最重要的贸易商品，所以茶税是仅次于盐税的第二大商税税种。由于盐与茶的贸易在我国古代是传统的官营专卖，有着严密的官方管理与控制措施，每年的征收基本上都能得以保证。由于四川是全国的盐茶大省，所以专门设置有省级的盐茶道衙门专司其事（如今的成都盐道街学校就是当年的四川盐茶道衙门的所在地），川汉铁路的"盐茶股"当然也就由盐茶道来负责征收。1905年5月，锡良向全省发出了"抽收盐茶商股"的公文，四川盐茶道和各府、州、县相继发

商辦

川省川漢鐵路有限公司

第陸百叁拾叁號

大股壹股票

股東張寶齋係四川省

本公司蒙 督部 奏准商辦先集股本銀叁千伍百萬

兩股票分大小兩宗大票計伍拾萬股每股庫平銀伍拾

兩小票計貳百萬股每股庫平銀伍兩息單附給

總理

駐川 胡峻

駐京 喬樹枏

駐宜費道純

光緒貳 年六月初叁日給

▲川汉铁路大股一股票　重庆中国三峡博物馆提供

出了有关的公文，在这些公文中都已经按当时的惯用语将"抽收"改为了更为准确的"摊派"，例如目前还可以见到实物的《四川盐茶道为摊派茶商铁路股银给各局详文》、《重庆府奉令摊派茶商铁路股银给巴县札》等都是。

除了上述两大类之外，其他各个行业的商家也要摊派商股，其办法是在各州县按商帮（当年的商帮有如现在的行业）摊派，先确定总数，然后分年缴纳。例如1909年1月制定的《重庆商董议抽货股章程》就是这样规定的："各帮各认股银三十万两，分六年收清，不得有逾期限"；"各帮公举殷实公正商号经理本帮货股。至按货抽取若干，听其酌量本帮情形办理"。

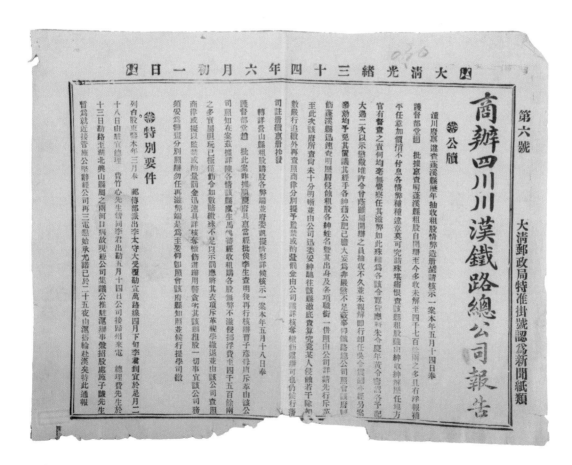

▲《商办四川川汉铁路总公司报告》 四川博物院藏

　　铅印，长31.0厘米，宽24.5厘米。报告分为公牍和特别要件两部分。上书"大清光绪三十四年六月初一日"；"第六号，大清邮政局特准挂号认为新闻纸类"；"潼川府禀遵查蓬溪县历年抽收租股情弊造册呈请核示一案本年五月十四日奉……转详营山县租股购股各弊端并府委讯拟情形详候核示一案本年五月十八日奉……"

　　1909年11月15日四川省咨议局第一次会议，议定整理川汉铁路公司办法，呈请川督要求修改公司章程、清查账项、整理财务、增辟股源。

以上就是当年川汉铁路建设资金的主要来源"民股"的真相。这些"民股"有以下几个明显的特点：

1.基本上都不是自愿认购的，而是强制性摊派的，其征收方法与新增捐税相似，不仅民众在口头称之为"铁路捐"、"租股捐"，连有的官方文字材料中也有类似称呼，官方不仅公然承认就是"摊派"，还规定有与征税一样的强制措施。

2.数量不小，不少捐税都是在原有的基数上加倍征收。

3.从征收范围来看，几乎是全四川家家有份。在那以"士农工商"为行业分类的时候，占总人口绝大多数的全川农户再加上占总人口第二位的全川工商之家，家家都必须交纳，剩下少数的不是农户与商家的家庭也与农户与工商之家有着各种各样的关系。

4."民股"中的所谓"商股"，是名义上的民股，而在川汉铁路公司的官商合办阶段，其实质就是锡良原来心目中的"官股"的主要成分。因为这些收入是在官方的捐税收入的基础上加征的，并不是商家自愿认购的，官方把这些加征的捐税收入作为股本列入川汉铁路公司的股本之中，表面是民股，实际上是官方给川汉铁路公司的投资股金，因为除了28万两白银的开办费之外，四川的官方是没有多少资金可投的。当时既是川汉铁路的股东代表，又担任《四川保路同志会报告》编辑的黄缵在回忆录中就明确说过："官股的股金取自土药税、盐茶税和创办铜元局余利"。当川汉铁路公司转为商办之后，这些"商股"才成为了真正的民股。

川汉铁路的"民股"实际上变成为了全川百姓必须交纳的全民股，变成了由官方强制收取的一种新增捐税，只是按照公司章程的文字上的规定，有利息与红利而已。至于是否能够领取到利息与红利，当然是另一回事，也是以后的事。全川百姓几乎都成了手握川汉铁路原始股的股东，这是千真万确的事实。而正是这一千真万确的事实，让不久即将爆发的四川保路运动成为了几乎与全川每一个家庭的切身利益息息相关的群众运动。

在当时帝国主义侵略势力节节进逼，民族危机日益严重的形势激奋之下，在当时关于川人应当自建铁路以自保权益、发展全省经济的强势宣传之下，在铁路股票可以分得股息与红利的极大利诱之下，虽然全川百姓的捐税负担已经相当沉重，但是全川百姓依然咬紧牙关、勒紧裤带，甚至是忍饥挨饿地承受了更重的负担，各州县的各种"民股"抽取大体上较为顺利。例如涪陵县"光绪三十年，朝议建筑川汉铁路，蜀中人士争回路权，官督商办，本州以购股、租股、商股三种募集股款。每股本银五十两，年息六厘。先由知州指派购股，共解银款九万两。随之以按粮附加，满足五十两者，换给租股票一张，复先后解二十万两。又按课征解盐茶股本银一百五十五两，商股本银一十九万八千三百两，统名之曰商股。于州设铁路租股局，宣统三年改为铁路股东分会"。

▲川汉铁路湖北宜昌晓曦塔火车站残址　四川博物院提供

据1911年川汉铁路公司所公布的《总纂实收数目简明表》所载，自公司开办起至1910年底，实收官股银236730两，购股银2458147两，租股银9288428两，共收银11983305两，其中租股占76%以上。而1908年和1909年两年租股所占的比例更高达80%以上。

根据宓汝成《中国近代铁路史资料》的统计，1908年和1909年川汉铁路各种民股的抽收数额如下表：

	1908年	1909年
购　　股	69420.58	36589.84
官　　股	37375.00	9875.00
租　　股	1519259.94	1343459.47
土药股	205098.64	196797.48
盐茶股	56660.53	64281.51
合　　计	1887814.69	1651003.30

单位：银两

清末的中国，修建铁路是一股热潮，在修建铁路的热潮中，民办修路又是热潮之中的热潮。除了四川之外，湖南、湖北、广东、江苏、浙江、江西、福建诸省也都有铁路公司，也都在筹集民股。在这诸多的省份之中，四川的修路热潮是最高的；在这诸多的铁路公司之中，川汉铁路公司所收入的股款是最多的。根据宓汝成《中国近代铁路史资料》的统计，川汉铁路的预筹股额是银元2099万元，截止到1911年实收股额达1645万元，已经达到了预收股额的78.4%，而在相邻的湖北省，因为要修建川汉铁路的东段与粤汉铁路的北段，也在同时期募集民股，其结果只达到了预收股额的5.1%。两省都在修建同一条川汉铁路，而两省的差距竟有如此之大。这一巨大的差距，也正是日后在四川所以会爆发轰轰烈烈的保路运动的最本质的原因。

吴玉章曾经回忆说，"因此，全川六七千万人民，不论贫富，对民办铁路都发生了经济上的联系"。这种判断是十分正确的。不过，这句话还应当有所修正，因为他是根据当时官方发布的人口统计资料才说是"全川六七千万人民"，在当年为修建铁路而散发的很多宣传资料中也是这样说的。按清代官方的统计数字，清同治元年（1862年）四川人口是5126万，到了光绪二十四年（1898年）就增长到8475万。这些数字一望可知不可信。按李世平《四川人口史》的研究，清代四川官方公布的人口统计数字从道光二十年（1840年）之后就虚报浮夸，以至发展到荒谬的程度。而《清史稿·地理志》所载的清代最后一年即1911年四川人口的统计数字为4815万，反而比较接近真实。我们可以按这个数字来算一笔账：在清代，无论士农工商，一般只有成年男性才是家庭财富的创造者，也是赋税的真正承担者，在四川4815万总人口中，除去老幼妇孺，成年男性大约为1400万，平均每人交纳了大约一两白银的"铁路租股捐"，按当时的物价，大约折合100斤大米。

对于这个数字，必须要加上几个重要的前提：1.这是在已有的极高额的捐税的基础上的新增负担。2.这是强制性的、非交不可的。3.按《川汉铁路公司集股章程》的规定，这是年年要交的，一直要交到川汉铁路修成为止。4.由于各县的铁路租股局实际上是由官方控制，清代的官场腐败必然也会侵蚀其中，在征收中的各种弊端也比比皆是。由当时的一批留日学生组建的川汉铁路改进会于1908年3月发布的《川汉铁路改进会第六期报告》就曾经沉痛地指出："租股之害莫大于扰民，租股之弊莫甚于中饱。其害在扰民也，小农下户，糊口维艰，无股东之能力，必欲强迫为之，而十室空其九。其弊在中饱也，豪衿滥绅，倚恃官威，攘股东之资本，且以巧诈弥之，而十人亦肥其九"。"若小民无力上捐，只能纳粮，各州县敢以所纳之正粮硬派为铁路捐，而严科以抗粮之罪，鞭笞捶楚，监禁锁押。藉抗粮之题目，办愚柔之百姓，复何爱惜。惨无天日，无县无之，以此卖妻鬻子者，倾家破产者不知凡几。"

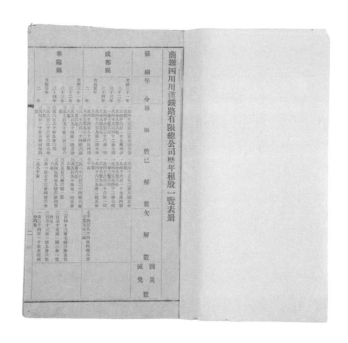

▶《商办四川川汉铁路有限公司历年租股一览表册》 四川博物院藏

　　长25.5厘米、宽15.2厘米。内容包括自光绪三十一年至宣统二年，成都、华阳、双流、温江、新繁等各县租股报抽数、已解数、欠解数、因灾减免数。

　　四川人民为修建川汉铁路而承担了如此巨额的负担，只有一个目的，一个希望，就是建成川人自己的川汉铁路。

　　1909年12月10日，川汉铁路宜万段在宜昌举行了开工典礼。四川人民，不，应当说是四川的一千多万个"股东"，似乎已经看到了一点希望。

　　川汉铁路宜万段要通过三峡地区的崇山峻岭，工程极其艰险，用川汉铁路公司驻宜昌总理李稷勋自己的话说，是"工事绝难，若隧洞，若桥梁，若斜坡，若湾线者皆国内它线所未有"。但是，修建川汉铁路最大的难题还不是崇山峻岭，而是公司内部的问题，以及比公司内部问题更大的问题。

　　自川汉铁路公司成立以来，由于各种各样的原因，问题不断，麻烦不停，这其中，有因为征集租股中出现的种种弊端而被叫停的，有因为公司内部出现种种污弊而要求查账的，有要求撤换公司领导人甚至要求清政府采取措施重组公司的。在日本，成立了川汉铁路改进会；在北京，成立了四川铁路议会，甚至还出现了一个欲与原有董事会分庭抗礼的另一个董事会。

　　就在公司内部的矛盾与纷争中，更大的问题出现了。一个暂时稍息的老话题，一个至关公司命运的极为重要的老话题又出现了：

　　帝国主义又来了，他们又来抢夺四川的路权了。

　　屈膝卖国的清政府出面了，他们为了讨好洋主子而要把川汉铁路收归"国有"。

收归 "国有"

鸦片战争之后，清王朝向西方帝国主义者逐步敞开了国门。从那时起，各帝国主义国家就处心积虑在中国各地进行考察勘测，力图夺取在中国修建铁路的权利，并通过控制铁路进而控制铁路所经过的广大地区。因为他们很清楚，"亡人国之法，计无巧妙于铁路者"，"铁路所至，即其兵力与移民所至，而附近之矿产，亦为彼所有。故分得土地之多少，即以所得路线之多少为比例"。

从19世纪70年代以来，在修建铁路这件大事上，一直存在着三种力量的矛盾与冲突，一直存在着三种力量的反复较量：帝国主义者一心想获取修建与控制铁路的路权；清政府在是否出卖路权这一问题上态度左右摇摆，但是以逢迎洋人的旨意、主张出卖路权的时候占多数；以知识分子和绅商阶层为主体的中国民间力量绝大多数反对出卖路权，主张自建铁路甚至收回已经由外商公司取得的路权。这一斗争于20世纪初叶在我国多个省份都有所反映，特别是与川汉铁路相连的粤汉铁路沿线地区各省都曾经爆发声势不小的收回路权的群众运动。

长江上游的四川一直是各帝国主义国家在瓜分中国的总计划中的战略要地，而川汉铁路的路权则是他们心目中的重要战略目标，正如四川同盟会员主办的《四川》杂志第1号上的一篇文章所说："川汉铁路为中国中西之干，英、德、法虎视鲸吞垂涎已久"。但是帝国主义国家企图获得川汉铁路路权的计划一直未能得逞，川汉铁路公司的成立使他们的企图大大受挫，不得不放慢了"虎视鲸吞"的脚步，但是仅仅是放慢而已，一有机会，他们立即就会卷土重来。

鉴于以同盟会为代表的革命派在全国各地发动武装起义所显示出来的中国人民的强大力量，鉴于近年间收回粤汉铁路路权等斗争所显示出来的部分清政府官员要求自建铁路的强烈态度，各帝国主义国家不再是以强行直接夺取路权为主要手段，而是以借款修路的手段来达到间接控制路权的目的。因为他们清楚，中国要修建铁路一缺乏资金，二缺乏技术，三缺乏器材，而取得技术与购买器材同样又需要资金。所以，以资金为突破口，用借款为控制器，同样可以达到控制中国铁路的修建与运营的目的。英国的《泰晤士报》在1909年7月所载《论粤汉铁路借款》一文说得很清楚："一国财力之所及，即一国权力之所及。财力苟失其优胜之位置，其权力即不得居于优胜之位置……观各国对于中国粤汉铁路借款问题，可以知矣。"

不能不承认，在当时的条件下，中国要修建铁路，在资金与器材上的确有很大困难。就以川汉铁路为例，四川虽然成立了川汉铁路公司，虽然宣布完全自办，不借洋款，可是修建的速度极为缓慢，1904年公司成立，到1909年才动工，动工初期只是在修建路基，以后所需的大量的架桥铺路的器材如何解决一直还没有真正提上议事日程。川汉铁路公司所修建的还只是川汉铁路从宜昌到成都的西段，在湖北境内还有由湖北负责修建的从汉口到宜昌的东段。更准确地说，根据当年测绘之后所制订的方案，这个"东段"应当是两条铁路，一条是川汉铁路的主线，是从京汉铁路上的广水车站为起点，经过襄阳、荆门到宜昌，所以当时也称为广宜段。与此同时还规划有一条长约300公里的支线，是从汉阳至荆门。两条铁路共长1600多里。这1600多里的东段如何修建，湖广总督张之洞认为是"故非借款，万办不成"。就连已经调离四川去东北任官的锡良都曾经在1910年专门上奏朝廷："财政日窘，外祸日迫，惟有实行借债可为第一救亡之政策"；"速定大计，指明我国亟应兴筑之粤汉、川藏、张恰、伊黑四段干路，准以本铁路抵押募借外债，以十万万为度。即由度支部、邮传部主持，一面议定借款，一面议定包工，限期十年完竣"。

锡良的意见不只是他一个人的意见，而是当时大多数朝廷高官的共同意见。主管粤汉与川汉两条铁路干线的张之洞的意见十分明确："诚以中国财源枯竭，商力未充，欲成此纵横两大干线工程，舍借款无速能兴修之方。筑室道谋，岁月易逝，坐视东南精华内蕴之区交通梗阻，何如早借巨款，同时并举，利源既开，筹还自易。"

各帝国主义国家此时正欢迎这种呼声并与之呼应，正需要这种官员的声音。所以，在一方想借入，另一方想借出的情况下，清王朝的最后几年，向各国借款修路成了常规做法。据统计，就在四川的川汉铁路公司坚持不借洋款的时候，清王朝却多次借款，迄至1911年5月，清王朝由政府出面以修建铁路为由向各国借款高达16次，以银元计的总额达33957万元，只偿还了5895万元，实际负债28062万元。这其中一个重要关节在于，清王朝所借的钱并不都是用于修铁路，而是以修路为名借款，分流一部分银两来填补财政上的巨大亏空。

俗话说"没有免费的午餐"，各帝国主义国家的巨额资金绝不可能轻易地出借，而绝对是一种钓鱼上钩的诱饵，诱饵之后的大鱼就是对铁路以及铁路两侧的控制权。各帝国主义国家要获得这种控制权，关键是要通过与清政府缔结条约的方式，由清政府将这种控制权拱手相让。而清政府要能将这种控制权拱手相让，其关键又在这条铁路必须是官办而不是商办。所以，在表面的国家主权还控制在清王朝手中的时候，铁路是否官办是各帝国主义国家能否获得这种控制权的关键。就这样，在当时的借款热潮背后，展开了一场将原有的商办铁路转化为官办铁路的争夺战。这种转化的办法，是各帝国主义国家最欢迎的办法，就是由清政府出面将商办的铁路收归国有，再由清政府将路权交给各帝国主义国家以换取借款，进行"钱权贸易"。因为各帝国主义国家不愿意，也无胆量与中国的民间力量对抗，民间早就埋藏着反抗帝国主义国家肆意掠夺的巨大力量，这在收回粤汉铁路路权等几次较量中已经表现明显。而在《马关条约》与《辛丑条约》签订之后，清政府在各帝国主义国家的颐指气使面前基本上已经成为一条唯命是从的哈巴狗。它只有一个要求，就是让洋大人保留住皇帝在北京金銮殿上的宝座，其他就什么都好说。1900年在签订《辛丑条约》的谈判中，慈禧太后在一道上谕中说了一句名言 "量中华之物力，结与国之欢心"，正是清政府在处理类似问题时的心理活动的真实写照。

上述的历史背景，就是为什么清政府会在清末宣布实行铁路国有政策的根源。早在1908年，《东方杂志》刊载的一篇文章中就曾经深刻地揭露了这一政策的实质："综观已往，默计将来，凡官办铁路，无一不与外人有密切之因缘，即无一不得丧权失利之恶果。……官办铁路乎！官办铁路乎！自吾观之，与其谓官办铁路，毋宁为官卖铁路之为当也。"

顺理成章，川汉铁路的收归国有，也是从借款修路一步步发展而来。

我们在前面曾经提到，与川汉铁路相连的我国铁路大动脉粤汉铁路于1897年开始筹建，因为缺乏资金与技术不得不于1900年向美商借款，并同意由美方负责修建。可是美方一直未真正修建，整个工程于1904年停工。在湖广总督张之洞的坚持下，1905年从美方赎回了路权，可是赎权之款又是向英国借的，而且明确签订了如下的条约：今后如果在湖北、湖南两省内再行修建铁路必须向英国借款，由英方负责修建。明眼人一望可知，英国坚持要借款给中国，坚持要在湖北、湖南修建铁路，当然不是在发慈悲，而是黄鼠狼给鸡拜年。这只黄鼠狼眼中的鸡，就包括川汉铁路在内，因为川汉铁路是从湖北到四川的铁路，在湖北境内从汉口到宜昌一段是由湖北负责修建。

自1905年英国通过借款给湖广总督而得到了在湖北修建铁路的特权之后，就不断地给张之洞施加压力，企图尽快地获得川汉铁路的路权。1907年3月，英驻汉口总领事法磊斯特别派出中英公司代表濮兰德会见张之洞，要求张之洞履行在1905年的承诺，立即向中

▶讽刺列强强迫中国接收贷款的漫画
　四川博物院提供

英公司借款，立即让中英公司修路。1907年6月，当年英国在中国最大的银行汇丰银行再次出面，提出同样的要求。当英国向张之洞施压的消息传出之后，日本和德国立即跟进，唯恐落后，也都向张之洞提出交涉，强烈要求借款给清政府，用张之洞自己的话说，就是"亦欲插入"。

天下就是有这样的怪事，有好几个国家迫不及待地、唯恐落后地要借钱给中国政府。其实，他们并不是在借出金钱，他们是在送上一大碗蒙着金钱外衣的毒药。用句中国的古话，这是"司马昭之心，路人皆知"。

所以，自川汉铁路公司成立之时起，川汉铁路就一直被帝国主义侵略势力所笼罩、所觊觎，帝国主义者与中国人民争夺川汉铁路路权的斗争在所难免，只是或早或迟而已，只是以何种方式展开而已。

为了解决粤汉铁路与川汉铁路的修建难题，清政府于1908年7月任命张之洞以军机大臣的重臣身份兼任督办粤汉铁路大臣，同年12月再命张之洞兼任督办川汉铁路大臣。从此时起，有关川汉铁路修建中的中外权力的纠葛，逐渐转移到了张之洞的身上。

清政府的高官中，张之洞应当算是修建铁路的老手了，他主管过铁路的修建，主管过钢铁与钢轨的生产，亲自为铁路事宜与洋人打过多次交道。但是，作为一个洋务派的老官僚，他有他自己的经验教训，他认为中国修铁路是必须向洋人借款，请洋人负责修建，否则"万办不成"。所以当清王朝把督办川汉铁路的重任交付与他之后，他的第一个决定就是按照他主管粤汉铁路的陈法，立即派人去和英国人谈判，"于是赎回自办之路，复为借款修筑之路矣"。

　　张之洞想按陈法，走老路，其实是在走一条回头路，是一条洋人最欢迎的回头路。只要改变川汉铁路公司的自办为官办，只要向洋人借款，洋人就可以通过借款来从民办的川汉铁路公司夺回路权，获得控制川汉铁路以及沿线地区的种种权利。所以当张之洞按照与英国原来的约定，派人与英国商量有关川汉铁路的借款时，英国人认为手中的钓竿终于又有大鱼上钩了，顿时本来面目大暴露，他们向张之洞提出了一个又一个极为苛刻的条件，用当时人的话说，是多方"节外生枝"，"多端要挟"，"始争抵押，继争总工程师权限及材料用英货等，而折扣利息之昂，较诸初议，大相径庭"。这些条件连一心要向英联邦人借款的张之洞也不敢答应。谈判半年，毫无结果。

　　想趁火打劫的英国人暂时未能成功，在一旁等着乘虚而入的其他帝国主义国家却大为高兴，德国人、法国人都找上门来主动提供借款。可是英国人态度十分坚决，绝对不能让其他国家主动提供借款，要借款，必须向英国人借。在这种世所罕见的争相送"钱"上门的局面之下，张之洞只能按当时清政府卖国外交的常用方法来处理，就是让各有关国家"利益均沾"，同英国汇丰银行、法国东方汇理银行、德国德华银行三家于1909年3月共同草签了名为《中国国家湖北湖南两省境内粤汉铁路、鄂境川汉铁路五厘息借款合同》草约，向三家银行借款550万英镑，用于湖北、湖南两省境内的粤汉铁路，和湖北境内川汉铁路东段的修建，贷款期限为25年，年息5厘，九五折扣交款，贷款由湖北、湖南两省的百货厘金与盐税作为抵押，由英、德会计人员稽核铁路用款。湖北、湖南两省境内的粤汉铁路由英国派出总工程师负责修建，湖北境内的川汉铁路东段由德国派出总工程师负责修建。

　　妄图掠夺中国的强盗从来就不止一个。当趁火打劫的英国人和乘虚而入的德国、法国的利益初步得到了满足之后，更多的强盗还排在后面不断地敲门。美国、日本、俄国鱼贯而入一般找清政府谈判，都坚决表示要参与湖北、湖南两省的借款与修路。最为积极的是美国，美国政府根据它所提出的各国在华利益应当"门户开放"、"利益均等"的原则，从美国驻华公使馆的代办费莱齐开始，然后是国务卿诺克斯，最后是总统塔夫脱全部出动，直接向摄政王载沣加压（1908年11月14日和15日，光绪皇帝和慈禧太后先后病逝，三岁的溥仪继位，他的父亲载沣担任摄政王，执掌朝中大权），要求清政府必须保证美国对川汉铁路借款的"权利"，提出了将英、德、法三国银行团改组为美、英、德、法四国银行团等多项方案（在这四国之中，美国不是由一家银行出面，而是由摩根公司等四家组成的一个银行团）。在美国政府的强大压力之下，经美、英、德、法四国自行多次磋商并达成妥协之后，清政府被迫将原来与三国银行团草签的合同作废，于1910年5月23日，同英、德、法、美四国银行团在巴黎签订了新借款协议，其主要内容如下：1.四国银行团借款600

万英镑给清政府修造粤汉铁路和鄂境川汉铁路；2.借款数额由四国银行平均分配；3.修建铁路所需各种器材全部由四国银行团负责购置，数额也由四国银行平均分配；4.粤汉铁路由英国派出总工程师，川汉铁路由德、美、英、法四国分段指派总工程师。

▲四国银行代表 四川博物院提供

就这样，一个新的瓜分中国四省的经济权益的卖国协议基本定案，只待各国政府在巴黎草签的协议上正式签字，协议即生效。

几个帝国主义国家对于协议的正式生效显得极为急迫，甚至是迫不及待，以至于在1910年8月由四国政府共同向清政府发出外交照会，催促清政府立即签字。

可是，过去在外交协议的签字上显得比较听话的清政府，这时却表现得有点反常，态度很不爽快。

因为，四川、湖北、湖南三省的各阶层群众纷纷表态：反对签署这个卖国协议。

从1897年筹建粤汉铁路以来的反反复复、曲曲折折，让三省的各阶层群众对粤汉铁路和川汉铁路的修建极为关注，对于三国银行团、四国银行团的过度热情和主动借款更为关注。他们很明白，表面上的双方借款，实质上是一方在获取路权，一方在出卖路权。所以，无论是面对三国银行团还是面对四国银行团，他们几乎是不约而同地群起而声讨之，群起而反对之。

四川的旅沪同乡会早在1909年5月就发出呼吁："川汉借外款，用外人，购外料，主权尽失，大局危迫，速向政府力争！"在1909年5月20日《民呼报》上刊载的《川人声讨卖路之檄文》中更是大声疾呼："呜呼，亡国预兆！呜呼，瓜分之现象！呜呼，政府又卖吾民之铁道以断送吾民之生命。……川汉者扬子江上游，以扬子江上游之铁道界外人，即无异割扬子江上游之地界外人。外人既攫得扬子江上游，处高屋建瓴之势，已拊吾全国之背，而扼吾全国之吭，而扬子江流域即因之而不可保，扬子江既失，则全国即有如朝露。是则失川汉铁道即亡国之本，即卖川汉铁路即无异卖全国。……大难临头，危机一发，故椎心泣血，大声疾呼曰：吾川汉之民速起拯救，吾粤汉之民速起拯救，吾全国四百兆人民亦速起拯救！"川汉铁路公司驻京总理乔树楠特地上书邮传部，并同时告知各地，严肃表明态度：川汉铁路"杜绝外股"，"川路并无借款之事"，"无论何国商人，非由本公司呈明督宪定立合同准其入股并借款者，皆为本公司所拒绝"。为此又还特别说明："川汉铁路系总名，两省权限截然。川省之路，由宜昌以下至万县、至重庆、至成都，皆川省自办，奏明不借外债。"

湖北省甚至成立了"专以拒借外债、集款自办为目的"的"湖北铁路协会"，在清末"新政"中成立的湖北省咨议局、湖北省宪政筹备会、湖北省教育会等都是发起单位。湖北铁路协会的主要发起人之一、留日青年学生张伯烈率领赴京请愿代表在清政府的邮传部尚书徐世昌家大门前"哀哭痛骂"，坐地绝食，坚持了7天7夜。湖北留学生在给湖北省咨议局的一封电报中，一针见血地指出为什么要坚决反对借款的原因：几个国家"起而强争"的这种借款，"此中必伏有种种阴谋"！湖南也成立了类似的"湘路保款协会"和"保路协会"，留日学生专门编辑出版了杂志《湘路警钟》（后改名为《湘路危言》），专门成立了"两湖铁道协会"。《湘路警钟》也在刊载文章中说外国银行有如"群狼"，"亦必枝节横生，以诡诈之手段而剥夺我之权利"。出于对地方利益的保护，不仅是民间，连湖广总督陈夔龙这样的高官大员也反对借款修路。至于湖南、湖北、四川三省的咨议局，则是在三位议长谭延闿、汤化龙、蒲殿俊的领导之下，一致坚决反对借款修路。

在这种情况下，为了缓和广大民众的反抗情绪，清政府不得不拖延卖国协议的正式签字时间，还于1909年底和1910年初，相继在表面上向湖北、湖南人民表态，同意湖北、湖南两省境内的铁路实行商办。

可是，各帝国主义国家却在湖北、湖南两省群众愈来愈强烈的反抗之下，继续向清政府施压，强迫清政府就范。英、德、法、美等国几次以外交照会形式向清政府的外务部施压，在未得满意答复之后又一同到外务部当面催迫。美国驻华代办费莱齐在1909年10月致美国国务卿的报告中说："这两省对举借外债正展开着强烈的反抗。……我想中央政府不应该向这种地方的反抗屈服。……显然，这条铁路应该，也只能由中央政府修筑，如果中央政府向这种叫嚣让步，即将是一个莫大的政治错误。……强硬办法不仅对铁路的成功，而且对中央权力和威信都是必要的。"这种言论，简直就是主子对奴才训话的口气。

这时的清政府，必须在帝国主义的压力和中国民众的反抗之中作出取舍。

在这段时期，直接面对各帝国主义国家的压力、与之进行交涉谈判的关键人物，同时也是面对湖北、湖南人民强烈的反抗怒潮的关键人物，是督办粤汉铁路与川汉铁路的军机大臣张之洞。张之洞当年曾经在收回粤汉铁路的努力中获得一定的民望，现在又因粤汉铁路与川汉铁路之事受人"一味痛诋"，心力交瘁，一病不起，竟至于1909年10月4日与世长辞。就在他与世长辞的这一天，他口授了上给朝廷的《遗折》，《遗折》中除了常见的官场套话之外，唯一有的实际内容就是铁路，他说："臣尚有经手未完事件，粤汉铁路、鄂境川汉铁路筹款办法，迄今未定，拟请旨饬下邮传部接办，以重路事。铁路股本，臣向持官民各半之议，此次粤汉铁路、鄂境川汉铁路，关系繁重，必须官为主持，俾得早日观成，并准本省商民永远附股一半，藉为利用厚生之资。此尤臣弥留之际，不能不披沥上陈者也。"实事求是地说，在清末那个各种矛盾错综复杂的年代，在中国的铁路建设这件大事上，张之洞是继李鸿章之后又一个做出了重大贡献的朝中大臣。只是从他观察问题的角度出发，他始终认为铁路"关系全国之脉络，政令之迟速，兵机之利钝，民食之盈虚，官民知识之通塞，故筹款招股无妨藉资商力，而其总持大纲，考核利弊之权，则必操之于国家"，所以对于粤汉铁路与川汉铁路的处理上，直至临终，仍然坚持他的"必操之于国家"的主张，就是"必须官为主持"。至于商民人等，只是招股时可资借力而已，这就是他所说的"附股"，有点像今天所称的参股。就是这所借之力，这种附股，也不能超过总股本的一半。这也是张之洞所一贯主张的"官商合办"。

当了18年湖广总督并兼任督办粤汉铁路大臣和督办川汉铁路大臣的张之洞走了，他把修建铁路、外借路款这件至死仍放心不下的大事，交给了"邮传部接办"。此时邮传部的主事者是盛宣怀。

盛宣怀（1844—1916年），江苏武进人，是清末时期在中国铁路建设上继张之洞之后最重要的朝中大员。他从李鸿章门下办理后勤事务起家，逐渐受到重用，成为洋务派的著名人物，从1876年李鸿章派他参加赎回吴淞铁路的谈判开始就介入了中国铁路事务，以后主持汉阳铁厂取得成功。1897年1月清政府成立铁路总公司于上海，就由他出任督办，而且一督办就是10年。为了修建铁路的需要，他又于同年5月在上海成立了中国通商银行（这也是中国人自己开办的第一家银行）。自此以后，他经手了芦汉、正太、汴洛、道清、粤汉、沪宁、沪杭甬、浦信、广九、广澳等多次的铁路借款事务，建成了京汉、正太、汴洛（这是从开封到洛阳的铁路，也是今天陇海铁路最早建成的一段）、道清（从今河南滑县道口镇至博爱县清化镇，是为了焦作煤矿运输之需而修建的，这条铁路今已不存，原来新乡以西一段如今称为新焦铁路，原来新乡以东一段已在抗日战争

▲盛宣怀 四川博物院提供

时期被日军拆除）、沪宁、株萍等铁路。虽然在这些铁路的借款与修建的过程中，盛宣怀也受到过各界舆论猛烈的指责，诸如铁路造价愈来愈高，享受巨额回扣和佣金等等，但是他仍然被时人称为"筑路冠军"。再加上他同时担任着上海轮船招商局总办、电报总公司总办、汉阳铁厂总办，在这些企业中拥有大量股票，所以他被时人称为清代最有成就的实业家，同时也是无可争议的中国首富（1916年盛宣怀去世时，其家产在2000万两白银以上，相当于清政府全年财政收入的四分之一）。也正因为他的首富地位和他的财富增长机会太令人眼馋，所以当他的靠山李鸿章在1901年去世之后，同样曾经是他多年朋友的袁世凯升任直隶总督兼北洋大臣，袁世凯为了通过扩大财源来扩大北洋势力，就借盛宣怀父亲于1902年去世之后应当"丁忧"（按，就是为官者按古时礼制辞职回乡守孝，有如前面说到的"守制"）的理由，派自己的亲信接管了盛宣怀的各项官职，盛宣怀一手创办的铁路总公司也在1906年被裁撤，主管业务归并入袁世凯亲信唐绍仪任总办的铁路总局。盛宣怀不得不回到上海，"壮志全灰，杜门校书读画，暇时课子种花，消磨暮景而已"。慈禧太后于1908年病故之后，接管朝廷政务的摄政王将他的政敌袁世凯赶回了老家去养病，1909年张之洞去世，交织着中外关系与官民冲突的全国铁路这一团乱麻无人敢于接手，盛宣怀趁机入京活动，得到了摄政王的信任，于1910年8月恢复了邮传部右侍郎的本职，相当于今天的邮电部加铁道部加交通部的"副部长"，而"部长"徐世昌早已内定调离，盛宣怀实际上重新掌管了全国的铁路大权。到1911年1月11日，盛宣怀正式出任邮传部尚书，也就是名副其实的"部长"。

摆在"部长"盛宣怀面前的最大的烫手山芋，就是张之洞遗留下来的《湖广铁路借款草合同》是不是要正式签字。虽然盛宣怀对于原来的《湖广铁路借款草合同》并非十分满意，但是根据他与洋人打交道多年的经验，他深知在此时的中国，清政府根本就没有拒绝签字的本钱，也没有完全拒绝签字的先例，最大的可能，就是稍作修改之后签字。所以，他上任右侍郎之时就对摄政王载沣表态说："以中国这样财政之困难，如修路、开矿与兴利皆不妨借债兴办。惟须严定限制，权操于我，外人只有投资得息之利，无干预造路用人之权，如此办理，未尝不可"；"现在湘、鄂两省设立拒款会，不借外债，辞洋款自办云云，不过徒托空言"，"此等无意识之举动，殊不可取"。他的主张得到了载沣的首肯。所以，当他正式上任邮传部尚书之后，立即会见四国银行团代表，表示"本大臣必不负诸公远来之盛情"，只是不能"操之过急"，"以免激出意外之变端"，最重要的是，他向四国银行团代表作出了"本大臣有言在前，谓川汉等路，不欲筑造则已，苟欲全工告竣，则非借外债不可"的承诺，为四国银行团代表捧上了一碗真正能"不负诸公"的定心汤圆。

在经过了"磋商数月，会晤将及二十次，辩论不止数万言"之后，盛宣怀代表清政府与四国银行团敲定了全称为《湖北湖南省境内粤汉铁路、湖北境内川汉铁路借款合同》（简称《湖广铁路借款合同》）25条，内容与1910年5月由张之洞所订协议大致相同，其中最大的修改是借款修筑的川汉铁路，原来议定的是两条，即广水到宜昌段的川汉铁路东段的干线，和汉阳至荆门的川汉铁路支线，现在把支线删去，而改为将干线延长，从宜昌到夔府（今奉节），也就是把原来只是在湖北境内的川汉铁路东段延长到四川境内，直达夔府。同时还规定，这条从宜昌到夔府的川汉铁路由美国派出总工程师（当时称为总工程司）负责修建。

盛宣怀对《湖广铁路借款合同》的这一修改不是简单的技术层面上的修改，而是关涉到四川官民利益的重大修改。按照1906年张之洞与锡良达成的协议，由湖北负责修建的川汉铁路东段只到宜昌，湖北境内从宜昌向西的路段由四川也就是川汉铁路公司负责修建。经过几年的筹备，川汉铁路公司全线工程最艰巨的宜（万）万（州）段已经于1909年12月正式动工，著名工程师詹天佑已经在指挥着民工们修建路基。盛宣怀不仅没有与川汉铁路公司协商，甚至没有与四川总督赵尔巽通气，就将川汉铁路宜万段的路权拱手送给了四国银行团，送给了负责修建的美国人，这是对四川官民切身利益的极大伤害。虽然此时还没有正式签约，也未对外公布，四川官民还被蒙在鼓里，但是这无异于为日后爆发的保路运动预埋了炸药。

为什么已经达成协议却未能正式签约？因为盛宣怀在等待一个重要的时刻，他要将《湖广铁路借款合同》作为献给这个重要时刻的厚礼。

这个重要时刻，就是清王朝在风雨飘摇之中推行"新政"的重要措施——责任内阁的建立。

清末的"新政"真真假假地走了好几年，最后的一招是要仿效西方君主立宪制国家搞君主立宪。从1905年派五大臣出洋考察开始，有如演戏一般地推出了一系列的预备性的举措。1907年8月成立了由6位军机大臣负责的宪政编查馆，1908年7月出台了《各省咨议局章程》和《咨议局议员选举章程》，1908年8月出台了《钦定宪法大纲》、《议院法要领》、《选举法要领》和《议院未开以前逐年筹备事宜清单》，到1909年10月全国有21个省正式成立了咨议局，同月出台了《资政院章程》和《资政院议员选举章程》，1910年9月资政院正式成立。这样，清王朝的"君主立宪"走完了一大半，已经在议政了，下一步，也是最重要的一步，就是成立对议会的前身资政院负责的责任内阁了。1911年5月8日宣布撤销军机处，成立责任内阁。由庆亲王奕劻出任总理大臣，13个国务大臣中满蒙贵族占了9人，其中皇族7人，故而被时人称为"皇族内阁"。在仅有的3个汉族国务大臣之中，就有由邮传部尚书改名的邮传大臣盛宣怀。

▲清王朝责任内阁全体成员合影　四川博物院提供

　　"新官上任三把火"。被时人抨击为"借立宪以行专制，假设阁以集皇权"的"皇族内阁"成立之后，总得要做点前辈没有做过的大事，让新内阁一开张就有点形象工程。这"三把火"中的第一把火，就是由新内阁中的干员盛宣怀来点燃的：新内阁成立的第二天，即1911年5月9日，以宣统皇帝上谕的形式，宣布全国铁路的干路收归国有。

　　1911年5月4日，盛宣怀指使一个七品小官石长信给朝廷上了一个奏折，分析了粤汉、川汉这两大铁路干线如何"集款无着，徒糜局费"，然后以"铁路实为交通要政"，铁路干线"断非民间零星凑集之款所能图成"的理由，辅以"德、奥、法、日本、墨西哥诸国其铁路均归国有"作为佐证，请求皇上"应即责成度支部筹集款项，并令邮传部将全国重要之区，定为干线，悉归国有"。石长信在奏折中说得十分明确，他所指的"干线"，就是粤汉、川汉两条。

　　这个奏折以极为罕见的高效率，在5天之内，从皇上批复，到邮传部与外务部、度支部"再四面商，意见相同"，然后再次上奏朝廷，提出了"干路收归国有"之议完全正确的结论，并认为此事必须"迅速筹办"，故而请求朝廷"圣明裁断，并恳明降谕旨，晓示天下，俾臣民共同遵守"。1911年5月9日，由盛宣怀起草并由摄政王载沣盖了大印、由军机处加署的皇帝上谕就在新内阁成立的第二天，正式公布出来。正如时人所评，这种"朝上奏而夕复"的罕见速度"为从来所未有"。

全国铁路干路收归国有的上谕全文如下：

"中国幅员广阔，边疆辽远，袤延数万里，程途动需数阅月之久。朝廷每念边防，辄劳宵旰，欲资控御，惟有速造铁路之一策。况宪政之咨谋，军务之征调，土产之运输，胥赖交通便利，大局始有转机。熟筹再四，国家必得有纵横四境诸大干路，方足以资行政而握中央之枢纽。

"从前规划未善，并无一定办法，以致全国路政错乱纷歧，不分支干，不量民力，一纸呈请，辄行批准商办。乃数年以来，粤则收股及半，造路无多；川则倒账甚巨，参追无着；湘、鄂则开局多年，徒资坐耗。竭万民之膏脂，或以虚糜，或以侵蚀。恐旷时愈久，民累愈深，上下交受其害，贻误何堪设想。

"用特明白晓谕，昭示天下，干路均归国有，定为政策。所有宣统三年以前各省分设公司集股商办之干路，延误已久；应即由国家收回，赶紧兴筑。除支路仍准商民量力酌行外，其从前批准干路各案，一律取消。至应如何收回之详细办法，著度支部、邮传部凛遵此旨，悉心筹划，迅速请旨办理。该管大臣毋得依违瞻顾，一误再误。

"如有不顾大局，故意扰乱路政，煽惑抵抗，即照违制论。将此通谕知之。"

为了执行这个上谕，清政府还在1911年5月18日宣布了一项重要决定，为了接替已经去世的张之洞的职务，任命端方为督办粤汉、川汉铁路大臣，要他"迅速前往，会同湖广、两广、四川各总督、湖南巡抚，恪遵前旨，妥筹办理"。

对于这个上谕，有几点需要解释一下。

"粤则收股及半，造路无多"，指的是全长342公里的粤汉铁路广东段，开工6年，只建成铁路106公里，但是所集股本达2632万银元，已超过预算的一半。

"川则倒账甚巨，参追无着"，指的是川汉铁路公司自成立以来发生的一件特大腐败案：保款委员施典章挪用公司股款280万两无法追回。

"湘鄂则设局多年，徒资坐耗"，指的湘鄂境内的粤汉铁路进度极缓，湖南只修了50.7公里，湖北还未铺轨。

盛宣怀在安排具体负责落实的责任部门时，所以要把度支部排在实际上负责主管的邮传部之前，并不是他的谦逊，而在于度支部大臣是皇室亲贵镇国公载泽，载泽是著名的出洋考察宪政的五大臣之首，力主新政，但不懂铁路，所以他全力支持盛宣怀的主张而不会经管具体事务。他的夫人静荣的妹妹静芬是慈禧太后的侄女、光绪皇帝的皇后、宣统皇帝所尊的隆裕太后。把载泽排在前面对于盛宣怀贯彻自己的主张是一种巧妙的借力。

对于端方，也有必要介绍一下。

▶端方
四川博物院提供

　　端方（1861—1911年），字午桥，满洲正白旗人，举人出身，仕途顺利，三十岁当巡抚，四十岁当总督，在清末政坛的满族官员中，被公认为是一个头脑开明、推行新政的重要人物，他曾经支持康梁变法维新，他开办了清末最早的官办幼儿园和省级图书馆，他首次向西方派出了官费的女性留学生，孙中山夫人宋庆龄就是1907年由他公派留学美国的四名女生之一（宋美龄同时前往，但是因为年龄不够，是以非正式的伴读身份前往的）。端方同时还是一位著名的学者、金石学家和收藏家，列名"旗下三才子"之一。端方是1905年出洋考察宪政的五大臣之一，回国后写成了著名的《欧美政治要义》。1909年，他官居全国总督之首的直隶总督兼北洋大臣，是名副其实的清代官场第一高官。可是，竟然因为派摄影师在慈禧太后出殡时拿着他从国外带回来的照相机在隆裕太后与王公大臣背后拍照，被摄政王载沣和镇国公载泽等人以"大不敬"的罪名治罪而罢官。所以此时是以候补侍郎的头衔得到这一任命的。

　　就在关于铁路国有的上谕发出之后11天，即1911年5月20日，盛宣怀代表清政府在《湖广铁路借款合同》上正式签字。

　　对于这样的大规模借款会引起什么样的后果，当时的很多明白人都是十分清楚的。就在《湖广铁路借款合同》签字之后不到一个月，当时的全国性的咨议局联合会就向朝廷上了一个呈文，而且又由《民立报》加以公布。里面有这样的两段话："中国幅员之广，铁路何以必须国有？国有铁路何以摈斥民款纯借外债以收回之？……路款之预算，路材之取给，路师之分配，非有成算在胸，安敢毅然取消累年之成案，夺商民已得之权利！""近日中国之贫窘达于极点，借债以谋救济，诚属万不得已之举。然借债之公例，必政府与国民均有用债之能力，而后可利用之以为救时之药，否则饮鸩自毙，势必不救。埃及、波斯之覆辙，稍治历史者皆能言之。"

上述的"饮鸩自毙，势必不救"的预测，很快即成现实。

无论是老谋深算的盛宣怀，还是皇亲大臣载泽，他们对全国形势的估计是大错而特错了。他们做梦都没有想到，"毅然取消累年之成案，夺商民已得之权利"的倒行逆施，引爆了四川的保路运动。用孙中山先生的话说，这时的整个大环境是："中国现今正处在一次伟大的民族运动的前夕，只要星星之火就可能在政治上造成燎原之势。""满清王朝可以比作一座即将倒塌的房屋，整个结构已从根本上彻底腐朽了。"正因为如此，引爆了四川的保路运动这支雷管又进一步引爆了武昌起义，最终为推翻几千年皇权专制统治引燃了炸药桶。民国初期，由赵尔丰之兄、曾经担任过四川总督的赵尔巽任总裁的清史馆编纂的《清史稿·盛宣怀传》也这样写道："辛亥革命，乱机久伏，特以铁路国有为发端耳。宣怀实创斯议，遂为首恶。"

◀揭露清政府滥借外债的时事漫画
四川博物院提供

四川保路同志会的成立

清王朝宣布的所谓铁路"国有"和签订向四国银行团的借款合同在本质上是一回事，就是把国人控制的铁路修筑权与铁路管理权拱手卖给西方列强，以换取西方列强对苟延残喘的皇族内阁的支持。所以，当上述两件大事一经公布，就引起了全国，特别是与两大铁路干线有关的四川、湖北、湖南三省民众乃至官员的一致抗议与坚决反对。

四川的反响极为迅速与激烈。

四川民众一针见血地指出："果政府有钱，政府自造，不以路权抵借外款，不受外人干涉，真正是国家全力经营，又何尝不好。无如此次以路抵款，是政府全力夺自百姓而送与外人。"故而这是在光天化日之下"夺百姓之路，抵借外人之钱"，是"名为国有而实为外国所有"。四川民众的结论十分清楚："国有政策，夺吾人之生命财产而送诸外人之政策也"

四川官员中此时的最大官员是护理总督王人文，连他都公开承认，这是在"举吾国之国权、路权，一畀之四国，而内乱外患、不可思议之大祸，亦将缘此合同，循环发生"。

于是，四川全省力呼"保路"，轰轰烈烈的"保路运动"蓬勃而生。

在这里，有必要简单介绍一下这位护理总督王人文。

王人文（1863——1939年），字采臣，云南大理人，白族，进士出身，曾在贵州、广西、广东、陕西等省担任地方官，1908年从陕西布政使任上调任四川布政使，是四川保路运动最重要时期的四川主要行政官员（清代的四川不设巡抚，在总督之下最重要的行政官员就是布政使，时人一般称之为藩台）。1911年1月，四川总督赵尔巽调任东三省总督，所遗四川总督一职暂由四川布政使王人文代理，当时的官方称谓叫做"护理"。1911年4月，王人文被任命为川滇边务大臣，四川总督一职由赵尔巽之弟、原任川滇边务大臣的赵尔丰担任。可是此时赵尔丰还在康定，迟迟未能到成都赴任，所以王人文仍然留在护理总督任上，一直到8月2日赵尔丰才到成都，8月3日才接过总督的大印。在这一时期，王人文对于四川人民希望修路的愿望，对于四川人民反对铁路国有、坚决主张破约保路的行动一直表示理解、同情，甚至给予支持，他不仅没有采取任何反对与镇压的措施，对于川汉铁路公司与四川保路同志会要求他转奏朝廷的各种呼请（在当时，川汉铁路公司与四川保路同志会要向朝廷进言，一般都要地方官转奏，否则很难上达），他不仅代奏照转，还多次向朝廷上奏，从多方面表示了他自己所以要支持的理由，以致几次受到"申饬"。在清末的四川官员中，他是在同情川民、对抗朝廷的道路上走得最远的一个，是一位难得的四川保路运动的同情者与支持者，是一位值得四川人民尊敬与纪念的清代高官。他在向朝廷的奏折中所说的"请罢盛宣怀以谢天下，然后罢臣以谢盛宣怀"的语句在当时曾经受到很多人的称颂。就在他去职之时，奉清廷之召入京"觐见"，刚走到西安，就被革职拿问，清王朝原本是要将他治罪的，只是因为武昌起义爆发，他才躲过这一劫难。这以后他毅然参加了1912年组建的国民党，国民党由孙中山先生担任理事长，他是理事会中与黄兴、宋教仁等人并列的八位理事之一。北洋政府曾任命他为农林总长，他未接受，1913年和1924年两次被选为参议院参议员。晚年脱离政界，寓居天津。日寇侵占华北之后，多次拉拢他出任伪职，均被他严词拒绝。1939年在天津病逝。

保路运动的具体进程是随着事态的发展变化而发展变化的，而这种发展变化的关键，又是清王朝对待四川人民的态度。由于清政府愈来愈无理、愈来愈恶劣、愈来愈强权、愈来愈反动，其步步紧逼的倒行逆施，终于激起了四川保路运动，进而发展成保路起义的大爆发。用中国的一句老话说，是"官逼民反，民不得不反！"

1911年5月10日，即宣布铁路干线国有的第二天，清王朝的邮传部与度支部就共同电告四川护理总督王人文，要王人文安排人手迅速查清川汉铁路公司所有账目，以备派员接收。5月12日，王人文将这一消息告知了川汉铁路公司董事会。川汉铁路公司主席董事彭兰村等立即与当时在四川已经有着广泛影响的民意机构四川省咨议局议长蒲殿俊、副议长罗纶商量对策。由于此事关系重大，他们决定召开临时股东会在讨论之后作出正式决定。但是，临时股东会还未召开，消息即已迅速传开，各方"函电纷驰，争议嚣然"。

1911年5月16日，川汉铁路公司董事会正式电呈邮传部，请求将川汉铁路仍归商办，电报说："川路自蒙先朝（按，此时已是宣统年间，这里的"先朝"指光绪帝）谕允改为商办，民间异常感激，入股踊跃争先，得有今日。虽未告成，万端有绪。忽闻国有之命，众情惶惧，深恐阻其急公之心。敢乞大部俯顺民情，请予仍旧办理，俾竟全功，大局幸甚。"盛宣怀的邮传部对这封重要电报置之不理。5月23日，川汉铁路公司董事会再次电呈邮传部："巧电（按，指16日的电报）未奉回谕，舆情甚为惶惑。查光绪三十三年国定干线，并无川汉在内，似不在回收之列，恳请赐示。"盛宣怀的邮传部仍然置之不理。

收归国有之后，"川省人民办路用款"应当如何解决？这一大事还未得到清王朝的邮传部与度支部一句话的回答，1911年5月20日，《湖广铁路借款合同》正式签字，而且把川汉铁路宜昌到夔府（今奉节）的一大段包括其中。

1911年5月22日，清王朝以上谕的形式宣布："现将铁路改归官办，自降旨之日起，所有川湘两省租股一律停止。"这一决定，事实上是宣布了四川、湖南两省民众几年来用节衣缩食的血汗钱所集成的所有股本金失效，宣布了四川、湖南两省民众几乎家家有份的股东身份失效。

形势在进一步恶化，四川官民起而抗争。

1911年5月22日，就在清王朝宣布将铁路改归官办的当天，北京的川籍人士得知消息后，立即以北京全蜀会馆的名义向川汉铁路公司董事局和四川省咨议局发出电报："本日议决，蜀路无收回国有理由，立具公呈代奏，希速援应进行。"

紧接着，川汉铁路公司宜昌分公司、川汉铁路公司上海办事处发出类似的电报，均表示"群情激奋"、"急起奋争"。

四川留日学生会、四川旅沪同乡会等纷纷表态，揭露"政府出卖我民有之铁道而假名国有"，"一二权臣弄国，至假天语以压倒吾民"，故而"不可不力争"。

四川一批政界学界元老以80高龄的原翰林院编修伍肇龄领衔，以"四川驻省各法团"的名义呈文吁请朝廷"收回成命"，"暂缓接收"，因为"川汉铁路纯依国家法律而成立，既无收回国有之理由，恐致酿成外有之惨祸"。

作为刚成立不久的四川民意机构，四川省咨议局电呈朝廷："闻命之下，四川省内外绅商人民异常惶惧，纷纷函电到局，请求协力挽救。"铁路国有是"务国有之虚名，坐引狼入室之实祸"，故而"本省京外绅商人民迫切激昂，不肯诡随"。

1911年5月27日，在川汉铁路公司的请求下，护理四川总督王人文代川汉铁路公司转奏朝廷，说明了以下几个应当具有法定效力的事实：川汉铁路商办是经朝廷批准、由原四川总督锡良和湖广总督张之洞亲手经办的，"路权为法律公认"；川汉铁路征收租股更是由原四川总督锡良上奏光绪皇帝，并"奉朱批允准，已成法定之款"，而且"川汉铁路集款皆民膏民脂血汗所成"，如今"取消商办股本，无论如何，路权实已绝望，倘因此激民暴动，后患何堪设想！"

1911年5月28日，川汉铁路公司临时股东大会准备会议在成都召开，到会者722人。会议的主旨是通报情况，听取意见，讨论方略，虽然没有形成任何决议，但是多数人的意见是路权要争，如果实不能成功，则要提出保证股东经济权益的若干具体要求，用川汉铁路

▲反映清廷向帝国主义出卖铁路主权的宣传画　四川博物院提供

公司的重要领导人、文牍部长邓孝可的话说，是"此事分两层办法：一层根本之反对，一层条件之要求"，简称为"争了争，求了求"。

在召开临时股东大会准备会议的同时，川汉铁路总公司向各分公司、办事处发出通知，在股东大会正式作出决定之前，"准备对付方法"，"绝不承认政府接收"，"万勿擅交"。

应当说，在这一阶段，四川官民的态度还比较缓和。还有不少人认为，在当时的大气候之下，与无信用的政府进行争议，要求政府收回成命已经没有多大可能。将大害与小害相比较，收归国有总比卖给外国人要好。只要对川汉铁路股民们的基本利益无大伤害，问题不是不可以商量。问题的关键，是能不能保护川汉铁路股民们的基本利益。例如身居筑路第一线的川汉铁路公司驻宜昌总理李稷勋在5月15日致电川汉铁路公司与四川省咨议局时，就提出"路归国有，驻销商办，政府牺牲信用，已表决心。鄙意路权可归国有，若归外人，则土地人民受损甚巨，当拼力拒之。川路既欲收回，则川省人民办路用款，应照数拨还现银。若尽空言搪塞，苦我川人，当抵死争之"。用当时人的说法，这一种意见叫做"争款不争路"。1911年6月，四川旅京政商学界人士曾经几次集会，也表达了这种主张："铁路国有，既奉明谕，定为政策，吾侪小民，何敢违抗。惟既作归国有，是此路即与吾民绝无关系，吾民从前举办此路时一切用款，自当由国家归还，方与国有政策符合。倘国家不肯归还，只竟吾民未竟之功，是即强夺吾之财产矣。"

面对四川官民上述的最起码的合理要求，盛宣怀与端方于1911年6月1日在给王人文的一封电报中第一次作了如下的表态："该公司股票，不分民股、商股、官股，准其更换国家铁路股票，六厘保息，须定归还年限，须准分派余利，须准大清银行、交通银行抵押。"可是，这里完全未能明确几个十分重要的具体问题："更换"是如何更换法？"归还年限"是多少年？"分派余利"又是如何分派？什么时候分派？在这封电报中还明确地宣布，川汉铁路从宜昌到夔州段的修筑已经借款，从夔州到成都段尚未借款，所以也是"必借洋款"，必须再向外国银行借一笔巨款，而且必须以川省财政作为抵押。与此同时，盛宣怀与端方还紧锣密鼓地督促川汉铁路公司的总公司与分公司详细查账，准备全面接收。

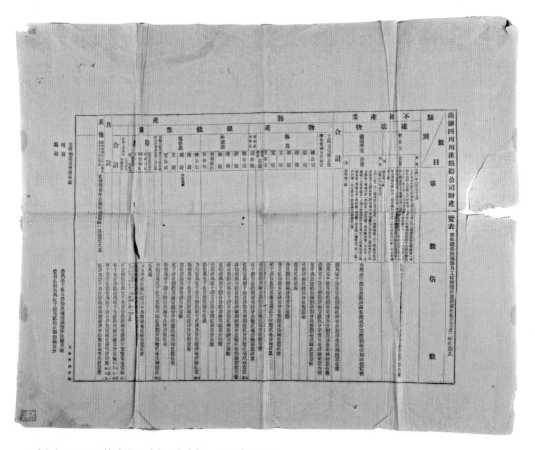

▲《商办四川川汉铁路公司财产一览表》 四川博物院藏

　　长47.5厘米、宽61.5厘米。表最右下方竖排有"历年建议购备器具工程动拨存放银钱均截至宣统二年底止"字样，内容包括不动产、动产、其它财产情况。

面对四川官民上述的最起码的合理要求，清王朝又于1911年6月2日发出上谕，对四川人民"纷纷函电请饬暂缓接收"的态度"殊堪诧异"，表示收归国有"既经定为政策，决无反讦之理"，甚至认为四川省咨议局的请求是"受经手劣绅之请托，希图蒙混"，是"强词夺理，情伪显然"，王人文"率行代奏，殊属不合"，故而特地"传旨申斥"。至于四川官民反复强调的保障股东利益的具体要求，却只说了这样两句空洞无物的屁话："至已收租股，并着赶即查明，由度支部、邮传部、督办铁路大臣会同该署督妥筹切实办法，请旨办理"。

这道真正是漠视民意、"强词夺理"的上谕所"申斥"的不仅是王人文，而是全四川的官民。在这种情况下，川汉铁路公司领导人可谓是一忍再忍，于6月11日再次请王人文代奏朝廷，其中说："奉读五月初六日谕旨，群情悲愤，势更炎发，而公司捧读惶骇，尤绝对不敢承认，不得不冒死上陈"；"主张各异，界限攸分，国家法律具存，人民利害所在，关系密切，自当拼死力争"；"川民艰苦，无过于川路股本，未见朝廷宣示明白办法，川民抵死不能甘心"。故而提出了具体的方案：要求邮传部公布借款合同全文，公布接收川汉铁路的具体办法，在此之后，川汉铁路公司召开股东大会（由于川汉铁路的股东分布在全省各州县，按当时的通讯工具与交通工具，要让全省各州县先选出股东代表，再把各州县股东代表召集到成都开会，大约要一个月时间），进行详细讨论，作出具体决议之后，才能就有关问题进行最后的答复，作出具体的安排。

在这里，有一个重要问题需要说明，就是为什么盛宣怀已经答应将川汉铁路股票换为"国家铁路股票"，四川官民仍然要坚决反对呢？关于这一点，6月11日的《蜀报》刊载的邓孝可所写的《卖国邮传部！卖国奴盛宣怀！》一文，和刊载于9月下旬的《时报》上的《留东四川省同乡会反对国有铁道意见书》对此进行了深刻的分析。

首先，所谓的"国家铁路股票"的具体发行办法一直未公布，就连清政府在推行新政期间公布的《商法》与《公司律》中所规定的股票管理制度与股民应有权利都不明确，还本、付息、分红均无保证，谁能相信呢？

第二，1898年，清政府曾经模仿日本政府的做法，由官方发行了一种"昭信股票"（从性质上看其实是一种名为股票的公债），由于制度不严、管理混乱，结果搞得民怨沸腾，信誉尽失，不到一年就只有宣告作废，即所谓"煌煌然见诸谕旨，即背德食言以负吾穷无所告之民"。有谁能够保证这种"国家铁路股票"不是又一次的"昭信股票"呢？

第三，邮传部既然借了巨额外债来修路，就不应当将川汉铁路公司现存的银行存款与现款强行全部接管，而应当退还给四川的股民，"既收我路，便须还款，人情天理，势所必然"。如今的官方行为是既要收路，又要收款，这种行为分明是一种双重榨取。

第四，最重要的是，又要巨额借款，又是以四川的财政收入为抵押，这就是"路要估夺，尔要我还款，我便将尔财产抵借外债还尔"，这就是"先举债而后掠夺，掠夺后复强我更认新债"。请问，"人世间乌有横蛮如此者哉！"

第五，铁路由官方来修，却没有应有的负责条款。如果修不成，修不好，到时候，铁路没有通行营运，官方无力还其巨额外债，原来的股民们的利益丧失殆尽，但四国银行团却能以四川财政收入为抵押，这不仅完全是为洋人们旱涝保收作的安排，而且极有可能就是这种结局。

最后，还有一个极为重要的原因，就是盛宣怀具体推行的清政府政策，对广东、湖南、湖北与四川四省采取极不合理的区别对待，是对四川的极为严重的歧视与伤害。粤汉铁路与川汉铁路是这次铁路国有的主要铁路，广东、湖南、湖北四川四省都有一个铁路收归国有之后如何处理股民股款的问题，而且这是一个与所有股民的切身利益息息相关的大问题。按照盛宣怀所宣布的具体政策（所以有这种具体政策的原因，时人有过多种推测，这里不作讨论，我们在这里只关注结果），用川汉铁路公司主席董事彭兰村的话说就是："乃初则坚持不能还本，不久则广东承认付还矣，不久则湖南允许酌还矣，至于四川、湖北两省，仍然不准付还。"就是说，先是坚持完全不退现银，经过多方争取之后，决定广东全部退还现银，湖南部分退还现银，唯独湖北与四川完全不退还现银，而只给一张完全没有希望兑现的"国家铁路股票"，而且还要将川汉铁路公司的全部股款与资产立即收归国有。由于湖北境内的铁路里程很短，所以集资的动作小，老百姓的损失也很小。而四川在四省之中收的股款最多，老百姓的付出也最多，反而是一两银子不退。天下有欺负人的，可是没有这样子欺负人的。四川人又不是末等臣民，怎么能忍得下这口恶气！

正是出于以上几方面的考虑，四川民众坚决反对将川汉铁路收归国有。

这短短的一个来月当中，表面上看川中情势，多是会议呼吁，电文往来，但是多年来的社会矛盾在这种情势之下，极有可能激起更激烈的冲突，成为群体性的反抗怒潮。这一点，王人文在5月31日向内阁的呈文中就曾经说过："川人对于铁路所受痛苦本深，希冀路成或有取偿之望。一闻收归国有，群情自多疑虑。现幸绅商各界中，不乏明达利害之人，分途劝导，目前不至别生暴动。"川汉铁路公司的领导人在6月11日的电文中也向朝廷明白表态："公司以兹事体大，未能操切至此，倘使激成暴动，实难担此责成。"

保路风潮并不是只在四川涌起，与此同时，在与铁路干线收归国有利益攸关的湖南、湖北与广东，同时也正展开各种各样的请愿与斗争。

在湖南，长沙各界群众万余人于1911年5月14日举行集会，要求清王朝收回成命。两天后，万余名筑路工人举行示威游行，并提出如果清王朝要一意孤行的话，将要发动罢

▶揭露清政府卖国外交的漫画
四川博物院提供

工、罢课、罢市运动。6月11日，长沙各学堂果真举行了罢课斗争。湖南巡抚杨文鼎也与四川的王人文相似，将群众呼声代行上奏朝廷，他也与王人文一样受到了朝廷的"申斥"。

在湖北，以湖北省咨议局为中心，举行了多种方式的抗议行动。在几千人参加的群众集会上，有砍断手指以明志的，有写下"流血争路，路亡流血，路存国存，存路救国"16字血书的。在已经动工的川汉铁路工地上，大批筑路工人更是"众怒勃勃"，"警察不敢犯其锋芒"。宜昌知府派兵前往镇压，工人当场打死打伤清兵20余人，在全国的保路运动中第一次使用了暴力。

在广东，同样是热气腾腾。广大群众纷纷表示："粤路国有，誓死不从"，"路亡国亡，政府虽欲卖国，我粤人断不能卖国"。粤路公司专门成立了"争路机关部"，统一组织有关的行动。为了斗争的安全，还特地到香港去成立了保路会。6月7日，粤路公司特地电告川汉铁路公司，表示"路归国有，失信天下"，"彼此唇齿，务恳协力"。

这时，还从广东传来了一个十分重要的声音，就是我国近代史上最杰出的铁路工程师詹天佑发出的。

▲詹天佑　四川博物院提供　　　　　　▲京张铁路通车典礼　四川博物院提供

此时的詹天佑完全未计个人得失，明确表示："路归国有，失信天下"。无论是四川或者广东，都应当"拒绝政府收回，而且坚持商办"，两省的铁路公司要"唇齿相依"，"向政府致电力争"，"至于四川铁路的未来，可以肯定的是，美国人将予接管，而对中国人来说，则无任何希望。"

全国数省已经形成了利益相同、步调相近、同声相应，同气相求的一场群众性的保路运动，而且规模愈来愈大，行动愈来愈烈。可是，倒行逆施的清王朝竟然连这一形势也看不清楚，还在继续倒行逆施。

一场更大的暴风骤雨必然到来，至此已成定局!

6月9日，盛宣怀掌管的邮传部竟然给予保路运动有关的电报局下达了如此可笑的命令："上海、武昌、长沙、宜昌、成都电局：干路收归国有，谕旨定为政策，普天之下，无不遵从。间有挟私、希图煽惑违抗，亦已迭降严旨申饬，并由督抚出示禁止。以后如有此项违制电报，各该局不得收发。如有擅自收发者，查出即将委员、领班分别撤惩。"不过，据当时的各种记载看来，这份我国邮电史上罕见的禁发有关内容电报的命令并未得到各电报局的认真遵守，因为这以后的有关电报仍然在"擅自收发"，交相驰逐不改，这就是人心向背。

面对各地日益高涨的保路风潮，端方与盛宣怀则一直还在按照他们的既定方针拟定具体的"收路办法"，并陆续上奏朝廷。清王朝完全同意了他们拟定的"收路办法"，并于6月17日以皇帝上谕的形式下达命令给端方与湖北、广东、四川、湖南四省的总督、巡抚："著督办粤汉、川汉铁路大臣迅速前往，会同各该省督抚，遵照所拟办法，将所有收款，分别查明细数，实力奉行。朝廷于此事审慎周详，仁至义尽。经此次规定后，倘有不逞之徒仍藉路事为名，希图煽惑，滋生事端，应由该督抚严拿首要，尽法惩办，勿稍宽徇，以保治安！"

当然不是巧合。就在这道一意孤行而充满杀气的上谕下发的同一天，四川保路同志会宣告成立。

自从川汉铁路公司成立以来，四川官民两界与清王朝中央政府的矛盾冲突就不断出现，而且在几年中愈演愈烈。代表四川官民两界发出各种声音、进行宣传联络的主要力量是在日本留学的学生和从日本留学归国的学生，这其中有主张君主立宪的立宪派，也有主张推翻清王朝的革命派。他们在四川的活动阵地主要有两处，一处是1904年成立的川汉铁路总公司，一处是1909年成立的四川省咨议局。四川省咨议局的很多成员本身也就是川汉铁路公司的领导成员，所以这两家的言论与行动基本上是步调相同的。

1911年6月17日，在形势日益恶化而又不能召开全省的股东代表大会的情况下，川汉铁路公司召开了在成都的股东代表与有关团体的联合会议，讨论应对之策。鉴于公司几次恳请王人文转呈清政府收回成命的努力完全无效，鉴于清政府的高压政策丝毫无改，与会代表认为目前的局势是"决非从前和平态度的文字争辩所能生效，一致决定另采扩大急进手段"，"拼一死以破约保路"。而要"另采扩大急进手段"，就得有一个联合各界共同保路的组织机构，于是决定成立一个"保路同志会"。不过，因为回乡养病，蒲殿俊当天不在成都，这天的重要决定是在罗纶、邓孝可等人的主持下做出的。

当时有一位署名为"三余书社主人"的四川人在他写的《四川血》中，就四川保路同志会何以成立是这样说的："川路公司以川路收归国有，事机危迫……因于五月二十一日招集在省股东及各团体筹商。到会者数千人，皆以收路国有，川人可从，收路为他国所有，川人死不能从。此次铁路借款合同，名为抵押，实则拱奉。况因此借款，路权、政权两受干涉。埃及覆辙，危机在即。金谓今日之集会，实亡国民之集会也。死中求生，惟先决死，能舍一部分之死，或可得全部人之生。"这位四川人分析得比较深刻：保路的实质是为了保权，从路权以至政权。有研究者把四川保路同志会比喻为川汉铁路"股东维权行动委员会"，不是没有道理的。

拟议之中的保路同志会是四川历史上从未有过的组织，无论是从筹建者的构成上还是从选择的名称上都可以看得出来，这是以四川立宪派人士为主体、以立宪派人士的风格而建立的。在此之前的1909年12月，当各省纷纷建立了咨议局之后，由著名立宪派代表人

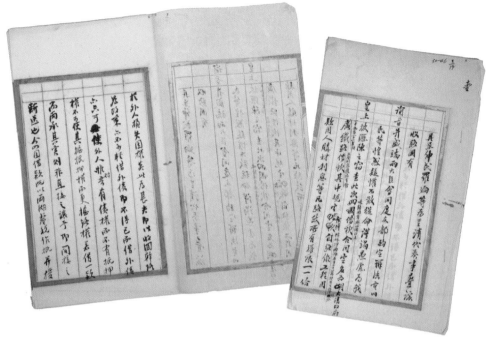

▲罗纶等为路权事呈请代奏之呈稿　四川博物院藏

纸质，毛笔手书竖式本；长27.5厘米、宽17.5厘米。主要内容为指出列强占有筑路权的危害，要求收回路权。

1911年6月川汉铁路公司股东在成都开会，决定成立以"拒借洋款，破约保路"为宗旨的四川保路同志会，推举蒲殿俊、罗纶为正副会长，全川142县相继成立保路同志分会，陆续入会者达十万之众。保路同志会成立后便积极开展争夺路权的斗争。

物、江苏省咨议局议长张謇倡议并邀集，各省咨议局派代表到上海开会，成立了一个"国会请愿同志会"，目的是开展向清王朝请愿等各项活动，力争尽快召开国会，成立责任内阁，实现立宪派人士的政治目标。"四川保路同志会"的命名，很明显就是从"国会请愿同志会"而来。

四川保路同志会如何开展活动？负责人由何人担任？这是在当天夜间的筹划中着重研究的重要议题。根据初步的商议，作出了以下几项重要决定：

第一，同志会必须要在全省唤起民众、大造声势，为此就必须在全省各州县都成立保路同志会的分会，在成都则要在各条街道都成立分会并要求成为外地州县分会开展活动的榜样。

第二，四川保路同志会成立于成都岳府街的川汉铁路总公司内，各州县的保路同志会分会也都成立在各州县的川汉铁路分公司中，开展活动的经费也都由铁路公司负责。

　　第三，四川咨议局作为保路同志会的后盾，全力支持保路会的活动，为此特别设立一个参事会在岳府街的保路同志会中作为保路同志会的决策核心，以咨议局正副议长蒲殿俊、罗纶为参事会的正副会长，以咨议局的驻会议员为参事，负责保路同志会的各项工作。但是参事会的组织不向社会公布。

　　很明显，这是建立了一个保路同志会、川汉铁路公司、四川省咨议局三位一体的组织形式，在今后的活动中，四川以保路同志会为先锋、以川汉铁路公司为大本营，以四川省咨议局为后盾，总指挥就是蒲殿俊与罗纶。

　　四川保路同志的会长是蒲殿俊，副会长是罗纶和萧湘。四川保路同志会下设总务、文牍、讲演、交涉四个办事部门，各部部长采取自报公议的办法产生，单是这个"自报公议"的办法，就很鲜明地显示了四川保路同志会所具有的崭新的时代特色。"自报公议"的结果是：总务部长是咨议局议员、大竹县举人江三乘，文牍部长是时任《蜀报》主笔的邓孝可，讲演部长是咨议局议员、同盟会员、云阳县秀才程莹度，交涉部长由罗纶兼任。

　　蒲殿俊（1875—1934年），字伯英，号沚庵，广安人，自幼受到良好的传统文化教育，专注于科举功名，曾经于1897年被录为拔贡（拔贡是清代科举制度中一种非主流的选拔科目，初定6年1次，乾隆以后是每隔12年的干支逢酉之年，由各省学政在全省生员之中选拔优秀者贡入京师参加朝考，名额是府学2名，州县学1名，朝考合格者即有可能授予七品京官或知县一级的地方官），次年即进京参加朝考。这次入京正好逢"戊戌变法"之年，他受到了极大震动，眼界大开，从此逐渐走上了改良维新之路。回乡之后即在广安创办新式学校"紫金精舍"，聘请新派人士张澜、胡骏等执教，成为当时川北地区传播维新思想的重要阵地，日后四川辛亥革命时期的若干著名人士均出自该

▲蒲殿俊　四川博物院提供

校。1904年蒲殿俊入京参加会试，中进士，被选派官费留学日本，与梁启超结交，逐步成为留学生中立宪派的重要人物，成为四川留日学生中的领袖人物。从四川保路风潮初起，他就一直走在最前列，1906年担当了旅日学生组织的"川汉铁路改进会"的正干事（即会长）。无论是由改进会提出的《川汉铁路公司商办建议书》，还是由他自己所写的《改良

川汉铁路公司议》的长文，都在全省产生了极大的影响。1908年归国，被授职法部主事兼宪政编查馆行走（"行走"是清代官制中的一种设置，就是当值办事的意思）。1909年，被选为四川省咨议局议员，并被省内各方力邀返乡，在10月14日的四川省咨议局成立大会上被选为议长。1910年8月，他带头集资创办了四川立宪派的喉舌《蜀报》，自任社长，《蜀报》也就被众人视为四川省咨议局的机关报。从此时起，他成为了全省保路运动之中无可争议的领军人物。1911年6月17日，他众望所归成为四川保路同志会会长。

罗纶（1876—1930年），字梓卿，西充人，14岁入尊经书院就读，逐步接受维新思潮，积极投身变法维新运动。"戊戌政变"发生之后，四川总督奎俊欲将其治罪，是四川学政吴郁生爱才惜才，让他立即将原名罗进才字康侯改为名罗纶字梓卿，才躲过了一劫。1902年，罗纶中举人，但是他未入官场，而是投身教育，宣传维新思想，为四川培养了不少具有维新思想的人才。他本人也和四川教育界的开明派人士刘士志、熊沄荪、张澜、徐炯、王铭新等六人被尊称为"六君子"。1908年他被家乡选为咨议局议员，次年当选为副议长。为了保路运动能够顺利进行，他在咨议局第一次会议上提出了《整理川汉铁路公司案》，并积极筹备股东大会。1909年11月16日，川汉铁路公司第一次股东大会召开，他被选为临时会长，主持会议，成为全省保路运动的主要领导人之一。1911年6月17日，他众望所归成为四川保路同志会副会长兼交涉部长。罗纶是当时名重一时的演说家，在四川保路运动中，一直有"蒲殿俊的谋略"和"罗纶的演说"的赞誉。

▲ 罗纶 四川博物院提供

邓孝可（1869—1950年），字守源，奉节人，1903年赴日本留学，是梁启超的追随者与密友，四川立宪派的重要人物。1907年归国以后，一度用力于实业救国，在父亲的财力支持下，开办了官督商办形式的夔府宝华煤炭公司。1909年以奉节县代表的身份到成都进入四川省咨议局，任职文牍部主事，同时任川汉铁路公司的董事和股东代表大会的法部主事。《蜀报》创刊不久，他接替吴虞任主笔，以后他又与《蜀报》总编辑朱山共同创办

《蜀风报》，并以这两报为阵地，竭力推波助澜、摇旗呐喊，为四川保路运动的发展起到了极为重要的作用。由他出任四川保路同志会的文牍部长，仍然是众望所归。四川保路同志会一成立，就创刊了四川保路同志会的会报《四川保路同志会报告》，仍然由他担任主笔。《四川保路同志会报告》在他的主持之下，印数最高时达到3万份仍然供不应求，对保路运动的展开起到了极大的推动与导引作用。

值得注意的是，以蒲殿俊为首的四川立宪派人士与四川同盟会员的关系一直比较融洽，思想也比较接近，在保路运动中没有发生过什么矛盾，更没有出现过什么冲突。就以蒲殿俊为例，他与同盟会的四川领导人朱之洪曾经于重庆五福宫秘密结社，在日本时与同盟会员张百祥是很好的朋友。1910年9月，他与湖北咨议局议长汤化龙、湖南咨议局议长谭延闿等在北京向清廷请愿速开国会，被驱逐回籍，他对送行的左学谦明确表示："国内政治已无可为，政府已彰明较著不要人民了，吾人欲救中国，舍革命无他法，我川人已有相当准备，望联络各省，共策进行。"正是有了这种思想准备，蒲殿俊等人才可能在今后的斗争之中站在反对清王朝暴政的第一线。

1911年6月17日，四川保路同志会在川汉铁路公司召开的群众大会上正式宣告成立。

这次重要的群众大会是四川保路运动史上的重要事件，不少与会者都有回忆文章记载其事，这其中，有三件事特别值得注意。

设在成都岳府街的川汉铁路公司，院内可容纳的人数不多，故而大量群众是站立在大门外的街道上，在岳府街上和公司大门对面的三倒拐街上是"万人攒动"，在不同人的记载之中，与会人数有不同记载，高者为5000多人，低者为2000多人，这是成都历史上有记载的时间最早而又规模最大的群众集会。但是，此次大会的气氛却是相当悲壮的，正如与会者所说："路权、政权两受干涉，埃及覆辙危机在即（按，此指埃及于1882年被英国军队占领，成为英国殖民地），金谓吾辈今日之集会，实亡国民之集会也。死中求生，惟先决死，能舍一部分人之死，或可得全部人之生。会时，人人号动，人人决死，组织保路同志会，拼一死以求破约保路，四座痛号，哭声干霄。"

在会上，主题报告是由罗纶作的，宣传演讲的则有邓孝可等数人，每至动情之处，台上台下一片痛哭，甚至连在会场维持秩序的警察亦和大家一道流泪，此情此景，在成都历史上是第一次。

大会宣布了总务、文牍、讲演、交涉四个办事部门的设置，当场就由到会群众自愿到各部报名，承担工作任务。总务部主要由铁路公司的职员承担，文牍部主要由新闻界和教育界人士承担，讲演部主要由青年学生承担，交涉部主要由工商界人士承担。单是从自愿报名承担保路同志会工作这一件事，即可见保路运动的群众基础之广、凝聚力之强。

　　四川保路同志会成立两天之后，当时的四川最高行政官员王人文在上奏清廷的奏折中，对四川保路同志会的成立大会是这样报告的："本月二十一日，成都各团体集铁路公司大会，到者二千余人，讨论合同及于国家与铁路存亡之关系，一时哭声震天，坐次在后者多伏案私泣。臣饬巡警道派员弹压，巡兵听者亦相顾挥泪。"

　　当时正在成都读书的郭沫若亲身参加了当天的大会，在他的回忆录记载了他亲身经历的情况：

　　"罗纶是一位白皙的胖子，人并不很高，他一登坛，向满场的人作了一个揖，开口便是：

　　"'各位股东！'很宏朗的声音，'我们四川的父老伯叔！我们四川人的生命财产——拿给盛宣怀给我们出卖了，卖给外国人去了！川汉铁路完了！四川也完了！中国也完了！'

　　"接着就号啕大哭起来，满场也都号啕大哭起来——真真是在号啕，满场的老年人、中年人、少年人都放出了声音，在汪汪汪汪地痛哭。

　　"'是可忍孰不可忍呀！汪汪汪……'

　　"我们要反对，我们誓死反对！汪汪汪……

　　"'反对卖国奴盛宣怀！反对卖国机关邮传部！'

　　"连哭带叫的声音把满场都轰动了。罗纶在台上哭，一切的股东在台下哭，连在场的警察、公司里跑动着的杂役都在哭，不消说我们在旁参观的人也在哭，已经不是演说、不是开会的事了，会场足足动摇了二三十分钟。"

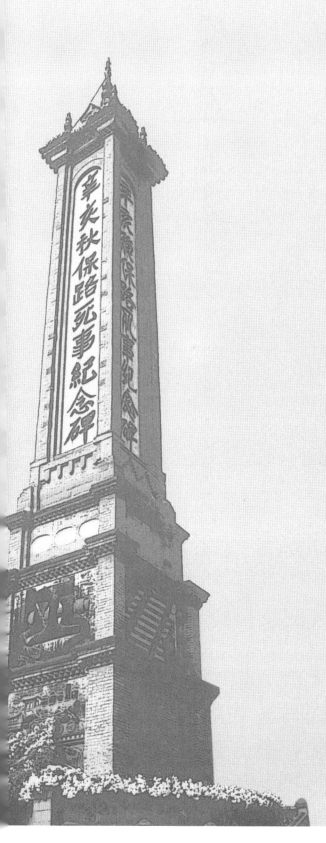

共和之光
辛亥秋四川保路死事百年祭

大波

同志会的迅猛发展

1911年6月17日上午，四川保路同志会成立。下午，就进行了第一件工作——到藩署街上的四川藩台衙门去向护理总督王人文请愿，要他转奏朝廷，要求清王朝收回铁路"国有"的成命。

这实际上是一次群众游行，是要通过这次群众游行更进一步地宣传保路同志会的宗旨，更加广泛地发动群众参加到保路运动的洪流中来。

这实际上是一次示威，是要通过这次游行示威来公开显示四川各界群众坚决反对清王朝一意孤行、倒行逆施的铁路"国有"政策的决心，同时也是向帝国主义者公开显示四川各界群众坚决抵制帝国主义者意欲夺取川汉铁路路权的决心。

这种群众性的示威游行，当然是四川历史上破天荒的第一次。

请愿队伍从岳府街上的四川保路同志会出发，走在最前面的是82岁高龄的原翰林院编修伍肇龄，在他身后是各界名流与保路同志会的负责人罗纶、刘声元、彭兰村、林思进、邓孝可等，在其后就是浩浩荡荡的群众队伍。当天在现场的郭沫若在他的回忆录中这样写道：

"大家从铁路公司走出，沿途步行，这就是一个很大的示威。街上的市民都簇拥着跟来，走到藩台衙门的时候，把那辕门里面的一个大敞地完全站满了……

"群众拥挤在藩台衙门的大堂面前，为首的罗纶先进衙门里去了。不一会朝衣朝冠的王藩台走了出来。群众狂欢地鼓掌。一省总督部堂，尽管是署理，要出来和群众见面，这在当时可以说是破天荒的事。

"一位师爷提了一把太师椅来，王藩台立在太师椅上和群众说话。他真是再温和也没有，满脸都堆着笑容，很心平气和地说。他说，大家的来意已经由罗副议长传达了，他始终表示同情。他自己虽是云南人，但是四川是他的祖籍，所以四川实际上是他的乡梓之邦。只要于国计民生有关休戚的事，他在职责上，无论怎样要据理力争，更何况是有关桑梓的利益！所以这次的问题，他要向朝廷力争到底，在他在任的一天，他绝不负桑梓的希望。他希望大家安心。（按，据其他记载，王人文当天面对请愿群众的讲话是这样的："众勿愤怖。总督职为民，民有隐，总督职宜请，请不得，去官，吾职也，亦吾乐也"。）

"这真是从古以来所未有的奇事，以一个官僚而能和民众接近，而且对于民众加以煽动。素来是怕官怕惯了的老百姓，得到了官府这一道护符，他们还有什么顾忌呢？于是保路同志会的气势便真好像在火上加油了。"

郭沫若回忆中所记载的老中青几代人同时号啕大哭，还有"破天荒"、"从古以来所未有"的官民关系，只能说明一个问题，这就是四川充满尖锐矛盾的社会现实已经使社会各阶层的利益关系出现了前所未见的变化，包括官吏绅商与一般平民在内的大多数人都因为切身的利益关系而站到了共同的战线上来，都站到了保路保权、反对清王朝与帝国主义的掠夺的保路同志会中来。四川保路同志会成立不久，《西顾报》在一篇《社说》中曾经这样评说6月17日的大会："是役也，民众之聚会仅一次，组织仅四小时，其内容虽未必即时可观，然如斯大会，其成如是之速，实有川以来未有之奇闻矣。"这种评说是平实之论，四川保路同志会成立的速度与规模，绝对是四川历史上的空前之举。

四川保路同志成立之初，所做的最重要的工作是用一切可以利用的方式宣传保路同志会的宗旨，尽最大努力发动与组织各界群众，将全川各地的群众尽可能多地团结到保路同志会中来。

1911年6月17日，就在四川保路同志会成立的当天，《蜀报》出版了一期号外，专门揭发批判盛宣怀夺路卖路的十大罪行：卖路之罪，路线给了外人之罪，用款给了外人之罪，工程给了外人之罪，购料给了外人之罪，利息给了外人之罪，上欺皇上、下欺国人之罪，夺诸国民、送给外人之罪，违旨剥夺人民之罪，夺路劫款、又不修路之罪。全文最后的结束语是"起！起！起！抗！抗！抗！"

四川保路同志会成立之后，连续发布了几个重要文件：

《四川保路同志会简章》，第一条就开宗明义地宣布："本会集合同志，对于此次国有之干线铁路，以拒借洋款、废约保路、力图进行为宗旨。"

"废约保路"又称为"破约保路"，是当时最为流行的一句口号，其主旨很清楚，就是要求废除清王朝与四国银行团所签订的借款条约，要求清王朝收回铁路干线国有的决策。在此时，以立宪派为主的四川保路同志会的领导人的确没有打算有更激烈的行动，更没有打算推翻清王朝的统治。所以，在《简章》所附的《四川保路同志会各部公约》中还对宣传中必须掌握的口径与分寸有着更加明确的规定："坚守破约保路之主旨，不必涉及

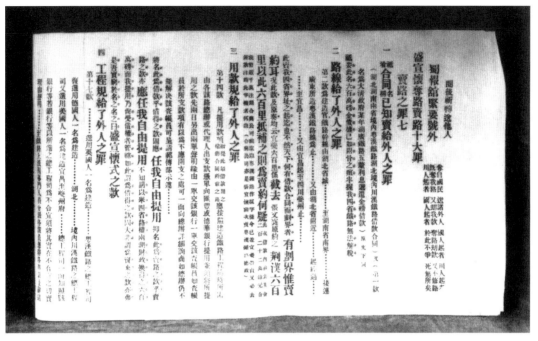

▲《蜀报》馆印发的紧要号外（部分）　四川博物院提供

竖排本。右边第一排竖式排有"阅后祈转送他人"字样，第二排竖式排有"蜀报馆紧要号外"几字。其内容主要列举了盛宣怀夺路、卖路的十大罪：路权给了外人之罪、用款给了外人之罪、工程给了外人之罪等。

其他问题"、"联合各界同心一致，务为秩序之进行"、"不得以激诡之说耸人暴动"、"学、商各界仍须劝其照常勤务，不可以此罢市、罢课"。保路同志会在不久就违背了自己的宗旨，逐步采取了激烈对抗乃至武装斗争的手段，完全是被清王朝的一意孤行所一步一步地逼出来的。

《四川保路同志会宣言书》是一个带有纲领性的文件，它把斗争矛头直指新成立的皇族内阁，"新内阁专横野蛮，蔑朝廷，劫人民，背先朝，欺皇上，听一人之私言，置全国于孤注。纵朝廷为亿万众集怨之府，而悍不一顾；夺商民数千万血资之产，而不许一呻。"但是，这个宣言把保路的宗旨"破约保路"与当时立宪派所一心追求的开国会、立宪法的目的联系在一起，"今揭本会决心之主旨：借用外债，吾人不争，借债而不交资政院议决，则吾人誓死必争；收路国有，吾人不争，收路而动此送路合同之借款，不待咨议局、股东会议决，则吾人誓死必争；保路者，保中国之路不为外人所有，非保四川商路不为国家所有；破约者，破六百万磅认息送路之约，并破不交资政院议违反法律之约。政府果悔于厥心，交资政院决议以举债，交咨议局、股东会决议以收路，动与路权无干之款以修路，朝谕下，夕奉诏。非然者，鹿死无阴，急何能择，吾同志会众惟先海内决死而已，不知其他。"《宣言书》甚至说，对于铁路国有和举借外债，"国人亦必死拒，不拒则可永不再言立宪，不再言国会，不再开咨议局、资政院"。

虽然如此，《宣言书》明确宣布了"吾人所争者死生也，非铁路也。"将保路的宗旨、保路的实质从单纯的保路提高到了保生存、保权利的高度，这对以后保路运动的发展是有着十分重要的作用的。

从上述这样的《宣言书》出发，四川保路同志会还特地发出了《四川保路同志会号召全体会员文明争路公告》和《四川保路同志会号召川人只仇盛宣怀不抗官府不打教堂告白》，力求把破约保路的斗争局限于和平保路的范围之内，"和平保路"四字甚至成为了当时的一种口号。

四川保路同志会的领导人的这些做法，既是表明了立宪派人士一贯的只反官员、不反皇帝，只用温和手段、不用激烈措施的政治态度与行事作风，同时也从另一个角度反映出当时还存在着一股比立宪派的态度要激烈得多的政治力量，还在各地不断发出更为激进的声音和发生更加激烈的行动。如果不是这样，四川保路同志会的领导人何必要一而再、再而三地发出这样的一些公告呢？

四川保路同志会成立的消息迅速传遍全川，四川保路同志会的宣传浪潮迅速波及全川，一时间，四川各州县纷纷成立了保路同志会的分会，"夏秋间，保路同志会遍布全川"。不仅各全川142个州县全部成立了保路同志会的分会，城市之中的若干街道和州县中的若干乡镇也成立了保路同志会的分会，甚至连一些行业、团体也成立了保路同志会的分会。仅据现在还保存着的原始资料的记载，就可见到以下一些分会：

重庆府、城口厅（厅是清政府在边远的新设治地区的一种行政区划，一般相当于县）、渠县、崇宁县（治今郫县唐昌镇）、隆昌县、三台县、筠连县、彭山县、盐亭县、涪州（今涪陵）、雅安县、阆中县、东乡县（今宣汉）、江津县、郫县、温江县、双流县、新津县、遂宁县、洪雅县、仁寿县、纳溪县、内江县、珙县、成都华阳两县、长寿县、德阳县、峨眉县、大邑县、崇庆州（今崇州）、灌县（今都江堰市）、青神县、名山县、简州（今简阳）、金堂县、宜宾县、芦山县、荣县、资州（今资中）、荣昌县、马边厅、蓬溪县、新繁县(今新都区)、永川县、南充县、邛州（今邛崃）、清溪县（今汉源）、雷波厅、富顺县、铜梁县、天全州(今天全县)、威远县、大足县、南溪县、中江县、彰明县（治今江油治城镇）、罗江县、巫山县、犍为县、绵竹县、射洪县、岳池县、奉节县、云阳县、万县、达县、嘉定府（今乐山）、忠县、西昌县、黔江县、什邡县。

成都成平街等四街、成都锦江街、成都太平与兴隆街、成都后子门、成都染房街、成都陕西街、成都庆云街、成都走马街、成都染靛街、成都君平街、成都梨花街、成都红照壁、成都丁字街、成都城守东大街与中东大街、成都北暑袜街、成都童子街等三街、成都得胜街等三街、成都九眼桥、成都青石桥北街、成都总府街、成都烟袋巷与华严巷、成都东玉龙等四街、成都上西顺城街、新繁崇义桥、华阳石羊场、金堂赵镇、新都天回镇、富顺自流井、金堂姚家渡、简阳石桥井。

四川女子、重庆女界、成都印刷工人、成都女界、成都外东区女界、成都陕西街机房、川北成都绸帮、全川学界、小学生、成都机械、邛州女子、成都机械厂工人、军人、成都东门外柴帮、成都清真教、成都满城八旗官民协会、成都回民。

宜昌股东会、北京同乡会、上海同乡会。

四川保路同志会在省内各地的名称并不完全统一,有的叫"分会",有的叫"协会",有的直接就叫"保路同志会",但是全省各地的保路同志会都承认自己是四川保路同志会的下属机构,都愿意接受四川保路同志会的领导或指导,例如温江县保路协会在给四川保路同志会的报告中所说:"愿贵会坚持破约保路宗旨,催促进行。凡贵会能力所到之境,敝会能力所达之境,同心戮力,誓死以从"。所以全川各地的保路同志会虽然没有名义上的隶属关系,但是在事实上是以志同道合的"同志"关系为纽带而形成了一个存在着统一领导与协调关系的全川性的组织。

由于清代末年社会矛盾的日益加剧和帝国主义势力的日益入侵,由于各种民主革命思潮的长期宣传,由于川汉铁路路权牵涉到全川几乎家家户户的切身利益,由于清王朝一意孤行的顽固态度激起的反作用力,旬月之间,整个四川的各个州县、各个行业、各个阶层、各个团体都发动起来了。形势变化之迅猛,群众发动之广阔,保路同志会在全社会的影响之深与号召力之强,在四川历史上是绝对空前的。正如时人所说:"我川人如梦初觉,如睡初醒,开会以来,各发热诚,不独学士大夫,自治之绅、学、农、工、商界,边地之土司、土兵、土民,与各学堂之学生、小学生、女学生,即优伶负贩,舆台隶卒(按,舆、台、隶、卒是古代对于奴仆之辈的称呼,此指社会最下层的群众),一齐唤起,府、州、厅、县协会成立,各城各街巷分会亦共成立,足见众志成城,不负同志之实。""前者醉生梦死之国民,今则变为奋死不顾之国民,无论老者、弱者、智者、愚者,咸知川路为吾人生命财产,势必同归于尽。万众一心,誓死进行。"我们今天回首眺望那百年前风起云涌之盛况,仍然不能不为先辈们的热血沸腾所激奋,所感动。只要我们重读一下当时每隔一两天就出版一期的《四川保路同志会报告》中的那些真实的报导,就必然会有如投身到奔腾的激流之中一样的兴奋,感触到那至今似乎还能灼手的火热。

在社会中占最大多数的农民和工人起来了。

成都县和华阳县（当时的成都城区与近郊区分为成都县和华阳县，相当于新中国成立以后的西城区与东城区）同志会"乡农到会尤多，闻路权尽失，则莫不切齿，异常悲愤"。成都的机械工人组织了保路同志协会，订有《机械保路同志协会公约》，办事处设在外东的古佛寺。从各个工厂的情况看，四川兵工厂和四川机器厂的工人"在东门外燃灯寺开会集议，到者甚众。屡谓路权关系国家存亡，我辈虽身充工匠，亦国民一分子，应如何挽救应付，极宜筹一善法。悲泣慷慨，亦不亚于铁路公司。其中有人倡议捐款，会众多以为然"。

成都最大的两个印刷厂昌福公司和文伦公司的员工因为保路运动中的宣传品数量很大，他们就以自己的辛勤劳动来为保路运动出力，全力排版印刷，"莫不特别加紧，排者日夜不停手，印者日夜不停声，自总理以至工匠仆役，莫不异常奋发，冀以其力尽爱国之诚，其事比平日大劳"。

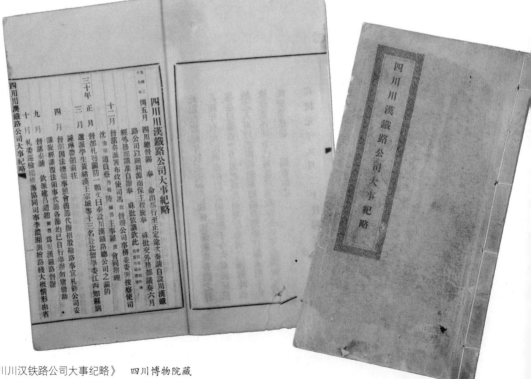

▲《四川川汉铁路公司大事纪略》　四川博物院藏

　　铅印、32开本、竖排式；长26.3厘米、宽15.8厘米。大事纪略从右至左竖式排有"光绪二十九年 闰五月四川总督锡奉命出都行至正定途次奏请自设川汉铁路公司以辟利源而保主权旋奉……十二月 督部奏派署布政使司冯煦督办公司事务并委署按察使司沈秉堃道员蔡乃煌陆钟岱主事罗度会同办理 三十年 正月督部札发"等字，记载了光绪二十九年、光绪三十年四川川汉铁路公司大事。

在购股修路中出力不小的商人们起来了。

西东大街的商人在7月初最先发起，组织了"一钱会"，"为争路废约起见，公议无论男女老幼，每日每人慨捐制钱一文（按，制钱即铜钱，四川多称小钱，是当时所有货币中面额最小的辅币），以助同志会经费，响应者颇有争先恐后之势"。此议一出，南纱帽街、童子街、梓潼街、马王庙街的商人，成都木材帮和成都的川北绸帮的商人纷纷响应。如萧义顺等12家商店代表城守东大街全体商家，宣布成立保路协会，表示他们"合街全体，公愤膨胀，感情潮涌，愿以一人一日一钱之忱，协助保路保国保种之会"。

北暑袜街的商家还制订了《北暑袜街商众保路协会章程》，仿四川保路同志会总会，设立了总务部、讲演部、文牍部、交涉部，确定了捐款购股的具体办法。上西顺城街也成立相似的协会，制订了相似的章程。

广大的城市居民起来了。

成都城内的很多街道都组织了同志会（当时有记载说是"成都无街无同志会"）。由成平街，老玉沙街、升平街、北巷子街等四街共建的保路同志会指出："铁路为交通机关，关系重大，各国觊觎垂涎已非一日，所以瓜分之说哄播地球，灭种之文登满报纸。强邻之窥伺日甚，我邦之国势日蹙，真有岌岌不可终日之势。……吾人谁不恋故国，谁不爱身家，谁不惧为亡国奴！栋拆榱崩，大厦将倾，天下兴亡，匹夫有责，牺牲身命乃国民应尽之义务，参预政治乃国民应享之权利。"

少数民族同胞起来了。

成都的回族同胞组织了省垣清真保路同志协会，在东鹅市巷的清真高等小学堂的成立大会上有400多人到会，他们表示：愿"极吾人心腹之诚"，以作破约保路的"指臂之助"。

茂州陇木的羌族土司何燮功致书四川省保路同志会："今土职热心捐资保路，虽属微末，可聚针而集斧，积腋以成裘。大众热心，免致后生亡国之祸，民遭涂炭之悲。"他表示愿将每年向民众所收的粮食捐税折合的"千余金""全数捐入同志会，以助保路之资"。他的这一行动引起了社会上的很大反响，也引起了四川保路同志会负责人的高度重视，罗纶、颜楷、邓孝可等人立即赶到何燮功当时在成都的住所，表示四川保路同志会不能接受这样的捐助，但是必须对他的爱国热情表示高度的评价，并"谢其悃诚，还其清折，留其愿书，以志盛意"。

从来很少参与政治事务的宗教界人士起来了。

广汉县的全体基督教徒"每夜无一人不到堂向上帝呼吁祈求"，"愿天父发大仁慈，施大能力……取消借款之约，再施能力辅助我保路诸君，使之达其目的，不至龙头蛇尾"。

成都城内有数百个和尚与道士"欲附入同志会以为破约保路之一助，并议同志会讲演员所至各州县，伊等先通知各寺观预备招待"。

崇宁县东街吕祖祠的道士马如是加入了同志会之后，"凡一切会所事件，莫不力为组织"。他还说："道士虽贫，争回铁路时，愿月捐钱一千，以为修路之一助"。

在纷纷成立的各个分会之中，最值得注意的是女界保路同志会，和小学生保路同志会。当时的《西顾报》曾对此专门有所评说："今旬日之间，遂有三种同志会之成立，均以民族为主义，立宪为目的，将数千年来号称最腐败、最愚弱之四川，一变而为将来之最文明、最武健之四川。呜呼，何其盛也！考东西洋各国，政治思想最为发达，然外史所载，所谓民族中之大政团、大党派者，均系须眉男子，而无小学生与女界团其名。吾川政治思想发生最迟，而范围较广，是吾川将来政治之前途，不难驾西东各国而上之，不可不谓吾川之大幸。呜呼，弱女竟许同仇，儿童亦知爱国，我须眉男子对之能无汗颜！"

四川保路女同志会于6月28日成立于成都新玉沙街17号。发起人是时任《蜀报》总编辑的著名诗人朱山的夫人李毓（即李哲华）。这天开会时，"是日阴雨，天风荡檐，会员多以手拂盖头，步行踏水，裙带尽沾湿。有左手扶娘右搴妹者，有蓬蓬白发、半折臂之媪扶杖入场者。更有一六十岁之老画师，一目眇然，鹄立于大门外，俟其幼女到，继续其夫人到，又张皇惊诧其老仆，急速其长女，不俟轿而来者"。

《四川女子保路同志会公约》共12条，第1条是"本会以拒款、破约、保路为宗旨"，第2条是"本会以乐捐为宗旨"，十分简明扼要。最值得注意的是第10条："俟收有成款即采办材料，即开工修造，并于乐山、犍为一带开办铁厂，只聘洋匠炼钢作轨，其余皆用我们本国之人。如我们华人能造炼钢轨，则可不用洋人为更妙。"可以认为，这些女界的热血之人可能是把"炼钢作轨"想得简单了一些，但是这也正最真切、最充分地表现了她们的那一片赤诚，那一种精神。正如在第11条中所说的："如此内外一心，这条铁路修不起，我们四川人男男、女女、老老、少少，都不要活在人世上了。"

除了四川保路女同志会之外，7月27日在成都还成立了一个由毓秀女学堂校长罗旭芝发起成立的四川女界保路同志会，比起前一个四川保路女同志会来，它的活动时间更长，活动规模更大。她们发表了《为组织四川女子保路同志会告川中妇女书》，其中这样写道："不涉远者不识路途之艰，不登高者不知山岳之险，不为奴隶者不悉亡国之惨。历代亡国之祸，唯我女界所受之苦楚实多。我国痼习谓'女子无才便是德'。凡百事务，抹煞女子。而我女界同胞，亦自认为生男育女、经纪中馈而已，不复措意于学问世故。因是沉沦闺阃，任国破家亡而无可如何，此有识者所为悲伤也。方今盛宣怀卖国卖路，欺君蔽民，乃我四万万男女同胞不共戴天之仇。保路同志会诸君子既发起于前矣，吾辈女界当此危急存亡问题，讵可漠然置之？外人骂吾国女子为'玩物'，此辱不可不藉此一洗。"她们号召"以我四千年无用之妇女，化为保国保种之柱石，并可造子孙之幸福，俾不致受外之嘲笑"。

7月14日，在成都牛市口观音阁还成立了外东区女界保路同志会，发起者以梁启超所总结的明末大思想家顾炎武的名言"天下兴亡，匹夫有责"，《周易》中的"一阴一阳谓之道"的古训，和古代女性中"铮铮佼佼，照耀简册"的著名人物如花木兰、提萦、梁红玉、秦良玉等来激发女同胞的激情，让大家"愤然以起"。当天开会时，"女界同志来者甚形踊跃，有听而呕血者，有愿赴京叩阍者，有年逾七旬之老姥痛哭失声者，有瞽媪顿足求入急欲报名者，有愿捐银百两者。……可见热心爱国，无男女、无少长、无智愚、无贵贱一也"。

除了成都之外，重庆女界也在7月25日成立了"以拒款、破约、保路为宗旨"的重庆女界保路同志协会，有会员近600人，"决意誓死力争"。这个女界保路同志协会的负责人的名单在《四川保路同志会报告》第28号保留了下来，她们是会长王季兰、内务干事陈叔梅、交涉部长罗淑东、文牍部长王象乾、讲演部长陈怀清、联络部长罗峤西、庶务部长江浦君。

7月21日，一位署名为"淑行女史"的女诗人，在《四川保路同志会报告》第21号发表了词作《蝶恋花》，全文如下；"包胥哭秦楚存了，愿同志莫蛇尾偷生好。铁路破约争回早，免国亡、种灭、命保。盛奴媚外太弗晓，效尤秦桧欺君民被挠。本拟赴都兹贼绞，奈阅人微，木兰智巧。"

8月27日，四川女界保路同志会有两千多名会员在玉沙街毓秀女学堂集会，议定先派代表8人到总督衙门请愿，如果无效，全体前往请愿。第二天，罗旭芝等8名妇女界代表去总督衙门请愿。当得到回答是"已令文案房起草代奏，后奏文一定刊刻，各女同志先生即可赏鉴"时，"各呼万岁而散"。

在若干期《四川保路同志会报告》上，我们今天还能读到多篇有关四川各地女性同胞参加保路同志活动的文献，或是热血喷张的文章，或是慷慨解囊的捐献，或是挺身而出的承担。有一位成都学道街的刘徐氏自愿将已故丈夫的丧葬费白银40两捐作保路经费。甚至有一位署名"秀参子"的女士从金堂赵镇致书同志会，自愿在赴京请愿代表出发之时当众自刎，以"拼于代表争死之先"，并用以教育家人。

我们在这里有意地将几个女界保路同志会的情况多作了一点介绍，因为这不仅是保路运动得到深入发动的例证，也是四川妇女运动史上开天辟地的大事。自宋明理学在社会上居统治地位以来，已经将妇女禁锢了上千年之久，在生理上被缠了小脚，在观念上是

"女子无才便是德"，在伦理上是"男女授受不亲"，如今竟能以"国民一分子"的资格大胆地组织起来，以集体的形式抛头露面，走上街头，义无反顾地投身政治运动，甚至以四川女界代表的名义集体到总督衙门请愿，所有这些，都绝对是四川历史上破天荒的第一次，是应当大书特书的四川女性觉醒的大事。

▲《乐捐乐 上龙》　四川博物院藏
　　长24.2厘米、宽23.2厘米。竖式最右排有："乐捐乐　上龙"，其后排有"我皇上登基号宣统成王在位才有周公……"

四川小学生保路同志会在有些地方又称童子保路同志会，最早由成都的华阳初等小学堂12岁的小学生黄学錦（按，即日后的四川大学校长黄季陆）等7人发起，7月6日，他们带着自己拟定的同志会简章，到岳府街四川保路同志会去，表明"余等愤盛贼卖国，欺我皇上，愿设小学生保路同志会以死争，已集合同志三百余人，但未有会所，愿假贵公司空舍一间暂作会地"。当时接待他们的是保路同志会负责人蒙功甫（按，即曾任成都府学教授、废科举后任成都绅班法政学堂监学的蒙裁成，他是蜀中国学大师蒙文通老师的伯父，在保路运动中被众人喻为"老当益壮"）。60多岁的老人蒙功甫与小学生黄学錦有以下一段对话："蒙问渠以宗旨，渠曰：

▲晚年黄季陆　四川博物院提供

'破约保路。'蒙曰：'约不破，路不保当如何？'渠曰：'我等愿赴京面见摄政王、邮传部死争。'蒙曰：'君等小豪杰，何必死！我等当先死，留君等他日成我等强国之志可矣！'言时泣，小学生亦相对泣。"第二天，四川保路同志会主要负责人颜楷、罗纶、邓孝可特地会见黄学錦等小学生代表15人，多方劝告，"再三以缓急轻重，反复譬喻，劝其暂时读书，养成大国民性格，备将来爱国之用"。可是小学生代表坚持要成立同志会，颜楷等人无法说服，又见到他们的入会签名册上甚至有以血书签名的，"深感其诚"，只得同意他们组织四川小学生保路同志会，同意借一间房子给他们使用，但是约定只能定期举行演讲会，绝对不能参加成人的群众集会。

不久，由黄学錦等52人领衔，以"四川小学生代表"的名义，向总督衙门递交了《呈川督代奏敕邮传部废约保路稿》，其中说道："学生等知识尚浅，正宜束发受书，以图报效，岂可妄干国事，冒渎天威。自知罪责将临，斧钺在后，而不已于言者，伏念执干戈以卫社稷之义，蓄项血以御奸党之谋，安敢自重菲莪（按，菲莪的本义是苦味的蔬菜，此即不成才、不成器的意思），默潜圣世！用敢不避斧钺之诛，沥血陈情，谨请力废四国借款之合同，收回绝大之权利，则可免后顾之忧，而有莫大之福。"

小学生保路同志会的日常活动是"一钱会"，就是呼吁各州县成立"一钱会"，号召初等学堂的学生每天捐出一个铜钱，高等学堂的学生每天捐出两个铜钱，助修川汉铁路，"果全川童子人人一钱，以人数二千万计之，每日可集钱二千万"。在八月间的一次会上，一个姓李的小学生发表演讲，号召成立"一钱会"时，其"惨戚之容，悲感之声，沉勇之状，热挚之忱"，使得"虽顽石亦当感泣矣"！在场的蒙功甫老人"登台抱此小学生

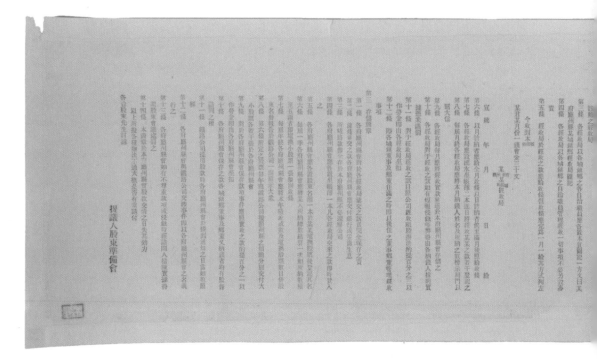

▲一钱会用以筹路款的宣传品　四川博物院藏

　　铅印，长25.5厘米、宽106.0厘米。由川汉铁路"股东准备会"作"提议人"。内容分为组织之纲要、经收局简章、存储简章三个方面。

痛哭告众曰：'我辈所以争路争爱国者，皆为此辈小兄弟计也。今小兄弟等热诚惨苦有如此，吾辈焉得不痛！'时台下万众无不痛哭失声。在场之兵、在场之巡警，均莫不痛哭。兵中有攘臂哭且喊曰：'我亦四川人，我亦爱国者。'"

　　小学生中的感人事迹很多，如成都官立模范两等女学堂9岁学生黄花朝将所积蓄的零花钱300多文捐出，她说："其数虽薄，然聚石可以成山，聚树可以成林，使我蜀川之民七千万众皆能如是，各捐一份，则所得不下二千余万，其款不亦巨哉！"乐山牛华溪有个年仅9岁的倪姓女学生，将历年积蓄的5个银元请老师代为邮寄给四川保路同志会，捐作保路经费。因为她家不是四川籍，大家劝她无须捐款，她说："凡我国民，无老幼贵贱男女，皆当亲受荼毒，覆巢之下无完卵，安可以行省分畛域，视问秦越之肥瘠乎？"成都的华阳小学堂学生汤士浚兄弟二人将零用钱500文当面交到四川省保路同志会总务部长江三乘手中，江不收，汤氏兄弟说："先生决意不收此款，弟兄之意已决，死亦不去"。周围的十多人"闻此言，皆大哭不能作声"。

　　我们在这里着重介绍了小学生们踊跃参加保路的情况，其实更多学校的学生的热情并不亚于小学生。只是由于当时的高等学堂与各中级学校都有一条校规，规定在校学生不得参加社会上的集会集社，所以学生们的行动相当分散，一直到8月27日，四川高等学堂、绅班法政学堂、官班法政学堂、官立法政养成所、通省师范学堂等学校代表才首次在文庙前街梓潼宫中集会，商议成立学界的保路同志会。第二天，全市学生代表200多人再次集会，成立了全川学界保路同志会，并对是否停课以及停课之后如何行动等事进行了讨论。9月2日，各校代表在岳府街铁路公司开会时一致决定，成都所有学校立即停课，各回家乡，在更广阔的天地去发动与组织群众，"共襄路事"。

　　与青少年学生相互辉映的还有一些年事已高的老人，他们的行动也堪受赞誉。最早带头走上保路运动第一线的著名老人是年逾八旬的德高望重的老翰林伍肇龄。他是大邑人，在1847年中进士，1851年授翰林院编修，回乡之后担任过锦江书院与尊经书院的主讲多年，在1903年再次被起用为翰林院侍讲，1907年升任侍讲学士，在当时是地位极高的名士，有"天下翰林皆后辈，蜀中名士半门生"之誉。他一直积极参加保路运动，多次领衔上奏朝廷为川人的利益而仗义执言，1911年6月17日在成都民众向政府的请愿活动中，他带头走在队伍的最前列。队伍到总督衙门之后,他"肃立于众人中,直待护院(按,指王人文)对众演说,承认代奏后,始随众人鱼贯而出"。在他的带动下,不少老人都走进了保路运动的洪流之中。据《四川保路同志会报告》中的记载,如崇宁县71岁老秀才施泽普,坚决反对盛宣怀出卖路权,称"人生百岁皆是死,此次当以死力拒之",他登台讲演时,讲至"路存与存,路亡与亡,气壮声悲,青衫泪湿"。成都老医生熊善明年74岁,他写给四川保路同志会的书信"洋洋万言"而"辞气悲壮"。

"一钱会"的行动不仅在学生中迅速传播,而且得到了更多的成人们的响应。仅据《四川保路同志会报告》各期所载,就有成都东大街商店代表、成都童子街市民代表、成都的川北绸帮代表、成都陕西街机行工人代表、成都马王庙轿铺力夫代表、温江警官黄鉴、成都公立实业学校教师牛凤威等6人……给四川保路同志会所写的报告,他们或者组织"一钱会",或者发起"一文捐",宣称"愿以一人一日一钱之忱,协助保路保国保种之会","抱愚公移山之想,以坚众志成城之心",而且是"一日一钱,永久继续,以路回会解之日为止"。

有必要说明的是,按四川保路同志会的规定,一律不收捐款,只收股款,所以对于上述的各种各样的捐款者如果实在不能拒绝的话,都是"暂由总务部保管,留作将来代购股之费"。

在各地各行业成立的保路同志会中,特别值得注意的是军警和满族同胞。

当四川保路同志会成立之日,被官府派来执勤的巡警中就有不少人因为听到会场中的激情报告而"痛哭失声"。会后,同志会代表到藩署请愿,执勤巡警一路护送,并将街上的"乘青纱大轿者"、"乘四人肩舆者"全部阻隔在请愿队伍之外,为请愿队伍让道。在各地的保路同志会的各种集会活动中,从未有军警加以阻挠或破坏的事情发生。在当时的《启智画报》、《西顾报》上,还多次刊载了军警表示同情与支持的典型事例。

据《西顾报》9月2日载,有署名为"金川军人"者在成都闹市商业场贴出一张《愤启》,其中说:"盛贼卖国,神人共愤,罢市罢课,固其不得已也。凡我军人同胞,亦有爱国之心,奈上官约制,未能会议。万众爱国,各同胞切勿暴动。我等军人,稍知大义,决不如犬马之所为也。"这是四川军人在公众场合支持保路运动的第一次公布的文字,引起了官方的极度紧张,随即宣布这个《愤启》乃是有人捏造,玩了一次"此地无银三百两"。《西顾报》在9月3日即发表评论指出,商业场的《愤启》其实质就是"全川军界共白"的"军人保路同志会广告"。评论说:"人同是心,心同是理,安见此吉光片羽,不出于军人全体之共决?可爱哉,我全川军人!可敬哉,我全川军人!同仇敌忾,恭敬桑梓,吾惟有倾佩而间言。"

成都的满族同胞集中居住在成都西部的满城之中，他们在保路运动中的活动记载很少。由于当时的社会矛盾在不同时期一直都还存在着程度不同的满汉矛盾，保路运动的斗争矛头又是一直对着清王朝，所以满族同胞在保路运动的前期不大可能表示支持或者参加活动。但是随着运动的深入发展，在涉及全川百姓的具体利益面前，在满城以外的轰轰烈烈的群众运动的影响下，在四川的满族最高官员成都将军玉昆和护理总督王人文等人的比较开明的态度的默许之下，部分满族同胞仍然和广大汉族同胞一道加入到保路运动的洪流之中，成立了保路同志会。《民立报》在9月17日的《成都特别通信》中就有过这样的报导："满营同志协会现由协领等发起，假文昌宫为会所，其办法概照外城（按，此指成都除满城之外的大城）保路同志会章程办理，现亦签名入会，一致进行。闻原不赞保路，及见将军如此，协领、助领（按，协领、助领都是当时满营中的军官。清代的满族同胞一直按照入关以前的老规矩，男子出生即是军人，按八旗的军事编制接受管理，妻儿均随军，所以成都的满城也称为满营）皆承其意旨云。"

在当时踊跃捐款的著名人士中，还出现了一位演艺界的大明星，这就是川剧名旦杨素兰。

杨素兰（1878—1926年），潼南人，自幼学艺，为清末"成都第一名旦"黄金凤的高徒，1902年创办宴乐班，名动全川。1912年四川川剧界的10大名班共同组成川剧界的大本营"三庆会"，这是近代川剧形成的重要标志，杨素兰就是三庆会的第一任会长。在既没有话剧、歌剧，更没有电影、电视的清代末期，川剧是四川人文化生活之中的第一演艺形式，无论城乡，处处有川剧，人人看川剧，川剧名家就是川人心目中的明星，当年的追星族所追的也就是各地的优秀川剧演员（这种情况一直保持到新中国成立之后）。作为当时被称为"川班青衫、花旦中之泰斗"的杨素兰，他在6月24日，也就是四川保路同志会刚刚成立一周的时候，就给四川保路同志会递交了这样的一封信：

"具志愿书伶人杨素兰，为保路拒债，毁家急公事：

"缘此次四国借款合同，授权外族，若不力予挽救，亡国祸在目前。皮之不存，毛将安附？言念及此，痛不欲生！幸赖同胞父老诸先生，关怀大局，维持桑梓，组织保路同志会，拼死力争。

"素兰亦川人一分子，自恨下流，勉加大义，不克备效驰驱，惟有将生平蓄积薄田六十亩，尽数输入贵会，以保路权，以拒外债，尽川人之义务，动同胞之观感。积流可以成河，聚蚊可以负山，人人奋发，急起直追，转危为安，挽得于失，区区葵忱（按：葵忱即有如葵花向日之热忱），槁死瞑目。如路权不能挽回，亡国即在眉睫，则素兰惟有引颈自尽，不忍见乱臣贼子置吾同胞于毒蛇猛兽而莫之救也！不尽鄙怀，伏维亮鉴。

"谨将产附呈，以表愚悃。川路幸甚，大局幸甚。为此即乞保路同志会父老诸先生公鉴。"

蜀中第一大明星的这一行动，在全川引起了极大的震动与反响。就在刊载这封信的《四川保路同志会报告》的第三期，就针对杨素兰所说的"自恨下流"一语（在当时，戏曲演员的社会地位不高，被时人纳入"下九流"），加上了这样的编辑按语："寄语杨君：君上流人物也。如盛宣怀者始真下流，以盛方（按，这里的"方"即比较）君，盛愧死矣"。

虽然四川保路同志会按照一律不收捐款的规定，作出了以下决议："经干事会及四部职员议决，同志会不收捐款，杨君产契，暂时奉还，日后铁路争定，仍归商办时，由杨君自由变价入铁路股，以不负杨君热忱"。但是一时间，人们纷纷赞扬杨素兰的义举，甚至写下了若干诗歌，在赞誉杨素兰的诗歌中，著名诗人、书画家罗一士所写的颇有白居易《长恨歌》韵味的歌行体《杨郎曲》曾经在蜀中传诵一时。

社会名流的行动肯定会在社会上产生很大的影响，可是还有一些平时与社会名流的社会地位完全相反的处于社会底层的最普通百姓的行动，却会从另一方面表现出特别感人的力量。从当时的报道中可以见到的，例如公馆中的佣工、街边的剃头匠、商业场的绣花工、唱曲的盲人等等，都用他们力所能及的微薄收入尽最大努力支持同志会。这其中，以下几件事又特别令人感动：

成都马王庙街轿铺的轿夫黄洪顺等在致四川保路同志会的《愿书》中说："洪顺等扪心自问，虽属下力，亦系国民分子，安敢坐视。……是以邀同铺内力夫共二十人，每日每人捐钱一文，聊作贵会多刷数张白话报告，使人茅塞易开，是所仰望。再者铺主李荣兴见我辈愿将血汗之资积一钱之助，铺主亦愿每日助钱十文，以坚我辈始终一律同心，不废此愿。当即公同商订：闰月（按，当年夏历闰六月）朔日起，并议铺内置一竹筒，按日由洪顺经理收齐，眼同大众收入筒内。再者此钱或者按月呈缴贵会，或者听候拨用，尚祈示复。再者，具此愿书，未倩高人代作，内理不明，字迹草率，希乞原谅。并请弗登报告，是所至祷。"

商业场利市绣花铺的伙计余德宽，"感慨路事，脱其所衣长衫，质得铜钱五百枚，持至保路同志会办事处，尽数捐入。接待者婉辞，则大哭，并痛骂盛宣怀，掩面痛哭而去。"

沿街卖艺的盲人也推选出代表，给四川保路同志会送来了他们的《愿书》，上面这样写道："具愿书四川省城瞽目人，执业宣讲格言、摩骨相法、命学、洋琴、道琴，各部共二百八十八人，同心商定，各举各部代表人乔德斋等，为破约保路，捐备壶浆，以坚永志。……我堂堂中国，今不幸有邮传部尚书盛宣怀……主持借外国债，许铁路与外国修，

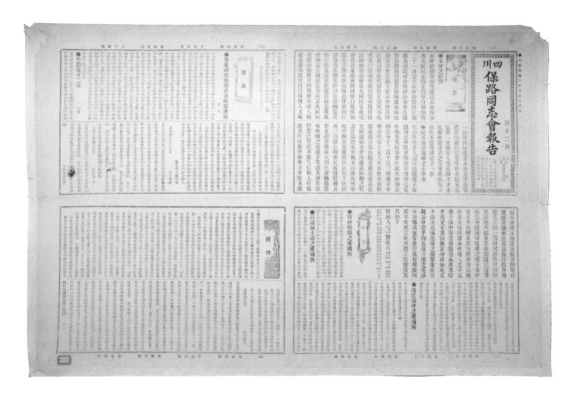

▲《四川保路同志会报告》第十二号　四川博物院藏

　　纸质，石印；长47.0厘米、宽73.0厘米；大清宣统三年（1911年）六月十六日刊行。内容分为报告、纪事、着录、附件四个单元，包括本会之经费、感天地泣鬼神之小学生、阃绅烧点之爱国热、详志何土司之爱国热、温江协会之爱国热事、爱国奋死郭君文焕遗事后等；报纸上方边沿印有："路是人修、钱是人管、路是白送、外带认息；既夺我路、又夺我款、夺路夺款、又不修路。"

　　又抵押中国各省财政给外国，种种受外国人限年盘算。此等合同，路人皆知其不可，何待我赘言。……川人闻之，父老子弟无不切齿痛恨。闺中之妇女，束发之儿童，亦莫不交骂盛宣怀等为汉奸，为卖国奴，将亡我大清国，亡我大清民，亡我大清黄种，我等与盛宣怀等仇不共戴天，有死无二。……谨将揣骨相礼、齿积余资银元五大枚，上呈总会收纳，以代在会诸君解渴壶浆。明知一滴一粟何益河海太仓，然资薄心诚，非同虚套，望无麾却，稍抒我辈悲愤，感激多矣。此稿系夏天平口授，不计拉杂鄙俚，只求言我等心中之所欲言，如有时须我等瞽目之处，则击筑之劳，同人愿效力不辞。为此申请。"

　　成都街头有一个"打道筒"（即现在所称的"竹琴"）的张瞎子，请人为他诵读有关保路的宣传资料，"教读数十遍，以期沿街弹唱，妇孺皆知"，然后，每天"在东、北两门弹唱，人多感泣"。

青神县一位姓蓝的女乞丐，在青神县商会听了同志会的讲演，"大愤，愿将已积之钱六百文捐入协会，以作费用"。讲演者"再三谢绝"，仍不能止。

自流井（清末还没有自贡市，自流井只是富顺县下属一个镇）于6月26日成立保路同志会时，在一片"众皆愤激流涕，咸愿力争破约保路"的气氛之下，"有娼妓李春林来会捐龙洋六百元，毛黄氏来会捐银二百元。敝会初拒不肯受，二妓哀求不已，始允暂存，留作他日购股之用。此亦青楼中之热心爱国，不可多得者也"。

面对上述的一件件感人肺腑的生动事例，当时的知识分子也无不感动地说："最足动人者，则下等社会贫苦人，发言之精当，忠悃之纯挚，有为士大夫所不到"；"虽下等社会之人，亦俱涕泗交流，咸切齿盛宣怀等而骂其为洋人走狗以断送我神州之河山，趋四万万众于奴隶之辈。甚有号啕而欲绝者，足见亡国之痛，人人俱有同心。"

总之，"凡一月之间，全川十三府、九州、一百八县之保路同志会无不成立，会员数百万，职员数千。以至妇人孺子、农夫优倡之俦，莫不奔走输将，争先恐后若是者，何也？诚以铁路者全川之生命，租股者全川之膏血"。

除了"全川十三府、九州、一百八县"之外，四川保路同志会还派出了代表常驻北京、上海、汉口等地，这几个城市的四川同乡会实际上一度成为了四川保路同志会的分会。

四川保路同志会还派龚焕辰等去香港，白坚等去广州进行宣传与联络。8月15日，在香港各界于洞天酒楼召开的欢迎龚焕辰与白坚的特别茶会上，还由香港同胞黄汪波发起成立了"旅港香港保路会"。当白坚"演说毕时，用刀割指而书'粤蜀非联合不可'，且以志粤蜀交通之始。在座诸君见鲜血淋漓，莫不竦然生敬，鼓掌之声震瓦屋。"9月7日，广东保路会在香港成立，龚焕辰在会上介绍了四川保路同志会的"献议四条"，受到了与会代表的一致赞成。

宣传浪潮涌城乡

　　保路运动之所以能够短期之内在全川各地风起云涌，势不可当，其最根本的原因当然是由于长期社会矛盾的积蓄，是对清王朝倒行逆施的激愤，是川汉铁路的实际利益情系万家，但是还有一点不能不承认，就是四川保路同志会在宣传舆论上的工作做得非常成功。无论是四川保路同志会的领导层还是其核心成员，几乎全部都是当时思想激进的知识分子，办报纸、造舆论、写文章、发传单是他们的拿手好戏，这一强大的优势从革命派的邹容、立宪派的宋育仁就已开始，更何况在此时的四川，几乎没有人敢于公开站在清王朝的一边，站在盛宣怀的一边，故而四川保路同志会很快就占领了舆论阵地，掌握了舆论导向，在全川发起了一轮又一轮强大的宣传攻势，让盛宣怀卖国误民、川人必须破约保路等等道理迅速传遍全川，几乎达到家喻户晓的地步。

　　早在四川保路同志会成立之前，四川省咨议局在1910年出版发行的《蜀报》就已经成为了川汉铁路公司的重要宣传阵地。四川保路同志会成立之后，立即编辑出版了《四川保路同志会报告》（编辑事务由罗一士负责），从6月26日起每天一期，每期都在万份以上，最高时达到3万份。7月22日以后因为纸张实在供不应求，才改为两天一期，但是有大事时另发传单。7月26日又编辑出版了四川保路同志会的机关报《西顾报》（编辑事务先后由屈厚蕃、池梁炬负责），每天销售量都是几千份，最高时达到一万五千份。与此同时，在四川保路同志会领导之下的还有邓孝可、朱山主办的《蜀风杂志》和江三乘主办的《白话报》。这几种报纸都受到各界民众的热烈欢迎，产生了极大的社会影响，成都两大印刷厂昌福印刷公司和文伦印刷公司加班加点也供不应求，以下这类报道在当时的报纸上时时可见：

　　"顷有数友人称：其家妇孺每日望本报告几如望岁，及得报展读，涕泗横流，且阅且哭。又昨至某所，偶问人曰：君日读同志会报告否？曰：读，惟每读苦令人欲哭耳。"

　　"昨资州有专函称：有某姓者，于某所闻某医士读本会报告，捶胸顿足，号哭而去。"

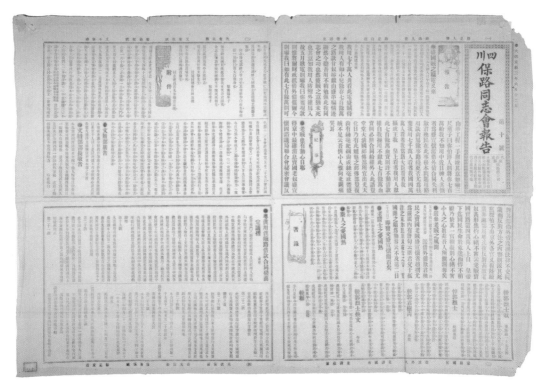

▲《四川保路同志会报告》第十号　四川博物院藏

　　纸质，石印；长48.0厘米、宽72.0厘米；大清宣统三年（1911年）六月十二日刊行。内容分为报告、纪事、着录、附件四个单元，包括盛国贼之秽电又来、老医士之爱国热、秦人之爱国热、挽郭烈士歌、粤汉川汉铁路借款合同磋商定议折等。报纸上方边沿印有："路是人修、钱是人管、路是白送、外带认息；既夺我路、又夺我款、夺路夺款、又不修路。"
　　1911年6月，川汉铁路股东代表在成都开会，成立了保路同志会，推举蒲殿俊、罗纶为正副会长，提出了"破约保路"的宗旨和"路存与存，路亡与亡"的口号。这是该会出版的宣传品——《四川保路同志会报告》。

其人甫订婚月余，次日到岳家退还庚帖，谓时事如此，死所难知，何以妻为。"

　　"初六日有一老人，于德盛街口将报纸详细讲演。行者多人，止而静听，见老人口讲指画，初讲至争路之举，为保国保路起见，闻者为之豁然。讲至盛宣怀卖国之奸计，李稷勋献款之无耻，闻者为之愤恨。及讲至路亡国必亡，国亡民必亡，闻者又为之凄怆而流涕。报之感人，如此之甚，无怪《西顾报》近日销场亦日渐发达也。"

　　除了报纸，四川保路同志会还编印了大量的以传单形式供城乡张贴的宣传品。这些宣传品以四川保路同志会的基本文件《四川保路同志会宣言》为基调，以不同形式、从不同角度对破约保路的方方面面向广大群众进行了全方位的宣传讲解。

　　第一种是由四川保路同志会负责人亲自撰写的文章，如邓孝可所写的《卖国邮传部！卖国奴盛宣怀！》、罗一士所写的《为邮传部尚书盛宣怀出卖川汉铁路告全国父老书》，或是由报纸编辑部所写的重要文章与号外。如《蜀报》的揭露盛宣怀夺路卖路十大罪的《蜀报馆紧急号外》一开始就是这样写的："夺自国民，送诸外人。国人起者，川人起者。既夺我路，又劫我款，夺路劫款，又不修路。川人起者，国人起者，于此不争，死无所矣。"

　　第二种是用当时民间的白话口语所写的文章与唱词（这一方式留日学生早就用过，而且很成功，比如留日学生写于1904年的《急修四川铁路白话广告》就是一篇长达3800多字的白话口语文章，文中所用的"哎呀，我们现在的四川，看看又是一个东三省了。我们四川人趁早打主意，看还救得到不"这样的大白话在此之前是极为罕见的）。我特别欣赏那些可以用四川民间最流行的曲艺形式如金钱板、荷叶来演唱的作品，如《四国借款合同歌》、《铁路国有歌》、《川民吁天歌》、《法律保护歌》、《来日大难歌》、《铁路

▲四川川汉铁路公司发行的白话文广告　四川博物院藏
　　铅印，16开本。长25.5厘米、宽18.5厘米。封面竖式排有"四川川汉铁路白话广告"字样，字的周边镶有边框。内容为："列位：我们四川说修铁路，已经三四年了。不消说列位第一个疑心，就是问，怎么年年光是收钱，尽不见开工？这个话愚下在前不晓得，也是这么说。如今明白了，这才有个原故。什么原故？讲修路是有个一定哩次序，错不得的……"反映了铁路修筑过程的不易性和铁路运输带来的便利性等。

醒心歌》、《川汉铁路特别股东会停办捐输歌》、《创一钱捐修铁路歌》、《同志歌》、《四条好汉歌》、《快办民团歌》、《敬告伯叔弟兄》等等，全用口语，通俗易懂，剖析详尽，感染力强，是四川近代文化史上文艺为政治服务的典范。这里试举一例如下。

没有作者署名的《四国借款合同歌》的开篇是这样的：

"这几天，闹喧喧，四川人结个同志团。同志团，为哪件？为的亡国事儿在眼前！亡国事，是哪件？就是那外国人儿勾通了汉奸。汉奸的罪状不忙叹，先把外国借款说根源。

"英法德美联成一串，把我们中国当老宽，定个合同命难扳，绳子捆来索子拴。任你是个铁心汉，看着同志也泪涟！忍着泪儿睁着眼，从头至尾都看完。看完即便摇旗喊，喊醒个人莫酣眠。"

以下按借款合同一条一条进行分析揭露，例如"最险最狠是十七款，总工程师也是外国人的权。湖广路工多几段，都要英国人掌罗盘。湖北、广水、宜昌三路线，都要由德国人握机关。宜昌至夔路工险，都要过美国人的墨线弹。就是工程用人办，都要总工程师来引牵。路工虽完债尚欠，总工程师的位子仍要安。顶敬外国人真可惨，当作了开山的老祖先。好比借钱补屋烂，掌墨师、零工匠，都被债主来包完。就是把你款摆烂，屋未补完钱已干。"

当把合同的25款逐一分析揭露之后，最后作了这样的总结：

"说罢合同泪难展，颗颗泪儿湿衣衫。这合同深沉又狠险，这合同刻薄又尖酸。把中国好比猪一圈，任他外国人来牵拴。外国此事计不浅，盘算也有十余年。运动费不知花销几多万，订合同才有这一天。都还是中国穷不惯，又是汉奸把贿贪。

"犹太富翁是前鉴，哪管亡国只要钱。这些评论都不叹，说到亡国谁心甘。说亡国，真可叹，且把埃及事儿略略言。他向英国公司来借款，亡了国已有几百年。波兰、印度与他不差一点，最近几年还有朝鲜。他们亡国为的是哪件，只为失去了财政路政权。

"财政、路政的关系很不浅，就如人身上膏血一般。国亡财政被人管，人死脂膏血液干。我们把榜样看一看，看看危险在眼前。此回合同扳不转，四国成了银行团。银行团比用兵还危险，要吞我们厘税关，要把我们路权占，要将警察陆军来压弹。他的政策步步碾，我们都在他势力圈。等到他势力都布满，那时节就到了亡国的一天。当他的奴隶谁都不愿，莫奈何要受熬煎。

"唱到这里高声喊，大家把办法来详参。一不是举旗要造反，一不是酿祸的义和拳，一不是仇教要把教堂来打烂，一不是领人把公使馆来掀翻。大家抱定一个主见，废合同才是生死关。废合同虽有种种手段，先要团体结得坚。各州县都把同志会来办，废合同的事儿个个承担。要把宜昌工程来保管，抗拒洋工到此间。又联合同病相怜的湘、粤、汉，告御状亲到摄政王眼面前。不废合同不解散，政府必然能周全。若还见风不肯把帆转，自有办法再上前。一齐努力气莫软，好似行船到了滩。过滩全凭橹力健，众擎易举古已然。这件事照此是正办，下回书才说除汉奸。"

　　由于当时的各种报纸与宣传品都集中在成都出版印发，各州县为了尽快看到，大多是派专人前来领取。例如川北的阆中县，"距省城七百余里。该地绅商闻盛奴夺路卖路事，愤恨如烧，立欲悉其详情，特专捷足兼程星驰三日有半抵成都，购置保路同志会出版报告各件。"很多州县的同志会还将省保路同志会的宣传品在本地重印散发。如纳溪县同志会"速将寄到报告撮集要领及浅显歌词排印二千余份，飞布乡村，务使妇孺咸知，以达破约保路之目的"。三台县同志会因"报告无多，人皆快于先睹，因择其极有关系、感人易入之记述，誊写油印，发交镇乡各会，到处张贴"。东乡县（今宣汉）同志会在给四川保路同志会的报告中说："现时以文牍、讲演为最要，迅速将紧要报告油印多张，散布各场，俾识文字者目有所见，即不识文字者亦时有耳闻。民智为之渐开，即民气为之增长，夫然后可以为同志会后援，则可以达破约保路之目的矣"。

　　四川有报纸是从著名维新派人士宋育仁1897年在重庆办《渝报》、1898年在成都办《蜀学报》开始的，但是印数不大，对社会的影响也仅仅是在少数知识分子之中。只有到了保路运动时期，报纸才第一次走进了四川广大民众的视野，它不仅是为保路运动推波助澜起到了极大的作用，如当时人所说："四川人知道报纸势力，就在争路风潮时代"。更重要的是，这是近代的文化传播方式第一次在四川城乡产生划时代的影响，是新文化思潮在在四川城乡第一次前所未有的普及，而这一切又是在那个几乎是全民振奋的特殊时刻进行的，所以对于蜀中近代文化的传播与启蒙具有重要的作用。隗瀛涛老师在《四川保路运动史》中谈到这一问题时曾经这样说过："这是四川历史上爱国和民主教育的第一次普及，群众思想的一次解放。"这是完全正确的评价。

　　在向全川散发宣传品的同时，四川保路同志会的另一个犀利武器是讲演。

　　在没有无线电传播技术的清末，面向广大群众进行面对面的讲演，同时解答群众所提出的各种问题，再进一步进行群众的组织与联络，这应当是当时最有效的宣传方式。为此，四川保路同志会在成立时就在下属的四大部中专门设立了讲演部，并制订了《讲演及组织协会办法》，明确规定了讲演时"先言川路由官办改商办，又由商办夺归国有；次述盛订合同种种失败要点，与夫将来利害关系；次言本会发起缘由及办法大概。"这些内容讲完之后，"即组织同志协会"。

　　这以后，全川各地的分会也大多设立了讲演部，形成了一支数量不小、能量很大的讲演队伍，都是选拔"口齿灵利，心机锐敏者"。他们带着四川保路同志会专门印刷的《致各府、厅、州、县有司启》和《讲演部启事》，到"京、沪、鄂、湘、粤与四川各府、厅、州、县接洽演说"，取得各地的官府与股东会、商会等的支持，组织会场，进行讲演。

四川保路同志会的领导人首先在成都进行讲演，然后又发动成都各学校放暑假的各州县学生回乡进行讲演。通过这些讲演使四川保路同志会的宗旨很快向四面八方传播，"不特全川波动，即全国亦为之波动"。以下就是刊载于《四川保路同志会报告》第二期的"本会决定在省城分段逐日演说列表"：六月初一提督街三义庙、初二贡院、初三东门火神庙、初四南门延庆寺、初五北门火神庙、初六东门外文昌宫。每天的演说者的名单也同时公布，有罗纶、陈东垣、彭兰村等。四川保路同志会成立于夏历五月二十一，这次"分段逐日演说"应当是保路同志会负责人进行的最早的六天演说安排。

从当时的各种记载看来，这一支深入到全川各地的讲演队伍是将全川群众充分发动与组织起来的最为重要的方式，取得了极为成功的效果。

■ "和平保路"的路不通

　　在全川各地纷纷成立保路同志会的过程中，出现了不少可歌可泣的感人事件。下面是1911年7月2日即四川保路同志会成立半月以后出版的《四川保路同志会报告》第七期所载《本会爱国热之一束》一文中的叙述："本会成立以来，已经半月……蜀人振臂一呼，集者数万。近州县成立协会者，已纷纷报到。会中万众血男子，指不胜屈，有先死誓众者，有破指示决者，有以五日走一千一百里赴会者，有以六十老翁而愿捐其身于会者，有十三龄稚女而自誓死任代表入京者，有以稚童涕泣愿捐其买饼饵之钱助会经费者，有官者弃官，有产者捐产，有客籍人入会而请勿存畛域之分者，有西人来会自愿效将伯之助者（按，"将伯之助"语出《诗·小雅·正月》，就是指高人予以帮助）。除已散见迭次报告外，如欲一一数之，将穷白纸莫罄，此犹狂热之已表著者。"

　　但是，也就在上述这篇文章中，在热情鼓励"万众一心，心惟一的"，讴歌"如狂如痴，如醉如迷"的同时，却仍然在宣扬"如是狂热无丝毫暴动，如是喷涌无丝毫偏激，严守秩序，死力进行"。也就是说，四川保路同志会的领导人心中仍然是十分坚持地走和平请愿之路、仍然是不愿有任何的暴力行动出现，虽然应当"死力进行"，但是应当"严守秩序"，不能有"丝毫偏激"。在四川保路同志会的各种文件中、各种宣传品中，我们可以看到若干处都明白写着"本会所最要者，一在防暴动，二在有秩序，三在使四民知此事之利害关系"这样的文字。为了这一目的，四川保路同志会在成立之初，还专门发布了一个《公告》，一个《白话告白》，要求大家"整而有理，秩而有序"，"不要有野蛮抗官府、打教堂的无理的暴动"。

　　正是在这种指导思想之下，虽然群众之奋起有轰轰烈烈之风，但是四川保路同志会领导人所采取的保路措施却无有轰轰烈烈之势，一切都是在"文明保路"的原则之下进行。

　　在这段时期，四川保路同志会的领导所采取的"文明保路"的主要措施，向上就是向朝廷请愿，向下就搞舆论宣传。中心都是一个：破约保路；目标也集中于一个：攻击盛宣怀。

不同形式的向朝廷的请愿已经进行过多次了，四川保路同志会为了达到"破约保路"的目的，在这时所采取的新形式是组织人力将盛宣怀签订的借款合同进行逐条逐款的十分详尽的大批判（当时用的是一个中性名称，叫做"签注"），认为借款合同"既以铁路干线作抵，复将工程、用款、用人、购材、利息等，凡路政所有权限，一一授之四国银行。虽该合同无以路作抵之明文，而该银行等种种支配干涉特权，实较之明以路作抵者，尤足攘吾路权，而制吾死命，则此合同成立，不啻断送该路也"。然后将这篇长达6500字的大批判文章以罗纶领衔、2400多人签名之后，递交王人文，请其转奏朝廷，再次表明："收路国有之命，川人尚可从；收路而为外人所有，川人决不能从；借债主办内政，川人尚可从；借债而令外人夺我财政，川人决不能从。该合同失败若此，即尽举其款优恤川人，川人亦所不受，即邮传部横施压力，强制川人，川人有死而已，不能从也。"王人文于6月27日原封不动地将这篇大批判文章转奏朝廷，并表明了自己的态度，认为"此次借款合同，举路权、财政尽付于人，势成不国"，四川人民的举动是"具有忠君爱国之热诚"，自己

▲路事问题漫画　四川博物院提供

愿意代为上奏，是因为"天良难昧"，是因为考虑到"群情以激而愈固，民气有郁则必伸"。如果朝廷认为他的做法不妥，他甘愿认责，可以"将微臣交议严惩"。

应当看到，王人文作为护理四川总督，对于四川的情况是相当了解的，对于四川人民为什么会坚决地破约保路的原因是相当理解的，所以他不仅同意四川保路同志会的成

▲护督王人文请求清廷惩办盛宣怀的密折　四川博物院提供

立，同情四川保路同志会的激奋，能够为四川保路同志会转奏上述的"签注"，他还在四川保路同志会成立后的第二天以个人的名义上奏朝廷，明确表示当他看了盛宣怀所签订的借款合同之后，"反复寻绎，不觉战栗"，因为"合同乃举吾之国权、路权一畀之四国，而内乱外患不可思议之大祸，亦将缘此合同循环发生，不可究诘"，"稍有识者，读此合同，无不痛哭流涕"，而所以会出现这种种情况，责任均在盛宣怀心存"个人莫大之利益"，既欺皇上年幼，又欺摄政王不熟悉国际条约，"故敢悍然肆其诈欺贪蠹，置国家一切利益于不顾"。因此，他向朝廷建议"先治盛宣怀以欺君误国之罪，然后申天下人民之请，提出修改合同之议"。在中国历代专制王朝的历史上，一个封疆大吏能如此鲜明地站在人民群众的利益一边多次与朝廷对立，同朝廷抗争，实属罕见。一个身居高位的官员对形势的发展有如此精确的预言，也实属罕见。

与王人文态度相近的大官，还有成都将军玉昆。

成都将军的"将军"不是古代常见的对高级军官的泛称，这是一种实名的官职，而且是清代一种很特别的官职，原来是清初在全国各军事要地设置的驻防将军，用于统帅驻于该地的八旗军队，故而只能由满蒙八旗的贵族担任（清代中叶以后，在特殊情况下汉族总督可以短期代理将军的职务，但不能叫兼任，只能叫兼署。在古代官制中，"署"就是代理的意思。例如成都人相当熟悉的同治时期的汉族四川总督吴棠就兼署过成都将军），在边区和各省均设（惟河南一省未设）。以成都为例，其官衔的全称是"镇守四川成都等地

方将军、统辖松建文武（按，这里的"松"指松潘，"建"指建昌道即今西昌地区，这里是以"松"、"建"泛指四川所有的藏族、彝族地区）、提调汉土官兵、管八旗事"，一般都简称为成都将军。清代中叶以后，八旗军队逐渐丧失了战斗力，昔日的八旗劲旅变成了好逸恶劳的八旗子弟，将军也不是各省都有而只在战略要地设置，各地的将军不再练兵打仗，其主要职责就演变为管理旗人事务，并担当起清代皇室派在当地的最高代表，是皇帝的耳目，负有监视地方官员的重责。在当时各省的官职序列之中，除了少数以御前大臣、大学士的官衔出任总督者外，将军的地位都在总督之前，居于首位，虽然表面上不具体管理地方政务，但因为他对所有的地方官员都有监视之责，可以将地方的一切情况独自密报清廷，而地方上的最高官员总督与巡抚给清廷的重要奏章上报时都得有将军的副署，否则就不得上奏，不能起任何作用。

此时位居全川军政官员首位的将军玉昆是满洲镶红旗人，从凉州都统任上调任成都将军只有两年。他在6月24日所写的一封家书中也曾经这样说："近日来川省风潮顿起，因铁路归国，众心激愤，聚众万人，终日与督（按，此指护理总督王人文）为难，仍求代奏，非废前约不可，此事焉能作到。众志成城，宁割头决不让路。看此事，起乱之萌芽生矣。可谓内讧外侮，本系朝廷失当，盛老（按，此指盛宣怀）误国所致。"在另一封家书中，他甚至说出了这样的话："统计五省，民情动摇，不知闹出何等变局，再再可虑。但卖国贼盛宣怀，使海内人人切齿痛恨也。"所以他自己的打算是："支吾一天是一天"。

玉昆和王人文是当时四川军政官员的第一二把手，他们都能有这样的态度，应当有两种解释：一种解释是四川人民强烈要求破约保路的行动，上合天意，下应民心，合情合理又合法，真是一股合乎正道的历史潮流，所以连四川军政官员的一二把手都能给予理解与支持；另一种解释是这种破约保路的"和平"行动还没有损及清王朝的根本利益，没有动摇清王朝的统治基础，还在官府允许的范围以内，所以连四川军政官员的一二把手都能给予理解与支持。

由于"和平保路"丝毫没有动摇清王朝统治的根基，所以不仅能够得到王人文与玉昆这样的高官的同情与支持。就是后来对保路群众大开杀戒的被称为"赵屠户"的赵尔丰，这时也是与保路同志会的领导人没有多大的矛盾。

赵尔丰原任川滇边务大臣，于4月21日被任命为署理四川总督（自从锡良在1907年调离四川之后，接任的四川总督是赵尔巽。1911年4月赵尔巽调任东三省总督，清王朝没有立即任命新的四川总督，而是让赵尔丰暂代，所以称为"署理"。一直到清王朝垮台，除任命了一个未到任的名义上的四川总督岑春煊之外，四川一直没有正式的总督，赵尔丰一直都是"署理"），此时尚驻打箭炉（即今康定），未到成都。他在康定和王人文、和保路同志会领导人有过几次往来电报，赵尔丰的态度很明确，是"抱定纯正和平宗旨，毋浮动，毋暴躁，毋使莠民借故扰乱地方"。保路同志会的领导人在7月13日给赵尔丰的电报中说："省中自保路同志会成立以来，开会演说，力求维持地方安宁，平和进行，请求废约保路，以固中国大局。集者日万余人，极有秩序，近将一月，毫无骚动状态，请释廑注。" 赵尔丰两天之后即复电说"诸君热心毅力，立同志会，纯以和平进行为宗旨，万余人会集而秩序不紊，闻之实感佩慰。较之剑拔弩张者，高出万万，必蒙朝廷嘉许。"

这就是清政府在四川的官员们所以能够在这一时期不仅允许甚至支持四川保路运动，使保路运动不仅得以顺利进行，甚至还能够蓬勃发展的原因。因为运动是在"极有秩序"的"平和进行"。至于说攻击盛宣怀，王人文与玉昆也可以与保路同志会一道攻击，因为他们也认为盛宣怀把事给搞砸了，所以他们也大骂"卖国贼盛宣怀使海内人人切齿痛恨也"。这个道理很简单，骂盛宣怀不等于骂朝廷，更何况盛宣怀还是汉族。

为了达到请愿的目的，四川保路同志会在请王人文代行上奏朝廷，请求修改借款合同的同时，又派刘声元（刘系万县人，同盟会员，曾任万县高等小学堂监督，此时为四川咨议局议员）等3人为代表赴北京给摄政王和庆亲王请愿，派龚焕辰、白坚二人赴广东，派周道生、江岳生二人赴湖北、湖南，"持定'破约保路'四字，联络四省人士"，共同行动。为了造成声势，扩大影响，还特地于7月2日在成都南较场举行了有数万人参加的欢送刘声元等人入京的群众大会。刘声元在"军乐大鸣"的气氛之中，以"忧郁沉挚"之情发表演说："声元于此，几与诸君永别也！声元此去，守定本会宗旨，作秦庭七日之哭，冀朝廷有悔，以达破约保路之旨。约不破，声元有死去而无生还。然声元死，望同志会仍继续而不死。""当刘君言时，台上台下，无不痛哭失声，一字一恸号，一语一鼓掌。最惨者，无数乡间老农，握其半收遮雨之伞，向台上连连作揖，且咽且言曰：我们感激你！我们感激你！"

刘声元等入京后，一方面联络"旅京绅商屡次开会，聚集多人，投递呈状"，一方面给摄政王上书，以"星驰赴都，呼天欲诉"、"具呈哀求"的口吻，详细分析了"借款合同丧失主权，任人支配干涉，失败之处，不胜枚举"，而"主权已去，民命安托，大厦将倾，群情惶惶"，强烈要求"利用民气，对付外交，提议修改合同"，而且合同的修改应当由资政院负责，不能再由盛宣怀负责，因为"盛自以借债为平生惯用之一种政策，日暮途穷，有急功近利之心，只期干路速成，遂不顾将来之结果，一人之功罪小，全局之关系大"。与此同时，刘声元还在北京组织在京的川籍人士成立了以著名诗人赵熙为首的保路同志协会，"代表川众，联合同乡"，并争取"各省京官一致进行"，"联合各省，力破不经院议、丧失国权之借款合同，以救危亡"。

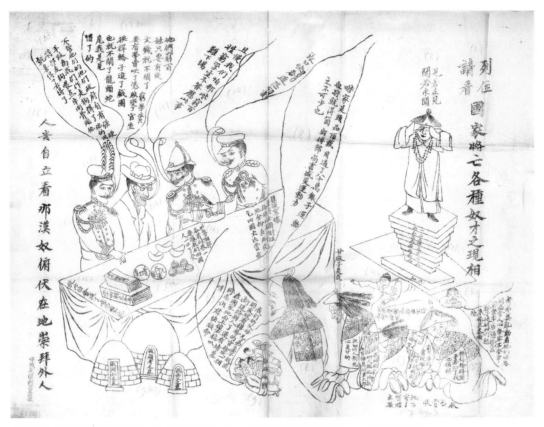

▲揭露在川汉铁路修建中清廷、地方政府和外国势力之间相互勾结的漫画　四川博物院提供

　　但是，对于四川保路同志会代表四川民众所作的一次又一次恳切的请求乃至"哀求"，对于王人文以四川最高级官员的身份所作的一次又一次恳切的上书与代奏，清王朝再一次给以横蛮的拒绝，再一次毫不讲理地宣称"铁路国有政策早经宣示，借款合同系有旨谕令签押，决无反汗之理"，并对王人文同情川民的态度再一次加以申斥，声言王人文是在"一再渎奏，殊为不合"，命令王人文必须"懔遵叠次谕旨办理，倘或别滋事端，定惟该护督是问！"

　　虽然遭到了摄政王的冷遇与拒绝，刘声元等人仍然以不屈不挠的精神在北京继续活动，寻找一切机会向执政者请愿。据时人所编的《四川血》一书的记载，刘声元等人曾经在庆王府"万般哀求"，甚至"跪哭"，结果面对的却是"守兵及警察已预防之，持枪十余排，如防堵截大敌然"，不得不"垂首丧气而归"。最后竟被步兵统领衙门捕获，押解回川，交地方官"严加管束"。

除了派到北京的刘声元以外，派到外省的代表的境遇也是大同小异。例如派到广东的龚焕辰和白坚被盛宣怀用行政手段，指使两广总督张鸣岐以"勾结煽惑"之名，禁止他们的宣传活动。龚焕辰和白坚不得不转往香港。虽然他们受到了香港同胞的欢迎，但是在张鸣岐的压力之下，香港当局将他们扣留之后，驱逐离港。

一个多月的事实证明，全四川的民气虽然不低，舆论虽然不少，但是除了进一步在全川发动更多的群众来参加破约保路的运动之外，在破约保路这件大事本身的进展上却并未取得任何实质性的成果。清王朝的态度十分顽固，不说有何改变，就连一点松动都没有。所以，以"和平保路"的方式想达到"破约保路"的目的是根本不行的，"和平保路"无法达到保路的目的，此路不通。

上层要求和平，基层却往往不和平。在任何一场轰轰烈烈的群众运动中，上层文明而下层激进的情况时有发生。在任何一场轰轰烈烈的群众运动中，激烈的行动往往来自基层民间。

1911年6月26日，成都发生了令全城惊动的郭树清以身殉路事件。

郭树清本是资阳县一位秀才，时年32岁，家有妻女，此时正在成都参加法官养成所的考试，暂住在东御河街22号。他在成都深受保路运动各种舆论的影响，亲自参加了四川保路同志会的成立大会，在耳濡目染之中，极为激奋，大骂盛宣怀"卖国奴，竟无杀尔者乎！"激动之时，"以手捶胸，顿足大号，语不成声"。周围朋友见他"甚有所失者"，问他是否有病？他回答说："我何病？病在天下人心耳！"他担心同志会之目的难以贯彻，竟在留下遗书之后投井自杀。他的《遗同志会书》全文如下：

"同志会诸君鉴：破约保路，关系我国危亡，所虑者死志不决，龙头蛇尾，吾国危矣！清请先死以坚众志。资阳郭树清临命留呈。

"人之将死，其言也善。诸君乎，其能鉴清此苦衷乎！清含笑地下以待，以待！"

郭树清"请先死以坚众志"的行为虽有过激之处，但是在成都引起了不小的反响，至今尚可见到当时的祭文与挽联、挽诗就多达40多篇。有一位名叫黄绪香的九岁小朋友，想加入小学生保路同志会，家里的大人不准，只能述心意于纸笔，于是写下这样的《挽郭烈士诗》：

"欲坚同志死堪悲，为国捐躯独出奇。妇孺闻知皆愤慨，拈毫随众亦吟诗。

我岂无才老大悲，郭君尽节更英奇。能将一死坚同志，井水悠悠好赋诗。

一声烈士一声天，卧席留词死请先。国有权奸将路卖，会联同志在西川。

万家联名岂逆天，捐躯烈士已开先。争回铁路诛奸佞，一路福星保蜀川。"

郭树清这种以"请先死以坚众志"来促运动的方式是不必要的，但是之所以会出现这

样的行动其深层次的原因却是可以理解的。这是民间的激进思潮对四川保路同志会当时的
"死志不决，龙头蛇尾"的指导思想与行动方式的一种批评，一种带血的批评。

　　在这种表面风起云涌、实质上却毫无进展的情况之下，在这种相对来说是处于僵持的
状态之下，民间人士是在以带血的批评来质疑"死志不决，龙头蛇尾"的"和平保路"，
一些上层人士也在无情的现实面前开始进行一些较深层次的思考。例如这时的《西顾报》
在1911年8月初有过两篇《社说》，一篇名为《对于保路同志会之评论》，一篇名为《四
川保路同志会之命运》。这两篇《社说》所发表的议论虽然并非完全正确，但是它十分
尖锐地指出：四川保路同志会成立以来，从"民情之踊跃"、"成立之迅速"、"部长之
清才高望"、"报名入会之踊跃"、"各府、厅、州、县人民之协会热"等方面看，都是
应当"赞美无余"的。但是，"过于审慎"是其大病，"前之志存进取，今忽变而为严防
暴动"，故而"同志会成立已将一月，稽其办事之成绩，除京、湘、粤、鄂派代表而外，
其他不闻办法，惟日以'维持秩序'宣告同人。呜呼！以如此大会，如此大问题，岂舍去
'维持秩序'四字之外别无良法耶？"

▲宣传破约保路的漫画　四川博物院提供

很明显，《西顾报》所作的批评是正确的。轰轰烈烈的舆论绝不能说服顽固不化的清王朝的执政者，和平手段绝不能达到保路目的。关于这一点，《西顾服》还有更进一步的分析："专制政府，只有势力，本无公理"，要与这种政府讲理，无异于与虎谋皮。而在与这种专制政府讲理的过程中，"若一日惹动恨念，则必变本加厉，而人民更死亡无日矣"！如果不"出死力以相对抗"则"不知吾政府更以何种之恶果贻我人民"。在这里，《西顾报》所作的预测也是准确的，因为如果不"出死力以相对抗"的话，不久的将来就会看到清王朝"贻我人民"的"恶果"。

在《四川保路同志会报告》第27号上刊有一篇《路事问答》，是四川保路同志会负责人为即将召开的股东大会而将相关重要问题向全体股东作的一个解答。其中谈到"争之方法"时，在谈了上书、上奏、上京请愿等方法之后，最后是以这样一句作为结束的："若政府仍不觉悟，则继之以舍身与贼臣拼死"。虽然"拼死"的对象只是盛宣怀等贼臣而不是皇帝，但却是明白无误地表明了保路同志会中部分人士的洞察力：纯粹的"和平"手段，是不会让政府"觉悟"的。

参加保路风潮的大军中一直有分歧存在，参加保路风潮的大军中也一直有人在进行思考，所有这些，都在等待着一个新时机的到来。

向同志会背后杀来的几刀

参加保路风潮的四川人民在进行着各种各样的努力，而他们此时所集中攻击的对象盛宣怀等人也没有睡觉，也在尽力扑灭这场烈火。由于保路同志会的所有活动都是在"和平"、"秩序"的范围之内进行，所以无论是朝廷还是官府都不可能采取强制以至镇压的手段，他们也只能是在"和平"、"秩序"的范围之内发力，尽快让这场怒火熄灭，让铁路国有的政策得以落实，让借款合同的条款得以实施。所以，以摄政王载沣和盛宣怀、端方为主的清廷顽固派，向同志会的背后不断地施放明枪冷箭，力图从内部将保路风潮瓦解烟消。

堡垒最容易从内部攻破，盛宣怀等几次在保路同志会内部扩大分歧，分化力量，寻找与支持对自己有利的人和事，制造出种种事端，有如从背后杀向四川保路同志会的刺刀。

第一刀是鼓吹"附股"之议。

当盛宣怀炮制的铁路国有政策颁布之后，最主要的四个受害省份湖南、湖北、广东、四川几乎是群起而攻之，当时最尖锐、最实际的问题是政府将铁路收归国有之后各省以各种方式集资的路款如何处理？股民们已经购买的股票是属于国家还是属于股民？如果属于国家又如何退还股民们的股本金？

面对这个最尖锐、最实际的问题，狡猾的盛宣怀来了一个分而治之。他宣布：广东、湖北两省的商股全部发还现银，其余的发给"国家保利股票"；湖南省发还六成现银，其余四成发给"国家保利股票"；四川省则一律不发现银，全部发给"国家保利股票"（所以会有此决定，当时有一种说法，是因为湖南、湖北的京官人多势重，盛宣怀怕犯众怒；广东牵涉外商利益，盛宣怀更是投鼠忌器，所以就只有对四川下狠手）。四川是四省之中集股最多的省份，总计高达1670多万两，竟然分文不还，全部变成了根本不能兑现的空头支票"国家保利股票"，当然要遭到全川人民的坚决反对。可是就在这片坚决反对的呼声之中，却在四川官民中出现了大大有利于盛宣怀的杂音，制造了一场规模不小的混乱。

►甘大璋密函
四川博物院提供

就在四川保路同志会成立的那一天，1911年6月17日，有一个名叫甘大璋的川籍京官"裁缺内阁侍读学士"（按，内阁侍读学士是一种文职闲官，清末为从四品，裁缺是处于被免去原职而又未任命新职的意思），以"甘大璋等46人"的名义（实际署名者为38人），上奏度支部与邮传部，再由度支部与邮传部会奏朝廷，提出了一整套与保路同志会的宗旨完全不同的主张。

甘大璋等人首先将川汉铁路筹划以来的种种作为全部否定，认为"时阅七八年，仅筑就宜境数十里，耗费已数百万，亏倒又数百万，凡属川民，莫不椎心疾首，呼吁同声"，故而收归国有的政策是"朝廷烛照万里，轸念边黎……保赤之心如见，欢声雷动"。然后又说："该路收回国有，本欲筑路成功，并非与民争利。查各国铁路通则，官办国有之路，可以不收民股，亦可附收民股，均由国家决定。……现国家帑藏空虚，筑路一事，与其多借款于外，曷若多分利于民"，所以最好的办法就是将"以前川路已收、已支及现存之款、未解之款，分别查明册报，一律归为路款，换给国家铁路股票"，同时还要继续"正式募股，招集商民认购股票，以示朝廷与民共利，至公无私之意"，从此"则全川士庶咸颂皇仁于无既矣"！

第二天，甘大璋等再次上奏，一方面再次颂扬皇恩，称"朝廷与民共利，大公无私，莫名感戴"，一方面提出了具体的建议，就是将从宜昌至夔府（今奉节）的铁路由外国修建，夔府（今奉节）至成都的铁路由川股资金修建。

前一个上奏的中心叫做"附股"，即将全部民股款项献给国家作为国股（也就是借款）的附股。后一个上奏，则是"附股后应有办法"。当时都把甘大璋等人的主张简称为"附股"或"附股献款"。

"附股"之议一出，川、鄂两省一片哗然，因为按"附股"之议，就是应当拥护铁路国有，应当拥护向外借款，应当欢迎外商修路，四川的路权不保了，借款的协议不破了，全川所有的股金股权都不要了，都应当拱手交给朝廷处理，而且还要相信朝廷是"与民共利，大公无私"，然后山呼皇恩浩荡，"钦戴莫名"。

"附股"之议与保路同志会一心要"破约保路"的宗旨完全背道而驰，立即受到了保路同志会以及全川官民的痛斥。

四川省咨议局和川汉铁路公司董事局在6月20日立即宣布："蜀中争约争款，异常激烈，并未委托谁以附股呈部"。

6月21日，川汉铁路公司又呈文给王人文，请其向邮传部声明："特无委任之事，且无附股之理"，所谓附股之说"情节离奇，出人意外，殊堪诧骇"，明确指出，"甘大璋等藉此招摇，希图煽惑，反致激乱人心"。

6月22日，川汉铁路公司又以"各界股东"的名义再次致电邮传部，表明"川路并无呈部附股理由，绝对无人承认"；"大璋何人？乃敢悍然不顾，以一私人资格，支配川路股款，实为违制营私，妄诞之尤。是甘大璋之始终蠹害川路，情罪显然，无可遁饰"。四川保路同志会则通过在京川籍人士联名呈请"取消甘等前呈，除籍纠参"。

几天之后，真相大白，甘大璋联名上奏所署名的38人中，真正参与并署名的只有甘大璋与宋育仁两个，其他被署名的贺维翰、施愚等29人不得不联名上奏邮传部"据情声雪"，揭穿了甘大璋的联名上奏是"窃名朦禀"、'越俎代庖"，请求"取消职等衔名，以弭后患"。否则他们将会造成"众怨所归"、"众矢所集"的"至为寒心"的严重后果。

更重要的真相是，甘大璋与宋育仁的行动极有可能是在盛宣怀的唆使之下出笼的。据《民立报》7月9日所载的《川路驻京股东讨甘宋启》中所揭露的："道路传闻，谓甘大璋等馋食金钱而为之。希冀差席而为之（按，差席指官职地位），与夫迎当道意旨图专保荐而为之，种种不堪，言之秽心秽行，无暇及也"。这以后，研究者从宋育仁与盛宣怀的往来函件中完全证实了当时的"道路传闻"，宋育仁不仅在7月12日致盛宣怀的密函中有这样的文字："此件（按，指甘大璋与他自己所炮制的那份建议附股的呈文）系职承谕约甘赞成国有，事出为公"。还在7月23日致盛宣怀的密函中建议盛宣怀将有关公文倒填日期，即"其日月须乞裁定另填"，"酌填此件月日"，用以"化于无痕"，其目的仍然是为了"清厘用款，换给国家股票"。

　　盛宣怀指使甘大璋与宋育仁所搞的迎合朝廷旨意、妄图在保路同志会内部制造分裂与混乱的行为不仅未能得逞，甘大璋家乡的潼属同乡会与遂宁同乡会还宣布要开除他的乡籍（甘大璋是遂宁人，清代遂宁县属潼川府，故而潼属同乡会与遂宁同乡会都宣布要开除甘大璋的乡籍），宋育仁家乡的富顺县自流井镇保路同志会也宣布要开除他的乡籍。虽然一个人的乡籍是不能因为同乡会的决定而真正可能开除的，但是同乡会的这一决定却很能说明当时十分强烈的一边倒的舆论导向，说明蕴藏在民间的这种强烈的是非好恶，而这种强烈的是非好恶正是保路运动所以能够成为席卷全川的群众运动的重要原因。

　　潼属同乡会致四川保路同志会的公函是这样写的：

　　"卖国贼甘大璋者，素性贪鄙，行同丐盗。其未第也（按，未第指没有功名官职之时），骗人饭菜钱一百余串；既得志也，友人托代捐职，又骗银数千两。故留京乡人述其行为，莫不以'麻怪'呼之。兹又竭我七千万人吸髓敲骨之脂膏，以满一人升官发财之慾壑，始而狗盗，继而蠹贼，攘夺我财产，断送我生命，污玷我川土，羞辱我潼人，是非削其属籍，掘其坟墓，系其妻孥，倾其产业，不足以蔽其卖国之辜，而雪同乡之耻。聊陈恶迹，俾众咸知。"

　　最可笑的是，甘大璋得知家乡父老将要挖掘他的祖坟以雪恨时，吓得日夜不安，不得不写信给在蜀中有较高社会地位的宋育仁，请宋一定给王人文发电报，一定要设法保护他的祖坟。宋育仁也就立即致函盛宣怀，请盛宣怀电告王人文，要王人文"密饬遂宁知县保护甘学士庐墓"。宋育仁为什么要官方出面保护甘大璋的祖坟呢？是因为"此件（按，指甘、宋二人关于川路附股的呈文）系职承谕约甘赞成国有，事出为公，今危迫不救，难以对之"。甘大璋与宋育仁所炮制的那份建议附股的呈文原来是一篇遵命文章，是在完成一份上峰交办的公务，其内幕，就是从这里透露出来的。

　　除了在书法上小有造诣之外，甘大璋没有给后人留下什么东西，他这一生中为众人所知的一页，就是这件"事出为公"的丑闻。此后他也无脸面再回家乡居住，而是终老于北京。

▲宋育仁画像　四川博物院提供

宋育仁与甘大璋不同。他是清末时期四川最著名的知识分子之一，年轻时是有"尊经四杰"之称的尊经书院高材生，成人后又任过尊经书院山长；他是全国知名的维新派人士，是强学会的骨干人物；他曾出使英、法、意、比四国，被喻为"四川睁眼看世界的第一人"；他曾想在欧洲策划组织一支舰队偷袭日本，以雪甲午海战之耻；他最早在四川提倡办公司、开矿山，推动开办了各类实业公司33家，他还创办了四川第一张报纸《渝报》和成都第一张报纸《蜀学报》；他因为积极参加戊戌维新运动而被清廷革去一切职务。他虽然由于审时度势的失误而与甘大璋一道建议附股，得罪了家乡父老，但是他在辛亥革命以后作为前清遗老却坚决反对袁世凯称帝，痛斥袁为王莽，而被袁世凯派人押回成都"编管"。所以家乡人民仍然尊敬他为蜀中名士、学界前辈，礼聘他出任了四川国学学校校长和四川通志局总纂，直至1931年病逝。在成都东郊的幸福梅林（宋育仁晚年退出政界，就在此养老与著述），至今还有他与夫人的合葬墓，还建有纪念他的"东山草堂"。

第二刀是鼓动卖路"保款"。

川汉铁路公司改为商办时，考虑到工程要先从湖北宜昌开始，所以听从了邮传部的意见，把领导层中原来的总理与副理制改为三总理制，即设驻川总理、驻京总理与驻宜总理。首任驻宜总理是费道纯，1908年费道纯病逝后先由乔树楠代理，1909年11月由李稷勋接任。

李稷勋（1860—1919年），四川秀山人，光绪二十四年（1898年）他参加了我国历史上倒数第三场科举考试的殿试，得二甲进士第一名。当时殿试的一甲进士只有三名，即人们所熟悉的状元、榜眼和探花，二甲进士第一名也就是整个殿试的第四名，称为"传胪"（因光绪二十四年农历岁次戊戌，所以他被称为"戊戌传胪"，而当年的状元也是四川人，就是骆成骧），他入了翰林院，后授翰林院编修，再任邮传部参议。据此时的四川总督赵尔巽在决定任用李稷勋的奏折中说，李是"丁忧在籍邮传部参议"，是由川籍京官曾鉴等人的举荐而出任这一重要职务的，据说"李稷勋前在邮传部当差已久，于轨政情形素所考究。现方读礼家居，并无职守，以之充当斯差，自可常川驻宜，暂理一切，必于路事有所裨益"。就是说，在当时的川汉铁路公司的所有负责人中，他还是一位对铁路业务较为熟悉的技术型官员。自他上任以来，在筹备施工与开工修路方面克服了重重困难，应当是一个有贡献的驻宜总理，他原本是坚决主张商办公司、自修铁路的，有过"勋曾备员大部，夙知爱国，为国为乡，同一血忱"的慷慨。在宜昌段的施工中，他也做出了不小的贡献。但是这次风潮不小的"争款"之争也是由他挑起的。

在全川奋起保路的大潮中，大多数人态度明确，必须破约保路，其中心是保路权，正如1909年5月20日发出的《川人声讨卖路之檄文》所说："夫川汉铁道者，吾川汉之民与之相依为命者也。川汉铁道者为川汉之民所有，则川汉之民存；川汉铁道者不为川汉之民所有，则川汉之民亡。"当清王朝宣布铁路国有之后，四川保路同志会成立，关键与核心就是两字——保路。

但是，在这一大潮之中，有主流，也有支流，甚至还有逆流，或是并行两途，或是分道扬镳。当清王朝宣布"干路均归国有，定为政策"之后，在川汉铁路公司与四川保路同志会内部，用四川保路同志会文牍部长邓孝可的话说，当时大体上可分两派："一曰根本上之反对，一曰有条件之要求"。而"有条件之要求"者，其主张就是不保路而只保款，可以同意铁路收归国有，也不管借多少、如何借外债，只要能保住公司款项、能够让股东们不受损失就成。所以一时形成了主张"保路"与"保款"的两派，前者是占大多数的主流派，后者是占少数的非主流派。"保款"派的代表人物就是李稷勋。

当干路国有的上谕下来之后，李稷勋立即与各方联系，表明他的态度"虽奉明旨收归国有，将来能否按数筹还，尚不可知"，即他关心的不是路而是钱。5月15日，他致电川汉铁路公司与四川省咨议局，明确了他的主张："鄙意谓路权可归国有"，"川路既欲收回，则川省人民办路用款，应照数拨还现银"。当他把自己的意见电告盛宣怀之后，盛宣怀十分高兴，特地在6月1日致电王人文，认为李稷勋所提出的"由国家设法完全自办"的建议是已经"入彀"，故而希望王人文"尽力为之，无任盼幸"。7月初，川汉铁路公司专门电告李稷勋，明确表明四川保路同志会的"目的在废约拒债，不仅保路保款"。可是他却到北京与盛宣怀密谋，愿意将宜昌公司的路款全部交出（由于当时只有宜昌在动工，所以宜昌公司的现款在整个川汉铁路公司中是最多的），但是他本人又"不能出面"。为此，盛宣怀与已上任的川汉铁路督办大臣端方共同商议，要与李稷勋订立契约，在官方完成对宜昌公司的接收后，已经动工的宜昌至归州一段铁路的修建任务仍然由李稷勋负责完成，将可以支配的路款都交他支配，而且要他"始终其事，一手办成，万不可中途卸肩"。也就是说，双方达成了一笔大的交易，李稷勋拥护铁路国有，不提保路，而且愿意在铁路国有之后在端方和盛宣怀的领导之下继续完成宜昌至归州一段铁路的修建任务。端方和盛宣怀则指定由李稷勋继续修路，而且把川汉铁路公司的路款尽可能地都给他使用，双方还订了契约。这笔交易成功以后，7月26日，端方在致盛宣怀的电报中说了这样一段很露骨的话："李姚琴（按，李稷勋字姚琴）明日赴宜，已与当面说定，期将宜归一段一手办成，勿至业缀半途，功亏九仞。渠始尚推卸，继始力任。惟李责任既重，而薪水月支五百金，仅及詹天佑四分之三，实难敷用。刻提加给夫马五百两，庶可望其持久"。

到这时，李稷勋的行为已经远远不是与川汉铁路公司和四川保路同志会的意见分歧、主张各异（当时主张"保款"的非主流派也还有一些，如在北京的川籍人士会议上，就是

"一主争款以揽财政,一主争路以保路权。背道而驰,各有成见"。杜德舆等就主张"铁路国有,既奉明谕,定为政策,吾侪似不能抗",故而只需"索还川人原有之资本与利息而已"。此说遭到了董清峻等人的驳斥。《西顾报》在报导这一消息时,专门加了编者按,其中说:"似此立言,则明谕早已允许,又何待数千万人之拼死力争?又何必设此保路同志之大会?杜君,杜君!汝勿多言,恐川人视汝,又将等于甘大璋第二矣!"这以后,没有看到杜德舆再有原来的言论),而是被端方与盛宣怀的每月五百两白银所收买了。

▲川汉铁路第一段铺轨时几位负责人的合影,中坐者右起:颜德庆、李稷勋、詹天佑、耿瑞芝　四川博物院提供

当李稷勋被端方与盛宣怀收买之后,一方面,端方命令湖北巡抚瑞澄派军队去宜昌镇压不愿意继续修路的员工,为李稷勋助威;另一方面,李稷勋几次给川汉铁路公司发电报,公开地表明态度,要求召开股东会议,放弃保路的目标,拥护国有,只求保款,按甘大璋的"附股"之说,谋求"附股筑路"。而且,李稷勋的不光明之处在于,明明是他和端方与盛宣怀达成了交易、签订了契约,根据端方与盛宣怀的旨意出来帮官府说话,却又要既当婊子又立牌坊,说什么"我辈为川股谋万全,舍此更无他法"。川汉铁路公司再三

向他说明："此间情势，皆谓除争废约外，无可著手"，必须坚持破约保路。但是他仍然坚持"惟国家政策坚守，恐难转圜"，"若强争，糜烂将不可收拾"，还提出要求，尽快召开股东会，"于开会时将争路无益有害，当竭力保全股东财产原额之意，明白宣示，俾众晓然"。

李稷勋所以如此强硬，其背景就在于有端方与盛宣怀的支持。这在后来披露的盛宣怀于7月15日给端方的密电中一语破的："已由彼（按，此"彼"即李稷勋）自行设法运动公司，但宜秘密，勿使人知为政府所愿。"鹰犬本色，于斯可见。

由于此时的李稷勋还是川汉铁路公司的三总理之一，掌握着宜昌分公司的全权，掌握着几百万两白银的巨款。面对李稷勋如此强硬的态度，川汉铁路公司不得不采取坚决措施，要宜昌分公司将路款交回总公司。可是宜昌分公司却以"非停工不能止款"相要挟。于是总公司又不得不作出决定，要宜昌分公司将工程暂停，以便将路款交回总公司。但是，李稷勋在端方与盛宣怀的收买与支持之下，有恃无恐，对总公司的指示置之不理。

事态的发展使得李稷勋与总公司的矛盾迅速升级，更使得李稷勋甘为政府鹰犬的本来面目暴露无遗。成都的川汉铁路公司股东纷纷起来声讨李稷勋的言行。8月12日的《西顾报》刊载了署名为"川民一股东"所写的《铁路公司总理卖铁路公司》一文这样写道："李稷勋六月（按，此是指的夏历）赴京，非为川人力争路事，而实醉心于收回国有后之帮办，不惜献川人之款，卖川人之路，以公司总理之资格而断送公司，其罪上通于天，擢发难数也。""呜呼！吾川铁路公司，以年六千金之厚俸，佣此公仆，七千万人身家性命之所托，绞膏沥血之所积，千余万金之资本，用人行政之大权，倾心委托于彼，而其结果，乃直接举公司而卖之，并间接举全省土地人民而卖之……是可忍也，孰不可忍也！"紧接着，李稷勋家乡的西属同乡会（清代的秀山县属于酉阳州）于8月16日在成都开会，认为"李贼直接送路，间接卖国"，"非李贼死，即我辈亡"，故而"会员皆激昂慷慨，暗杀之声，风起水涌，屋瓦为震"。同时又考虑到"李贼头颅甚无价值"，所以最后决定，先向李稷勋讨还十年来"仗势估骗"秀山地方的一笔"京费"，大约有六千两，并要求其在秀山家居的胞兄李徽五缴纳，"以全数投入铁路股本之中"。

据有关史料记载，李稷勋并没有被暗杀，在清王朝的庇护下也还一直在宜昌公司当总理，但是从此他就得到了一个绰号叫"小卖国奴"，与"大卖国奴"盛宣怀一道，受到四川人民的唾骂。

不过，李稷勋的晚节还表现得不错。武昌起义爆发后，他将川汉铁路的"巡缉兵"、官府的护路巡防营全部移交给宜昌的起义军，还从筑路工人中挑选了800多名精壮者参加义军，在攻打荆州清军的战斗中立了大功。此后，他尽力解决了四万多筑路工人的安置遣返，说过"我有一日命在，绝保诸君不死；我有一口饭吃，绝保诸君不饥"的话。由于他的努力，遣返筑路工人的这个大难题得到了比较顺利的解决。

第三刀是将王人文撤职查办。

作为此时四川最高的行政官员，护理总督王人文一直同情与支持当时还在"和平保路"范围之内的各种活动，用川汉铁路公司主席董事彭兰村在《辛亥逊清政变发源记总论》中的话说，王人文是"不制止同志会之发展"。用《西顾报》的评论中的说法，是"必不反对保路同志会，必参盛宣怀"。用成都驻防将军玉昆对他的评价，是"性过迂缓，见好百姓"。他曾经多次代川汉铁路公司与四川保路同志会转奏朝廷，表明四川各界人士破约保路的决心，他自己也曾几次上奏朝廷，反对签订借款合同，指斥盛宣怀的卖国行为。特别是他在6月19日所上的一份长达4000字奏折中（后人在编辑《四川保路同志会文电要录》的《奏稿要录》时此折被列入第一份奏稿，并定名为《护督王奏铁路借款合同丧失国权请治签字大臣误国之罪并提出修改折》），在将借款合同进行了详细的分析批判之后，认为借款合同是"举吾国之国权、路权一畀之四国，而内乱外患不可思议之大祸，亦将缘此合同，循环发生，不可究诘"，"实蹈无形之危亡"，"十余年惨不忍闻所谓瓜分之谣传，于此将合力以实践"。他明确指出，盛宣怀是"悍然肆其欺诈贪蠹，置国家一切利益于不顾"，故而"人人皆愤盛宣怀之欺君误国"，他要求清廷"先治盛宣怀以欺君误国之罪，然后申天下人民之请，提出修改合同之议"。为了达到这一目的，他以未能在合同签订前后有所作为而自请处分，"但得铁路有万一之转圜，国权、路权有万一之补救，内乱外患无自而生，臣虽身被斧锧，甘如糜饴"。事隔百年，我们今天再读王人文的这篇奏折，仍然不得不为这位清王朝的大臣能有这样充满激情而又深刻尖锐的文章而击节赞叹。

王人文是如此鲜明地站在四川保路同志会的一边，要求朝廷将盛宣怀治罪。盛宣怀当然会将他视为眼中钉，肉中刺，说什么"伏查此次路事风潮，始由川路公司倡言发起，意图抗拒，遂联合咨议局及学界中人，刊布传单，张贴广告，指斥政府，摇惑民心……几于举国若狂。设当时行政官稍加禁遏，当不至此。乃王护院畏其锋势，一味姑容……以致路事风潮迄今未平静者。"为此，他奏请清廷多次降旨对王人文予以"申饬"，说什么"该护督一再渎奏，殊为不合"，"倘或别滋事端，实惟该护督是问"之外，又尽力督促已经任命为署理四川总督的赵尔丰迅速到成都接任，尽快将代行职务的王人文赶走，对四川的保路风潮来一个釜底抽薪。7月2日，盛宣怀与端方联名致电赵尔丰，要赵"迅赴川任，镇抚群情"。不久，清廷又下令赵尔丰兼程赴任，对四川争路人士"严拿惩办，以销患于未萌"。

在清廷的催促下，赵尔丰于8月2日从康定来到成都，第二天接任。清廷对赵尔丰的署理四川总督的任命是在4月21日下达的，同日，在成都护理四川总督的王人文也得到了新的任命，就是赵尔丰此时正担任的川滇边务大臣，实际上是将二人的官职来了一个对调（王人文原来的布政使一职由尹良接任）。由于赵尔丰一直未到成都接任，王人文也就一直在成都护理四川总督而没有去川边就任川滇边务大臣。现在赵尔丰到成都接任四川总督了，按清代官场通例，王人文就理所应当地去川边就任边务大臣了，可是此时王人文却得到了"进京觐见"的谕旨。熟悉清代官场规则的都知道，去职之后的"进京觐见"，就是明明白白地要王人文去北京接受审察和处分。而在成都的官商人士与广大群众心中，则都是毫无疑问地清清楚楚，王人文是因为同情与支持保路而去职受过的。此时正值川汉铁路公司召开股东大会，会上有人提议召开欢送大会，"众皆谓以我保路同志会送国之爱国者，非以四川绅士送川省大官也。"于是，当王人文收拾好行装、带家眷离开成都之时，"成都群众自动送于北门外者几达万人，为空前未有之盛事"。在当时的交通条件之下，当王人文坐着轿子从古老的金牛道到达西安时，清廷下达的要对他革职拿问的谕旨下来了，可是武昌起义也爆发了，否则这位同情与支持保路运动的清廷大员很可能被定罪处刑。

应当承认，盛宣怀与端方的釜底抽薪这一手既毒辣又有效。几个月来，四川的保路风潮之所以能够相当顺利地发展，既没有受到镇压，又没有遇到什么难题，在很大程度上与这位"不制止同志会之发展"的护理总督王人文的同情与支持分不开。可是，事到如今，作为四川最高的行政官员、以藩台护理四川总督的王人文都被革职查办了，而早有"赵屠户"之恶名的赵尔丰上任了，下一步将是何局面，全川上下有头脑的人不能不有所思索：

从上面看，朝廷的态度一直丝毫无改，坚持铁路收归国有，坚持借款修路；从内部看，盛宣怀从背后杀来的几刀是愈来愈有力度；从全局看，两三个月以来的"和平保路"虽然相当和平，但是要想"破约保路"是既破不了约，也保不了路，事实说明了"和平保路"之路不通。

上下相逼，进退两难，上层文明，底层激进。就在这样的关键时刻，川汉铁路公司股东特别大会召开了。

转折关头的特别股东大会

　　川汉铁路公司自1907年3月4日改为商办以来，它的法定名称就是"商办川省川汉铁路有限公司"。作为一个股份公司，当然就有了若干股东。按公司章程第十九条的规定："本公司股东会分定期会与临时会两种"；按公司章程第二十条的规定："定期会每年二月招集之"。但是，川汉铁路公司一直没有遵照章程在每年二月召开过股东会，甚至一直没有召开过一次真正意义上的股东会。之所以会出现这种情况，是因为川汉铁路公司的集资招股与今天的股份公司完全不同，除了很少数的官商认购之股外，它的主要股东都不是由股民各自购买并手持股票的、每个股民也不都是详细准确登记在案的。它的股金是由官方向各家各户通过如同收取捐税一样收缴的，收缴之后还要通过一定的折算方式来折算各家各户所应持有的股份，再向各家各户发给股票，有的照章发了，有的根本就未照章发下去，这笔账一直都不是很准确，以至直到今天，我们所能看到的历史资料都是各州县共收了多少股银，而看不到各州县一共有多少股东，更看不到详细的股东名册。

　　这里试举一县为例。例如《彭山县志》对全县情况有很详细的记载："租股局光绪三十一年奉文开办。每条粮一钱抽谷一斗，自条粮二钱五分起科，照谷价合钱收入。收数悉解川汉铁路公司作股本。自光绪三十一年至宣统三年共申解租股银四万三千七百九十九两一钱一分三厘三丝七忽一微。定例每五十两为一整股，五两为一小股，通计合整股八百七十余股，其余悉作小股，中间又有粮户购进整股票五十五股，共银二千七百五十两。合计彭山县共有川汉铁路股本银四万六千五百四十两一钱一分三厘八毫三丝七忽一微。国变后罢。"

　　很明显，这里只有租股的记录，除了租股之外，当时还有土药、盐茶、烟灯等"商股"，这在各州县都看不到准确的记载。所以，彭山县一共有多少股东？彭山县的哪些人算是股东？这种情况不仅在彭山，就是在其他县也没有准确记载，也不可能有准确的记载。加之自川汉铁路公司成立以来，一直就处在各种矛盾、冲突甚至混乱之中，公司的管理一直都不够健全和规范，在各州县都存在着不同程度的官商不分的情况。所以严格来说，川汉铁路公司根本就没有一份准确的股东名册，基本上是笔糊涂账，这种情况是由当时的特殊的集股方式与管理体制所决定的。川汉铁路公司的管理相当混乱的这个大问题在当时就曾经遭到一些人的批评与指责。如果把某些一心反对保路运动的人的恶意攻击除外，这些批评与指责大多是符合真实情况的。例如，一直与川汉铁路公司同进退、共命运的四川省咨议局在1909年11月19日通过的《整理川汉铁路公司案》中都说川汉铁路公司是"组织至不完全之公司"，"树商办之名，而无商办之实"。

既然没有准确的股东名单，当然就难以召开真正意义上的股东会。

但是完全不召开股东会也不行，因为按照公司章程第四十一条，公司的总理是由"四川总督奏派"，而且的确已经"奏派"了。但是按照公司章程第三十一条："本公司由股东会举定董事十三人，查账人三人"。第三十三条又规定："充董事者皆为董事会会员"。也就是说，公司的董事会是必须"举定"，也就是必须选举。为了选举公司的董事会，当时也曾经召开过两次并不严格的股东会。按照公司章程的规定，只要持有一股就是股东，就可以参加股东会，就有"发议及选举他股东为董事、查账人之权"。但是这两次会议的参加者的资格与人数是如何确定的，目前没有看到准确的资料，估计是比较随意的。

川汉铁路公司成立两年多都没有召开过股东会，也没有成立董事会。1909年10月，在清政府推行新政之中四川省咨议局成立。由立宪派人士为主的四川省咨议局对于川汉铁路极为关注，一成立就讨论并通过了"整理川汉铁路公司案"，提出了7条整理大纲。正是根据四川省咨议局的"整理川汉铁路公司案"中的整理大纲，才于1909年11月召开了川汉铁路公司第一次股东大会，成立了董事会（当时也称为董事局），推举萧湘、江世荣、沈敏政、邓孝然等十三人为董事，由刘紫骦任主席董事兼铁道学堂监督，郭成书等三人为查账员。这次股东会没有通过什么有作用、有影响的决议，选出的董事会在事后也没有起多大作用，公司事务实际上都是由官方委派的三总理负责，而真正起领导作用的是当时的四川省咨议局的领导人。也正是通过这一次股东大会，四川省咨议局中的大量立宪派人士成为川汉铁路公司真正的主持者与领导人。

1910年11月，川汉铁路公司又召开了第二次股东会，改选彭兰村、都永和、张从文、李仲通、沈敏政、黄运堃、李学立，王大侯、范涛、魏国平、冉从根、廖成瓖、杨用楫等十三人为董事，推举彭兰村、都永和为正副主席董事（也称为董事会主席）。这次董事会和上次一样，也没有发挥什么真正的作用。

当事态发展到1911年的夏天，情况与过去大为不同了。清王朝是步步紧逼、高压，破约保路的和平手段是毫无效果，民间群众运动的情绪愈演愈烈，内部分歧也日益明显。极

▶《商办川汉铁路第一次股东总会议事录》
四川博物院藏

　　铅印，16开本；长25.5厘米、宽15.2厘米。
清宣统元年（1909年）十月十四日。内容：四川
粮民借谷债权团印发。内容：一、会前之组织；
二、开会回来之经过；三、会议成绩列表。
　　1909年11月26日召开川省川汉铁路第一次
股东会，出席股东六百余人，推举罗纶、郭策勋、
吴天成任股东会正副会长，主持会议。在组织
董事局选举董事时，十三名董事中，属于谘议局
的有萧湘、江树、汪世荣、沈敏政四人，再加与
谘议局接近的铁道学堂监督刘紫骥为"主席董
事"。这样，川省川汉铁路公司便在以罗纶为首
的立宪派人物的控制下，组成了董事局。

　　为严酷的现实，尖锐复杂的矛盾，逼着川汉铁路公司与四川保路同志会的领导就目前的若
干重大问题形成共识，表明态度，拿出办法，把保路运动推向前进。

　　早在清王朝关于"干路均归国有，定为政策。所有宣统三年以前商办铁路一律取
消"的公文下达之后的5月28日，川汉铁路公司就召开了一次临时股东会，除了研究当时
形势，采取对策之外，会议就决定，"定闰六月初十日（即公历的8月4日）举行特别会
议"，准备在这次股东特别会议上就重大问题作出决策。这以后的两个多月中，情况愈来
愈复杂，困难愈来愈明显。面对表面上波澜壮阔，暗流中波谲云诡的形势，各派势力对于
早已决定要召开的股东特别会议不仅是极为重视，同时也是竭力加以控制，都力图将股东
特别会议为己所用，以达到自己的目的。

7月28日，四川省咨议局的正、副议长，也是四川保路同志会正、副会长蒲殿俊和罗纶，加上川汉铁路公司主席董事彭兰村等16人考虑到"此次特别股东会关系重大，非详为研究讨论，不足以收效果"，故而发起召开了一次准备会，专门"研究铁道国有问题"，其结论仍然是"保四川川汉铁路仍归公司办理"，而且"不可不死争"，而且要坚决反对"附股于国家"之"邪说"。这次准备会是公开的，到会者有两百多人，基本上为即将召开的股东特别大会定了调，还在《四川保路同志会报告》第23期上发了《川汉铁路特别股东会准备会广告》。会后，新上任的四川布政使尹良立即向盛宣怀作了报告，请求"指示方略，俾有遵循"。

一时间，川汉铁路特别股东会成为了各方关注的焦点。

也就在蒲殿俊等人召开特别股东会准备会的7月28日，端方致电邮传部尚书盛宣怀和度支部尚书载泽，明确提出："川人对于路事，确定初十开会，所刊《蜀报》暨各种传单，嚣张狂恣，无可理喻。近又纷电李姚琴（按，即李稷勋），有速将外间存款数百万汇回成都，免为邮部所夺等语。并派人分赴湘、粤，极力鼓煽。"端方分析了成都几位官员的情况，认为王人文"违道干誉，专主附和，不加裁抑，颇有幸灾乐祸，藉实其前言不谬之意"。赵尔丰又未到成都接任，故而要"催其兼程前进，于初十前到任乃佳，但不知来得及否？"此时在成都的官员只有那个新上任的布政使尹良"屡次来电，人极开朗"，尚可信任。他"诚恐乘届期开会反抗之举，经多数赞成，更难收拾"。所以决定命令尹良"将开会名义预加审察，如系违章之股东会，尚可准开。如系报章所传之同志保路会，纠合一二万人反抗政府，妨害治安，按了警章，应行切实严禁。倘敢抗违，应将倡首数人立予拿办"。

在这里，端方或者是过于紧张而有点失态了，或者是过于繁忙而忙中出错了，因为他连清代官场的基本游戏规则都给搞忘了：清代中央行政机构（无论是原来的军机处还是后来的内阁），都不能直接下达命令或指示给各省的布政使，而只能给各省的总督或巡抚。因为按清代的官制，凡设总督的省份，总督是最高军政长官。不设总督的省份，巡抚是最高军政长官。布政使只是省级行政机构的"三司"（即布政司、提刑按察使司、提督学政）之一，相当于今天的民政厅长兼财政厅长，虽然位列三司之首，督抚缺位时往往就由他署理，但是他仍然是督抚之下的官员。现在端方要越过护理总督王人文而给布政使尹良布置任务，是否奏效？不得而知。所以盛宣怀赓即在7月30日电饬尹良，要他在赵尔丰到任之前，尽力取得王人文的支持，"刚柔互用，总以全力解散为是"。同时盛宣怀也将此意电告了端方。端方才在7月31日再次致电盛宣怀和载泽，认为王人文"坚执如此，恐非言语所能开悟"，故而必须"催季帅（按，即赵尔丰，赵尔丰字季和，故而在官场中多称他为季帅）早到，方可望镇压解散也"。

在这里，端方用了一个很贴切的词组："镇压解散"。

很可能是因为端方的建议，清廷也发出上谕，电令赵尔丰"兼程前进，赶于初十日以前抵省……实力弹压"。这个上谕与端方7月28日致电盛宣怀和载泽的内容相同，言词也基本一致，极有可能是按端方的上奏稿改写的。所以要赵尔丰在初十这天一定要赶到成都，因为这一天是预定中的川汉铁路公司特别股东会开会的日子。

同在7月31日，端方还给盛宣怀和载泽发出了第二份电报，他根据尹良的报告，认为"川民如此浮动，非季帅到任严切干涉，路事必难就范。此时采帅（按，王人文字采臣，故称采帅）一味附和，必须妥筹先事消弭之法"。他所策划的"先事消弭之法"是什么呢？是完全抛弃川汉铁路，不修川汉铁路，而改修一条从陕西汉中入川的新路。提出改建新路的主要动议者之一就是曾经当过汉口铁路学堂校长、时任湖南布政使，以后成为伪满洲国大汉奸的郑孝胥。端方说："近来改线汉中之说，主张者必多，苏堪（按，郑孝胥字苏堪）亦力陈其便利。此说果能传播，无论办与不办，自足慑川人之气。"

在这里，端方又提出了一个很具体而又毒辣的"慑川人之气"的釜底抽薪之计：用从四川到汉中的新川汉铁路取代从四川到汉口的老川汉铁路。一个月以后，他还抛出了一篇长文，"就两路情形并其得失难易分条论列，用资参考"。不过，四川保路同志会对这一方案没有给予多少重视，因为在他们看来，争路与保路的核心是在路权而不在路线，"由楚入川不可，由秦入川即可乎？其路线虽不同，而其入川则一也。譬之杀人，以梃与刃，有以异乎！"

端方是在1911年5月18日出任督办粤汉、川汉铁路大臣这一职务的，任职以后一直住在武昌。我们在前面曾经介绍过，端方在1909年就担任了在清代被称为天下督抚之首的直隶总督兼北洋大臣，是天子门下第一人。可是却因为将从欧洲带回来的洋相机玩得不是地方，竟然被政敌以古代最令人头痛的"大不敬"的罪名罢官，被迫在家中窝了一年多，才被任命为这个品阶不明的督办粤汉、川汉铁路大臣。可能是由于心情不爽，一时还没有转过弯来，也可能是因为同在武昌还有一位湖广总督瑞澄的关系，所以他刚上任除了发发电报与各方进行一些联络，了解一些情况之外，他一般都是让盛宣怀在第一线处理川汉铁路的具体事务，少有主动的作为。这时候，他终于走到第一线来认真"督办"了，抛出了强力镇压与釜底抽薪的软硬两手。

大汉奸郑孝胥在没有当汉奸之前在全国颇有文名，他的诗作与书法都曾经被人称颂一时。此外他还有一件事常常被时人说起，就是他对当时政坛上四位风云人物的评论："岑春煊不学无术，张之洞有学无术，袁世凯不学有术，端方有学有术。"术者权术也。

端方在这时确实把他的权术玩弄得淋漓尽致。只是此时的端方身在武昌，不在成都，成都的护理总督王人文不听他的，布政使尹良听他的但是权力不够，他的一切权术都得等到赵尔丰上任才有实现的可能。

赵尔丰是闰六月初八，即1911年8月2日到的成都。他也真的忠于职守，不顾长途劳顿，第二天就从王人文手中接过了总督大印。他心中很着急，因为第三天，即8月4日，就是预定中的川汉铁路公司特别股东会开会的日子。

川汉铁路公司特别股东会的确在紧锣密鼓地筹备之中。7月27日，川汉铁路公司为特别股东会专门设立了由蒲殿俊、罗纶、颜楷、邓孝可、王又新等人组成的准备会进行具体的会务筹备。这次特别股东会的会务所以要认真筹备，除了十分重要之外，还因为预定的会期很长。据当时的《西顾报》说，预定会期有"数十日"。而且，也就从准备会之后，这次特别股东会被改名为特别股东大会，增加了一个"大"字。虽然在准备会上没有明白说过一字之增是否是刻意为之，但是却是一个值得注意的信号：这次会议的重要性是愈来愈突出了。

还有一件事在文献上也没有明确记载是否是刻意为之，但我们估计是进行了预谋而刻意为之的。就在赵尔丰乘坐的大轿抬进成都的这一天，8月2日，四川保路同志会给了这位赵季帅一个很不友好的下马威，上午在铁路学堂召开群众大会，欢迎从各州县来成都参加特别股东会的各州县股东代表，到会群众高达一万多人。下午又在铁路学堂召开群众大会，欢迎从各州县来成都参加特别股东会的保路同志会各州县分会的代表，到会群众仍然高达六七千人。这两次大会实际上是特别股东大会的预热，而且也真正达到了预热的目的。以下是当时人对于张澜发表演说情况的记述：

"股东中所推代表张君表方演说。张君本吃于口，然字字血忱，语语精神。当时会中有狂呼者，有掩泣者。其尤精要处有谓：

'吾辈为爱国而来，今爱吾国，必破约以保路；故能赞吾人破约保路，则爱吾国者，虽吾仇亦亲之；不赞吾破约保路，则国之贼也，虽吾亲亦仇之。事固起于盛宣怀，今则不止在一盛宣怀，有障碍吾等破约保路者，非盛宣怀亦盛宣怀。吾股东代表等与同志会诸君同一爱国，同一破约保路，是一犹二，是二犹一。果有障碍吾等破约保路者，远处之盛宣怀，吾等固誓死仇之；近处如有盛宣怀，吾等亦誓死仇之。果盛宣怀今悔而赞吾破约保路也，吾等亦转而亲之。'

"当张君言时，激昂慷慨，万众且泣且呼，同志会众皆谓能补本会所未及。"

辛亥革命时期四川先辈的杰出代表、可亲可敬的张澜走上了保路运动第一线的指挥岗位。他所指的"非盛宣怀亦盛宣怀"，明确划分了敌友界线。

张澜（1872—1955年），字表方，四川西充人，世
人多敬称他为"表老"。1894年中秀才，1902年入著名
的尊经书院学习，1903年经清末状元骆成骧推荐，被选
送到日本宏文学院师范科学习。在日本期间，他深受维
新思潮影响，开始投身政治活动，在留日学生举办的慈
禧太后70寿辰庆祝会上，他公开倡议慈禧退位，还政光
绪，遂被清廷驻日公使以大逆不道的罪名押送回国。从
1904年开始，他长期在南充办学，为川北地区培养了一
大批具有新思想的人才，并以他的正直和廉洁成为著名
的民意领袖，被称为"川北圣人"。此时，他作为股东
代表，来成都参加特别股东会，并成为四川保路运动的
主要领导人之一。

▲青年张澜　四川博物院提供

　　早已预定的川汉铁路特别股东大会原定8月4日开
幕。因为这天天下大雨，"会议厅积雨盈寸"，不得不

▲股东大会会场　四川博物院提供

延后一天，于8月5日在川汉铁路公司开幕。到会的股东364人，股东代理237人，共601人（这次特别股东会的股东代表共800多人，由于当时交通条件的制约，有的股东或股东代理在开幕以后才赶到成都，所以与会人数在开幕以后陆续有所增加，最后实到的有700多人）。由于全川的纳税人都是股东，用当时《西顾报》一篇文章的话说，是"川人之视川路，为一般身命财产之所寄，几于无人非股东，几于无人无关系"，所以也可以认为，这次特别股东大会就是在特殊时刻召开的四川省人民代表大会。说它就是当时的四川省人民代表大会还有一个原因，就是因为以新上任两天的署理四川总督赵尔丰为首的四川省主要官员全部参加了会议。

端方和盛宣怀不是要求四川官方要将此次会议"解散"吗？怎么会赵尔丰等官员都来开会了呢？因为这次会议不是以四川保路同志会的名义召开的，而是一次川汉铁路公司的股东会。川汉铁路公司是奉清廷之命批准、由四川总督一手操办而成立的官督商办公司。官方不可能以任何理由加以禁止，更不能解散，而且官方还必须参加。所以就连清廷在按端方和盛宣怀的意见于7月31日给赵尔丰的上谕中也不能不说是"除股东会例得准开外，如有藉他项名目聚众开会请事，立即严行禁止，设法解散"。而这次重要的会议的的确确真的就是开的股东会，所以在成都的行政官员上至四川总督，下到成都、华阳两县的知县"均到"。虽然坐在会场之中的官员们心情各异，味道很不好受，但是这种省、府、县三级官员和各司道官员（相当于今天各厅局部委）全部整整齐齐地参加一个公司的股东会的情况，不仅在四川历史上是空前绝后，在全国历史上也是空前绝后。

股东大会由主席董事彭兰村主持，首先请赵尔丰讲话。赵尔丰以十分谨慎的态度，没有对任何具体的问题表态，只是说了些什么"大会既开，集众研究，务求适当"，"惟当维持秩序，恪守范围，无事浮夸之议论，力求适当之解决"之类的空话。不过他还说了一句很有意思的话："本督部堂亦一股东"。

开幕当天的主讲人仍然是张澜。他将四川保路同志会破约保路的主张作了全面的阐述，并就必须破约保路的若干关键问题向代表清王朝利益的赵尔丰发出一连串的质问，在当时的记载中就有着连续7个"质问"与"又问"，而与会者的"拍掌"、"大拍掌"、"众大拍掌，声震瓦屋"、"众大号哭，声震瓦屋"共19次，"众人有饮泣者，有狂叫者，悲极！愤极！恨极！怒极！有非笔墨所能形容者。"当天会议的一个重要议程是选举出川汉铁路股东大会的领导人。颜楷当选为会长，得票为139643权（这个"权"是如何计算的在文献上没有具体解释，应当是以各州县的股票多少为根据进行计算的）；张澜当选为副会长，得票为150664权。张澜以最高票数被全川人民推上了保路运动第一线的指挥岗位。

　　股东大会会长为什么会是在川汉铁路筹建过程与保路运动前期风潮中并无建树的颜楷？这是有原因的。

　　颜楷（1877—1927年），字雍耆，成都人，他的祖上历代为官，自幼随父寓居北京，在清廷的贵族学校"南学"就读，曾受到光绪帝师、大学士翁同龢的赏识，誉之为"南学隽士"。但是他在北京时深受他父亲的好友、川籍维新派人士刘光第、杨锐的影响，接受变法维新思想。戊戌变法失败，"六君子"被斩于菜市口，他悲愤已极，嚎啕大哭，并大胆出钱将刘光第、杨锐二人的尸体收敛暂殡。他父亲怕他因此事被捕，立即将他送回成都，随著名学者王闿运学习。1904年考中进士，入翰林院，次年被派赴日本研习法政。回国后先是供职翰林院，授编修加侍讲衔，这在当时是个很高的身份，在官场中都被人尊称为"太史"。后来他到广西推行新政，直到1911年5月因为准备续弦的婚礼才回到成都。他一回到成都就坚决支持并投身到了保路运动之中，6月17日的四川保路同志会的成立大会就是由他主持的。由于此时的保路运动已经进入了一个斗争激烈而复杂的新时期，铁路公司股东会需要一位资历高、交际广、能力强、意志坚的人物来做出头露面的工作，颜楷出身阀阅，官居高位，关系广泛（他父亲颜辑祜和两任川督锡良与赵尔丰曾在河南候补同寅，是多年世交），是一个最合适的人选。34岁的颜楷也认为"见义不为，无勇也"，义不容辞地出任了川汉铁路股东大会的会长，从而成为四川保路运动的主要领导人之一。

　　特别股东大会准备会上确定的议程，一共有4项议案，其中心是第一项："遵先朝谕旨，保四川川汉铁路仍归公司办理。"按《西顾报》在《推测川路股东会议之研究及状况》一文中的分析，按当时的舆论与民情，此议案"断无一人不赞成者"，但是"此方案既成立矣，而此方案之中，吾意必发生一重要之方案，则另举公司总理是已"。也就是说，在这个看来不成问题的大问题之中却还包涵了很成问题的子问题，就是必须要另选川汉铁路公司的总理，而这将有一场复杂的较量。

　　川汉铁路公司商办之后实行的是北京、成都、宜昌三总理制，当时都是由四川总督任命的三位官员出任。四年来的实践证明，三位总理均不能称职，必须改任。《西顾报》是川汉铁路公司的机关报，它的意见不仅反映了川汉铁路公司广大股东的意见，也应当是代表了四川保路同志会与四川省咨议局领导人的意见。它在《推测川路股东会议之研究及状况》一文中的评说是这样的：驻京总理乔树枏"专横险毒，贻误路事……种种劣迹，应行撤换"；驻省总理曾培是个"循循长者，未可责以繁钜"，不宜留任；驻宜总理李稷勋则是"罪状不胜缕指"的"汉奸"、"走狗"，"为我股东全体之公敌"。可是，公司成立之时就已确定，公司总理的产生方式是"奏派"，就是由四川总督奏请朝廷委派，虽然是"商办公司之怪历史"，可是要真正实现"川汉铁路仍归公司办理"的目的，就必须加以改变。所以，"揆诸法理，证诸前例，我代表股东，必知所抉择矣"。这一大事就必然成为这次股东大会最重要也最麻烦的难题，而这难题之中的难题，又在于那位"凭藉权势，抗不用命，跋扈之迹，既已显然"的李稷勋。因为乔树楠已经不想过问公司事务，是坐拥虚名，自己都想辞职；曾培是年老体弱，自己已经提出辞呈。

可是，就是这个有恃无恐、为虎作伥的李稷勋，不仅不回成都参加股东大会，而且胆敢在股东大会原定开会之期的8月4日给公司来电，转达"端大臣"和"京电"的"严旨"：要求公司"仍遵特旨附股，必不吃亏"，"如有藉他项名目聚众开会情事，即行禁止，倘敢违抗，即将倡首之人严拿惩办"。真是名副其实的狐假虎威。

特别股东大会原本议定的议案中，除了最重要的坚持商办，反对国有议案之外，还有关于如何筹款、如何改进财务管理等议案。这些议案在大会上都进行了讨论而且都通过了决议。但是，由于李稷勋的顶风逆行、负隅顽抗，股东大会的主要精力不得不转向为与李稷勋的斗争，和与李稷勋背后的端方、盛宣怀的斗争。为什么？因为身为川汉铁路公司驻宜昌公司总理的李稷勋与其他两位总理大有不同，他主管着川汉铁路唯一的一段已经施工的铁路工程，掌管着川汉铁路公司绝大部分修路资金——几百万两白银，管理着近四万修

▶1911年8月23日铁
路股东大会开会情景
四川博物院提供

路民工。而另外两位驻北京与驻成都的总理严格来说只起着组织与联络的作用，既无路可管，也管不着人和钱。李稷勋已经完全投靠端方与盛宣怀，顽固地与川汉铁路绝对多数股东的旨意背道而驰。大家反对国有，坚决保路，他却要拥护国有，坚持交路；大家反对国有当然就要保护路款，不能上交政府，他却因为拥护国有，坚持要将路款上交政府。现在唯一的一段铁路与绝对多数路款都在他手中，他如果交了出去，川汉铁路公司绝对多数股东的保路斗争又还有多大实际的意义呢？

这样，在股东大会开会期间，股东代表和李稷勋及其背后支持者之间的斗争，就成为了大会的中心任务，我们现在所能看到的大会文件，大多数都是为这件事而往来交驰的大量电报稿。

不知有多少哲人说过类似这样的话：英雄不怕敌人的攻击，却怕战友的背叛。川汉铁路公司的这段历史再一次证实了这一至理名言。

8月13日，股东大会上"会长宣告李总理转到恐吓股东端方之蛮电。众不受吓，顿时会场声如沸鼎，一片认请拿办声，认死声，哭声，喊声，喧沸至极"。

股东大会为此给端方发电，严词抗议"李总理转公佳电"，针对端方"即将倡首之人严拿惩办"之语，股东代表们表示："同居首要，静候拿办，苟利于国，敢恤其私"！

针对当时传出的官方"将遑武力以破本会秩序"的流言，四川保路同志会特地发表声明："头可断，约必破，路必争"！

当然，作为大会的中心议案，在8月8日的大会上，股东们通过了"川汉铁路仍归商办"案，并提交了《股东会呈请赵督电奏川路仍归商办文》。

但是，就在同一天，赵尔丰给川汉铁路公司转来了盛宣怀的决定：川汉铁路收归国有，宜昌段工程继续施工，并仍然由李稷勋负责。第二天，这一消息在股东大会上公开宣布："驻宜总理李稷勋将川路三款并宜昌工程材料交与邮部"，"盛宣怀已于吾驻宜总理李稷勋之手将川路没收矣"！

股东们万分愤怒，派代表到总督衙门面见赵尔丰，请求上奏朝廷，转达民意。赵尔丰拒见。

川汉铁路公司电询宜昌分公司了解情况，分公司董事会回答说李稷勋的确是将"路款并送"。李稷勋的回答仍然重申他反对破约保路的主张，坚持"主争路则不能止款，主保款应速交路"，并以另派人来宜办理交接相威胁。

8月10日，股东大会决定撤销驻宜总理。同日，股东大会送出《呈请赵督电奏分别纠劾盛宣怀、李稷勋文》。

8月13日，股东大会电令李稷勋辞职，在10天内将关防与一切手续交会计局长杜成章暂管。与此同时，股东大会又电告杜成章，要他暂代驻宜总理职务，主持工作。李稷勋回电同意辞职，但是因为他当年是四川总督奏派而任职的，所以需要按章办事，没有四川总督上奏下旨，发来公文，他不能交权。与此同时，他立即给赵尔丰、端方、盛宣怀三人同时发出密电，告知一切，并请赵尔丰"就近主持"，"伏乞钧裁"。为了让赵尔丰放心，他特地给赵发出表示忠心的电报："勋经手宜工一切交替事宜，应俟奉到尊处公文，即行遵照办理"。杜成章也回电说无力支撑危局，"实难冒昧暂管，谨辞"。

8月16日，端方通知赵尔丰，李稷勋的职务乃是朝廷"奏派"，股东大会"岂能擅行举换"，乃是"无理取闹"。

由于李稷勋的职务的确是当年"奏派"而任命的，股东大会在此时也真是无可奈何，只得后退一步，选派两位宜昌分公司的协理，一驻宜昌，一驻成都。选举结果，选出了颜楷与邵从恩二人分驻成、宜。邵从恩立即表示"宜事艰危，恩才庸弱，断难胜此重任"，未敢上任。

邵从恩所以不去宜昌，不是他胆小，也不是他无能，而是他心里十分清楚，宜昌是端方与湖广总督瑞澄直接控制的地方，李稷勋已经听命于端方与瑞澄，手握大权，瑞澄还给他派去了护路的巡防军一个营。在这种条件下，邵从恩这个"协理"去了既不能"协"，也不能"理"，根本不可能有所作为。其实邵从恩是一位值得尊敬的前辈。

邵从恩（1871—1949年），青神人，先后在成都的尊经书院和北京的京师大学堂学习，1904年参加会试，中二甲进士，授官山东烟台知县。他辞官不就，而去日本东京帝国大学攻读法政。1908年回国，授法部主事。四川总督赵尔巽将他调回四川，任四川法政学堂监督。1911年春，他去朝鲜、日本考察实业建设，此时刚回北京。他没有接受川汉铁路公司的任命，但是他很快从北京赶回成都，参加了日后的保路风潮，为四川人民作了很多有益的贡献。

就这样，撤换李稷勋的打算完全落空，李稷勋在清王朝的支持下继续按他的交路交款的主张行事（不过，由于当时局势混乱，成都的总公司又坚决反对，不予配合，很快，武昌起义就爆发了，所以李稷勋的"交路交款"并未真正实现），川汉铁路公司对宜昌分公司、对于唯一的建设工程完全失控。

不仅是撤换李稷勋一事没有成功，其他诸事也基本上毫无进展。一则是因为在官督商办的模式之下，很多事情都得要等待政府批准，更何况谁都明白，当赵尔丰接任之后被批准的可能性是微乎其微。二则是盛宣怀早就利用手中权力命令四川的电报局不准收发有破约保路内容的电报，使川汉铁路公司和四川保路同志会的对外联络都十分困难，遑论其他。

▲股东呈请四川川汉铁路仍归公司自办的电奏 四川博物院藏

铅印；长50.0厘米、宽52.0厘米。内容：四川川汉铁路特别股东会会长颜楷副会长张澜及全体股东等为"谨遵先期谕告声明四川川汉铁路仍归公司自办呈请电奏。"

1911年8月24日上午，川汉铁路公司的股东召开股东大会，公布电文。会议最后决定，从即日起罢市、罢课，由颜楷、张澜面见赵尔丰陈情，并请代奏朝廷。8月24日下午，召开保路同志会，各界群众多达数万人。当时的岳府街，即川汉铁路公司所在地，以及附近的大街小巷人头攒动。罗纶在会上报告了清政府已钦命李稷勋为国有铁路宜昌总理，并要惩办争路川人等情况，以致群情激愤。

矛盾愈来愈尖锐，看不到有在股东大会上解决矛盾的可能，只能看到清政府的压力非但没有因为股东大会的呼吁而有丝毫的减弱，反而与日俱增。

面对股东大会所表现出来的群情激奋，面对全川各界所坚持的破约保路热潮，身处成都的赵尔丰不得不面对现实，小心翼翼，未敢轻举妄动，他还在8月16日特地致电盛宣怀，建议在处理四川问题时尽可能"随机因应，以期渐就范围"，只要能够予以"通融"，他将尽力"抑其风潮，不使暴动"。另外，他特别告知端方，端方提出的关于改老川汉为新川汉，修建从汉中入川铁路的方案，是"又生枝节，更觉非妥"。可是，端方却认为赵尔丰对川人是太手软了，在8月17日就联合瑞澄致电盛宣怀和载泽，对赵尔丰表示不满，认为赵尔丰"主顾目前地方之治安，并未深筹大局之结束"，甚至还在"代川绅代奏"，已经"与采帅（按，即王人文）同一机轴。川省大吏，已无望其恪遵迭次谕旨相机行事"。他认为，坚持保留李稷勋的职务，"即系与川人决裂"，所以必须坚持"一线到底，将最后应付之法先行算定，方可下手"。他已经预感到"倘不先为之备，祸端一发，断非季帅（按，即赵尔丰）之才所能收束"。

端方这封电报十分重要，作为清王朝处理川汉铁路事件的全权大臣，他决心要"一线到底"，又预感到可能会有"祸端"，更预感到赵尔丰之才不能"收束"四川局势，所以他必须"先为之备"。应当承认，他的预见是有些道理的。以后事态的发展证明，赵尔丰在很多事件的处理上的确有严重失误，而端方所以会在日后率军入川"平叛"，也正是他现在"先为之备"之中的一环。

为了坚持他的"一线到底"，端方与盛宣怀采取了一系列的强硬措施：一是组织力量准备按铁路干线国有的既定政策全面接收宜昌路政与资产；二是以朝廷谕旨的形式明确让李稷勋继续担任宜昌公司总理，改"奏派"为"钦派"（原来的"奏派"是由四川总督提名后由中央认可，现在干脆以皇帝的名义直接委派，叫做"钦派"），"仍总宜工，仍支川款"；三是请清廷降旨反赵尔丰的右倾，以谕旨的高规格宣布"由端方就近迅速会商赵尔丰，懔遵迭次谕旨，妥筹办理，严行弹压，勿任滋生事端，并将详细情形，随时查明电奏。"

高压愈来愈大，反抗也愈来愈烈。

在8月21日的股东大会上，原本是研究停止新增捐输以增加修路资金的问题，会上有人发表意见说"停止捐输即系叛逆"。为此，张澜与邓孝可发表言论认为"逆在政府，而顺即吾等"，于是"众大叫政府是叛逆"。

"众大叫政府是叛逆"，这在清代是大罪，现在已经在成都的大庭广众之下公然发生。

在这愈来愈激烈的言辞中，已经可以预感到有更加激烈的行动要发生。

这种激烈的言词，赵尔丰当然听得清清楚楚。所以他在将端方与盛宣怀的上述几方面的重要决定以一封《札铁路公司文》的公文通报给川汉铁路公司的股东大会时，他也估计到"以此事发表，众必大愤"，所以他要求只"与正副会长阅看"而不要向大会公布。

8月23日，股东大会召开审查会，股东代表朱之洪要求会长颜楷将近期北京和宜昌方面的最新事态向大家通报，要求将重要的电报给大家传阅，因为他已经听说有一些重要的信息已经到达成都（例如宜昌分公司董事局在8月22日给总公司董事局的电报中，就将端方的主张全部有所叙述，其中还引述了"严行弹压"等原文）。在这种情况下，颜楷决定将有关事态的进展向股东大会公布。

在这里，有必要介绍一下这位朱之洪。

朱之洪（1871—1951年），字叔痴，以字行，重庆人。是辛亥革命时期重庆的革命活动的主要领导人之一。他在1902年就与杨庶堪、杨霖、向楚等人组建了全省第一个意图推翻清政权的革命组织"公强会"，他与杨庶堪等人创办了《广益丛报》，与卞鼒等人创办了《重庆日报》。1905年底，他与杨庶堪等决定公强会员全部参加同盟会，将"公强会"改组为同盟会重庆支部，以后就全身心投入同盟会的反清斗争，积极筹划武装起义。保路运动爆发之后，他一直是重庆地区的主要领导人。1911年重庆保路同志协会成立，他被推为会长。在这时的川汉铁路股东大会上，他是为数不多的同盟会员之一，也是股东大会上最主要的重庆代表。

▲朱之洪　四川博物院提供

保路同志军起义之后，他是重庆独立的主要策动者。蜀军政府成立之后，他是出任都督的主要人选，但是他坚决不在政府中担任任何官职，而只出任高等顾问，并以蜀军政府全权代表的身份促成了蜀军政府与成都的四川军政府的合并。后文有详细叙述。

8月24日上午，颜楷在股东大会上将赵尔丰的《札铁路公司文》向代表们作了报告，整个会场顿时有如一大锅温水一下子升温而沸腾开来。报告甫毕，"会场一片哭声、喊声、骂声、槌胸跌足声、演说声、纠查整饬秩序声、会长静众声，哄动会场。时有拍案大哭，致推翻几案者数起。又茶碗破裂声、几案倒声，满场热焰欲烧。于是会场有喊须罢市者，有喊须停课者，有喊不纳厘税者，有喊以租股抵正粮者……有谓须设景皇帝万岁牌，日夕哭之，以冀朝廷感动，挽回天心者。每闻会场中一议出，众无不以声应之。均称我等今日举动……当自求有效力的事做去"。据当事人回忆，当天会上言辞最激烈的是朱之洪和汪子宜，他们两人都是同盟会员。

会场中的呐喊和罢市罢课的呼声很快就传遍大街小巷。当天下午，岳府街的会场中继续召开四川保路同志会的群众大会，讨论内容与上午的股东大会完全一致，"到会群众数万人，附近大街小巷人已挤满。罗纶报告了钦命李稷勋为宜昌官办铁路公司总理和上谕惩办争路川人之后，会众号哭，喊声大起，'罢市'、'罢课'的吼声有如雷震电闪，轰动了整个会场，人人都觉得朝廷与川人作对，大祸已经临头，只有拼死反抗。"颜楷、张澜等还在去总督衙门向赵尔丰报告会议情况时，成都"各街已有关闭铺面"。当股东大会散会时，"各街关闭市门已过半矣"。

另有记载说，在上午的会上，就有人发表意见说："今盛、端等既夺路劫款，行同强盗，反诬股东以恶名，是政府已不认川民，不认川督，不认先皇谕旨，实已呼吁无门，无路可议，只有共筹消极主义。以后只有股息上粮，不上捐输，政府如何滥借外债，川民不负担一钱，商民生意也不敢做，学堂也不必进了。议未定，合城已一律罢课罢市，四门厘税亦停。"有的记载还有准确时间，说是"至四点半钟，全城罢市，各学堂一律停课"。

罢市罢课和抗税抗捐都不是股东大会的正式决定，而是广大群众积怒已久而爆发出来的自发行为，也是已经不可能有所劝阻的群体性的抗议浪潮。在这种情况下，四川保路同志会的领导在晚上立刻进行了研究，决定顺乎民心，因势利导，引导波澜，防止激变，在当天晚上发出若干份《公启》，张贴于街巷。公启向广大市民"约有数事：一、勿在街市群聚；二、勿暴动；三、不得打教堂；四、不得侮辱官府；五、油、盐、柴、米，一切饮食，照常发卖。"当这些《公启》张贴于街巷之时，已是半夜三更。

就这样，四川保路同志会在群众运动的推动下，成为了事实上的罢市罢课和抗税抗捐的组织者和领导者。

当罢市刚开始时，城内出现了少数居民抢购粮食、少数商家哄抬粮价，"米价于片刻间飞涨"的现象。为了让全城市民的基本生活不受影响，为了让《公启》中的第五条得以落实，成都商会下属的"油米帮大同商会亦出公告云：'米价仍照九十余文发售，如有高抬市价，查出议罚。'初二日，城门税关将各货阻止，米粮仍照常输运。赵督又饬丰豫仓印委，无分星夜，将秋谷碾出以济民食"。所以，在以后的罢市日子中，成都市民的基本生活得以保证。

在这种时刻，城市固有的秩序给打乱了，尽可能维持社会秩序也是一件大事。"省城各街巷之同志协会初六日在东大街公所会议，组立团体，集合团体，由一街以至于数十街，同一保安宗旨，以遏乱谋而坚同志"，为城市治安起到了很好的作用。另一方面，官方也给予较好的配合，在刚刚罢市的时候，官方十分紧张，"派进省之巡防军，荷枪露刃，巡防各街，以御暴动。"过了几天，见到"省城人民安堵如恒"，遂"将原军饬回防所，另派新军，不挟一刃，不持一枪，驻守岗口，免生意外"。

由于保路同志会在社会上具有很高的威望，在它的组织协调之下，在整个罢市罢课的过程中，四川的社会秩序基本良好，以至9月17日《民立报》载法国领事在给法国驻北京公使的电报中都这样说："川人万众争路破约一事，延宕二月有余，能始终争持，再接再厉，激成罢市罢课，又已数日，仍秩序井然，毫无暴动，求之欧洲同盟罢工，如此文明举动亦不多得，此等国民真可敬可畏！"笔者读书不多，看到清末的外国人士能够如此简洁明快地夸赞中国人民的国民性，说出"此等国民真可敬可畏"的话来，还是仅见的一次。

在我国的历史上，曾经有商人罢市的行动，但是全城的"罢市罢课"这一激烈行动乃至名称在过去都是闻所未闻的，严格来说是从国外传来的新生事物，在保路运动中被我们的先辈用作了斗争的武器。从全国范围来看，最早提出这一口号并付诸行动的，是清王朝宣布"铁路国有"之后，湖南群众的抗议之中。从日本留学归国的川籍学子不知是否早已预感到四川也有可能出现罢市罢课浪潮那一天，所以在四川保路同志会成立之时制订的四川保路同志会《讲演部公约》中的《讲演要旨》中就有明确规定："不得以激诡之说耸人暴动"，"学商各界仍须劝其照常勤务，不可以此罢市罢课"。只是没有想到，由于矛盾的一步步激化，"不可以"的"罢市罢课"终于还是迅猛异常地爆发了。

从罢市罢课到抗粮抗捐

8月24日下午，成都全城罢市罢课，四个城门的捐税征收处亦被群众轰走，开始了局部的抗税抗捐，四川保路运动进入了一个与政府公开对抗的新阶段。

8月24日晚上，成都街头出现了这样的传单："自明日起，全川一律罢市罢课，一切厘税杂捐概行不纳，要求收回成命。四川七千万人同白。"这份传单没有写明作者与散发者，但是肯定是四川保路同志会中的某些人士所为。

初期的的罢市罢课有以下几个特点：

第一，秩序比较正常，"各界均甚镇静，尚无野蛮行动。即日用所需各物，亦照常交易，并不高抬价值。故罢市已四日，各街安静如常"。

第二，成都的多数官员都没有出面反对，甚至还公开表示支持。8月24日晚上，已卸任而尚未离开成都的王人文，和一贯表示支持保路同志会的署理提法使周善培二人"到铁路公司会议厅内演说，对于保路之议颇表同情"。保路同志会负责人在当天晚上研究如何对待与引导罢市，决定书写张贴《公启》时，周善培也在场，并就如何保持秩序提出了自己的意见。

第三，此时的赵尔丰表现出了相当的克制。8月24日这天下午，颜楷、张澜、罗纶、邓孝可、曾培、彭兰村六位川汉铁路公司的负责人曾经特地到总督衙门去见赵尔丰，"再三婉陈众意"，表明罢市之举"实不涉川中行政官"，"并声明罢市与暴动有别"。赵尔丰虽然一再强调要坚持"文明争路"，说什么"欲得日后的事好办，须得本日仍照旧开市"，但是他并未采取任何强制的行动，更未进行镇压，只是公布了这样的告示："谕尔商民，莫听浮言。如有误犯，拿办可怜。妥议路事，必须文明。何苦妄举，自害安宁。苦口相劝，大众敬听。照常贸易，各谋营生。"

各级官员们所以能表示支持，赵尔丰所以能如此克制，这里有一个十分重要的原因，是四川保路同志会采取了一个非常高明的手段，让各级官员不能不表示支持，让赵尔丰不能不加以克制，这个非常高明的手段就是全城供奉光绪皇帝的牌位。

就在8月24日上午的股东大会上，就有人建议"须设景皇帝（按，即光绪皇帝）万岁牌，日夕哭之，以冀朝廷感动，挽回天心"。到了下午，铁路公司内"只闻一片哭声如潮倾泻，众谓罢市罢课已经实行，现在各人回家，只有恭设先皇灵位，痛哭而已。"第二天清晨，"灵位已无家不设，无家不哭"。

供奉光绪牌位的具体情况是这样的："各街居民，均用纸书德宗景皇帝（按，光绪死后的庙号是德宗，谥号是景皇帝）神位，供以香火。有旁注'毅然立宪'者，有注'庶政公诸舆论，川路仍归商办'者，有书'光绪皇帝在天之灵'者。有印刷者，有自行书写者，种种不一。然遵守先朝谕旨之意则同。万众一心，邀求收回成命而已。" 在《四川血》一书中还附有牌位的样本：

> 川路准归商办　　光绪德宗景皇帝之神位　　庶政公诸舆论

是谁在那人声鼎沸的会场中最先提出来供奉光绪皇帝牌位这一招，目前已无从查考，但这绝对是一个十分聪明的高招。道理很简单，川汉铁路公司是几年前由四川总督锡良根据商部新订铁路章程上奏朝廷得到批准之后成立的，不仅得到了外务部和湖广总督张之洞的支持，更重要的是得到光绪皇帝的谕旨批准成立的。光绪皇帝谕旨的全文是："谕军机大臣等：有人奏，四川铁路关系大局，宜及早开工、以工代赈等语。著锡良体察情形，妥筹办理。"后人追述时把它称为"谕旨"，在当时人的口中就叫"圣旨"，任何人不得违犯，违者重罪，这是当时的铁则。这道圣旨今天可以在《清实录》第535卷中查阅，而当时在四川则是很多人都可以背诵的。牌位上的"庶政公诸舆论"一语，出于1906年9月1日光绪皇帝一道关于仿行宪政的谕旨，而"川路准归商办"一语，则出于1903年11月由商务部上奏、经光绪皇帝谕旨批准的《铁路简明章程》中的铁路准予商办的规定（在有的牌位上，"川路准归商办"一语也写为"铁路准归商办"）。当四川保路同志会的会员们把这样的牌位供于门前、举在手中时，就相当于在宣扬圣旨：任何官员对于川汉铁路只能"体察情形，妥筹办理"，四川保路同志会的这类活动就有了名正言顺的法规性和极其强大的合理性。只要还没有到不顾一切后果而野蛮镇压之时，官府只能保护，或是眼睁睁地看着，无可奈何，谁也不敢有什么干涉或镇压的行动。

亲身经历了这一历史时刻的郭沫若曾经这样评说这个牌位上的"庶政公诸舆论，川路准归商办"这两句话："这两个口号把当时社会革命的精神表示得很完备的，前一个是参政权的要求，后一个是财产权的要求。两个一合并起来，正是经济斗争与政治斗争打成一片。"

就这样，在罢市罢课的同时，成都的各家各户几乎都在家门口供出了这样的牌位，牌位前还点上香烛，整个成都城出现了既是十分慷慨激昂，又是一派悲壮难言的气氛。

有不少的街道还在街道之中搭篷建台，供奉牌位，步行虽然无碍，乘轿者就难以通过。当时报上

▲绘有光绪皇帝像的《通俗画报》 四川博物院提供

就载有这样的消息："初三日午后，打金街适在搭台，供奉德宗景皇帝圣位。忽有某局某科员乘坐三人拱杆轿子，飞奔而来。街邻喊令下轿，轿中人谓：'你们所供皇帝如是之多，我岂能处处下轿？'众大哗，喊令'拉出轿来，饱以老拳！'轿夫闻之，乃回头大吼狂奔而去。"另有一位县令，"乘轿出，众拥之使不行，且叱之曰：'汝见先帝神牌乎？奈何不出轿行礼！'县令出拜。一路皆神牌，则一路拜。拜不已，遂逃归不敢出。"此情此景，连赵尔丰在给清廷的奏报中也说："省中各街衢皆搭盖席棚，供设德宗景皇帝万岁牌，舆马皆不得过，如去之必有所藉口。更有头顶万岁牌为护符，种种窒碍，不得不密为陈告。……究应如何办理之处，伏候电示。"面对成都民众的这一高招，赵尔丰不敢擅自做主，清廷也无法给他任何答复。

成都的这一高招很快传到川内各地，吴玉章在回忆录中对这种搭篷建台、供奉牌位的行动有过一段很好的评价。他说，他从重庆去荣县，"路过永川时，我看到满街都挂着黄布，到处都扎起'皇位台'。台上供着光绪皇帝的牌位，两旁写着一副对联，一边是'庶政公诸舆论'，一边是'铁路准归商办'。这是从光绪帝的'上谕'中摘出来的两句话，用以作为争路的根据的。市场两头的口子上，还有'文官下轿、武官下马'的牌子。一切全和皇帝死了办'皇会'一样。这种情形，乍看起来觉得非常可笑，但仔细一想，确是一种很高明的斗争方法。它既适合于当时人民群众的觉悟程度，又剥夺了统治者任何反对的借口。而且无论什么官员打从这里经过，都得下来步行，完全丧失了他们平日的威风。"

但是，由于这样满街搭篷建台的确不利于交通，更重要的是消防的一大隐患。四川保路同志会的负责人在认真考虑之后，特地发出了白话广告，以妨碍交通、易发火灾、害

怕雨淋等理由，加以劝阻："请各位商量一下，已经搭了的，可以搭高，莫有搭的，千万不必再搭。我们还有多少大事要办，何必为这些事使各面都为难呢？拜恳拜恳，千急注意！"

成都城内千家万户在家门外供奉牌位和很多街道在街道中搭建皇位篷台这件事，是四川保路运动中至为感人的一幕，它出于千家之自发，它反映万民之心声，在那很难有表达民意手段的清代晚期，在那不得不利用巧妙手段以求自我保护的斗争岁月，这是一种既聪明又有效的极佳选择，更是一种全民发动并投身于爱国爱川热潮的极佳体现。像如此几乎是全城动员于街头的群体行为，在成都历史上只有1949年新中国成立前夕，为了阻止国民党军队对全城的破坏，为了保护民众的生命财产，成都老百姓在地下党和进步人士的号召下在全城各街各巷修建栅子一事近乎可比。

当然，多数官员在同情与支持的同时，也不能不做点表面文章，自总督赵尔丰张贴了劝喻开市的《告示》之后，巡警道和劝业道也发出了类似的《告示》，提学使发出了要求各学校照常上课的《告示》。不过，他们自己心中都明白，这些《告示》都是名副其实的官样文章，装腔作势而已。

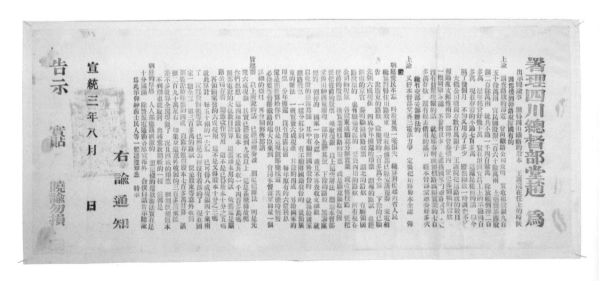

▲《四川总督部堂赵告示》　四川博物院藏

　　纸质、石印、竖排本；长26.2厘米，宽65.5厘米。告示内容主要指出对川汉铁路股东的还款方式，以及人人都应该感激这样的还款方式。

　　1911年赵尔丰担任四川总督，开始镇压保路运动。清政府颁布"铁路国有"政策以后，他不但不归还四川的股金，还发布此冠冕堂皇的告示。

自唐宋以来就以"日照锦城头，朝光散花楼，金窗夹绣户，珠箔悬银钩"；"锦城丝管日纷纷，半入江风半入云"著称的千古名都，此时成了另外一种景象。

根据当时人的记载："悦来戏园、可园的锣鼓声，各茶馆的清唱声，鼓楼街估衣铺的叫卖声，各饭店的喊堂声，一概没有了。连半边街、走马街织丝绸的机声，打金街首饰店的钉锤声，向来是整天不停的，至是也听不见了。还有些棚户摊子都把东西拣起来了。……无论什么场合，每一个人视听言动所接触的，完全集中于保路斗争这一个问题"。"多数专靠劳力吃饭或专靠卖货物吃饭的工商业者，一旦生产与买卖全停顿了，生活马上就成问题，但他们也毫不顾虑及此，而争先表示同情争路。"

在这种情况下，保路同志会的一些分会，如西御街、蝶窝巷、兴隆街、北打金街等分会在罢市期间还专门设立了慈善会来救济生计困难的贫民。当罢市过了半个来月之后，"凡小本经营者均不能支持，现各街多有发起慈善会以资助，有认款者，有提盂兰盆会款者（按，盂兰盆会是一种佛教节日的庙会，每年七月十五举行，届时都有一些接济贫苦的慈善活动，在一些较大的寺庙还设有盂兰盆会的常设机构），有拨他项公款者，使一般小本营业不致谋生无计。又闻铁路公司亦有接济局之设。"连当时成都最主要的两家银行大清银行和浚川源银行也都决定，"在罢市期间，两银行每日各捐银一百元，以为慈善会之助"。

当然，官方处于十分紧张的状态。据《民立报》的报道说，在"街市暨各学堂全体一同罢市罢课"的情况下，为了防止可能的"暴动"，"陆军第六十七标、六十八标、巡防第一营、第四营分扎各街十字口，枪上贯刺刀，大有应战之势。督署左右并驻扎巡、陆军各营，约长半里。各国领事署及教堂均驻扎有军队三四十人不等。"但是，同一篇报道中又说："陆军中稍有知识者云：我们无非受政府调遣而来，不得不尔。或稍有变动，我们亦四川人民，谁无父母妻子，亦可以脱衣倒戈"。

成都罢市罢课和抗捐抗税的消息迅速传播到全川，各校的学生罢课之后回到各州县都成为了最佳的宣传员和组织者（学界保路同志会曾专门开会研究行动办法，决定在停课之后"一部分请假归里，一部分驻省"）。在稍远的州县，还有"雇快马捷足走报者"。所以在数日之内，全川都掀起了罢市罢课和抗捐抗税的热潮，速度之快，令人难以置信。如上述《民立报》的报道："成都府属十六县、绵州属五县、资属三县、眉属三县，均同日罢市，各中小学堂一律罢课。沿江之嘉定府、叙州府、泸州、重庆府均一律罢市。"不仅在各州县，"甚至乡镇相率罢市者，更难枚数"。从目前看到的材料，在全省之中最快的是温江，8月24日上午股东大会上刚有提议，消息就传到温江，立即就有了行动，所以当时的记载说"温江竟先于初一上午罢市"。成都府属各州县以及天回镇、簇桥场等乡镇则都在当天下午就一致行动了。

8月29日，在邛州街头贴出了这样的十六字标语："为争铁路，全川罢市。人不齐心，有如娼妓。"第二天，邛州全城罢市。

在四川另一个大城市重庆，据英籍的海关代理税务司施特劳奇给北京海关税务总署的报告，"商家虽不完全赞成罢市，但是他们终将被迫于公众意见和恐胁而宣布罢市"，因为这是"人民对政府铁路政策的抗议"，"抗议运动由保路同志会领导"。施特劳奇判定"官员们看来已丧失了他们的一切影响，事态的控制权已完全落到保路同志会手中"。

在一些州县，不仅罢市而且罢工。如"自流井、贡井已于初六日（按，即8月29日）一律罢市，灶户停火，井户停水（按，灶户即用天然气在盐灶上煮盐的经营户，井户即用牛推车从盐井之中汲取卤水的经营户），工人团聚盈千累万，大有不了之局。"又如犍为，当时的传教士认为不仅是"罢工罢市"，而且用了来自西方的很时尚的名词，称之为"总罢工"。

在万县，罢市行动还得到了军人的支持。"万县地方闻省城罢市，亦表同情，当即全体歇业。驻扎该处之巡防军由管带命令，出处弹压。经各兵起而质问，云'川民此举，系反对国贼盛氏之强横，我等亦中国国民，不能去得罪同胞。'于是立即解散。"

全川的罢市罢课浪潮一直高涨不息，保路同志会的舆论也一直在加油鼓劲。如《西顾报》在8月27日的《时评》所说："吾川人即食政府之肉，寝政府之皮，亦不为过。区区罢市，何忌何疑！……所愿各街各市，坚持到底，勿为浮言所动，勿为甘言所诱，则成命或可望收回，而吾川人亦庶有一线生机矣。不然，别恐无市之可罢，无学之可停，无租无捐之可抗，同归于尽，胡宁忍言！"

股东大会上的群众在热血喷张之时提出的罢市罢课的动议的确是斗志昂扬的动议，而且很快就被广大群众所接受，所采取，在全川出现了史无前例的罢市罢课热潮。可是，当这股热潮坚持一些时候之后，坚持这股热潮的人们就发现，罢市罢课虽然是史无前例、轰轰烈烈，但是它主要作用是表达意愿和决心，对于清王朝不可能产生什么实质上的压力。压力的主要承受者是四川的地方官，而四川的地方官对于这种压力早已经习惯，已经很有承受能力，甚至在一定程度上成为保路同志会的同情者与支持者。

面对全川的罢市罢课浪潮，赵尔丰在8月24日当天就向清廷紧急上奏。清廷的回复十分强硬："此次该省激动情形，有无匪徒从中煽惑，著赵尔丰确切查明，严行弹压，毋任再滋事端。"但是，赵尔丰并没有"严行弹压"，还和保路同志会与铁路公司的负责人有过两次对话。就在开始罢市罢课的第一天，赵尔丰和保路同志会负责人谈话时，还说过这样的话："现在权操自上，我只能竭力代奏，一次不行，再奏二次，以至三次四次，我就

丢官也怨我不着，四川总督不做也不要紧。" 这以后，他的确曾经两次上奏，其中还包括
9月1日和将军玉昆的联衔会奏，可是在4日得到朝廷的回复是"朝廷决无反复之理，著传
旨申饬"。

在成都的其他主要官员包括布政使尹良、提法使周善培、提学使刘嘉琛、巡警道徐
樾、劝业道胡嗣芬、成都知府于宗潼、成都县令史文龙等多次参加股东大会，与股东代表
一道讨论（他们还打算由双方代表组成一个"官绅维持会"来维持罢市罢课期间的社会
秩序）。这些官员们还曾经联名上奏朝廷，或各自分别上奏朝廷，甚至在8月28日由驻防
将军玉昆与总督赵尔丰领衔，由在成都的全部高级官员签名联合上奏朝廷，表明"事机危
迫万状，应恳圣明俯鉴民隐，曲顾大局，准予暂归商办"。可是朝廷历次回电都是坚持原
议，不仅一点都不愿"俯听民情"，而是坚持"传旨申饬"，"切实弹压"，丝毫无改，
顽固之至。

四川保路同志会派到北京的代表刘声元此时也已经多次向政府反映民情，可是"请都
察院代奏，不准；邮传部递呈，不批"。与此同时，"盛宣怀密派人侦察举动，并使无耻
京官设法解散"。清政府对于民情民意真是到了完全不管不顾的地步。

所有这些都表明，罢市罢课的行动对于清王朝的决策者不可能有什么触动，更不能造
成什么冲击。说句实话，在英法联军、八国联军等外强的武力入侵之下，在同盟会已经发
动的一系列国内起义的强力震撼之下，清王朝的决策者早已经在枪炮与炸弹面前练就了一
付挨打专业户的功夫，四川保路同志会的行动对他们来说真的是一场打不湿衣裳的毛毛
雨。

还有一点也十分重要，罢市要让商家受损，罢课要让学生失学，罢工要让工人没有收
入，这种状态不宜长期保持。

9月1日的股东大会，提法使周善培在回答罗纶等人的质问时，说了这样的一番话，当
时人是用白话记录下来的："我们这回电报去劝朝廷不必听盛宣怀的话。若是朝廷再听
盛宣怀的话，不把路款两样还我们人民，我们说的是全行辞职。到今天来，我们不但要辞
职，就拼着脑壳也要同邮传部打十回大战。我们何必说这样的话呢？一则要顾着前头说的
话，二则时事如此，不分什么叫官叫民，凡是生活在中国的人，都该来争这个路。为什么
呢？因为路失土失，争路即所以争土。我们官吏到这个时候，只有愿砑头争路，格外也没
有法子了。"

在清代官制中，提法使应当算四川行政官员之中的第三号人物，仅次于总督与布政
使。连他都是这样说，保路同志会打出的罢市罢课这一记重拳，真有点像是打到棉絮上
了。因此，当周善培说出这样一番话之后，大家不能不议论纷纷，考虑必须要有新的更能

触动清王朝实际利益的手段，以推动运动的进程："有说不纳捐输、丁粮、厘税的，也有说办商团、民团的，又有说清理票捐局的存款，罢四门的厘税，停止盐引、盐厘，很有些议论，总未议决。"

很明显，运动发展到这时，多数人都已逐渐明白，这样下去不会有任何实质性的进展，必须另有新的手段。正如8月31日的股东大会上一位代表在演说中所说："此次罢市罢课，所以表示万众一心的意思，不过临阵上兵器之一种，俟谕旨俯允，是此种兵器已利用矣。若要求不遂，则是此种兵器不利，另外换他种器械。"为什么"此种兵器不利"，是因为"罢市罢课，政府无丝毫损失，吾辈损失甚大"。所以就得"另外换他种器械"，而且还要"认清题目，单刀直入，实力进行"。

就在这些议论之后，股东大会在9月1日当天作出了一项重要决议，并发出这样的《通告》：

"一、自本日起即实行不纳正粮，不纳捐输。已解者不上兑，未解者不必解（按，这里的"解"是缴纳的意思，"上兑"是下一级官府向上一级官府缴纳）。

"二、将本日议案提交公司、咨议局，照例呈院，并启知各厅、州、县地方官。

"三、布告全国，声明以后不担任外债分厘。

"四、恳告川人，实行不买卖田地房产（按，当时买卖田地房产的契税是主要的捐税之一，故有此规定，其目的是"困国库"）。

"五、广告全川人民，俟前四条实行后，自动开市、开课。"

这一通告是一个很重要的决定，它表示四川保路同志会正式宣布要在全省范围内不向清政府缴纳任何捐税，不承担任何外债（由于清王朝已经多次大举外债，当时各省所承担的财务重担中外债已经超过了常年税收），这等于是宣布在当时的国民经济生活中最重要的两个领域，即上缴税款与承担外债上，与清政府断绝关系，断了清政府的财源。这在古代叫"抗粮抗捐"，是一种明目张胆的反叛行为。这是四川保路同志会在罢市罢课之后走向与清王朝全面对抗的十分重要的一步。

考虑到要真正将以上通告付诸实施，很可能在全省会有一场艰巨的斗争，也会有很多具体而繁杂的事务性工作要做，又考虑到股东大会不能延续太久，大多数股东还要回到各州县领导斗争，所以股东大会又在9月5日作出决议，从省、厅到各州县，都设立常设的办事处，"按照股东特别大会议决设立，给以证书，照该大会议定办法，专办不付捐输及废除耗羡加征等事（按，耗羡加征是清代在捐税征收中以铜钱折白银、零碎银两铸银锭之中的损耗为名所实行的一种加征，数额不小），并禁买卖田产。"而且还特别强调，如果地方官员胆敢拘禁良民，办事处"当用全力对付"。如果本地绅士站在官吏一方与办事处为难，则应"全力抵抗"。

这种被称为"抗粮抗捐办事处"的常设机构在全川范围内的设立，表明了四川保路同志会与清王朝的全面对抗又进入了一种更具实质内容和更有组织形式的新阶段。

很有意思的是，这个被称为"抗粮抗捐办事处"的总办事处就设在藩署街的藩署衙门，即四川布政使司的官衙之中。在它的旁边，就是藩库街上的藩库。而布政使司的职掌，就相当于今天的财政厅与民政厅，藩库就相当于今天四川省的中心金库与中心物资仓库。

有一个重要问题值得注意，当保路运动的事态发展到"抗粮抗捐"的时候，实际上已经脱离了保路同志会领导人所长期坚持的"和平保路"的藩篱，斗争的手段已经不再和平了。很多立宪派人士也对立宪救国之路大失所望，不再将四川问题的解决寄希望于召开国会与制订宪法了。9月4日，保路同志会股东会就当前形势发表了一个重要的宣言："成都自朔日罢市罢课，南至邛、雅，西迄绵州，北近顺庆（今南充），东抵荣、隆，千里内外，府县乡镇，一律闭户侍奉景皇帝神牌，朝夕哭临，全川愤激悲壮，天地易色。川人所争者，新内阁第一政策不依法律而举债，不依法律而收路，种种蛮横，直从根本上破坏宪政。故愿签名，决誓先海内死争之，区区股东权利尤其末节。今月初九日起，实行不纳租税，已纳者不解，既解者不交，万众誓死，势在必行。特此布告全国之热心宪政前途者。"很明显，在他们心中，宪政救国之梦已经被"新内阁"即皇族内阁粉碎了，他们在用四川所发生的一切告诉"全国之热心宪政前途者"，不要再做宪政救国之梦了。

在保路同志会的机关报《西顾报》上，这一时期出现了明显鼓吹暴力的言论，这表明一部分立宪派人士已经开始准备抛弃那的确是劳民伤财又毫无作用的和平手段，准备把斗争的手段专向非和平了。例如，在《西顾报》上，不仅有抒发 "大泽恨无陈涉起"的诗句，希望有陈胜吴广式的草莽英雄揭竿而起，甚至还在9月6日刊载了如下的唱词风格的宣传品，不再是希望别人揭竿而起，而是号召"我们"自己揭竿而起了："练民团制造好军火，习武艺一齐供达摩（按，指佛教禅宗的达摩祖师，他曾经在少林寺面壁修行9年，故而在后来被一些习武的民间集社所供奉）。农工商不要久抛业，读书的半日课半日执戈。……倘有那不肖官吏来捕捉，鸣锣发号我们一蜂窝。一家有事百家齐聚合，他的手快我人多。钢刀快砍不完七千万人的脑壳，哪怕尸骨堆山血流成河。有死心横竖都战得过，战胜了我们再打收兵锣。"这哪里还有一点"和平保路"的味道？

同盟会领导人宋教仁当时曾就此事发表评论说："川人之抗争川汉铁路，而知以全体罢市、不纳租税为武器，盖已觉平和手段之不能有效"。而这种方式，正是为创立新政权而奋斗的前奏，有如美国之从英国统治下独立的进程一般，"昔英国之治美利坚也，尝违法征收美人之印花税及进口税，美人愤之，乃抗英人而力争，遂为建立合众国之张本。"这种分析是有道理的。

作为清王朝在四川的地位最高的官员、满蒙贵族在四川的总代表，成都驻防将军玉昆在9月7日写给他在北京的儿子的一封家书中如实地描述了他心目之中的四川情况："刻下民心固结，已成团体，决意死争，水火之势，两不相下。市面自初一至十五半月，铺户闭门，景象凄惨，莫可言喻。人心惊惶，更不待言。土匪遍街静听，乘机而起，新军、防军均系本地，难免结心，临事恐难应手。立有股东会、同志会、协会、维持会种种会名，虽无暴动之形，而内容可畏。近日各会议论纷纷，刻以藩署主办事处，专办抗粮抗捐等事，各会中分立四部，均有办事秩序、规则、官名、薪水等项。藩库经官已派重兵扎守，所有各外属解交各款六十余万两，概不准入库，种种形象真如悖逆。刻下满城已经布置妥协，署中百余兵保护，各处亦派兵扎守，乃揆其情形，将来定必决裂之势，非中糜烂，遭此涂炭，事已至此，万无良策。可叹我到川甫及半年，未尝一日省心，未受一日之福，又蹈庚子景况也，究属是命！"

这是一封很有史料价值的家书，玉昆所作的若干判断与推测，如"民心固结"、"水火之势"、新军与巡防军和同志会"难免结心"、"虽无暴动之形，而内容可畏"、"种种形象真如悖逆"，"将来定必决裂之势"等等，基本上都是准确的。

玉昆的推测很快就变成了现实。

底层的"暴动"和上层的《川人自保之商榷书》

在罢市罢课、抗粮抗捐行动开始之时，保路同志会的多数成员都还在坚持原来的"和平争路"的方针，还在争取以请愿的方式请政府收回成命。所以，保路同志会的负责人和股东大会的代表们曾经三令五申地要求各地谨守秩序，特地发出了有"勿暴动"要求的《公启》，筹备成立官绅维持会维持社会秩序。8月31日，又发出进一步的讯息，考虑到"省城罢市已多日，尚能谨守秩序，毫无暴动，惟省外各州县不能预料，新繁已有暴动，经征局、巡警署打毁，其他各州县更不能不特别注意。因议由咨议局通知各州县自治会，并由同志会总会通知各属同志协会，互相设法防范，俾免暴动。"

但是，从罢市罢课到抗粮抗捐，是四川保路同志会率领全川百姓与清王朝逐渐决裂的过程，这种过程实际上一直是处在激烈的对抗之中。这种聚集已久的激烈对抗只能是以一胜一负的方式来解决，四川保路同志会或是举手投降，偃旗息鼓，或是坚持斗争，拼死一搏，它绝不可能再将运动限制在"和平争路"的范围之内。在清王朝顽固不化地坚持成法、连四川总督与成都驻防将军也因为同情百姓而受到多次"申饬"的情况下，民众的自我控制限度很容易被冲破，任何一点火星都可能燃起更为激烈的火焰。

罢市罢课开始之后才一周，负责全省司法刑狱的提法使周善培就在9月1日的股东大会说："省城安静情形，实中外之空前第一次，如外属彭县、新繁、资阳、五通桥等处暴动，恐路未争回，地方已躁动不安矣"。其实，各州县的"暴动"还不止"彭县、新繁、资阳、五通桥等处"，而是"各处伏莽，皆借此蠢蠢思动"。

最早出现"暴动"迹象的是新繁，经征局和巡警署均被打毁，起因是"罢市之日，有幼孩数人，在街声言，要罢市，须关门。虽曰童子无知，亦确能得罢市之要领。不意该处巡警竟以手棒乱击其头脑。街众不平，扯伊到局理剖。警长不惟不理，反谓'聚众来局，意欲何为？似此无理取闹，心目中尚有长官耶！不速退，吾将知会县官，以兵力从事。'当复令巡警五人，执棒驱逐。于是民心大愤，愈集愈众，遂演出种种不规则现象。"

资阳出事在8月29日，因为全城"罢市，万众一心。州牧朱某怒以为叛，大施压力，拿获三人，指为匪徒，敲扑收禁，百姓冤之"。当天晚上，城外发生火灾，朱某出城救火，百姓即将城门关闭，"朱乃通夜露宿，亦云苦矣。次日天明，始觅绅士关说，愿将禁押三人放出，并与此事无关之数人亦得开释，乃听入城。闻朱某自回署后，直不敢越雷池一步。多数人民，各就署前开会演说，遂亦听其自由，不似从前之赫赫矣！"

金堂出事在8月30日，当天"有由省回县之学绅界人士，在大街演说铁路利害及破约保路宗旨，侃侃而谈，闻者动容。该县已经撤任留缉之刘老太爷闻之，勃然震怒，立派干役多名，前往捉拿讲演各员，至署查办。"此事当然引起"大动公愤，蜂拥至署，该大老爷初藏署后，不敢稍动"。

彭县出事在8月31日，起因是经征局随意抓人，引起冲突，巡防军开枪打死一人，群众大愤，遂将经征局、巡警署全部捣毁。究其原因，是"经征、巡警各局平日迁怒人民久矣。该县已一律罢市罢课，因邮政将省城信件积压，故对保路同志会报告所见最迟，致有此举"。

上列各州县出事均与镇压罢市罢课有关。也有些地方是趁罢市罢课之机出现匪徒的抢劫，最明显的是在灌县。9月1日，有李洪发等人"商议各带枪刀器械，趁此铁路同志会罢市，好寻财喜，遂各纠约前往灌县打毁警察经征局，各已抢得银元、铜元及衣物等件，即被拿获"。

以上情况表明，周善培所总结的"地方已躁动不安"的"暴动"确已出现。在部分地方已出现"暴动"的严酷形势之下，四川保路同志会与清王朝的对抗，不可逆转地一步步向更加尖锐、更加剧烈的方向发展。

成都全城罢市罢课之后第三天，8月26日，四川保路同志会与川汉铁路股东大会召开了一次重要的联席会议，"研究近日成都暨远近州县罢市争路问题"，除赵尔丰之外的川省主要官员也全部参加。颜楷、张澜代表同志会方面再次慎重表明了要求川汉铁路仍归商办、要求撤换李稷勋的一贯主张，"商人罢市，学生罢课，其意无非示朝廷以决心，欲藉此以挽天意，其用心亦良苦矣"。同时，再次以股东大会的名义，上书朝廷，并请官方代奏。

8月27日，赵尔丰一天中两次单独上奏朝廷，表明"局势日见危迫"，请求能够"筹商转圜之策"。

8月28日，四川全体省级主要官员，即成都将军玉昆、总督赵尔丰、副都统奎焕、提督田振邦、布政使尹良、提学使刘嘉琛、提法使周善培、盐运使杨嘉绅、巡警道徐樾、劝业道胡嗣芬全体署名，一文未改地将四川保路同志会与川汉铁路股东大会向朝廷提出的上书代奏朝廷，并表示希望朝廷"俯鉴民隐，曲顾大局，准予暂归商办"。

8月29日，赵尔丰再一次给盛宣怀去电，说"前定操纵缓急，恐皆无效，非朝廷稍变方针，万难解决。……似不可再用压力，有类抱薪救火"。

8月30日，清廷以内阁的名义作了回复，仍然是坚持原议，毫无"转圜"的余地："铁路国有，势难反汗"。

这段时间，除了四川保路同志会不断在千方百计请官方代奏朝廷之外，四川教育总会在致电学部、成都商务总会在致电农工商部、成都全体报界在致电民政部，都是发出类似的声音："务请鼎力回天"。但是，都有如石沉大海。川籍在京为官者两百多人甚至在9月7日集会于全蜀会馆，"情形悲壮，慷慨激昂"，议定"签名严劾盛宣怀，朝廷如肯见信，即当罢盛宣怀，谢四川以谢全国"。"如有上书无效，即实行辞职，决不与盛宣怀为伍"。此动议被"全体击掌，无一人不签名者"，"立时起草，连夜缮就"，公举胡骏等四人"拦舆上呈"。清廷仍然置之不理。

这段时间，四川的官员除了玉昆与赵尔丰数次上奏朝廷之外，布政使尹良曾经致电度支部，劝业道胡嗣芬曾经致电农工商部，巡警道徐樾曾经致电民政部，兵备处总办王棪曾经致电陆军部，成都知府于宗潼曾经致电都察院，成都知县史文龙曾经致电内阁……不少人都提出了"转圜"的请求，其结果也都是毫无"转圜"的余地。

在当时"函电交驰"的众多函电中，有两封电报值得关注。

一封是9月1日玉昆等官员联合致电内阁的电报。电报中说，他们所转奏的铁路股东大会的上奏，"虽仅股东会出名，而实为全川人民一心合力，为法律上正当决意之请求"，可是邮传部"始终固执"，"不留余地"，"以贻大祸于全川"，"邮部可亡川，而守土者万不敢亡川以祸全国"，因为"川一动摇，中央根本，西南半壁，无不受其影响"。他们提出了两个具体要求，一是将盛宣怀"立予罢斥，一面另简重臣星驰来川，或能补救万一"；二是将铁路"此时改归商办，范围仍属国家"。他们强调指出：当此"事势之危，间不容发，得民失民，激乱弭乱，全在此举。"这封电报上的联合署名者是：成都将军玉昆、总督赵尔丰、副都统奎焕、提督田振邦、布政使尹良、提学使刘嘉琛、提法使周善培、盐运使杨嘉绅、巡警道徐樾、劝业道胡嗣芬。这与8月28日的上奏一样，四川的省级大员一个不落地全体署名。

另一封是9月2日成都知府于宗潼和成都知县史文龙、华阳知县周询等133人在燕鲁公所开会商议之后一致签名，以"四川首府县及各司道职员"的名义致电内阁的电报，电文说："川民争路争约，志坚理足。自月初停课罢市，供奉神牌，男妇老幼，朝夕号哭，危迫情形，本省大吏均已电奏。知府等一介末秩，何敢越职妄言。惟天下安危，匹夫有责，与其坐视糜烂，何若冒充直陈。窃以民为邦本，舆论难拂，川省伏莽甚多，现在股东绅商，虽守秩序，然市学久停，人心惶惑，匪徒乘机蠢动，各州县警报频来。昨奉交邮传部妥筹办理之旨，民情尤为激烈，决议实行抗粮罢税。以此万众一心，守死不移，势将溃决，大患燃眉，断非敷衍所可解决。敢求俯顺舆情，速开阁议，将路款各事交资政院议决施行，并治知府等越级妄言之罪。谨电。"

在当时"函电交驰"的众多函电中，这两封电报先后只差一天，很有可能是共同研究之后的一致行动。电报的主旨与其他发往北京进行请愿的电报差别不大，可是，前一封是所有全体省级大员共同签名，后一封签名的133人据刊载这封电报的《民立报》的说明，包括了当时成都的司道衙门（相当于今天的省级各厅局）、府衙门（相当于今天的市委市政府）、两县衙门（当时的成都城内分置的华阳与成都两县）的全体科长与科员，有如今天的成都城内的全体公务员。他们的用心恳切，言词平和，态度谦恭，要求合理。可是仍然没有对清王朝的内阁有丝毫打动，没有起到丝毫的成效。

从驻防将军、总督开始一直到省城的全体公务员联合上书中央为民请命，这在中国历史上是空前绝后的唯一。它从一个侧面充分说明了民心的向背，说明了不久的保路同志军起义的必然，说明了清王朝的当权者是如何地冥顽不化，说明了清王朝真的是不垮台都难了。

应当说，四川保路同志会已经尽到了最大的耐心，包括赵尔丰在内的四川官员也在尽可能地从中调和，企图"转圜"。但是，这种耐心未能让事态有所好转，这种调和也只能是一厢情愿的空谈。

9月2日，赵尔丰向内阁发出了最后一封请求"转圜"的电报，"披沥直陈"。他再次表明了"如不准所请，则变生顷刻，势不得不用兵力剿除，成败利钝，实不能臆记"，而在"停纳钱粮杂捐"之后，很快就会出现"兵饷立竭，势将哗溃，全省坐以自毙"的严重后果。他自表忠心说："尔丰非不思用强硬手段，然民气团结，已不受压制，内顾实力不足，兵警难恃，祸端所伏，不仅蔓延一省，而言者必以尔丰为戎首。筹虑至再，未敢轻发"。实事求是地说，赵尔丰在这里真是说出了他的真心话，真是在"披沥直陈"。

9月4日，清廷以皇帝谕旨的形式给赵尔丰与玉昆发来了这样的电报："电寄赵尔丰、玉昆等：电奏悉。邮传部奏干路收归国有，早经降旨允行，决无反汗之理。屡经宣示，乃该将军等仍以交院议决、暂归商办为请，殊属不知朝廷维持全国路政之深意。著传旨申饬。现在附省州县，已有烧毁局所之势，定系匪徒从中煽惑，希图扰乱治安。仍著赵尔丰懔遵迭次谕旨，迅速解散，切实弹压，勿任蔓延为患。倘听其藉端滋事，以致扰害良民，贻误大局，定治该署督之罪。懔之！"

事已至此，清王朝的执政者们彻底关上了和平解决四川问题的任何希望，用当时人的话说，它是在"以雷霆万钧之力压制人民"，将矛盾向更激化的方向大力推进。

原来还存在一点"转圜"希望的赵尔丰在清王朝的寸步不让的坚持下，在多次"申饬"的高压下开始转向，他不再有和平解决的希望，不再求为民请命的美名，他着手准备按朝廷的旨意去"迅速解散，切实弹压"。9月5日，赵尔丰电告内阁："尔丰世受国恩，早以身许国，虽肝脑涂地，非所敢辞。谨当懔遵谕旨，切实弹压。……惟有假兵力之所能及，尽力剿办"。

9月4日，赵尔丰按照朝廷的旨意向全省下发了一道札文，禁止"同志会派人分往各处，办理民团，以保卫身家性命为辞，集会演说，煽惑人心，并有不纳捐税以为抵制。若不严拿查禁，必致愈生滋扰，合亟通饬"。

9月6日，赵尔丰再次向全省下发了一道内容更为详明的札文，指斥"路会诸人"的"鼓动商民罢市"、"必求破约拒款，乃达目的"、"纷纷派人回籍演说，欲令人民抗粮罢税"的种种行为，是"上仇君父，下扰治安"，故而命令各州县官员，"倘有不逞之徒，聚众演说煽惑，或阻人上纳粮捐厘金税，即为乱民，应立拿办。"

这两道札文的下发，标志着赵尔丰对待保路同志会的态度发生了转折性的变化。

赵尔丰为人头脑聪明，手段凶狠，在多年为官对待民众的态度中从来是善于运用"胡萝卜加大棒"的两手。当他于4月份在川滇边务大臣任上接到署理四川总督的任命时，他一点也不像一般官员那样对于这一重要提升欣喜有加，准备上任，而是有意迟缓，以各种理由在远方停滞不发，观察成都的动静。就在他得到任命之后的第六天，广州就爆发了震惊全国的同盟会黄花岗起义。就在他得到任命之后半个月，清廷宣布铁路干线国有。紧接着就是端方被任命为督办川汉、粤汉铁路大臣，盛宣怀签订借款合同，四川保路运动大爆发。四川出了这样大的变动，他仍依然故我，无论清廷如何下旨要他立刻上任，无论端方和盛宣怀给了他多少电报要他尽快到成都主持政务、处理疑难，他还是置之不理，稳坐川边。当朝廷谕旨命令他必须"兼程前进"，必须在8月4日川汉铁路股东大会召开之时到成都接任视事时，他其时已经到了雅安，正在作如何接任视事的最后准备。他之所以能够在8月2日进入成都，8月3日就接印视事，一天也不休息，一天也不准备，就是因为他已经作了好久的调查研究，已经有了充分的准备，已经看稳了火候，已经是成竹在胸了。

8月上旬的成都，已经被保路运动的烈火烧得滚热发烫，盛宣怀已经被川人视若粪土，破约保路的口号已经深入人心，全川的股东代表已经齐集成都，准备召开股东大会。所有这些情况，赵尔丰是看得清清楚楚、明明白白。所以，在这样的氛围之下，在这样的人群之中，赵尔丰决定不和保路同志会发生任何冲突，一改当年的"赵屠户"的形象，以一付和颜悦色的面目和悲天悯人的心境出现在大家的面前，还多次向朝廷代奏了川汉铁路公司和保路同志会的呈文，甚至因此受到多次的"申饬"。

不否认，当时的赵尔丰和很多官员一样，不能不受到广大群众为了川人的切身利益而奋不顾身地保路保权、爱乡爱国的行动的影响，不能不受到太多太多的发自肺腑的呼喊的影响，因为他毕竟在四川为官多年，和广大川人有着各种各样的联系。所以，不能说赵尔丰在8月份的所作所为没有同情群众的成分而完全是两面派手法。

这里还有一个关键的问题值得注意，就是在保路运动风潮之中，保路同志会提出的两大诉求都是针对中央的，无论是铁路仍归商办，还是废除借款条约，决定权都在端方和盛宣怀，与他赵尔丰无关，他赵尔丰只是起了一个下情上达与上情上达的中转站的作用。当时一直是在"和平保路"的阶段，他只管是否"和平"，而不管能否"保路"，他的责任是维护和平，而不是解决路权与借款，所以和当时的保路同志会的目标没有正面的冲突，所以就能与保路同志会暂时地在和平保路的前提之下和平共处。

但是，赵尔丰毕竟是清王朝的封疆大吏，他一生的职责是维护清王朝统治的巩固和满蒙贵族的长治久安。所以，就在暂时与保路同志会和平共处的时期，他也准备了两手，就是如果保路运动到了不再和平之时，他就要以不和平的手段来维护清王朝的统治秩序。当他看到川内各地已有地区出现"暴动"之时，用非和平的手段解决四川问题似乎是他能找到的唯一办法。

应当说，四川的高级官吏与赵尔丰有类似想法的并非一人，作为地位最高的驻防将军玉昆也是一个。当罢市罢课开始之后，他在8月26日给家人写信时就这样说过："季和（按，赵尔丰字季和）接事以后，看之，人甚阅历沉静，谅必有绝好主意，从前办事颇有能名，外号赵屠户，声望甚孚。以刻下事论，将来怨久愤深，必有大兵劫可虑。"他心中的"颇有能名"的赵屠户的"绝好主意"，应当就是不久必有的"大兵劫"。

非和平的手段就是武力的手段。作为一方总督，四川境内的军队均归赵尔丰提调指挥，用军队来对付手无寸铁的同志会应当是易如反掌。但是，赵尔丰心中很清楚，而且在给朝廷的上奏也明确说过：四川的"军队中则良莠混杂，且皆系本省之人，默审情势，殊不可测"。于是，他在8月27日给他原来的心腹部下，此时驻在理塘的刚上任的川滇边务大臣傅华封发出一封密电："省中因路事罢市罢课，省外亦多继起效尤。望速派三营驻扎打箭炉听调，务宜秘密，勿漏风声。"第二天，傅华封就开始了军队的调动。这一行动的目的十分明确，就是为了以最秘密的手段准备可能采用的另一手——武力镇压，而进行武力镇压的主要军队是他过去一手经营训练出来的亲兵——边防军。

考虑到边防军的人数可能不敷应用，赵尔丰又向内阁提出，"省城兵势甚单，一遇有

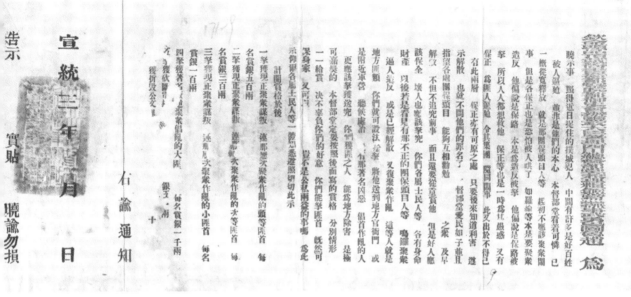

▲赵尔丰颁发的悬赏缉匪告示　新津县档案馆提供

事，实属不敷分布。拟设法筹款，暂行再招一军，以资镇慑"。这一奏请得到了清廷的批准，只是因为形势的变化迅速，赵尔丰打算新建的这支军队未能如愿。

希望强力镇压四川保路运动心情最切的清王朝高官应当还不是赵尔丰，而是与四川人民矛盾最大、被四川人民切齿痛恨的盛宣怀。所以，在四川的罢市罢课风潮开始之后，当他知道赵尔丰提出要新建军队时，立刻主动与湖广总督瑞澂商量，说什么四川的"兵警皆川人，惧不用命。公素顾全大局，可否就宜昌现驻之军先行调赴重庆，保护商埠，以作声援"。瑞澂在与驻在武昌的端方商议之后，同意调兵，而且说是要"即行出发"。

我们说盛宣怀一心想强力镇压四川保路运动是有很多事实根据的。

罢市罢课风潮开始之后的第三天，8月26日，他就致电赵尔丰，一是说他已经指示成都电报局不准收发任何非官方电报，二是咬牙切齿地说"要胁罢市罢课即乱党。湘、粤初亦如此，经告示严禁，有'格杀勿论'字样，乃能相安无事。"所以他要赵尔丰将"罢市罢课倡处数人，一经严拿惩办，自可息事宁人"。

在这以后的几天之中，盛宣怀多次与度支部尚书载泽、湖广总督瑞澂、铁路督办大臣端方、内阁总理大臣庆亲王函电往来，不仅力主镇压，还向庆亲王告状，认为赵尔丰"不早遏抑，以致日久酝酿，恐将不可收拾"。又说"赵督下车伊始，即顾自己名誉，不能先拿数人，而听其聚哄"。故而建议朝廷"应立降严旨，以保持治安一层专责赵督。如仍听川督以一己见好之私，不顾监国命令，窃恐酿祸，将来悔之晚矣。" 盛宣怀不仅是在告状，完全是在反赵尔丰的右倾，甚至有挑拨之嫌了。电文中所说的"不顾监国命令"，就是指的赵尔丰不听摄政王载沣的命令。因为此时的宣统皇帝还是一个小娃娃，由摄政王载沣监国执政。这里不说"不顾朝廷命令"，也不说"不顾皇上旨意"，而特意说"不顾监国命令"，当然就是在说赵尔丰心中没有摄政王，是在不承认摄政王的地位，是在……这不是恶意挑拨还是什么？

盛宣怀除了借朝廷之力猛压赵尔丰，还搞了颇为阴险的另一手，就是继续利用那个倡言附股的鹰犬甘大璋，让甘在背后搞保路同志会的黑材料，搞保路运动领导人的人头材料，企图在适当时机对四川保路同志会下毒手。不特如此，他还同时让甘大璋搞赵尔丰的黑材料，以作为官场斗争之用。目前所能见到的甘大璋给盛宣怀的告密材料有两份，一份是专门密告"四川京官胡骏勾结四川咨议局议长蒲殿俊反对铁路国有"。这个鹰犬说什么四川局势是因为胡、蒲二人"纠集学界好事十数人、私报主笔数人，联合演说而成，正绅良民实不知情。每次开会，旁听居十之八九，而哥老会与余蛮子（按，即前文介绍过的大足教案起义领袖余栋臣，绰号余蛮子）余党亦均窜入，大乱在此。大吏（按，此指赵尔丰）沽名自卫，不顾大局，任其猖獗，毫不设法弹压解散，错处在此。" 这个鹰犬又以赤裸裸的口吻献媚取宠说："伏冀明公显手段，请严旨。试思李文忠（按，李鸿章谥文忠，盛宣怀是李鸿章一手培养出来的忠实信徒）办事，天下非之而不顾，乃成伟业，享大名，幸祈嘉纳，敬请勋安。"另一份则是典型的黑名单，一开始就明白表述是在"谨将查明四川争路废约、纠众联会倡首姓名开列呈览，请咨行川督遵旨严拿首要，尽法惩办，川民幸甚。"以下详列蒲殿俊等34人的姓名、籍贯、原有身份和在同志会中的身份，更多的是在保路运动中的活动。试举一例如下："杨祖唐，遂宁人，充成都《商会公报》主笔，在遂宁不安分，到报馆登报辱骂国家、政府及邮传部，受人贿赂，乱加毁誉，以致肆行无忌，今争路诸报皆伊主稿，住成都。"

大浪淘沙，鱼龙混杂。林子大了，什么样的鸟都有。当我们在怀念可歌可泣、可敬可叹的诸多先辈的时候，也不能不提到，在当年的激烈斗争中，我们四川也出现过甘大璋这样的小人。

猛压赵尔丰的除了盛宣怀还有端方。端方在与盛宣怀电文往返之后，致电内阁，以比盛宣怀更加激烈的言辞攻击赵尔丰，说"川中昌言废约，事变迭生，一误于前护督王人文……再误于赵尔丰"。他指责赵尔丰"抗违迭次谕旨，率行代奏"，"荒谬乖方，有辜职守"，"始则恫吓朝廷，意图挟制，终则养痈遗患，作茧自缚"。他建议朝廷"明降谕旨，特派重臣入川查办，俟部署略定，再行简派川督，并治赵尔丰以应得之处分"。

端方向内阁告状的电报和盛宣怀向内阁告状的电报是同一天发出的，都是8月29日。估计是两人商量之后相互配合的行动。端方所以言辞更加激烈，其主要原因是因为端方是满洲贵族，曾经官居直隶总督，位高权重，故而敢于公开指斥一个总督，要求将一个总督撤职查办。而盛宣怀只是跟随李鸿章操练出来的专办洋务的技术型官僚，官阶不高，更何况还是汉人，所以只能做点挑拨的手段来加祸于赵尔丰。

正是因为端方与盛宣怀的上奏，清廷才在9月2日和9月4日连续发出两封"申饬"赵尔丰，要求赵尔丰"切实弹压"，否则"定治该署督以应得之罪"的谕旨。

正是因为端方与盛宣怀的上奏，清廷才初步同意了"特派重臣入川查办"的建议，但是决心未定，至于派谁去？何时去？一时还未有结论。

端方与盛宣怀在向朝廷告赵尔丰的状，请求"特派重臣入川查办"的同时，特地为"特派重臣入川查办"一事作了具体的研究。他们认为川汉铁路的股东大会为"不合规则之会"，应当"勒令解散"，可是赵尔丰没有勒令解散；罢市罢课为"匪徒鼓煽"，"为首应绞立决，为从应绞监候（按，这是清代的刑法，"绞立决"就是判处死刑立即执行，"绞监候"就是判处死刑但是等到秋后再执行）"，可是赵尔丰没有采取措施，"甚且屡电奖许庇护，不知是何居心"。他们一致的结论是赵尔丰必须被更换，他们心目中所选定的"入川查办"的重臣不是别人，正是当时手握北洋重兵的袁世凯，"非有如慰帅（按，袁世凯字慰亭）其人者，万不克镇压浮嚣，纳轨诸物"。端方又将此事告诉了湖广总督瑞澄并得到了瑞澄的支持，并且商定，如果袁世凯不能入川就请瑞澄出马。瑞澄同意出马，只是提出"事机甚迫，速往为宜。但求在川将事办妥，两月后仍请放回。若久任川督，深恐病体不胜。"

这里有一个问题，既然端方与盛宣怀对赵尔丰的意见是如此之大，认为必须加以撤换，必须另派重臣入川，那么他们两人为何不主动请缨入川来推行他们的良策，实现他们的抱负呢？这是因为他们两人都是老鬼，他们都已考虑到"因路事起风潮，而令办路人前往，反对力必益盛"。他们两人都是天下共知的"办路人"，所以"必须回避"，不能"自请派查而自行前往"，这会"贻人口实"。

是不是要派"重臣入川查办"？派哪一位"重臣入川查办"？清朝廷一直未定。此时端方与瑞澄都在武昌，他们遂要在北京的盛宣怀面见摄政王载沣陈情固请。盛宣怀于8月31日面见摄政王，"切实面陈"，摄政王认为"查办大臣实难其选"，如果要派，只有派端方"尚足当之"。9月1日，盛宣怀将此消息告诉端方。9月2日，清廷下了谕旨："现在四川民心浮动，关系地方大局，至为重要。著端方迅速前往四川，认真查办。"

善于玩弄权术的端方在此之前心急火燎地盼望"特派重臣入川查办"。这时得到了入川查办的谕旨却一下子变得很不积极了，他请求朝廷另派他人前往。他的表面理由说了很多，诸如他一贯主张铁路国有而川人一贯反对铁路国有，现在让他去查处只能火上浇油；又如他一直在指斥川省官员，他是原告，川省官员是被告，现在又让他去查处就是去当裁判，这种原告查被告何人能服？这些理由看来都是理由，但是在他心中最关键的理由是考虑到朝廷没有给他兵权，没有给他军队，他"赤手空拳，何从施展？"他希望的是"酌带鄂省军队入川，并准随时调遣川中水陆新旧各军，如川人不听劝谕，有暴动情形，准其执法惩办"。就是说他要的是军权，要的是随意镇压的执法权。

9月6日，清廷再下谕旨，"著军咨府陆军部电饬川省水陆新旧各军，暂准由端方随时调遣"。同时还命令海军部派军舰开赴重庆，"随时调用"。于是，端方不再推诿，决定"履危蹈险，所不敢辞。遵即星夜料理，并将铁路总公司所现办各事赶紧清厘，即于十六日（按，即夏历七月十六日，公历9月8日）趱程前进"。因为朝廷还同意他"酌带军队，藉壮声威"，所以他又与瑞澄商定，"调拨鄂省军队在川鄂填扎候调，并酌选精锐，不动声色，分起入川，密为布置"。

就这样，杀气腾腾的端方带着军队和军权立即动身来四川"查办"了。

就在这紧急关头，空气中已经弥漫着肃杀之气的成都，9月5日上午，在岳府街的四川保路同志会的大门前，有人散发了一张铅印的传单，上面写着几个大字：《川人自保之商榷书》。

一石激起千层浪。

《川人自保之商榷书》的作者朱国琛，字元慎，荣县人，同盟会员，此时供职于四川推行新政后成立的蚕桑学堂农事试验场。这份《自保书》是他和荣县的杨允公、富顺的刘长述（戊戌六君子之一的刘光第之长子，他后来写成了以四川保路运动为题材的白话长篇小说《松冈小史》，于1915年出版）共同商议之后写成的。他在《自保书》中分析了当时的中国形势，是"一切国本民命所关之大本，早为政府立约，擅给外人，并将各行省暗认割分，已成界画"；政府则"贿赂公行，日以卖国为事"；"今日政府夺路劫款，转送外人，激动我七千万同胞，翻然悔悟，两个月来其团结力、坚忍心、秩序力，中外鲜见，殊觉人心未死，尚有可为"。故而应当"一心一力，共图自保"。如何自保呢？应当各地的"议事会"来主持"自保"，来决定一切，所有大事都是"付诸议会，讨论一是，指定方针"，包括由议事会选练团丁来"常川驻守官署官局"以"保护官长"，由保路同志会会同咨议局来"维持治安"，由议事会来"经收租税"，进一步再来开办实业、管理财政、练国民军、建兵工厂、修筑炮台。更重要的是要"除去自保妨碍"，其办法是"凡自保条件中，既经川人多数议决认可，如有卖国官绅从中阻挠，即应以义侠赴之，誓不两立于天地。"

明眼人一望可知，这哪里是在商榷自保，完全是在鼓动自治，甚至可以说就是在煽动独立。

赵尔丰对此极为敏感，惊恐万分。他在给朝廷的奏报中就明确指出，"刊散四川自保传单，俨然共和政府之势"，这分明是在"气焰鸱张，遂图独立"。

赵尔丰的判断基本正确。这份传单如果流传出去，在那布满干柴的蜀中大地，极有可能引发争独立、谋共和、推翻清王朝的革命斗争的新局面。只是有一点是赵尔丰的判断失误，他从《自保书》的言词分析，因为里面还有几句"协助政府"、"厝皇基于万世之安"的话，就判断是君主立宪派的主张，所以"尔丰得其书，以其辞妄，疑咨议局长蒲殿俊所为"。他哪里知道这乃是主张推翻清王朝的同盟会员的宣传品。所以有意在其中夹杂一些有点模糊、甚至有点矛盾的词句，借用一些君主立宪派的习用语言，这正是同盟会员有意为之的策略，一来是为了适应广大群众的觉悟程度，便于更广泛的传播；二是为了便于在印刷厂中顺利地印刷。

赵尔丰决定进行武力镇压，而且决定要从蒲殿俊等人下手。

《川人自保之商榷书》散发之后的第二天，赵尔丰就制造了震惊全国的"成都血案"，将四川保路同志会的和平保路运动激发为保路同志军的武装起义。

共和之光
辛亥秋四川保路死事百年祭

首义

同盟会的革命活动与罗泉井会议

《川人自保之商榷书》是同盟会员朱国琛撰写并散发的。

当以立宪派人士为主体的四川保路同志会的负责人一心一意地在宣传破约保路的同时，以推翻清王朝的统治为目标的同盟会员们在一心一意地准备武装起义。

1905年8月20日，孙中山先生领导的同盟会在日本东京成立，在日本的川籍留学生参加同盟会并进行革命活动的人数不少，在同盟会总部任职的川籍人士如董修武、熊克武、但懋辛、吴玉章、黄复生、李肇甫等都成为了四川辛亥革命的领导人。1906年，同盟会四

▲同盟会川籍会员合影　四川博物院提供

川分会（也称重庆支部）在重庆成立。这以后，同盟会在四川各地的分会（也称支部）相继成立。同盟会在日本出版的《民报》和在四川出版的《广益丛报》与《重庆日报》不断进入四川省城乡，以归国的留日学生为主的同盟会员在全省各地陆续发展会员。由于当时开办的各种新式学堂的教师和新办的新军中的教官大多是从日本归国的留学生，而这些留学生中有不少都是同盟会员，所以在全川的青年学生和新军的官兵之中，同盟会员数量增长最快，并以他们为基础力量使得同盟会在四川的影响力愈来愈大。

在重庆，"辛亥前一、二年，重庆各学校大都在党人掌握之中"，"川东南人士加入同盟会者数以百计"。

在成都，"一年来在学校中发展很快，叙属、资属等学堂学生加盟的约数百人"；"省中各学堂学生加入同盟会者以千数计"。

在川北，"广安和邻县的大竹、长寿、邻水，同志很多，人数在三百以上"。

在川南，由于革命党人有多人在叙永的永宁中学任教，所以"永宁中学也就成为当时革命司令部了"。

在新军中，同盟会专门成立了军队分会，由武备学堂毕业生、陆军33混成协督队官龙昭伯担任会长，"一时，武备学堂毕业生以及速成学堂的下级军官，大半都参加了同盟会"。

参加同盟会的还有一些新军军官中的外省籍的热血青年，例如此后在辛亥革命中成为湖南的著名领导人的程潜，在日本士官学校毕业回国之后，就在四川新军十七镇中任参谋，他就是一位早在日本时就已参加同盟会的老会员。

见到同盟会在四川的发展和所组织的革命活动不断开展，孙中山先生十分高兴，他说："从此革命风潮一日千丈，其进步之速，有出人意表者矣。"

根据熊克武的回忆，四川同盟会员的骨干成员与核心人物"川东则有杨庶堪、朱之洪、谢持，川北则有曾省斋，川西南则有廖泽宽、张培爵、杨兆蓉，而熊克武、黄金鳌、张懋隆奔走内外，为之策应。成都之叙府中学、第二小学，重庆之府中学堂，尤为各道党人交通会聚之所。"可能是由于回忆时的疏漏，四川同盟会员的骨干成员与核心人物还必须加上黄复生。

孙中山先生领导的同盟会自成立之时起就以"驱除鞑虏，恢复中华，创立民国，平均地权"的十六字纲领作为革命目标，主张以武力推翻清朝的暴虐统治，主张反抗帝国主义者对中国的侵略与瓜分。同盟会的宣传舆论与具体行动也一直围绕着这个大目标而进行，同盟会在四川的各种革命活动也都是围绕着这个大目标来展开。

同盟会总部宣传革命的主要阵地是机关刊物《民报》（《民报》虽然以报为名，其实是一种杂志），川籍同盟会员的主要宣传阵地是在日本出版的杂志《鹃声》和《四川》，还有在重庆出版的《广益丛报》与《重庆日报》。

如果说邹容在1903年出版的《革命军》激发了全国所有革命志士的斗志的话，对四川的所有革命者起到更直接的振聋发聩作用的宣传文字则是1906年4月《民报》出版的增刊《天讨》上的两篇文章：《四川革命书》与《四川讨满洲檄》。这两篇文章的作者都用的是笔名，前者叫"相如"，后者叫"望帝"。"相如"来自汉代的四川文学家司马相如，"望帝"则来自古蜀五祖的望帝杜宇。从两个笔名一望可知，作者肯定都是四川在日本的留学生。《四川革命书》从征粮、抽税、攘夺、迫捐、虐杀、筑路六个方面全面地控诉了清王朝的"治蜀苛政"，因为有论有据，故而有着强大的说服力。这两篇讨清檄文虽然都有着当时反清文章中将满族与清王朝混一不别的通病，但是它明确将革命矛头直指清王朝的反动统治，"蜀民之仇，厥为满虏，舍排满而外，决无自全之策。吾蜀同胞，盖亦闻风而起乎！"是当时在在四川流传、引起四川人民的强烈反响的最为激烈而明快的革命宣传文字。

《鹃声》杂志是四川留日学生中的同盟会员雷铁崖等人于1906年在日本东京创办的，以"鹃声"为名就是在效法古蜀先王杜宇氏"杜鹃啼血"的故事，以哀鸣之声唤起蜀人的革命意识。《鹃声》明确指出："那些外国就是强盗一般，那个满洲政府好比那最恶的奴才"，所以我们必须"先把这家心腹之忧满洲恶奴除了"。《鹃声》一从日本运入四川就轰动一时，"所持革命之说已不胫而走"，"满人得见，如晴天霹雳，无不震骇"。

由于清政府的查禁，在当时有"主张排满最激烈"之誉的《鹃声》只办了一年多就被迫停刊。四川留日学生决定再办《四川》杂志宣传革命，并推举吴玉章主持编务，原来编撰《鹃声》的雷铁崖等人仍然参加《四川》的编撰。1907年底，《四川》杂志在日本东京创刊。

《四川》杂志的筹办要比筹办《鹃声》花的功夫多得多，吴玉章等人组织更大的网络，联络更多的同志，在更广阔的平台展开宣传和组织工作。他们在安排东京的编辑出版事务并设立事务

▶《四川》创刊号　四川博物院提供

所的同时，还陆续在重庆和成都设立支社，在四川的22个州县设立了代派所，此外还在北京、上海、昆明等国内城市，和巴黎、河内、新加坡等国外城市也设立了代派所。吴玉章等人的办刊目的是不仅要传达出四川人民的革命心声，而且要为整个中国西南地区敲响救国救民的警钟。所以创刊时在《本社重要广告》中明确宣布："本社同人，以中夏阽危，乡邦锢蔽，爰推爱四川以爱中国之义，创办本志，专为西南半壁警钟。"故而呼吁四川省内"忧时志士，爱国名流，自任为本报访事员，就其身所见闻，各挥如椽巨笔，将政界、学界、军界、商界及同胞一切颠连困苦情形和盘托出，公诸本志，可使此黑暗世界大放光明"。

按照同盟会的革命宗旨，《四川》把自己的锋芒直指帝国主义侵略者和清王朝。在《四川》第一、二号连载的雷铁崖所写的《警告全蜀》一文是当时在全川产生过重要影响的著名文章。该文分析了世界大势："全世界列强所共争之地在东亚，东亚之中以吾国为首当其冲，而危迫之形真有胜于累卵矣！"在这种危迫的形势之中的四川，"即为列强竞争之大战场"。针对八国联军侵华和日俄战争之后帝国主义者提出的对中国实行"保全"的新手法，雷铁崖一针见血地指出："试思保全之权既属列强，灭亡之权又岂不属于列

▲庆祝《四川》杂志创刊时的合影　四川博物院提供

强？""又即其保全之条件言之，曰门户开放，曰机会均等，既曰开放，则惟有任彼纵横畅其所欲。至于机会二字则含义甚广，极而言之即分割土地之机会也"。对于卖国求荣的清王朝，《四川》则指出，"比年以来，政府卖铁路、卖矿产、卖航路、卖海港，以及森林、渔业、关税诸权。他国所视为重要而倚如生命者，政府则慷人之慨咸三揖三让拱手而献外人。叱咤之间，风云变色，不及数年，吾完全之土地主权将一一为卖国之政府掉尽而不留孑遗。"故而号召四川人民"合七千万人之心而为一心，合七千万之个人体而为一大团体"，"凡我同胞诸君子，皆当以英雄豪杰自命，舍身图事，百折不回，以从事于其间而不容稍有徘徊观望者矣。"

吴玉章对《四川》曾经有过这样的回忆："它一出世，即受到人们的热烈欢迎，销路很广，每期出版后不久都又再版发行"。但是，由于它鲜明的反帝反清立场为清王朝所不容。在清政府与日本政府的相互勾结之下，《四川》只出版了三期即被查封，吴玉章还被判处有期徒刑半年缓期执行。

今天的青年人很可能想不到的是，虽然还在清末，但是由于清政府提倡新政，废科举、兴学校，成都一下子开办了很多新式学校，也由于提倡并鼓励到日本留学，大量的留学生一批批回到四川，所以在清末的成都并不是想象中的那样闭塞，各种新书刊不断地进入这个古老的城市。仅从1909年出版的由傅崇矩撰写的《成都通览》一书中所见，成都的各种新式学校就高达80多所，还有洋人开办的学校10所。在成都当时的书店中，已经有了大量的新式书籍出售，这里我们按该书中所载各个书店的出售图书目录抄录一些：《教育原理》、《家政学》、《日本明治小史》、《刑事民事诉讼法》、《商业调查表》、《女子修身教科书》、《政体学讲义》、《环球政要表》、《达尔文篇》、《国际公法》、《各国政治考》、《天演论》、《万国近政考略》、《西伯利亚探路记》、《帕米尔图说》、《新译米利坚志》、《万国地理志》、《西洋史》、《东洋史》、《西哲明言》、《古今法制表》、《法政丛编》、《地方行政制度》、《法学通论》、《社会主义》、《男女交际论》、《泰西民族发展史》、《意大利独立战史》、《法国革命战史》、《拿破仑传》、《希腊史》、《罗马史》、《法意》、《民法原论》、《宪法论》、《政治学》、《列国政治异同考》、《国际公法大纲》、《自治论》……此外还有大量的自然科学类图书、各级学校的教科书、中外小说、各种地图。成都还有专门出售各地报刊的售报所10处，还有民间开办的供群众免费读报的阅报公社。例如《成都通览》的作者、著名文化人傅崇矩开办的"阅报公社"中就陈列了各种报纸83种，比今天的中型公共图书馆中的报纸还多。总之，当时的成都人已经可以初步了解世界大势，可以阅读到很多新的书籍，较之20年前，在书报流通方面有了一个质的飞跃。

同盟会的各种宣传革命的读物，以及当时从日本、从沿海城市传入的各种宣传新思想、新文化的书籍报刊在四川的传播，对于四川人民，特别是四川青年人开启智慧、接收革命思想有着十分重要的作用。当时在成都求学的郭沫若这样回忆：“在当时的中国的思想界是康梁的保皇立宪和孙黄的排满兴汉的对立，在四川虽然只是片面的前一派人占有势力，而在我们青年人的心目中却俨然地对立着的。中国的不富不强就只因为清朝政府存在，只要把清朝政府推翻了，中国便立地可以由第四等弱国一跃而成为世界上第一等的国家。这便是支配着当时青年脑中的最有势力的中心思想。”这种被郭沫若称为“当时青年脑中的最有势力的中心思想”，就是他所称的由孙中山、黄兴领导的同盟会的革命主张，就是要用暴动推翻清王朝的腐朽政权，亦即孙中山的《革命方略》中明确指出的“义旨所指，覆彼政府，还我主权”。

同盟会所进行的这些有理有据、有血有肉的宣传具有很大的感染力与号召力，在四川各地产生了很大的影响。很多有志之士都是“读未终，即愤慨填胸，倚天拔地，毅然以推倒满清、光复汉族为己任”。

同盟会在各级组织中都有专门的军事部门，都是把武装推翻清王朝作为第一位的革命任务，而且对全国的武装斗争进行过全局性的策划。可是，当时的同盟会员大多数都是去日本留学的学生，人数不多，除了少数参加新军的同盟会员之外，基本上没有自己的武装力量，在这种情况之下，又如何能发动武装起义呢？同盟会的战略方针是联合与发动会党。关于这一点，孙中山先生在简明回顾辛亥革命的过程时曾经明确说过：“其慷慨助饷，多在华侨；热心宣传，多在学界；冲锋破敌，则在新军与会党。”

“会党”是当时对各种长期在民间活动的秘密会社的称呼，其中大多数都是从明末清初形成的以“反清复明”为宗旨的天地会发展演变而来，自清代中叶以后，在长江流域各省最主要的会党是哥老会（哥老会起于四川，这一称呼见于文献记载是在清道光年间，而道光帝也就立即下旨加以来严禁），哥老会在四川又称为袍哥。一般来说，在后人的记述与研究著作中，多称为哥老会，而在内部的称呼、自己使用的称呼，则多为袍哥。在本书中，本着名从主人的原则，也称为袍哥。

“袍哥”的得名，相传是来源于《诗经·秦风·无衣》中的“岂曰无衣，与子同袍。王于兴师，修我戈矛，与子同仇。岂曰无衣，与子同泽。王于兴师，修我矛戟，与子偕作。”取其中的“袍泽之谊”之意，“言其同一袍色之哥弟也”，也就是同仇同兴、生死与共的兄弟。相互之间以“有衣同穿，有饭同吃，有福同享，有难同当”相标榜。

袍哥也称“汉留”或“汉流”，就是汉族之遗留，汉人之流。这种称呼更直接地表明了清代袍哥的反清复明意识，表明了他们一直坚持与清王朝的统治誓不两立的志向。

袍哥是在清代前期"湖广填四川"的大移民浪潮中移入四川的大量的天地会成员，和四川流民中的武装团体"啯噜"相融合之后形成的，由于他们崇尚信义，提倡互助，"袍哥能结万人缘"，故而很容易在由各方移民为主体的四川城乡中得到拥护，得到发展。上层人士为了控制地方、扩大势力，下层人士为了寻求庇护、相互结缘，纷纷加入袍哥，故而到了清代中期以后，袍哥不仅发展很快，而且一直在以不同方式与清王朝对抗。曾任四川总督的岑春煊说过："川省会匪、啯匪，所在皆有"。又一位四川总督锡良说过："袍哥码头，通省棋布星罗，无处靡有"，参加者"自绅商学界，在官人役，以及劳苦力群，不逞之徒，莫不有之"。

据刘师亮的《汉留史》的记载，到辛亥革命前夕，"四川省会一区，仁字旗公口至三百七十四道之多，礼、义两堂不与焉。至乡区各保，与夫临路之腰站，靡不保有公口，招待往来者，日不暇给，故民间有'明末无白丁，清末无侹子（按，这是会党中流行的江湖隐语，就是没有加入会党的男人）'之谣"；"各省汉留之盛，莫过于四川"。而在民间，则流传着"有地皆公口，无人不袍哥"的民谚。

四川各地袍哥都是自立码头，清代前期多称为"某某山"、"某某水"、"某某香"、"某某堂"，清代后期绝大多数改称为"某某公"与"某某堂"，以后在民国时期则多称为"某某社"，但是无论是清代或民国，都俗称为"公口"（公口的本义是"全体同心谓之公，出入必由谓之口"）或"码头"，其中又有仁、义、礼、智、信的班辈之别，称为"堂口"。在每个"公口"内部都有从天地会传下来的帮规和组织系统，各地"公口"的联络点与办事处则都是设在当地的某一个茶馆之中。在不熟悉的袍哥之间要进行联络还有一定的隐语与暗号，一般人称之为"江湖切口"。在各公口内部，一般都按内八堂和外八堂的组织结构推举负责人并进行一定的分工，所有参加袍哥的成员全部按"十牌"的高低顺序形成等级差别（由于避忌不吉利的"四"与"七"，所以没有四牌与七牌，实际上就只有八牌），一、二、三、五排的均可以称为"大爷"，为首的则称为"龙头大爷"或"龙头舵爷"，民间俗称为"舵把子"。如果是几个公口联合组成的更大的公口，其首领则称为"总舵把子"。这些称呼我们今天在一些文艺作品中还可以见到。

不同公口袍哥的人员成分、规模大小、活动方式、社会作用等都有着一定的差异，多数袍哥被称为"清水袍哥"，他们一般是在"信"、"义"的旗帜之下做一些为地方维持秩序、排忧解难的具有公益意义的好事，也有少数袍哥要从事一些贩卖烟土、开设赌场的坏事。另有一类被称为"浑水袍哥"，人数不多，但是主要从事打家劫舍、坑蒙拐骗的勾当，虽然他们也一直都在强调"劫富济贫"，但是的确也有一些"浑水袍哥"沦为了真正的土匪。

　　无论是"清水"还是"浑水"，为了本码头的自卫和本码头所控制地区的安全，也是为了保卫和夺取各种经济利益，他们都掌握有多少不等的武器，组织有身份各异的武装。这种特点也正是被同盟会所看中并加以争取的重要原因。

　　由于袍哥自成立之日起就抱着"反清复明"的目标，由于在清代他们基本上都是被官府所压制甚至镇压，所以无论是"清水"还是"浑水"，他们的"反清复明"的目标始终保持。随着时间的推移，"复明"的可能是愈来愈小，但是"反清"的宗旨却坚持不改，只是在不同的时期中时隐时现，在不同的情况下表现为不同的方式而已。清咸丰年间爆发的长达6年、一度占领川西南地区的李永和、蓝朝鼎起义的基本成员是袍哥。这以后在四川爆发的多次将斗争矛头指向帝国主义侵略势力和清政府的"教案"，其主要力量也是袍哥。例如1898年爆发的四川近代史上最大的教案"大足教案"的领袖余栋臣本人就是当地著名的袍哥首领，时人称之为"哥老会魁桀也"。又如1902年爆发的重庆教案，首领唐廉江、廖敬之等都是袍哥。当清政府出兵镇压时，廖敬之让唐廉江远走日本避祸，自己投案自首以负全责。清政府将廖敬之判处无期徒刑，押回老家遂宁监禁。遂宁袍哥崇敬廖敬之的英雄义气，竟然在遂宁监狱之中成立袍哥公口，封廖敬之为袍哥大爷，在监狱中执旗掌事。

　　长期的"反清复明"的传统，加上清代后期社会矛盾的日益尖锐，使四川袍哥的反清情绪很自然地日益高涨。清政府为了遏制袍哥势力的发展，遏制各地的反清活动，采取了若干的镇压措施。光绪年间曾经颁发过几次禁止袍哥活动的禁令，可是毫无效果。1900年，四川总督奎俊曾经将四川武备学堂的学生30多人以不法袍哥的罪名处以极刑，引起了全川袍哥极大的不满。1911年初，更是由四川巡警道发布了《通饬解散公口文》，说什么"近年革命党颇横，狡焉思逞，到处煽惑，若不及早申明法律，将公口解散，一经勾联为患，何堪设想"，下令要将全川袍哥的公口一律解散。但是，此时的清王朝早已是风雨飘摇，危如累卵，这道饬文在势力遍布全川的袍哥公口面前，只能是一张废纸。

　　但是，这道没有起到任何作用的饬文也应当受到我们的重视，因为它说明了两个重要问题：一是表明了袍哥的强烈反清倾向已经让清王朝深感恐慌；二是表明了连清政府那些官员也已经看到一清二楚，由于革命党的"到处煽惑"，四川的很多袍哥都已经与革命党人，也就是当时的同盟会员站在一起了。

　　孙中山先生领导的同盟会的领导核心一直在日本，他们要用武力推翻清王朝，必须要组织国内各省的武装力量。当时同盟会可以发动与利用的可能参加反清革命的武装力量只有两支，一支是被同盟会员所控制的部分新军官兵，另一支，也是最主要的一支，就是会党。据统计，辛亥革命时期同盟会所领导的20几次重要武装起义中，依靠各地会党力量为主力的约占四分之三。为了更好地联络与组织各地的会党力量，很多同盟会员都自觉地"得以加入，领袖若辈"，甚至发出号召："大呼于众曰：去矣，与会党为伍！"川南地区的同志军队伍中，"各军均树旗四面，文曰：驱除鞑虏，恢复中华，创立民国，平均地权。"

早在1899年3月，孙中山先生就曾派毕永年和日本朋友平山周到国内拜访各地会党领袖人物。是年11月，湖南、湖北等地的哥老会、三合会首领到达香港，与孙中山先生的兴中会议决之后，决定成立三会联合的大团体兴汉会，由孙中山先生担任会长。

同盟会成立之时，在同盟会的《总章》中就这样明确规定："凡国人所立各会党，其宗旨与本会相同，愿联为一体者，概认为同盟会会员。"同盟会成立之后，孙中山先生考虑到"扬子江流域将为中国革命必争之地，而四川位居长江上游，更应及早图之。"故而派川籍同盟会员熊克武等人回川，"先把散处各地的同志联络好，并设立机关，吸收党员，扩充力量，作为起义的领导和骨干。然后；再组织学生，联合会党，运动军队，发动起义。"此外，同盟会还派黄金鳌从日本回四川专门进行联络袍哥的工作，与此同时，孙中山先生还特地邀请四川袍哥的代表性人物川南义字号袍哥大爷佘英、重庆仁字号袍哥大爷张树三、广安孝义会首领张百祥等到日本面谈，共商革命大计。这其中，孙中山对佘英"大为器重"，不仅单独面谈，晓以革命道理，使佘英"对革命主义极至倾折"，而且"付以打通川、滇、黔会党之责，状委为西南大都督，派同井研熊克武、自贡谢奉琦回川，共策进行"。

根据孙中山先生的具体指示，川籍同盟会员熊克武、谢奉琦、黄复生等人回川在联络、宣传、发动、组织袍哥势力上做了很多工作，争取了大量的同情者与支持者。为了进一步与袍哥交朋友，四川同盟会的主要领导人如吴玉章、熊克武等都参加了袍哥，而四川很多著名的袍哥大爷，如张百祥、李绍伊、佘英、秦载赓、张达三、张捷先、罗子舟、胡朗如、高照林、王天杰、周鸿勋等也都参加了同盟会。1907年春，熊克武和黄复生还组织全川袍哥界代表人物30多人在成都草堂寺召开了一次重要会议，传达了同盟会总部关于在四川组织武装起义的部署，组织各地发动反清起义。据统计，仅在川西地区参加同盟会的袍哥人物就有700多人，而"川东南人士先后加入同盟会者数以百计，会党人尤多"。

同盟会与袍哥的结盟不是简单的相互联合，其中一个很重要的内容是同盟会员将自孙中山先生组建兴中会以来逐渐形成的一套已经比较系统的民主革命理论向袍哥成员进行宣传与灌输。孙中山先生曾经就此专门指出，是要"加以整理和指导"；同盟会另一位领袖黄兴说得更清楚："洪会中人，尤以推翻满清，为袭取汉高祖、明太祖、洪天王之故智，而有帝制自为之心，未悉共和真理，将来群雄争长，互相残杀，贻害匪浅，望时以民族主义、国民主义多方指导为宜"。在这种"整理和指导"的过程中，同盟会员还将原来分散林立的各袍哥公口尽可能地加以联合，尽可能地希望形成合力。1907年，在吴玉章等人的促成下，张百祥、吴玉章、孙武、焦达峰等共同发起，在日本的三合会、三点会、哥老会领袖人物在东京成立了共进会，作为同盟会的外围组织，其目的就是为了团结和发动会党进行反清活动。已经参加同盟会的广安袍哥公口孝义会首领张百祥出任第一任会长，共进会中的"坐堂大爷"是吴玉章的哥哥吴匡时，"管事"就是吴玉章。

在四川省内，在熊克武等人的促成下，四川南部的袍哥公口成立了由已经参加同盟会的袍哥首领佘英、黄方为首的万国青年会；在川西地区，还成立了一个以同盟会员为主的汉流改良自治会。正是通过这些工作，原来是没有明确的政治纲领，甚至是缺乏政治目标的袍哥被注入了一些新思想，增加了一些新血液，成为在四川发动民主革命、推翻清王朝的重要力量。用熊克武的话说，四川的袍哥成为了"同盟会可以直接运用指挥的一股力量"。

在同盟会争取与发动袍哥策划武装起义的时候，也正是四川保路运动蓬勃发展的时候。同盟会对于保路运动的态度与以立宪派人士为主要领导的保路同志会的态度是有同有异。同，是说同盟会与保路同志会一样主张修建川汉铁路，主张由四川人自己来修建川汉铁路，反对把路权收归国有，反对把路权出卖给外强；异，是说同盟会认为修建川汉铁路只是当时的任务之一，而且还不是最主要的任务，在他们眼中，最主要的任务是革命，是要推翻清王朝的反动统治。所以，要修路，更要革命。在上面介绍过的著名的《四川革命书》一文中就这样说过："不建铁路固死，建铁路亦死；铁路成固死，铁路不成亦死。吾蜀今日固惟有一死耳，尚可言哉！虽然，吾人岂甘坐以待死，必于死中以求其不死。何以得之？则革命之策是也。吾果革命，则川汉铁路吾自集股，吾自建筑，何畏他人制我死命，何用他人越俎代庖。""由是观之，蜀民之仇，厥为满虏，舍排满而外，决无自全之策。吾蜀同胞，盍亦闻风而兴起乎？"在《四川》杂志上的另一篇文章说得更具体："欲解决中国存亡之问题，必先解决中国经济之问题，而经济问题之解决，要必先通过政治改革之第一关键。"按同盟会的这种理解，他们将革命和保路的位置摆得十分清楚，"铁路特国中之一利权而已，而革命则国家之根本大计也。我同胞既为祖国兴利，则当务其大者，利之至大，孰有过于革命者乎！扫除二百六十年之巨憝，建立民国，使四万万人无一不得其所，其利益之所致，至公且溥，与一枝节而为之者，相去何止其千万。况夫大憝未去，国家之内纷乱如丝，虽欲谋一枝节之利，亦不可得。"所以同盟会在革命与保路二者之间的立场十分明确：革命第一，保路第二；革命如果成功，保路应声而解；要支持和参加保路，但那是为了推动革命。

按照同盟会的上述立场，虽然四川保路同志会在很长时期内都是主张"和平保路"，不主张采用暴力行动，也没有打算要推翻清政府的统治，但是风起云涌的保路风潮却正是同盟会员发动和组织各种反清运动乃至武装起义的极好机会，正如一位老同盟会员曹叔实在回忆录中所说："辛亥，满清谕令川汉铁路收归国有，如以共和国体论，未始非计。然四川同盟会屡欲推翻满清，而苦于民气不伸，武器甚少，虽叠次兴师，终归失败，同志牺牲财产头颅，不知凡几。适此令下，与吾人以最好时机。故集合同志，开会于成都，决议藉名保路，提挈人民，组织民军，共同革命。惟预定计画，先开股东大会，再于会中扩大革命团体。故宣传之法，因人而施，而其所含之意味，所以各不相同，以保路为推倒满清工具，而实行鼓动股东开会，组织革命军者同盟会。"

按照上述策略，四川很多同盟会员都积极参加了保路运动，"外以保路之名，内行革命之实"，"激扬民气，导以革命"，如程莹度担任了四川保路同志会四部长之一的讲演部长，刘声元担任了四川保路同志会的驻京代表，龙鸣剑、朱之洪等都是特别股东大会中的重要角色，是会议之中的激进派。"同人等始借题作文，大肆鼓吹，分头各路宣传，奔走号呼，不遗余力。在省者，则加入保路同志会，任各县代表，如张捷先、蒋纯风、杨箕阶、罗仁普等皆在省中任同志会宣传员。七月初间，张、蒋、杨即返西川各县组织分会，暗集武力，以作后援。罗仁普、汪联三等去自流井王子骧处组合队伍"，有的同盟会员甚至认为他们是"以保路为推倒满清工具，而实行鼓动股东开会"。在一些州县，如绵竹、广汉、仁寿、达县、酉阳、雅州的同志会的领导权一直掌握在同盟会员手中。

与此同时，四川各地的袍哥出于保卫桑梓权益和一贯反清的长远目标，当然都是各地保路同志会的重要力量，并通过各地的保路同志会的公开活动将长期以来未能公开参加政治活动的活力大大显示了出来，"哥老会与同志会相表里，蜂起屯聚"。例如我们将在下面介绍的风云人物新津袍哥公口"新西公"的龙头大爷侯宝斋，就是新津县保路同志会的会长；华阳与煎茶溪（属仁寿）袍哥公口"文明公"的总舵把子秦载赓，就是华阳县保路同志会的会长。由于各州县的这种情况相当普遍，以至有人直接说"同志会者，哥老会也"。

保路同志会召开特别股东大会之前与之后，盛宣怀在成都邮政部门的走狗、自称"密探"而又被保路同志会将其与李稷勋二人并称为"卖路人物"的周祖佑，曾经几次给盛宣怀"密禀"蜀中的情况，除了说些"祖佑一介愚庸，渥叨煦育，感恩不次，图报莫由"之类的话表忠心献媚态之外，在8月9日曾经专门"密禀"说："更可恨者，川省向有哥老会匪，党羽甚众，历经大吏惩治，近年多已敛迹。乃因此次各州县协会一开，一般会匪死灰复燃，争赴协会书名。现假协会名目，煽惑滋事，其祸尚小，诚恐将来愈聚愈众，贻患滋大，实于川省人民治安大有关系，此皆同志会有以启之也，其罪何可胜言。"应当看到，这个密探的情报与分析是可以得到赏钱的，因为他以切身经历说明了以下几点事实：一是各地袍哥确实是顺着保路同志会这股大潮走上了公开活动的政治舞台，并以保路同志会的平台进行着他们蓄谋已久的反清大业；二是袍哥的力量的确是会"愈聚愈众"，对于盛宣怀，对于清王朝都是"贻患滋大"，而这种局面的出现也的确是"皆同志会有以启之"。

关于在保路运动中同盟会与立宪派的关系，吴玉章曾以四川民众供奉光绪皇帝的牌位这事，进行了一番很形象的分析，他说："这种方法虽然是由立宪党人倡议的，但毫无疑问也是得到革命党人同意的。立宪党人取其温和而无犯上之嫌，而革命党人则利用它来广泛地吸引群众参加革命斗争。立宪党人用光绪帝的'上谕'来为自己服务，而革命党人又用立宪党人的方法来为革命服务，这段历史的发展是多么的有趣啊！"

早在同盟会成立之初，孙中山就考虑到四川在全国革命大局之中的重要战略地位，提出"以四川为负隅之地，再张羽翼于湘、楚、汴梁之郊"，故而对四川的革命活动给予了足够的重视。所以同盟会总部根据孙中山的指示而安排熊克武等人回四川时，其任务就

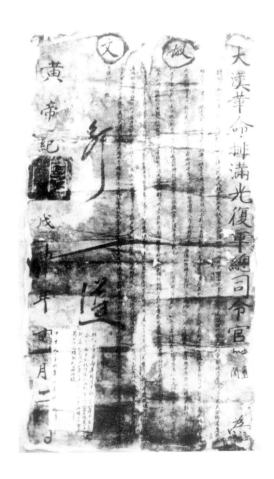

▶江油反清武装起义军发布的檄文
四川博物院提供

十分明确："先把散处各地同志联络好，并设立机关，吸收党员，扩充力量，作为起义的领导和骨干。然后再组织学生，联络会党，运动军队，发动起义。"根据同盟会总部的部署和孙中山先生的具体指示，同盟会在四川以袍哥的力量为主连续发动了几次武装起义，即1905年冬天的彭县大同军起义，1906年9月的江油起义，1907年11月的江安、泸州起义，1907年11月的成都起义，1908年1月的叙府、隆昌起义，1909年3月的广安起义，1910年1月的嘉定（今乐山）起义，1910年12月的彭水、黔江起义。由于力量不足、经验不够、时机不成熟等多方面的原因，这些起义都未能成功，李实、温朝宗、王克明等人阵亡，谢奉琦、佘英等被捕后英勇就义。

这几次起义失败之后，同盟会与袍哥都未有气馁，他们继续进行着更大规模起义的准备。就在川汉铁路股东特别代表大会在成都召开的时候，同盟会重庆支部负责人杨庶堪特派朱之洪以重庆股东代表身份赴会。朱之洪一方面在会议上利用合法讲坛向全川代表鼓动罢市罢课，一方面在同盟会内部则明确表示"争路者，日与政府言法律，辨是非，政府终不悔悟，不如激扬民气，导以革命。""借保路同志会名以宣传响应革命"。在当时的具体形势之下应当如何"导以革命"呢？到成都开会的朱之洪与成都的同盟会员曹笃、方潮珍、萧参、张颐、刘裕光、杨伯谦、龙鸣剑、刘永年等，邀约成都新军的中的同盟会员一道，在成都城北第二小学召开了有30多人参加的会议，进行了认真的研究。朱之洪明确提出了"以保路之名行革命之实"的方针。大家认为："成都自丁未之役（按，指1907年未成功的成都起义），省会防革命极严，无铢寸可凭借，若在外发起，庶几可响应。于是，是人分派四出，取川南东下。威远、荣县、富顺则裕光，笃返自流井，潮珍反返井研，参、颐则之青神、井研、贡井以南，皆密商定计，审机而动。"故而城北二小会议的参加者徐堪认为："朱氏成都之行，实保路运动演变为革命之重大关键，此不可不大书特书者"。

正由于成都的同盟会员大多下到各州县进行发动，所以当日后的保路同志军在各州县起义时，川南与川西地区是全省同志军起义速度最快、规模最大的地区。

这段时期，同盟会最重要的举措是联合袍哥召开了新津会议与罗泉井会议。

1911年7月，在川西南一带有很大声望，被称为"西南一带江湖游士无不知其名者"的新津袍哥首领侯宝斋，在已参加同盟会的华阳袍哥首领秦载赓的协助下，以庆祝六十大寿的名义，在新津王爷庙召开"九成团体"成员一百多人的聚会（"九成团体"是侯宝斋在1904年联合"九府十三州"袍哥公口组成的一个秘密的超公口组织，侯宝斋被推为总舵把子）。会上根据保路风潮不断高涨的形势，决定在适当的时机再次举行武装起义，以武力推翻清政府。"决议各回本属预备，相机应召，一致进行。如兵力不足，不能一鼓下成都，则先据川东南，扼富庶之区，再规进取。"会议公推秦载赓为川东一带同志会武装的首领，侯宝斋负责领导川南一带的起义（按，新津会议和下面的罗泉井会议上所说的"川东"与"川南"，实际是指的成都地区的东部与南部，而不是当时整个四川全省的东部与南部）。新津会议是同盟会与袍哥首领联合召开的第一次准备全省武装起义的重要会议，为日后的保路同志军的武装起义开始了有明确目的的准备。

　　1911年8月4日，在新津会议的基础上，同盟会员龙鸣剑和秦载赓（秦是华阳县中兴场民团"安吉会"团总，袍哥龙头大爷，府河流域袍哥总舵把子，人称秦大帅，早已在1909年经龙鸣剑介绍参加了同盟会）经过认真的准备之后，秦载赓以袍哥首领的身份送出"十万火急火炭片子"（这是袍哥公口发出紧急秘密通知的一种方式，就是在龙头大爷的"宝扎"名片右上角烧一个小洞，插入鸡公毛，通知的具体内容则由送信人口述），邀请各地袍哥首领在资中（当时称资州）罗泉井一个基督教福音堂中召开袍哥的"攒堂大会"。参加"攒堂大会"的同盟会员有龙鸣剑、王天杰、陈孔白，已经参加同盟会的袍哥首领秦载赓、罗子舟、张达三，袍哥首领侯宝斋、胡潭、胡朗和、孙泽沛、侯国治、胡重义、张益三等，此外资中的同志会负责人也是资中的袍哥首领周星五、钟岳灵也参加了会议。为了保证安全，资中的袍哥首领张益三和罗泉井的袍哥首领钟岳灵把哨兵布置到了20里之外。

▶罗泉井会议旧址
四川博物院提供

这次会议名为袍哥"攒堂"，而且在开会之时的确也是按照袍哥传统礼仪进行的，堂上敬放关公牌位，堂下与会诸人都手持一束香，由主会人秦载赓先行高声领读誓词："明远堂愚兄大令下，满堂哥弟听根芽。令出如山非戏耍，犹如金殿领黄麻。只为满奴兴人马，无端抢我大中华。'扬州十日'遭残杀，'嘉定三屠'更可嗟。把我汉人当牛马，视同奴隶毫不差。马蹄大袖加马褂，凉帽缀成马缨花。本藩闻言喉气哑，率同豪杰奔天涯。权且此山来住下，金台山上浴风沙。今日结成香一把，胜似同袍共一家。万众一心往前跨，声摇山岳起龙蛇。不怕满奴军威大，舍生忘死推倒他。还我河山才了罢，补天有术效神娲。人生总要归泉下，为国捐躯始足夸。战死沙场终有价，将军马上听琵琶。争回疆土功劳大，流芳千载永无涯。奋我精神扶我马，勇往直前莫嗟差。大众兄弟情不假，请进香堂把誓发。" 这种在袍哥开山堂时有着固定格式的誓词很像川剧中的唱词，正是当时在民间最容易流行和记忆的表现形式。而正是在这种最容易流行和记忆的誓词之中，我们可以很强烈地感觉到袍哥立誓时那种坚决反清的政治立场和大无畏的江湖气概。所以参会者在宣誓之后还要手捧一碗白酒一饮而尽，然后才能依次入座，进入讨论的正题。

会议讨论的正题很明确，就是研究如何利用保路运动的大好形势在全省进行武装起义的具体方案。会议作出了以下重要决定：一是由各地袍哥公口与保路同志会一道将各地所能够控制的武装改建为同志军，准备在夏历七月相机举行武装起义，并决定由秦载赓、侯宝斋等人主持川东、川南的起义准备工作，张达三、侯治国等人主持川西、川北的起义准备工作；二是在准备起义期间，所需枪支武器向各地团练与富绅借用，所需粮食经费从各地的社谷、积谷借用，不得向民间摊派以免扰民；三是探明敌情，搞清楚各地清军与警察的数量与配备；四是将准备起义的总部设在华阳与新津。

罗泉井会议是一次极为重要、充满革命气氛的攒堂大会，它不仅在同盟会的主持下作出了以各地袍哥力量为主体建立同志军以准备武装起义的决定，还为即将爆发的武装起义作出了军事安排与后勤准备的初步的部署。这就使得一个多月之后爆发的四川保路同志军的武装起义有了较为全面的思想准备与组织准备。例如，秦载赓在会后就变卖了祖上田产30多亩，所得银两全部用来购置武器，单是在苏码头（今双流正兴镇）一处，就调集了铁匠30余人，日夜打造兵器。

更为重要的是，罗泉井会议是在8月5日召开的，而川汉铁路公司的股东特别大会也是在8月5日召开的。也就是说，当四川保路同志会的全省代表在成都岳府街的会场中为如何破约保路而激烈争论的时候，当罢市罢课的浪潮从成都逐渐向全川蔓延的时候，同盟会和袍哥首领们已经准备武装起义了。当这两股反清的政治力量一朝汇聚的时候、四川的真的就要发生天翻地覆的大变局了。

□ "成都血案" 点燃燎原烈火

·

　　赵尔丰下定了要对四川保路同志会领导人进行武力镇压的决心，这也就预示着他终将给自己戴上"刽子手"的帽子，走上屠夫民贼的末路。

　　《川人自保之商榷书》散发的当天下午，赵尔丰就进行了周密的安排。一是调动军队进行了全面的部署，"调外省（按，此之"外省"是省外，即省城成都之外）巡防密布各街"。同时决定由总督衙门下属的营务处总办（这是当时四川全省巡防军的最高指挥官）田征葵担任全城布防的总指挥。二是准备可能出现最严重的事态发展而事先保护洋大人。"赵督函告各国侨民，聚于四圣祠教堂内，而以重兵保卫之，免罹危险。"

　　在这里值得一提的是，在这些被通知的外国人中，也有对于保路同志会领导人颇为尊重，认为保路同志会领导人是"为人民任事，忠勇慷慨"，故而"钦佩殊深"的，他们也发现事态发展"将不利于诸君"，于是特别在当天夜里派铁道学堂学生连让三到铁路公司通知张澜、彭兰村等人，希望保路同志会领导人远走避难，"如欲出省，外国人甘愿担任一切，尽力援助"。这一好心被张澜、彭兰村等人"敬谢之"，连让三"往返再三，叹息而去"。

　　第二天，也就是9月7日上午，赵尔丰派人通知四川保路同志会领导人蒲殿俊等人到总督衙门议事。

　　这里有一个问题值得注意，就是蒲殿俊近日的行踪。

　　蒲殿俊是四川留日学生中著名的领袖人物，早在1904年就联合川籍学生300多人集会于东京，募劝川汉铁路股金30多万两（其中自己认股4万余两），并就川汉铁路的修建问题提出了自己的全面意见，然后联名上书四川总督锡良，提出了"官商合办"的建议和"因粮摊认"股金的具体方案。他的意见基本上被锡良所采纳。1906年他又邀集胡骏、萧湘等数百名四川留日学生组建川汉铁路改进会，并任正干事（即会长）。随即与川汉铁路改进会主要成员联名上书朝廷，进一步提出了铁路商办的具体方案。他们还编辑出版了

《川汉铁路改进会报告书》，就铁路修建的诸多方面发表了若干详细而具体的意见。1904年返国之后，"为川人推崇"，被选为四川省咨议局议长，成为全省立宪派人士公认的领军人物，并以咨议局议长的合法身份大力促进四川保路运动的发展，是川汉铁路公司领导人背后最有力的推手，一直领导着反对国有、反对卖路的斗争。1911年6月，他与罗纶等人一手策划成立了四川保路同志会，并被推为会长。在这个重要的时刻，蒲殿俊以四川省咨议局议长和四川保路同志会会长的双重身份，成为四川保路运动当之无愧的总指挥，可是为什么在自8月5日的川汉铁路公司特别股东代表大会开会以来的最紧张的斗争中却见不到他的身影呢？在股东特别代表大会的激烈辩论之中也听不到他的声音呢？而在此时他又怎么会和保路同志会其他负责人走进总督衙门的大门呢？

其实，蒲殿俊在这段时间并没有离开成都，他"亦常赴股东会、同志会为之画策，独未出席发言耳。蒲意以为咨议局开会在即，可以咨议局继同志、股东二会之后以争川路。否则该局即最高言论机关，若与股东会议，设事不成熟，何以为继？"也就是说，他是有意地临时退居二线，没有站到特别股东代表大会的第一线。这是为了当股东会实在不能达到预定目的时，咨议局还能以"最高言论机关"的身份站出来发挥作用，收拾局面。对他此时的心思，赵尔丰也看得一清二楚，据《民立报》的《成都特别通信九·赵尔丰设计探蒲公》所载："季帅（按，赵尔丰字季和）焦灼，计无从出，欲设法施救，又无可同谋。惟咨议局议长蒲殿俊夙负盛名，数为民党所推重，此次川人组织保路同志会特别股东会以来，蒲君均不与闻。季帅知其别有政见。"所以在8月29日特地安排了总督以下的几位大员如布政使、提学使、提法使、盐运使等，一同前往蒲宅，意欲与蒲对话，"磋商补救办法"。谁知蒲殿俊一点不给面子，他说"自己现充咨议局议长，此事乃行政官之权力，非议局所得干预，以自己个人论，不能侵长官之法权。况罢市之举，已经旬日，各长官既无设施，自己又有何长策足以维持大局？"就是说，川汉铁路股东会所提出的有关反对铁路干线国有、反对借债卖路，坚持破约保路、坚持撤换李稷勋等要求，完全应当由政府官员来负责承担，他作为代表民意的咨议局议长无权插手，也不便表态。他这是有意把球踢给清政府，让"在座各官皆默然不能对，深悔不应造次询蒲"。

也正因为蒲殿俊对赵尔丰有如此丝毫不与合作的态度，再加上赵尔丰误认为《川人自保之商榷书》是蒲殿俊所为（一直到成都血案发生以后，赵尔丰仍然认为是蒲殿俊所为），所以当他决心下黑手时，第一个对象就是蒲殿俊。

9月7日，赵尔丰进行了"调及多兵护卫治城，及调外邑巡防军数百人到督署保护，又分发各军将铁路总公司并铁道学堂围守，又将交通、督署各路口用兵扎住"的充分安排之后，以"北京来电有好消息立待磋商"为名，开出了一个以蒲殿俊为首的19人名单，于下午两点左右派专人送到岳府街川汉铁路公司，要这19人到督院街总督衙门进行"磋商"。当时在铁路公司开股东会的罗纶、邓孝可、江三乘、张澜、王铭新、叶秉诚六人即行前往，其他诸人即由总督衙门派出之人分别再行通知。不久，在学务公所的彭兰村，在家中的蒲殿俊、颜楷，相继到来。当他们进入总督衙门之后即行被捕。据彭兰村的回忆："当予等入督署也，有砍刀一柄随于后，手枪两支伺于旁，步枪兵士环绕数周，房上墙上、近街各口、外庭内堂，均布满武士。予等左右手则用四八股绳严挚以待。" 另有胡嶙当天是从家中抓至督练公所，第二天送到总督衙门的。此外，成都府学堂教授蒙裁成愿与蒲殿俊等同死，主动投身自请逮捕，被关在警务公所；四川高等学堂毕业生阎一士自称是《川人自保之商榷书》的作者，也是主动投身自请逮捕，被关在华阳县署。这两位主动投身自请逮捕的一老一少，没有被转入总督衙门，不久即被释放。

对当天究竟有几人被抓有必要加以说明。由于当天赵尔丰实行的抓捕是分头、分批进行，又是分别关押，再加之赵尔丰在向内阁的报告中列出的是9人名单（缺川汉铁路公司主席董事彭兰村，而彭兰村有详细的回忆录《辛亥逊清政变发源记》出版于1933年，其中有当天抓捕情况的最具体的资料，所以应当是赵尔丰的报告电文中的名单有遗误。对于这一遗误，熊克武在他的回忆录《辛亥革命纪事》中也早已经指出），所以很多后来的研究著作都说当天被捕的四川保路同志会负责人是9人。根据我们所见资料，应当是12人，这其中关押在总督衙门之中的是9人，即罗纶、邓孝可、江三乘、张澜、王铭新、叶秉诚、彭兰村、蒲殿俊、颜楷（玉昆是当时在场之人，他在给他的儿子的信中说是"赵作出语言反脸，将十一名均留署中花厅，饬军队周围严守，仍供饮食"他在这里多计了二人）。他们全部被关押在总督衙门内一个叫"来喜轩"的房间之内，"起卧大小便，均有两人持枪以侍"。有记载说，玉昆怕夜长梦多，提出将所捕诸人交给他带回将军衙门之中看管，赵尔丰不同意，所以一直关在"来喜轩"中。此外，当天在总督衙门之外被关押的有胡嶙、蒙裁成、阎一士3人。已列入赵尔丰的逮捕名单而未能抓获的有程伯皋、江潘、张子敬、周茂章、罗一士等。此外，根据盛宣怀的密电，湖广总督瑞澄在汉口逮捕了四川省咨议局副议长萧湘。在赵尔丰的这次抓捕行动中，共有四川保路同志会的负责人13人被捕。

在抓捕蒲殿俊等人的同时，赵尔丰在上午11点左右又派一名叫唐廷牧的管带（按，相当于后来的营长）率兵搜查了川汉铁路公司和保路同志会，宣布："奉赵大帅令，保路同志会、股东会都不准开了。"同时还派兵查封了铁道学堂和股东招待所，查封了保路同志会机关报《西顾报》和支持保路运动的《启智画报》，捣毁了长期印刷保路运动报刊的昌福印刷公司。

赵尔丰本来的打算是要将蒲殿俊等人立即处死，但是未能如愿。据彭兰村的回忆：

"当时，手缚绳，刀指胸，步枪、手枪、砍刀环绕，目前有不枪决即刀劈之势。不意外面传呼将军至，而杀机暂告停止矣"。此时来的将军不是别人，就是我们在前面介绍过的对于四川保路运动的态度一直比较宽容的成都驻防将军玉昆。当他听说赵尔丰抓捕众人之后，很快就赶到总督衙门。他问赵尔丰："诸被逮者均系绅士，非匪人，徒以政见不合，责任难卸，非叛逆也。""朝廷尚郑重，予何敢孟浪作证杀人乎！弟意仍以请旨为是。"特别是被捕诸人中的颜楷是尚未去职的翰林院侍讲，按清朝的规定，地方官是无权用刑的，故而玉昆专门指出："颜楷乃当朝翰林侍讲，未经部令褫革，日后必将罹擅诛近臣之罪，必须先行请旨。"由于玉昆坚持必须要上报朝廷批准之后才能杀人，在场的省级主要官员即所谓的"六司道"六人中，只有布政使尹良和盐运使杨嘉绅二人表示支持赵尔丰，提学使刘嘉琛、巡警道徐樾、劝业道胡嗣芬三人表示支持玉昆，提法使周善培未表态。在这种情况下，赵尔丰只得停止用刑。如果不是玉昆在当时及时赶到的话，在四川历史上，1911年9月7日将要增加一批著名的革命烈士。

当督院街的总督衙门内为是否要动用屠刀而争论时，赵尔丰在总督衙门外又安排了极为凶恶的另一手。

玉昆还未离开总督衙门，突然外面火烟大作，督院街北面的联升巷（一说良医巷，都是南打金街旁距离督院街很近的小巷）发生了火灾。警务公所提调路广钟立即将四门城门锁闭，杜绝出入，全城戒严，遍布兵士（事后得知，这都是赵尔丰的心腹路广钟预谋策划，是路广钟"购人于联升巷放火"的，原来的计划是"命人在督署东墙外的联升巷纵火，诬指蒲、罗等阴谋暴动，企图焚烧督署，作为枪杀蒲、罗等人的依据"）。同时派人在全城各街巷贴出了总督衙门已经准备好的雕版印刷的告示，上面写着："只拿首要，不问平民。首要诸人，业已就擒。即速开市，守分营生。会既解散，谣言休听。拥挤上院，格杀勿论。"（按，此告示原件未有实物传世，在不同的回忆资料中文字均有不同，这里根据两篇回忆文字综合而成。）

蒲殿俊、罗纶等人被捕消息迅速传遍全城后，不少市民手捧原来用于请愿的写有"光绪德宗景皇帝之神位"的"先皇牌位"前往督院街，要求释放蒲、罗等人。可是士兵却对民众施以暴力，甚至于"满街圣牌均被巡兵拆毁"，于是"人心大愤，鬼哭神号。各街坊传告各铺家坐户，勿论老幼男女，各出二人，均头顶先皇神位纸条，奔往南院（按，即总督衙门，因为位于成都城中心之南，故称南院）请罪，被各处巡兵阻止。不听，巡兵竟放枪击毙商民数人。而人心犹不畏死，直投南院，又被赵督及军官田征葵立命亲兵队同巡兵击毙数十余人，受伤者较多"。

当田征葵下令开枪之后，总督衙门内外的群众纷纷倒地，但是并未逃离。田征葵竟至丧心病狂地"复命燃大炮轰击之。成都知府于宗潼大哭，以身障炮口，众乃得免"。在这里，于宗潼是一位值得敬重的地方官，假如不是他"以身障炮口"，督院街上就会出现"大炮轰击"的暴行，1911年9月7日的成都街头不知又要增加多少冤魂。第二天，"大雨竟日。昨日奔赴南院求情之街正、商民被枪击毙者众尸累累，横卧地上，犹紧抱先皇牌位在手不放。赵帅下令三日不准收尸，众尸被大雨冲后腹胀如鼓。先皇牌位本系纸写，经雨冲坏，各尸首内犹执神牌木座，其幼尸仅十三岁云。""城外附近居民闻此凶耗，人人首裹白布示哀，多且七十以上者，徒手冒雨奔赴城下。问其来意，谓如罗、蒲等已死，即来吊香，未死即同来求情。赵帅又命官兵开枪，击毙者约数十人。" 当时具体指挥屠杀的是营务处总办田征葵。

这就是"成都血案"的真实经过。

"成都血案"是赵尔丰经过精心准备之后一手炮制的。9月16日，英国驻重庆总领事给英国驻华公使朱尔典有一份详细的报告，曾经明确指出，"总督发布的一个告示所说"的说法，与"那些同情保路同志会的人们的说法"是不一致的，"赵制台的布置确实是很巧妙的"，"发生战斗（按，指向群众开枪）的时候以敲失火的警钟为号，人们发现街上的各个地方均被军队所占领"。

"成都血案"图示 四川博物院提供

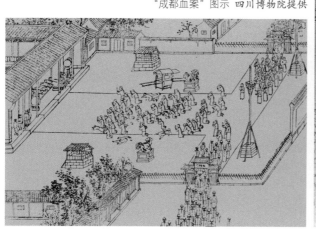

赵尔丰命令他的部下田征葵在"成都血案"中总共屠杀了多少人，又屠杀了哪些人，由于反动当局不准收尸，所以当时并没有一个确切的统计数字。当时人所记资料中最具体的数字统计是杀死32人，伤者无数。玉昆在给他儿子的信中承认是"军队开枪，伤亡愚民百余名"。

现存的一份石印的《辛亥年七月十五日被害姓名清单》上刊载的已经查清的有"结报人"前来"结报"的有名有姓、有"伤之情形"的死者共26人，年龄最大的张万寿73岁，年龄最小的张文生12岁。死者的身份职业有作坊匠人、商铺学徒、卖菜小贩、卖水饺人、卖牛肉人、裁缝、装水烟人、手工艺人、放马人、医生，百分之百是普通市民。在这份《辛亥年七月十五日被害姓名清单》上还清楚地写着："截至八月十五日止，嗣经结报者续录"。就是说，整理名单者很明白，还有一些死者没有家属来"结报"。

对于这些被统治者宣布为大逆不道的暴民的死者，成都市的市民却冒着风险进行了必要的安排，处理了后事。成都慈善会给所有死者的家属发放了安葬费，每人大洋6元。成都商会又给所有死者的家属发放了恤金，每人大洋20元。在此之前，官方也宣布可以给每位死者家属

▲ "成都血案"的死难者　四川博物院提供

发放大洋40元，前提是家属必须在承认死者是"匪类"的单据上签字具结，故而受到大多数家属的抵制，以至当时还有人写了这样的《竹枝词》："叫声冤枉叫声天，要领尸将匪字签。犹恐人心终不死，给银埋葬少还添。"

正如《成都绅民代表冤单》所说，"七月十五日省城大惨观，盖吾蜀未有之奇祸也。"这一血案是成都历史上有案可查的在大街上镇压屠杀群众致伤亡人数最多的一次，也是全国在1911年的辛亥革命高潮中群众被官方屠杀死伤人数最多的一次。

从此日起，"赵屠户"的恶名永远地加在了赵尔丰的头上，永远地刻在了历史的耻辱柱上。要知道，不仅四川人民骂他为"赵屠户"，甚至连成都将军玉昆也骂他为"赵屠户"。玉昆在10月7日给儿子的家信中就曾经这样说："民与官为仇，愈剿愈仇，断无把七千万川民剿尽之说。赵屠户不知如何结果耶！"

虽然赵尔丰大开杀戒，虽然督院街上血流成河，虽然天上一直下雨，但是当枪声停止之后，部分勇敢的成都市民依然站立在总督衙门外的大街上，他们仍然坚持他们提出的释放蒲、罗的要求，至少要亲眼见到蒲、罗等人是否健在，因为他们担心赵尔丰在对衙门外的群众挥动屠刀之时，在衙门内也挥动屠刀。这种无可改变的对立一直僵持到半夜，赵尔丰不得不在凌晨两、三点钟的时候将蒲、罗等人全部请出与众人见面，又由群众比较熟悉的颜楷向大家一一介绍蒲、罗诸人，"次第证明之后，天已将曙，街民始各散"。

这天夜里站在督院街上的成都市民没有一位留下了他们的名字。但是，他们的行为与牺牲了性命的烈士一样令人敬佩。

赵尔丰是8月2日才从川边到达成都，第二天才接印视事的，从8月3日到9月7日这35天中，这位在川边地区颇有建树，甚至被有的学者评为"自清以来，无有著功若此者"的封疆大吏，在对待保路运动的态度上是有着逐步的变化的，他是在清王朝的步步高压之下走上反动的，他的"屠户"地位不只是他的个人行为，应当是清王朝封建专制政府倒行逆施的必然结果。

赵尔丰在四川任地方官多年，能说一口四川方言，1903年他曾担任过刚建立的川汉铁路公司的第一任督办。他是了解保路运动之所以风起云涌的内在因素的，所以他承认"川人议论非全无理由"，他也曾主张"力求维持地方安宁"。他还没有接任署理四川总督就开始受到朝廷的重压，上任之后更是被以端方、盛宣怀、瑞澄为代表的朝廷中的强力镇压派一次又一次地施压，端方甚至说"赵尔丰庸懦无能，实达极点。始则恫吓朝廷，意图挟制，继则养痈遗患，作茧自缚"。在端方、盛宣怀、瑞澄三人联合上奏朝廷的奏折中甚至给他加上了"抗违朝旨，助长乱民，恫喝挟恃，无所不有"的罪名，请求朝廷另选能员出任川督，撤去赵尔丰，以至朝廷果然对他大加申饬，逼迫他加强镇压，同时派端方率兵入川，意欲抛开他而由端方指挥用武力镇压坚持破约保路的四川群众。按清代官场的惯例，一处地方出了大事，只有在地方官员实在无能的情况之下朝廷才会派钦差大臣出来收拾局面，而钦差大臣所至地方的地方官员的下场不是被撤职查办，就是被降职使用，此时的端方就是一个钦差大臣，而赵尔丰的下场则不言自明。赵尔丰就是在这种情况之下，既是为了保住清王朝的江山，更是为了保住自己的前程，决心孤注一掷，按照朝廷的旨意大开杀戒的。

虽然如此，赵尔丰不值得半点同情，仍然应当永远钉在历史的耻辱柱上，因为当他决定采取武力镇压之后，其反动的本质就决定了！他不但走得十分坚决，而且走得很远。自从督院街的枪声打响之后，他还连续干了几件很卑鄙的大事。

第一，滥杀平民。

据上引的《成都绅民代表冤单》所载："又分派巡防军手执枪械分站各街口，禁止居民行走，开枪乱击街正及学生小儿，伤毙者甚众。又驰放马队分巡各街，冲戳践踏，伤毙者犹多，反指民人等为凶扑督署。实除打金街外，督署附近并未损坏房屋一间，反指民人为肆行烧杀。"正是因为这种原因，所以在上引的《辛亥年七月十五日被害姓名清单》上的26名死者除了死在总督衙门内外，还有死在南打金街（今红星南路）、大十字（今署袜街与提督街交口处，是清代成都城内最重要的十字口）、按察司墙外（今科甲巷）和文庙街的。

第二，混淆事听。

就在血案发生的当天，他在向朝廷的报告中说："连日探闻该逆等定谋于本月十六日聚众起事，先烧督署，旋即戕官据城，宣布独立。尔丰正在严密警备，旋于昨夜探悉逆谋益亟，已聚匪徒近万，即于十五日，意乘不备，前来督署烧杀。"

同一天，他在向端方的报告中说，保路同志会"自办民团，定期十六（按，指夏历七月十六，即9月8日）扑攻督署"，"午间忽有协会匪徒数千……砍伤弁兵多人……在前者均自带火具，并分劫库房……"。

一个月以后，他进一步捏造了更为离奇的谋反证据向朝廷报告："嗣在蒲殿俊内宅搜得豫州梅柳氏寄罗纶信一纸，有'倡举大义，资助快炮一千支，子弹三万颗，劲党二千人'等语。又得有沥血同盟符，外用黄缎包裹，内用黄缎书十路大统领王、蒲、罗、肖、邓、张、阎、刘、周、程十人之姓，遍洒血迹，后开伪号'大岷西顾，开基之始，岁在辛亥，月建乙未，朔日丁酉，即订于铁道学堂。'伪印文曰：'大岷西顾，受天之宝。'骑封处有'皇字一号'。似此大逆不道，罪实难绾。"

任何一个头脑清醒的人一眼就可以看出，上述的所有叙述都绝不是事实，都是在恶意编造，造谣惑众。据当时人揭露，上述的搜查出来的所谓罪证都是前面提到过的那个警务公所提调路广钟"急于升迁，欲借搜求立功"而有意伪造的。伪造者所列出的"十大统领"第一位竟然是护理总督王人文，以至在当时流传的《竹枝词》中说："组织犹嫌罪未真，又将统领蔑乡绅。就中有个遁逃者，首是滇南王采臣。"赵尔丰和路广钟的这些行为，哪怕是在当时，他也是在谎报军情，欺骗朝廷，犯有欺君之罪，真正是属于"大逆不道，罪实难绾"。据当时在总督衙门供职的秦楠在《蜀辛》一书中的记载，由于赵尔丰在上奏中有"数千人凶扑督署，肆行烧杀"等语，朝廷根据他的上奏在9月12日的上谕中曾经加以引述，可是谁都知道这两句话距离成都人所共知的真相距离太远，一宣布就要穿帮，所以这道上谕在成都宣布时，是不得不"涂没'烧杀'二字始宣布"的。

对于赵尔丰的肆意胡言，川汉铁路公司曾经写有一篇《呈川督赵尔丰为会长颜楷等辩冤文》，在叙述了若干事实之后，其结论是"白日青天，睽睽万目，欲加之罪，何患无辞！" 而当时流传的《竹枝词》则这样写道："轰毙无辜数十人，破衣难补更横行。诬他叛逆何嫌毒，掩丑文章要做成。""手抱神牌有罪无？诬他持械妄相诛。署中喊发连开炮，我说官才是匪徒。"

"成都血案"爆发之后一个多月，清廷于10月26日下发过一道上谕，说是经过督办大臣端方的调查之后，宣布了当天的事实真相如下："据各属士绅代表呈诉，并先后接据委员报告，及所闻官绅议论，详加考核，查得川中罢市罢课，不戕官吏，不劫仓库，绝非逆党勾结为乱。其七月十五日民居失火，仅系南打金街民人自行失慎，人民因蒲殿俊、罗纶等被拘，赴辕请释，统领田征葵擅行枪毙商民街正数十人，附近居民闻知，遂首裹白巾，奔赴城下求情，又为枪毙数十人，以致众情愤激。其所传告之《自保商榷书》并无独立字样，亦无保路同志会及股东会图记。其中且有'皇基万世'等语，并非出自蒲、罗等之手。"虽然此时的清王朝发出上谕是为了笼络民心，安抚众怒，但是在事实的叙述上，却还是比较符合真相的。

成都历史上亘古未闻的大屠杀，充分暴露了清王朝的疯狂与残暴，它非但不能吓退四川的广大群众，而是更加激发了广大群众的反清情绪，鲜血促使数不清的保路同志会会员擦亮了双眼，看清了形势，放弃了和平保路的幻想，决心以血还血，以暴制暴，从以往的请愿迅速转化为用暴力推翻清王朝的武装起义。

9月20日，也就是"成都血案"之后两周，全川各地都已掀起同志军起义的风暴时，身居四川最高官职的成都将军玉昆在给他儿子的信中有这样一段话，可以视作给四川革命风暴爆发原因的一个总结评点。虽然他是满蒙贵族在四川的最高代表，但其历史观还比较客观平实。他说："此番川民激变，可谓官逼民反。比年以来，将川民膏血搜掠殆尽。民穷财尽，所以与行政诸公结成敌忾之仇，商农士庶无不痛恨。俗云'官清民自安'，近来新政繁兴，建立局所，各项摊派，无不应付，无不由民出资，因此愈结愈深，故然造意谋反之心生矣。我所论天分道理之言，而实不敢与人言之。"

全川处处同志军

历史长河的进程中会有这样的时刻：两种必然的交叉点形成一种偶然，而这种偶然会立即引发历史上重大事件的发生。

1911年9月7日的成都正是这样：已经走向皇权专制政体的穷途末路的清王朝在内忧外患之中风雨飘摇，它的垮台已是历史的必然；长期饱受清王朝残暴统治之苦和近年来新增帝国主义侵略压迫之害的四川人民，一直在千方百计地进行反抗和斗争，保路风潮把这种反抗和斗争推向了全民参与的新高潮，这种高潮肯定要在某个最有利的时机出现更激烈的、更大规模的爆发，这个巨大的火药桶的爆发当然也是历史的必然。这两种必然的交叉点就是"成都血案"。发生在1911年9月7日这一天，可以说是一种偶然；可是这种爆发一定会出现，却又是一种必然。

这一突然间由刽子手的暴力行为激发的迅速高涨的革命形势，被同盟会员稳稳地抓住，他们用自己的信念与智慧迅猛地将全四川武装起义的燎原烈火点燃。这一行动就是被传诵多年的"水电报"。

"成都血案"发生的同时，成都全城戒严，封锁邮电，城门紧闭，甚至在四个城门摆放了准备点燃的进口燃油。此时在城内的同盟会员龙鸣剑认为必须尽快将血案真相告知各地，发动各地准备已久的由同志会组建而成的同志军立即进行武装起义，将密谋多年的武装革命在全川引爆。9月7日晚上，他从南门附近城墙上用绳子缒城而出（按，多数记载都说缒城而出者是龙鸣剑，但是辛亥革命元老向楚的回忆录说是曹笃），去到望江楼对面的蚕桑学堂农事试验场，与同盟会员、通省茶务学堂监督曹笃，和同盟会员、蚕桑学堂农事试验场场长、《川人自保之商榷书》的作者朱国琛三人商议之后，立即动员农场工人与他们一道动手，锯成几百片小木板，上面写着"赵尔丰先捕蒲、罗，后剿四川，各地同志，速起自保自救。"然后涂上桐油，投入锦江，让其漂流，"乘秋潮顺流，不一日几遍川西南"。投放的当时，龙鸣剑等人根本就没有想过给这些传播重要革命信息的木牌命名，当

▶ "水电报"仿制品　四川博物院提供
　　木质，长方形，长25.0厘米、宽7.5厘米。木板正面用毛笔黑墨手书，从右至左竖式排列，文字完成后涂上桐油。文字内容："赵尔丰先捕蒲罗后剿四川各地同志速起自保自救"。

时人的记载中多称为"油牌"，有的也叫"飞笺"。只是因为这一传播方式取得了巨大的成功，后人就赠予了一个很贴切的名称叫"水电报"。

关于水电报，有几点需要说明：

在不少书报中都说，"水电报"这一通信方式是龙鸣剑等人的首创。这是不对的，隗瀛涛老师曾经在《四川保路运动史》中指出，明初的朱元璋大将傅有德在涪江上游就曾经用过。笔者过去在研究中国古代战争史时，曾经专门研究过这一巧妙而实用的通信方式，知道我们祖先很早就已使用，最早的是隋大业十一年（615年），隋炀帝用于雁门地区的滹沱河。而在成都锦江中的第一次使用，则是明末贵州土司奢崇明叛明时，奢崇明的军队攻占重庆，进围成都，成都的明军守将朱燮元曾"投木牌数百于锦江，流而下，令有司沉舟断桥，严兵待"。（详见拙著《中国古代战争》第175页，四川省社会科学院出版社1988年出版）

关于"水电报"的形制，据当时人的回忆是"见方约七寸上下，厚约四分，有的两面写字，有的写一面。木牌上写的，全是口号式文字，反对铁路国有，争回川路自办以及铲除卖国贼等等"。近年来在有的影视作品中将"水电报"制作成长达1米的大木板，是错误的。

在不少书报中所引述的龙鸣剑等人投放的"水电报"的文字，都是上引的21字。但是在当时的记述中，还有其他的不同的文字版本。这有可能是当天晚上龙鸣剑等三人在书写时就有不同的写法，还有可能是在江边捡到"水电报"的热心人当即又写了若干份再投入江中，让其一个变多个，以便发挥更大的作用，在转写时就很可能出现不同的文字（9月15日，端方在给盛宣怀和载泽的一份电报中，曾经引述了9月10日的一封信，其中说"日内顺流浮下小板甚多，上写逆党名号功成语"。可知还有其他文字版本的"水电报"）。

以目前所见到的资料，还有以下文字版本：

"赵尔丰先捕蒲、罗诸公，后剿四川，各地同志，速起自保自救。"

"省城争路代表被拿，望同胞弟兄、社会人等、英雄好汉，速备枪械，赴省援救。"

"请看请看，官逼民变。制台（按，即总督的别称）造反，百姓遭难。"

另有一个文字较长者，是从长江三峡之中捞出的（"水电报"沿江而下，最远的捞取阅读者是在武昌），从文意看，是稍后时期书写投放的："吾族同胞，惨极惨极。路权一事，于今已失。上月十五，川督计逼，突将代表，拘留者七。虐待川民，枪打炮击。现刻成都，围困多日。政学军商，莫甘奴隶，各持军械，速来助力。倘若来迟，事已无益。特用水电，血书告急。还望军人，莫听官府召集，务须保护百姓，才称尔职。凡我百姓，务各大家努力。莫打教堂，莫杀洋人，只管抢夺官府军械，速急来省救急。四川七千万人告白。"

"水电报"到底发挥了多大的作用？仅举数例可知：

当年在资州读书的罗任一在他的回忆录中写道："那时我在模范小学读书，有同学在沱江边拾得木牌檄文回校给同学们传看，有一位蔡老师领头，教学生去拾檄文。学生年龄最大约十七八岁，小的也只十一二岁，都去江边拾木牌，捡回来照制木牌，刨光，写字，加油漆，再放到江里让它顺流漂去，流传各地。那时四川老百姓大都同情同志会，痛恨赵尔丰……捡一块木牌檄文即复制二三十块送出去，这一群小学生和老师们如此作了二十来天。"

清政府在重庆的最高长官、川东道朱有基在9月19日给邮传部发了一个电报，报告电报线路不通等情况，其中说："近日沿江捞得木板，沿途拾得字纸极多，皆写逆党造谣倡乱，号召攻省语。通省骚然，蠢蠢欲动。"

赵尔丰曾经在9月25日发出并广为张贴了一份《晓谕川人路事乱事分别办理勿为同志会所愚告示》，意图瓦解保路同志军的军心，其中这样说过："自十六日起，天天有大股的匪，带着枪炮，围攻省城，都被官兵击散。提问拿来的人，都说是同志会用木牌招来的。"

在这里，有必要介绍一下制作"水电报"的主事者龙鸣剑。

龙鸣剑（1877—1911年），荣县人，19岁考中秀才，以后入成都优级师范学堂读书，开始接触新思想，1907年去日本早稻田大学留学，并于同年加入同盟会，积极投身于推翻清王朝的革命活动。1908年他奉命回国，先在云南从事革命活动，1909年回到成都，与其他同志创办法政学堂于四圣祠街，同年被选为四川省咨议局议员。咨议局议员中的同盟会会员只有4位，他和程莹度是其中最重要的同盟会员。他一方面利用咨议局和保路同志会

▲龙鸣剑 四川博物院提供

▲龙鸣剑回国护照 四川博物院藏

　　这张护照，是1908年龙鸣剑从日本回国参加革命时使用的。护照为石印，蓝色边框，毛笔黑墨填写，从右至左竖式排列，长39.5厘米，宽28.0厘米，上列龙鸣剑随身携带的物品，并请沿途关卡查验放行。国家一级文物。

的舞台联系与组织群众（例如现藏于四川图书馆的《川路公司准备会会议速记》中就详细记载了他在股东大会的长篇讲话，只是速记者把龙鸣剑的名字误写为龙剑鸣），一方面联络袍哥力量准备武装起义。他是著名的罗泉井会议的主要策划者与核心人物。罗泉井会议之后，他立即回到成都在法政学堂召开会议，进行武装起义的准备工作。"成都血案"发生后，他缒城而出，发出了著名的"水电报"，然后又星夜赶回家乡荣县，昼夜进行演说与发动，几天之内就组织起同志军一千多人，准备率军攻打成都。正在此时，荣县籍的同盟会元老吴玉章及时回到了荣县，他在听取了吴玉章的意见之后，与另一位荣县籍的同盟会员王天杰共同率领这支军队向成都进发。当这支队伍在荣县双古镇进行整编时，就已经发展到三千多人。经过在仁寿秦皇寺与清军的第一次战斗之后，这支同志军与秦载赓率领的同志军会合，组成了东路民军总部，众人推他出任总部统领，他坚持不就，而是推举了秦载赓任统领，王天杰任副统领，他只出任了参谋长。这支东路队伍在今仁寿、双流、成都东郊一带与

▲龙鸣剑墓 四川博物院提供

清军大小二十余战，因为军械不济，遂转战今乐山、宜宾等地。1911年11月26日，他因积劳成疾而英年早逝于宜宾徐场杨湾的赵家大院，临终前，留下了《致同志诸公书》，要王天杰等人"联合各路同盟军，先订军律及同盟条约，须预备一月，次行筹定军饷，再次定期捣成都。"年仅34岁，出殡时有老百姓13000多人自动为他送葬。吴玉章曾经这样评价他："在四川的保路运动中，他起了重大的作用。他运用正确的策略推动着革命运动的发展，而当时机成熟时，他又毫不迟疑地立即发动武装斗争。在辛亥这年最紧张的夏天，他冒着盛暑，往返于成都、荣县的途中达六七次。这种为革命事业而不辞劳瘁的精神，实在令人敬佩。……像龙鸣剑这样的人，才是辛亥革命真正的英雄。"

"纷纷水报锦江来，同志风潮动若雷"。由"水电报"传送的有关"成都血案"的信息在顷刻之间就点燃了在四川蓄积多时、由同盟会筹划已久的武装起义的烈火。

最先点燃起义烈火的是华阳、新津和温江。

9月7日下午，在赵尔丰下令关闭城门之前，就有人跑出了城，将赵尔丰下令开枪屠杀群众的消息迅速报告了新津会议和罗泉井会议公推的保路同志军首领秦载赓和侯宝斋。秦载赓和侯宝斋当天就分别在华阳县中兴场和新津传锣齐团，集合同志军队伍举旗起义，连夜奔赴成都。

▲《川路枪声》 四川博物院提供

次日清晨，秦载赓率军经中和场、琉璃场直达成都外东的牛市口，并在大面铺、西河场、赖家店等地与小股清军开战。而侯宝斋率领的同志军则在这天冒雨与清军激战于城郊的簇桥和红牌楼，前锋直逼武侯祠。

9月7日晚上，温江的吴庆熙就派人到成都侦察情况。次日清晨，就同黄茂勋等人宣布起义，以温江的团勇为主力，组织了数千武装，冒雨向成都开进。

第三天，新津、双流、华阳、温江等县的同志军会合于成都城下，"四方应召者万余人"，"大张旗帜军械，围攻省城"。"各属来会，未几，众逾二十万"。

就在9月8日与9日这两天之内，川西各县几乎全部举起了反清义旗，同盟会员向迪璋领导的双流起义还杀了知县汪棣圃。

也是在9月9日，以灌县同志军为主的成都西路同志军在灌县袍哥首领张捷先的

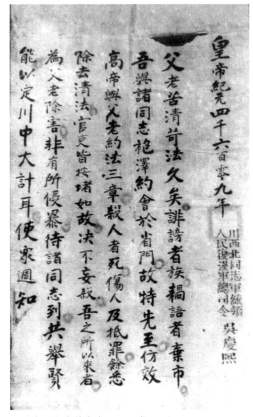
▲吴庆熙颁发的布告　四川博物院提供

率领下，组成了五路人马（其中的第三路基本上由矿工组成，第五路基本上由伐木工人组成）。崇庆州同志军也在袍哥首领孙泽沛统率下组建了东、西、南、北、中五军。也是在9月9日这天，侯宝斋、孙泽沛，加上温江县同志军首领曾少卿等在郫县城隍庙开会，决定共同行动。会后即向成都进攻，在犀浦与清军激战数小时，这一战被时人称为"辛亥革命各战役之先"。在这场战斗中，同志军"共伤亡士兵四百余人，丛葬于犀浦场之西乡"。牺牲者中包括西路同志军的学生大队队长、成都蚕桑学校学生蒋淳风。学生大队是全部由青年学生组成的，人数有五百多人。

在成都北边，汉州（今广汉）的同盟会员与袍哥首领侯桔园、绵竹袍哥首领侯国治等率领的同志军两千多人在向阳、新都等地与清军交战，直抵成都城郊的驷马桥。彭县的同志军则在刘丽生的率领下与温江的同志军合营，共围成都。

成都周围是同志军最早起义的地区，紧接着，同志军的起义烽火遍布各州县，"富者输财，贫者持械。"威远、荣县、峨边等地的同志军还长途跋涉，赶到成都来增援围城的同志军，"四城扎围，附者塞途。"

　　在各地的保路同志会纷纷组织起武装队伍，以同志军（不少地方当时也叫"民军"）的新面目发动武装起义的时候，表面上看来是前后相承的保路运动实际上已经发生了实质上的变化。由于急剧变化的形势，也由于已经有着较长时期的积累，在"成都血案"以前的由立宪派人士起主导作用的"和平保路"，很自然地发展和转化为以同盟会员起主导作用的武装起义，它的主要目标不再是"破约保路"，而是推翻清王朝的反动统治。站在斗争最前列的领导者，已经不再是原来川汉铁路公司、四川省咨议局和四川保路同志会的领导人，而是各州县的同盟会员，以及与同盟会员站在一道的袍哥首领。

　　有人提出这样一个假设：假如蒲殿俊等12位川汉铁路公司、四川省咨议局和四川保路同志会的领导人，此时没有被赵尔丰逮捕拘押，他们会站在什么位置？我认为，历史是不可能假设的。因为如果没有他们的被捕，就不会有"成都血案"，如果没有"成都血案"，就不会形成四面八方的同志军起义。当然，如果一定要"假设"一下的话，估计他们不会站在起义队伍的前列，也不会站在起义队伍的对立面，而应当是伴随在起义队伍的左右。

　　总之，这时在全四川发挥领导与组织者作用的，是在各地策划起义已久的同盟会员。他们"赶急函告邻封各县，围攻都城，以援救蒲、罗为名，实行我们的种族革命工作，借此问题，可以推翻满清专制，创立民国。"于是同志军"风起云涌，轰动川西各属矣"。

▲川民暴动图　四川博物院提供

▲反映民军武装起义的绘画——"起草泽壮士揭竿"　四川博物院提供

熊克武在他的回忆录中曾经列出了他所熟悉的川西地区各州县发动武装起义的同盟会员的名字："是时党人与民间会党糅杂，皆以同志军为标帜。温江则李树勋、冯时雨，邛州则周鸿勋，新津则邓子完，郫县则张尊、杨庆中，仁寿则邱志云、秦载赓，井研则陈孔伯、姚孔卓，荣县则王天杰、李晃父、范华阶、范受金，屏山则李燮昌，乐山则罗福田，荥经则罗日增，青神则赵南浦、余子静，资中则周星五。其他会党首领：新津侯邦富、杨俊臣，崇庆周朴斋、孙泽沛，灌县姚宝珊，温江吴庆熙，井研邓大兴，乐山钟明亮、刘清泉、胡朗和，青神漆培基，犍为胡重义、宋勉交，仁寿王子哲，威远杨少甫，眉山赵子和，同时蜂起。多者数千人，少者亦数百人，皆奔走成都，民气一动而不可复静。""彭（山）、眉（山）、青（神）、井（研）、仁（寿）、邛（崃）、名（山）、洪（雅）、夹（江）、荣（昌）、威（远）十余州县，相继起义，下距武汉发难，尚十余日也。"

当然，同志军力量最集中的地方是成都，数日之内，成都城的四面八方就被同志军团团围住。据赵尔丰本人在9月15日上奏朝廷的电报说，就在9月7日当天，"直至三更，城内始稍静息，而城外大面铺、牛市口，民团数千人贪夜已抵城下。……连日已到各团，计西有温江、郫县、崇庆州、灌县，南有成都、华阳、双流、新津，以及邛州、蒲江、大邑等十余州县。一县之中，又多分数起，民匪混杂，每股均不下数千人，或者万人。……自十六日（按，即公历9月8日），各路电杆，悉被砍断，驿递文报，皆被截阻搜杀，各处匪徒，日益麇集。迹其设伏守险，图扼东西要道，陷我于坐困之地，必有枭桀诡谲之徒，主谋指使。而西充、汉州等处匪徒，犹有分路来省之说。"

当各地的同志军纷纷起义之后，清王朝各级政府的统治秩序完全被打破了，捐税完全不能征收了，道路基本上不通了，由于一些地方的电杆被同志军砍断，很多地方连电报也不通了。

此时的赵尔丰，在上奏朝廷的电报中说了一段十分重要的话：由于"民情日为'路亡川亡'所惑，总以首要（按，指被逮捕的同志会领导人）为川民争路而待罪，而不知其借路作乱。匪徒利用此机，虽戕官据城，犹自托于保路同志。愚民无识，竟认匪为义父，见匪则助粮助饷，见兵则视同寇仇，甚至求水火而不与"；故而"匪势日张，兵力薄弱，省外（按，这里的省外仍然是指省城之外）大势，已成燎原"；"人心助乱，闻兵胜则怒，闻匪胜则喜"。他坦白承认：四川已"成土崩瓦解之势"，仅仅是"省城苟能自保"。他还坦白承认："匪党久布诡谋，广为勾结，别怀大志，迥与寻常寇贼不同"。

应当承认，作为一个知情者，赵尔丰这一段话相当符合当时的真实情况。他至少清清楚楚地说明了三点：同志军是因为保路而起，是为了营救保路同志会的领导人而起；同志军绝非临时起事，而是有准备、有目标的行动；广大人民群众完全站在同志军一边。

当时的形势不仅是"人心助乱"，甚至连军心也发生动摇。当时的四川驻军主要有两大系统，一是巡防军，一是新军。巡防军大多数都是四川本地人，他们的每个家庭几乎都与川汉铁路有关，他们自己基本上都是川汉铁路的股东，所以他们对于保路运动基本上是同情的甚至是支持的，对于这一时期保路同志会的很多活动当然也都是同情与支持的。至于被清政府大力培养的新军，则因为成员多是年青的知识分子，教官中又多是日本留学生，早就有同盟会员的活动。所以当同志军起义之后，新军中的多数官兵都拒绝与同志军作战，有的甚至直接加入了同志军。在《蜀辛》一书中记载了这样一件很生动的事：9月9日，驻凤凰山的新军接到命令要入城驻防，但是必须将子弹上缴，只能手持空枪。于是"合军私议归农，或欲设军界同志会。朱统制庆澜（按，指新军十七镇统制朱庆澜，当时的"镇"相当于以后的师，统制即相当于师长，四川的新军主要就建立了这一个"镇"）闻之免缴，且令于军曰：'以保路同志会为正当者左立，否则右立。'右竟无一人焉。遂禀商遣回凤凰山，改调巡防军"。是不是巡防军就可靠呢？当然不是，在当时影响很大的邛州（今邛崃）兵变就是很好的说明。

就在"成都血案"之后五天，驻邛州的巡防军第八营在该营录事（即书记官）周鸿勋的率领下发动起义，并枪毙了该营管带（相当于营长）黄恩瀚。原来周鸿勋曾经在云南亲眼见到法国帝国主义者是如何的胡作非为，见到法国人在修建滇越铁路时如何虐待华人，所以对于帝国主义者侵略中国的本质有切身的体会，对于为什么必须保路保权有很深的认识。当他回到四川参加巡防军之后，对于保路同志会的活动一直采取同情与支持的态度，并且"以哥老结纳同营，同营士兵亦惟鸿勋马首是瞻。辛亥川路事起，鸿勋以滇越所见，泣告同人，谓滇越路由法人办理，待遇尚如此其苛，今川汉路由英、法、德、俄、日、美共管，则其蹂躏之惨酷，更不可言。"由于有这样的基础，所以当各县的同志军纷纷起义之时，周鸿勋就很顺利地率领全营在9月12日起义，参加了同志军。巡防军第八营的起义是四川清军第一支成建制的倒戈起义，再加之巡防军第八营原本是赵尔丰过去在川边组建的部队（此时是由川边回内地休整），所以对全川的影响很大。巡防军第八营起义之后，在周鸿勋的率领之下到新津与当时成都西南的同志军大本营侯宝斋部会师，由侯宝斋出任同志军川南全军统领，周鸿勋任副统领。

上述形势，连端方也看得十分明白，所以他说："川省民变可忧，尚不知兵变更可忧"。

应当承认，赵尔丰和端方之流绝非愚笨，面对全省汹涌如潮、揭竿而起的同志军，他们此时的内心

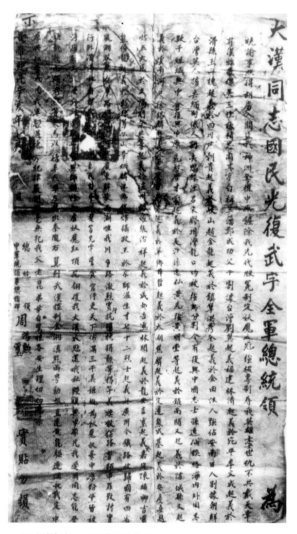

▲周鸿勋布告　四川博物院提供

深处应当是十分明白，大势如此，清王朝的气数将尽。只是他们没能完全明白，或者是虽明白而不敢给出答案：清王朝统治下的四川为什么会有这样的情况出现？

虽然全川武装起义之势已成燎原，包括距成都较远的叙永、合江、南溪，其至川西北藏族地区的松潘、汶川、理番（今理县）、懋功（今小金）等地都已经起义，全川各地都有同志军与清军的战斗，可是成都城却一直没有攻下，同志军对清军也没有摧毁性的攻击。发生这种情况的主要原因有三：

一是因为除了少数的联合行动之外，各地的同志军基本上都是各自行动，没有统一的指挥，更没有一个可以号令众军的统帅，就连同盟会员也没有确定或推举出一个最高的指挥员。从目前所见到的资料看，同盟会员连是否攻城？如何攻城？攻下城怎么办？等等重要问题都没有进行过一次认真的研究，更没有作出过具体的决议或者安排。所以会出现这种情况，是因为"成都血案"是一个突发事件，同盟会员在事先根本没有筹划和详细准备这样的全川大起义。事件发生之时，同盟会的四川领导人都不在成都，谢奉琦、佘英等已经牺牲，黄复生、杨维、黄方等身陷囹圄，熊克武、但懋辛等参加广州起义之后都还在外地，对于四川的同盟会员来说，此时是真正的群龙无首，各地的同盟会员都是处于各自为战的境地，完全没有统一的领导与指挥。

二是因为同志军都是民间的群众组织起来的，基本上没有军事素养，手中多是冷兵器，有不少人手中所持的还是农具，少有枪支，更没有可资攻城的武器。

关于同志军手中的武器有必要专门作一些说明。同志军是由同志会的群众组织起来的，主要成分都是农民，基本上都是来自袍哥和以袍哥为主体的民团，能够使用的武器基本上都是刀矛，部分枪支也是装火药的土枪（当时也称为前膛枪），极少有新式的步枪（当时称为洋枪或快枪）。土枪装药慢，射程近，命中率不高，杀伤力不大。同志军拥有的"大炮"是土炮，如英国传教士的记载说，雅州同志军"有两门土造的橡树制大炮，中空，外包铁皮，缠绕铁丝，准备内装重弹丸，计划于十五的夜里来攻城门，幸好当夜下雨，引线不燃，没有实现攻城的任务。"就算是千方百计地搞到了几支洋枪，也无法搞到充足的子弹以备补充。在当时对于同志军的各种记载中，类似"其人皆满身泥涂，并有尚持割谷镰刀之农佣"；"所拿之人，泥手泥足，多系乡间田夫。搜获之物，锈刀锈叉及团练号褂而已"，"拿的武器有刀有矛，有前膛枪和牛儿大炮，大多数是农民"的记载很多。曾经在各地组织武装起义的吴玉章在率领同志军围攻自流井而久攻不下时，曾经这样说过："此时我深感到我们在军队中的工作太薄弱，民间只有土枪，几乎一支新式枪都没有，我就决计要办一个军事训练班，恰好成都军官学校学生方潮珍、刘厚等四同志正从学校偷跑出来，特来找我，我就约他们来教练军事。可怜此时连一支洋号都找不出来，更不说快枪。我们的武装真薄弱幼稚得可怜了。"而当时的清军则已经普遍地废弃了刀矛等冷兵器，使用了由四川机器局（后称四川兵工厂）日夜生产的洋枪。自"成都血案"以来，四川各地的同志军真可谓是风起云涌、此起彼伏，在人数上是大大超过清军若干倍，可是在战斗中却是难以取胜，特别是难以坚持，其最关键的原因就在武器不如人，弹药供应不上，天气不帮人（火药枪一遇下雨就不能击发，而四川的秋天正是多雨的季节），他们所得到的一次次胜利主要都是依靠他们的勇敢和牺牲而取得的。

由于上述的原因，围攻成都的各地同志军相继停止了攻城的打算，基本上对成都解围，将武装力量转往各州县，于是在成都周围出现了短暂的相持局面，成都封闭的城门也在白天打开，城内罢市已久的商店也逐渐开店营业。但是，此时的成都无论城内城外都已经进入了战时状态，平时的行政管理模式已经不可能继续维持，所以布政使尹良特地新设了一个"筹防处"，按战时体制将"应办一切防务事宜，统以该处为汇归之所"，颁发了《筹防处稽查街道总章》、《筹防处巡查街道细则》，宣布"从此时后暂时一体戒严"，"特颁布暂时戒严命令"数十条。这也是成都历史上第一次，也是唯一一次正式宣布全城"戒严"。

此时同志军所以会对成都解围，还有一个重要因素，就是不能将同志军久滞兵城下，否则很有可能被清军的主力在成都城下进行反包围。这是因为赵尔丰长期担任川滇边务大臣，在经营川边时曾经在川边地区建立了一支战斗力很强的军队，这支军队也是当时最忠于赵尔丰的军队，其统帅傅华封是被赵尔丰从古蔺县民团团总一手提拔出来的，此时已被任命为官居二品的护理川滇边务大臣，是赵尔丰的忠实奴才。如果这支军队从川边的藏区杀向成都地区，将是对同志军最严重的威胁。所以，必须要在这支军队进入成都平原之前将其截住，否则后果不堪设想。而这支军队要到达成都的必经之路是荥经、雅州、新津，所以同志军必须扼守这几个重要的军事要道，必须在这几处布防。

对于这一点，赵尔丰心中当然更加清楚。所以，当同志军开始围攻成都之时，他就命令傅华封调集打箭炉（今康定）、泸定、宁远（今西昌）等地的军队开赴成都救援。傅华封得到命令之后，立即调集了包括边军、新军、巡防军各部近一万人的军队于清溪（即今汉源，古称汉源县，清雍正年间改名清溪县，1914年才恢复旧名为汉源县）集结，准备翻越大相岭，经荥经到雅州（今雅安），再与驻于雅州的清军（当时也属傅华封的部下）会合，向成都进发。

大相岭，又名大关山，位于今荥经县与汉源县之间，是青衣江与大渡河的分水岭，今天的108国道从雅安去西昌必须翻越的泥巴山，就是翻越大相岭时最主要的垭口。1911年的秋天，大相岭成为四川清军和同志军生死搏斗的最重要的战场。

▲大相岭战场旧址　四川博物院提供

　　9月10日，也就是"成都血案"之后第三天，荥经县同志军就在李永忠率领下起义，并将全县武装编为"荥字营"，下分五哨。李永忠对当地的军事形势、对傅华封的动作十分清楚，所以他特地去雅州请罗子舟主持大相岭上的防务。

　　罗子舟（1875—1949年），又名罗梓洲，雅州袍哥首领，自幼习武，是川西地区著名的武林高手。孙中山先生对四川袍哥界的主要联络人佘英曾经专门与他进行过联系，劝他参加同盟会的反清革命活动。他还应秦载赓之邀参加了8月4日著名的资中罗泉井会议，回雅州之后就积极筹划武装起义。"成都血案"之后第二天，他就率先在雅州起义，同时通知雅州附近各县同志会与袍哥首领一道起义。

9月13日，天全、芦山、荥经、邛州等地同志军云集雅州，共推罗子舟为"川南同志军水陆全军统领"，发布告示，号召各界群众"撞自由钟，竖自由旗"。9月20日，罗子舟与李永忠率领数县同志军攻下了荥经县城之后，立即在大相岭上的大关、鹅项岭、晒垫坪、黑荡子、达麻岗、九把锁、泥巴山、道塘头、干竹山、银厂河、磨子沟、黄沙河等要隘利用有利地形布防，"民之富者输财，贫者执械"。傅华封部"统领马守成率队二千余人，屡次冲突，均不得渡大关一步"。这一阻击战一直延续到10月29日，打得非常激烈而艰苦，但是同志军占据有利地形，始终未能让傅华封部越过大相岭，达到了让傅华封"四十余日无一兵弁援省以助赵督之虐焰"的战略目的。后人曾经这样记述与评价："傅军为赵督劲卫，奉命驰援。设无罗阻，抵省翼赵，未必遽交政权。事后论功，罗授标长。至讨傅之师，总额逾万，人民箪食壶浆，士卒秋毫无犯，父老至今犹谈为素所罕见。"

从川边进到成都的最重要的战略要地是雅州，此时驻雅州的清军还有两千多人，而且装备精良。为了打好大相岭阻击战，也为了驻雅州的两千多清军不致向成都开进，罗子舟在布置大相岭阻击战的同时，又率同志军围攻雅州一个多月，同志军牺牲多达两千多人，包括罗子舟的亲弟弟在内。

虽然大相岭阻击战在10月29日因为出了敌人的内应（雅安原来的巡防军数十人在雅安独立时表示愿意起义编入同志军，后来就随军一道到大相岭参加阻击战，此时反水为敌人内应，杀害了同志军的前线统帅谭载阳）而最后以撤走而结束，虽然雅州城也一直未能攻下，罗子舟此后也率兵转往川南。但是此时的成都形势已经大变，正是罗子舟率领的同志军所进行的大相岭阻击战和雅安围城，使得赵尔丰的主力部队未能进入成都地区，使得由同志军控制的成都地区的革命形势得以保持与延续。就连赵尔丰自己都说："由新津以西，直至清溪、荥经，地为匪据，前调边军阻于雅州，关外文报月余不通，闻土司地方，匪有连结之说"。所以，在辛亥年保路同志军的所有战斗中，罗子舟率领的同志军理应位列首功。

在从川边通向成都的最后一个军事要地，是被称为"五津渡口"的成都西南门户新津。

新津是川南保路同志会会长侯宝斋的家乡，侯宝斋参加了由同盟会与袍哥共同召开的新津会议与罗泉井会议之后，就一直在准备武装起义。所以，"成都血案"发生的当天他就得到了消息，当即发檄四方，宣布起义。第二天清晨，他就率领同志军向成都开进，当天下午，虽然大雨如注，但是他指挥已经与双流的同志军汇聚为一路的队伍在红牌楼与清军开战，然后与各路同志军围攻成都。围攻成都不下，各县同志军纷纷转回本县，侯宝斋也于9月24日回师新津，与邛州反正的新军周鸿勋部会合，经过一番激战，将驻守新津的清军全部消灭，攻占了新津城，生擒新津县知事彭锡圭，释放了狱中的全部囚犯。此时，侯宝斋宣布接管新津县政事，周围各地同志军也会聚新津，"不十数日，号称十万"。大家公推侯宝斋为"川南全军统领"，周鸿勋为副统领，"营屯四接，旌旗相望，大有震撼全蜀之势"，而且"严巡逻，禁劫掠，商民安堵"。"其首人令于众曰：'只准抢枪炮，有敢抢商民财物者，以军法治之，各殷富自应助银以充军饷也。'商民以是颇相安，只严城守。"

当赵尔丰稍微缓过一口气来之后，就决定攻打新津，保住这个战略要地。他命令成都地区最精锐的部队新军十七镇统制朱庆澜亲率陆军、马队、炮队为左路，命令四川的最高军事长官提督田振邦亲率巡防军为右路，从10月3日开始向新津进攻。同志军据守岷江河西，清军兵集河东。为了防止清军渡河，侯宝斋派人急赴灌县，请灌县同志军协助，将都江堰水尽可能多地分水入外江，使新津城下江水上涨，给清军渡河造成极大困难。清军架设浮桥，同志军乘船装载火药从上游而下，直冲浮桥并将其炸毁。双方恶战十几天，连赵尔丰也惊呼"甚为棘手"，不得不承认新津同志军"布置周密，确有畅晓军事之人"。可是，同志军没有火炮，武器弹药均缺，打了十来天之后，粮未绝而弹已尽，战斗力愈来愈弱，而清军凭着火炮的优势先是抢渡成功，然后在焚烧了城外民房之后又用"开花炮弹"轰开城门，同志军不得不在10月13日弃城转移。侯宝斋在转移途中于10月18日夜间被赵尔丰收买的杨虎臣、祝定邦两个叛徒杀害。

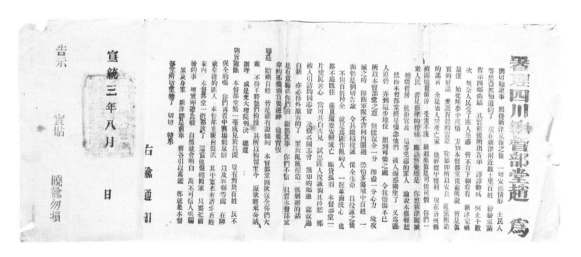

▲署理四川总督部堂赵布告　四川博物院藏

　　纸质石印，长25.0厘米，宽65.5厘米；文字从右至左竖式排列。布告最右边有"署理四川总督部堂赵为"字样。布告末尾落有日期：宣统三年八月。此布告为赵尔丰在新津保卫战之后所发，其目的在于嫁祸保路同志军，替自己的罪行辩解，劝导百姓不要相信保路同志军。

周鸿勋则在征途之中加入了同盟会，"正式从事革命"。他率军转移到名山休整，自称"中华国民军武字营统领"，更换旗帜，在大黄旗上大书"中华国民军"五字，在两旁写着同盟会的纲领"驱除鞑虏，恢复中华，创立民国，平均地权"。他在五通桥发布的《中华国民军邀集革命同人启》中写道："中原沦尽，起舞岂待鸡鸣？汉族云亡，翻身实惟排满。……众志成城，谁敢扣华人之马？共和创政，平等分疆，直捣黄龙城，痛饮自由酒一盅。"他还在进军犍为途中写下了这样的诗句："一呼国民万军起，川南川东肩相比。我本无能第一人，惶惶四顾无知己。除去奸贪不敢休，挥旗动鼓人人喜。子弟英雄聚合来，振臂向前拼一死。"遗憾的是，正当他已经有了数千名武器装备愈来愈好的部队的时刻，在自贡因盐商加害而死于入川的滇军之手，时年28岁，他是四川辛亥革命时期从原来清军军官参加起义的革命志士的优秀代表。

限于篇幅，本书没有详细介绍全川各州县同志军起义与战斗的更多情况，这里只将《四川保路运动史料汇纂》一书所列出的《四川各地起义保路同志军表》（此表中对各州县保路同志军起义与战斗情况均有记载，如果要了解各州县的有关情况，可从中查证）开列如下：华阳、双流、温江、郫县、灌县、彭山、崇宁、汉州、绵竹、松潘、懋功、崇庆、邛州、大邑、新津、眉山、青神、仁寿、简州、资州、井研、内江、荣县、威远、富顺、嘉定、乐山、犍为、宜宾、西昌、雅安、荥经、名山、汉源、夹江、屏山、雷波、合江、筠连、黔江、大竹、广安、垫江、渠县、达县、南充、长寿、涪州、酉阳、万源、开江、大足、隆昌、荣昌、合川、巴中、南江、中江、三台、剑阁、江油、新都（按，此表中的州县地名古今区别不严，又将嘉定与乐山并列，也不准确，这里均按原表抄录，未作统一，只改正了几处明显的排印错误。又，此表中列入了贵州的仁怀，这里未抄录）。

在全省各州县同志军起义与战斗的过程中，出现了若干可歌可泣的、如今已罕为人知的英雄事迹与英雄人物，值得我们蜀中后辈永远怀念与敬仰。这里仅举《蜀中先烈备征录》一书中所记载的一位：

"陈孔伯，井研人。丙午年由熊克武介绍入同盟会。连年历游西藏、印度、安南，转经粤、湘、鄂、豫诸省及蜀中叙、泸、嘉、渝各地，秘密运动革命。

"辛亥争路军兴，君由井研集乡军数百，兼程赴成都。至籍田铺时，各属民军屯集者十余万人，推秦载赓为正统领，王天杰副之。君领军一标，并任参谋，躬冒子弹，转战二十余次，清军解围去。众主收复州县以杀其势，君为前锋，入井研暂主民政，后秦、王收复威远。

"时端方据资州，拟攻荣、威民军。威人恐惧，秦、王以孔伯宏略有识，拔为威远民政长，兼全军司令，时东南重镇俨在威远。孔伯昼理民事，夕赞军机，寝食不惶。会秦、王取贡井，后为奸细所陷，败绩。君主拔全军直捣两厂（按，两厂指当时未建市的自流井与贡井），弹药不继，君大呼拼命，冒刃争先，为清军所执。清管带服其勇，诱以降。孔伯厉声骂曰：'我威远民政官也，汝辈不急反正降我，反令我降耶？'敌左右怒，诘之曰：'书生不怕死耶？'孔伯连声答曰：'不怕！不怕！'左右复曰：'既不怕死，当怕痛楚？'孔伯更大声连呼曰：'不怕！不怕！不怕！'目眦尽裂。管带遂令左右以煤油浇其周身，纵火焚烧之，面目四肢为之焦灼，至死不闻一呻吟声。

"呜呼，烈已！年三十岁。时九月二十四日，死难于贡井之马鞍山。父母皆五旬余，妻孀守，无子，贫无以自存。"

▲陈孔伯　四川博物院藏

此照片为黑白头像，陈孔伯着中式服装，有相框。长39.5厘米，宽18.0厘米。

荣县独立

　　四川各地的同志军纷纷起义，不少州县事实上是由同志军接管了政权，有的州县的清政府地方官还被同志军扣押甚至处死，如上面提到的，侯宝斋在新津就扣押了知县彭锡圭，而周鸿勋则在邛州处死了知州文德龙。可是，一方面是由于军务倥偬，更重要的是没有建立革命政权的思想准备，所以这些州县都没有建立新生的地方政权。侯宝斋在新津是自行"署理县事"，就是代行清政府知县的职权。而周鸿勋在邛州则是让袍哥各公口共组一个总局，并推何岐山为首，让他以袍哥总舵把子的身份来"代行民政"。

　　就在这纷乱的时刻，四川第一个，也是全中国第一个，在推翻了清政府的地方政权之后正式建立的一个真正的革命新政权诞生了，这就是荣县。

　　荣县是同盟会元老吴玉章的家乡，长期以来受吴玉章的革命思想的影响很深。我们在上面多次提到过的龙鸣剑也是荣县人，他不仅追随吴玉章去日本留学，而且一道参加了同盟会，吴玉章曾经夸奖他是"革命党极有力干部之一"。"成都血案"发生当夜，他与战友在锦江中投放了"水电报"之后，为了以暴力手段向赵尔丰报仇雪恨，立即"回到他的家乡荣县龙潭场，率其平素所训练的数百健儿作真正的武装革命斗争"。这时，与他合作的另一位同盟会员是王天杰。

　　王天杰（1888—1913年）出身于荣县一个富有之家，自幼豪侠仗义，谋略过人，在乡里颇有声望。1906年他就经熊克武介绍而加入了同盟会，此后一直在四川各地从事革命活动。1911年，他有意出任了荣县民团训练所督办，暗中积极筹划反清的武装起义。这年8月，他参加了资中的罗泉井会议，与龙鸣剑等人一道对武装起义进行了更进

▲王天杰　四川博物院提供

一步的研究。当保路同志会在成都开始罢市罢课的时候，他立即于8月27日在荣县发动罢市罢课，抗税抗捐，并以民团训练所的学员为骨干，组织起一千多人的武装在荣县五保镇起义。他还当众宣布，要以家产充当军饷，誓死保路。所以当龙鸣剑一回到荣县，将成都形势告知以后，早有准备的王天杰马上发出鸡毛文书，要求各场镇立即组织同志军，自带武器钱粮到荣县双古场集中。一夜之间，荣县48个乡镇的同志军汇聚于双古场，人数高达五千多人。训练3天之后，队伍就在龙鸣剑与王天杰率领之下向成都进发。同时"传檄近县，旬日之间，闻风而景从者达二万人"。

荣县同志军在华阳、仁寿一带与清军交战多次，攻占了仁寿县城，然后在籍田铺与另一支同志军秦载赓部会师，组建了东路民军总部，秦载赓被推为统领，王天杰为副统领，龙鸣剑为参谋长。周围各地的同志军如井研县的陈孔白部，威远的胡御阶部也与之会合。东路民军总部在中兴场、中和场、煎茶溪等地与清军作战十几天，大小战斗20多次，可是他们同样遇到了弹药无济的难题而兵败于秦皇寺，只得退兵，并分兵几路向各地转移。令人十分悲痛的是，这支同志军分兵之后，三位领兵英雄中，全川同志军中最早起兵的秦载赓因只身前往井研查办并不推行新政的所谓新政权，于11月9日被"志在保路，反对推翻满清"的邓大兴杀害，时年36岁。投放"水电报"的龙鸣剑于11月26日因积劳成疾而病故。

秦载赓是保路风潮之中涌现出来的传奇式人物，他自幼"以侠义

▲《哭秦载赓》诗　四川博物院提供
该诗选自龙鸣剑的《雪眉诗集》。

名，四方豪杰争归之"，18岁就被推举为华阳县民团总团团长（当时的华阳县包括今天成都主城区的一半），他是同志军武装起义中最早的一个举旗人，他将原本富有的家产全部卖光用作起义军的军饷，他率领的同志军"所过秋毫无犯，不愧义师"，先后从清军手中收复过30多个州县，"识者咸谓烈士为天然革命家"。

东路民军总部的同志军分兵之后，王天杰率军回到家乡荣县，而此时吴玉章正在荣县组织群众，训练民团，清政府的知县与县中劣绅都已外逃。王天杰与吴玉章会合后，吴玉章认为荣县宣布独立，建立新政权的时机已经成熟，应当正式推翻清政府的县政权，建立自己的新政权。这一意见得到了王天杰的支持。9月25日，吴玉章与王天杰召开大会，由吴玉章宣布荣县独立（按：关于荣县独立的时间，不同资料有不同的记载，这里是根据吴玉章的回忆录确定的）。独立之后的新政权任命广安籍的同盟会员蒲洵为新的荣县知事（所以任命蒲洵，是因为吴玉章考虑到本县人应当回避在本县作父母官），在全县"逐清吏，别署同志，一新政令"。

荣县是辛亥革命浪潮中全国第一个正式宣布独立、第一个由同盟会员建立的新的共和政权，时间比武昌起义早了半个月，所以被称为"首义实先天下"。更重要的是，在那各方力量此伏彼起、各种斗争极为尖锐的情况下，荣县的新政权一直坚持了下去，而且有很好的政声。

荣县独立的领导者王天杰在四川军政府成立之后，遣散了民军，拒绝了所有的官职，在家中认真读书，准备再赴欧美考察。1913年，反对袁世凯的"二次革命"军兴，在熊克武、杨庶堪等革命党人的号召下，他重举义旗，领兵反袁，在永川城下被害，年仅25岁。

▲王天杰墓碑及墓碑碑楣拓片　四川博物院提供

　　纸质拓片，长32.0厘米，宽32.3厘米。文字从右至左竖式排列。拓的是王天杰墓碑碑楣上的"铭德扬休"四字，文字为金文。

在荣县独立之前，四川很多州县都已经由同志军所控制。荣县独立这件大事对全川各州县的独立浪潮是一个有力的推动。此后不久，武昌起义爆发，消息传来，对四川各州县的独立浪潮更是一个巨大的推动。正如赵尔丰自己所说："川南未平，鄂变继起，而川事因之益形危急。"于是四川很多州县纷纷宣布独立，不再如以前的一些州县那样只是由同志军任命一个新的县知事，实际上仍然承袭着过去的旧政权。标志着完全推翻了清王朝的皇权统治，建立了一个在同盟会领导之下的新的共和政权。可以说，在这段时期是蜀中处处同志军，蜀中处处新政权。除了重庆与成都两大城市之外，在各州县重要的还有：

屏山于10月下旬由邓树北等领导起义，宣布独立。

威远于11月1日由胡御阶等领导宣布独立。在其影响之下，井研、仁寿相继"反正"。

黔江于11月13日由在年初起义失败时牺牲的同盟会员王克明之妻发动起义，成立了军政府。

长寿于11月18日由廖树勋等领导起义，宣布"共和"，成立"军政府"。

江津于11月20日由冉君谷等领导起义，成立了"军政分府"。

广安于11月21日由曾省斋等率领的起义军攻下，召开了"全民代表大会"，成立"大汉蜀北军政府"，以曾省斋为都督，张观风为副都督。在此之前，曾省斋等于10月27日在垫江的小沙河组织武装起义，然后在已经率同志军攻下了大竹和邻水的李绍伊的支援下攻下了垫江、渠县、邻水、岳池诸地。

涪陵于11月22日由高亚衡等领导起义，宣布独立，设军政府。在其影响之下，丰都、忠县、彭水相继"反正"。

南川于11月22日由熊兆飞等领导起义，宣布独立，设军政府。

合江于11月22日由王颛书等领导起义，宣布独立。

万县于11月25日由熊晔等策动巡防营起义，成立"下川东蜀军政府"，在其影响之下，夔州（今奉节）、巫山、云阳相继宣布独立。

泸州于11月26日由杨兆蓉等率领起义，宣布独立，成立川南军政府。

内江于11月26日由吴玉章等率领起义，宣布独立，成立内江军政府。

东乡（今宣汉）于11月30日由王维舟等率领起义，宣布独立，成立军政府。然后与李绍伊的同志军合军围攻绥定（今达州）十余天，清军乞降，同志军入城，宣布绥定独立。

綦江于11月底由池汝骞等率领起义，宣布独立，成立綦江县军政府。

自贡（此时尚未建市，由富顺、荣县两县分管，一般都称为富荣盐场，但是在1911年已经建立了自贡地方议事会）于11月30日由周鸿勋率领的同志军攻占，宣布独立。

大足于12月20日由当年余栋臣起义时的大将张桂山率军攻占，次日宣布独立。不过，张桂山并没有接受同盟会的领导，甚至没有与其他袍哥势力联合，没有打出同志军的旗号，他在攻入富顺以后是自称"东亚义字全军水陆大统领兼富顺县军政府都督"，很快就以兵败告终。

在席卷全川的武装起义浪潮中，可谓是群雄并起，所有的反清力量都在显示自己的力量。在这些力量中，也有一些力量虽然也是坚决反清，一直与清军作战，甚至与同志军紧密配合，与同盟会互为声援，可是他们一直不重视新政权的建立，只作战而不理民政，有如古代社会中流动作战的农民起义军一般，最后只能是失败的结局。这其中最典型的是李绍伊。

李绍伊（1856—1912年）是大竹县大寨坪袍哥公口孝义会的首领。在清末社会矛盾十分尖锐复杂的环境中，他一心反清，宣布孝义会的宗旨是"兴汉排满，反对贪官污吏、土豪劣绅、苛捐杂税，互相救难扶危"，所以深得人民群众拥护，孝义会在大竹各乡镇与附近各县都有分会。1906年，他在回乡的同盟会员的宣传之下参加了同盟会，为同盟会员的活动提供了一些支持。1911年9月，各地同志军兴，他也在大寨坪宣布起义，自称同志军"川东北都督"。但是他不愿意在家乡与清军作战，而是率领队伍攻打垫江、岳池、邻水、广安、达县、东乡（今宣汉）、新宁（今开江）、梁山（今梁平）、巴中、通江、南江等十余县。"渠江流域诸州县尽入其势力范围"，"各县均自行推举官吏，宣布脱离清政府独立"。可是，他"用兵只以驱逐清吏，其他皆任人自为，故当日声势称极盛，实无统系法度可言"，最后仍然回到大寨坪当草莽英雄，连新成立的四川军政府的调遣也不接受。1912年9月，被重庆镇抚总长胡景伊派兵拘捕枪杀。如李绍伊这样的身处新旧时代变革却因"知识稍旧"而跟不上时代步伐、仰天饮恨甚至牺牲性命的草莽英雄在那个时代不在少数，只攻打巴中一战，李绍伊的农民军就牺牲了两千多人。

虽然是全川大乱，战火纷飞，但是就在这种乱局之中，一位叫程昌齐的清朝官员在记述他每日见闻的《静观斋日记》中却还说过这样的话："愈集愈众，有一时难解之势。但各处起事，尚无抢劫奸淫等事，颇有纪律，虽聚众月余，未闻有骚扰于民之事"。与此同时，成都将军玉昆在给儿子的信中还这样说："新军虽有一镇之名，不仅人数不符，闻之纪律不严，伤亡甚多，加之本地招募，带械逃跑者亦不少，练兵可发一叹！防军数十营，更无纪律，到处抢掠财物，民怨沸腾。"对立双方的军纪如此，民心向背定然可知。

关于同志军的军纪，还有以下一份文献资料可证，这就是西路同志军统领孙泽沛所发布的《四川西路同志军统领孙告》："本军招集同志，原为争路保民。不日整队入省，请释蒲、罗先生。所有各处防军，彼此均系川人，决不抗拒官府，只是保路保民。所过秋毫无犯，并不筹款一分，若有在外滋事，准其扭送来营。倘敢藉事故犯，军法决不容情。特此布告周知，父老昆弟勿惊。"

在那急风暴雨的年代，留下了不少的文学作品，如实地描绘了四川全境的形势例如《丹棱县志》所载的齐肇璜写的这首《蜀中同志会纪事诗》：

"鱼凫疆域阵如云，弹雨枪林处处闻。一百数十余州县，羽檄交驰势若焚。君不闻，革命党，大江东北皆抢攘。又不见，同志军，全川西南戎马纷。民军整，防军散，散而遇整不敢战。防军少，民兵多，少不胜多奈若何。城外防兵多失利，城中陆军无斗志。锦城险作九里山，四面楚歌魂惊悸。"

此时的四川，同志军势如燎原烈火，清王朝已是日薄西山。

岑春煊与端方奉命入川

同志军在全川各地起义，四川成为了清王朝的统治秩序最早被打乱、最早陷入全面危机的省份。

困守孤城的赵尔丰不甘心就此束手就擒，朝不保夕的清王朝也不甘心西南半壁江山就此瓦解，他们都在千方百计地挽救危机，垂死挣扎。

由于同志军在四川几乎是州县皆有、无处不在，这就将四川的清军分散得七零八落，处处挨打，处处被动，使得赵尔丰"顾此失彼，势处两难"，故而哀叹，"惟人民终为'保路保川'一语所惑，到处皆助匪为虐，憨不畏死。兵有限而匪无穷，以此少数之兵，防剿不能兼顾，实难即时扑灭"。

更重要的是，赵尔丰所能够指挥的军队已经不多，这些军队的军心更是愈来愈倾向于同志军，有的军队甚至直接加入了同志军。

9月21日，重庆的法国天主教川东教区主教马克在一封信中说："总督过去拥有的五到九千的军队已失去一半，因为他们拒绝参加战斗，并退在一旁等待事变，他们确实没有军需物品。"

11月2日，还是这个马克，他在另一封信中说：四川的清军"都已参加打倒帝国政权。比如遣往叙府去的军队，协统带领，还带上机关枪，可是他们在泸州就反叛了，拒绝再前行。"

在此情况下，赵尔丰一直在请求朝廷派军入川。

就在"成都血案"的当天，赵尔丰就知道四川将"处处蜂起"甚至天下大乱，故而急电清廷的内阁，说"深恐处处蜂起，兵分力弱，实有应接不暇之势。川为西南屏障，如能饬调近畿得力军队数千人星夜来川，备资镇慑，大局幸甚"。这以后，他十多次上奏叫苦，反复说"兵力不足，死一人即少一人之用，难于充补。匪则前仆后起，遍地皆是"，请求朝廷"饬由近畿各镇酌拨得力军队迅速来川，以维大局"。朝廷让他在四川自行招兵补充，他只能如实回答："此次事变，两川人心均有独立思想，所以本省无兵可招。如不多派客军，速行镇定，事变且不可测"。据记载，赵尔丰也曾经努力招兵，其结果是只招了一群想吃军粮的乞丐，一时传为笑柄，以至当时有人写了这样的《竹枝词》："快枪被夺二千多，夺去开花更莫何。军队伤亡暗招补，乞儿病汉更搜罗。"

"成都血案"之后第三天，即9月9日，清廷就命令湖广总督瑞澂"就近遴派得力统将，酌带营队，迅即开拔赴川，暂归赵尔丰节制调遣"。为了尽快运送军队，瑞澂要求海军部安排长江中的兵舰从汉口开往重庆，可是海军部说无舰可派。

此时对派兵到成都进行镇压最积极的是与四川人民结下了深仇的盛宣怀。从9月8日开始，他与赵尔丰的电报不通（由于成都周围电线杆被砍，成都与外界的电报一时停发，几天后，才恢复了从资州与外界的电报往来），就以此为理由越过清代有关中央各部对各省事务的安排必须通过总督或巡抚的规定，直接给四川的川南道刘朝望、川东道朱有基、川北道吴佐、重庆知府钮传善等成都以外的四川主要地方官下达命令："赵总督十六后消息不通，恐命令不能出省。川东、川南、川北一带所扎防营，即仰该道迅速就近会商统领、管带，各抽调枪队数百人，星夜驰往成都弹压解散。如有匪党抗拒，相机剿办"。与此同时，他又要求瑞澂尽快用轮船运送鄂军入川，"只须千人，便可藉资镇慑，此外别无良法"。

可是，按当时的交通运输条件，无论是朝廷的命令，还是盛宣怀的催促，再着急也是无济于事的。因为瑞澂心中很清楚："鄂军赴川，自汉乘轮至宜昌后，须看有无入蜀轮船，临时定夺，即有轮亦不能一批齐进。计舟行至万县，由万陆行至重庆，最速向须二十余日左右，方可抵渝"。所以他告诉盛宣怀："鄂军入川，由宜而上，有轮亦只能抵万县。迨舍舟登陆而后，蜀道崎岖，有只容一人侧身而过者。无论如何，总属缓不济急"。

四川东边的鄂军"缓不济急"，四川北边的陕西也可以调兵，清廷也下令陆军部进行准备。但是由陕入川则全是山间小道，速度更慢，所以"所调陕西军队暂令在川陕交界扼要填扎"。

心急火燎的盛宣怀无可奈何，于是又转向于四川南边的云南、贵州。他在9月14日致电驻昆明的云贵总督李经羲和驻贵阳的贵州巡抚沈渝庆："成都城外乱民数万，沿途搜查。川北、川东兵不满千，无可调省。旨令鄂军赴援，莘帅（按，瑞澂字莘如）电须二十余日到。未知滇、黔近川之处有军队可调否？人不在多，只须得力统将带枪队千人驰往，即可镇慑解散。"李经羲和沈渝庆都表示理应调兵支援，但是困难重重。李经羲说滇军走到成都需要40天，还不如鄂军的20天快。只有沈渝庆从遵义调出1营巡防军，慢吞吞地开往重庆，但是希望入川后得到端方的指挥提调。端方命令黔军驻扎泸州，布置江防。清王朝还从湖南调了3营湘军，更是不知何时才能入川。真正能够有所指望的，只有3营鄂军，此时正乘长江之中的轮船上向上游行驶。

说来真是令人难以置信，一直到10月26日，武昌起义已经爆发多日，清廷还在给四川调兵，而且是从远天远地调来，即从广州调兵2营，并在广州新招募8营，在沈阳新招募5营。这天清廷给赵尔丰的上谕说："招募成军后即可开拔赴川。有此兵力，当敷衍调遣。"我没有见到有关的资料，不知道当时的步兵从广州或沈阳走到成都，要走到何年何月。而此时的赵尔丰还得分兵防止汉口的革命党人率军入川，还要派兵驻守川江上的夔门和万县，"严为防范"。所以，虽然当时有湖北、湖南、云南、贵州、广东、陕西"六省援军赴川"之说，但是对于赵尔丰来说，基本上都是充饥的画饼。以至他在这一时期给朝廷的上奏之中多数出现"各州县纷纷告警，军队又实难分拨，地广兵单，顾此失彼，势处两难"之类的大实话。

所以，从"成都血案"之后，虽然赵尔丰无数次请求朝廷派兵入川镇压保路同志军，虽然朝廷也无数次安排"六省援军赴川"镇压保路同志军，但是由于种种原因，实际上全是泡影，真正入川的队伍只有鄂军，而这支鄂军也没有与同志军真正交手作战。

清王朝当然不会对四川的遍地烽火置之不理，当然也想尽快地将这遍地烽火扑灭。清王朝所采取的最重要的措施，就是派岑春煊与端方二人入川，让他们二人分别扮演不同的角色，发挥不同的作用，一文一武，一抚一剿，白脸加红脸，胡萝卜加大棒。

端方早在1911年5月18日就被任命为督办粤汉、川汉铁路大臣，插手了川汉铁路的事务，此时又住在武昌，所以早在"成都血案"发生前两天，清廷就下令要他入川和赵尔丰一道平息保路运动的风潮。端方还未起程，"成都血案"事发，清廷又下令要他迅速带两队新军入川，和赵尔丰一道扑灭四川的革命烈火。端方的态度是以各种理由进行拖延，迟迟不肯动身，到了宜昌就不走了，理由是没有船。因为当时航行宜昌到重庆的轮船只有一条蜀通号，这时恰逢搁浅了。要入川的话，"其由宜（昌）至万（县）一节，只得雇民船，多用纤夫趱程前进"。其实他这是有意拖延。

端方为什么要拖延，这是司马昭之心路人皆知，他实在不愿意去接这个烫手的山芋，四川保路同志会的势力他是十分清楚的，四川的人心向背他更是十分清楚的。四川可调用的军队总共不到一万人，其中又有一半是不可信任的，在他所听到的信息中，有的说"全镇新军，只有三营可靠"，有的说"川省民变可忧，尚不知兵变更可忧，一切军械火药及制造枪炮厂一为乱党所据"。连在四川为官多年的赵尔丰都在叫苦连天，都在想法脱身，他带着一标鄂军入川完全就是杯水车薪，有什么用呢？所以，当对四川问题最为关切的盛宣怀几次催促他上路时，他在9月13日明确回答说："鄙人究系办路之人，川人不晓鄙意，误以为朝廷派鄙人前往，意主从严；季帅（按，指赵尔丰）不晓鄙意，误以为鄙人前往，将取而代之。两处各挟疑团，此事从何着手？"然后他以进为退，说"阁座未谅鄙意，仍责鄙人迅往，实属进退两难。惟有请公偕行，庶释川人疑虑。公如允行，大局之幸。公不肯行，鄙人惟有将真确为难情形奏请宸断，另简重臣，或即责季帅一手办理。虽获严谴，亦所不避。"端方这种言行简直是在抗命，而且是在抗钦差大臣的任命，这种情况在整个清代官场之中是极为罕见的。单从这一件事就可以得出结论：清王朝这架机器真是锈满齿轮破了，转不动了。

老奸巨猾的盛宣怀当然不会与端方"偕行"，他知道端方不可能入川卖命，他已经在请求朝廷"另简重臣"。9月15日，他给端方通报了一个重要的小道消息：朝廷已决定派岑春煊入川，"入川后岑任剿抚，公任路事，各不相碍"。

端方得此消息，更不愿意按上谕"另行设法，迅速前进"了。表面理由是"岑春煊曾官川督，与川人诚信相孚，必能树彰瘅之风声，驾轻车于熟路"，"川人慑其威信，必能立戢嚣张"。而他内心深处的想法，已经由9月25日《民立报》一篇文章和盘托出，他身为满洲贵族、一品大员，在赋闲之时为了重新出山"费去运动金数十万"，目的是两湖总督，可是只当了一个督办粤汉、川汉铁路大臣。如果积极入川，取代赵尔丰当四川总督当然不成问题，可是四川这个烂摊子又实在无法收拾。正在犹豫之时。"天外飞来一岑春煊，竟肯舍身当先，誓取成都，好端端一个四川总督，定被后者夺去"，"端方由是迁延"，当然是不难理解，甚至是昭然若揭了。

总之，不管清廷如何催促，端方还是迟迟不进，连瑞澂为他准备率领入川的鄂军第三十一标（新军是按镇、协、标、营的编制，标相当于后来的团）到达宜昌后，他也只安排一个营出发，留下两个营"候示陆续进发"。他这个钦差大臣所做的，只是在9月19日发出一份白话文的《告示》，让四川各府州县"刊刻多张，限三日内往各村庄市镇飞速张贴"。"成都血案"已经十多天了，全川各州县都在武装起义了，他在《告示》上说的那些"大家听着，各安各的生意，不得滋事，市也开了，课也上了，粮也完了，铁路也有指望了，朝廷好，本大臣亦好，四川百姓更好"的空话，在四川不可能发生任何反响，更不可能发生任何作用。

一直到9月30日，端方才经鹤峰、利川从山间小道的陆路进入四川，到达巫山的庙宇槽。他在四川受到了什么待遇呢？

10月3日的《时报》说："鄂省派往川中之三十二、二十九标等营，现已行抵川境，川人不肯卖米粮于鄂军，因请鄂中设法运送。其三十一标全标暂驻宜昌，粮到再发。"

就在端方到达夔州（今奉节）时，"夔关川民阻截我军前道"，"有乱党数千在夔关

▲《端方通饬刊发入川弹压"匪徒"告示电》　新津县档案馆提供

拦阻。及大军到夔，遂四散，一变而以和平手段，由乡老数百人，各执一香，跪伏道旁，泣求将鄂军撤回，并请改订借款合同，释放被拿议长，惩办枪毙绅民官弁，抚恤无辜被戕家属。"

10月13日，端方终于到达了重庆。到了之后就不再前行。成都将军玉昆在10月22日的家信中分析说："端午帅（按，端方字午桥，故称午帅）住重庆不来省者，不解何故？谅川事难办，无从入手，若问官场，而舆情不顺，决不了结。所以因循不来，静候岑帅入川。而岑不知何故，行止亦无准定。"

端方在重庆的日子并不好过，因为重庆人民不欢迎他。重庆一位传教士在当时的一份报告中说"端方的人在某种程度来说是靠不住的。端方待在重庆，一直到他被迫离开，因为人民对他及他的军队都起反感。""他像一个要淹死的人，想抓住任何一根稻草救命，其实他自己的生命也处于极大的危险中。"重庆海关的英籍税务司施特劳奇10月20日在给北京海关税务总督的报告中也说："端方阁下于本月13日到了此地，他是皇朝和钦差大臣双重头衔，也并不受人民的欢迎。""我相信政府的武力目前不足以对付起义，我怀疑政府能否运送大量的增援部队，因为现在各地都在爆发骚动。"这时候，武昌起义已经爆发，所以这位英国人又说："还有最大的恐惧，就是跟随端方阁下的湖北军人要是同他们在武昌的伙伴一样反叛，如果出现了这样的事，这才是一件大灾难。"

英国人施特劳奇的恐惧变成了现实，这种"大灾难"不久就在四川发生了。

端方在等岑春煊。岑春煊入川的速度比端方更慢，最后根本就没有入川。

岑春煊（1861——1933年），广西壮族人，云贵总督岑毓英之子，一生仕途顺利，1902年曾经出任四川总督（1906年还任命过一次，但是他未到任，被改授邮传部尚书），对四川情况十分熟悉。他先后在七个省担任总督、巡抚，政务严峻，与袁世凯、张之洞并称"清末三屠"。但是，他主张废科举，行新政，主张立宪，主张将粤汉铁路交与商办，在全国维新派人士中有很高的名声。

他此时的身份是"开缺两广总督"，就是说，他在1907年本来被任命为两广总督，这也是他第二次出任两广总督。可是因为他与朝中的庆亲王等人有矛盾，还遭受过被人伪造与梁启超的合影等诬陷，所以在得到任命以后，称病不赴，慈禧太后听说之后立即下旨，宣布"开缺"。"开缺"是清代官场用语，就是某位官员因故不能到职视事而取消其职务，但是又不任命新的职务，原来应当享受的级别待遇不变。所以岑春煊此时的身份就是"因故不能到职视事的两广总督"，已经在上海赋闲四年。

"成都血案"之后第四天，清廷官员中就有御史陈善同上奏朝廷，请求"将办理不善之大臣量予惩处"，而且

▲岑春煊　四川博物院提供

还指出派端方率鄂军入川的决定大有不妥，"此数营兵者岂四川全省之敌乎？适自蹈危地而已"。这以后，还有几位官员都上奏朝廷以为不妥，赵尔丰的哥哥、曾经任过四川总督而此时任东三省总督的赵尔巽还特地电告盛宣怀，建议要"另派人赴川镇压为宜"。

第一个建议派岑春煊入川平息事变的，是湖广总督瑞澄，积极响应的，是此时已经朝不保夕、忧心如焚的盛宣怀。他在"成都血案"之后第7天，即9月13日就回应赵尔巽，他认为端方不是最佳人选，他建议赵尔巽与瑞澄二人联名会奏朝廷，"请改派西林（按，即岑春煊，岑是广西西林人，故称）"，因为"其声威素著，或可闻风先解，其行亦必神速"。第二天，盛宣怀就致电岑春煊，指责端方"甫抵沙市，迟迟吾行"，并告知赵尔巽与瑞澄要保荐岑出马，他请求岑"公若闻命，万不可辞，公英锐，行必速，惟交通难，似可先发电报告示，晓以利害，劝谕解散，乱党怵公声威，当有不同。"

赵尔巽同意了盛宣怀的请求，9月15日上奏朝廷，朝廷以罕见的办事效率在当天就下了上谕："开缺两广总督岑春煊，威望素著，前任四川总督，熟悉该省情形。该督病势闻已就痊，著即前往四川，会同赵尔丰办理剿抚事宜。岑春煊向来勇于任事，不辞劳瘁，即著由上海乘轮，即刻起程，毋稍迟疑。"

派岑春煊入川"办理剿抚事宜"，是此时清王朝妄图迅速解决四川问题的最重要的一招，也可以说是唯一有点可行性的一招。这一招，其中有瑞澄、盛宣怀等人对端方的不满，认为"午（按，指端方，端方字午桥，故有此称）去不宜"，"午帅尚未到宜，弟等均以为不然"，也有赵尔巽想尽快让赵尔丰离开四川脱离险境的私心（赵尔巽曾经上奏朝廷，请求朝廷派赵尔丰去陕西"剿匪"）。但是，最重要的原因，是因为端方原来已经是督办川汉铁路大臣，早已插手路事，在四川人民心中早已丧失了话语权，而岑春煊既熟悉四川情况，又在四川人民心中有一定的好感，这一好感的来源就是岑当年在任四川总督时，严厉整肃吏治，曾经决定要一次弹劾300多名贪官与庸官，因为数量太大，经幕僚们反复劝说，最后仍然一次弹劾处理了40多名贪官与庸官，只用9个月的时间就革除了若干项官场弊端，故而得到了"官屠"的绰号。他在四川既有这种尚存余温的口碑，又有一贯的雷厉风行的作风，清王朝就只得把解决四川问题的希望寄托给他了。说到底，对于四川的全局性的武装起义，清王朝实在是无兵可派，就是有兵也来不了，真是到了"黔驴技穷"的地步了，只是寄希望于岑春煊的那点"威望"来"劝谕"以求"解散"了。正如当时的《民立报》所评："川事决裂，多归咎于赵尔丰之鲁莽误事。时论以岑春煊威望素著，且督川时与川人感情甚好，若令入川，必可解决川事"。

岑春煊同意入川，让那个对四川问题极度关切的盛宣怀欣喜若狂，就在朝廷上谕调任岑春煊的当天，盛宣怀就给岑春煊出谋划策：一是从上海入川应当如何安排交通，并自愿去向英国人和德国人借用"浅水小兵轮"；二是"公奉旨似即可撰简明告示，电饬夔、万、垫、涪、重庆、泸州、资州、简州、永宁、叙州、嘉定、雅州、宁远各电局，分送各衙门，印刷数万张，由地方官盖印，遍散各州县及自流井等处。川人怀公威信，或可大半先行解散"；三是说他还会向朝廷请求给岑加上钦差大臣的正式名义，并建议给岑配备一支军队，因为"从前感情，未必足恃"。

在宦海浮沉大半生的岑春煊是聪明的，四川已经有了一个焦头烂额的总督赵尔丰，宜昌还有一个即将入川的督办大臣端方要去"督办剿抚事宜"，如今再加上他去"会同办理剿抚事宜"，既是一国三公，一团混乱，又没有给他任命正式职务，名实不符，这种混乱真是到了其乱如麻的地步。端方都还没有入川，他为什么要入川！所以他这一时期并未打算入川，他只做了几件事：一是要求朝廷把他在广东时训练过的新军第二十五镇派出两个营，开赴宜昌，以备调用；二是在9月18日发出了一篇电文，交四川广为散发，因为他在1902年第一次督川时，为了安抚百姓，也是先发了一篇告蜀中父老书，曾经起了一些作用；三是为了尽可能减少冲突，制止赵尔丰等人乱杀，他通告四川各级官员，"自此电到后，地方人民苟非实行倡乱，不得妄加捕治。其因乱事拘拿在先者，苟其地业已安靖，应择情节较轻者量予保释，以省系累。即情节尤重，必不可原，只许暂行羁押，候春煊到后，再行判决，不得擅行杀戮。"

岑春煊发出的那篇电文，就是在四川近代史上颇有名气的《告蜀中父老子弟文》。事隔20年以后，郭沫若在谈到这篇文章时说："电文并不甚长，只有五六百字的光景，四川人把它当成'福音书'一样诵读。在日前我和几位朋友谈到这个问题时，都还有人能够把它全盘背诵出来。"据笔者所知，直到今天，一些蜀中前辈仍然能够背出其中的一些文句。老人们还记得它，不是说它的内容如何好，给四川解决了什么问题，而是说它的文笔不错，可以与四川古代的一些优秀散文比肩。

这篇文章是这样写的：

"春煊与吾蜀父老子弟别九年矣，未知父老子弟尚念及春煊与否？春煊则未尝一日忘吾父老子弟也！乃者，于此不幸之事，使春煊再与吾父老子弟相见，频年契阔之情，竟不胜其握手唏嘘之苦。引领西望，不知涕之何从？吾父老子弟试一思之，春煊此时方寸中当作何状耳？

"春煊衰病侵寻，久无用世之志。然念及蜀事糜烂，吾父老子弟正在颠连困苦之中，不能不投袂而起。是以一奉朝命，无暇再计，尅日治行，匍匐奔赴。第沪蜀相距六千里而遥，断非旦夕可至，邮电梗塞，传闻异辞。苟不为耳目之所闻见，何能遽加断决，则此旬月间，吾父老子弟所身受者，又当如何？此春煊所以寝不安席，食不甘味者也。

"今与父老子弟约：自得此电之日始，士农工商，各安其业，勿生疑虑。其一切未决之事，春煊一至，即当进吾父老子弟于庭，开诚布公，共筹所以维持挽救之策。父老子弟苟有不能自白于朝廷之苦衷，但属事理可行，无论如何难巨，皆当委曲上陈，必得当而后已。倘有已往冤抑，亦必力任申雪，不复有所瞻徇。

"父老子弟果幸听吾言，春煊必当为民请命，决不妄戮一人。朝廷爱民如子，断断无不得请。如其不然，祸变相寻，日以纷拿，是非黑白，何从辨别？春煊虽厚爱吾父老子弟，亦无术以处之。吾父老子弟其三思吾言，勿重取祸，以增益春煊之罪戾。即有一二顽梗不化之徒，仍复造端生事，不特王法所不容，当为吾父老子弟所共弃，宜屏弗与通，使不得施其煽惑之技，而春煊亦将执法以随其后矣。

"至蜀中地方官吏，已电嘱其极力劝导，勿许生事邀功，以重累吾父老子弟。

▲四川巡警道通饬转发岑春煊《告蜀中父老子弟文》札　新津县档案馆提供

"春煊生性拙直，言必由衷，苟有欺饰，神明殛之。吾父老子弟其幸听吾言乎？企予望之！春煊。有印。"

在那已经是战火纷飞的蜀中大地，一下子张贴出这样一篇空洞无物、虚情假意的妙文，真还是有点另类。这篇有名的文章当然不可能有任何的实际作用，同志军依旧起义作战，清军依旧疲于奔命。它只是告诉后人：写得再好的文章，如果于世无补，于民无用，永远只能是一篇写在纸上的文章。

岑春煊也不是完全没有作为，他是想"标本兼治，迎刃而解"。治标，就是用剿抚两手解决各州县的同志军起义，包括立即释放蒲殿俊等人；治本，就是"惟有将股本发还之一策，以示朝廷并无与民争利之心"，"总之，不短少路股一钱，不妄戮无辜一人，……此治本之尤不容缓者也"在他向朝廷提出这一方案的同时，他从上海到了武昌。

对于岑春煊提出的"将收回路股，均照十成现款发还"的方案，瑞澄与盛宣怀都不同意。于是，岑春煊于10月2日以"感受风热，触动咯血旧症"的理由，请求辞职。朝廷也不得不照准，"著赏假调理，暂缓赴川"。

就在此时，面对四川全省大乱的局势，在川人面前，在国人面前，一场有关四川军政最高长官的官场游戏展开了：

10月10日，武昌起义爆发。

10月14日，清廷任命刚辞职的岑春煊为四川总督，同时任命袁世凯为湖广总督。同一天还有另一道上谕："岑春煊现简授四川总督，所有该省军队暨各路援军均归该督节制调遣。"

10月15日，已经回到上海的岑春煊以"病益加剧"为由，表示辞谢，请求"另简贤员"。

10月16日，清廷不准岑春煊辞谢，要他"勉任其难，力顾大局"。

10月17日，岑春煊再次辞谢。

10月18日，清廷再次不准岑春煊辞谢，要他"体念时艰，振厉精神，迅速起程"。

10月19日，岑春煊第三次辞谢。

10月20日，清廷第三次不准岑春煊辞谢，要他"赶速调治，早日赴川"。

10月25日，岑春煊提出条件，如果要他接任四川总督，必须调高而谦、王鸿图、贺维翰三人作为随员，还要8营军队和充足的武器弹药。

10月29日，由于清廷无法满足岑春煊提出的条件（实际上清廷此时已是朝不保夕，根本不可能满足岑春煊提出的条件），岑春煊以无兵、无饷、无弹药的理由，第四次辞谢。

10月30日，清廷第四次不准岑春煊辞谢，要他"力疾就道，就近在山东、河南地方迅速招募军队"。

11月21日，岑春煊以"赤手空拳，远阻难达"，第五次辞谢。

12月4日，清廷第五次不准岑春煊辞谢，要他"设法取道入川，力图挽救"。

如同这样的五命五辞的官场游戏在我国历史上是极为罕见的。单从这一件事情上也可清楚地看出，清王朝要想镇压四川保路同志军的起义是绝对不可能的。事实上，此时的清王朝已经坍塌，距其彻底垮台也已经为时不远了。关于这一点，当事人岑春煊自己在日后的回忆中也说得很明白，他虽然被任命为四川总督，但是他"无寸土一卒以为凭借，独居租界，惟闻四方土崩瓦解，望风投顺。自来民心离散，疆宇丧失，殆从无如是之速者。盖祸机早伏，一触即发，民之离散久矣。"

就这样，清王朝所派出的两位"入川剿抚"的大臣均观望不前，未能"入川剿抚"。而在清王朝内部，为如何处理川事更是意见分歧，甚至矛盾尖锐。尤其是在赵尔丰、端方、岑春煊三人之间，其分歧与矛盾完全公开化，以致连赵尔巽也加入了进来，相互之间的来往电文有几十封之多。先是赵尔丰请求朝廷只让岑春煊入川而不让端方入川；然后赵尔丰又封锁岑春煊的《告蜀中父老子弟文》并阻止岑春煊入川；端方则表示有了岑春煊他就无须入川，要他入川就无须岑春煊入川；赵尔丰则上奏朝廷对端方进行参劾，说"端方诡谲反复"，"不顾国家利益，惟计一己安危，倒行逆施，莫此为甚"，请求岑春煊入川，而将端方论罪。而端方则早于赵尔丰就向朝廷参劾王人文和赵尔丰，认为他二人"身任封圻，既不能裁制于前，复不能弭乱于后，亦属咎无可辞"，连赵尔丰属下的周善培、田征葵等都应治罪。端方还认为，蒲殿俊等人是赵尔丰抓错了，应当立即释放。

总之，这三位负责"剿抚"的大臣，是一直在相互攻讦、拆台，甚至欲置对方于死地。

还有一件历史上难得一见的闹剧也在这一时期发生。10月14日，清王朝就已正式任命了岑春煊为四川总督，可是他一直请辞，而且人还在上海。与此同时，赵尔丰的署理四川总督职务当然也就被免，清廷的命令是让赵回到川滇边务大臣的原职上去。11月6日，清王朝又发出上谕，在岑春煊到任之前，由端方"暂行署理四川总督，赵尔丰毋庸署理"。可是此时端方也未到成都。也就是说，当清王朝在四川的统治垮台的时候，清王朝在四川的最高军政长官四川总督是在上海，代理的最高军政长官不在成都，而真正在成都主政的并不是四川的最高军政长官。

就在清王朝的官场闹剧不可收拾之时，保路同志军的烈火仍然在轰轰烈烈地燃烧。很快，重庆海关的英籍税务司施特劳奇所恐惧的"大灾难"终于发生了。

端方为了收买民心，向朝廷建议释放蒲殿俊等人，并惩处赵尔丰等人，得到了朝廷的批准。10月26日，清廷发出上谕，宣布释放蒲殿俊、罗纶、颜楷、邓孝可、江三乘、张澜等10人，法办田征葵、周善培、王梓、王揽等4人，"王人文、赵尔丰均著交内阁议处"

"王人文、赵尔丰均著交内阁议处"完全是走过场，事实上什么事也没有发生。蒲、罗等人也没有立即全部释放，只是分别释放了几个人。但是端方却在全省发布了以下的告示："蒲、罗九人释放，王、周四人参办，尔等哀命请求，天恩各如尔愿。良民各自回家，匪徒从速解散。非持枪刀抗拒，官军绝不剿办。"

在当时的那种局势之下，这份告示张贴得很少。可是，不知是以幽默感著称的四川人中的哪一位先生，提笔在一份告示上的每一句之后加了二字批语，这份加了批语的修订版告示立即流传开来：

"蒲、罗九人释放，未必！

"王、周四人参办，应该！

"尔等哀命请求，何曾？

"天恩各如尔愿，放屁！

"良民各自回家，做梦！

"匪徒从速解散，不能！

"非持枪刀抗拒，一定！

"官军绝不剿办，请来！"

端方以为用这样一点小手段就可以收买民心，就可以平息烽火，他错了，他不知道他自己已经死到临头了。

在朝廷的一再催促之下，端方不得不率领着鄂军三十一标、三十二标的部队约3000人（三十一标三营全部入川，共1340人，三十一标只有两营入川，二十九标还有一个营，准确人数不详）从重庆向成都开进。此时武昌起义爆发的消息早已传遍军中，而这支新军队伍中的同盟会员一直就在酝酿举行起义。

端方率军于11月18日到达资州（今资中），暂时停了下来。停下来的原因一来是因为此时周围各州县如"隆昌、荣昌、资州、资阳、简州、威远一带，俱为同志军所占据"，他已经陷入包围，必须要搞清楚成都城内多方面的具体情况，再决定是否进入成都；二来是因为军中无银发饷，军心不稳，不得不派人到成都城内借银，可是借了7天也没有结果。这不是成都无银可借，而是成都不能出借，因为此时的整个四川已经变天了，成都即将要宣布独立了。

端方已经不打算进入成都了，他没有任何信心与力量去"督办剿抚事宜"了。他想保命，此时还有一条可望保命的路可走，就是绕过成都，向北快逃，从川陕通道出川。不过，他就是想快逃保命也来不及了。

鄂军中的同盟会员不少。自从得到武昌起义的消息之后，就一直在酝酿举行起义。当他们行军路过内江时，四川同盟会负责人吴玉章正在内江，"遂得与军中同志密约，他们于资州杀端方，我即于内江起义"。所以当鄂军驻于资州时，鄂军中的同盟会员任永森、王志强等17人于11月21日"开会讨论，说武昌已经起义了，我辈随着端方入川，川省同志不明真相，恐起反抗。必须杀掉端方，响应武汉，以明心迹。"由于端方一直延期三次仍然无法给官兵们发饷，引起了官兵们的众怒，同盟会员利用了这一绝好的时机，于11月26日间召开了准备会议，于11月27日早晨将端方及其兄弟端锦二人押至端方的行馆天上宫（即福建会馆）。据《广益丛报》所载《端方被杀之详情》载：

"至天上宫，当门有木长凳一。方坐，其弟亦坐，神色沮丧，泣谓军士曰：'吾本汉人，陶姓，投旗才四世，今愿还汉何如？'众曰：'晚矣。'方又曰：'吾治军始湖南，而两江，而直隶，待汝弟兄不薄，今之入川，尤特加厚。'众曰：'诚然，然此私恩耳。今日之事，乃国仇，不得顾私恩。'三十二标军士、荆州人卢保清者，素骁健，挥刀直劈其颈，断其半，遂仆，更截之。其弟骤欲奔往，任永森拔指挥刀自后击之，应手头落。是日也，军中欢呼雷动，而资城人民安堵如恒云。"

▶《辛亥入川鄂军在资州起义始末记》
湖北省博物馆提供

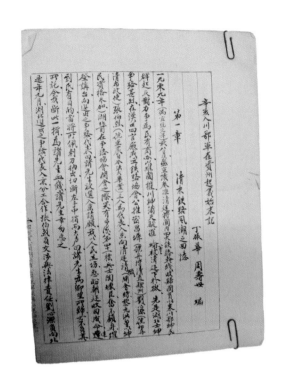

鄂军杀了端方之后，立即宣布起义，公推老同盟会员陈镇藩（有的史料写作蔡振藩）为"革命统制"，通电全国，响应武昌起义，全军开赴武汉。"川省军民夹道欢呼，人心大快"，"沿途商民输金助饷，挂灯结彩，欢迎欢送"。

在起义后的鄂军队伍中，士兵们提着两个铁盒子，里面用油浸泡着端方兄弟二人的头颅。这是起义者送给重庆的蜀军政府和武昌的军政府的礼物。

在清末的满族高官中，端方应当算是头脑开明、推行新政、有学有才的人，本书前面讲过，当时还是著名学者的郑孝胥就曾评说"端方有学有术"。虽然如此，端方仍然作了清王朝的殉葬品。他为清王朝殉葬之后，按当时的规矩被清王朝追赠太子太保，谥号"忠敏"。因为清王朝很快就垮台了，所以他是清王朝最后一个被赐谥的大臣。

端方该杀，单是当时人的记载中的如下一个理由他都该杀：他入川后，在兵荒马乱之中，"旌节所驻，地方官须日供燕窝席三四席、鱼翅席二十余席、海参席二百席，他如夫役骡马无论矣"。

就在端方被杀的前6天，大汉蜀北军政府在广安成立；

就在端方被杀的前5天，蜀军政府在重庆成立；

就在端方被杀的前5天，万县军政府成立；

就在端方被杀的前1天，泸州军政府成立；

就在端方被杀的这一天，大汉四川军政府在成都成立。

清王朝在四川的统治已经名副其实地完结了。

重庆军政府的成立

自从荣县独立以来，四川各州县的同志军在站稳脚跟之后，陆续宣布赶走或杀掉清王朝的州县官，建立新政权，甚至宣布独立的都不少。在推翻清王朝在四川的统治的整个过程中，最为重要的三个新政权是在广安成立的大汉蜀北军政府、在重庆成立的蜀军政府，和在成都成立的大汉四川军政府。这是因为，一来这三个新政权所控制的地区广大，影响巨大；二来都产生了"都督"、"副都督"。同盟会的《革命方略》中有过这样的明确规定："各处国民军，每军立一都督，以起义之首领任之。"这也就是辛亥革命中各地建立的新政权的首领一个个都称为都督的原因。

我们在前面曾经介绍过，川北的大竹县出了一位以"兴汉排满，反对贪官污吏、土豪劣绅、苛捐杂税，互相救难扶危"的袍哥首领李绍伊，他还参加了同盟会，他所率领的同志军曾经横扫川北十余县，"渠江流域诸州县尽入其势力范围"，"各县均自行推举官吏，宣布脱离清政府独立"。在这样的基础之上，同盟会在川北地区的负责人曾省斋一度与李绍伊合兵行动，攻占了垫江、渠县、邻水、岳池、蓬溪、射洪、营山等地，11月21日攻下了川北重镇广安。考虑到广安的革命力量比较强大、群众基础比较稳固（1909年同盟会就在广安发动过一次武装起义），根据同盟会在四川的部署安排，曾省斋在11月21日当天就在广安召开"全民代表大会"，宣布成立"大汉蜀北军政府"，以曾省斋为都督，张观风为副都督。军政府下设军政、参谋、财政、总务、文牍五部，是一个以同盟会员为主、同盟会与立宪派人士共同执政的政权。军政府成立以后，曾经出兵攻占了十几个州县，但是在攻打巴州（今巴中）时失利，在攻打顺庆（今南充）时曾省斋受重伤。曾省斋去重庆治疗以后，蜀北军政府内部的团结出了问题，故而没有得到较大的发展。

自从1890年的《烟台条约续增专条》将重庆开为通商口岸以来，英、法、日、美、德几国相继在重庆设立领事馆，日本在南岸王家沱取得了租界，帝国主义国家控制的重庆海关"租借"了打枪坝。1898年，英商立德乐带领利川号轮船第一次试航三峡成功，到达

▲四川军政府蜀北都督府印章　四川博物院藏

　　木质，印面正方体，印把长方体。印章长6.0厘米，宽6.0厘米，高7.5厘米。印面文字为篆书，从右至左竖式排列。印文为：中华民国军政府蜀北军都督之印。

重庆。从此以后，外国的军舰与商船大量涌入川江，外国的商品更是通过重庆大量进入四川。到辛亥革命爆发时，重庆已经有外国的洋行、公司、酒店等51家，单是英国就开办了工厂7家。与此同时，重庆的民族资本企业也发展到40多家。1911年，重庆海关进口1900万海关两，出口1000万海关两。所有这些，既使重庆的经济、文化得到了迅速的发展，又使得重庆的社会矛盾迅速加大。使得重庆成为了全四川社会矛盾最集中的城市，成为了全四川革命者最活跃的城市。

　　1895年，著名的维新派官员宋育仁回川主持四川商务与矿务，常驻重庆。他在重庆创办了四川第一份近代的报刊《渝报》，宣传改良主义的新思想。正是在《渝报》的启蒙与引导

▲1901年建立的重庆王家沱日本租界　四川博物院提供

▲1898年3月侵入川江的第一艘外国轮船"利川"号
　重庆中国三峡博物馆提供

之下，从重庆走出了邹容、杨庶堪等一批革命党人。

1904年，重庆总商会成立，在总商会中挂着以下的三副对联：

"商战有何奇哉，只期补塞漏卮共谋公益；会心不在远也，要识挽回大局各保利权。"

"登高一呼，直召唤四百兆同胞共兴商战；纵目环顾，好凭此数千年创局力挽利权。"

"古人忠愤，异代略同，借热情规划商情，要与前人分一席；天下兴亡，匹夫有责，望大家保全时局，莫教美利让诸邦。"

单从这三副对联就可以充分地看出，重庆的商人们反复强调的保利保权的"商战"，实际上已经是在与帝国主义者侵略者、与反动腐朽的清王朝的统治者进行斗争了。

▲20世纪初的重庆朝天门码头　四川博物院提供

从1908年到1909年，华商的江合公司与英商的华英公司之间爆发了从争夺石牛沟采矿权一直发展到收回整个江北厅采矿权的斗争。这个时候，全国各地已经纷纷起来保卫铁路路权，川汉铁路已经改归商办。在各方面力量的支持下，华英公司自知"舌战笔鏖，俱难优胜，约文以理，无可引援"，继续经营又无利可图，不得不与江合公司于1909年7月6日签订了《江北厅矿权收回合同》，让江合公司以22万两白银的价格收回了在1904年被华英公司夺取的江北厅的50年的矿山开采权和铁路修筑权。这一斗争，大大地鼓舞了全川人民破约保路运动的信心，是1911年四川保路同志会高潮的预演。这一胜利，是重庆民众在与外国势力的斗争中日益成熟的标志。

1901年，有几个重庆的年轻人去日本留学，这其中既有四川第一批官费留学生胡景伊等，也有自费留学生邹容。从此后，留学日本的重庆青年愈来愈多，以邹容为代表的革命青年也愈来愈多。在邹容的《革命军》的激励与引导下，不少重庆的革命青年开始了有组织的革命活动。

杨庶堪（1881—1942年）是邹容的同学，在邹容赴日留学时曾经在行动上与经济上给予帮助。他虽然是当时名满重庆的青年才俊，曾经考取过重庆府试的第一名，但是他厌弃旧学，不愿再走科举仕途，而是致力学习西学。只是因为他父母皆老而又无兄弟姐妹，不能远行，他自己才没有去日本留学。1903年，首批赴日本留学的学生陆续归来，杨庶堪经常约他们讨论世界大势，交流学习心得，探索革命道路。就在这年，由杨庶堪与梅际郇二人首倡，

▲杨庶堪　四川博物院提供

杨庶堪田黄印　四川博物院藏
　　此枚印章是齐白石先生20世纪20年代中后期在北京为杨庶堪（鄙斋）篆刻的。所用印材为寿山石中最名贵品种"田黄"。印纽造型为一雄狮。印面长宽各3.5厘米，通高9.5厘米，篆书白（阴）文"杨庶堪印"（右）。印章边款有两条，一条为"苍白先生法正　喻厂"（左）；另外一条为"鄙斋先生正刊　齐璜"（中）。

联合一批革命青年，成立了重庆第一个，也是全川第一个知识青年的革命团体——公强会，决心"寻求富国强兵之道为标志，以启迪民智为作用"，"树立革命思想"，"倡言革命"。日后在辛亥革命中的一些重要人物如朱之洪、童宪章、朱蕴章等都是公强会的成员。

也是在1903年，杨庶堪、朱蕴章、吴骏英等通过广雅书局从上海采购报刊书籍，再从中辑录编写文章，在重庆编辑出版了《广益丛报》，用以传新知、树新风、立民气。《广益丛报》以后成了四川同盟会的机关报，持续办了9年，是四川近代各种报刊中办报时间最长、社会影响最大的刊物，孙中山先生的很多革命思想、同盟会的很多革命主张、省外以至国外的很多重要新闻与重要文章，都是通过《广益丛报》在四川得以传播的。

1904年，著名的革命人士卞鼐又在重庆创办了四川历史上第一张日报《重庆日报》，大力宣传革命思想。《重庆日报》一直坚持到卞鼐1905年被清政府逮捕之时才被查封停办。

由于有了上述的这些基础，重庆的革命思想逐渐传播，革命青年日益增多，"渝中知己，沪上党人，音书往来，密图组织，势渐膨胀"，"不数月，革命事业大有一日千里之势"。1905年同盟会在日本东京成立时，重庆公强会成员童宪章、陈崇功等人就参加了同盟会，重庆人李肇甫还担任了同盟会执行局书记。与此同时，童宪章、陈崇功还代表身在重庆的杨庶堪、朱之洪、朱蕴章参加了同盟会。根据孙中山先生的指示，童宪章、陈

▲《广益丛报》 四川博物院提供

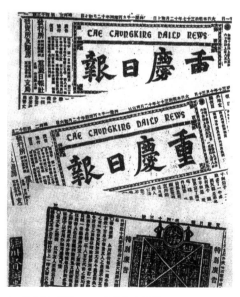

▲《重庆日报》 四川博物院提供

崇功携带同盟会的规章、公约、誓词等回到重庆，"征集革命党员"。杨庶堪等决定"首应盟约"，将公强会改组为同盟会重庆支部，时间在1906年初，这是在四川产生的第一个同盟会支部（同盟会成立时就在日本组建了四川分会，但是分会会长黄复生一直在日本学习制造炸弹的技术，没有回国，到了1906年才由林冰骨等回国在成都建立了同盟会四川分会）。从此以后，重庆就成为了川东地区同盟会进行革命活动的中心与指挥部，而杨庶堪也一直是最主要的负责人。1907年，同盟会谋划的成都起义失败，同盟会负责人谢奉琦被捕牺牲，党人杨维、黄方等被迫离开。从此以后，同盟会在全四川的领导中心转移到了重庆。由于同盟会员杨庶堪时在重庆府中学堂先任教员后任监督，朱蕴章时任巴县中学堂监督，杨霖时任川东师范学堂监督，朱之洪时任巴县女子中学堂监督，周国琛时任重庆体育学堂校长，所以同盟会几乎完全控制了重庆所开办的新式学校，重庆府中学堂等学校更是重庆同盟会进行革命活动的根据地，一直是同盟会重庆支部机关的所在地。

当全川的保路风潮掀起之后，作为川东最大的城市，重庆当然也就是川东地区的中心，而且破约保路之心较之其他地区更切。这里有两个重要原因，一是因为重庆是川汉铁路的中点，与铁路的关系特别重要，这一点无须解释。二来是重庆的"租股"要比其他地区高，重庆人民所付出的股银要比其他地区多，这一点必须要加以说明。

我们在前面介绍过，商办的川汉铁路的主要股本是"租股"。按川汉铁路有关章程的规定，"租股"是收租在10石以上的"业田之家""按当年实收之数百分抽三"。但是，由于要去核查千家万户当年收租的"实收之数"实际上是没有可行性的，所以各州县都是用了一个最简便可行的办法，就是不按租谷多少，而按每年上交的田赋（当时叫地丁银，也叫条粮）的多少来交纳银钱。地丁银的起征点在各州县并不一致，最高的比如彭山县是白银二钱五分，犍为县是二钱，温江县是一钱四分，而巴县（此时重庆还未建市，只有重庆府和府辖的巴县，今天的重庆市主城区及其近郊当时属于巴县，所以，如果单指城市所在地而言，清代的重庆和巴县实际上是一个地方）却是一分，比彭山县低了25倍，这样的结果必然就是巴县要抽取租股的户数和银两数都要大大高于其他各州县，所以连当时的总督衙门也说是全省"最大租股推巴县"。据统计，从1905年至1910年的6年中，巴县共征收租股23万多两。由于重庆是当时全省最大的商业城市，所以商股高于租股，达30万两。正是由于有这样的切肤之痛，所以当清政府宣布要将川汉铁路收归国有之后，重庆各阶层群众对于保路运动的热情极为高涨。

重庆的保路运动还有一个最大的特点，就是由于四川立宪派的代表人士集中在省城成都，四川咨议局设在省城成都，而四川同盟会的活动中心则在重庆，所以重庆的保路运动的领导权自始至终都在同盟会员手中。同盟会员的心中十分清楚，他们的目标是推翻清王朝的武装革命，但是他们必须尽最大努力掌握保路运动的领导权，通过保路运动来推动革命。杨庶堪就明白说过："此非根本革命，无以拯民，保路云云，要皆枝叶尔"。但是却必须"借争路为幌子，以激扬民气，而行排满革命之实"。

1911年6月28日，重庆在由同盟会员控制的铁路股东分会的基础上，成立了重庆保路同志协会，这是继成都之后在全省各道、府、州、县成立的第一个保路同志协会，会长就是同盟会的重庆支部的主要负责人之一朱之洪。

重庆保路同志协会成立之后，就派演说员分赴川东各州县进行宣传，发动群众，他们还特别地宣布，不论是不是川汉铁路的股东，都欢迎参加保路同志会。全省各地的保路同志会专门作出这种宣传和布置的，就只有重庆保路同志协会一个。很明显，这是同盟会为了最充分地发动与组织群众而特意采取的一种策略。

继重庆保路同志协会成立之后，川东各地的保路同志会分会纷纷成立：7月19日，荣昌；7月20日，永川；7月21日，大足；7月23日，铜梁；7月31日，江津。在7月26日，还成立了重庆女界保路同志协会。

1911年8月5日，十分重要的川汉铁路特别股东代表大会在成都召开，同盟会重庆支部特别派出朱之洪前往参加。朱临行时，杨庶堪对朱说得很清楚："君此去，蒲、罗均未足与谋"，"同盟会应趁此时机，转化保路运动为反满革命运动"。朱之洪到成都后，一方面在特别股东大会上多次慷慨陈词，"每数语，众则狂叫以应之"。另一方面，在会下，则与成都的同盟会员曹笃、龙鸣剑等商议如何组织革命的武装起义，"争路者，日与政府言法律，辨是非，政府终不悔悟，不如激扬民气，导以革命。"

当"成都血案"爆发之后，朱之洪立即赶回重庆，准备发动起义。

这个时候的重庆形势与成都不同，重庆的革命党人面对的不是困居在衙门之中不敢出门的赵尔丰，而是率领着鄂军正从湖北杀进来的端方，还有已经宣布即将入川的岑春煊。他们二人要入川，首先到达的当然就是重庆。

对于可能入川的岑春煊，重庆同盟会由朱之洪以巴县铁路股东会、巴县教育协会和商会代表的名义，上书岑春煊，回击了岑春煊在《告蜀中父老子弟文》中的虚情假意，明确宣布重庆人民将"仍以死争，永矢不变"。

对于真正带兵入川的端方，重庆同盟会则采取了完全不同的手段。

当端方到达夔州时，朱之洪和另一位同盟会员刘祖荫就以重庆保路同志协会代表的身份赶到夔州面见端方，向端方提出了三点要求：一是请伸川人冤抑，二是请罢入川军队，三是请释放蒲、罗等人。端方当然蛮横地加以拒绝。很明显，朱之洪是亲自到端方营中去摸底，以便确定同盟会下一步的策略。

在朱之洪与端方会面的同时，杨庶堪派同盟会员张颐（张颐在辛亥革命以后到美国、德国、英国留学，研究德国古典哲学，获得美国密执安大学和英国牛津大学两个博士学位，1924年回国执教于北京大学，被贺麟先生称为"中国大学里最早专门地、正规地讲授康德及黑格尔哲学的第一人"，他还在1937年出任过四川大学代理校长）到夔州、万县活动，一方面与袍哥进行联络，一方面与鄂军中的同盟会员进行联络。张颐与鄂军中的同盟会员田智亮接上了关系，知道为端方运送军火弹药的船只即将通过涪州，遂与同盟会员谢持联系准备在长寿劫船，可惜的是错过了时间而未能成功。

10月13日，端方到达重庆，驻于通远门的同业公会，所带鄂军主要散住在城郊。武昌起义的领导人孙武通过鄂军中的同盟会员与重庆的同盟会员联系，希望在重庆设法杀掉端方。杨庶堪等研究之后认为，如果在重庆杀端方，将有可能发生一场较大的战斗，考虑到重庆是一个较大的商业城市，还有不少的外国公司，打起仗来，不仅老百姓损失太大，还会引起外国军队的介入。"渝为商埠，若有扰乱，即惊外侨市廛，不利人民甚"。所以劝阻了鄂军的行动，而是与鄂军中的同盟会员田智亮约定，到了资州再杀端方。为此，重庆同盟会派了300人、运送了80枚炸弹和5000元经费到资州，以实际行动支援鄂军中的同盟会员杀端方的行动。当鄂军在资州杀了端方之后回师武昌经过重庆时，重庆同盟会员为鄂军举行了盛大的欢迎与欢送大会。

实际上，在杀端方之前5天，11月22日，重庆就已宣布独立。

由于有着长期的进行武装起义的精心准备，到11月份时，重庆的同盟会不仅控制了舆论，疏通了军队，自己还掌握了一定数量的武装，是全省各州县中同盟会掌握武装力量最多的城市。这些武装有：

重庆府中学堂是当时重庆规模最大的中学，长期都由杨庶堪担任监督（即校长），同盟会员张培爵等多人在校执教，所以一直是同盟会的大本营。学校以对学生进行军事训练为由，向前任巴县知县张铎要枪，张铎一次就拨给了200支快枪，同盟会就对学生进行了真正的军事训练，并一直掌握着这批快枪。

端方在重庆时，任命曾任广东巡警道的李湛阳为新巡防军统领，要李尽快招募训练出三营巡防军。杨庶堪与李的父亲、重庆首任总商会总理李耀庭不仅私交甚好，而且还有姻亲关系。通过这层关系，同盟会利用这次招募而特地组织人员大量参加，并有意地进行各种活动，从一开始就控制了这三营新组建的巡防军。

联络袍哥是同盟会组织武装力量的主要途径，重庆同盟会的刘祖荫本人就是重庆袍哥中有名的舵把子，朱之洪、朱必谦等与袍哥都有很深的关系。通过长期的工作，同盟会在袍哥中已经掌握了两支可供调动的武装力量。

▶重庆府中学堂旧址
　四川博物院提供

　　在新军中发展同盟会员是同盟会组织武装力量的重要途径。通过新军中原有的同盟会员的关系，和袍哥在新军中的关系，同盟会员杨霖和陈崇功成功地组织了袍哥大爷况春发、熊宅安等在新军中发展队伍，组织了一支有300多人的"义勇队"，愿意为同盟会的革命事业所用。

　　广州的"黄花岗起义"失败以后，孙中山与黄兴派人到各地联络，希望各地能够组织力量，准备发动再一次起义。重庆同盟会就想仿效广州同盟会组织"选锋队"（即敢死队）的做法，在重庆也组织一支完全由自己掌握的重庆"选锋队"。于是他们依托于重庆总商会，以组织训练民团维持社会治安的名义，组织了几支民团，基本上都由同盟会员所控制。

　　重庆的同盟会虽然已经掌握了这些武装，但是由于少于训练，作战能力并不很强。而当时清政府在重庆的最高官员川东道朱有基和重庆知府纽传善都是死心塌地为清王朝效忠卖命的人，而且为人机警干练，对同盟会的活动早有警觉，一直在小心防范。所以，当荣县在9月25日宣布独立之后，重庆同盟会曾经准备进行武装起义，宣布独立，但是考虑到端方率领的鄂军很快就要到达重庆，为了避开敌人的重兵，就放弃了武装起义的计划，"酝酿未发"，而是把起义的时间定在端方离开重庆以后。在重庆正式发动起义之前，则是在重庆周围各州县组织武装起义，用以挫败敌人的信心，分散敌人的力量。应当说，重庆同盟会的领导人制定的这一策略是完全正确的。

11月18日，同盟会员廖树勋领导了长寿的武装起义，宣布独立，建立了长寿军政府。

11月20日，同盟会员高亚衡领导了涪州的武装起义，宣布独立，建立了涪陵军政府（军政府将涪州改为涪陵县）。

11月21日，同盟会员曾省斋领导了广安的武装起义，宣布独立，建立了大汉蜀北军政府。广安起义，是对重庆起义的一次重要的配合。

11月22日，同盟会员熊兆飞领导了南川的武装起义，宣布独立，建立了南川军政府。

以上这些起义，都是在同盟会重庆支部的策划下进行的，重庆附近各州县"皆以重庆机关部为革命枢纽"。重庆独立之后的几天之内，合江、江津等县也起义成功，宣布独立，也都是在同盟会重庆支部的策划下进行的。在重庆独立前后，"川东南五十七州县，皆闻风反正"。

重庆城内的起义准备工作一直在按计划进行。根据同盟会重庆支部的分工，杨庶堪担任起义准备的"主盟"，主持全面，决疑定议；张培爵和谢持负责联络交通、征集器械；朱之洪负责联络官绅，交涉各军；熊兆飞和夏江秋负责制造炸弹；陈崇功与杨霖负责联络袍哥。

重庆起义并宣布独立的导火线，是夏之时率领的起义新军的到来。

夏之时（1887—1950年），合江人。1904年去日本留学，学习军事。1905年同盟会成立时就参加了同盟会，1908年"奉命还蜀，策动革命"。他参加了四川新军，但是因为被怀疑是革命党人，所以一直不被重用，只担任了新军十七镇骑炮标的步兵排长，驻兵凤凰山。他一直在与成都的同盟会员积极联系，策划武装起义，但是几次密谋均未成功。保路运动兴起之后，他参加了保

▶夏之时
四川博物院提供

路同志会，并参加了四川保路同志会机关报《西顾报》的编辑工作。"成都血案"爆发之后，他一度被撤去了排长职务。不久又因为军事形势紧急，被重新起用，率领一队共有230多人的新军，驻于成都东郊的龙泉驿。在四川各地纷纷武装起义的浪潮中，他抓住时机，于11月5日在龙泉驿土地庙率军起义，杀掉了清军东路卫戍司令魏楚藩，众官兵推他为革命军总指挥。起义之后，他将队伍向东开往当时全省同盟会力量最强的重庆。由于这支新军训练有素、装备良好，又有夏之时多年的工作基础，所以战斗力很强，一路攻克了简阳、乐至、安岳、潼南、合川，沿途之中，还有其他一些新军与同志军加入了他的队伍。当这支起义军到达重庆城下的时候，已经是一支将近一千人的大队伍了。

▲夏之时用过的墨盘底盒　四川博物院藏

　　长38.4厘米，宽27.0厘米，高3.5厘米。墨盘底盒为木质，光面，四边为波浪形。

重庆同盟会的领导人杨庶堪、张培爵等得知夏之时率军来到的消息之后，立即商议决定，将重庆城内现有的力量与夏之时在城外的力量来一个里应外合，发动重庆的武装起义，并从各方面着手进行具体的准备。朱之洪和黄崇麟

▲龙泉驿起义指挥部旧址　四川博物院提供

代表重庆同盟会前往合川与夏之时进行了具体的联络，双方约定，夏之时率军打进重庆之日，就是重庆宣布独立之日。

鉴于对于重庆独立已有完全的把握，鉴于驻重庆的清军各部经过同盟会的长期工作和渗透，已经不可能与同盟会进行真正的对抗（有回忆录说，当时"对于驻重庆的清军，已做到了血脉贯通，毫无阻碍"），同盟会重庆"支部立即召开紧急会议，决定采取和平方式发动重庆独立"。

11月22日，在城内同盟会组织的体育学堂学生的接应之下，夏之时率军从浮图关入城。与此同时，同盟会所控制的武装力量已经在朝天观布置好了会场，作了武装警卫。清政府在重庆的主要官员中，川东道朱有基已经潜逃，重庆知府纽传善和巴县知县段荣嘉被押到会场之后，表示愿意"剪发、缴印、投降"。革命群众立即押着一群剪去发辫的官员在街上游行，欢呼胜利。

就这样，在未发一枪的情况下，重庆城落入了同盟会员之手。"官吏俯首听命，绅商学界，备极欢迎。兵不血刃，垂手而克复名城。"当天唯一发生的暴力行动是在江北有少数匪徒趁机抢劫银行与税局，但很快就被镇压下去。

重庆独立以后，对于前清的大小官吏未杀一人，愿意参加军政府者酌予留用，不愿意参加军政府者准予携眷返乡。不过，也曾经杀过一个前清官吏，那就是在"成都血案"中指挥开枪还准备开炮的营务处总办、刽子手田征葵。田征葵在易服潜逃经过重庆时被群众发现，军政府立即将其逮捕，在公开审判之后，于1912年1月3日枭首示众，全川人心为之大快。

11月22日下午，重庆同盟会宣布独立，成立"蜀军政府"，并发出了通电全国的电文："蜀军于本日午后三时由重庆举义，道、府、县及印委各官一体投诚，市面平静，外人安堵。但兹事体大，以后尚望互相匡助，时通消息，同人公感。"通电发出以后，收到了已经独立并成立了军政府的各省的回电，由于当时成都尚未独立，所在各省的回电中往往这样写道："正式承认蜀军政府为四川政治中枢，蜀军都督为四川人民代表"。

◀蜀军政府成立合影
四川博物院提供

与此同时，"蜀军政府"向重庆各界发布了第一号告示："兴汉排满，保商卫民，大军起义，鸡犬无惊。衙署局所，教堂教民，一律保护，不许犯侵。如有匪徒，乘机抢劫，军法从事，杀之勿赦。言出法随，凛尊勿越。"

为什么会定名为"蜀军政府"？据张培爵在回忆录中说，"名曰蜀军，言望成都之独立，重庆权以蜀军名义统系全川也。不名重庆军政府，言无割据之意也。蜀军于正名，盖至慎也。"

11月23日，同盟会重庆支部在杨庶堪主持下召开大会，研究并决定了蜀军政府的组织机构与领导成员名单。在当时的重庆，无论是从资历、能力、人望、功勋等多方面看，蜀军政府的主要负责人都应当是重庆同盟会的创始人与主要领导人杨庶堪和朱之洪。可是他们二人坚决婉拒，认为革命者只求革命成功而不求为官。于是决定以张培爵为都督，夏之时为副都督，杨庶堪和朱之洪只任顾问（也有记载是高等顾问）。考虑到杨庶堪和朱之洪在重庆同盟会中的威望与经验，所以大会还作出了一项决议："遇有重要问题，咨商两顾问后，才决定施行"。

张培爵（1876—1915年），字列五，荣昌人。1904年到成都的四川省高等学堂读书，接受新思想，立志救民救国。他在到成都的当年，就与同乡创立旅省叙属中学，次年又被选为旅省叙属同乡会会长，主持叙属中学校务。1906年，熊克武从日本回川发展同盟会员，张培爵即由谢持介绍加入同盟

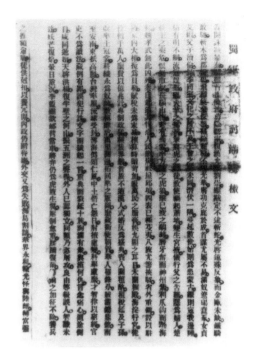

▲《蜀军政府讨满檄文》 四川博物院提供

▲张培爵 四川博物院提供

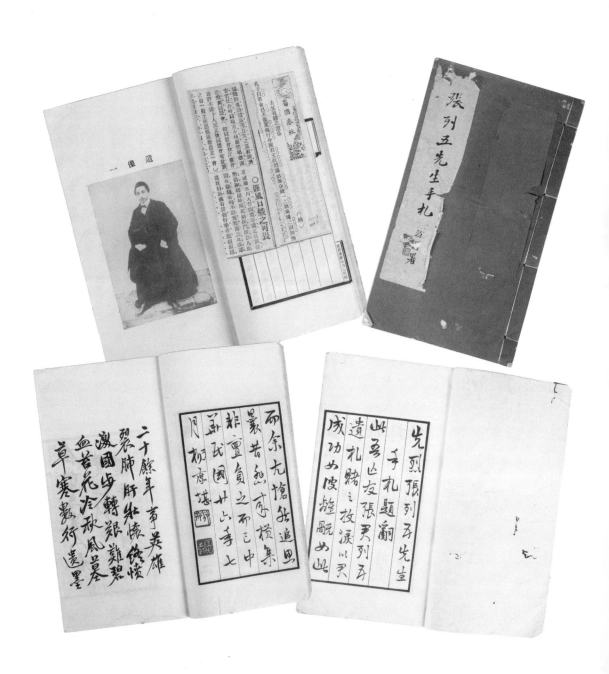

▲张培爵手札　四川博物院藏

　　纸质，白底黑色竖行稿笺纸，24开。深色封面，左侧白色笺条上毛笔手书"张列五先生手札"等几字。手札内容有"先烈张列五先生手札题词"和粘贴有报纸文摘"蜀国春秋"，印有张列五先生遗照一张，以及杨庶堪墨笔手书的题词，并盖有两方杨庶堪印章。

会，并将叙属中学作为成都同盟会最重要的活动据点，通过他在成都学界的发展而加入同盟会者达数百人，他还积极地参加了成都、江安、泸州等地起义的筹划。1910年应杨庶堪之邀，到重庆府中学堂任学监，并共同组建了重庆同盟会员的核心组织"乙酉学社"，成为重庆同盟会的领导成员之一，也是重庆起义的主要策划者之一。重庆独立之后，他被推为蜀军政府都督。

蜀军政府的人员组成是：

都督：张培爵

副都督：夏之时

顾问：杨庶堪　朱之洪

参谋部部长：但懋辛

总司令处总司令：林绍泉

参谋部部长：林绍泉（兼）

军务部部长：方潮珍

军需部部长：江经沅

行政部部长：梅树南

财政部部长：李湛阳

司法部部长：邓絜

外交部部长：江潘

交通部部长：杨霖

总务处处长：谢持

秘书院院长：向楚

审计院院长：李时俊

监察院院长：熊兆飞

大汉银行正办：朱之洪（兼）

警视厅厅长：李哲夫

厘金总局局长：汪在椿

礼贤馆馆长：陈道循

▲张培爵挂印封侯图　四川博物院提供

蜀军政府所有领导人（按，蜀军政府各部的负责人在不同资料中的记载不完全一致，此据向楚等6人共同撰写的回忆录《蜀军政府成立前后》和周勇的《辛亥革命重庆纪事》）都实行低薪制，都督月薪仅为100元，院部长仅为60~70元。

上述领导人中，除李湛阳与林绍泉之外全是同盟会员。李湛阳之父是重庆总商会首任会长，李家与杨庶堪家有姻亲关系，是同盟会的支持者。林绍泉原来是四川新军的教练官，是夏之时的朋友。赵尔丰命令林绍泉到资州去迎接端方，正好在龙泉驿碰上夏之时起义，林只好跟随参加起义，并随军到了重庆。在夏之时的保荐之下，让他担任了蜀军总司令。但是此人从来不是革命党，而是野心家，在当了几天总司令之后就企图组织哗变，要想自己当都督，平时的作风也骄悍蛮横，并纵容心腹横行不法，成为军政府内部的心腹之患。此时吴玉章被邀请来到重庆，张培爵请吴玉章主持大计。吴玉章明确表示"只有严明纪律，才能维护革命政权"。于是主持召开大会，在揭露了林绍泉的种种劣迹之后，决定将林绍泉交付军事裁判。众人公推吴玉章担任裁判长，宣判林绍泉死刑。由于夏之时对这一裁判态度暧昧，不愿表态，才改为解除一切职务，押回湖北原籍。而跟随林绍泉密谋哗变的舒伯渊等4人，则于12月28日执行了死刑。此后，林绍泉的蜀军总司令一职由夏之时兼任，林绍泉所兼任的参谋部长一职由但懋辛担任。

蜀军政府发布了《蜀军政府之对内宣言》，宣布"涤二百六十年之鞑虏，复四千年之祖国，谋四万万人之福祉，此不独军政府责无旁贷，凡我国民，皆当引为己任者也。""虽经纬万端，要其一贯之精神，是为自由、平等、博爱。故前代皆英雄革命，今日为国

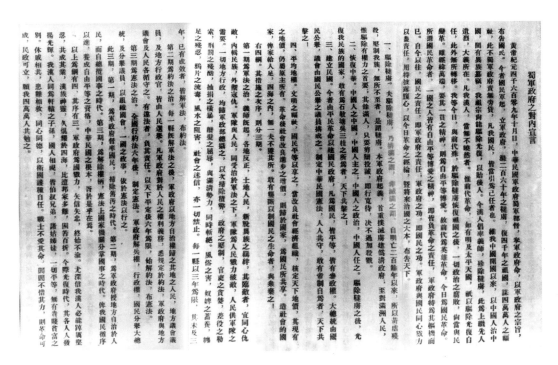

▲重庆蜀军政府之对内宣言　四川博物院提供

民革命。所谓国民革命者，一国之人皆有自由、平等、博爱之精神，即皆负革命之责任，军政府特为其枢机而已"。而"今日治国之经纶，暨将来治国之大本"共有"四纲"，这就是同盟会所提倡的"驱除鞑虏，恢复中华，建立民国，平均地权"。

蜀军政府发布的这个《蜀军政府之对内宣言》，是全省各地在这一时期发布的类似宣言或文告之中将同盟会的纲领贯彻得最彻底的，是将自由、平等、博爱的大旗举得最高、最鲜明的。

重庆的问题基本解决了，但是从全国来看，清王朝还未推翻；从全省来看；万夫所指的赵尔丰还在台上。所以蜀军政府特地发出了一份《蜀军政府讨满虏檄文》，揭批清王朝"海岛割让，华界永租，输光怪与陆离，转富强为微弱"的种种罪行，特别是"各省虽虐，惟蜀独苛，……路归国有，权丧蜀人"。宣布决心"方欲速剪赵（尔丰）、端（方），再联荆粤，西南合志，东北同心，然后直捣幽燕，光复华夏"。檄文高呼"涤专制之旧污，布共和之新政，颂中国万岁！庆民国万岁！"

由于重庆一直是川东重镇，川东各州县过去也一直受川东道和重庆府管辖，所以当重庆独立之后，"川东道所属三十六县及下川南、川北两道的少数州县，共计五十七州县，均次第有文电和代表到渝，表示接受蜀军政府的领导指挥。泸州、广安、万县都督的称号皆自动撤销，秉承命令"。

四川军政府的成立

重庆独立和蜀军政府的成立十分顺利，成都独立和四川军政府的成立却是很不顺利，一波三折。

虽然全川各州县纷纷在举行武装起义，虽然武昌起义的消息已经传来，但是成都城内的赵尔丰仍然在等待、在观望。他所企盼的不是带来鄂军的端方，他知道那支不到三千人的鄂军不可能解决问题，他也不希望端方能够打胜仗而解决问题，因为如果端方真正胜了就要拿他开刀问罪。他所企盼的是在蜀中有一定威望、有可能缓和蜀中局势的岑春煊。他相信，只要这位已经被正式任命为四川总督的岑春煊一入川，无论发生什么事情都会有岑春煊顶着，都应由岑春煊负责，他这个已经不在四川省内任职的川滇边务大臣就会免去绝大部分责任。他不得不做好了下台、交权等最坏的准备，不得不以保住自己的身家性命为第一目标。

在赵尔丰的眼前，是这样的一幕幕他极不愿意看到但是又不得不看到的场景：

10月10日，武昌起义成功；10月22日，湖南起义成功；10月22日，陕西起义成功；10月29日，山西起义成功；10月31日，江西起义成功；10月31日，云南起义成功；11月3日，贵州起义成功；11月4日，上海起义成功；11月5日，浙江起义成功；11月5日，江苏宣布反正；11月7日，广西宣布独立；11月8日，福建起义成功；11月9日，广东宣布独立；11月11日，安徽宣布独立。

举目四望，东边的湖北，北边的陕西，南边的云南与贵州均已天地变色；回望蜀中，早已是遍地烽火。赵尔丰"鉴于武汉之事，不可不自为计"。他的自为之计，绝不可能是继续效忠清王朝，因为清廷早就下令要追究他处理川事的重大失误而"交内阁议处"，后来资政院又在讨论之后上奏朝廷，认为"仅予交议，反得逍遥法外，按其罪状，不足蔽辜"，要求将他"交大理院按律从严惩办，以遏乱源而靖人心"。以至清廷发了上谕，要大理院"将全案人证提京质问，据供定案"，大理院就要端方将他与周善培等4人"押解来京"。清廷已经把他抛出来作了替罪羊，所以他的最佳选择，就是抢在端方到达成都之前，以和平的方式交权、下台、保命。

当时的四川提督田振邦曾经一度追随赵尔丰交权、下台、保命，可后来又"密谋反正"，逃到汉中向还没有完全垮台的清廷表忠心，他这样说："督臣赵尔丰惑于谣传，方寸失主，不加详察，反乞怜党人，退位作保身家之计。"他所说的基本是事实，赵尔丰的"自为之计"就是"退位作保身家之计"。

为了达到以和平的方式交权、下台、保命的目标。赵尔丰所做的第一件大事就是释放蒲、罗等人。

早在10月26日，清廷就已下令释放蒲、罗等人。可是，就是因为这是出于端方的提议，赵尔丰竟然拒不执行，而把蒲、罗等人当做自己手中一个筹码，继续关押。因为在他和他周围的谋士看来，如果要有所行动，"舍诸人无可与商者"，如果要放，也要选在以释放诸人"为规划善后之前提"的关键时刻。所以，赵尔丰一直等到已经谋划好了自己的下台路径之时，一直等到听到了岑春煊绝意不会入川的消息之时，才抢在端方到达成都之前，于11月14日将蒲殿俊、罗纶、颜楷、邓孝可等4人"礼请出署"。当时以伍肇龄为首的一批绅商人士立即以《四川绅商学界通告全川伯叔兄弟函》的名义向全川宣布了这一消息，其中也道出了赵尔丰所以要释放蒲、罗等人的原因："近因乱事日亟，民不堪命，赵督帅蒿目时艰，为大局起见，与在省官绅协商，议请蒲、罗诸先生出，共图挽救之法，以期官绅一气，开诚布公，保地方之治安，拯生民于涂炭。"就是说释放蒲、罗诸人是有明确的目的，这就是"官绅一气""共图挽救之法"。

从9月7日"成都血案"爆发，蒲、罗等人被捕，到11月14日"礼请出署"，总共被关押了68天。

这里有一点需要说明。发生"成都血案"时，赵尔丰一共抓捕了四川保路同志会负责人12人，加上汉口的萧湘，一共是13人。这13人中，彭兰村因为要结算公司账目，早在9月10日已被释放，这以后，叶秉诚、胡嵘、蒙裁成、王铭新、阎一士、江三乘、萧湘也陆续被释放，10月16日张澜被释放。所以这天被释放的是最后的4人，也是四川保路同志会最主要的负责人。

由于蒲、罗等人原来在保路运动之中有很高的威望，68天的关押更把这种威望推上了更高峰；由于此时成都的同盟会员没有形成统一的领导核心和有号召力的领军人物，又没有拿出一个下一步如何进展的方案；由于四川全省各州县的情况既是差别很大而又是矛盾很多，如果要想找出什么可以解决四川问题的办法，如果要推选率领大家将一团乱麻理顺并继续向前走的领袖人物，成都各界人士几乎是一致地把目光集中到了刚回到群众之中的蒲、罗等人身上，因为还没有任何组织能够代替四川保路同志会和四川省咨议局，还没有任何个人能够代替蒲、罗等人的领袖地位。

蒲殿俊、罗纶、颜楷、邓孝可等4人被关押的这68天，四川全省已经发生了翻天覆地的变化，保路同志军代替了原来的保路同志会，武装起义代替了上书请愿，罢市罢课已经停止。虽然他们在被拘押期间对外界的情况也有所了解（据彭兰村的回忆，他们在被关押期间常有人为他们通风报信，如"予于小便时，见一纸团从后飞至"，"陡闻泥壁有声，久之露一线光，而纸条随至"，几乎"每日均有所得"），但是，眼前的现实仍然是这几位原为官绅、后为立宪派领袖的人物所不愿意看到的，他们不喜欢枪炮，不希望流血，他们仍然希望恢复和平的秩序，哪怕就是要取代清政府，建立新政府，也应当是通过和平的手段。所以，他们很快就向全川发出了《哀告全川叔伯兄弟书》，宣称"今全川政治上变动如此之大（原注：借款合同内载明，我国若有政治上之变动，则此约作废），则借款合同当然作废，决不使路为外人所有。然则保路同志会之目的，实已贯彻无阻。现在惟力应返和平，以谋将来之幸福而已。若犹冒进不止，必至使祸毒日延日广，大局日坏日甚，川人身家之灾，愈久亦愈惨，则岂当初之宗旨哉。此不肖等所以哀告我伯叔兄弟，而愿急急回头者也。约既废，路既保，保路同志会之事已完，则斯会可以终止；危身家，害性命，非保路同志之宗旨，则兵戈亟宜罢休者，此义甚明，我伯叔兄弟不可不熟思而审处之。"因此，他们号召全省人民"息事归农，力挽和平"。

这份由被赵尔丰所抓捕的11人，即蒲殿俊、彭兰村、颜楷、蒙裁成、罗纶、王铭新、邓孝可、叶秉诚、张澜、胡嵘、江三乘共同署名的《哀告全川叔伯兄弟书》是一份重要的文件，它不仅宣告了四川保路同志会已经结束了它的使命，更重要的是它透露出了他们与赵尔丰已经达成了协议，"凡此种种，必竭其心力所至，次第见诸实行，以为官绅一气，共维大局之势"。

这个"官绅一气，共维大局之势"的协议是如何协商并达成的，周善培在回忆中曾经有所透露，说是当释放蒲、罗等的电文到达之后，他与赵尔丰以及赵的身边诸人就已多次谋划"脱出诸人，共商大计"，"释放诸人，恢复感情，共谋定乱"。所以，当蒲、罗等11人联合署名发出《哀告全川叔伯兄弟书》时，赵尔丰也率全体在成都的高官发出了一份《为谋弥乱告全省官绅文》，与之相互呼应。11月18日，英国驻四川总领事务谨顺在给英国驻华公使朱尔典的报告中也说：赵尔丰"为了保住自己的尊严，事先与他们达成了一项协议，并请求他们离开总督监狱内的住处。他不仅这样做，而且还在第二天设宴招待他们"。"看来好像以总督为首的清方已同保路同志会达成一项协议，以防止匪徒破坏秩序。"

关于这一协议的达成和执行,《蜀辛》的记载更为具体:"二十四日(按,指夏历九月二十四日,即公历11月14日),督院撤来喜轩兵,礼请首要蒲殿俊、颜楷、罗纶、邓孝可等出署。都统、司、道、暨学部郎中曾培、高等学堂监督周凤翔等到署,保证议令设法先靖地方,官绅合办,各绅首每日轮推二三人入署办事。""二十五日,延见法部主事蒲殿俊、度支部主事邓孝可、举人罗纶等于厅事,并设酒。"

《蜀辛》的作者秦楠本人就在督署中上班,按他的上述记载,11月14日这天,赵尔丰在礼请蒲、罗等出狱之后,率众官员在曾培、周凤翔二人的参与之下(而据周善培的记载,曾培、周凤翔这二位学界前辈正是参与赵尔丰研究如何释放蒲、罗的主要人物),就与蒲、罗等人商议并确定了"保证议令设法先靖地方,官绅合办"诸事。为了能够"官绅合办",蒲、罗等人同意每天有二三人到督署中与官员们合署办公。第二天,秦楠笔下对来合署办公的诸位的称谓一下子就改了,改为他们原来在清代官场之中的称谓如"法部主事"、"度支部主事"了,而且这天赵尔丰就在督署中为诸位摆酒共宴了。

此时赵尔丰与蒲、罗等人所"共商大计"中最大的大事,是仿江苏、安徽、广东、广西等省的前例"宣布独立"。在赵尔丰与蒲、罗等人之间牵线搭桥、讨论方案的主要人物是周善培和邵从恩,还有一位过去少为人知的成都法政学堂绅班讲习、总督府政务会议制议陈崇基。

如何实现四川独立,赵尔丰与蒲殿俊等人双方各自提出了自己的具体条件。这次谈判的具体过程与具体内容双方都没有向外正式公布过,但是当时就已经在知情者之中流传。根据有关的资料,双方提出的条件如下:

蒲殿俊等提出的条件有11条:

1.现因时事迫切,请帅出示晓谕人民,川中一切行政事宜,交由川人自办。暂交咨议局代表蒲殿俊管理。2.督印交藩库封存,由川人择期宣告独立。3.移交以前,所有一切军队请帅酌量并合,务求统一。4.西藏为四川屏蔽,望帅推保全四川之心,仍遵朝命赴边,办理边务事宜。所有兵饷及行政经费,概由川人担任。5.宣告之后,仍请帅暂缓赴边,以便遇事商求援助指导。6.军提都统各宪(按,这是指四川军队的两个系统的军官,即满蒙八旗的以都统为首的军官,和巡防军的以提督为首的军官),由绅面达,事后如愿驻川,仍待以相当敬礼;如欲回籍,需用川资,由川人从厚致送。7.驻防旗饷,照旧发给,事后再为妥筹生计。8.凡行政司法各官,仍希照常办事,不愿留者,听其自便。9.凡省中文武官吏,力为保护,不得侵犯自由,不许人民挟忿寻仇。10.请帅即饬巡警署,不必干涉报馆议论,以便先事开导,免致临时惶骇。11.自宣告之后,无论满、蒙、回与汉人,一律待遇,不分轸域。

赵尔丰提出的条件有19条：

1.不排满人。2.安置旗民生计。3.不论本省人与外省人视同一律。4.不准仇官及有他项侮辱言动。5.保护外国人。6.保护商界。7.不准报复（原注：此次战争日久，官兵民匪皆有伤亡，以后无论何人，不准互相报复）。8.不准仇杀（原注：此在军事以外，指个人之私仇而言）。9.不准劫狱。10.不准抢虏。11.不准烧杀。12.万众一心，同维大局。13.谨守秩序，实行文明。14.旗军现练三营，统归陆军统制管理。15.所有一切军队，除选带边军外，悉交第十七镇朱统制官接管。16.边务常年经费及兵饷共银一百二十万两，由川担任。17.边务如须扩充，军备、饷械、子弹，由川协助。18.除原有边军外，应再选带八营。19.藏款仍照旧协济。

双方（当时称为"官方"与"绅方"）所提出的的条件经过讨论之后，得到了双方的认可（在所有官员中只有那个刽子手田征葵一人"坚持不可"，所以他才会易服潜逃，并在重庆被处死）。11月22日，《四川独立条约》由双方代表在成都寰通银行签字（也有记载说，只是在谈判之后双方认可，并在咨议局开大会宣布，没有履行过正式的签字手续）。官方代表是布政使尹良、提学使刘嘉琛、提法使龙愚溪、盐运使杨嘉绅、巡警道于宗潼、劝业道胡嗣芬、新军十七镇统制朱庆澜、兵备道总办吴璧华。绅方代表是蒲殿俊、罗纶、张澜、邓孝可、叶秉诚、王铭新、江三乘、彭兰村、颜楷、邵从恩、陈崇基。双方还确定，"决定初七日交新政府接管"。夏历十月初七，就是公历11月27日。

1911年11月27日，赵尔丰宣布"四川自治"，向蒲殿俊交出都督大印，移交了政权。

于是，"设军政府于皇城，称'大汉四川独立军政府'。国旗尚白，中书'汉'字，字圆周作十八圈。礼服用军装，剪发。令各局、所及街坊各举代表赴府庆祝，官署、民居、商铺悬国旗。午刻行礼，都督先祝旗，各执事官、绅、商、学序立，额手向都督致敬。礼毕，都督即时启用木质关防，宣告独立及紧急政令，并电告湖北等处暨本省重庆蜀军政府，各道、府、州、县不通电处行文通告，暂令照常办事。"就这样，四川独立成功，军政府成立。

这里有两点需要解释一下。

在当时的各种正式文告中，军政府的正式名称都是"大汉四川独立军政府"。但是人们往往简称为"四川军政府"或"军政府"。"四川军政府"所在地的"皇城"是民间的俗称，就是清代在明蜀王府旧址上修建的贡院，清末废科举之后，贡院中开办了几个学校，设置了几个推行新政的机构。

"大汉四川独立军政府"这样的政权名称在当时各省新成立的省级政权中是唯一的一例。最前面的"大汉"二字说明，四川立宪派是把民族矛盾的解决放在了最重要的位置

▲大汉四川军政府正副都督　　［美］路德·那爱德 摄　　　　　　　　　（Luther Knight/FOTOE）
1911年11月27日大汉四川军政府成立，正都督蒲殿俊（左）、副都督朱庆澜合影。

上，下面即将介绍的《大汉四川独立宣告书》的开篇第一句是"吾汉族苦压制久矣"，也说明了这一点。"四川独立"二字则表示仅仅是四川的独立，实际上是在回避应当如何面对清王朝在全国的政权这个十分重要的大问题。按他们一贯主张的君主立宪的模式，按他们在《大汉四川独立宣告书》中所说的要建立"大汉联邦帝国"的目标，他们对于是否一定要推翻清王朝在全国的统治的这件大事，态度是模糊的。这也正是当时全国的立宪派人士在如何对待清政权这一大事上长期处于模糊或动摇的态度的反映。至于名为"军政府"，这是在随大流。"军政府"本是同盟会所建立的新政权的名称，当同盟会成立之时就制定了《军政府宣言》，所以武昌起义之后湖北的新政权就称为"中华民国军政府"，这以后各省成立的新政权多称为"军政府"，重庆也是称为"蜀军政府"。四川的新政权虽然不是通过武装起义之后由军人建立的政权，也不是由同盟会员建立的新政权，仍然随大流而称为"军政府"，这和选用18星旗作为"国旗"相似。

　　"大汉四川独立军政府"的"国旗"是当时比较流行的"铁血十八星旗"，湖北、湖南、江西等省的新政权都用过，所谓"圆周作十八圈"就是用18个圆圈包围一周。"18"是表示当时全国各省中的18个以汉族为主要民族的省份。四川军政府成立当天就打出了这种旗帜，当时的外国人有如下记载："宣布成立军政府之后，接着升起了新的旗帜。那面旗帜是白色的，上面有红字，周围有十八颗星绕成的一个黑圈，形状像是太阳，但是颜色是黑的。""旗帜上'星'的数目是十八颗，则不是二十一或二十二颗，这个情况表明把东三省、蒙古和新疆拓斥在联邦之外"。这种十八星旗在北洋政府时代曾经作为陆军军旗，以后废用。

　　也就在1911年11月27日这天，赵尔丰发布了《宣示四川地方自治文》，说是"内乱未宁，外患日逼，朝纲解纽，补救无从。若再不求通变，必至横挑外衅，重益人民之流离荼苦。恻恻此心，良所不忍。特与将军、都统、提督军门、司、道以下各官、绅、商、学界诸人协商一致，以四川全省事务，暂交四川咨议局议长蒲殿俊，设法自治。先求救急定乱之方，徐图良善共和政治。尔丰部署军旅就绪，即行遵旨出关。"赵尔丰虽然不得不承认已是"朝纲解纽"，但是他仍然为自己留了最后底线，只说是"自治"，绝不称"独立"，交权是交给由清王朝承认的"四川咨议局议长"，而不是交给"四川保路同志会会长"，他自己的退路是"遵旨出关"，去出任清王朝任命的川滇边务大臣。所以，在赵尔丰的心中，四川只是"自治"，而且是在清王朝范围之内"自治"。

　　同一天，大汉四川军政府发布了《大汉四川独立宣告书》。全文如下：

　　"吾汉族苦压制久矣！今一旦脱专制之羁绊，为政治之改革，岂非吾川人日夜所祷求而引以自任者耶？

　　"夫川人以争路与政府相抵抗，猛厉进行，万死不顾，不二三月间，天下土崩，各省次第宣告独立。吾川灿烂光华之大汉四川独立军政府亦于今日告其成。此非吾同胞之同心协力，军人之一致进行，而吾人因得以食其果与！此后增进人民之幸福，发扬大汉之威灵，当与吾川七千万人共谋之。

　　"惟有一言以正告于吾川七千万人者，则大汉四川独立军政府之宗旨，基于世界之公理，人道之主义，组织共和宪法，以巩固我大汉联邦之帝国而与世往极，所当与吾川七千万人子子孙孙共守之。

　　"黄帝纪元四千六百九年十月初七日，军政府告。"

　　这里需要解释一下"黄帝纪元"。

　　黄帝纪元是清代末年出现的一种纪年方法。当时的很多新派人士，特别是同盟会员，都主张推翻帝制，他们绝不可能在推翻帝制之后再沿用过去两千多年所使用的帝王纪年方式，也不愿意如同西方国家那样使用公元纪年方式，更不愿意同意康有为提出的孔子纪年方式，就想确定一种中华民族自己的纪年方式。1903年，当时的革命党人、著名学者刘师培首次发表了《黄帝纪元论》，他根据晋代学者皇甫谧的《帝王世纪》和宋代学者邵雍的《皇极经世》的有关记载，提出了他的研究结果：中华民族的人文始祖黄帝诞生至今已有4614年，黄帝出生之年就应当是黄帝纪元元年，光绪二十九年即公元1903年就应当是黄帝纪元的4614年。刘师培的这一研究结果遂被同盟会的机关报《民报》所采用。后来这一计算方法又经过了修正，武昌起义之后的湖北军政府首先宣布采用黄帝纪元，1911年为黄帝纪元的4609年。武昌起义之后各省军政府多数都跟着使用黄帝纪元，重庆的蜀军政府成立以后也使用黄帝纪元，所以大汉四川军政府成立之后也使用黄帝纪元，以1911年为黄帝纪元的4609年。孙中山先生宣布就任中华民国临时大总统时，也发布了《改历改元通电》，规定"中华民国采用阳历，以黄帝纪年四千六百九年即辛亥十一月十三日（按，即1912年1月1日）为中华民国元年元旦。"也就是说，在旧中国的中华民国时期，是既可以使用"中华民国多少年"，也可以使用"黄帝纪年多少年"。只是由于黄帝纪年的使用太不方便，所以后来一直未被人们普遍使用。四川和其他省区一样，以后也没有再使用。2007春节前后，我国有一些学者发出倡议，建议在我国恢复使用黄帝纪年，曾经引起了一场热烈的讨论，这一倡议没有得到多数讨论者的支持。

《大汉四川独立宣告书》十分鲜明地表明了蒲殿俊等人的立宪派的政治主张。他们虽然有着反对民族压迫，反对专制制度的政治述求，但是只求"政治之改革"，"改革"的目标是以"组织共和宪法"而实行"联邦"制的"帝国"。文告绝口不提当时在全国早已流行的同盟会的"驱除鞑虏，恢复中华，建立民国，平均地权"的政治纲领，甚至连"革命"二字也没有出现。文告对于清王朝的态度也说的是在"抵抗"之后"脱专制之羁绊"。这里就透露出了背后的潜台词，似乎如果不专制了，搞君主立宪了，搞联邦制了，仍然可以是"帝国"。所有这些，都表明了立宪派人士在反清这一大事上态度的不彻底性。把成都的《大汉四川独立宣告书》和重庆的《蜀军政府之对内宣言》两相对照，立宪派与同盟会的差别真可谓是泾渭分明。

大汉四川军政府存在的时间很短，有关其组成成员的情况没有完整而准确的资料留下来，在不同的资料中并不一致。据《四川革命小史》的记载，大汉四川军政府的组成如下：

都督：蒲殿俊

副都督：朱庆澜

都督署总秘书：叶秉诚

绥靖主任：罗纶

内政厅厅长：陈菊吾

教育局局长：曾培（另一记载说先由徐炯
担任，因徐被学界攻讦而离职，由曾培继任）

法院院长：颜楷

外交司司长：蒋寿眉

交通司司长：郭开文

盐运使：邓孝可（另一记载说先由原清
政府四川盐运使杨嘉绅担任，杨卷款潜逃之
后由邓孝可继任）

实业厅厅长：廖治

军事主任：尹昌衡

警察厅厅长：舒巨祥

很明显，这些领导成员是由立宪派人士
和驻川新军军官两方面人士组成的。四川保
路同志会的领导人、四川立宪派的代表性人
物蒲殿俊、罗纶、颜楷、邓孝可、叶秉诚等人
全部出任了重要职务。郭开文（郭沫若的哥
哥）是留学归来的专家，也是立宪派人士。商
界代表人士舒巨祥、廖治，文教界代表人士曾
培等都参加了保路运动。最出人意料的是朱
庆澜担任了副都督，尹昌衡担任了军事主任
（也有记载称为军政部长），他们二人不仅没
有参加保路运动，朱庆澜不久前还在指挥部
下与同志军作战。为什么会出现这种安排呢？

朱庆澜（1874—1941年），济南人，自幼
赴东北投军，是被赵尔丰之兄赵尔巽一手培
养出来的军官。1908年赵尔巽督川时他随之入
川，任三十三混成协协统，负责扩建新军，
1910年新军第十七镇建成，他任统制。四川新
军只有一个镇，所以他是四川新军的最高指

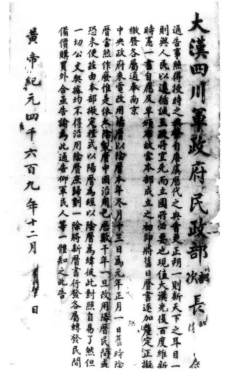

▲大汉四川军政府民政部关于使用阳历的通告
四川博物院提供

▲朱庆澜 四川博物院提供

挥官，是四川所有军队中实力最大的指挥官。在镇压四川各地的同志军起义时，虽然他的态度比较谨慎，不主张滥杀，但是他当然也是进攻同志军的指挥者之一。赵尔丰与蒲殿俊等谈判独立条件时，他是赵尔丰方面的官方代表之一。赵尔丰所提出的交权条件中，有关军队的有两条："所有一切军队，除选带边军外，悉交第十七镇朱统制官接管"；"旗军现练三营，统归陆军统制管理"。也就是说，赵尔丰根本就没有把军队交给蒲殿俊等人，而是完完全全交给了朱庆澜。

对于这种安排，赵尔丰知道蒲殿俊等人必然会接受，而蒲殿俊等人也真的接受了。原因很简单，立宪派人士从来就不主张使用武力，他们多年的努力之中从来就没有掌握过一兵一卒，他们的人才队伍中也没有一个可以指挥军队的军人。面对四川境内不同编制、不同特色的军队（据时人估计，如果把四川境内的各种军队加起来，总数约两万人左右），他们既无力击败，又无力接管，更无力指挥，"非不为也，实不能也"，只能按照赵尔丰的安排，在让朱庆澜继续掌握军权的前提下与朱庆澜合作，眼睁睁地把军权和副都督送给朱庆澜，由朱庆澜出任军政府的副都督。而且在军政府中还有一项未写明的约定，"一切军事正都督不得干预"。当然，这一安排也是赵尔丰精心策划的一招，是他能够交出政权的最主要的条件，因为朱庆澜肯定会成为他的保护伞，无论发生什么情况，至少能够保护他的身家性命。也就是说，这一安排是参加谈判的"官""绅"双方都能接受和都必须接受的结果，是一种最大的妥协的结果。只有这种妥协的结果，四川才能够实现和平交权，才能够宣布独立。当然从另一种角度看，这种和平交权也有一定的好处，就是避免了赵尔丰困兽犹斗式的武力反抗，避免了成都城下的战斗，减少了人民群众生命财产的巨大损失。

尹昌衡（1884—1953年），彭县人，1897年入尊经书院读书，1902年弃文习武，入新开办的四川武备学堂，是第一期的高才生。1904年被选派到日本学习军事，先后在日本振武学校和日本士官学校学习。1909年毕业回国，在广西任陆军小学堂监督，后回四川任督练处会办。此时四川新军军官多是四川人，但是总督赵尔巽却让从东北来的朱庆澜任十七镇统制，其他高级职务也多由外省籍军官担任，引起川籍军官的强烈不满。因尹昌衡一直不能到十七镇中任新军的实职，对此也极为不满。由于尹昌衡既有文才，又擅军事，加之性格狂傲不羁，年轻气盛，敢于在操练时"当众大骂北洋干部指挥失误，大为四川军队吐气"，所以很自然地就被川籍军官奉为领袖人物。保路运动兴起之后，尹昌衡作为川人，当然同情并支持保路同志会诸人的行动，曾经被赵尔丰予以软禁，作为处罚。但是当陆军小学堂发生了大多数川籍师生以共同行动赶走河北冀县籍的总办姜登选之后，赵尔丰为了平息事态，只得让尹昌衡出任了陆军小学堂的总办。蒲殿俊让尹昌衡进入军政府并出任军事主任，很明显就是为了能够有一个可以对朱庆澜起抗衡作用的军界人物。

大汉四川军政府在不发一枪的和平交接之中成立了，"没有反对，没有战斗，无任何流血事件，一切都是和平的"。

卖国卖路的清王朝在四川的统治结束了，中国几千年的帝王专制时代也结束了，保路运动"破约保路"的主要目的也就很自然地实现了。这是一件大事，按理说，成都的人民群众、全省的人民群众应当欢天喜地地庆祝这一历史的大转折。可是，成都人民欢喜不起来，全省人民欢喜不起来。这不仅是由于清王朝顽固势力还有抵抗，更是由于同盟会革命势力对大汉四川军政府的猛烈抨击。

当成都独立的消息和《四川独立条约》的文本传到重庆之后，同盟会的重庆领导人和蜀军政府的领导人十分惊异，坚决反对，立即给予了猛烈的抨击。他们认为，"蒲、罗止一私人耳，焉有缔结条约之资格？赵尔丰亡国大夫，又焉有与人结约之资格？无资格者所结之条约，当然无效"。为此，他们组织人力对《四川独立条约》30条进行了逐条批驳，认为"人谓四川独立，吾则曰赵尔丰独立"，"非民族独立，乃官绅一气之独立"，"成都独立之条约实腐败不堪言也"。对于蒲、罗等人同意赵尔丰去川边继续"经营西藏"，他们认为是"赵强蜀弱，主客易位，为虎添翼，纵虎归山"；"赵入藏而川危，大汉亦危，蒲、罗诸人种此祸胎，使我川人为中外所指摘，诚牛马奴隶之不若也"。他们宣布，即将进军成都，攻打赵尔丰，"不出十日，芙蓉城上将白旗飞扬矣，万不料有蒲、罗之协约在！"所以，"吾愿与七千万同胞起而共击之"。为此，蜀军政府组织了西征军，以夏之时为总指挥，于12月10日发出了讨伐公告，召开了有关的会议，进行了出征的准备。只是因为这时成都的情况又发生了突然而巨大的变化，西征之事才得以取消，否则有可能在成渝之间爆发一场内战。

应当承认，同盟会的重庆领导人和蜀军政府的领导人对于《四川独立条约》的批驳并非全无道理，但是也有些失之偏颇。《四川独立条约》的确是一个妥协的产物，是一个让步的产物。但是当时有几个难以解决的具体困难，让蒲、罗等人不得不妥协，不得不让步。例如：赵尔丰为了自身的利益愿意向释放出来的蒲、罗等人交权，虽然当时还不具备接受政权的条件，但是蒲、罗等人不能拒绝，也不应拒绝；接政权就得接军权，而当时的成都无论是立宪派人士还是同盟会人士，确实没有一个人能够把军权接得过来，只有暂时借重于朱庆澜；维护川边藏区的安定是多年来四川地方政府的极为重要的大事，可是当时的成都无论是立宪派人士还是同盟会人士，没有一个人能够把川边藏区事务担得起来，继续使用对藏区事务最为熟悉的赵尔丰是不得已而为之，因为连川汉铁路公司主席董事彭兰村自己也承认"赵尔丰治边有功，诚不可没，每年五六十万两，而设钢桥、辟道路、灵转运、通邮驿、创学务、开垦殖、免乌拉（按，乌拉是藏族统治阶层派给民众的一种极为苛重的劳役）、兴商务、整茶业、测矿藏，与士卒同甘苦，而战无不胜。以勤俭任边事，用人不及二十，而事无不举。自有边务以来，未有能过之者。"所以，应当认为，同盟会的重庆领导人和蜀军政府的领导人对于《四川独立条约》的批驳有些失之偏颇，组织西征更属失策。

当时同盟会的机关报《民立报》对此有过一篇评论是这样说的："重庆军政府激于一时公愤，谓蒲君等与赵贼订约，大为失计，逐加驳诘，其实于蒲君当日订约之苦衷不免误会。彼时赵贼手握重兵，不但兵戎相见，全城受害，且新军统制朱庆澜系赵之私人，新军不为我用，蒲君等倘不设法收赵贼兵权，任赵贼盘踞成都，城坚炮利，将何以施为？且省外又无重大援兵，即有联军助攻，赵贼拒城以战，即令城破贼亡，人民已无噍类。故蒲君等订约时，似俟赵贼赴藏，中途要击，以免波及城民，实为一时权宜之计，良有苦心。"。这里所说有"似俟赵贼赴藏，中途要击"之计，应当是一种推测，没有任何资料佐证，可以不信。但是说"不免误会"，说"实为一时权宜之计，良有苦心"，这种身在上海的旁观者所作的分析评论，反却是比较合理的。

十九天之后，以尹昌衡为首的新的军政府成立之后，在一份通告中对于这一妥协也有过一段与上述分析大致相近的分析："当是时也，对于外非独立无以应事机，对于内非独立无以全民命。然赵尔丰身拥重兵，驻省城者不下万人，而横残之田征葵所辖防军实居多数。民党手无寸铁，虽屡谋冒险举事而障碍多端，细审事势，亦败之数九而胜之数一，非徒无益，且滋民害，乃不得已而求和平之解决。""盖激烈改革与和平改革不同，激烈改革出万死一生之计，非我杀彼，即彼杀我。而和平改革既为双方之允许，则其中遂各有权利义务之存在。川民自七月十五以来，死者已不可数计，实不忍令其再死，故为此和平解决以全其生。早一日独立，则兵民少一日之苦战，早正名一日，则兵权早一日脱赵尔丰之掌握。此当事诸人万不得已之苦衷"。这种当事人的分析，也是比较合理的。

重庆的西征所以取消，是因为成都发生了一件大事。

大汉四川军政府虽然已经宣布成立，但是它没有一个新政权应有的权威。这是因为，蒲、罗等人是在没有充分准备的情况下仓促接权的，他们没有全面执政的实施方案与人员安排，没有保证新政权的权威的镇慑力，而手执军权的朱庆澜又完全是在敷衍应付，根本就没有打算要尽职尽责，而是"因疑生惧，因惧生阻，应办各事，一律停搁，每日电催数四，到军政府不过一二小时。"所以，这个"军政府"成立之后基本上是无所作为，看不到一点点"军"的威风，反而造成了一种局面，这就是旧政权的权威已去，新政权的权威未立，以致成都城内出现了短暂的权力真空，呈现出满目的无序与混乱。在成都基督教会英美会的执行秘书英启真道在当时这样写道："匪徒开始从周围地方钻进城来，兵士在城里为所欲为，全副武装四处游荡。这可证明他们的放纵，而不是得到自由。"他认为，"不敢说和平能否继续下去，谁也不知道。不用说有许多艰巨的工作摆在新政府的面前。人们怀疑这些散居在全省各地的反叛力量的小头目是否会不加反抗地屈从于这些在成都宣布掌权的人物的保护，他们不这样做也是不足为奇的。"他最担心的是，"所怕的是城市会遭到抢劫，如同周围地区的许多城市那样"。至于成都以外的地方，一位名叫沙班的法国传教士则说得更为直截了当："完全是处于无政府状态"。

对于传教士所用的这个在当时还算是很新的名词"无政府状态"，《蜀辛》一书有十分形象的描绘：

"政府成立后，近城同志会已有诣府庆祝者。城内军、学、工、商，日日开会，每日必数会，每会流品人数不等，其宗旨与演词秘密庞杂，政府不过问。

"蒲夫人进府仪卫甚盛，人称为蒲后进宫，越日出就馆舍。

"府中人有排外之议，三科十部不得用省外人。前主事胡嵘议各部长应以旧官僚一人、川绅一人同任之，众不听。客籍闻，面骇，陆寿康组织十七省救亡会以拒之，执政者自谓无此意也。

"蒲都督等密议兵柄奈何尽落他人手，罗纶谓急应招选同志会编军队以备之，于是同志会晋省者益众，政府庆祝无虚日。会中人年未成丁者有之，其军械多腰刀、梭标，有羊角叉，有长矛，有抬炮，有火绳枪，他如前膛洋枪不数数。靓旗帜书某某保路同志会，其装束有于额上作英雄结者。巡防以不肯剪辫，故各束发于顶。英雄结缀以珠蝠花绒，或分披一束发于两耳前尺余，呼朋作伴，携械招摇，识者虑之。

"政府欲令民剪发，民哗然曰：'既称复汉，当用汉装，若剪发是投洋也。'省外人欲以众抗，遂出示剪与否听民自便。于是有剪者，有束者，有编者。冠或用古巾，或遮阳帽、博士帽。"

这种"无政府状态"在表面上是反映出了军政府的无力与无能，而在表象的背后则是军政府

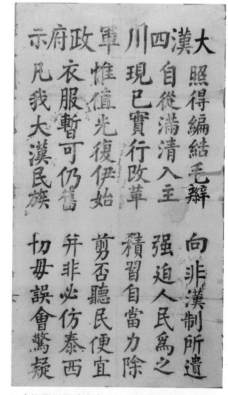

▶大汉四川军政府告示 四川博物院藏
告示为纸质，白底黑字，石印；长104.0厘米，宽57.0厘米。标题是从右至左横式排列，文字内容从右至左竖式排列。

在施政上的无序与无奈。这种无序与无奈的状态绝对不能持久。当时人就预料："军政府内部意见庞杂，组织极不健全，识者已早料及局势之难趋稳定"。果然，就在军政府成立之后的11天，传教士"所怕的是城市会遭到抢劫"的担心不幸而言中，一场混乱与抢劫终于发生了。

在当时的一片混乱之中，最严重的一个问题是手持武器的军人的军饷。大汉四川军政府成立之时，军队已欠饷两到三月。军队索饷，大汉四川军政府说这是原来欠下的，应当找原来的总督衙门解决。原来的总督衙门说已经把省财政移交给了军政府，应当找军政府解决。"军官往返数次，（军政府）都督仅允给一月，俟点兵后三日支发，军心愈变矣。"

为了安抚当时四川清军中数量最大而对立情绪也最大的巡防军（巡防军又称巡防营，是在清光绪年间推行"新政"时将原来的几种汉族军队，如绿营、练军、防军等加以整合改编之后形成的在各地的驻防军队，有别于完全新募接受新式操练的新建陆军，军官都由原来的绿营军官出任，可以看作改编的绿营军队，四川巡防军的指挥官就是在"成都血案"中下令开枪开炮的营务处总办田征葵），大汉四川军政府曾经答应给他们奖三个月的饷银（当时称为"恩饷"）、给10天的休假。但是由于财政拮据而一时无法兑现，就改为先给驻于成都的军队发一个月饷银，驻于外地的以后再议。这一消息传出之后，本来就纪律很差而又无心支持军政府的巡防军内不少人就酝酿进行哗变与抢劫，有的人还去同赵尔丰密谈，希望赵"重秉川政"。据当时人记述："防军官长，多赵心腹，装备简单，枪支九子毛瑟，饷糈不厚，官兵全数哥老，少操无课，纪律不佳，官兵去留甚易，随补随离。赵氏与防军主干朝夕密谈恳亲，确闻防军首脑多人，有向赵氏磕头哭泣，誓言始终拥尔丰重秉川政，尔丰更予嘉勉其忠，愿同患难，对该首脑等密约。"

就是在这样极不稳定的局面之下，大汉四川军政府决定12月8日在成都东校场召集驻成都巡防军"听候训话，点名请饷"。

12月7日，巡防军中部分人员开会密商，决定在第二天点名时如果拿不到"恩饷"就"鸣枪发难，自由关饷"，甚至"吃血酒，掉大帖，宰鸡狗攒堂，重申哥老会的团结，大家摩拳擦掌"。此时，刚从监狱中释放不久的同盟会员杨维了解到了巡防军将有异动，于12月7日让周善培劝告蒲殿俊，"次日点兵必变"。蒲殿俊麻痹大意，反而认为"是谣言，不足虑也。"

12月8日上午九点半，驻成都的巡防军在东校场接受"听候训话，点名请饷"。大汉四川军政府都督蒲殿俊、副都督朱庆澜及军政府官员尹昌衡等50多人在场。据当天在成都的新军营长彭光烈的回忆：

"先由蒲、朱训话，尹则继之申明纪律责任。被训者纷纷责难，抵抗、不服、骄横的态度已不可遏止，会议毫无结果。

"其时约十一时，两万（按，此数不确，综合其他资料，应当是3000人左右）防军而布满东校场的密集部队行列中心突然鸣枪，登时暴动，几十几百成群，向四面各个街口飞奔，把所有饮食担摊踩烂捣毁，窜入街市，零星枪声，密集枪声，随处闻之，沿街抢掠，全城关闭，十足罢市。随即窜入中心和东西南北街道，尽量抢劫，枪声处处可闻。

"入暮，抢劫轮到当铺、藩库（按，即清代四川政府的官方银库）、银号、钱庄、字号，火光大起，火场达百余处，越燃越大，全城通红，无人敢救，被劫大铺地面堆积很厚包银钱货物的纸张。

"抢皇城军装武器库开始了，一人背二三支枪，夯子弹匣的极多，仿佛是自由凯旋的样子。藩库开抢了，一人抢三锭五锭，心重的一人抢十锭八锭，最贪婪的抢得多，拿布扎成包袱，背上如背两扇磨子，一步一步慢走，遇黄雀（按，指专门抢劫已经抢劫财物者的二次抢劫者）击毙重抢者不少。乡镇野外同志军、农民及豪侠之士，虏获枪支银钱极多。这个'自由关饷、尽情抢劫'的名词叫'打启发'。

"我通夜都在街上，收容陆军少数散兵，亲见亲闻的极多，完全是事实。赵尔丰被杀的主因，亦伏其中。"

另有资料统计说，"城北烧至大鼓楼，城西烧至皇城根，城东南一片瓦砾，全城糜烂，惨不可言。……统计此次损失，不下一千余万。" 单是藩库银就抢了"现银一二百万两"，成都的两个银行大清银行和浚川源银行均被抢劫。

这就是在成都当代史上著名的"成都兵变"，当时有人说是"公私损失财产不下千万金，全省精华尽于此劫"。这也是近三百年间成都市区发生的最大的一场浩劫。

"成都兵变"发生时，从不知兵的蒲殿俊躲藏于东较场军营中，可以指挥军队的朱庆澜迅速离去，避之不理。成都竟成为乱兵之天下，"锦绣成都，遂变为野蛮世界矣"。

这一混乱局面对于正在窥测方向、伺机复辟的赵尔丰真是天赐良机，竟然在12月9日公开以"总督部堂"的名义发布《告示》："防陆两军，火速回营，昨事既逝，毋须再论（按，这是从英国外交官的英文函件翻译的，不是原文）。" 与此同时，大街上张贴的文意大体类似的《告示》还有两种，一种是由赵尔丰会同原营务处总办田征葵发布的，一种是巡防军统领李克昌以"各地联合会会长"的名义发布的。

这次"成都兵变"是否是赵尔丰一手策划的，无论是当时的记载还是后人的研究，都有不同的意见，赵尔丰本人对于当时指责他策动兵变，还专门有一篇《辩诬文》。但是，他惟恐四川不乱，他一心在窥测方向、伺机复辟则是确定不疑的，他事先已经知道巡防军要谋乱也是肯定的。否则他和田征葵等人不可能在事发之后的一夜之间就刻印好这三种告示张贴于街巷之中。关于这一点，连当时在一旁密切关注事态发展的外国人都看得一清二楚，他们是这样评论的："这些告示读起来必定像是许多放出去的试探气球，以了解民众是否将使赵尔丰恢复总督的职权。"而尹昌衡则明确说田征葵等人是在"谋复拥尔丰为帅"。

但是，赵尔丰的企图未能得逞，由于尹昌衡采取了果断的平乱措施，"成都兵变"造成的混乱局面很快得以平息。

"成都兵变"爆发时，身为大汉军政府军事主任（也称军政部长）的尹昌衡当然也在会场。他很快明白，这是田征葵在"谋复拥尔丰为帅"。他虽然身为军事主任，但是"欲阻，无兵，而势已不可制，顷间杀掠遍成都，号哭声震天地"。他要想扭转局面，但是"非得一队镇之不可。思周骏（按，周骏时任新军六十六标标统，与尹昌衡是在日本陆军士官学校留学第六期的同班同学）屯凤凰山，有兵千余，距城二十里，若得之，可以戡乱"。于是他在混乱之中骑马迅速离去，先到了他任监督的位于北较场的陆军小学堂，让都配有武器的学生控制了北门一带，然后出城驰入新军六十六标周骏营中，组织军队。当时的一"标"相当于后世军队中的一个团，应当有一千人，但是当时在营中的只有三百多人。尹昌衡对这些新军进行了一番动员之后，组织为三队，同周骏一起连夜进城平乱。三队新军中，一队去守护藩库的财产，一队去守护皇城中的军政府，一队由尹昌衡亲自率领在街头清除乱军。与此同时，成都城外两支规模较大的同志军的部队，如温江的吴庆熙、崇庆的孙泽沛、汉州的侯国治等部也都迅速开进了成都，"一日之间，众至数万"。由于"打启发"的巡防军已各自带着抢劫到手的财物分散藏匿，所以尹昌衡在第二天就控制了全城的局势。

大汉四川军政府在兵变时已经"为之一空"，当尹昌衡率领新军于12月9日进入皇城的军政府时，军政府负责人只有罗纶一人在，"访都督无踪"。此时，朱庆澜藏匿不出，蒲殿俊"与未溃之数十官兵枯守于东较场"，他明确表示"兵乱既开，非武不靖，坚以文弱辞位，交出关防，嘱昌衡以戡乱绥民之责"。

在这种十分特殊的情况下，陆续到达皇城中的各界人士如新军的周骏、彭光烈，保路同志会的张澜、邵从恩，同盟会的董修武、四川教育总会会长徐炯等一致认为，在此混乱局面之下，"殆且急，非得帅无以镇乱，请拥尹君"。（按，另有记载说这次重要的商议与决定是在北较场中作出的）就这样，既无代表公议，也无选举过程，在紧急状态之下采取了紧急措施，"速议任都督事以救危亡，遂以尹昌衡为正都督，罗纶副之，发通告取消蒲、朱职名，决策抚溃兵，速编同志会入军。"新的军政府遂于12月9日宣告成立，名为四川军政府。

新的四川军政府成立之后的第一件大事，就是平息兵变与维持成都的秩序。尹昌衡宣布了"约法五章"，即"杀伤人、破毁屋、污妇女、入人室取非己有，及滥发枪者，皆死刑。"他命令新军以铁血手段制止成都的混乱局面，他自己每天晚上亲自率军在街上巡逻，"遇有不如约者擒杀之"。据他自己的回忆，"见犯令者立斩，尸于市，加木焉。甲申杀二百人，乙酉杀百余人，丙戌（按，尹昌衡此处有笔误，甲申、乙酉、丙戌三日应当是甲寅、乙卯、丙辰三日，即12月10日、11日、12日）杀十数人，旰目待明，凡四彻夜，群暴胆裂，民心得安"，让成都城内恢复了秩序。

12月13日，新的军政府发出的就职通告中明确表示："照得四川自十月初七日宣告独立后，草创规模，万端待理，突于十八日午后兵变，省垣公私货财、军需利器，抢掠一空，惨何可言！前都督蒲、朱辞去，人民呼吁无路，爰于二十日协议，推举本都督续任军政府事务，固辞不获。……乃徇众情，暂就职任。一面部署军事，厉兵选卒，以清乱源；一面重新庶政，淬厉精神，各专职守。所有前都督已发各道、府、厅、州、县通告等文，仍当一律实行，特此申明。"

很明显，新的军政府自认为它是原来的军政府的延续。它自己也说新政府

▲四川军政府都督尹昌衡（左）和副都督罗纶合影
　四川博物院提供

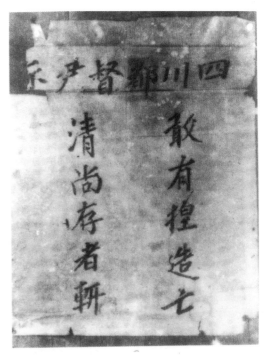

▲四川都督尹昌衡告示　四川博物院提供

是"协议"产生的，法律手续还不完备，所以在另一份通告《四川军政府再告全蜀父老兄弟文》中更明确宣布："正副都督皆实以安定军心，平定大乱，冒万死以摄大政，决无久居高位之心。现在拟定选举章程，陆续宣布，一俟大局稍定，市面秩序稍就回复，即定期实行选举正副都督及一切职员，俾我伯叔兄弟怀抱大才者，皆得各尽其力，以图造于完全美满之城。"

尹昌衡以他在新军中的威望和果敢的平乱手段获得众人的拥戴而在乱局中出任都督，这是很自然的结果。新的军政府宣布自己是原来军政府的延续，在"前都督蒲、朱辞去"之后，从原军政府领导人选出一人出任副都督，这也很正常。可是，为什么会选定罗纶呢？这是因为：其一，罗纶是四川保路同志会唯一的副会长，是仅次于蒲殿俊的最重要的领导人，在保路运动的很多场合，蒲殿俊基本上都是在第二线，而他却都是站在第一线进行实际指挥的人物，被赵尔丰"指控为同志会中最危险的角色"，在民众中有很高的威望。其二，他和各方面人士都有较深的交往和良好的关系，为人思虑细密、态度谦和，善于联络各方、排忧解难，在四川保路同志会中，他就以副会长兼任"交涉部长"，在原来的军政府中又担任"绥靖主任"，可以说都是在因人设事，发挥他的长处。第三，新的军政府必须得到同志军和袍哥的大力支持，而罗纶既是四川保路同志会的副会长，也是袍哥首领，在川西袍哥中有较高的地位。第四，还有一个可以说是偶然，也可以说是必然的具体情况：12月9日这天，还坚守在大汉四川军政府所在地皇城之中的大汉四川军政府领导人，就只有他罗纶一人。

四川军政府组成人员如下：

都督：尹昌衡

副都督：罗纶

总政务处总理：董修武

军务部部长：周骏

参谋部部长：王祺昌

军事巡警总部总监：杨维

民政部部长：龙灵

财政部部长：董修武（兼）

学务部部长：曾培

司法部部长：贾育贤

实业部部长：廖治

交通部部长：郭开文

盐政部部长：邓孝可

外交部部长：杨庶堪

新的军政府与原来的军政府的组成人员中，除了正副都督更换之外，曾培、廖治、郭开文、邓孝可等留任，此外的最明显的不同，是同盟会员的加入，特别是杨庶堪、董修武和杨维的加入。

杨庶堪是公认的四川同盟会的领袖人物、重庆成立蜀军政府的主要策划者与组织者（不过，由于重庆方面事务繁多，杨庶堪并未到成都就任）。

▲董修武　四川博物院提供

董修武是同盟会最早的会员之一，曾任同盟会总部评议员，是四川同盟会的另一个重要领导人、四川支部的主要负责人。

杨维虽然不是同盟会的领导人，但却是在全川赫赫有名的同盟会员。杨维在日本留学时就参加了同盟会，回国后在各地组织武装起义。1907年，他在成都密谋起义，因事泄未果，他与黄方、张治祥、王树槐、黎靖瀛、江永成等6人被捕入狱。因为这一年时值丁未，故而被时人誉为"丁未成都六君子"，在监狱中关押了4年。他在狱中仍然坚持革命活动，"每贿狱吏与同志通音问，促熊锦帆（按即熊克武）等起义，出资以济，阴为布署，密而白话文字，鼓吹川民"。一直到1911年11月26日，即赵尔丰向蒲殿俊等交权、大汉四川军政府成立的前一天，作为赵尔丰的一种姿态，"丁未成都六君子"才被释放出狱。也就是说，他在关押4年之后出狱还不到半月，就出任了极为重要的军事巡警总部总监，是平定成都混乱、维持成都秩序的重要人物。

在军政府各部门的负责人和办事人员中，还

▲杨维　四川博物院提供

有不少如童宪章这样的同盟会员，以致有人说"十分之六是同盟会员"。而在原来的大汉四川军政府的领导人中，是连一个同盟会员也没有的。这种组成人员的变化，是四川军政府的一个质的变化。它表明，新的四川军政府已经成为了一个由同盟会、立宪派和四川新军中的革命派共同组成的新政府。

所以会出现这种情况，有以下几方面的原因：

首先，原来的大汉四川军政府，是由被关押的保路同志会负责人与赵尔丰谈判之后，在十分仓促的情况之下成立的，而这些被关押的保路同志会负责人全部都是立宪派人士，也就说，在当时的谈判与组建的过程中，是一个同盟会员也没有参加，当然在大汉四川军政府的领导成员中就不会有同盟会的会员。可是，大汉四川军政府成立之后，在蜀中各地发动组织同志军的同盟会员有不少都陆续回到了成都，他们眼见大汉四川军政府的混乱与无能，立即开展了自己的行动。特别是1911年5月奉孙中山先生之命回到成都主持同盟会四川支部工作的董修武（他的公开身份是法政学堂绅班教员），在大汉四川军政府成立之后，"见政府文告暗昧，民众犹懵然于建立民国之义"，遂约集在成都的同盟会员开会讨论局势，布置任务，从原来在清政权统治下的隐秘活动转变为在清政权已被推翻的政局之下的公开活动，甚至于公开在西较场召开群众大会，"宣讲民党经历宗旨，及革命军光复各省情势。听者万千，肃然无哗，多感激振奋者，乃知民党所为有别于异姓改朔者矣"。特别是他们在群众大会的会场上公开悬挂一个大牌，大书"同盟会会长孙文、副会长董修武代"几个大字，使得"孙文之名传至家喻户晓"，也使得董修武之名受到众人的关注。前面曾经谈到的杨维、张治祥等"丁未成都六君子"在成都原本也有很高的知名度，他们出狱之后当然也大大提高了同盟会在社会上的地位。同盟会多年来的革命宣传和革命活动在民众中本来就有较好的民意基础，武昌起义和各省独立的信息此时已经广为流传，当董修武、杨维等人公开在社会上展开活动之后，很快为各界所重视，当然就有了进入新的军政府的可能。

第二，新的军政府的军事力量主要是由新军和同志军组成，无论是新军和同志军，都有大量袍哥和一定数量的同盟会员，而袍哥又和同盟会关系紧密，很多著名的袍哥首领都已经加入了同盟会，诸如张捷先、张达三、秦载赓、王天杰、陈孔伯、范华阶、罗子舟、周鸿勋、曾省斋、李绍伊等都是，侯宝斋、孙泽沛、吴庆熙、胡潭等虽然没有加入同盟会，但是与同盟会的关系密切，都参加了同盟会召开的罗泉井会议。所以，作为四川军政府的主要支撑的新军和同志军，是同盟会员参加四川军政府的重要的社会基础。

第三，更重要的是，尹昌衡本人就是一个当时少为人知的同盟会员。他在日本留学时，曾经与同盟会领袖黄兴有所交往，他先是黄兴在日本几所军事学校中秘密组织的"丈夫团"的成员，以后就正式参加了同盟会。他从日本陆军士官学校毕业归国时，先在广西谋职，先后任广西陆军小学招考官和总办，是广西同盟会的机关刊物《指南月刊》的主办者之一。回成都以后，他没有与成都的同盟会员有直接联系，所以成都的同盟会员不知道他早已参加了同盟会。就在"成都兵变"之前几天，他才又在成都重新参加了同盟会，还写下了一张志愿书，上面写着"尹昌衡志愿为中国同盟会会员，一切行动谨当遵守同盟会规定。如有违反情事，愿受极刑处死。"所以，很有可能是为了在清代官场和新军中活动的方便，尹昌衡长期有意地没有公开自己的同盟会会员的身份。但是，四川同盟会的主要领导人杨庶堪、董修武应当是知道的，当尹昌衡主政四川之时，就邀请杨庶堪、董修武和杨维参加了四川军政府并担任了重要职务，同盟会也就派遣尽可能多的会员参加了四川军政府的工作。特别是对于孙中山先生派来的董修武，"尹都督乃以心腹寄之"，甚至有记载说尹昌衡率军平叛和出面组织四川军政府都是因为董修武的"鼓动"。

四川军政府成立之后，军政事务千头万绪，但是其中最重要的大事是社会稳定。这又包括几个方面的内容：

第一，自"成都血案"以来三个月中，全省各地武装起义，以后又有不同形式的独立或反正，有很多地方还有清军割据，甚至还有战事，各州各县的情况千差万别，需要尽快解决问题，统一政令。

第二，自同志军兴以来，各州县的同志军数目不等，情况各异，有的驻扎在本地，有的征战在外乡，有的与地方关系较好，有的则各行其是，甚至扰民。如何让他们服从军政府的政令和指挥，如何进行整编，恢复正常秩序，是一个并不容易解决的大事。

第三，经过了两个军政府，清政权在四川的统治算是结束了。但是，清政权是一个由满蒙贵族统治全国的政权，多年来，在很多革命者的言论中，"反清"和"排满"是不分的甚至是一致的，同盟会的政治纲领的第一条就是"驱除鞑虏"。当同志军兴之后，汉族和满族蒙古族的矛盾日益紧张。所以，当军政府成立之后，如何正确处理汉族和满蒙同胞之间的关系，化解汉族和满蒙同胞之间的矛盾，是一个敏感而艰巨的任务。

第四，在重庆和成都各自成立了军政府，二者之间的关系如何处理，又是一个十分棘手的难题。

一个一个的难题，通过不同的方式，经过一定的时间，终于得以解决。

我们在前面曾经介绍，大汉四川军政府成立之后，成都一度出现了"无政府状态"，其主要原因是由于政府的无力与无能。现在，在新的四川军政府成立之后，成都虽然有一个比较强权的新政府，但是由于政府与它的支持者之间的关系未能理顺，由于政府的执行力尚未建立而导致的对城市管理的失控，所以也出现了一度的混乱状态。对于巡防军的抢劫破坏者，对于趁火打劫者都比较好办，在尹昌衡和杨维的坚决镇压下，这些犯罪活动很快得以消失。但是，最麻烦的问题往往是出在自己的队伍内部。这时，就出在大量入城的同志军。

12月8日的"成都兵变"发生之后，成都附近各州县的同志军纷纷开赴成都参加平乱。他们都是听到消息之后自动赶来的，不是按照军事部署调来的，所以一下子就拥入了将近十万之众。巡防军的叛乱与抢劫很快就平息下去了，可是这样多的既无统一的调遣指挥，又无统一的后勤供应的同志军在成都城内可就形成了新的混乱。同志军一开始就没有过统一的组织与指挥系统，如今来自各州各县的同志军要在省里立足，唯一可以利用的关系就是袍哥。成都本来就有若干袍哥的"公口"，同志军的主力本来就是袍哥，而袍哥本身从来就有互助共济的传统，于是，偌大的一个成都城顿时成为了袍哥的天下。更为重要的是，过去的袍哥是在江湖上活动的民间秘密会社，有关联络还要打手势、对暗号、说"黑话"（就是非袍哥不懂的若干专门词语，也称为"切口"），现在由于保路有功，由于近三个月来与清军作战更加有功，他们一下子就从过去政府心目中非法的"会匪"成为了军政府心目中（也包括广大群众心目中）合法的功臣，可以在成都街头公开地、大摇大摆地列队行进，真正是在招摇过市。

▶四川军警总监杨维令

四川博物院藏

纸质黑墨毛笔手书，竖排本；长85.0厘米，宽26.0厘米。内容："敢有言亡清尚存者斩 军事巡警总监杨 令"，"敢有造谣生事者斩 军事巡警总监杨令"，"敢有扰乱治安者斩 军事巡警总监杨 令"。"令"字上盖有方形红色"大汉四川军政府军事巡警总监杨维"印章。

从袍哥发展史来说，这是一个极为重要的转折时刻。成都街头一下子"公口"林立，成都社会一下子以参加袍哥（四川方言叫"操袍哥"或"嗨袍哥"）为荣。据当时人的记述："会众刀枪往来如织，每街公口设公座，每户贴公口红片，如大汉公、多福公、共和公、熙庆公之类。各会进城投片谒以公口，谓之拜客。公口者，袍哥也，即外省之哥老会。此会以川为最，每立一分会，谓之开堂，混水堂多下流，清水堂多绅粮，同志会、巡、陆军都不外此。罗纶乃彼中钜子。"

在这股浪潮之中，早已参加袍哥的正副都督尹昌衡和罗纶都是推波助澜者，尹昌衡甚至想利用袍哥势力在成都成立一个最大的"公口"，再利用这个"公口"去控制全川。据四川军政府参谋部部长王祺昌（又名王右瑜，按当时军政府所定的官制，已授中将衔）自己的回忆："尹上台后，大力提倡哥老会，都督府称'大汉公'，尹为舵把子。军务部称'大陆公'，周骏为舵把子。于时参谋部的人也要求我在参谋部内组织'公口'。"只是由于王祺昌早就已经是袍哥的舵把子了，所以他才没有在军政府的参谋内成立一个新的"公口"。

但是，随之而来的，就是本来就是良莠不齐的袍哥队伍中的一些不良分子，正好以对"成都兵变"的抢劫者"搜脏"为名浑水摸鱼，估吃霸赊，胡作非为，扰乱治安。一时间，成都城内出现了拥挤不堪式的混乱。

在这种情况下，四川军政府不得不下力气对这些同志军进行整编。在四川军政府成立时，就在周骏的军务部之下宣布了三个师的编制，现在就逐步将一些可以进行整编的同志军的队伍编入这三个师，第一师师长宋学皋和第二师师长彭光烈原来都是新军的营长，他们的这两个师就是以新军为骨干而主要由同志军组成的，第三师师长孙兆鸾虽然原来只是一个新军的排长，但他是老资格袍哥，与各方面袍哥的关系很深，他的这个师主要就是收编原来的巡防军而组建的。通过整编，同志军的多数首领如孙泽沛、吴庆熙、张捷先、张尊、刘荫西、侯国治、彭鼎新、胡重义、罗子舟等都成了团长，杨时雨等都成为了营长。据彭光烈的回忆："同志军虽是袍哥，大半是来自田间的农民，体质强健，性质优良，服从甚好，遵守纪律，颇能吃苦"，但是"不谙军事，不知军风纪"，所以专门成立了培训机构培训下级军官，一年多以后，才使全师"达到正规化"。没有编入军队的同志军，"则慰遣回籍，就地编成保安义勇队，以为捍卫桑梓之用"。为此，还专门制定了《保安义勇队章程》，颁发全省。

从全省看，此时清王朝残余势力的最主要的力量是还住在督院街总督衙门大院之中的赵尔丰，和赵尔丰的嫡系部队傅华封。

赵尔丰的交权，原来就是权宜之计。他身边还有两营亲兵，他一直在窥测方向，等

待时机，以图东山再起。他心中所以还存有
希望，关键原因是北京的清朝皇帝还没有退
位，他心目中的大清王朝还没有垮台，他认
为他还有复辟的希望，"成都兵变"时他以
"四川总督部堂调任边务大臣衔，尾署宣统
年月日，朱标一印字"牌示辕门，就是一个
明显的信号。在同盟会员眼中，他在牌示上
所说的"昨日之事，已过不论，谕尔兵士，
各自归营"，"直是自供罪状"。所以同盟
会员和很多同志军的首领一直要求杀赵尔
丰，重庆蜀军政府都督张培爵甚至主张从
重庆派兵到成都杀掉赵尔丰。四川军政府
成立之后，由于亲身经历了可怕的"成都兵
变"，所以连一贯不主张暴力的蒲殿俊、罗
纶、张澜等都主张杀赵尔丰，他们认为"不
攻赵，民且变"。所以，当双流簇桥的袍哥
管事曾璧臣从路过簇桥的总督衙门信使身上
搜出赵尔丰给傅华封和凤山的信件，并将信
件送交尹昌衡时，赵尔丰命令其旧部川滇边
务大臣傅华封和南路巡防军统领凤山率兵攻
打成都的企图昭然若揭，尹昌衡遂决定立即
杀掉赵尔丰。

　　11月21日夜里三更时分，尹昌衡宣布全
城戒严，派出约两千军队将督院街的总督衙
门团团包围。22日清晨，东门城楼上在罗纶
和周骏的监督之下向总督衙门发炮，同时，
新军从东大街上的后门，同志军由打金街的
后门同时攻打总督衙门，陶泽琨率领的新军
最先翻墙而入。在炮声的威慑和重兵的包围
之下，衙门中的军队完全丧失了抵抗力，只
有一个赵尔丰的贴身女仆向新军开枪，当即

▲擒赵尔丰图　四川博物院提供

▲赵尔丰被斩　四川博物院提供

▲明远楼前的成都群众　四川博物院提供

被击毙，赵尔丰被活捉，然后被押送至皇城的军政府内。此时在皇城之内已经聚集了不少群众，有如召开了一次公审大会。会上，尹昌衡宣布了赵尔丰的若干罪状之后，由陶泽琨执刑，在明远楼侧将赵尔丰斩首。然后又由尹昌衡亲自率领军队，将赵尔丰的头颅传示各街示众。

赵尔丰的被杀，标志着清王朝在四川的统治的彻底垮台，四川真正结束了帝制，进入了一个共和行政的新时期。

赵尔丰是全国在辛亥革命中唯一一个被公开杀头的封疆大吏（另有自杀与被刺的，如闽浙总督松寿、西安将军文瑞）。当时人曾经有过这样的总结："查川军政府擒斩赵尔丰之原因，其最要者为以下三种：一因十八之变（按，指成都兵变，时在夏历十月十八日），实由赵督作俑；一因川人独立后，赵有信寄边务大臣傅华封、驻藏大臣联豫，欲调西兵来省，以祸川人；一因路事风潮，赵督妄杀无辜，以致川人妻离子散，家破人亡者不知凡几。"

杀了赵尔丰之后，四川军政府除了发布了《军政府宣布赵贼罪状书》，历数赵尔丰的种种罪恶之外，还广为散发了几种言简意赅的告示，如"逆首正法，不许株连，藉故搜杀，严办不宽。""赵王（按，王指赵尔丰的死党王棪，也在赵尔丰之后被杀）诸凶，罪恶满盈，今已枭首，谢人万民。旗籍同志，幸勿相惊，各安生业，共享太平。"在这里，军政府注意到了一个十分重要的问题：如何对待和处理成都满城内的满族以及蒙古族同胞的问题。

清王朝统治中国的两百多年来，满蒙贵族和广大汉族同胞之间的矛盾长期存在，清代后期清王朝的卖国行径更是激起了广大汉族同胞对清王朝的皇亲大臣的切齿痛恨，加之晚清时期革命派在反清斗争之中宣传上的若干偏激言词（包括四川青年革命家邹容所写的在全国影响极大的《革命军》在内），就使得当时出现了一些对付满族同胞的过激行动。例如，10月22日西安的同盟会发动武装起义时，对于西安的满城实行武装进攻，西安将军文瑞要求和谈被拒，支持同盟会的新军和哥老会使用了炮轰、火攻，打了巷战，使得满城基本全毁，旗兵三千全部战死，满族同胞大部被杀或自杀（有记载甚至说"两万人剩下不到一千"）。湖北的荆州也有类似情况（湖北的八旗军队不驻武昌而是驻于战略要地荆州，荆州也修有满城）。成都是轰轰烈烈的保路运动和全省同志军起义的中心，不久前又发生了"成都血案"和"成都兵变"，现在又把清王朝的总督砍了脑袋，此时的民族矛盾更是异常尖锐。

成都在清康熙、雍正年间修有满城，城内居住着满蒙八旗官兵和他们的家属，不过成都的汉族和回族同胞把满蒙同胞都视为满族，一般都称之为"旗人"。由于多年来八旗官兵早已不上战场，管理愈来愈松弛，原来满蒙八旗的"全民皆兵"制度早已形同虚语，所以此时居住在满城中的军队只有少有训练的旗兵3营，但是共住有旗人5100多户，21000多人。

根据清代的制度，满蒙八旗原本是"全民皆兵"的，所有男子生下来就是士兵，就是八旗军队的一员，就由政府按月发给饷银与粮食，逢年过节另有赏赐，女性作为官兵家属也是按月领取供养，所以满城中的所有旗人都是不从事，也不准从事任何生产性或经营性的职业的，虽然不练武了，不作战了，但是也只能成天吃喝玩乐（清代的满城之中连一家商店都没有，一直到了辛亥革命之前几年，已经是"礼崩乐坏"的年月了，才在祠堂街辟出了一个公园，出现了几家餐馆）。现在清政权不存在了，没有人给他们按月发饷银、发粮食了，旗人皇粮断炊，求生无技，可以说是一下子就断了生路，更何况不是一家两家。在赵尔丰与蒲殿俊等人所订的《四川独立条约》中就有一项是"驻防旗饷照旧发给，事后再为妥筹生计"，可是当时就没有研究过任何具体的落实方案，现又换了新的军政府，当然就更无从谈起。所以，且不说由于多年来各种矛盾与仇恨所积累起立的对立，单是旗人生计这一件大事，就是摆在军政府与旗人之间的一座长城。

赵尔丰被杀以后，满城中的空气顿时极为紧张，流血冲突一触即发。当事者刘显之有这样一段回忆：

"成都宣布独立后，旗兵方面感著异常震惊，以为灭亡之祸已迫眉睫，每个人都怕没有生存的希望。实业街的三英小学就成了群众聚议的地方，白天晚上都有很多人在此讨论怎样应付这一巨变，最后一致认为，与其束手待毙，不如拼命死斗，死了也值得。除了已有的三营兵力戒备起来，还把库存的刀矛等落后武器，都取出来发给青壮年旗丁。这时我已十九岁，也领了一把腰刀。许多人把家禽、家畜都杀来吃了，只待风势一变，老幼妇女便先行自杀，精壮的就扑向汉城，情愿斗死，情势非常紧张。同时，少城（按，即满城）一带的汉族居民，也是惊惶不安，谣言时起。"

满城中的局势当然很快就被军政府了解得一清二楚。为了防备旗人拼死一搏，尹昌衡派军队将满城团团包围。

在这一触即发的紧急关头，冲突双方的最高负责人保持了相当冷静的态度，采取了一系列措施，让这一尖锐矛盾得以和平解决，没有发生一件流血事件，这应当是四川辛亥革命风暴中很值得称道的一大成绩。

满蒙八旗在四川的最高长官是成都驻防将军玉昆，他自1909年从凉州都统升任成都将军以来，一直表现出了在满蒙高官中难得的开明与温和，在轰轰烈烈的保路运动中，他一直对民众的行为有所同情，甚至明确认为"诚属官激民变"。当赵尔丰准备屠杀逮捕在押的蒲殿俊等人时，是他的反对才停下了赵尔丰的屠刀。赵尔丰同蒲殿俊等人谈判四川独立和赵尔丰向蒲殿俊等人交权，他都是支持的。当赵尔丰被杀、满城中一派剑拔弩张之时，他召集了满城中的所有高级官员、四川咨议局中的旗人代表，还有与军政府领导人有同学或朋友关系的旗人开会，决定停止军事操练，满人一律不准出城，由赵荣安等人为代表前往军政府面见尹昌衡，力图通过谈判，和平解决问题。

四川军政府方面也愿意和平解决问题。其实，还在大汉四川军政府成立之时，蒲殿俊与罗纶就主张和平解决旗人问题，罗纶曾经以军政府"绥靖主任"和四川保路同志会副会长兼"交涉部长"的双重身份来到满城之中，约他当年的同科举人、四川咨议局旗人议员赵荣安一道，会见了将军玉昆，商谈和平解决方案。为了表示自己的诚意，为了让旗人放心，罗纶还将自己的家眷送入满城，在东门街上赵荣安的亲戚家中住下。可是，谈判方案未成就爆发了"成都兵变"，大汉四川军政府不复存在，赵尔丰被杀，谈判当然停止。现在，新的四川军政府方面也愿意继续与旗人谈判，并派出了由四川教育界元老、四川教育总会会长徐炯和另一位教育界元老周紫庭二人为代表，进满城与玉昆等人谈判，还派人送达了四川军政府副都督罗纶的亲笔信。更重要的是，罗纶的家眷至此仍然住在满城内的东门街上赵荣安的亲戚家中，徐炯此时也将家眷送进了将军衙门。

▲革命军在街头帮助群众剪辫子
四川博物院提供

经过认真谈判之后，双方达成了如下的和平解决方案（当时叫做"优待条件"）："旗兵缴枪后，军政府一次发给旗兵每名三个月的饷银，继后陆续再发三个月；所有住房一律发给营业证，许其自由买卖；另外再拨二十万元建工厂，容纳穷苦旗民学艺，解决他们的生活。"根据这个方案，12月24日，旗兵在玉昆的监督之下在西较场缴出了全部枪支弹药。军政府在满城内的西城根开办生产毛巾袜子等日用品的工厂，用以解决生计困难的旗人家庭的就业问题。为了表示新时期的"五族共和"、"一视同仁"，工厂命名为"同仁工厂"。这以后，开办"同仁工厂"的东城根这条原来的城边通道形成了一条街道，也就命名为同仁路。对于玉昆和另一位重要的满族官员四川都统奎焕，军政府认为他俩"于川人争路及十月反正之事，两公均能深明大义，苦心维持，并剀切开导旗军，一律呈缴枪械，故川人对两公异常感佩。"所以按照他们希望回归故土的愿望，派员护送回到北京。

这样，原来认为最容易出现暴力冲突的旗人问题，顺利地得以和平解决。没有流一滴血，没有毁一间房。

在解决成都旗人问题的同时，四川军政府派出彭光烈和侯国治率军西征雅州（今雅安），解决驻于雅州的四川省内最后一支效忠于清王朝的军队傅华封部。由于在不久前的大相岭阻击战中同志军已经挫败了原来颇为

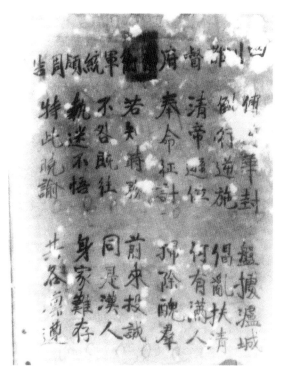

▲四川都督府禁卫军统领布告　四川博物院提供

骄横的傅华封部的锐气，而此时全川乃至全国均已山河变色，清王朝的彻底垮台已是不可逆转，而四川军政府又掌握了这种机会在发动进攻之前进行了大量的攻心战，先后发布了《谕雅州父老文》、《再谕雅州人民告示》，和专门劝谕雅州清军反正的《谕西兵文》。这些攻心的宣传品抓住这支军队都是汉族士兵组成的这一特点，反复告诫他们："现在我们十八行省，已经被我们汉人恢复了，你们也是汉人的子孙，独不愿意汉人恢复中国吗？还死死的跟着傅贼与汉人为敌，莫说十八省的汉人如此之多，打他一个傅华封，莫有打不平的，就是本都督现有精兵三万余人，破他也就不难。况且他的粮饷子弹都是四川接济的，把他接济断了，困也把他困死。"有了这样的宣传攻势垫底，彭光烈比较轻松地于1912年1月9日攻下雅州，清王朝的署理川滇边务大臣傅华封被俘。

傅华封在成都监禁期间，写成了一部《西康建省记》，详细叙述了川边康区改土归流的经过，和有关设立西康省的具体建议，书中涉及当地的政治、经济、宗教、军事、文化、民风等多方面内容，内容翔实，可资参政。军政府认为傅华封此举有功于世，遂免其罪予以释放。傅华封以后以遗老身份自居，开办实业，于1929年病故。

现在，摆在四川军政府面前最大的问题只剩下处理与重庆的蜀军政府的关系了。

重庆蜀军政府和四川军政府的合并

蜀军政府在同盟会的领导下、以同盟会员为主，成立于1911年11月22日。成都的大汉四川军政府是由赵尔丰交出政权之后由立宪派人士为主建立的，成立于1911年11月27日，比蜀军政府晚5天。5天之内，四川最大的两个城市成立了两个取代清政权的军政府。蜀军政府宣布不承认大汉四川军政府，还决定要发兵西征。只是因为在"成都兵变"之后成立了新的四川军政府，同盟会员参加了新的四川军政府，新的四川军政府又杀了赵尔丰，于是四川省内的两个军政府的关系方才趋于缓和。

虽然关系趋于缓和，但是并不融洽，更不和谐，道理很简单，一省之中不能长期并存两个政府。下一步的发展只有两种可能，一是将两个军政府进行合并，二是将四川省分为两省。一时间，两个军政府都未表态，都在观望，都在等待，都在看对方如何动作。

但是，不待两个军政府采取行动，一些不愿意看到两个军政府并存而可能产生不良后果的人士纷纷发出了呼吁，希望能够尽快统一。

由旅居外省的川籍人士于12月20日组成的"中华共和促进会"上书蜀军政府，比较委婉地提出，千万不能"同室操戈，遗害大局"。

成立时间不明、也是由旅居外省的川籍人士组成的"四川共和协会"上书蜀军政府，则直截了当地提出了"宜速谋全省之统一"的呼吁。

与蜀中各界人士关系颇深的原护理四川总督王人文和原四川武备学堂学监胡景伊也呼吁，促进"谋求统一，力维大局"，结束"两军政府平立对峙，军政财政未谋统一"的局面。

万县有一位名叫熊飞的先生，更是向当时四川省内的各位都督提出了具体的建议，而且是根据全国迅速变化的新局面提出的具体建议。这是因为，此时"川东、南、西、北各有都督，而隆昌一县亦有之"。而从全国看来，"现湖北黎都督召集联邦，上海亦召集临时国会，若不急谋统一，则设列强派兵干涉，如庚子之联军，其将何以抵御之乎！据鄙

▲《四川独立新报》刊载《成渝军政府之合并问题》社评　四川博物院提供

人之意，宜急令各府、厅、州、县选举代表，迅速来省，一则议决蜀军政府之究应设于成都，或设于重庆（原注：仆谓宜设军政府于成都，而重庆、西藏各设分府，置一都统，均归成都军政府之节制），一则公推何人为都督，以定对内之策，并公举到鄂之全权委员，到沪之外交代表，以定对外之策。"总之，呼吁蜀中各方"顾全大局，通盘筹画，化除意见，以谋统一。"

就在这种气氛之下，成渝两个军政府的领导人都表现出了顾全大局的高姿态，没有产生在通常情况下很容易出现的"一山不容二虎"的互争局面，更没有出现同室操戈。应当说，这是当时的四川之幸。例如，以下的两件事就特别值得称道：

蜀军政府成立之后，"滇、黔、湘三省通电认蜀军都督为四川都督，诋成都军政府为哥老会政府。张培爵等以大局为重，覆力阻之。"张培爵还这样复电云南的蔡锷等人："哥老诚足诟病，然四川以大局为重，吾人岂为位置而革命者！如此必大扰乱。"

四川军政府成立之后，生性狂傲的尹昌衡虽然对待蜀军政府的态度仍然还有任性疏狂之处，但是他主动致电蜀军政府都督张培爵，表示"成渝不可以分立，虽妇人孺子苟具良心者无不知之，衡岂忍拥权挟私以坏大局，践约图名以顾小信"，"同力合作，犹恐不支，分党异谋，势成两败"，愿意"以一介合四督"，促成统一。所以，他邀请重庆方面"果其关怀大局，即请联袂而来"。

在这个重要时刻，既是重庆的蜀军政府的主持者，又是成都四川军政府的参与者的同盟会，已经成为了四川全省最重要的政治力量，在成渝两个军政府统一的这件大事上，同盟会发挥了极为重要的作用。

既是四川军政府的领导成员，又是同盟会员的董修武、杨维等人公开发出了统一的呼吁，并指出："成渝分离，两军政府事权既不统一，财政亦无法整理，又加滇军骄悍（按，云南的滇军以援川为名进驻川南，一直未能离去），哥老纵横，长此拖延不决，川民痛苦必深，究其终极，势将两败俱伤"。

此时的同盟会四川分会负责人、"丁未成都六君子"之一的张治祥这时往来于成渝两地，传递信息，参谋策划，其功至伟。尹昌衡等在给蜀军政府的电报中都说："治祥适自渝返，具述贵都督及渝人士协商统一盛意，足见大公无私，纯为大局起见，无任钦佩。"正是由于张治祥向四川军政府传递了蜀军政府的"统一盛意"，四川军政府向蜀军政府正式提出了"统一两军政府办法"。

很快，双方进行了正式谈判，而且很快有了结果。据四川军政府在一份《军政府通告》，和一份由尹昌衡、罗纶联合具名向南京的中华民国临时政府的报告中所叙述：

▲张治祥
四川博物院提供

"昌衡、（罗）纶有见于此，受任以来，力谋合并，屡与蜀军政府电函相商，专使往来，最后乃派张治祥君为成渝联合全权大使赴渝，与蜀军政府所派全权大使朱之洪君提出条件，互相商议，于阳历正月二十七日拟就草合同十一款，双方签字盖印。并缮就正式合同，经蜀军政府盖印，送请查照盖印前来，当经召集文武职员特开会议，经众赞成，于二月二日盖印迄，合同成立。"

四川军政府派出的"联合成渝全权大使"张治祥，和蜀军政府派出的"联合成渝全权大使"朱之洪，是在在双方辖区的边界所在地荣昌安富镇烧酒坊举行谈判的。谈判中，成都方面提出了"提议"6条，重庆方面提出了"提议"5条，共为11条。

2月6日，《四川公报》刊载了以双方代表张治祥和朱之洪的名义向全国的通电。通电中评说四川的形势是"成都诛赵贼以谢天下，擒获傅华封，重庆又获田征葵枭首示众，以快人心。则川乱粗平，民志大定。"然后宣布："现川南、川北各都督皆已辞职，隶属重庆各属州县皆就范围，成都又派治祥，重庆亦派之洪同为成渝联合大使，商议成渝联合统一办法，业已签订草约"。这样，成都和重庆的两个军政府正式向全国宣布了统一的决定。

在双方的谈判中，对于尽快实现统一、统一之后的军政府设于成都这两点，双方意见一致。可以想象的最大分歧，也是谈判之中最关键的大事，就是新的都督人选。成都方面当然力主尹昌衡，而重庆方面当然力主张培爵，所以在双方的"签订草约"中只能说是"都督驻节成都，就成渝两处正都督投票选举，以定正副，而免彼此谦让"。其实，双方在此时都未谦让，而是相持不下，以至于与成渝双方关系都不错的原清政府护理四川总督王人文从成都到重庆访旧时，社会上竟然传言说要让王人文来出任新的军政府都督。

在这种情况，蜀军政府的同盟会员表现出了高姿态。张培爵在从重庆前往成都的途中抵达隆昌时，老同盟会员谢持和卢师谛、但懋辛、向楚等人从重庆、富顺、成都等地赶来，举行了一次都督行营会议。会议认为，如果要在成都选举都督，肯定是尹昌衡的票多，"不如不选为佳"，干脆以高姿态示人。于是，张培爵于3月3日发出通电，"正都督非雄才大略者不能胜任。培爵已推尹昌衡为蜀军正都督，培爵随尹君之后为副都督，勉尽国民之责。"3月9日，张培爵到达成都。

3月11日，尹昌衡和张培爵在成都向全国发出通电，宣布成渝两军政府"从兹合并实行全川统一"。同时宣布：新的四川军政府正式成立，尹昌衡和张培爵分别就任都督与副都督；新的政府名为

▲谢持
重庆中国三峡博物馆提供

"中华民国四川都督府"，大印为"中华民国军政府四川大都督之印"（由于这个原因，所以以后一般仍然称新的军政府为"四川军政府"而不称"四川都督府"）；罗纶任军事参议院院长；夏之时任重庆镇抚府总长。

这里有一个问题需要说明：新的四川军政府的成立时间，各种史籍记载不一。例如，在史学界影响最大的两部著作，隗瀛涛老师的《四川保路运动史》是"4月25日，张培爵到达成都。27日，尹昌衡、张培爵就任四川军政府正副都督职"。章开沅、林增平主编的《辛亥革命史》是"1912年2月，成渝两军政府合并，在成都成立统一的四川军政府，尹昌衡为都督、张培爵副都督"。这两种记载都是错误的。出现这种失误，主要原因是因为当年的原始资料在1911年的纪年方式都是夏历，可是到了1912年就不同了，孙中山先生在就任临时大总统之时曾经于1912年1月2日通电全国，改用公历，所以在当时的文献资料中，有的是用的公历，有的是用的夏历，很容易产生混淆。周勇在1986年出版的《辛亥革命重庆纪事》一书中最早指明了这种混淆，笔者又在上引的四川军政府的通告中看到了明确写为"阳历二十七日"、"二月二日"的准确记载，所以将新的四川军政府的成立时间定在1912年3月11日。

合并之后的四川军政府组成人员如下：

都督：尹昌衡

副都督：张培爵

重庆镇抚府总长：夏之时

军事参议院院长：罗纶

军事巡警总监：杨维

总政务处总理：董修武

政务部部长：邵从恩

财政部部长：董修武（兼）

教育部部长：沈宗元

司法部部长：龙灵

实业部部长：王伯涵

交通部部长：郭开文

盐务部部长：邓孝可

外交部部长：杨庶堪（未到任）

参谋部部长：王祺昌

军务部部长：周骏

从这个名单可知，新政府的人员组成基本上仍然是原来四川军政府的班子，只是增加了一个张培爵，夏之时则常驻重庆，一直就没有到成都来过。

新的四川军政府成立了，全川统一了，清王朝在四川的残余势力扫清了，应当说，四川的历史从清王朝进入了中华民国的新时期了，以破约保路为目的的保路运动应当是胜利了，辛亥革命在四川的任务应当算是完成了。但是，在那乱事之秋，四川并未有所谓的"共和"、"民主"之实，甚至连太平二字都未能享受。

当3月11日新的四川军政府成立之时，全国的形势也正在风云突变之中。

1912年1月1日，刚从美国赶回国内的山孙中山先生在南京宣告中华民国成立，并就任临时大总统。

2月12日，清王朝最高代表隆裕太后颁布退位诏书，清王朝正式宣告覆亡，延续了多年的帝王专制政体最后退出了中国的历史舞台。但是，在隆裕太后的退位诏书中留了一个大大的尾巴："由袁世凯以全权组织临时共和政府，与民军协商统一办法"。而且，这个退位诏书是得到当时包括孙中山先生在内的南北双方同意的。

2月13日，孙中山在南京辞去临时大总统职。

2月15日，袁世凯在北京就任临时大总统。

4月5日，南京的中华民国临时政府和临时参议院北迁北京。

从全国范围看，辛亥革命是失败了，中国进入了以袁世凯为首的北洋军阀所统治的时代。四川当然也是如此，也逐渐落入了北洋军阀的手中。

此时北洋军阀在四川的代表人物是胡景伊。

胡景伊（1878—1950），巴县人，他是1901年四川首批官费赴日留学的学生之一，而且所学的是军事。1904年回国之后被四川总督锡良任命为四川陆军武备学堂学监兼教习，尹昌衡、周骏、刘存厚等人都是他的学生并由他选派去日本学习军事，所以他在四川新军诸人中资历最高。1907年他随调任云南的锡良去云南筹办新军，以后又到广西任新军协统。辛亥秋广西新军中的同盟会员发动武装起义之后，曾决定仿湖北武昌起义时推举新军协统黎元洪出任都督的办法，推举胡景伊出任广西都督，胡景伊不愿也不敢接受，逃往上海。四川军政府成立之后，他回到成都，被尹昌衡奉为上宾。

尹昌衡为了在四川军界树立自己的势力，有意利用胡景伊在四川新军中的师辈威望，在2月27日任命胡景伊为四川陆军军团长，掌控全省军事大权。当重庆的夏之时决意脱离军政两界去日本留学时，尹昌衡又任命胡景伊接任了重庆镇抚府总长。7月，尹昌衡率军去川边平息叛乱，更让胡景伊担任了护理都督。久已有心夺取全川军政大权的胡景伊遂派人进京，向袁世凯输诚效忠、贿赂政要，心甘情愿地投入袁世凯门下，成为袁世凯在四川的代理人。袁世凯将张培爵调进北京赋闲，在1913年6月正式任命胡景伊为四川都督，而将尹昌衡改任为川边经略使。于是，四川完完全全成了北洋军阀的天下。

对于此时的四川形势，老同盟会员熊克武在1913年8月4日于重庆就任四川讨袁军总司

▲欢送尹昌衡西征

令后发出的《讨胡檄文》中是这样说的："我四川当同志会时代，不惜流血千里，伏尸数万，除此专横强暴之赵尔丰。故四川改革，其受祸较他省为尤烈。乃去一专横之赵尔丰，又来一专横之胡景伊，其火烈水深，又较满清为尤甚。"

这以后，在四川又掀起了反对袁世凯和北洋军阀的"二次革命"、"护国战争"、"护法战争"。一直到1918年6月，四川靖国联军将北洋政府的四川督军刘存厚逐出四川，由老同盟会员熊克武出任四川督军，杨庶堪出任四川省长，四川才结束了北洋军阀的统治，四川辛亥革命的硝烟才算完全散尽。

一百年过去了，当我们仰望成都人民公园之中那座由川汉铁路总公司于1914年建成的、通高31.85米的国家级重点文物保护单位"辛亥秋保路死事纪念碑"时，不禁心潮澎湃、浮想联翩。

如果从原定的革命目标来讲，辛亥革命所要达到的"驱逐鞑虏，恢复中华，创立民国，平均地权"的十六字纲领只是勉强地完成了一半（所以说勉强，因为清王朝的皇室还在紫禁城中享受着民国的"优待"），既没有建成一个真正的由人民当家做主的共和国，更没有在"平均地权"等若干带根本性的体制问题上有任何作为，所以历来的史家都认为，全国的辛亥革命是失败了。

但是，历史从来不以成败论英雄。

多年来的论述者往往是从政权由谁掌握这一角度来评述历史，认为辛亥革命之后政权落入了袁世凯之手，故而一言以蔽之曰：辛亥革命失败了。可是，难道袁世凯就胜利了吗？

孙中山先生领导的同盟会自成立之时起，就主张以武力推翻清朝的暴虐统治，主张反抗帝国主义者对中国的侵略与瓜分。从这一点上说，辛亥革命推翻了帝制，打击并延缓了帝国主义者侵略瓜分中国，辛亥革命是有成果的。

四川人民掀起的保路运动，其目的是破约保路，随着清王朝的覆亡，卖国条约失效了，川汉铁路免于落入帝国主义者之手，四川人民应有之主权被保护下来了。保路之实质是在于保权。从这一点上说，保路运动的目的是达到了的。

所以，我们不能忘记保路运动，我们应当缅怀与尊敬一百年前投身于保路运动的先辈们，这是因为：

保路运动在四川推翻了帝制，让四川历史进入了没有专制帝王的新时期，这是四川历史上几千年来的第一次。

保路运动集中显现了四川人性格特点之中"刚悍生其方"、"多悍勇"、"其人勇且让"的血性，舍己为公，气势磅礴。这种群体性的万众一心，这种可歌可泣的精神风貌，只有2008年的"5·12"汶川大地震时期可比。

保路运动时，因为端方从武昌率军入川，为武昌起义的成功创造了极为有利的条件，所以孙中山先生说："若没有四川保路同志会的起义，武昌革命或者要迟一年半载的。"

保路运动的巨大声势，一扫全国革命者在黄花岗起义失败之后的气馁情绪，同盟会的领导人黄兴说是"已灰之心复燃"，同盟会的另一位领导人宋教仁说是"吾人于是而不得不有所感焉"，故而"遂拟定乘时大举"。湖北、湖南、云南、陕西等省的武装起义都明显地受到了四川保路同志军武装起义的直接影响。正是从这一事实出发，辛亥革命的亲历者朱德元帅才会有这样一首可谓句句贴切的诗："群众争修铁路权，志同道合会全川。排山倒海人民力，引起中华革命先。"

著名的历史学家、保路运动的亲历者郭沫若这样说过："公平而且严格地说，辛亥革命的首功应该由四川人负担，更应该由川汉铁路公司的股东们负担。虽然他们并没有革命的意识，然而他们才是真正的社会革命的发动者，而且也是民族革命的发动者。事实是这样，这并不是我们目前想有意阿谀，或有意翻案。"

正是因为这种原因，所以我们要回顾历史，缅怀先烈，纪念全国的辛亥革命和四川的保路运动。

1911年9月2日，四川保路同志会的机关报《西顾报》发表了一篇时评，名为《余之罢市观》，文章这样写道：

"自初一日罢市以来，风声所树，愈演愈烈，大有转巨石于危岩，不达其目的不止之势。由是而吾人心目中所发生之现象，亦不一而足。见万众一心，坚持到底，慷慨激烈，秩序井然，则欣然而喜；见贫贱之家，闭户歇业，典衣购食，以充饥渴，则悄然而悲。悲喜交集，遂不禁拍案大叫曰：吾川人心未死也！吾中国可以不亡矣！

"何则？外人之议中国者，谓中国人如一盘散沙，无百人之团体，无十日之凝聚力，其热度恒不到五分钟而止。其普通之性质，皆惟知一身一家之利害，不知公益公患为何事。无论何族，取其国家而代之，亦视如春花之过目，秋风之拂耳，而毫无所动于心，此言固切中吾国人症结，然亦不可一概而论也。不观乎今日之举动乎？既非士夫所驱迫，又非大众所强为，徒以群愤所激，存亡所关，遂举其平日衣食之资，而一律牺牲之。即长官之出示弹压，兵士之耀武扬威，亦视若无睹，置若罔闻。充此志量，虽刀锯之前，斧钺在后，亦置若罔闻，而毫无瞻顾矣。"

整整一百年过去了，现在读来这仍然是一篇好文章。它写我们先辈在保路运动之中的那种精神，写我们先辈是如何克服"一盘散沙"、"热度恒不到五分钟"、"惟知一身一家之利害，不知公益公患为何事"的毛病，如何克服那种对国家利益"毫无所动于心"的毛病，而能够在"群愤所激，存亡所关"的关键时刻，发扬"万众一心，坚持到底，慷慨激烈，秩序井然"的精神，"虽刀锯之前，斧钺在后，亦置若罔闻，而毫无瞻顾"，以"转巨石于危岩，不达其目的不止之势"去达到"吾中国可以不亡"的救国救民的崇高的目的。这是为推翻帝制而在全国出现的最大规模的群体觉醒运动，是100年前的爱国主义和民主主义精神的伟大实践。

中华民国成立伊始，临时大总统孙中山先生于1912年2月12日撰写了在四川久久流传的《祭蜀中死难诸烈士文》，全文如下：

"维民国之纪元二月二十有二日，蜀都人士以民国新成，大功底定，乃为其乡先烈开追悼大会于新京，以慰忠魂。文既获与斯盛，谨以芜词致祭于诸先烈之灵曰：呜呼！在昔虏清，恣淫肆虐，天厌其德，豪俊奋发，其谋倾圮，以清禹域。惟蜀有材，奇瑰磊落，自邹迄彭（按，此指邹容与彭家珍等革命烈士），一仆百作，实力民国，厥功尤多。岷江泱泱，蜀山峨峨，奔放磅礴，导江干岳，俊哲挺生，厥为世率。虏祚既斩，国徽永建，四亿兆众，同兹歆羡。魂兮归来，瞑目九原。呜呼哀哉！尚飨！"

共和之光
辛亥秋四川保路死事百年祭

尾声

保路运动结束了，保权的斗争并未结束，四川人民还在努力奋斗，保路运动的风云人物还在历史的舞台上展现着他们的身影。

蒲殿俊在"成都兵变"之后辞去了军政府都督的职务，被时人称为"十日都督"。他还想在政治舞台上有所作为的热血逐渐被北洋军阀的统治所冷却，他曾经与梁启超等组建进步党，他曾经被选为国会议员，并短期担任过内务部次长兼北京市政公所督办（即早期的北京市长）。但是，眼见他为之奋斗的中华民国"结果成功了一个假共和的民国"，遂决心脱离政治生涯，"尽力于舆论指导和社会教育"。1919年，他谢绝了北洋政府委任的教育总长，而就任北京《晨报》的总编辑，还创办《实话报》，并以"止水"等笔名发表了大量文章，宣传新文化，提倡白话文。1921年，他在北京创办了中国第一份专门研究戏剧改革的杂志《戏剧》月刊，组织了"新中华戏剧协社"，次年再创办中国第一个职业戏剧学校"人艺戏剧专门学校"和供学员实践的"新明剧场"，所有这些都是中国戏剧史上具有开创性的大事，他从一个重要的政治家转型成为了一个开辟新路的重要戏剧家，他还主张戏剧要面向劳工，要"以民众底精神为原动力"，他写的六幕话剧剧本《道义之交》被收入了《中国新文学大系·戏剧编》。1927年，他奉老母回到广安乡居，1934年病逝。

罗纶在新的军政府中的军事参议院院长纯属一种荣誉性的闲职，不可能去参议军事。他遂辞去了这个挂名的闲职，将精力转向于文化教育，曾经在少城的关帝庙中创办戏曲改良社，着意培养川剧人才，又创办《进化文化报》，宣传新思想。这以后，他曾几次选为国会议员，但一直坚持反对袁世凯，反对北洋军阀，主要时间都在四川办教育，曾任顺庆（今南充）中学教习，筹办了家乡的西充中学并任校长。

张澜一直站在为了中国的民主富强而奋斗的第一线。大汉四川军政府成立后，他出任川北道宣慰使，以后被选为国会议员，与云南的蔡锷结识。1915年蔡锷率护国军从云南北上讨伐袁世凯，张澜在南充组织川北护国军与之配合。讨袁胜利后，他先后出任了嘉陵道道尹和四川省省长。在四川军阀混战中，他离开政界，于1920年回到南充办学办报，为川北地区培养了一大批人才。1926年出任四川最重要的国立成都大学校长，曾经在1928年为抗议军阀屠杀进步师生而辞职。1933年，四川地方实力派为了对抗蒋介石而成立四川安抚委员会，他被聘任为委员长，从此开始了长期的反蒋斗争。抗日战争时期，他当选为国民参政会参政员，与黄炎培等组建了"统一建国同志会"，1941年在此基础上成立了"中国民主政团同盟"，后来被推为主席。1944年，"中国民主政团同盟"改组为"中国民主同盟"，他继续担任主席，成为了全国民主人士的一面旗帜。1945年毛泽东主席到重庆与蒋介石谈判期间，曾几次与他会晤，共商大计。1946年，他以民盟首席代表身份参加了全国政治协商会议，并决定民盟拒绝参加国民党片面召开的伪"国民大会"，还将民盟中参加伪"国民大会"的民社党清除出盟。1947年，国民党政府宣布民盟为非法，张澜受到国民党特务监视。1948年，国民党请他出面在国共两党之间调解以实现和平，被他严词拒绝，他说："现在是革命与反革命之争，而我们站在革命的一边，所以不能作调解人。"国民党特务将他软禁在上海，并决定进行杀害。在中共地下党的组织营救之下，他始得安全脱险，并前往北京参加了中国人民政治协商会议，被选为中央人民政府副主席。1954年当选为全国人民代表大会常务委员会副委员长，同年又当选政协全国委员会副主席。1955年在北京病逝。今天，在西充县莲池乡还保留着他的故居，在南充市表方街建有张澜纪念馆。两年前，中央电视台播出了描写他"与日俱进"的一生的电视连续剧《民主之澜》。

吴玉章在整饬了重庆的蜀军政府之后即去了南京，作为川籍议员参加临时参议会，并协助孙中山先生工作。在受聘代表中央入川慰问期间，他在成都筹办了留法预备学校，倡导青年学生赴法勤工俭学。1913年他积极参加了反袁斗争和"二次革命"，遭到袁世凯通缉。这以后他流亡法国，一边在巴黎政法大学学习，一边组织华法教育会，向在法国的中国学生与工人传播革命思想。1916年回国，参加广州军政府工作，担任外交调查会副会长，并继续组织赴法勤工俭学活动。1922年被聘出任成都高等师范学校校长，在成都宣传马克思主义。1924年1月，他和杨闇公秘密组建"中国青年共产党"，发行《赤心评论》。不到一年时间，他和杨闇公别在北京和上海参加了中国共产党，同时也就解散了"中国青年共产党"。他入党后，中共中央考虑到他是同盟会和国民党的元老，决定他仍然留在国民党内促进国共合作，于是他回到四川整顿了四川的国民党组织，同时帮助杨闇公创建了中国共产党在四川的地方组织。中共重庆地方委员会成立后，他担任宣传部主任。1925年在国民党一届四中全会上当选为中央执行委员，以后还担任过国民党中央政治委员兼中央党部秘书。大革命失败以后，他参加了"八一"南昌起义，任中央革命委员会委员兼秘书长。1927年赴苏联学习和工作。1935年受党中央派遣到巴黎主持《救国时报》，在欧洲推动抗日救国运动。1938年回国，以国民参政员的身份宣传并促进抗日民族统一战线。1939年到延安，任陕甘宁边区政府文化委员会主任、鲁迅艺术学院院长，是党内德高望重的"五老"之一。抗日战争胜利后到重庆任中共四川省委书记，坚持斗争，最后率领《新华日报》与地下党有关同志顺利返回延安。1948年出任华北大学校长，以后又组建中国人民大学并任校长。他还担任了国务院文字改革委员会主任，为推广简化汉字、推广普通话、制订汉语拼音方案作出了极大的贡献。吴玉章于1966年病逝，他是四川唯一一位身兼同盟会元老、国民党元老和共产党元老的革命前辈，毛泽东主席曾经赞誉他是"一辈子做好事""一辈子有益于革命"。今天在他的家乡荣县双石镇蔡家堰有玉章中学（这是1958年吴玉章回乡时将他家故宅捐赠出来修建的学校），建有吴玉章故居陈列馆，其雕像基座上刻有邓小平同志的题词："我国杰出的无产阶级革命家、教育家、历史学家、语言文字学家吴玉章"。吴玉章夫妇的合葬墓也建在这里。

杨庶堪在四川军政府成立后一直在重庆领导反袁斗争，曾经与熊克武组织讨袁军，失败后远赴日本避难。孙中山先生于1914年在日本成立中华革命党，他任政治部副部长，并和谢持一道被指定为四川主盟人。1917年被孙中山先生任命为四川宣抚使。1918年又被孙中山先生任命为四川省省长。1923年任广州的孙中山大本营秘书长、广东省长。国民党改组以后，他任中央执行委员。孙中山先生去世后，他是12位丧事筹备委员之一。这以后，他仅担任了一个国民政府委员的闲职，一直在上海闭门读书，始终拒绝与蒋介石合作。抗日战争时期，汪精卫千方百计强邀他参加汉奸政府，他不仅坚决拒绝，更是抛妻别子潜逃香港，再回重庆。1942年在重庆病逝。1943年，在原来的重庆府中学堂旧址修建了杨沧白先生纪念堂（杨庶堪号沧白），将所在的炮台街改名为沧白路。重庆木洞镇现在还有他的故居，东温泉镇现在还有他的墓园。

朱之洪在新的四川军政府成立后除了参加反袁斗争和"二次革命"外，少于参加政务，而是把主要力量放在文化事业上。他以同盟会四川支部理事的身份，主持在重庆鹅岭修建了"建国先烈墓"，主持修建了邹容和张培爵的纪念碑，与他人合编了极有价值的《蜀中先烈备征录》，主持编修了《巴县志》。抗日战争时期被选为国民参政会参政员。抗日战争胜利后，筹建了邹容中学。新中国成立后，他被选为重庆市各界人民代表会议代表，1951年病逝。重庆市直辖10周年时，他被重庆市人民政府认定为重庆市历史文化名人之一。2010年6月，在重庆市南岸茶园玉马公园内举行了朱之洪纪念园林和朱之洪塑像的落成典礼。他在南岸区长生桥镇汤家沟的墓园至今仍存。

尹昌衡将四川军政府都督职务交给胡景伊之后，以川边经略使的身份率军西征，平定叛乱，经过一年多艰苦的战斗，收复了部分失地，遏止了分裂祖国的阴谋活动，取得了西征的基本胜利。但是，胡景伊在完全投靠袁世凯之后，认为尹昌衡仍然是他在四川独掌大权的大敌，遂建议袁世凯以"咨询"的名义将尹昌衡调至北京。袁世凯先是以高官厚禄加以利诱，要尹昌衡成为他窃国称帝的鹰犬，尹昌衡不为所动。袁世凯竟然以"亏空公款"的罪名将尹昌衡逮捕下狱，判以徒刑9年。袁世凯1916年死后，黎元洪将尹昌衡"特赦"出狱。此时的尹昌衡原本南下追随孙中山先生的革命活动，但是身患疾病，遂回到家乡成都养病读书，著有《止园文集》、《止园诗抄》等著作传世。除了慈善活动之外，他基本上不参加其他的社会活动，1953年病逝于重庆。尹昌衡当年在成都有几处居宅，在王家坝街4号的一处至今尚存，已经列为四川省级文物保护单位。他的出生地彭州升平镇昌衡村有他的故居，并建有尹昌衡纪念馆。

张培爵在胡景伊掌握了四川军政大权之后，被授以四川民政长的职务，并受到胡景伊的排斥。胡景伊用对付尹昌衡相同的手法，由袁世凯以"咨询"的名义将张培爵调到北京。张培爵在途经上海时，拜见了孙中山和黄兴等人，汇报了四川的局势，聆听了孙中山先生的指示，决心不与袁世凯合作。他到北京后，就宣布辞去四川民政长的职务，要出国考察。袁世凯不准他离开北京，以一个"总统府高级顾问"的名义，监视居住。1913年"二次革命"爆发后，他摆脱监视，逃往上海，欲回四川参加讨袁，因为川江航运受阻而未果。他认为要反袁还是应当在北方，遂到天津英租界中居住，以开设织袜厂为掩护，秘密从事反袁活动。袁世凯得知后，再次以四川巡按使（这是北洋军阀时期一度设置的四川最高军政长官）的官职来收买他，他却表示"断不愿俯同群碎，争腥啄腐，以自贬其操也。"由于他坚决反袁的态度不改，被袁世凯派人逮捕，1915年3月4日，张培爵在北京狱中被害，时年39岁。袁世凯死后，张培爵的遗骨于1916年6月运回家乡荣昌县荣隆场野鸭塘安葬。1944年，在重庆炮台街（今沧白路）建立了张培爵纪念碑（现为重庆市文物保护单位）。新中国成立后，他所一手创办的成都叙属中学改名为成都五中，1994年正式更名为列五中学（张培爵字列五），并在校园中塑造了张培爵的铜像。为了纪念辛亥革命100周年，他的家乡荣昌正在修建张培爵纪念馆、张培爵纪念广场和铸造张培爵铜像。

夏之时在就任新的四川军政府的重庆镇抚府总长之后，不到两个月就坚请辞职，要求出国留学。军政府准予辞职，赠予三万元，以酬其勋。1912年夏天，他到了上海，但是并未出国，而是加入了国民党，从事反袁活动。"二次革命"失败之后，他逃亡日本，在日本继续进行反袁活动。袁世凯死后，他回到四川，继续反对北洋军阀。护法战争爆发后，他参加了由云南唐继尧任总司令的西南三省护法靖国联军，出任四川护法靖国招讨军司令兼川南宣慰使。护法战争结束后，他痛感时局长期混乱，军阀相争不已，遂将军队交熊克武收编，退出军政两界，在成都闲居。1921年，他在成都包家巷创办了锦江公学（即后来的蜀华中学、今成都石室联中蜀华分校），自任董事长。这段时间，他对被害的张培爵家属多方照顾，迎娶张女张映书为长媳。1939年回到合江老家，书画自娱，并皈依佛门，曾任合江佛教会会长。1950年10月，因受诬被处死刑。1987年，错案得到纠正，恢复其辛亥革命人士的荣誉。2010年4月21日，夏之时的墓葬迁葬于成都磨盘山公墓功勋园内。夏之时的第二任夫人是当代著名的传奇女性、上海锦江饭店的创办人董竹君。她二人于1914年结婚，然后同去日本。1919年回到成都，1929年分居，1934年离婚。董竹君在上海创办企业为什么会以"锦江"为名？为什么会以竹叶为店徽？就是为了纪念成都锦江边的望江楼，为了纪念望江楼边的女诗人薛涛。用董竹君自己的话说，是要"把我对她的同情和怀念寓意于'锦江'"。

黄学镃（1899—1985年），这位四川保路运动中时年12岁的小学生保路同志会两位发起人之一，他的堂兄黄方是辛亥革命时期著名的同盟会员、革命烈士，四川军政府成立后曾任川南总司令，他们叙永黄家也就是同盟会在川南地区的活动基地。黄学镃自幼受到长辈革命活动的影响，在保路运动中积极地参加了募捐、请愿、讲演等各种活动，被选为小学生保路同志会的会长。他于1913年去上海拜见了孙中山先生，长大后改名黄季陆在上海读书，1918年赴日本、美国留学，1923年回国，参加了国民党第一次全国代表大会，并成为国内政治舞台上的活跃人士，是国民党内著名的右派人物和西山会议派成员，1939年出任国民党四川省党部主任委员。他从1943年起出任四川大学校长达6年之久，主持了望江公园侧从九眼桥到三瓦窑的新校区的建设，并将学校从峨眉山迁回成都，是一个对于四川大学的建设与发展作出过重大贡献的教育家。1949年去台湾，曾任内务和教育部门负责人、"国史馆长"、"中央党史会"主任委员，撰写和主编了大量近代史著作，台湾媒体称他为"中国近代史的见证人"。晚年思念故土，发表了《梦魂萦绕的我乡我家》等回忆往事、思念故土的文章数十篇。他本计划于1985年返乡，但不幸于1985年4月病逝，未能如愿。

还有一件事必须列入本书的尾声，那就是四川人民曾经为之抛头颅、洒热血的川汉铁路，它的诞生和圆梦。

当年的川汉铁路最初动议时就是由湖北和四川共同修建，汉口到宜昌段由湖北负责，宜昌到成都段由四川负责。由于全路的主要工程都是由四川负责，所以从一开始湖北就基本上没有什么动作，整个川汉铁路的事就是由四川川汉铁路公司在承担。

川汉铁路工程的关键路段是从宜昌通过三峡到万县的宜万段，所以川汉铁路的工程最初从宜昌开始动工，从宜昌往西修建，这其中的第一段是从宜昌到归州（今秭归），路线沿长江北岸，经过小溪塔、雾渡河、大峡口、香溪。1909年12月28日，川汉铁路在宜昌举行了开工典礼，在从宜昌到归州的280多里的线路上，近万名民工们艰难地开始了路基工程的修筑。经过了一年多的时间，到1911年6月基本停工，据当时的湖广总督瑞澄向清廷的报告，其工程进展情况是这样的："川汉路工宜万一路，公司设在宜昌（按，川汉铁路公司驻宜昌公司的位置，当年建成了宜昌火车站，宜昌人至今仍然把这里叫做铁路坝）。……路工计由宜至归州，线长二百八十余里，分十段，均开工，计已成通车运料者三十余里，轨已成桥峒未完未通车者八十余里，道未成者六十余里。峒工通者二，未全通者八。码头、停车场、火车站、月台、汽车房、水塔均全。沿路车站月台四处、有轨岔道三十余处、桥梁五十余处、洞沟百余个，均已完工。电杆线已至十段。又机厂、煤栈、工程员司住房及桥梁六十余处、洞沟六千余处，均未成。在工役夫四万余人，每月开支约四十万之谱。"

　　宜万线修建的工程难度极大，川汉铁路公司主席董事彭兰村曾经说过这样的话："宜万路线以夔峡、巫峡、巴峡山脉为最厚，横穿山腹，凿修隧道，既有一万数千尺之洞，复不能开辟天窗以通空气，以速进行，而两山紧束，水势涨落，动至数十丈上下。鲍春廷修筑缥路，平时仰视，如在天空，一遇水涨，即遭淹没。故英、美、德、法工程师作凿洞之计不行，作往复架桥之计又不行。火成岩石，即坚且细，洞中冥行架镜，且恐两不接头，难期岁月。""细心勾考工程，见每日两人爆炸工作，进行不及一寸，而埋引线、运炸药、装炸药、测平水、测中心等，尚余事也。故当时工程师复函谓：'石渣之重，自然逾于银元也。'兴山县山洪暴发，水泥桥

▲川汉铁路遗迹——上风垭隧道

▲川汉铁路旧址——宜昌夷陵区川汉路

柱竟被冲刷，而詹天佑总工程师、颜德庆副总工程师则覆以水势涨落无定，故水力大小难以设计抵御也。"

100年前，我们的先辈在施工难度极大、施工设备极差的情况下，还是取得了上述的这些成果。这些当年的川汉铁路遗迹，至今仍然历历可见，上风垭隧道（当时称为上风垭山洞）遗址还被列入了湖北省文物保护单位。近年来，一些旅游爱好者已经把当年的川汉铁路遗迹作为了一条特色旅游线路。

1911夏天，清王朝欲强行将川汉铁路公司的全部资产收归国有，受到川汉铁路公司的坚决抵制，川汉铁路的修建陷于瘫痪。武昌起义爆发后，川汉铁路建设全面停工。川汉铁路公司存在上海银行中的股款曾经由临时大总统孙中山先生批准，以政府承借的方式，在1912年初交同盟会黄复生与熊克武购买武器，组建蜀军。

我们在前面谈到过的那位李稷勋，一直是川汉铁路公司宜昌公司的实际负责人，他一心想投靠盛宣怀，结果是一事无成。由于家乡人民视他为叛逆，所以他一直没有回到家乡，最后死于宜昌。李稷勋晚年担任过宜昌商会会长，为宜昌做过不少好事，开办过8所免费的姚琴义学（李稷勋字姚琴），专门招收贫困子弟读书。宜昌至今还有一条培心路，就是因为他开办的慈善机构"培心善堂"而得名。1915年，他写了一篇4400多字的长文刻于石碑立在宜昌东山顶上，就是有名的《四川商办川汉铁路宜昌工场志痛碑》，宜昌人称之为"血泪碑"，可惜已经毁于战火。

孙中山先生在南京就任中华民国临时大总统之后，全国欢腾，以为清王朝造成的各种难题都将一个一个迎刃而解了。在四川的广大人民群众心中，还有一件天大的大事：川汉铁路如何修建呢？

1912年4月，孙中山先生被迫移权与袁世凯，辞去临时大总统职务，宣布以全力进行"实业救国"。在他心目中，修建铁路具有特别重要的意义，所以他在辞职之后三天就出发到各地考察，大力宣传他的有关主张："交通为实业之母，铁路又为交通之母。国家之贫富，可以铁路之多寡定之；地方之苦乐，可以铁路之远近计之。""今日修筑铁路，实为目前唯一之急务，民国之生死存亡，系于此举。""今日之世界，非铁道无以立国。"

在这种情况下，新上台的临时大总统袁世凯也就乐于顺水推舟，宣布完全支持孙中山去"实业救国"，授予他"筹划全国铁路全权"，让他担任"全国铁路督办"，并让黄兴出任"汉粤川铁路督办"，詹天佑出任"汉粤川铁路会办"。孙中山先生热情高涨，于这年10月在上海成立"铁路督办办事处"，开办"中国铁路总公司"，出版了《铁路》杂志，组建了"中国铁路协会"，宣布要在中国修建10万英里（16万公里）铁路。

正是在这种情况之下，曾经拼死反对铁路国有政策的川汉铁路公司，主动派出5位代表向北洋政府交通部协商，"请归国有"，首席代表就是长期担任川汉铁路公司驻京代表、一直在北京为川人誓死争路权而有"争路代表"之称的刘声元。1912年11月2日，订立了《交通部接收四川川汉铁路合约》，接收了川汉铁路。当年位居全国保路先锋、坚决反对铁路国有的四川，此时又成为了"请归国有"的带头羊。紧接着，湖南成了第二个，再下来，湖北、河南、山西、江苏、浙江、安徽的商办铁路也都陆续"呈请政府收归国有"。此时的铁路国有，成为了一股爱国热潮。而且，从这时开始，铁路国有的体制一直保持至今，中国再也没有了商办铁路。当然，大型企业自己修建的用来短距离运送原材料的非营运铁路除外。

但是，袁世凯以及他以后的历届北洋政府本来就没有想要"实业救国"，更没有打算要花力气修铁路。而孙中山先生在1913年就发动"二次革命"讨袁，以后又把全部精力投身于政治革命了，他的修建铁路的蓝图也就基本上束之高阁，"铁路督办办事处"也就不复存在，川汉铁路的修建也基本上无人问津了。1913年，北洋政府的交通部撤销了川汉铁路公司，将宜昌段已经铺好的铁轨和枕木全部拆除，运至汉口，用于修建粤汉铁路。

1914年，杰出的铁路工程师詹天佑为了落实孙中山先生在《实业计划》之中关于修建川汉铁路的设想，曾经再次勘测川汉铁路，还选取了新的线路。但是，直到詹天佑于1919年去世，仍然没有看到这条铁路的踪影。这以后，川汉铁路东段的武汉到长江埠一段曾经开工，但是在军阀混战期间，困难重重，修修停停之后，在1926年最后停工。

1917年，北洋政府交通总长许世英代表中国政府与英国裕中公司签订了一份合同，由裕中公司在中国修建总长为1769公里的铁路，其中首先修建的是从河南周家口到湖北襄阳的362公里的铁路，并于1918年设立了周襄铁路工程局。周襄铁路工程局建议，把周襄铁路延伸为从河南信阳到成都的铁路，因为他们的工程技术人员经过勘测之后得出结论：原来准备修建的通过三峡的川汉铁路工程艰巨、成本昂贵，而把川汉铁路的线路改为从信阳到成都，其可行性将会大大提高。1919年，周襄铁路工程局完成了这条未命名的铁路线路的勘测。只是由于当时的中国已经进入了军阀混战的时期，这一建议遂束之高阁，未能实现。但是，如果对照一下当年的计划，1976年建成的第一条连接湖北与四川两省的襄渝铁路，基本上就是1919年设想的这条线路。而且，最初规划的襄渝铁路本来就是要通过达县直达成都的，铁道部第二设计院在1965年勘测设计的线路就叫襄成铁路。只是由于当时国家决定开展"三线建设"的需要，才决定先建渝达线，缓建成达线，以后又决定把渝达线和襄成线合并为一条，这就是1976年建成的、全长895.3公里的襄渝铁路。从此，可从成都乘火车直达武汉。

新中国成立之初，全国修建的第一条铁路，就是1952年建成通车的从成都到重庆的成

渝铁路。其实，这就是当年拟议之中
的川汉铁路的一段，成渝铁路的建
成，也就是川汉铁路建成的第一段。

▲成渝铁路线修建沱江大桥　四川博物院提供

　　1956年，国家准备重建通过三峡
的川汉铁路，铁道部第四勘测设计院
编制了全线的初步设计方案。

　　1964年，进入了修建川汉铁路的
准备时期，铁道部第四勘测设计院在
人民大会堂展示了川汉铁路大型立
体模型。原本打算在1965年开工，因
为考虑到技术条件不够，关键是全长10.5公里的齐岳山隧道中有15条断层、3条暗河、138
个溶腔，实测水压足以把水从地面送上100层的高楼，当时的技术条件还没有完全的把握
（在后来的施工中，这个隧道整整打了6年，最后的240米整整用了1年），决定延迟修建。
这以后"文化大革命"爆发，一直未能上马。

　　1997年，湖北成立了川汉铁路枝（城）万（州）段建设筹备领导小组，标志着川汉铁
路工程准备重新启动。

　　2001年，国家计委的"十五"规划决定在"十五"期间建设宜（昌）万（州）铁路。
同年，宜万铁路可行性研究报告完成。新方案选线放弃了传统的沿长江的线路，也没有采
用沿清江的线路，而是选用了"越江越岭"的新线路。

　　2004年，宜万铁路正式动工。考虑到长江三峡大坝建成后蓄水的影响，宜万铁路万州
铁路大桥在2002年先期施工。

　　2004年，三峡地区第一条铁路、从达州到万州的达万铁路建成通车。从此时起，可以
从成都乘火车到达万州。

新建的宜万铁路　四川博物院提供

　　时间飞逝，就在保路运动发生99年的时候，四川人民朝思暮想的、距离最短的、穿过三峡的川汉铁路终于建成了，这事发生在中国历史的新时期——改革开放的新时期。

　　2010年12月22日，从宜昌到万州的一级电气化干线宜万铁路建成通车。宜万铁路全长377公里，沿线设车站12个，有隧道159座（其中超过10公里的超长隧道3座）、桥梁253座，桥隧总长278公里，占全线路总长的74%，是我国铁路建筑史上修建难度最大（主要地段都是喀斯特地貌，桥隧总长占全线路总长的比例为世界第一，渡口河特大桥主墩高128米，也为世界第一）、修建时间最长（共用了7年时间，参加施工人数达5万人）、修建单价最高的铁路（总投资225亿，单公里造价6000万元，是青藏铁路的两倍）。而且，这条铁路还是即将建成的全长2078公里的从上海直达成都的沪、汉、蓉高速铁路的一部分。沪、汉、蓉高速铁路建成以后，成都到上海乘火车只需要8个小时。

　　朋友们，四川的父老乡亲们，新的川汉铁路终于建成了，祖辈们的心愿终于得以实现，让我们沐浴着改革的春风，享受着高科技的成果，乘坐穿越三峡的火车，飞驰吧！

后　记

　　我已年逾七十，在写本书之前，已经写过30多本各种各样的书，几乎每本都写有后记。但是本书的后记却必须有新的写法，而且必须分为三个部分。

一

　　我是在去年7月初接受四川教育出版社对本书的约稿任务的。一来是因为我多年来对四川保路运动有着特别深的感情，二来是考虑到辛亥革命一百周年的确是件值得纪念的大事、此时也是可以向广大读者普及有关历史知识的好机会；三是为了报答四川教育出版社为出版拙著《成都街巷志》所给予的巨大帮助，所以我当时很爽快就答应了，而且确定在今年3月底完成供审读的文字初稿，5月底完成配好插图的定稿。

　　答应下来之后，自知时间紧，所以将手边其他事情尽快收尾之后立即着手准备各种资料，在网上详细搜索了近年来有关的论文近两百篇。从去年8月19日起，开始了本书的写作。

　　谁知天不助我，从去年7月开始，几次"自然灾害"接踵而至，先是93岁的老岳父病重、入院、去世、举丧，以后是我直系亲属中唯一的长辈、我的姐姐病重、入院、去世、举丧，再以后是我自己连续三次得病，直到大年初四入院治疗半月，方才出院，因为做了手术，医院的出院医嘱上写了四个大字："休息两月"。虽然我未敢谨遵医嘱，只休息了一天，就在只能天天喝稀饭度日的情况下带病恢复了工作，但是我心中明白，这几次"自然灾害"大约夺去了我3个月的工作时间，全书的实际写作时间不能不从原定的10个月缩短为7个月，因为此书必须按时出版，不能延期。现在，虽然全书是完成了，虽然我也是竭尽全力了，但是我必须向读者坦白承认的是：由于实在没有时间了，本书未能达到我预定的质量要求，一是还有不少资料可资补充，二是还有一些资料需要核查。所以本书只能是一个粗加工的产品，不是一个精加工的产品。在这里，我向所有的读者赔礼道歉，恳求你们的谅解。

二

写作一部有关四川保路运动的书，有两部书是极为重要的参考资料：一是隗瀛涛老师于1981年出版的《四川保路运动史》，一是戴执礼老师于1994年在台湾出版的《四川保路运动史料汇纂》。两位老师都是我在川大历史系读书时的老师，隗瀛涛老师已于2007年病逝，戴执礼老师如今已有96岁高龄，是我的老师中的最高寿者，去年我开始此书的准备工作时，曾特地去他家拜望，向他报告我的工作。

《四川保路运动史》是隗瀛涛老师的成名作，也是他的代表作。当年出版时我正在四川人民出版社工作，还差点就作了老师著作的责任编辑，多年来我不知多少次翻阅并使用这本名著。我在写作本书时，心中一直在想，同样是写保路运动，我应当力争做到两点，一是要好好学习与参考老师的名著，二是要以一种新面孔出现，要有些新意，不能东施效颦，更不能克隆。这一目的是否实现，只得由广大读者来评判了。

本书在写作中参考了较多的书籍与论文，但是使用、摘抄得最多的绝对就是戴执礼老师的《四川保路运动史料汇纂》。可以坦白地讲，如果没有这部皇皇三巨册的《汇纂》在手，我是绝对不敢动笔写作此书的。《汇纂》一书的前身是1959年出版的、分量只有《汇纂》三分之一的《四川保路运动史料》（当时我才在读大三）。作为学生，我深知老师为《汇纂》一书辛勤劳动40年所付出的心血是如何的巨大。所以我在这里要诚挚地感谢戴执礼老师，正如我当面向他说的：祝他老人家真正成为百岁老人，届时我们将毕恭毕敬地、热热闹闹地为他老人家欢庆百龄盛典。

我在写作本书时，不仅大量使用、摘抄了《汇纂》，也使用和转引了其他很多著作之中的有关资料，在我的初稿中全部都一一注明了出处。本书的定位是一本给广大非专业读者阅读和参考的知识读物，不是史学专著，为了减少篇幅、阅读清爽，所以在征得出版社的同意之后，我在修改稿中把绝大多数资料出处都删除了，这是要请我所参考过的著作的作者们原谅的。

三

本书几乎全书都是叙述，没有对若干应当讨论的学术观点进行过讨论。但是这并不意味着我不知道当前在有关保路运动的研究与认识中还存在着学术观点的分歧，甚至存在着很大的分歧。

鉴于本书的写作定位，我不能在本书中对若干重大问题进行讨论，但是我想在后记中对两个至关重大的问题简单地表明我的意见，因为我不能当鸵鸟。

　　有学者认为，保路运动是一场落后的、眼光短浅的群众运动。当时的四川无论是从技术上还是从财力上都不具备修筑川汉铁路的条件，只能而且应当政策开放、引进外资。正是因为如此，保路运动的结果是既没能修成铁路，又造成了生命财产的重大损失，所以不应当予以肯定、而应当予以否定。成都的"辛亥秋保路死事纪念碑"不应该是什么对于英雄行为的纪念，而应该是对于落后行动的教训。

　　我不能同意这种意见。

　　保路运动在名义上和表面上是保路，而其主要内容与精神实质是在保权，是在保卫那个特殊时期被清政府不断出卖、被帝国主义者不断侵蚀的主权。用当时十分流行的说法，是"保路保国保种"。四川民间有句谚语："人争一口气，树活一张皮。"保路运动的实质就是在争这一口气，这是为人的志气，一方的民气，世间的正气。此气不争，与剥皮之树何异！

　　当时的一个个帝国主义国家对于在中国修筑铁路不仅有着极高的主动性，甚至有着他们的责任感。他们千方百计地要在中国修筑铁路的目的是在于通过控制铁路一条线进而控制两侧一大片，是对中国进行瓜分豆剖的一种方式。他们与清王朝所签订的一个个借款的条约都必须在前面加上三个字叫"不平等"。所以，当时接受帝国主义者的投资不是什么"引进外资"，而是引狼入室。一个十分明显的事实是，清王朝被推翻以后，帝国主义者攫夺路权的阴谋落空了，我们的先辈保卫主权的奋斗成功了，于是，保路同志会也就很自然地消失，参加保路运动的先辈们也都回家务农做工去了，虽然这时并没有修成一尺铁路。

　　正因为如此，所以我们今天仍然要对奋勇参加保路运动的先辈们（他们就是今天我们大多数四川成年人的曾祖父）鞠躬致敬，而不能完全脱离历史空间去对他们进行指责乃至侮辱。我们的先辈不是不明事理的傻瓜，更不是不爱身家性命的疯子。他们头脑很清醒：主权不是拿来卖的，是要拿来保的。

　　有学者认为，同盟会所主张的武装革命崇尚暴力，是对社会经济文化发展的一种破坏，既未取得真正的成功，又为北洋当政创造了条件。当时最佳的选择应当是放弃暴力，用立宪派所主张的改良的方法走君主立宪之路。如果当年就实现了君主立宪，我们中国就会有如日本或英国那样获得国内和平与发展的机会，就会把进入现代化的时期提早若干年。

　　我不能同意这种意见。

　　我不否认，君主立宪是当时世界上若干国家所正在选择的一种政治制度，而且的确有其一定的优越性。问题在于，清末的中国能够走君主立宪之路吗？腐朽卖国的清王朝在所谓"新政"中推出的"皇族内阁"连当时的很多士宦人家都完全不能接受，认为是在愚弄舆论甚至强奸民意，广大人民群众当然更加不能接受。一度声势不小的立宪派为了尽快制定宪法、速开国会，曾经有过16省代表入京请愿、18省督抚联衔入奏的声势。可是当他们的请愿不仅被拒绝甚至连请愿代表都被逮捕而发配新疆之后，绝大多数立宪派不得不放弃君主立宪的梦想，转而支持同盟会和辛亥革命，连公认的全国立宪派领袖张謇都出任了民国政府的实业总长。我们四川的先辈也曾经寄希望于有国会、有宪法、有内阁，也曾经成立了咨议局。可是在清王朝的倒行逆施面前，他们不得不指斥"新内阁之蛮野专横，实贯古今中外而莫斯为甚"！以致四川省咨议局的领导人全部成为了四川保路同志会的领导人。他们是当事人，他们应当最有发言权。

还有一个绝大多数研究者所忽视的重要史实是，当时的"君主"是什么样的人物。清王朝自乾隆以后就一直走着下坡路，包括皇帝本人都是一代不如一代，不仅没有康熙、雍正、乾隆那样的雄才大略，其基本素质还不如常人，同治、光绪、宣统三代"君主"的体质与精力每况愈下，连正常男人的生殖功能都已丧失，以至紫禁城中50年不闻儿啼（30多年前，我曾经协助周君适老人整理回忆录，以后作为责任编辑为老人出版了《伪满宫廷杂忆》一书。老人的岳父陈曾寿是清末著名文士，长期担任溥仪的"皇后"婉容的教师，老人也长期跟随在溥仪身边服务，他曾经给我讲了不少清宫史事，至今记忆犹新）。这样的"君主"能够为我们的先辈所拥戴来实行君主立宪吗？

我们的先辈绝不是生下来就想参加同盟会、拿起武器造反，他们并不崇拜暴力。古话说："官逼民反，民不得不反。"四川在清末曾经涌现出了著名的"戊戌六君子"中的杨锐与刘光第二人，他们只是主张改良，就被屠杀在了北京菜市口。刽子手的屠刀告诉我们的先辈，要改良都得挨刀！就是在保路运动之中，先辈们绝大多数时间都是在坚持"和平保路"，成都的老百姓甚至家家供着皇帝的牌位请愿，可是赵尔丰竟敢在总督衙门向平民百姓大开杀戒。总督衙门中射出的枪弹告诉我们的先辈，和平之路不通！保路同志军的反抗就是在这样的"官逼民反，民不得不反"的无情的历史时刻被逼出来的。我不得不不客气地说，今天坐在沙发上，吹着空调，喝着可乐，在键盘上敲出一行行的"暴力就是罪恶"的学者，真的是把历史给忘记了。假如这些学者1911年9月7日坐在成都督院街对面的龙须巷中敲键盘的话，他肯定是会敲出其他文字来的。